MALENA
C'EST UN NOM DE TANGO

DU MÊME AUTEUR
CHEZ POCKET

LES VIES DE LOULOU

ALMUDENA GRANDES

MALENA

C'EST UN NOM DE TANGO

PLON

Titre original
MALENA ES UN NOMBRE DE TANGO

Traduit de l'espagnol par
GABRIEL IACULLI

ISBN édition originale :
Tusquets Editores, Barcelone 84-7223-432-0
ISBN : 2-266-07753-8

À mon père,
À la mémoire de ma mère
et à la légende de mon bisaïeul Moisés Grandes

Je hais et j'aime.
J'éprouve une chose et l'autre, et je suis à l'agonie.

CATULLE

Il n'est de fardeau plus lourd qu'une femme légère.

MIGUEL DE CERVANTES

La mémoire n'est qu'une manière différente d'inventer.

EDUARDO MENDICUTTI

Quand tu rencontres une femme, dis-toi que tu as affaire à une putain, à une mère ou à une fille du tonnerre.

BIGAS LUNA

I

Je m'arrêtai pour regarder les ornements de la façade. Au-dessus de la porte, il y avait une inscription : « Hareton Earnshaw, 1500 ». Des oiseaux de proie aux formes étranges et des enfants aux postures lascives entouraient l'inscription.

EMILY BRONTË

Pacita avait les yeux verts, toujours grands ouverts, et une bouche d'Indienne, comme la mienne, qu'elle fermait en joignant à peine les lèvres, laissant entre les commissures l'espace suffisant pour livrer passage à un fin filet de bave blanche qui s'écoulait lentement et s'arrêtait parfois au bas du menton. C'était une enfant d'une beauté troublante, la plus belle des filles de ma grand-mère : d'épais cheveux châtains et bouclés, un nez délicat qui lui faisait un profil parfait des deux côtés, un cou élancé, magnifique, d'un dessin incomparable, d'une beauté arrogante, entre l'élégance rigide de la mâchoire et la douceur pulpeuse d'une tendre gorge couleur de caramel blond, que les vêtements grotesques de femme consciente de son corps qu'elle n'avait jamais choisis faisaient ressortir d'une manière fabuleuse et cruelle. Je ne l'ai jamais vue debout, mais ses jambes agiles, fermes, dont la brillance des bas nylon atténuait l'aspect vigoureux, et qui jamais ne coururent le risque d'être blessées, ne méritaient pas le triste sort que leur réserva, à jamais, l'implacable syndrome au nom anglo-saxon qui bloqua le développement de ses neurones alors qu'elle n'avait pas encore appris à tenir la tête droite. Depuis lors, rien n'avait changé et ne changerait jamais pour cet éternel bébé de trois mois. Pacita avait déjà vingt-quatre ans, et seul son père l'appelait Paz.

Je m'étais cachée derrière le marronnier et comme je revois encore les petites boules hérissées de piquants qui se montraient entre les feuilles, je suppose que ce devait être le printemps ou peu avant l'été, et il me semble que j'allais sur mes neuf ans, ou sur mes dix ans, peut-être, mais je suis certaine que c'était un dimanche, parce que tous les dimanches, après la messe de dix heures, maman et moi nous allions prendre l'apéritif chez les grands-parents, dans une villa ombragée avec jardin de la rue Martínez Campos, juste avant d'arriver rue Zurbano, qui est à présent la succursale espagnole d'une banque belge. Quand il faisait beau, Pacita était toujours installée à l'ombre du figuier, attachée sur sa chaise roulante par trois courroies, l'une sur la poitrine, l'autre à la taille et la troisième, la plus large, autour des hanches, pour éviter qu'elle glisse et tombe, et on distinguait à peine sa forme, entre les barreaux de la grille, mais je ne posais pas mon regard ailleurs que sur le gravier de l'allée, parce que c'était le seul endroit où j'étais sûre de ne pas l'apercevoir, et je m'efforçais de cacher la trace toute chaude et cuisante de ce qui m'avait tourmentée toute la semaine, la honte mystérieuse qui me précipitait dans les feux de l'enfer quand j'entendais l'obscène concert de gazouillis que ma mère et ma sœur, et toutes les autres femmes de la famille, adressaient en chœur à ma pauvre tante, cette grosse bête maladroite et idiote qui ne les voyait même pas tandis qu'elle contemplait le monde de ses yeux verts, toujours ouverts, toujours magnifiquement beaux, et vides.

« Hé bonjour ! », lançait ma mère comme si elle était enchantée de la trouver là, et elle faisait le pitre avec de petits claquements de langue répétés, comme on le fait pour attirer l'attention des vrais bébés, des enfants qui regardent, et en regardant écoutent et en écoutant comprennent. « Hé bonjour, Pacita ! Comment vas-tu, mon ange ? Il fait beau, aujourd'hui, n'est-ce pas ? Tu en as de la chance, toute la matinée au soleil !

– Pacita, Pacita ! », chantonnait Reina à son intention en penchant la tête d'un côté puis de l'autre. « Coucou ! Pacita ! Coucou ! »

Elles lui prenaient la main, lui caressaient les genoux, elles lui pinçaient la joue, arrangeaient les plis de sa robe, sans cesser de sourire, comme si elles étaient très satisfaites d'elles-mêmes, très heureuses de faire ce qu'il convenait de faire, tandis que je restais derrière elles, à les regarder de loin, en faisant celle qui ne comprend rien et en espérant que ça marcherait. Mais ça ne marchait jamais. À un moment ou à un autre, ma mère se retournait pour me chercher du regard.

« Malena ! On ne dit rien à Pacita ? »

J'entonnais alors mon : « Bonjour, Pacita ! », et j'entendais ma voix défaillir malgré moi et se réduire à un murmure grotesque : « Comment ça va, Pacita ? » Et moi aussi je lui prenais la main, et elle était toujours froide, toujours moite, gluante de bave et couverte d'un mélange de crème parfumée et de bouillie qui sentait mauvais, et je la regardais dans les yeux et ce que j'y voyais me faisait trembler de peur, et je me sentais tellement coupable d'éprouver devant elle cette répugnance égoïste qu'avec plus de ferveur chaque dimanche matin, avec plus de passion que jamais, je priais la Vierge de faire pour moi un petit miracle privé, et pendant tout le reste de la matinée, prisonnière de cette maison que je détestais, je priais sans arrêt, en moi-même : « Sainte Vierge, Ma Mère, je ne te demande pas grand-chose ; accorde-le-moi, et je ne te demanderai plus jamais rien de toute ma vie, allez, ce n'est pas si difficile, c'est si peu de chose, pour toi... » Mes cousins ne disaient pas bonjour à Pacita, n'étaient pas obligés de l'embrasser ni de la cajoler, ne posaient jamais la main sur elle.

Mais ce matin-là, cachée dans l'ombre du marronnier, je ne priais pas, ce n'était pas nécessaire. Il était assis sur une chaise, auprès de sa fille, et sa seule présence, d'une force plus grande que celle du vent, de la pluie, ou du froid qui confinait tante Pacita pendant tout l'hiver entre les quatre murs de sa chambre, avait mis fin, avant qu'elle eût commencé, à la cérémonie dominicale profane, pour m'exposer à un danger plus grand, parce que, entre toutes les choses qui me faisaient peur dans la grande maison de la rue Martínez Campos, l'ombre de mon grand-père Pedro était sans doute la plus effrayante. Il était né soixante ans exactement avant moi, et il était mauvais. Nul ne m'avait prévenu contre lui et nul ne m'avait expliqué pourquoi il l'était, mais d'aussi loin que je me souvienne, j'avais reniflé dans l'air cette vérité amère, murmurée par les meubles, confirmée par les odeurs, répandue par les arbres, et la terre même semblait trembler sur ses assises pour m'avertir à temps de la présence de cet homme étrange, trop grand, trop rigide, trop dur, grisonnant, brusque, et fort, et altier, au regard tellement las sous le trait droit de ses épais sourcils hirsutes, d'une blancheur virginale.

Mon grand-père n'était pas muet, mais il ne disait

jamais rien. Tout juste desserrait-il un instant les lèvres, quand le lest de la bonne éducation de son jeune âge faisait flancher la vocation de fantôme de son âge adulte, pour nous saluer s'il nous croisait dans le couloir ou pour prendre congé de nous quand il le fallait, mais jamais il ne se mêlait aux conversations, jamais il ne nous appelait, jamais il ne nous embrassait, jamais il ne nous faisait la moindre visite. Il passait presque tout son temps avec Pacita, ombre incapable d'apprécier la qualité de son silence, et sa vie était pour le moins aussi mystérieuse que sa réputation était ténébreuse. Parfois, en quittant la maison, maman nous prévenait que son père était en voyage, sans nous fournir plus d'indications, sans rien dire de l'endroit où il s'était rendu ni de la date de son retour, contrairement à ce qu'elle faisait quand il était question des vacances éternelles de sa sœur jumelle, ma tante Magda, autre membre de la famille qui passait sa vie à voyager, mais dont on n'ignorait jamais la destination, parce qu'elle nous l'annonçait avant de partir, qu'elle nous envoyait ensuite des cartes postales et qu'elle nous rapportait même des cadeaux à son retour. Mais lui pouvait bien passer des semaines à Madrid sans que nous nous en avisions, car il restait enfermé pendant des jours dans l'appartement du premier d'où il ne descendait qu'à l'heure des repas, et seulement quand il ne mangeait pas en tête à tête avec Pacita. Il était maintenant assis à côté d'elle, à regarder droit devant lui sans fixer du regard quoi que ce soit, et moi je guettais en lui le premier signe de distraction, la moindre occasion de traverser le jardin en courant, vers le salon où mes parents et ma sœur, en compagnie du reste de la famille, étaient encore à table, pour un repas d'anniversaire ou de funérailles, à en juger par la rumeur confuse qui venait des volets mi-clos. Je me dis qu'ils devaient avoir mangé toute l'omelette, regrettant amèrement de m'être attardée à mon poste, comme chaque dimanche, au moment où les autres entraient ensemble dans la maison, un peu plus vite que d'habitude, sans remarquer qu'ils me laissaient en plan, seule, livrée à la furie de cet homme redoutable. Cependant, tapie derrière le marronnier, je me sentais si bien à l'abri qu'en l'entendant pour la première fois s'adresser à moi, je ne pus en croire mes oreilles.

« Que fais-tu cachée là, Malena ? Viens un peu ici avec moi. Allez. »

Je suis absolument certaine que jamais jusqu'alors il ne m'avait adressé autant de paroles à la fois, mais je ne lui répondis pas, je ne bougeai pas, je retenais même mon souffle. La voix que je venais d'entendre avait un écho à la fois très familier et très étrange, comme celle du boulanger, du receveur de l'autobus, de ce genre de personnes que nous voyons tous les jours, mais desquelles nous n'entendons jamais, tout au plus, qu'une douzaine de phrases, invariables. C'étaient toujours les mêmes qui tombaient des lèvres de mon grand-père, et elles n'excédaient jamais la demi-douzaine : « Bonjour », « Fais-moi la bise », « Prends un bonbon », « Va voir ta mère », « Au revoir ». Ces paroles inhabituelles me faisaient peur.

« Sais-tu quel est l'animal le plus bête de la création ? », continua-t-il d'une voix forte et claire en brisant la règle qu'il s'était imposée et à laquelle il avait obéi jusqu'à présent. « Je vais te le dire. C'est la poule. Et sais-tu pourquoi ?

– Non », répondis-je avec un filet de voix sans me risquer encore à sortir de derrière mon marronnier.

« Parce que si tu mets une poule devant un morceau de grillage de la grandeur de ton arbre, à peu près et, de l'autre côté, une poignée de grain, toute sa vie elle se cassera le bec sur le grillage mais jamais elle ne le contournera pour avoir son repas. C'est pour ça qu'elle est la plus bête. »

J'ai tendu doucement le pied gauche et j'ai fermé les yeux. Quand je les ai rouverts, je me tenais devant mon grand-père, qui me regardait les sourcils légèrement levés, et j'aurais alors pu partir en courant, contourner la chaise de Pacita et arriver à la porte avant qu'il n'eût pu s'en rendre compte, mais je ne l'ai pas fait, parce j'étais certaine que toute l'omelette avait été engloutie et tout aussi certaine que je n'avais plus peur de lui.

« Je ne suis pas une poule, ai-je déclaré.

– Bien sûr que non », a-t-il dit, et il m'a souri, et je suis absolument sûre que ce sourire est le premier qu'il m'ait adressé. « Mais tu es un peu peureuse, parce que tu te caches, tu as peur de moi.

– Pas de toi », ai-je murmuré, sans tout à fait mentir et sans tout à fait dire la vérité. « De... »

Je montrai Pacita du doigt et l'étonnement altéra ses traits.

« De Paz ? », me demanda-t-il un moment plus tard. « Tu as peur de Paz ? Vraiment ?

– Oui. Je... Elle me fait un peu peur, parce que je ne sais pas très bien vers où elle regarde, ni ce qu'elle pense, je sais qu'elle ne pense pas, mais... et aussi... » Je parlais très lentement, les yeux au sol, et je sentais mes mains devenir moites et mes lèvres trembler pendant que je cherchais à toute allure les mots introuvables qui me permettraient de m'en sortir sans le blesser. « Je sais que ce n'est pas bien de ma part, que c'est une vilaine, une horrible chose, mais aussi... elle me... ce n'est pas qu'elle me dégoûte, mais... c'est quelque chose comme ça... » À ce moment-là, il m'a bien fallu admettre que je n'aurais pas pu faire pire et j'ai cru bon de lancer un grossier compliment de consolation : « Mais elle est belle, pas vrai ? On ne peut pas le nier, comme dit maman, et c'est vrai qu'elle est très belle, Pacita. »

À ce charitable et maladroit effort, mon grand-père éclata de rire, et je suis certaine que jamais encore je ne l'avais vu rire.

« C'est toi qui es belle, Princesse », me dit-il en me tendant une main que je pressai sans hésitation. « Viens ici. » Il m'attira vers lui, me fit asseoir sur ses genoux. « Regarde-la. Elle ne pourra jamais te faire de mal. Elle ne pourra jamais faire de mal à personne. C'est des autres qu'il faut te méfier, Malena, de ceux qui pensent, de ceux qui te laissent deviner vers où se porte leur regard. Ce sont eux qui regardent toujours dans une autre direction que celle que tu t'imagines. Mais n'importe comment, je crois comprendre ce que tu veux dire, et ça ne m'a pas l'air aussi mal que ça, ce n'est même pas mal du tout ; je dirai même que c'est bien. En tout cas, c'est bien pour moi.

– Toi, tu es toujours avec elle. Mais maman dit qu'il faut lui parler, être caressante, faire comme si on était très content de la voir, pour faire plaisir à ceux qui vivent ici. Pas pour lui faire plaisir à elle. Tu comprends ? Pour grand-mère, et pour toi, et ça... Moi, je ne peux pas. Je la regarde, et... Je ne sais pas, mais j'ai l'impression que si elle pouvait s'en rendre compte elle n'aimerait pas ça, parce qu'elle est plus grande que nous, et toujours bien habillée, avec des chaussures à talon haut et des bijoux et... ce n'est pas un bébé, pour de vrai. Ça me fait de la peine, je ne peux pas la traiter comme elles le font. Ne te fâche pas, mais ça ne me fait jamais plaisir, de la voir. »

Alors, il m'a prise par les épaules, il m'a fait un peu tourner pour pouvoir me regarder dans les yeux, et je me suis rendu compte que même s'il ne m'avait jamais adressé la parole, jamais fait un sourire, et bien que je ne l'eusse jamais vu rire, il m'avait déjà regardée ainsi de nombreuses, de très nombreuses fois. Puis il m'a pressée sur son cœur, a refermé ses bras sur moi, et il a posé sur ma tempe droite sa joue osseuse et dure.

« Elle aime beaucoup qu'on la promène, m'a-t-il dit, mais ta grand-mère ne la sort jamais parce qu'elle n'aime pas être vue avec elle. C'est toujours moi qui le fais, et Magda m'accompagne, quand elle est là. C'est l'heure, maintenant.

– J'irai avec toi, si tu veux », ai-je répondu, au bout d'un moment, car Pacita me faisait encore peur, me dégoûtait encore. Mais il me chauffait le cœur, je n'avais jamais reçu autant de chaleur qu'il m'en communiquait d'un simple geste, et personne ne m'avait encore dit que je lui plaisais, et lui venait de le faire, il venait même de m'appeler Princesse.

Avant de quitter la villa, il laissa un moment la chaise à la porte du garage et entra dans la maison. Je pensais qu'il voulait tout simplement prévenir ma mère qu'il m'emmenait faire un tour avec lui, mais il revint avec un tas de choses. Sans dire un mot, il sortit un morceau de coton d'une boîte blanche en matière plastique qu'il gardait dans sa poche, et il démaquilla Pacita en lui essuyant avec des mouvements appuyés les lèvres, les joues et les paupières. Il lui enleva les boucles d'oreilles, deux petites fleurs de brillants et de saphirs, les bagues, le collier de perles, et mit le tout dans une petite pochette de velours qu'il alla cacher sous une tuile au-dessus de la lucarne du garage. Puis il couvrit sa fille d'un manteau sur lequel il lui croisa les bras, et à cet instant je ressentis une douleur aiguë à la cheville.

« Lenny ! », glapis-je. Le chien de ma grand-mère, un yorkshire nain dont les longs poils bruns étaient retenus au-dessus du museau par un ruban rouge, sautait tout autour de moi comme une sale puce en rogne, sans doute satisfait d'avoir imposé à ma cheville le tribut auquel il soumettait invariablement les visiteurs.

« Donne-lui un coup de pied », me dit grand-père d'une voix égale tout en lâchant le frein de la chaise.

« Mais... Je ne peux pas », répondis-je avec un mouvement de tête en signe de dénégation. « Il ne faut pas maltraiter...

– Les chiens. Mais ce n'est pas un chien, c'est un rat. Vas-y. »

Je le regardais un instant, encore indécise. Puis je tendis la jambe et fis voler mon pied en prenant garde de ne pas y aller de toutes mes forces, et Lenny fit un vol plané, heurta une colonne en retombant et déguerpit à toute vitesse. L'éclat de rire qui m'échappa était si profond qu'avant même qu'il eût pris fin je me jugeai méchante, et je jetai un regard sur grand-père, dont le sourire me tranquillisa. Ce fut peu après, alors que nous nous trouvions déjà sur le trottoir, de l'autre côté du portail encore entrouvert, qu'il reprit son sérieux et, d'une voix plus basse, me proposa une énigme que je ne pouvais encore comprendre :

« Te rends-tu compte que tous les autres sont restés à l'intérieur ? »

Je ne sus d'abord que dire, comme si cette question trop facile cachait quelque piège, mais j'eus pourtant l'audace d'y répondre avant qu'il n'eût remarqué mon trouble.

« Bien sûr », fis-je, et alors il ferma le portail.

« Viens, monte sur la barre », me proposa-t-il en me montrant la traverse de métal entre les deux roues, à l'arrière de la chaise, « et tiens-toi par les mains au siège, très bien. Comme ça, tu ne te fatigueras pas. »

Il a empoigné la chaise par-derrière, et nous nous sommes mis en route pour descendre doucement une légère pente. L'air chaud me fouettait le visage et mes cheveux dansaient, le soleil m'avait l'air tout content, aussi content que moi.

Le dimanche suivant, je ne vis pas grand-père. Mais une semaine plus tard, en arrivant chez lui, je le trouvai dans le vestibule, en train de s'entretenir à voix basse avec deux messieurs de son âge, très bien habillés et fort sérieux. Maman lui dit « Bonjour papa » sans aller vers lui et passa son chemin, et Reina la suivit, tête baissée. Je n'ai pas osé dire un mot, mais quand je suis arrivée à sa hauteur, je l'ai regardé. Il a souri et m'a fait un clin d'œil, mais il n'a rien dit lui non plus, et à partir de ce jour, il en a été ainsi. Quand nous n'étions pas seul à seul, mon grand-père, plein de sagesse, me mettait à l'abri d'une muraille colossale, faite des briques de son indifférence feinte.

Je n'aime pas la confiture, mais si je n'ai pas autre chose pour le petit déjeuner, je préfère, dans l'ordre, celle de fraises, celle de framboises et celle de mûres, comme la plupart des gens que je connais. Ma sœur Reina n'aimait que la confiture d'oranges amères. Dans la propriété de mon grand-père où nous passions l'été avec la famille de ma mère quand nous étions petites, à La Vera de Cáceres, nounou préparait parfois un dessert un peu particulier, une orange nue qu'elle pelait trois ou quatre fois, enlevant d'abord les couches les plus épaisses de la première peau, puis celle de fibre teintée de jaune où se trouvent, selon les médecins, les vitamines, puis elle retirait la fine gaze de veines blanches qui maintient l'heureuse pression du jus, ensuite, elle la partageait en tranches fines qu'elle disposait sur une assiette comme des pétales de fleur, sur lesquelles elle versait une goutte d'huile verte et qu'elle saupoudrait de sucre blanc. Le suc doré brillant sur la faïence une fois que j'avais mangé, tout doucement, la chair acide et douce de ce fruit béni était le baume le plus efficace que j'aie jamais connu, le remède suprême à tous les chagrins, l'ancre qui me rattachait le plus fermement à la terre, au monde qui me donnait les oranges et le sucre, les olives vertes, la nature, l'un des noms de Dieu, le chiffre de ma vie. Reina n'aimait pas ce dessert trop gras, trop bon marché, ce vulgaire miracle plébéien. Il m'a fallu des années pour découvrir que ce qui donne à l'orange son amertume, c'est justement la fibre teintée de jaune que nounou enlevait avec tant de soin, sans jamais déchirer le voile arachnéen qui protège la chair juteuse, toute de soleil, de la menace de cette amertume blanche, excroissance maligne de la sécheresse et de l'altérité. Ce qui est bon, c'est ce qui est à l'intérieur, me disais-je avec le sourire tandis que je regardais la fleur de soleil et que ma bouche avide, anticipant le plaisir, se remplissait d'une mer de salive, agitée. J'ai toujours aimé ce qui se trouve à l'intérieur, les saveurs les plus douces et les plus salées, les feux d'artifice et les nuits sans lune, les récits d'épouvante et les films sentimentaux, les mots sonores et les idées anciennes. J'aspire seulement aux miracles mineurs, banals, comme certains desserts campagnards, et je préfère la confiture de fraises, comme la plupart des gens que je connais, mais il n'y a pas longtemps que j'ai découvert que je ne suis pas vulgaire pour autant. Il m'a fallu toute une vie pour apprendre que la distinction ne se cache pas dans la fibre amère des oranges.

J'ai maintenant l'âge du Christ, et une sœur jumelle très distinguée qui ne se berce pas de chimères et ne m'a jamais ressemblé. Pendant toute mon enfance, je n'ai cherché qu'à être pareille à elle, et c'est peut-être pour cela que je n'arrive pas à me rappeler précisément l'âge que nous avions quand Reina inventa un jeu pour nous seules, un jeu secret, sans fin, car nous y jouions tous les jours, à toute heure, à toutes les heures de notre vie. Chaque matin, en me levant, j'étais Malena et j'étais María, j'étais la bonne et j'étais la mauvaise, j'étais moi-même et, en même temps, celle que Reina et avec elle ma mère, mes tantes et nounou, mes maîtresses – et mes amies, le monde, l'univers entier et encore la main mystérieuse qui a donné à tout cela son ordre – voulaient que je fusse, et je ne savais jamais quand j'allais commettre une nouvelle faute, quand l'alarme allait être donnée, quand on détecterait une nouvelle divergence entre celle que j'étais et celle que je devais être. De mon lit, je bondissais dans mon uniforme, j'allais me laver la figure et les dents, je m'asseyais à la table du petit déjeuner et j'attendais qu'elle m'appelât. Certains jours, elle ne trouvait pas d'autre nom à me donner que le mien, et alors je me sentais, la plupart du temps, plus qu'heureuse et contente, bien dans ma peau. D'autres jours, avant de sortir, elle m'appelait María, parce que ma blouse dépassait de ma jupe, ou que j'avais porté à ma bouche un couteau enduit de beurre, ou parce que j'avais oublié de me coiffer, ou que je n'avais pas bien rangé mes livres dans mon cartable ou qu'une feuille cornée dépassait du coin d'un cahier. Quand nous rentrions à la maison, le soir, moi, je me jetais le plus souvent sur mon lit, elle, elle se laissait aller glisser lentement du sien, se retrouvait par terre, puis se dressait tout doucement sur le côté, et je voyais sa tête monter. Ce n'est que plus tard, bien des années plus tard, que j'ai pu reconstituer l'ensemble de ses mouvements, et comprendre qu'elle se mettait à genoux pour me parler.

« María... », me dit-elle un dimanche soir, avec ce ton blessant que prenaient certaines religieuses du pensionnat, les pires, pour s'adresser à moi, un ton qui ne pouvait en rien me laisser augurer de la punition qu'elles allaient m'infliger sans faillir : « Mais María, ma chérie, tu ne t'en rends pas compte ? Maman a beaucoup de peine, la pauvre. Qu'est-ce qui t'a pris d'aller dans la rue avec grand-père ? Qu'est-ce qu'il t'a offert ?

– Rien, ai-je répondu, il ne m'a rien offert, nous sommes allés promener Pacita, c'est tout.

– Et il ne t'a pas invitée à prendre quelque chose ? » J'ai fait « non » d'un mouvement de tête. « Vraiment ? » J'ai encore fait « non ». « Il ne t'a pas fait boire du vin avec de l'eau gazeuse, non ? Grand-mère nous a raconté qu'il aimait faire boire les enfants ; il dit que c'est une chose qui se fait, tu te rends compte ? Il doit être fou, et tu sais que maman n'aime pas que nous buvions du vin, même avec de l'eau... Grand-mère aussi s'est fâchée, et comment ! De toute manière, María, tu ne te conduis pas comme il faut. Allez, lève-toi. Si tu me promets de ne plus recommencer, je t'aide à faire tes devoirs. »

Alors, je me suis remise à prier, à demander à la Vierge de faire ce miracle qui était pour elle si peu de chose et qui, pour moi, en revanche, me faciliterait la vie pour toujours, et je me suis levée du lit tout doucement, en priant, et en priant j'ai affronté une nouvelle séance de torture, celle de ces problèmes absurdes, ridicules, d'une bêtise infinie, qui n'étaient même pas de vrais problèmes, car à quoi cela avancera-t-il jamais le premier crétin venu de savoir combien pèsent cinquante-deux litres de lait, parce qu'il achètera toujours tant de litres de lait et qu'on ne les lui vendra jamais au poids, et comme je continuais de prier, je n'entendais rien de tout ça, et Reina continuait, elle, de m'appeler María, de me demander de trouver la solution du premier problème, et du deuxième, et du quinzième, et de m'appeler encore María, sur ce ton ingrat de marâtre que je n'ai jamais pu supporter, avec cet air de vierge éthérée toute de blanc vêtue, si différente de la Bonne Mère au teint bistre, brave femme qui ne m'aimait pas parce qu'elle préférait sans doute, elle aussi, comme ma sœur, la fibre amère du sacrifice à la tendre chair de l'orange.

Quand j'ai levé la tête, j'étais certaine que mère Gloria ne fronçait ses terribles sourcils que pour moi. Mes doigts se sont refermés sur la tige de la fleur et j'ai senti couler le sang vert. La tige ferme et douce, presque craquante, que j'avais tirée du vase de la salle à manger il y avait à peine deux heures se recourbait sur elle-même, fatiguée, molle comme une asperge trop cuite et, au bout, la corolle du bouton tombé en syncope pendait de la manière la plus inquiétante. La file avançait, et je me faisais aussi petite que possible derrière Reina, mais mère Gloria ne me perdait pas de vue et ses sourcils, deux traits noirs brutaux qui soulignaient la dureté d'un visage privé de toute nuance, étaient si rapprochés l'un de l'autre qu'ils semblaient sur le point de s'unir pour toujours. Je chantais aussi fort que je le pouvais pour chasser la panique que faisait naître en moi cet oiseau de proie, et je regardais droit devant moi. Au-dessus de l'épaule de ma sœur pointait la tige d'un glaïeul blanc tout frais, droit comme une baïonnette de petit soldat, parfait. Demain, me dis-je, je prendrai un glaïeul, encore que l'arum qui défaillait entre mes mains fût la réplique exacte de celui que Reina avait apporté au pensionnat la veille. Je mettais toutes mes fleurs en lambeaux, à un moment ou à un autre ; je les écrasais entre les classeurs, ou je les faisais tomber en chemin, dans l'autobus, et une petite les écrasait, ou elles se cassaient tout simplement en deux quand j'agitai la main pour saluer quelqu'un, qu'il s'agît de roses, d'arums, d'œillets ou de lys, jamais je n'ai été très soigneuse, mais ce printemps-là, la nature entière semblait liguée contre moi.

Je me dis que la Vierge ne devait pas y attacher trop d'importance, et quand j'estimai me trouver à la bonne distance de l'autel, je me mis à prier tout bas en remuant rapidement les lèvres. Nul n'a jamais, je crois, prié avec tant de foi, avec tant de ferveur, pour une chose aussi absurde, mais je n'avais alors que onze ans et je croyais encore aux grands miracles. Mes espérances n'allaient pas plus loin, car je savais très bien que jamais le don que je désirais désespérément ne me serait accordé sans une intervention divine dans les règles. Et bien que le ciel ne se fût pas encore ouvert au-dessus de ma tête, bien que je sentisse qu'il ne s'ouvrirait jamais, je continuais de prier, ce matin-là, comme tous les matins, jusqu'au moment où, devant le grossier simulacre de nuage taillé dans un morceau de bois et peint en bleu ciel, je déposai les dépouilles de mon offrande aux pieds menus qui foulaient la lune sans lui faire mal, puis je marchai dans le sillage de Reina jusqu'au portail, sans cesser de prier.

Mère Gloria, appuyée contre le jambage de la porte, m'arrêta en tendant le bras. J'étais tellement absorbée dans ma prière que je ne réagis pas aussitôt, ce qui ne fit qu'empirer les choses.

« Ne t'enfuis pas, Magdalena... Nous ne sommes que le 17, mais le mois de Marie est fini pour toi. C'est clair ? À partir de demain, pendant que nous serons ici, toi tu resteras en haut, une heure en salle d'étude. Et c'est moi qui te donnerai les exercices à faire. Prends garde, dorénavant, parce que je commence à en avoir assez de ta distraction. J'ai bien l'impression que tu fais tout ça exprès. Tu m'as bien entendue, n'est-ce pas ?

– Oui, ma mère. » Je m'accordai un bon point, pour n'avoir pas dit seulement « oui », même si je voyais déjà, comme dessinée dans l'air, une longue colonne de racines carrées, et je me demandais comment j'allais m'en sortir. Je n'ai jamais su extraire une racine carrée.

« Ce mois-ci, nous rendons hommage à Notre Mère bien-aimée, mais ce qui fait honneur à la Vierge, ce sont les fleurs, symboles de notre pureté, et pas les légumes.

– Oui, ma mère.

– Comment peux-tu être comme ça ? Je ne comprends pas... Tu pourrais prendre exemple sur ta sœur.

– Oui, ma mère. »

Reina intervint alors avec la fermeté prodigieuse dont elle se montre parfois capable.

« Excusez-moi, ma mère, mais si nous nous attardons ici, nous arriverons en retard en classe. »

Les sourcils de mère Gloria se froncèrent une fois encore, et il me sembla que c'étaient eux, et non son regard de Méduse, qui m'examinaient de haut en bas, à la recherche d'un péché de plus.

« Et rentre-moi cette blouse dans ta jupe !

– Oui, ma mère. »

Elle changea légèrement de position et eut un geste de la tête pour me signifier que notre entretien était terminé mais, malade de peur, je n'osai pas bouger.

« Je peux partir, maintenant, ma mère ? »

Reina m'entraîna avant que j'eusse reçu une réponse. Quand nous eûmes fait quelques pas, elle glissa son bras sur mes épaules et de sa main froide me frotta le visage comme pour me lisser la joue, la laver de la honte qui colorait jusqu'au moindre recoin de ma peau.

« Ne sois pas nerveuse comme ça, Malena » ; sa voix était fluette et aiguë, comme celle d'un bébé qui apprend à parler, et en l'entendant m'appeler par mon nom, je sus que Reina était de mon côté. « Cette sorcière ne peut rien te faire, tu m'entends ? Papa et Maman paient pour que nous soyons ici, et tout ce qui intéresse les sœurs, c'est l'argent. Cette histoire de fleur, c'est de la bêtise, il ne va rien t'arriver, je t'assure... »

Dans la cour, les élèves qui venaient vers nous nous regardaient avec curiosité et avec une sorte de lointaine compassion solidaire, sentiment qui remplaçait le plus souvent, entre les murs de cette dangereuse enceinte bouclée comme une prison, la vraie camaraderie. J'imagine que nous devions faire un couple singulier, moi dépeignée, avec ma blouse qui sortait de ma jupe, plus grande et plus forte que Reina, mais sur le point de pleurer, et elle, fluette et pâle, me soutenant, avec ses chaussures étincelantes et cette voix qui semblait manger les mots. Le contraste entre cette image et celle que nous aurions dû plus naturellement former – la grande, c'est-à-dire moi, protégeant la petite –, ajoutait encore à mon malaise.

« En plus, tante Magda appartient au couvent, et tu es sa filleule ; elle ne les laissera pas te renvoyer... Il y a bien longtemps que je ne l'ai pas vue. Elle ne surveille plus la sortie. Tu ne trouves pas ça curieux ? »

Je me suis brusquement arrêtée et dégagée de l'étreinte de ma sœur pour la regarder en face, et une sensation nouvelle de malaise, mêlé de quelques gouttes de confusion, a d'un seul coup expédié ma tutrice et toutes ses menaces dans les limbes des peurs qui peuvent attendre. J'avais bien du mal à m'endormir les soirs où je réfléchissais à ce que je répondrais quand on me poserait cette question, et je n'avais pas encore trouvé de mensonge suffisamment convaincant. Reina me regardait déjà avec méfiance, comme si elle ne s'était pas attendue à une réaction aussi lente de ma part, quand j'ai eu une moue ambiguë, histoire de gagner du temps, et le hasard a récompensé ma fidélité : la sonnerie qui nous appelait en classe a retenti.

Lorsque je me suis assise à mon pupitre, le monde s'offrait déjà à moi sous un meilleur jour. Pendant toute mon enfance, la surveillance de Reina a eu un effet calmant immédiat sur mes blessures, comme si son souffle avait le pouvoir de les refermer avant même qu'elles se fussent ouvertes. En définitive, cette punition avait quelque chose d'une récompense, parce qu'il n'y avait rien de tellement intéressant à rester debout une heure, à moitié endormie, collée aux autres élèves dans le hall transformé en chapelle, à chanter des chansons douces, une fleur à la main. En fin d'après-midi, je demanderais à Reina de m'apprendre à extraire les racines carrées, et elle ne refuserait pas, et peut-être comprendrais-je tout, si elle me l'expliquait ; et pour ce qui était de Magda, je ne faisais rien de mal, non plus, puisque mon secret était pour ainsi dire une ânerie... Mère Gloria apparut alors sur le seuil et il me sembla que le ciel s'obscurcissait soudainement, bien que le soleil de mai continuât de briller de l'autre côté de la fenêtre. J'avais oublié que nous étions mercredi et que nous avions mathématiques en première heure. J'essayai de glisser les pans flottants de ma blouse dans la jupe sans me lever et j'invoquai sans résultat aucun l'improbable esprit de la logique.

Tout en copiant la monstrueuse file de *V* majuscules avec leur petite queue qui salissaient le tableau à une vitesse vertigineuse, je retrouvais sans effort le rythme de ma prière, toujours la même, que je disais en un murmure quasiment imperceptible, mais en remuant les lèvres pour la rendre plus opérante, parce que ce matin-là, plus que jamais, il me fallait ce miracle et j'avais l'impression d'être sur la bonne voie : « Sainte Vierge, Ma Mère, accorde-moi cette grâce et je ne te demanderai plus rien de toute ma vie, pour toi, ce n'est pas grand-chose, tu peux faire ça facilement, Vierge Marie, je t'en prie, fais de moi un garçon, allez, ce n'est pas si difficile, change-moi en garçon, moi, je ne peux pas être comme Reina, c'est vrai, Sainte Vierge, que malgré tous mes efforts, comme fille, je ne vaux rien... »

Je n'ai jamais fini de copier ces racines carrées. Dix minutes ne s'étaient pas écoulées depuis le début de la classe quand la mère supérieure s'est annoncée par quelques petits coups à la porte, a montré le bout de son nez et, dans le langage fleuri des gestes muets qu'emploient toutes les religieuses, a appelé notre maîtresse. Celle-ci a incliné le menton en signe d'assentiment, mais son visage, échauffé par la rage avec laquelle elle grattait le tableau pour y inscrire à la craie ses maudits chiffres, a perdu ses couleurs ; nous nous en sommes toutes rendu compte. L'apparition de la supérieure, cette entité mystérieuse qui ne daignait descendre du troisième étage que pour présider la cérémonie annuelle en l'honneur de la mère fondatrice, ne pouvait avoir qu'une signification : il s'était passé quelque chose de grave, de très grave, un renvoi définitif, peut-être, ou tout au moins un renvoi temporaire.

Nous avons reçu les instructions habituelles : faites ces opérations en silence et que personne ne change de place, que personne n'efface le tableau, si l'une de vous bavarde ou se lève, que la responsable de classe note son nom sur une feuille qu'elle me remettra, je reviens tout de suite ; puis on nous a laissées à nous-mêmes. Après deux ou trois minutes d'un silence absolu, en partie de simple prudence, en partie suscité par la surprise de l'absence inopinée d'autorité, les rumeurs ont grandi et ma sœur, qui cette année encore était la responsable de classe, n'a rien fait pour les étouffer, parce qu'elle était aussi excitée que les autres. Les nouvelles se sont succédé à toute vitesse. Rocío Izquierdo, une pauvre fille incapable de bien faire le plus petit mensonge, n'avait pas fini de raconter une histoire idiote à propos des tablettes de chocolat qui disparaissaient de l'économat que mère Gloria réapparaissait tout à coup, et sans même réclamer le silence, sans même chercher à rétablir l'ordre, à remettre à leur place les chaises écartées des bureaux et les élèves éparpillées en petits groupes, sans rien dire à Cristina Fernández qui mangeait un sandwich ni à Reina surprise, debout, en flagrant délit, elle a pointé le doigt dans ma direction en m'appelant :

« Magdalena Montero, viens avec moi. »

Quand j'essaie de me rappeler ce qui s'est passé ensuite, ma mémoire refuse de me livrer des images nettes et elle enveloppe l'événement, les personnes et les endroits d'une grisaille légère que je n'ai vue qu'en rêve. Alors, je contemple les visages de mes petites camarades de classe, muettes et effrayées, et, comme si leur chair était gélatineuse et pouvait se creuser et prendre du volume, ces visages changent constamment de forme, mais je ne saurais jurer que je les ai vraiment vus comme ça, à ce moment-là. J'échange avec Reina un regard mouillé et il se peut bien que ma mémoire soit tout de même fidèle, parce que je ne me suis jamais encore sentie ainsi, au bord du gouffre, que je ne sais plus où j'en suis et que la peur qui me fait trembler m'empêche de me mouvoir; mais je bouge tout de même, et une fois que j'ai rejoint mère Gloria, qu'elle a refermé la porte, et que je me retrouve dans le couloir, loin des miens, séparée de ma sœur, exilée par la violence sur une terre inhospitalière, tout va plus mal encore. Les murs, les vestiaires métalliques où nous rangions nos manteaux, en arrivant, le matin, les plantes qui garnissaient les coins n'étaient pas gris, mais je ne peux retrouver leurs couleurs. La figure en robe qui me précède met un siècle à descendre solennellement chacune des petites dalles de granit parsemées de taches blanches qui me font penser à de la mortadelle de Bologne, et l'air empeste la lessive, cette haleine écœurante de propreté qui, en hiver, neutralisait les effets du chauffage et m'empêchait de me réchauffer. Je voudrais parler, demander ce qu'il est arrivé, m'excuser d'avoir offert à la Vierge des fleurs étêtées, m'agenouiller pour demander pardon et me vautrer complaisamment dans ma malheureuse condition de victime, mais les os de mes jambes m'avertissent, je le sens, qu'ils sont las, de plus en plus las, et les bords de mes ongles me font mal, comme s'ils avaient de la peine à s'unir à mes doigts. Les quelques mots que je parviens à aligner dans ma tête, je ne suis pas capable de les dire tout haut: « Vierge Marie, tu n'es pas bonne; ou plutôt, tu es bonne, mais tu ne m'aimes pas; si tu m'aimais, tu me changerais en garçon, et tout serait plus facile, je serais plus heureuse, et je ferais tout beaucoup mieux, si j'étais un garçon... »

Mes reproches ne s'étaient pas encore mués en plaintes quand la sœur, qui ne m'avait pas annoncé notre destination, s'arrêta devant une porte que je n'avais jamais franchie et l'ouvrit sans m'accorder un regard. Je n'eus pas la présence d'esprit de lire l'inscription sur la plaquette de matière plastique collée à la porte vitrée, mais je me sentis apaisée en découvrant un véritable salon, avec des canapés et des tapis, une table brillante, un lit de repos aux larges volants, et même un téléviseur dans un angle, avant même d'avoir reconnu la silhouette de ma mère, qui me souriait du fond de la pièce, dans son manteau de fourrure, tache de couleur dans la brume du rideau blanc formé par les habits des religieuses qui l'entouraient. Un instant, il me sembla que j'étais sortie du monde réel par un conduit invisible qui débouchait sans avertissement sur une planète jumelle, mais bien différente pourtant de la classe aux meubles en Formica de tous les jours, une planète sur laquelle l'arôme du café supplantait les répugnantes odeurs de lessive et de désinfectant, dont je crus être délivrée pour toujours – jusqu'au moment où j'aperçus l'affiche sur le mur : SALLE DES PROFESSEURS, et après avoir parcouru la liste des noms familiers figurant au-dessous, il me fallut bien admettre que je n'avais franchi que quelques mètres de couloir. Mère Gloria se tenait à mes côtés, souriante. Peut-être avait-elle souri tout le long du chemin, mais je ne m'étais pas risquée à la regarder.

« Je ne vais pas être renvoyée, non ? », ai-je demandé, tout bas, pour que les autres n'entendent pas.

« Ne dis pas de bêtise ! »

Aussitôt, j'ai senti mon corps se détendre et mon cerveau s'irriguer de nouveau. J'ai bien failli pousser un soupir quasiment théâtral, j'ai pris appui sur mon pied droit et, comme raccordée, en marge de ma volonté, à un câble fiché très profondément dans le sol, j'ai cherché Magda des yeux et je ne l'ai pas trouvée. À entendre la voix de ma mère qui m'appelait, sa tonalité voilée que j'aurais reconnue entre mille, je me pris à redouter que cette réunion n'eût rien à voir avec son titre de présidente du comité des anciennes élèves, et mon calme s'évanouit avant même de s'être fait sentir. J'allais de la terreur au désarroi sans pouvoir dire lequel de ces deux états était le plus désagréable.

Cependant, j'étais contente de voir maman. Aussi heureuse de la trouver là pendant les heures de classe que si j'avais trouvé le petit sujet qui rendait tout à coup acceptable et même agréable un morceau indigeste de vieille galette bon marché, sans amandes ni fleur d'oranger. J'étais demi-pensionnaire, et comme je n'habitais pas tout près, la plus grande partie de mes journées se déroulait dans le ventre du colosse de brique rouge qui m'engloutissait à neuf heures et quart le matin et me recrachait vers cinq heures et demie le soir. J'avais de la sorte, comme doivent sans doute l'avoir la plupart des enfants soumis à ce genre de routine épuisante, l'impression d'appartenir à deux maisons différentes, de vivre deux vies bien distinctes et même inconciliables, et ma mère, qui appartenait au monde du lit chaud et des repas copieux des fins de semaine, semblait être venue là, par surprise, pour me révéler que les plaisirs des dimanches faisaient partie d'un univers plus vaste, moins éphémère que celui que délimitaient les murs qui nous entouraient, puisqu'elle pouvait venir ici à ma rescousse, à un aussi terrible moment, alors que le monde du pensionnat ne pourrait jamais empiéter sur ses domaines. Forte de cette aimable théorie, je m'approchais d'elle pour lui donner un baiser près de l'oreille, là où s'attardait toujours une trace de son parfum, mais elle me saisit par les poignets et me demanda de m'asseoir à côté avec une sécheresse qui me fit honte devant tant de témoins indésirables.

« Écoute-moi bien, Malena. Il s'est produit quelque chose de très grave. Nous sommes tous très inquiets. Magda a disparu, elle est partie sans prévenir, tu comprends ? Et nous n'avons pas pu la retrouver, nous ne savons pas ce qu'elle est devenue.

– Jamais nous n'aurions dû l'admettre parmi nous, Reina, tu sais que je m'y suis toujours opposée. » La mère supérieure s'adressait à ma mère comme si celle-ci était encore l'élève qu'elle avait eue sous sa tutelle, bien des années auparavant. « Une femme faite et intègre, qui avait vécu tant d'années dans le monde... Je savais qu'il n'en sortirait rien de bon. »

Maman l'a regardée et a fait un geste pour lui imposer silence. Toutes mes illusions évanouies, je commençais à comprendre que je me trouvais devant une sorte de tribunal, et je ne pus résister à la tentation de me défendre, bien que personne ne m'eût accusée.

« Et alors ? Elle est assez grande, non ? Elle peut bien faire ce qui lui plaît.

– Ne dis pas de sottises, Malena ! » C'était maintenant au tour de ma mère d'avoir honte. « Ta tante est une religieuse. Elle a prononcé ses vœux, elle n'est plus libre de ses décisions, elle vit en communauté, c'est le choix qu'elle a fait. Et maintenant, écoute-moi. Avant de s'en aller, Magda a écrit deux lettres, une pour grand-mère et une pour moi, deux lettres épouvantables et pleines d'incohérences, comme si elle avait perdu la tête. Je n'ai même pas voulu les montrer à la mère supérieure, alors, tu peux t'imaginer ce qu'elles racontent. Dans celle que j'ai reçue, elle parle beaucoup de toi. Elle ne s'est jamais conduite avec toi comme avec ses autres neveux et nièces ; tu sais que pour elle tu n'es pas une petite fille comme les autres, et je crois qu'elle te considère un peu comme l'enfant qu'elle ne pourra jamais avoir...

– Que le ciel t'entende ! »

Maman ignora l'exclamation perfide de mère Gloria, et sans apparemment se départir de son calme, poursuivit :

« C'est pour cela que j'ai pensé, que nous avons pensé, qu'il se pouvait bien que, bon, Reina m'a dit que vous vous parliez tout le temps, Magda et toi, pendant les récréations, et que ta tante pouvait... t'avoir dit quelque chose, que tu avais peut-être remarqué quelque chose d'inhabituel ou de bizarre, bref, nous sommes allées à la maison d'Almansilla, nous avons appelé toutes ses amies, nous avons même interrogé don Javier, le notaire de grand-mère, pour savoir si elle ne serait pas passée à son cabinet pour signer quelque papier, un testament, que sais-je... Personne ne sait rien. Personne ne l'a vue, personne ne l'a entendue depuis cinq jours, mais elle a retiré tout son argent de la banque et il faut la retrouver ; si elle a quitté l'Espagne sous un nom d'emprunt, par exemple, tu ne la reverras jamais. »

L'emploi de la deuxième personne m'a alertée, parce que maman aurait pu utiliser le pluriel qu'elle avait rabâché tout au long de son discours, et même faire appel à ma compassion en parlant à la première personne, puisqu'elle était bel et bien la sœur jumelle de Magda et que nul n'était mieux placé qu'elle pour déplorer son absence, mais elle avait dit *tu ne la reverras jamais*, elle avait choisi une formule qui sonnait comme celle d'un chantage, ce qui m'a fait changer d'avis alors que je m'étais résolue à me montrer sincère ; cette deuxième personne a ravivé mon désarroi en faisant voler en morceaux l'atmosphère étouffante que j'avais cru préparée à mon intention, elle a fait refleurir mes remords d'enfant et du même coup m'a fait comprendre que tout autour de moi on devait se dire que j'étais sans doute le seul être au monde capable de pleurer sur la disparition de Magda, comme si elle et moi faisions partie d'une espèce à part. J'ai évité le regard de ma mère. Je l'aimais et je lui devais obéissance, plus encore, j'aurais voulu être une femme comme elle, une femme comme Reina, mais c'était en sa sœur que je me voyais comme dans un miroir, et il n'y a que les miroirs brisés qui portent malheur. Je sais à présent que si j'avais trahi Magda, j'aurais fait pire que si j'avais vendu ma propre peau. Je me risquai seulement à dire que j'aimais ma tante, que je l'aimais beaucoup, et qu'elle avait toujours l'air d'avoir besoin de moi – alors que maman, *a priori* étrangère aux convulsions qui me mettaient à la torture, n'avait jusqu'à présent jamais eu besoin de moi et qu'elle continuait à m'interroger avec douceur et avec une technique éprouvée.

« Dis-moi, Malena, sais-tu où est Magda ? » Un instant, dans ses yeux, j'ai vu briller la même lueur qui éclairait le regard de ma sœur quand elle m'appelait María, mettait en marche le mécanisme mystérieux de la ruse que je n'avais jamais appris à contrôler. « Ne t'aurait-elle pas dit quelque chose qui pourrait nous permettre de la retrouver ? »

J'ai regardé ma mère en face, et j'ai vu le visage de Magda tel que je l'avais vu la dernière fois, quand elle m'avait demandé, entre deux sourires, si elle pouvait me faire confiance, et c'est peut-être à ce moment-là que j'ai commencé à deviner le sens de l'étrange question que m'avait posée mon grand-père devant le portail de la rue Martínez Campos, c'est peut-être alors que j'ai commencé à me douter que ce dimanche-là j'avais fait un choix, que j'avais accepté beaucoup plus que le verre de vin avec de l'eau gazeuse qu'il m'avait offert modestement au nom sacré de la civilisation et que j'avais bu à petites gorgées, avec une lenteur à la fois craintive et gourmande, à une terrasse de la place de Chamberí.

« Non, maman », ai-je dit d'une voix plus claire que ma conscience. « Je ne sais rien.

– Tu en es sûre ?

– Oui. Elle ne me dit jamais rien d'important.

– C'est bien... Embrasse-moi. Allez, tu peux retourner en classe. »

Son geste de découragement m'a convaincue que j'étais la dernière possibilité sur laquelle on avait compté pour retrouver la disparue. Dès lors, chaque fois que j'ai prié la Vierge, je lui ai demandé, en passant, de veiller sur ma tante Magda.

Pas même Interpol, que mes grands-parents finirent par alerter après mûre réflexion, ne réussit à retrouver la trace de Magda, mais je ne crois pas que le mérite doive en être attribué à la Vierge Marie parce que moi, bien entendu, je n'ai jamais été changée en garçon. Je dois reconnaître que mère Gloria, par contre, dans le naïf dessein de récompenser, je suppose, ma collaboration frauduleuse avec l'ennemi, ne mit pas sa menace à exécution et jusqu'au dernier jour de mai, chaque matin, une fleur différente mais toujours blanche défaillit entre mes doigts pour une raison ou pour une autre. La vie se repliait sur elle-même accablée sous le poids de la normalité et je suivis bientôt le même chemin en ignorant ces présages violents.

Ainsi que l'avait laissé si justement présager cette seconde personne du singulier qui avait échappé à ma mère au cours de notre conversation, la famille se passa de Magda sans grandes démonstrations de chagrin, tout au moins en apparence. Ma grand-mère semblait résignée à n'avoir plus que huit enfants au lieu de neuf, et elle en vint même une fois à rappeler à ma mère avec un petit sourire qu'après tout cette dernière avait toujours déclaré qu'elle aurait préféré naître seule qu'en compagnie. Ce n'est pas moi qui surpris ce commentaire, mais ma sœur qui, scandalisée jusqu'au plus profond d'elle-même, me le rapporta. Reina et moi rêvions à cette époque que nous épouserions quelque jour deux frères, projet public que des années durant je regrettais, en privé, de démolir avec mes fermes intentions de devenir un garçon, afin que nous restions toujours ensemble, et nous nous jurions volontiers l'une à l'autre que nous aimerions mieux mourir que de vivre séparées. Je ne sais si Reina était sincère ; moi, je l'étais.

Reina et moi étions jumelles, mais nous ne nous ressemblions pas. À la différence de maman et de Magda qui, sans être identiques, se ressemblaient encore d'une façon frappante, nous avions joui du privilège d'occuper deux placentas individuels dans la tiédeur obscure du même utérus, de sorte que notre ressemblance n'allait pas plus loin que celle que l'on trouve habituellement entre deux sœurs d'âge distinct. Personne ne savait qui était la plus âgée de nous deux, parce que si j'étais née un quart d'heure après elle, circonstance qui dans la plupart des cas pare le premier-né d'un prestige suspect, Reina, de son côté, provoqua un accouchement avant terme, quand sa survie fut menacée de trop près. Les médecins ont laissé entendre que je m'étais comportée comme un fœtus ambitieux et égoïste, en dévorant la plus grande part des éléments nutritifs que l'organisme de ma mère produisait pour nous deux, en accaparant avec avidité tous leurs bénéfices au détriment du fœtus le plus faible, si bien que celui-ci, au septième mois de grossesse, fut pour ainsi dire privé de tout moyen de s'alimenter, ce qui déclencha les signaux d'alarme, précipitant une fin dont nul n'augura très favorablement. Ce fut alors qu'on appela Reina le bébé fort et robuste, alors que la petite chose rachitique qui était encore dans l'incubateur à se débattre entre la vie et la mort tandis que je me trouvais à la maison, bien couverte dans mon berceau, avec mes boucles d'oreilles en or, n'avait même pas encore reçu de nom. Pendant quelques semaines, nul n'osa prédire que le jour viendrait où il faudrait lui en donner un, mais à la suite de divers signes timides dans lesquels ma mère seule voulut voir des symptômes d'amélioration, un rétablissement s'amorça, si spectaculaire que sur les photos prises à notre troisième mois, nous apparaissons ensemble, moi dodue et brillante comme un sou neuf, avec un ruban dans les cheveux, elle chauve et très frêle, son petit corps sec flottant, perdu dans le creux de la couche, sa main protégeant son visage du flash, comme si l'appareil photo lui rappelait les instruments de mesure avec lesquels on l'avait si longtemps martyrisée pendant son séjour à l'hôpital, tout au long du dépistage systématique des séquelles qu'aurait pu lui laisser son débarquement douloureux en ce monde. Notre mère, qui pendant ce temps semblait avoir senti que je pourrais me contenter d'un biberon et des soins d'une nourrice, et qui passait ses jours et ses nuits à son chevet pour pouvoir lui donner à téter toutes les trois heures, décida, avant leur retour à la maison, que ce serait elle et non pas moi qui porterait son nom, et ce afin de faire passer de son côté, du côté de la vie, grâce à ce prénom symbolique, le petit vermisseau de quelques jours qui donnait encore tous les signes, terribles, de vouloir mourir. Et même si, des années plus tard, quand je connus enfin cette histoire, ma mère m'assura qu'elle avait pris cette décision singulière parce que d'emblée, à défaut de toute indication, les infirmières de la nurserie avaient spontanément donné à ma sœur le seul prénom de la famille qu'elles connaissaient, le sien, et l'avaient fait apparaître sous ce nom dans leurs registres avant même que le pédiatre l'eût vue, j'ai toujours su que sa version n'était qu'une excuse et je ne le lui ai jamais reproché, parce que ma sœur avait dû vaincre tant d'obstacles, avant d'avoir pu être cajolée pour la première fois, qu'elle méritait plus que moi de s'appeler Reina.

Le jour où une Reina apparut pour la première fois dans la succession des générations de la famille de ma mère est si lointain que nul ne s'en souvient. Nul ne se souvient davantage de l'origine de la lignée des Magdalena qui, Dieu le veuille, s'éteindra avec moi, mais il semble que la coutume de transmettre le prénom sur les fonts baptismaux remonte à des temps plus anciens que celui où ces prénoms prirent la relève des Ramona et des Leonor, lesquelles formèrent deux chaînes parallèles de femmes homonymes, grand-mères et petites-filles, tantes et nièces, aux chaînons systématiquement entrelacés – les grand-mères ayant été, à leur tour, petites-filles, et les petites-filles des mères, et les tantes des filles, et les cousines des grand-mères –, qui serpentaient dans les noms de ma famille depuis des siècles, s'épaulant dans l'assurance d'une continuité aussi absurde, aussi insaisissable que ces calculs qui prétendent vider de tout mystère l'innocente valse des étoiles.

Pour finir, on m'a appelée Magdalena, parce qu'il n'y avait pas d'autre remède, et c'est Magda qui m'a tenue sur les fonts baptismaux, pour la même raison ; en effet, personne ne lui a demandé s'il lui plairait de participer à cette cérémonie, et bien qu'elle eût déclaré à l'avance, à maintes reprises, qu'elle céderait volontiers sa place à une femme de plus de mérite, il ne restait plus, à ma naissance, d'autre Magdalena en vie dans la famille, de sorte que son opinion ne compta alors pas davantage que la mienne. Ma grand-mère fut la marraine de Reina, comme mon arrière-grand-mère l'avait été de ma mère, et elle conduisit par la main ma sœur au baptême, que l'on avait tout fait pour retarder le plus possible, dans l'espoir, trompé après deux ans d'attente, que ma sœur se ferait aussi grande et aussi joufflue que moi. Magda m'a laissée monter l'escalier toute seule, je suis tombée, je me suis écorchée le front, et j'apparais sur toutes les photos barbouillée de mercurochrome, et ainsi faite *ceomo*, comme disait Juana, la nounou de maman, en espagnolisant à sa manière le *Ecce Homo* de l'église de son village, un coin perdu dans la région de Cáceres, appelé Pedrofernández de Alcántara, comme mon grand-père, mais en trois mots seulement.

Ce fut cette information, toujours enveloppée d'allusions voilées par cette même Juana, et non pas la passion frénétique de l'hérédité contaminant jusqu'aux prénoms, qui m'inclina à penser, avant même mon entrée au pensionnat, que nous étions peut-être des favorisés ; mais c'est au pensionnat que j'en ai eu la preuve définitive en trouvant inscrit sur une plaque bien en vue dans l'une des nefs latérales de la chapelle le nom de ma grand-mère : *Reina Osorio de Fernández de Alcántara donavit*. Pour une fois, mon intuition était juste. Mon grand-père, cousin au deuxième degré de sa femme, était beaucoup moins riche que mon arrière-grand-père, qui avait été beaucoup plus pauvre que mon trisaïeul, lequel n'avait pu conserver qu'une partie de la grande fortune que lui avait léguée son père, mais n'en était pas moins resté immensément riche. Sa maison était remplie d'objets que je n'ai jamais vus chez mes parents, et dans la vitrine de sa salle à manger, la vaisselle d'argent qui aurait fort bien pu, elle aussi, s'appeler Reina à en juger par les soins jaloux, quasiment maternels, que lui prodiguaient ma grand-mère et toutes ses filles, avait une couleur particulière, aux reflets cuivrés, d'un éclat sourd, qui prenait parfois l'apparence de l'or. Un matin de Noël, alors que j'avais profité d'une des fréquentes distractions de Paulina, la cuisinière, pour me jucher sur la plaque de marbre qui couvrait le four et la regarder, fascinée, réduire en poudre au moyen d'un petit couteau, avec une dextérité phénoménale, les blancs de poulet, les œufs durs et les tranches de jambon de pays qui, une fois réduits en menus morceaux, étaient présentés à table avec le potage à la menthe traditionnel, ce matin-là, donc, Paulina m'a dit que la soupière, briquée par ses soins quelques heures auparavant, avait cet éclat parce qu'il s'agissait d'un travail vieux de quelques siècles, et que toute la vaisselle et la fortune de la famille venaient d'Amérique, mais de l'Amérique ancienne, celle de Colomb ou de Hernán Cortés, *grosso modo.*

Cette révélation, que j'ai considérée comme un racontar de Paulina jusqu'au jour où Reina, à qui je venais de la confier, intriguée, a réagi en m'adressant un regard sceptique, comme s'il était impossible que je n'eusse pas entendu cette histoire au moins une centaine de fois, a modifié pour toujours mon impression sur la maison de la rue Martínez Campos, en donnant une signification nouvelle au vide insondable qui se substituait à mon estomac chaque fois que j'en franchissais les portes de bois sculpté. Je ne l'ai jamais confié à personne mais, jusqu'à ma huitième ou ma neuvième année, j'avais l'impression que ces murs couverts jusqu'au plafond de tableaux, de tapisseries et de manuscrits enluminés se penchaient sur moi comme des individus vivants, tandis que l'épaisseur des tapis engloutissait insidieusement le bruit de mes pas pour que nul ne pût venir à mon secours quand, prise dans le nœud coulant de ces murs, je serais tombée raide sur place. Puis j'ai découvert l'origine de toutes ces craintes dans celle que m'inspirait grand-père, et quand celle-ci s'est évanouie, les autres ont disparu avec elles, mais pas une once de l'amour que je lui ai porté n'a rejailli sur les murs de sa maison. La femme de chambre, avec ses gants blancs, se faisait un devoir de fermer constamment les rideaux, même quand il faisait un temps splendide, et elle se déplaçait sans le moindre bruit, avec des gestes mesurés de chatte élégante qui lui donnaient, à mes yeux, l'apparence inquiétante d'une espionne mal camouflée. Paulina nous mettait des couverts à poisson même quand on nous servait des gambas grillées en entrée, et elle se jetait sur moi avec des cris d'alarme pour me tendre un épais couteau en argent quand elle me voyait dépouiller la bestiole avec l'évidente intention d'en sucer la tête, qui est ce que j'aime le plus dans les gambas. Grand-mère Reina, qui passait sa vie avec Lenny dans les bras, à le peigner et à le bécoter sur le museau, m'appelait Lenita, et quand elle n'ouvrait pas la bouche pour se plaindre, elle commentait avec ma mère la revue *Hola* pendant des matinées entières, s'attardant d'une façon pesante à chaque page pour condamner la nouvelle coiffure de Carmencita ou porter aux nues l'élégance de Gracia Patricia, comme si les intéressées se souciaient de son opinion. « Ho ! Mamie ! Tu ne les connais même pas ! », lui dis-je un jour.

Elle me regarda, très étonnée, avant de répliquer : « Je les connais parfaitement, ma fille. »

Puis ma mère me donna une gifle parce que j'avais dit « Ho ! » devant grand-mère, et ce genre de chose me rendait fébrile. Je passais là, dans cet état, beaucoup plus de temps qu'en la paisible compagnie de grand-mère Soledad, la mère de papa, qui vivait seule, sans chien ni domestiques, dans un appartement plus petit que le nôtre, et qui nous donnait pour goûter du pain et du chocolat au lieu de petits-beurre, douceurs que je trouvais alors tout à fait insipides. Quand j'ai demandé à mon père pourquoi nous allions moins souvent chez elle que chez mamie Reina, il m'a répondu en souriant que c'était normal, parce que les filles étaient plus proches de leur mère que les garçons. J'ai admis cette explication sans vraiment la comprendre, comme je recevais tout ce qui me venait de lui, mais je ne laissais passer aucune occasion d'aller avec lui chez sa mère. Je me tranquillisais en me disant que tout allait pour le mieux puisque, en définitive, il était naturel qu'un garçon comme moi, né fille à la suite de quelque erreur mystérieuse, se sentît plus proche de son père que de sa mère, et je n'attachais aucune importance au fait que mon père fût un très bel homme, plus fascinant que tous ceux dont les charmes devaient me faire succomber par la suite.

Mon père savait exactement jusqu'où pouvait aller son irrésistible pouvoir de séduction. Je me rappelle comment, quand nous étions petites et qu'il entrait avec nous, en nous tenant par la main, Reina d'un côté et moi de l'autre, dans un magasin, un restaurant, et même au pensionnat, tout le monde, hommes et femmes, le regardait. Il nous adressait un encouragement : « Allez, les filles, allez ! », comme si nous venions d'arrêter de faire quelque chose, et il regardait à ses pieds pour dissimuler le sourire de satisfaction qui éclairait alors son visage. Un instant plus tard, il nous lâchait la main, nous donnait, d'un geste, la permission de nous éloigner et, demeuré seul, poussait un profond soupir et nous lançait encore un coup d'œil qui proclamait : je suis comme ça, je les fais par paire. Sa technique était toujours la même, et je suppose qu'elle donnait de bons résultats. Reina et moi, nous sortions des magasins comblées de petits cadeaux, bonbons, ballons, images, que les caissières nous tendaient d'un regard absent en adressant leur sourire à papa ; et nous étions les dernières à quitter les fêtes d'anniversaire parce que les mères de nos amies ne pouvaient résister à la tentation de lui offrir à boire, et qu'il ne disait jamais non. Mes tantes félicitaient ma mère d'avoir un mari aussi empressé et aussi bon père, toujours prêt à nous emmener avec lui même quand ce n'était pas indispensable ; mais leurs louanges étaient tellement insistantes, surtout en sa présence, qu'il me semble qu'elles se faisaient une idée assez juste du profit qu'il tirait de la situation. Nous qui nous singions si parfaitement, qui nous ressemblions tant, toujours bien habillées, dans des vêtements identiques, nous faisions pour lui, infailliblement, d'une pierre deux coups : en ôtant d'une part toute agressivité à ses conquêtes et en les soustrayant d'autre part au regard de ma pauvre mère, obsédée par des soupçons tels qu'ils l'empêchaient de constater l'évidence même. Avec le temps, j'en suis venue à me dire qu'il devait être encore plus séduisant avec une gamine à chaque main que s'il avait tenu ses deux mains dans les poches, parce que sa beauté était telle qu'il suscitait la crainte.

Il aimait bien se rendre rue Martínez Campos, mais il n'était pas à son avantage dans ce décor, du moins à mes yeux, accoutumés à le considérer avec un mélange d'amour, d'admiration et une certaine possessivité étouffante – cette terrible dépendance que plus tard, les raisons d'avoir peur m'ayant quittée, je devais retrouver mêlée au désir des adultes. J'aurais préféré ne pas le voir dans ce décor faire l'échanson, embrasser ma grand-mère ou commenter avec enthousiasme les parties de football qu'il ne regardait jamais chez nous. On eût dit que cette maison avait le pouvoir de renverser l'ordre naturel des choses, de changer ma mère en femme frivole et bavarde, et d'ôter à mon père l'aplomb extraordinaire qui était le sien partout ailleurs, et que ce roc étonnamment fragile se brisait comme plâtre et tombait en morceaux à la moindre remarque, pas même malveillante, simplement froide, de mon grand-père, qui, par bonheur, n'ouvrait que rarement la bouche.

La grande épopée américaine que m'avait dévoilée Paulina, et qui avait été pour moi comme un présent inattendu, éclaira d'un jour nouveau les sombres séjours du purgatoire familial qu'unissaient des teintes acides et criardes à peine rachetées par les galons du gilet des tristes Fernández de Alcántara aux cheveux, à la barbe et aux yeux noirs, à l'habit, aux bottes et au manteau noirs, dont les portraits se succédaient, bien alignés, sur les murs, et me portaient à croire que la vraie vie, la vie avec un grand *V*, palpitait encore sous les touches maladroites que quelque peintre péruvien inconnu et intrépide avait posées sur ces toiles à seule fin que moi, des siècles plus tard, je pusse enfin les considérer avec sympathie. Ils étaient là, mes arrière-arrière-arrière-arrière-arrière-grands-pères, courageux jusqu'au suicide, redoutables jusqu'à l'horreur, vainqueurs de batailles perdues, plantant le genou et leur bannière dans le sable pour prendre possession de la plus paradisiaque des plages tropicales au nom de la reine, soumettant avec deux douzaines de braves le million d'Indiens qui hurlaient comme des loups sur leurs chevaux autour du cercle des chariots partis vers l'Ouest sauvage, défendant l'or de Sa Majesté des assauts timorés des pirates anglais, leur faisant ployer le genou sur le pont bien astiqué de leurs galions pour leur caresser la gorge du fil de leur épée juste au-dessous de la pomme d'Adam : « Et maintenant, Crochet, félon, nous allons régler nos comptes une fois pour toutes », défrichant des forêts et fondant des villes, trois ou quatre flèches empoisonnées fichées dans le dos : « Comme si le curare pouvait nous faire quelque chose, ah ah ah ! », se battant à coups de poing dans une taverne délabrée pour défendre l'honneur de la dame de leurs pensées ou choisissant en définitive une belle indigène aux yeux bleus étonnants qui les entraînerait sous sa tente pour engendrer bien autre chose que la fin d'un film : toute une lignée ininterrompue de chair et de sang qui conduirait, voyez comment sont les choses, jusqu'à María Magdalena Montero Fernández de Alcántara, c'est-à-dire, plus précisément, jusqu'à moi.

Je prenais un tel plaisir à m'imaginer leur histoire que je me retrouvais comme malgré moi en train d'explorer des recoins obscurs où jamais encore je ne m'étais aventurée seule. Je me plaisais à scruter les portraits de ces conquérants mélancoliques, pour y découvrir quelque trait familier, les yeux bridés de mon cousin Pedro, le menton de l'oncle Tomás, ou un grain de beauté sur une main, exactement à la place où une petite tache noire ressortait sur la blancheur de celle de ma mère, et je leur donnais des surnoms, Francesco le Gandin, parce qu'il avait posé, poings sur les hanches, avec une moue insolente, Luis le Triste, parce que dans ses yeux brillait un glacis qui suggérait des larmes sur le point de tomber, Fernando III le Grigou, parce qu'il devait en être un, et comment, à en juger par sa cape à l'aspect élimé et, au-dessus de tous, mon favori, Rodrigo le Boucher, qui semblait s'être paré, pour le peintre, de tout l'or du Pérou, médailles, pendants, broches, épingles ornées de pierres précieuses, accrochées si près les uns des autres qu'ils semblaient se battre pour une place sur le pourpoint bien ajusté de velours rouge, parachevant une composition qui ne pouvait guère être comparée qu'au spectacle que nous donnait gracieusement Teófila, la bouchère d'Almansilla, lorsque, en été, pour la fête de la Vierge, elle montait la côte de l'église à pas lents, pour bien se faire remarquer de ses voisines, avec un sourire venimeux aux lèvres et lestée de tous les joyaux de l'Estrémadure, comme si, blindée de la sorte de pied en cap, elle pouvait affronter avec plus de dédain les regards torves des femmes qui, sur son passage, l'insultaient en lui lançant un seau d'eau sale par la fenêtre, bataille traditionnelle qui ne fut pourtant jamais inscrite au programme des festivités, et auquel nounou Juana n'avait pas hésité à se mêler, une certaine année : « Tu crois me faire envie, raclure ? J'en ai une, moi aussi, de mine d'or comme celle que tu as entre les jambes ! Allez, va, putain, et crève en souffrant mille morts ! » Comme Reina et moi pouffions de rire, maman s'était mise en fureur et grand-mère, livide, avait dû s'asseoir sur un muret pour s'en remettre, car il était de notoriété publique que, pour elle, Teófila n'avait jamais été de ce monde, qui tournait sans elle, et qu'il fallait aller en voiture au village voisin pour acheter la viande dans une boucherie plus petite et moins bonne que celle de Teófila.

Peut-être la ressemblance entre Rodrigo le Boucher et Teófila s'imposa-t-elle à grand-père qui, ce jour-là, pendant le repas, fut abrutissant de loquacité, abordant tous les thèmes imaginables et ressortant même des plaisanteries si éculées que les rires qu'il obtenait de son public ne couvraient même pas les hurlements qui venaient de l'étage, où sa femme, soi-disant indisposée, allait et venait dans sa chambre d'un pas si énergique que le lustre de la salle à manger se balançait comme si nous étions sur un bateau et menaçait de nous tomber sur la tête d'un instant à l'autre ; peut-être Rodrigo le Boucher lui rappela-t-il plus précisément la Teófila des jours heureux, cette belle fille enjouée dont on ne retrouvait pas grand-chose dans le visage amaigri, prématurément usé, de la femme mûre qui avait répliqué à Juana, devant tout le monde, comme pour humilier plus cruellement grand-mère : « C'est que, vois-tu, ma belle, les mines, il y en a qui donnent beaucoup, et d'autres qui ne donnent rien ! Et celle à laquelle je pense, elle aurait mieux fait d'être un peu plus pute et d'aller un peu moins dans la sierra cueillir le thym pour parfumer le tiroir des caleçons ! Parce que ce figuier stérile mettait son homme à la porte même la nuit de Noël ! », car le portrait disparut en effet un beau jour du palier du deuxième étage et se retrouva dans son cabinet de travail, en compagnie du couple que formaient Alvaro de Chichi et María la Despote, une femme jeune au beau visage exotique d'Indienne mais, à en juger par son expression, aussi mauvaise graine que son amant.

Une fin d'après-midi, je me trouvais devant le portrait, en train de mimer mon favori, quand grand-père est apparu à l'improviste, et comme nous étions seuls, au lieu de m'offrir un Chupa Chups, comme d'habitude, au lieu de me tapoter la joue comme il le faisait le plus souvent, le soir, en nous quittant, il m'a donné un baiser dans les cheveux.

« Il te plaît ? m'a-t-il demandé.

– Oui », ai-je répondu, et j'ai ajouté, avant de m'être rendu compte que je faisais une gaffe : « Il ressemble à Teófila, la bouchère. »

Mais au lieu de se fâcher ou de se souvenir des vertus du silence, il a éclaté de rire et il est allé s'asseoir à son bureau, tout tranquillement, en me souriant – peut-être parce qu'il était déjà veuf, à ce moment-là. C'était, je m'en souviens, un mois après que Magda eut quitté le couvent.

« Tu crois ?

– Oui. Pas de visage, non. Mais par les bijoux. Teófila en met toujours beaucoup. »

Il a hoché la tête, en signe d'assentiment, et a murmuré quelque chose, comme pour lui seul, comme si j'étais soudain partie en fumée.

« C'est vrai, l'amante du Seigneur ne s'est jamais fiée à l'argent. Elle n'aime que l'or, la pauvre... Pauvre Reina. »

Je suis restée muette, sans savoir que dire, parce que la Reina à laquelle il faisait allusion ne pouvait être que grand-mère. Il avait l'air très fatigué, et il a fermé les yeux. J'ai senti que ce ne serait pas bien de continuer à le regarder, aussi ai-je reporté mon regard sur le tableau et mon esprit sur le plat d'œufs mimosa qui demeura intact, au milieu de la table, ce jour de la fête de la Vierge où nul n'osa servir l'entrée et où nous avons appris, Reina et moi, que les dames comme il faut, comme grand-mère, savaient aussi dire des gros mots, et où cette découverte nous a tellement réjouies que deux chevaux assis à table n'auraient pas été plus incongrus que les éclats de rire que nous avions l'une et l'autre bien du mal à réprimer à ce repas de funérailles improvisé, et nous n'étions guère suivies ou plutôt secondées que par oncle Miguel, le cadet, et par tante Magda, la seule femme de la maison à avoir pris place à table, avec l'excuse, raisonnable, qu'elle mourait de faim malgré toute la douleur de grand-mère. Tous deux se regardaient en se cachant de temps à autre le visage dans leur serviette tandis qu'en haut, comme un démon courroucé, grand-mère allait de reproches cohérents en menaces échevelées : « ... il va voir, un peu, ce saligaud, qui va raconter où je range les caleçons ! Et cette... ce déchet de pute... Qu'est-ce que ça veut dire, de m'appeler figuier stérile ? Moi, figuier stérile ! Moi qui ai eu neuf enfants, quatre de plus qu'elle, que le diable l'emporte ! Et en plus, ce n'était pas la nuit de Noël, non, ce qu'elle raconte, ça s'est passé la nuit du Nouvel An, rappelle-toi, Juana, il était saoul comme une bourrique, et ce qu'il voulait, cette nuit-là, je vous le jure, mes filles, par le Dieu qui est au Ciel, ce que votre père voulait faire cette nuit-là, c'était... enfin... bon... je n'ai pas à vous donner d'explication, c'était un péché, voilà ce que c'était, et c'est pour ça que je me suis enfermée dans la salle de bains... », et elle en venait aux menaces les plus extravagantes : « Et toi, tu vas aller avertir tout le monde : si quelqu'un lui achète ne serait-ce qu'une saucisse, vous allez voir ce qui va arriver ! Je démonte le toit de la mairie tuile par tuile et je les apporte ici, parce c'est moi qui ai payé, pour ça ! » Oncle Miguel et tante Magda se regardaient donc au milieu des convives impassibles, qui faisaient mine d'être sourds et aveugles à l'appel désespéré des regards que grand-père lançait dans toutes les directions sans trouver d'autre appui que la sérénité de mon père – lequel, ayant enfin repris son aplomb, hochait discrètement la tête, avec aux lèvres un demi-sourire de compassion moqueuse que je devais apprendre à déchiffrer, avec le temps, avant qu'il ne signifie pour moi l'ennui, le même ennui que j'éprouve à parcourir une vieille revue : les femmes c'est du chinois, tu en trouves une qui te plaît, tu passes un tas d'années à la baratiner, tu lui mets la bague au doigt, tu l'épouses, tu l'entretiens, tu fais repeindre la maison tous les trois ans, tu engages des domestiques pour qu'elle ne s'abîme pas les ongles, tu lui donnes trois ou quatre enfants et, bien qu'elle devienne grosse et grincheuse, tu continues à faire ton devoir conjugal, tous les samedis soir... Et tout ce que tu en obtiens, ce sont des plaintes ! Que veulent-elles de plus ? Un homme est un homme, nom de Dieu !

Voilà les risques auxquels on s'expose quand on épouse un conquistador, me disais-je cet après-midi-là en regardant Rodrigo le Boucher, parce qu'il fallait bien qu'ils se retrouvent quelque part, tous ces Péruviens dont nous portions le nom. Grand-père a alors émergé de ses songes :

« Celui-ci s'appelait Rodrigo.

– Je sais. C'est écrit, là. Ça fait longtemps qu'il est mort ?

– Ma foi, je n'en sais rien. Près de trois siècles ; il a vécu vers le milieu du XVIIe, il me semble. C'était le plus riche de tous.

– Ça se voit.

– Viens ici. » Grand-père s'était levé. Il a fait le tour de la table, et m'a montré une carte accrochée au mur, juste en face de moi. « Regarde. Ce trait rouge indique les limites de son domaine. Tu vois ? Il est devenu plus puissant au Pérou que bien des rois en Europe. » Son doigt a suivi le trait qui, en effet, délimitait les frontières d'un pays de moyenne grandeur, avec villes et tout le reste.

« Magnifique ! », me suis-je écriée, enthousiasmée. La réalité paraissait bien vouloir dépasser mes espérances. « Et comment l'a-t-il conquis ?

– Conquis ? » Grand-père m'a regardée, perplexe. « Non, Malena. Il n'a rien conquis du tout. Ces terres, il les a achetées.

– Comment, achetées ? Que veux-tu dire ?

– Ce que je dis : il les a achetées. Il avait prêté beaucoup d'argent au roi, qui était plus pauvre que lui, et qui n'a jamais pu le lui rendre ; Rodrigo a accepté quelques propriétés, en échange, et il en a acheté d'autres à la Couronne, à vil prix. Il était très malin.

– Oui mais, alors... lequel a été conquistador ?

– Mais... Francisco Pizarro. On ne t'apprend pas ça, à l'école ?

– Oui. » Je commençais à être à bout de patience. « Je veux dire : dans la famille.

– Il n'y a jamais eu de conquistador dans la famille, ma fille. »

J'ai serré les poings et je me suis mordu la lèvre inférieure. Je me sentais sur le point d'exploser de rage. J'aurais battu grand-père à mort ici même, parce que ce qu'il disait n'était pas possible, tout simplement.

« Et alors, tu peux me dire ce que nous sommes allés foutre en Amérique ? »

Le ton furieux de ma question a dû lui sembler très drôle, parce qu'il s'est mis à rire sans même me reprocher mon vocabulaire.

« Mais faire du commerce, Malena. Qu'es-tu allée imaginer ?

– Et pirates ? Ce n'étaient même pas des pirates, peut-être ?

– Eh bien, je n'irais pas aussi loin. » Il souriait encore. « Tout dépend de la manière de voir les choses. Ce qu'ils faisaient, c'était acheter au Pérou des épices, du café, du cacao et d'autres marchandises précieuses, les envoyer en Espagne sur leurs navires, qu'ils chargeaient, au retour, ici ou dans n'importe quel port, sur leur route, d'étoffes, d'outils, d'armes... » Grand-père s'est alors interrompu, et a poursuivi tout bas, en un murmure : « d'esclaves, bref, de marchandises qu'ils vendaient ici ou là. De cette manière, ils ont gagné beaucoup d'argent. »

Quand il m'a regardée, pour voir comment je réagissais, je n'ai rien pu dire. Le monde s'était écroulé sur mes épaules et je n'avais pas la force d'en faire mon deuil, mais il m'a prise par la taille et m'a donné deux baisers sur la tempe, au coin de l'œil gauche, pour me montrer qu'il m'aimait plus encore dans la détresse.

« Je sais, Princesse, je sais. Mais c'est la vérité. Console-toi en te disant que les Fernández de Alcántara n'ont jamais tué personne.

– Ça m'est bien égal !

– J'en étais sûr », a-t-il dit alors, en hochant la tête, comme si je venais de lui annoncer la pire des nouvelles. « Pour ta sœur, c'était ça, le plus important. Vous êtes si proches, vous avez l'air tellement pareilles, et cependant... J'en étais sûr, j'en étais sûr...

– Mais que dis-tu, grand-père ? », ai-je protesté, réagissant à la seule phrase de son discours que j'avais pu comprendre. « Bien sûr, toi, comme tu ne dis jamais rien et que tu te tiens toujours à l'écart, tu ne peux pas t'en rendre compte. Mais Reina et moi, nous ne nous ressemblons pas du tout, Reina est bien meilleure que moi. »

Son visage s'est assombri tout à coup, et il m'a regardée d'une drôle de manière en plongeant son regard dans le mien, en me scrutant avec anxiété, comme s'il cherchait dans mes yeux la preuve qu'il se trompait. Ses sourcils étaient tellement froncés qu'ils le défiguraient. Au bout d'un long moment, il s'est mis à parler d'une voix que je ne lui connaissais pas et qui m'a fait peur.

« Ne dis pas ça, Malena. Cette phrase, je ne l'ai que trop entendue, tout au long de ma vie, et elle m'a toujours rendu malade.

– Tu ne me crois pas ? Demande à maman, et tu verras...

– J'en ai rien à foutre, de ce que dit ta mère ! » Son poing est allé frapper, inutilement, le mur. « Je sais que ce n'est pas vrai et ça suffit ! »

Un instant, j'ai cru l'entrevoir, ivre, grand, beaucoup plus jeune, nu, cognant à la porte de la salle de bains d'Almansilla, pour essayer d'en faire sortir grand-mère de force et l'obliger à pécher avec lui, et un frisson m'a couru sur l'échine, et je me suis raccrochée à cette image, totalement fascinée, et même si Reina et maman avaient raison, même, si dans ce genre d'affaire, grand-père s'était toujours conduit en fils de l'enfer, j'ai su que moi je n'aurais pas résisté à la tentation de sortir de la salle de bains pour pécher en vitesse, dans les plus brefs délais, et je n'ai même pas été découragée par ce nouveau signe que la nature de mon sexe, loin d'être un accident, s'affirmait comme un destin fixé pour la vie entière.

Grand-père a paru lire dans mes pensées, qui n'ont pas dû le gêner beaucoup, parce qu'il s'est calmé et m'a prise doucement par le bras.

« Viens, je vais te faire un cadeau. »

Il est retourné à son bureau, a ouvert le tiroir qu'il tenait toujours fermé à clé et en a sorti un beau coffret en bois qui avait l'air ancien. Il m'a regardée avec un sourire énigmatique tout en levant tout doucement le couvercle, créant de la sorte une tension, pareille aux roulements de tambour des cirques, qui n'est pas retombée après le cri aigu qui m'a échappé lorsqu'il m'a enfin laissé voir ce qu'il y avait à l'intérieur. Parmi d'autres joyaux plus modernes resplendissaient, sur un petit coussinet en velours, deux énormes broches que je connaissais bien.

« C'est tout ce qui reste des bijoux de Rodrigo. Les autres ont été envoyés à la Cour, petit à petit. En cadeau, pour la reine. Il espérait obtenir en échange un titre de noblesse.

– Et on le lui a donné ?

– Non.

– Ça ne m'étonne pas. Pourquoi le lui aurait-on donné, puisqu'il n'était qu'un marchand ?

– Ce n'est pas pour ça, a dit grand-père en riant, mais parce que le roi était las d'anoblir ses créanciers... Mais

Rodrigo, je te l'ai déjà dit, était très malin. Il a gardé les deux pièces les plus précieuses. Celle-ci », et il a posé les doigts sur une pierre rouge grosse comme un œuf, sertie dans un simple anneau d'or, « c'est un grenat, et celle-là », il m'a alors montré une gemme verte, légèrement plus plate et plus petite que la première, « c'est une émeraude. Elle a un nom. Elle s'appelle Reina, comme ta mère et ta sœur. »

Il est resté quelques instants muet, à caresser la pierre rouge, qui me semblait de plus de valeur, à cause de sa grosseur, mais au dernier moment, il a choisi la pierre verte, l'a tirée du velours et me l'a mise dans la main, qu'il a emprisonnée dans les siennes.

« Prends. Elle est à toi, mais veille bien sur elle, Malena, elle vaut beaucoup d'argent, plus que tu ne peux te l'imaginer. Quel âge as-tu ?

– Douze ans.

– Douze ans seulement ? C'est vrai que tu parais plus âgée... » Cette question d'âge a paru le déconcerter. Je me suis rendu compte qu'il se demandait s'il avait bien fait et j'ai essayé de lui faciliter les choses.

« Garde-la, si tu veux, tu me la donneras quand je serai plus grande.

– Non », a-t-il fait avec un geste de la tête, « elle est à toi, mais il faut que tu me promettes que tu ne diras à personne, mais vraiment à personne, pas même à ta sœur, et encore moins à ta mère, que je te l'ai donnée. Tu me le promets ?

– Oui. Mais pourquoi m'as-tu... ?

– Ne me pose pas de question. Elle te plaît ?

– Oui.

– Tu la montreras un jour à quelqu'un ?

– Non.

– Bon, alors, mets-la en lieu sûr, dans un endroit que tu pourras fermer à clé, et pends la clé à ton cou. Ne la sors jamais de sa cachette, sauf si tu es tout à fait sûre que personne ne te regarde. Quand tu partiras en voyage, prends-la avec toi, mais ne la mets jamais dans une valise, et n'en fais cadeau à personne ; Malena, ça, c'est très important : ne la donne à personne, à personne, à aucun garçon, pas même à ton mari, quand tu en auras un. Tu me le promets ?

– Je te le promets.

– Garde-la avec toi, et si un jour tu es aux abois,

appelle oncle Tomás et vends-la-lui. Il t'en donnera le prix qu'elle vaut. Ne t'adresse à personne d'autre, tu m'as compris ? Et n'oublie pas que cette émeraude peut te sauver la vie.

– D'accord. »

J'essayais de paraître calme, mais je me sentais sur le point de perdre pied, excitée comme je l'étais par cette histoire incroyable, par la tournure de film d'aventures qu'avait pris la plus prosaïque des déceptions, et effrayée, en même temps, par ces terribles recommandations. Magda m'avait déjà parlé ainsi, et je me demandais pourquoi, dans cette maison, c'était à moi qu'on préférait confier les secrets les plus terribles.

« Très bien », m'a dit grand-père en m'embrassant sur les lèvres comme pour sceller plus étroitement le pacte qui nous unissait, à présent. « Va, maintenant. »

J'ai fait demi-tour et je me suis dirigée vers la porte en serrant dans ma main la broche de Rodrigo le Boucher et en me demandant s'il était possible que cette pierre qui me paraissait sale, rugueuse au toucher, et qui ne brillait pas comme le solitaire de maman, valût vraiment une fortune. Alors, comme mue par un ressort, je me suis retournée.

« Dis-moi, grand-père, je peux te demander quelque chose ? » Il a hoché la tête en signe d'assentiment. « Qu'as-tu offert à ma sœur ?

- Rien. » Avec un sourire, il a ajouté : « Mais c'est à elle que je laisserai le piano ; tu sais qu'il n'y a qu'elle qui a appris à jouer. »

La sérénité avec laquelle il m'a répondu, comme s'il tenait cette réponse prête depuis longtemps, m'a rassérénée, en m'ôtant le doute d'avoir été injustement favorisée. En effet, le piano de la maison, de facture allemande, fait de bois précieux, valait une fortune, aussi n'avait-on pas encore permis à Reina de l'effleurer, et ma mère n'arrêtait pas de dire que le faire accorder, c'était déjà une rente.

« Bon. Et pourquoi est-ce à moi que tu l'as offerte ? Tu as tant de petits-enfants...

– Oui. Mais il n'y a qu'une broche. Je ne peux tout de même pas la mettre en morceaux, n'est-ce pas ? » Grand-père s'est interrompu un instant. « Et pourquoi ne pas te la donner ? Magda t'adorait, ce qui fait de toi ma petite-fille à double titre, et puis... j'ai bien peur que tu sois des miens... » Il a baissé la voix. « ... du sang de Rodrigo. Tu en auras sans doute besoin, un jour.

– Que veux-tu dire ?

– Je t'ai demandé de ne pas me poser de questions.

– D'accord. Mais je ne comprends pas. »

Sans un mot, il s'est mis à regarder le plafond, comme pour y trouver un argument convaincant qui démentirait sa clairvoyance, la première excuse venue pour envelopper sa prédiction qu'il regrettait d'avoir faite à cette enfant même pas majeure, et il dut trouver ce qu'il cherchait, parce qu'il me répondit, un instant plus tard, sûr de l'efficacité de ses paroles :

« Si nous étions allés au Pérou, nous n'aurions pas eu à acheter des terres, n'est-ce pas ?

– Non, ai-je dit en souriant, bien sûr que non, nous, nous les aurions conquises l'épée au poing.

– C'était à ça que je pensais.

– Mais alors... nous, nous ne serions pas du sang de Rodrigo, puisque c'est lui qui a acheté les terres.

– C'est vrai, c'est vrai, tu as raison, je ne sais pas pourquoi j'ai dit cette bêtise, je dois radoter, les mots vont et viennent dans ma tête sans que je m'en rende compte... Allez, va, maintenant, ta mère doit se demander où tu es passée, mais n'oublie jamais ce que tu m'as promis.

– Oui, grand-père, et merci, merci. »

Je suis retournée en courant près de lui, je lui ai donné un baiser, et je suis partie. Ce soir-là, il ne sortit pas de son bureau pour nous dire au revoir, et des semaines s'écoulèrent avant que j'eusse l'occasion de lui parler, mais il ne fit plus aucune allusion à l'émeraude, ni à ce moment-là ni par la suite. Le jour où je me suis rendu compte qu'il allait mourir, j'ai passé toute la nuit à pleurer.

Je n'ai jamais vraiment pu croire au pouvoir magique de la pierre salvatrice. Il était bien difficile de le deviner dans ce caillou, à la surface irrégulière duquel semblaient s'être entrechoquées mille fois ces laides cordillères d'arêtes érodées, usées par le temps, recouvertes d'une sorte de vernis poussiéreux dont aucune lessive ne put venir à bout. J'avais appris entre-temps à l'école que l'émeraude est une pierre précieuse, mais, dans les larmes vertes qui resplendissaient sur les pages du livre de physique comme si brillaient en elles un feu végétal mystérieux, je ne reconnaissais rien qui me permît de qualifier de précieux mon pauvre talisman, lequel, malgré le lointain éclat verdâtre qu'il jetait parfois, quand je le regardais dans la lumière, ressemblait plutôt à ces fragments de granit que je trouvais partout quand nous allions nous promener dans la sierra. Je me disais encore, je m'en souviens, à cette époque : « Va savoir ce que veut dire précieuse, elle ne vaut sans doute pas un clou », si bien que, sans y réfléchir à deux fois, je laissai tomber la broche au fond d'une boîte de Tampax que je rangeai dans l'armoire, où elle resta deux ans, jusqu'au jour où Reina eut ses premières règles – je n'oublierai jamais ce moment, parce que, quand ma sœur se plaignait de l'énervante paresse de son organisme, ma mère lui répondait avec le sourire : « Ne t'inquiète pas, ma chérie, tout a son bon et son mauvais côté. Malena se fera vieille avant toi » – et où cette cachette alla grossir le nombre des propriétés partagées. Par la suite, le legs de Rodrigo alla finir dans la verroterie, bien camouflé parmi de petits objets colorés, anneaux de métal, colliers de grains, perles de verre, têtes de poupées et montres détraquées, jusqu'à ce que, une fin d'après-midi, alors que je l'avais oubliée, ma sœur veuille m'emprunter une paire de boucles d'oreilles ; je lui dis de prendre ce qu'elle voulait, et avant que j'eusse eu le temps de réagir, elle me demandait, l'émeraude à la main, ce que c'était, et je pus, par bonheur, me souvenir à temps d'un des contes que j'avais forgés tout spécialement pour une situation de ce genre.

« Qu'est-ce que c'est, Malena ?

– Une broche. Ça ne se voit pas ?

– Oui, mais... C'est horrible, elle est en miettes.

– Oui, je l'ai trouvée dans la rue, parmi des gravats. J'ai pensé qu'elle irait bien, avec mon déguisement de sorcière, mais pour finir je ne l'ai pas mise, parce qu'elle est trop lourde et qu'elle faisait des plis horribles sur la tunique. Donne, je vais la mettre à la poubelle.

– Oui, il vaut mieux, parce qu'elle a l'air rouillée. Si tu te blesses avec ça, il faudra te faire une piqûre antitétanique. »

Tandis que Reina me tournait le dos pour se mettre les boucles d'oreilles, j'ai glissé l'émeraude dans ma poche d'un geste discret en me disant que grand-père aurait applaudi à ma présence d'esprit. Mais j'ai eu peur que cette scène se répète avec ma mère, et, le soir même, j'ai acheté un coffret en métal avec une serrure, dont la clé est allée tenir compagnie à celle de mon journal, parmi les médailles que je portais au cou. Puis, sans plus amples considérations, j'ai couru dans le couloir jusqu'au bureau de mon père, la seule pièce de la maison où ma mère n'entrait jamais seule.

J'ai frappé à la porte et comme je ne recevais pas de réponse, je l'ai ouverte tout doucement et je me suis glissée à l'intérieur. Mon père se mordillait la lèvre inférieure en suivant avec intérêt, à en juger par son expression ébahie, l'histoire captivante que lui racontait quelqu'un, à l'autre bout du fil, et comme il ne m'avait pas encore remarquée, j'en profitais pour l'observer avec attention, parce qu'il y avait des années qu'il se comportait comme tous les autres pères que je connaissais, c'est-à-dire comme s'il n'avait rien à voir avec ses filles. Il était alors terriblement beau, plus beau que jamais, et il faisait très jeune. En fait, il était encore jeune, et ne devait pas avoir atteint la quarantaine ; il n'était qu'un gamin, pour ainsi dire, quand nous étions nées ; maman et lui s'étaient mariés très vite, après de brèves fiançailles, et ils n'avaient pas tardé à avoir des enfants, peut-être parce qu'elle était plus âgée que lui, d'environ quatre ans.

Quand il changea enfin de position et m'aperçut de l'autre côté du bureau, il eut une moue de lassitude et posa la main sur le récepteur.

« Qu'est-ce que tu veux, Malena ?

– J'ai quelque chose d'important à te dire.

– Et ça ne peut pas attendre cinq minutes ? Tu vois bien que je suis occupé.

– Non, papa. Il faut que je te le dise tout de suite. »

Il marmonna quelques mots entre ses dents, comme s'il remâchait une insulte, puis il déplaça sa chaise de manière à me tourner le dos et prit congé de son interlocutrice en lui assurant qu'il la rappellerait aussitôt. Ensuite, il me fit face, et sans la moindre interruption, appuyant ses coudes sur la table, il me posa du bout des lèvres une question à laquelle je ne m'attendais pas :

« Tu es enceinte ?

– Non, papa.

– Tant mieux. »

Il parut si profondément soulagé que je me demandai quelle image il pouvait bien se faire de moi pour me croire capable d'une bêtise pareille ; j'en perdis le fil du discours que j'avais préparé.

« Tu sais, papa, cet été, j'aurai dix-sept ans... », essayai-je d'improviser, mais il jeta un coup d'œil à sa montre et, selon son habitude, m'interrompit :

« Un : si tu veux de l'argent, je n'en ai pas et je me demande en quelles conneries vous pouvez bien le dépenser. Deux : si tu veux aller en juillet en Angleterre pour améliorer ton anglais, ça me paraît très bien, et mieux encore si tu convaincs ta sœur de partir avec toi, parce que j'aimerais bien que pour une fois vous me laissiez un peu tranquille. Trois : si tu négliges plus de deux matières principales l'année prochaine, ce que je peux te dire, c'est que tu resteras tout l'été à Madrid, à étudier. Quatre : si tu veux passer ton permis, je t'achèterai une voiture pour tes dix-huit ans, mais à condition que, dès à présent, ce soit toi qui ailles promener ta mère. Cinq : si tu t'es inscrite au Parti communiste, tu es déshéritée dès à présent. Six : si ce que tu veux c'est te marier, je te l'interdis parce que tu es trop jeune et que ce serait une bêtise. Sept : si tu veux malgré tout te marier parce que tu es certaine d'avoir trouvé l'amour de ta vie et que si je ne te laisse pas le faire tu te suicideras, je commencerai par m'y opposer même si, au bout d'un an, ou de deux, peut-être, je finirai par donner mon consentement à seule fin de ne plus te voir, et ce à deux conditions, de toute manière : premièrement, que ce soit sous le régime de la séparation de biens, et deuxièmement, que le fiancé ne soit pas Fernando... » Il s'accorda, pour reprendre haleine, une courte pause – la seule de tout son discours échevelé –, et exceptionnellement, il se comporta en père : « Je regrette beaucoup, Malena, et je t'assure que je m'en fous, de qui il est le fils, et même si j'ai vu rouge quand j'ai su que ta mère ouvrait les lettres qu'il t'a envoyées, ce type ne me plaît pas, c'est un salopard, et tu as pu t'en rendre compte... Huit : si tu as eu, ce dont je doute, l'intelligence de te trouver un fiancé qui te convienne, ici, à Madrid, tu peux le recevoir si tu veux, mais de préférence quand je ne suis pas là. Neuf : si ce que tu désires, c'est rentrer plus tard le soir, je refuse, onze heures et demie, c'est bien assez pour deux dévergondées comme vous. Dix, pour finir : si tu veux prendre la pilule, ça me paraît très bien, mais n'en dis rien à ta mère. Et voilà », il regarda une fois encore sa montre, « trois minutes... Qu'en dis-tu ?

– Nul, papa, tu as tout faux. »

J'avais toujours pensé que les reproches indignés que ma mère opposait à ces tours de prestidigitation mentale amusants auxquels se réduisaient quasiment nos contacts avec lui : « C'est trop facile, Jaime ! Moi, comme ça, je pourrais en élever vingt, d'enfants... » n'étaient pas dénués de fondement ; mais il n'aurait jamais renoncé à ses tours pour les interrogatoires consciencieux, ponctués de pauses et de soupirs, auxquels ma mère, plus traditionnelle en toute chose, était demeurée fidèle ; aussi le ratage inhabituel de mon père me fit-il rire de bon cœur, et j'attendis en vain une nouvelle charge, mais le clairon ne sonna point ; ce soir-là, il était pressé.

« Bon, alors, Malena, que veux-tu ? »

Je posai le coffret sur la table.

« Je voudrais que tu mettes ça à l'abri dans un tiroir qui ferme à clé, que tu me le rendes quand je te le demanderai et que tu ne regardes pas ce qu'il y a dedans...

– Bigre ! » Il tendit la main, s'empara du coffret et le secoua, mais je l'avais rempli de papier journal roulé en boule pour que la broche ne cogne pas contre le métal. « C'est la famille Coups en douce... »

Tu es bien placé pour le savoir, pensai-je.

« Qu'est-ce qu'il y a dedans ?

– Bah ! Rien qui t'intéresse... » Je réfléchis en vitesse, n'ayant pas prévu cette curiosité de sa part. Il m'avait lui-même fourni un prétexte : « Ce sont des choses de Fernando, une Vénus en plâtre que nous avons gagnée au stand de tir à la foire, un de ses foulards que j'ai gardé, des cartes postales, un de ces chocolats tellement kitsch en forme de cœur, qu'il m'a envoyés d'Allemagne...

– La capote qu'il a utilisée la dernière nuit...

– Papa ! »

J'ai rougi jusqu'au blanc des yeux. Je ne trouvais rien de drôle à ses insinuations, toujours plus fréquentes et toujours gratuites – je me disais en effet qu'il ne les aurait pas lancées avec de grands éclats de rire s'il avait eu de sérieux soupçons. J'en venais même parfois à deviner, sous cette insolence systématique qu'il cherchait à faire passer pour de la tolérance, le poids de la culpabilité qui le rongeait et le poussait à fouiner dans l'intimité de ses proches pour ajouter aux siennes les fautes des autres dans la liste de ce qu'il eût pu classer parmi les faiblesses humaines si sa femme, qui était indubitablement un être humain, avait commis, ne fût-ce qu'une fois, l'une ou l'autre de ces fautes. En tout cas, je ne pris pas son parti moi non plus, ce soir-là.

« Très bien », fit-il enfin sans se départir de son sourire, « je le rangerai là. » Il me montra le bas du meuble qui couvrait trois des murs de son bureau. « Où est la clé ?

– Elle est là, répondis-je en agitant la chaîne à mon cou.

– On ne laisse rien au hasard, à ce que je vois. »

À cet instant précis, nous avons entendu le bruit d'une autre clé que l'on introduisait dans la serrure de la porte d'entrée, à quelques pas de nous, et papa a porté les mains à sa tête comme s'il venait d'entendre prononcer sa condamnation à la peine capitale.

« Bordel de merde ! ça ne peut pas être ta mère, n'est-ce pas ? »

C'était maman, bien entendu. Le « Hou-hou ! » chantant par lequel elle s'annonçait toujours, aussitôt qu'elle franchissait le seuil de la maison, parvint à mon oreille avant qu'il eût achevé sa phrase.

« Ce n'est pas possible ! » Il regarda la pendule, déconcerté, et je pus m'offrir le luxe d'un instant de compassion. « Mais elle est partie faire les courses il y a moins de deux heures...

– Hou-hou ! », refit Maman en nous rejoignant. « Malena ! Que fais-tu ici ?

– Je parlais avec papa », répondis-je, mais elle n'avait que faire de mes intentions, parce que, avant que j'eusse pu m'expliquer, elle se trouvait devant le bureau et disait :

« Ferme les yeux, Jaime. Je t'ai acheté quelque chose qui va te faire plaisir, c'est pour ça que je suis revenue si vite. »

Elle me regarda en m'adressant le sourire nerveux qui fait trembler légèrement ses lèvres quand elle est contente, et je lui souris à mon tour, car j'aimais d'autant plus la voir ainsi qu'elle se montrait très rarement contente. Elle tira d'un sac un paquet oblong et le défit pour poser sur les papiers qui couvraient le bureau une de ces cravates que mon père était bien le seul à oser porter dans la ville grise que fut la Madrid de mon enfance : une cravate en soie d'Italie, avec des motifs bleu, rouge et violet, reproduisant un détail d'une peinture cubiste. Je la trouvai très jolie, mais je me dis qu'elle ne pouvait pas plaire à ma mère et même qu'elle mourrait de honte le jour où elle devrait sortir avec mon père pour l'étrenner, et je m'étonnai de la maladresse de ce fin limier qui mettait tant de ténacité à flairer mes fautes et celle des autres sans pouvoir reconnaître en lui-même la seule faiblesse qui pût excuser et excusât en fait depuis des années toutes les autres.

« Tu peux ouvrir les yeux. »

Mon père prit la cravate et en palpa le tissu.

« Reina ! Elle est magnifique... Elle me plaît beaucoup. Merci. »

Il posa alors la tête, les yeux fermés, sur le ventre de ma mère qui se tenait debout à côté de lui et qui lui caressa les cheveux, comme s'il était un enfant ; et je m'avisai alors qu'elle vieillissait rapidement, ce qui me parut terriblement injuste. J'allais partir, les laisser seuls avec leurs misères, quand ma mère, qui ne supportait même pas que son mari l'embrasse devant nous, prit les devants.

« Bon, je vais à la cuisine, voir où en est la préparation du repas. »

Papa parut vouloir la retenir contre lui, mais elle s'écarta d'un geste décidé et, après un nouveau sourire, s'éloigna sans ajouter un mot. Une seconde plus tard, je voulus lui emboîter le pas. Je n'avais pas envie de rester seule avec mon père, pas même pour le remercier du service qu'il me rendait.

« Je m'en vais moi aussi. J'ai quelque chose à dire à maman.

– Ça va être long ? Sa question m'arrêta au moment où j'allais atteindre la porte.

– Quoi donc ?

– Ce que tu as à dire à ta mère.

– Mais, je ne sais pas...

– Dix minutes ? Sa main était déjà sur le combiné.

– Oui, je crois. »

Il composa le numéro. À ce moment-là, j'aurais volontiers pris la cravate, je l'aurais repliée plusieurs fois, je la lui aurais fourrée dans la bouche et je l'aurais forcé à la mastiquer jusqu'à ce que son système digestif pût assimiler la soie naturelle, mais, pour quelque raison mystérieuse, il savait, comme Magda, qu'il pouvait se fier à moi. C'est pour cela que sans se troubler, en attendant de décrocher, il retourna la cravate pour regarder la marque, lança un sifflement d'admiration et ne garda même pas pour lui l'exclamation :

« Tonnerre ! On voit que nous allons hériter ! »

Grand-père n'a pas survécu à cette annonce plus de deux mois, et j'ai alors décidé de ne plus prendre de risques et de suivre ses instructions au pied de la lettre. Je n'ai jamais pris, autant qu'il m'en souvienne, de décision plus sage, bien qu'il m'en ait coûté de ne rien dire, après l'ouverture du testament et l'explosion simultanée de deux bombes : dans la plus pure tradition familiale, grand-père avait beaucoup moins d'argent liquide que ses héritiers n'en attendaient, et comme un souverain magnanime du Moyen Âge, il avait décidé que sa fortune ne serait pas divisée en neuf mais en douze parts égales, en reconnaissant aux enfants de Teófila les mêmes droits qu'à ses descendants légitimes ; ensuite, la plupart des assistants se sont mis à glapir en s'accusant les uns les autres de la perte de l'émeraude qui n'apparaissait nulle part, jusqu'au moment où la voix de l'oncle Tomás a couvert celles des autres pour annoncer à ses frères, sans livrer le moindre indice qui eût pu me compromettre, et sans faire le moindre mensonge, que grand-père avait décidé, trois ou quatre ans avant sa mort, de protéger une jeune fille, et que dans un moment d'égarement, il lui avait offert la pierre Reina, qui ne figurait plus dans l'inventaire des biens confié au notaire avec ses dernières volontés.

Mon oncle Pedro, son fils aîné, qui, jusqu'à ce moment-là, s'était montré le plus sérieux et le plus convenable de tous, a été le premier à s'exclamer, à ma grande surprise :

« Ça ne m'étonne pas de lui ! Le vieux putassier de merde ! »

Alors, instinctivement, j'ai posé la main sur la chaîne, à mon cou, prête à tout dire ; mais on ne m'en a pas laissé le temps : mon oncle Tomás, l'autre muet volontaire de la famille, le mystérieux ami d'enfance de mon père qui se conduisait avec moi comme si je n'avais jamais existé, est intervenu de nouveau, sur un ton énergique, avec des gestes décidés que nul n'eût pu deviner sous son indolence d'apparence maladive, et ç'a été la deuxième surprise :

« Écoute, Pedro, si ça te dégoûte de recevoir de l'argent de papa, je ne vois aucun inconvénient à accepter une renonciation signée devant notaire. Et cela vaut pour tous les autres. Est-ce clair ? »

Ce dut être clair, car nul ne s'est permis de faire la moindre grimace, et toute l'affaire a été réglée en une demi-heure, malgré les spasmes nerveux qui agitèrent quelques-uns des assistants, parmi lesquels ma mère, quand on apprit que le grenat, dernier vestige de la fortune des Alcántara d'outre-mer, irait terminer sa course sur le décolleté de Teófila.

« En plein dans le mille ! », s'est exclamé mon père qui avait accueilli la nouvelle avec un grand éclat de rire, comme si rien n'eût pu lui faire davantage plaisir. « Elle est la seule qui saura l'apprécier à sa juste valeur. Telle que je la connais, elle va dormir avec. Haut les cœurs, Reina. Il se peut bien qu'une de ces nuits elle se pique avec l'épingle et qu'elle en meure.

– Tu n'es pas drôle, Jaime. » Ça, c'était ma mère.

Peut-être ne trouvait-il pas lui non plus la plaisanterie très fine, mais il a ri de nouveau, beau joueur, et pendant ce temps est venu le tour des neveux et nièces. Reina a hérité du piano, comme prévu. Moi, qui n'attendais rien, j'ai reçu le portrait de Rodrigo le Boucher, cadeau destiné à sauver les apparences, mais dont le peu de valeur a porté l'indignation de ma mère à son comble et ôté à son visage tout vestige de couleur. Nous allions nous retirer, chacun avec sa récompense et son châtiment, quand tante Conchita, qui avait de nombreux enfants et se plaignait toujours plus que les autres, a entamé le dernier acte :

« Dis, Tomás, qu'allons-nous faire de la part de Magda ?

– Rien. On ne touche pas à la part de Magda.

– Ah bon, intervint oncle Pedro, mais elle est un peu comme un déserteur, non ? En toute rigueur, elle ne devrait pas...

– On ne touche pas à la part de Magda », a insisté Tomás en appuyant sur les mots comme font les enfants ; « elle a encore un compte courant ouvert à la banque, et on lui envoie les relevés là où elle vit à présent. Elle comprendra ce qui est arrivé quand on lui signalera le versement. » Quelques murmures se sont élevés, auxquels il a coupé court en haussant le ton : « Que Magda ne veuille plus rien savoir de nous est une chose, qu'elle ne soit plus notre sœur en est une autre.

– Ça me paraît juste. »

C'était, à nouveau, la voix de mon père, lui seul a osé défendre devant les autres les paroles qui flottaient encore dans l'air comme si aucun autre son n'eût pu absorber leur écho, mais cette étonnante prise de position a fait sortir ma mère de ses gonds.

« Bien sûr, pour toi, c'est tout naturel, parce que rien de ce dont nous pouvons parler ici ne t'importe !

– C'est tout à fait vrai, mais je peux bien donner mon avis, non ? Et je répète que ça me paraît juste. »

Le regard de ma mère a alors glissé sur moi sans s'arrêter, a erré dans la pièce, comme perdu, sans trouver la moindre assise, le moindre endroit où se poser, jusqu'à l'instant où s'est offert à lui un nid de bonne taille dans un autre regard qui la guettait, la défiait, et elle a explosé :

« Tu l'as toujours su, Tomás, tu sais où se trouve Magda, et papa aussi le savait, vous avez toujours préservé votre maudite alliance jusqu'à la fin, tous les trois ! C'est une honte, tu m'entends ? C'est une honte ! Elle est arrivée à ses fins, et toi, tu n'es, tu n'es qu'un... Vous n'avez jamais été que des égoïstes et des orgueilleux. Vous ne méritiez rien, tu m'entends ? Rien ! Tu n'es qu'une ordure... Quelle horreur, heureusement que maman n'est plus là pour voir ça ! Mon Dieu, quelle horreur ! »

Elle s'est ensuite écroulée sur une chaise, comme si elle était sur le point de tourner de l'œil, et pendant un instant nul ne s'est approché d'elle, de peur, aurait-on dit, d'être contaminé par toute la tristesse stagnante de cette femme qui n'avait pas versé une seule larme à l'enterrement de son père mais qui sanglotait à présent sur un rythme monotone, désolé, qui ne laissait place à aucune espérance. Ma sœur a rompu l'enchantement en courant l'embrasser comme si elle voulait la protéger, la cacher à nos regards. Je l'ai suivie des yeux, en me reprochant de ne pas avoir d'aussi rapides réflexes que les siens, et il m'a bien fallu reconnaître, en définitive, presque malgré moi, le pouvoir mystérieux de mon émeraude, parce que, dans cette alliance, maudite ou pas, vraie ou fausse, nous étions toujours trois.

Mon premier souvenir de Magda n'est pas autre chose qu'une absence de souvenirs ou, tout au plus, l'impression étrange qui était la mienne lorsque j'étais petite et que je recevais les baisers et les cadeaux de cette femme intermittente, toujours en visite, qui disait être ma tante mais qui ne passait jamais plus d'un tiers de l'été à Almansilla, ne restait avec nous ni pour le déjeuner du dimanche rue Martínez Campos ni pour le réveillon de Noël et qui était plutôt à mes yeux une réplique inquiétante de ma mère. Au fil des années, elle a continué de me déplaire, à chaque époque pour des raisons différentes, parce que les instructions qui accompagnaient les jouets qu'elle m'offrait étaient toujours dans une langue que je ne pouvais lire, ou parce qu'elle disait « tu » à nounou Juana, ou parce que, à ses anniversaires, il n'y avait à boire que pour les grands et il n'y avait même pas, pour les petits, une assiette de frites. Plus tard, quand elle en a eu assez de courir sans cesse d'un endroit à l'autre et qu'elle a fait des séjours plus prolongés chez nos grands-parents, je me suis prise à la détester pour une raison bien définie et avec une intensité qui me paraît aujourd'hui un peu maladive pour une enfant de neuf ans : parce que Magda ressemblait à maman mais qu'elle était beaucoup plus séduisante qu'elle, offense impardonnable à mes yeux.

À cette époque-là, je ne pouvais guère distinguer les petits détails qui opéraient le miracle de cette différence, voulue par Magda, car, de son côté, ma mère se contentait bien volontiers d'une identité banale, mais, aujourd'hui, quelques petits détails me reviennent en mémoire, et je revois Magda avec un fume-cigarette, le bras gauche barrant sa poitrine pour soutenir sur son poing fermé l'autre bras, colonne que prolongeait le filet vertical de fumée s'élevant de la cigarette tenue entre l'index et le majeur, au-dessus du poignet renversé en un geste parfaitement calculé, et je la revois allumer un cigare long et fin de Sumatra, vingt-quatre heures à peine après que ma mère eut étrenné un fume-cigarette qui ne lui seyait pas aussi bien qu'il seyait à Magda, et il me semble qu'une formule pourrait éclairer ce qu'alors je ne pouvais interpréter que comme une tentative de fuite permanente, désespérée : Magda faisait tout, et, chose exceptionnelle, non pas par défaut, mais par excès, pour se distinguer du modèle de la femme madrilène de l'époque auquel ma mère adhérait avec conviction.

Au lieu de la coiffure française à frange couronnée d'une crinière de cheveux crêpés teints en blond, par mèches ou en totalité, et dont les pointes bouclées tombaient jusqu'aux épaules, Magda avait encore des cheveux longs, châtain sombre, lâchés le matin, tressés l'après-midi et, exceptionnellement, quand elle restait chez elle le soir, coiffés en chignon plat, très simple, qui lui donnait un air gitan que les femmes de son époque redoutaient comme la peste. Elle préférait aussi souligner ses paupières d'un trait noir plutôt que de les couvrir de bleu ciel ou de vert marin ainsi que le faisait ma mère avec une générosité frisant l'obsession, comme si elle s'imaginait qu'en soumettant ses yeux à un assaut de ce genre, ils finiraient, pour être épargnés, par capituler et changer de couleur. Magda ne portait jamais de pantalons, bien que ce fût le dernier cri, ni ces ceintures qui serraient la taille, et elle mettait des bas noirs, jamais de bas couleur chair ; le décolleté était pour elle une parure suffisante, et si elle mettait des boucles d'oreilles, c'étaient toujours des pendants énormes, aux antipodes des petits bijoux de bon goût assortis à la demi-douzaine de chaînes en or qui ornaient le cou de mes autres tantes. Elle n'hésitait pas à jurer en société, mais n'adopta jamais le bikini et resta fidèle aux robes droites quand le règne de la minijupe fut venu ; elle se passait de soutien-gorge en été, ne mettait pas de vernis à ongles et se faisait les lèvres avec un rouge des plus soutenu ; elle n'avait pas de mari et esquivait avec véhémence les bouquets qui volaient vers elle à toutes les noces ; elle n'avait pas de masseur mais elle faisait des kilomètres à pied seule dans la campagne ; elle ne mit jamais de mantille ni de grand peigne pendant la semaine sainte, mais pour les fêtes, à Almansilla, elle se levait à cinq heures du matin et quittait la maison discrètement en compagnie de mon père et de son frère Miguel, et elle était l'unique femme qui se risquait à courir devant les taureaux. Elle n'aimait pas le xérès mais ne pouvait manger sans un verre de vin rouge ; elle lisait les journaux mais ne parlait jamais politique et elle avait de nombreux amis, parmi lesquels certains étaient célèbres, mais elle ne les présenta jamais à la famille ; elle prononçait tous les *r* de *prêt à porter* [1] bien qu'elle eût vécu à Paris quelques années, elle disait « attrait » au lieu de « sex-appeal » et expliquait aux gens comment se déplacer à Londres sans consulter d'autre plan que celui de sa mémoire. Elle devenait très brune en été et préférait nager que prendre des bains de soleil, et jamais, même quand cela finit par entraîner, tous les mois d'août, des querelles incessantes, elle ne consentit à se raser les aisselles, alors qu'elle s'épilait à la cire les jambes jusqu'au bas-ventre au lieu de s'arrêter aux genoux, comme les autres et, ce qui me semble plus important, aucune de ces normes, aussi immuables que la succession du jour et de la nuit, ne varia un tant soit peu pendant des années et des années.

Il m'était alors impossible d'admettre que j'eusse préféré avoir une mère comme Magda, je ne me sentais pas suffisamment forte pour commettre une trahison aussi épouvantable, de sorte que je ne pouvais que la détester, en approuvant passionnément ce que faisait son double, et je donnais à mon jugement arbitraire une importance telle que, bien qu'il lui fût en tous points favorable, ma mère finit par s'en inquiéter, et Reina même me reprocha parfois de me montrer aussi hostile envers ma tante. Longtemps, je ne pus m'expliquer la virulence de ma réaction, mais il me semble à présent que mon organisme essayait seulement d'élaborer de la sorte un vaccin efficace, un moyen de me protéger du monde paisible, ordonné et lent qui m'enveloppait et sous la surface duquel couraient des torrents menaçant

1. En français dans le texte.

de tout submerger à jamais. La seule chose qui me tranquillisait, c'était l'attitude de mon père ; il considérait Magda avec une certaine indifférence dédaigneuse et celle-ci lui rendait la pareille.

C'était pourtant une très belle femme, au visage légèrement irrégulier, aussi large que long, aux yeux un peu plus sombres que ceux de maman, au regard moins doux, et dont les lèvres seules, par leur léger excès d'épaisseur, dénonçaient, comme les miennes, l'ardeur avec laquelle nos ancêtres s'étaient adonnés au métissage ; mais c'était surtout son corps, un corps harmonieux de jeune femme, qui la différenciait de ma mère, pour laquelle cette harmonie n'existait plus que sur certaines photos aux bords festonnés déjà jaunies par le temps. Cette différence nourrissait une jalousie qui venait étayer la légitimité de mon rejet et m'irritait d'autant plus que les défauts physiques les plus évidents de ma mère se changeaient en attraits sur le corps de Magda, qui flirtait dangereusement avec l'opulence sans se décider à doubler le cap que ma mère avait passé sans retour. Ainsi, par exemple, les gros seins qui semblaient faire ployer la poitrine de ma mère, laquelle se tenait toujours légèrement courbée en avant, pointaient du torse droit de Magda avec une vigueur étonnante, entraînant ce qui ne peut être défini que comme une disproportion agréable à la vue, et il en allait de même de son ventre – qui, légèrement rebondi, évoquait davantage l'oreiller moelleux mais ferme que l'annonce d'une fatigue des chairs –, et aussi de ses jambes, légèrement trop courtes, peut-être, mais d'une mystérieuse splendeur.

Rien n'annonçait alors en Magda la tendresse qu'elle devait plus tard me manifester, et elle me considérait apparemment de la même manière qu'elle considérait ses autres neveux et nièces : comme un fardeau, sans m'accorder l'attention qui lui eût permis de remarquer mon hostilité. C'est pour cela que je fus tellement surprise par l'intérêt soudain que j'éveillai en elle au cours du banquet de première communion d'un de mes cousins, quand, après m'avoir considérée avec attention du début à la fin du repas, elle vint me rejoindre dans le jardin, me fit descendre de la balançoire pour m'entraîner à l'écart et me poser sans le moindre préambule cette curieuse question :

« Tu aimes le nœud que tu as dans les cheveux ? »

Surprise, je portai la main à ma tête, sachant bien, pourtant, qu'elle parlait de la grosse ganse de velours rouge, identique à celle que ma sœur portait elle aussi, au même endroit, à droite de la raie qui divisait notre chevelure en deux parties égales, et le coup porta, parce que je m'étais confessée il y avait à peine quelques heures pour pouvoir communier, et que je n'étais pas très contente d'avoir à mentir aussitôt. Je répondis cependant sur un ton aussi détaché que possible :

« Oui, beaucoup.

– Tu ne préférerais pas une autre couleur ? Ou le porter à un autre endroit, à gauche, ou au milieu ? ou te faire une tresse ? »

Elle fumait tranquillement, avec un fume-cigarette de marbre en forme de poisson, tambourinait de la pointe de sa chaussure sur les dalles de granit, m'observait avec un sourire qui ne parvenait pas du tout à être un sourire, et je me surpris à me demander si elle ne serait pas une sorcière, une magicienne comme celle des contes, capables de lire les mensonges sur les lèvres scellées par de vieux serments de loyauté.

« Non, ça ne me plairait pas.

– Ça veut dire que tu serais satisfaite d'être toute ta vie une copie conforme de ta sœur.

– Peut-être pas... Et si c'était le contraire ?

– Tu veux dire : si ta sœur était ta copie ?

– C'est ça.

– Ce ne sera jamais le cas, Malena. » Elle remua doucement la tête d'un côté à l'autre. « Pas dans cette famille, tu finiras par t'en rendre compte... »

C'est pendant ma troisième année au pensionnat que j'ai appris à aimer mère Agueda, notre Magda, ce désastre de sœur qui caracolait dans les couloirs comme un petit cheval, riait à gorge déployée, ne savait pas parler sans crier et fumait en cachette, avec un fume-cigarette, le tabac qu'elle introduisait en fraude au pensionnat, toutes choses qui me rapprochèrent d'elle, car il n'y a, pour cela, rien de tel que la clandestinité partagée ; et toutes deux, nous menions alors, dans une sorte de pays frontalier, elle une vie de religieuse impossible et moi une vie d'enfant impossible, cultivant une personnalité feinte pour donner le change, même si nos fautes étaient si nombreuses et si évidentes qu'elles suffisaient à insuffler à la vie scolaire un souffle d'aventure, tant et si bien que la sauvage Amérique où se déploya la bravoure des Alcántara hanta quelque temps les classes, la chapelle, l'espace de la clôture où nous courions ensemble les mêmes risques, jeunes habitantes d'un continent pour deux dans lequel Reina, beaucoup plus raisonnable que moi, ne voulut jamais mettre les pieds.

De temps à autre, ma sœur se demandait comment une aussi vive antipathie avait pu conduire à un amour aussi profond. Reina considérait la chose avec sa tête toujours aussi prodigieusement froide et arrivait à la conclusion que rien n'avait tellement changé, que Magda était toujours Magda bien qu'elle portât un autre nom, et qu'elle était même pire, en nonne, maintenant que nous tombions sur elle à chaque pas, que naguère, quand nous n'entrevoyions que ses talons. Je ne lui faisais que des réponses vagues, parce qu'elle, qui était si bien, ne pouvait pas comprendre. Elle, qui était si forte, pouvait vivre heureuse dans un monde sans miroir.

Cependant, Reina et moi étions d'accord au moins sur un point : Magda n'était pas et ne serait jamais une moniale, Magda n'avait rien à faire en ce lieu, parce qu'elle ne possédait pas, même en quantité infinitésimale, la moindre des qualités qui s'imposaient en n'importe laquelle de ses nouvelles sœurs, avec lesquelles elle avait encore moins à faire qu'avec celles de toujours, et elle ne parvenait même pas à donner le change même lorsqu'elle se conduisait comme il faut, s'efforçait de parler tout bas, ni même quand elle s'agenouillait dans la chapelle en se donnant de discrètes tapes sur les joues ou quand, le lundi, par exemple, on servait en entrée des lentilles dégoûtantes et qu'elle priait vraiment au lieu de se signer deux ou trois fois en vitesse avant de se jeter sur le plat avec un appétit féroce, faiblesse qui détonnait moins que le soin scandaleux qu'elle mettait à rectifier sans cesse l'angle de la coiffe sur son front, en se regardant de côté dans les miroirs jusqu'à ce qu'elle eût obtenu le résultat le plus avantageux – car Magda était si peu nonne qu'elle se débrouillait pour avoir du chien même en coiffe blanche.

Reina et moi épions tous ses gestes, pour nous amuser à percer son mystère, et ma sœur finit par se convaincre que Magda s'était retirée du monde afin d'oublier le refus du seul homme en qui elle avait trouvé les qualités suffisantes pour faire un mari acceptable. Je n'ai jamais partagé ce point de vue, mais pendant un certain temps je n'ai pas complètement écarté la possibilité que cette hypothèse puisse se révéler juste, quand Reina a étayé sa supposition en précisant que cet homme aurait fui Magda pour entrer dans les ordres, avant de me raconter, avec l'assurance d'une experte en la matière, une histoire que j'avais entendue quelques semaines auparavant, et dans des termes beaucoup plus réconfortants par leur légèreté, de la bouche même de ma tante.

Pendant une récréation, je l'avais accompagnée à la chapelle, où elle s'occupait en changeant les fleurs de l'autel. C'était la seule tâche conventuelle qui lui plût ; quant à moi, j'étais ravie d'être seule avec elle dans cet endroit immense dont la solennité imposante s'atténuait comme par enchantement tandis que nous avancions dans l'allée centrale avec une prosaïque offrande de fleurs, des vases remplis d'eau, des sécateurs et des sacs-poubelles, et qui s'évanouissait complètement peu après, quand nous atteignions les marches, et je me promenais tout autour de l'autel tandis que Magda, tout en travaillant, me racontait quelque anecdote. Mais ce matin-là, le silence s'éternisait et je me sentais mal à l'aise, comme si l'indifférence avec laquelle je regardais ce qui m'entourait était un péché mortel ; aussi essayai-je de lancer la conversation en posant la première question qui me vint à l'esprit :

« Dis-moi, Magda... » Je ne lui disais jamais « tante ». C'était mon privilège. « Pourquoi as-tu été baptisée une deuxième fois quand tu es entrée ici ? On aurait pu t'appeler mère Magdalena, non ?

– Oui, mais j'ai pensé que ce serait plus amusant de changer un peu. L'habit fait le moine. Personne ne m'a baptisée, Malena. C'était mon choix. Je n'aime pas mon prénom.

– Moi, j'aime le mien.

– Évidemment », un instant, son regard quitta les chrysanthèmes qu'elle disposait en haut de l'autel, elle me regarda et me sourit ; « tu as un beau prénom ; Malena, c'est le nom d'un tango. C'est moi qui te l'ai donné. Une Magda, c'est bien assez.

– Oui, mais Agueda, c'est encore pire que Magda.
– Hou ! Ne crois pas ça ! Va à la sacristie et regarde le tableau qui est sur le mur. Va voir. »

Je n'ai pas osé pousser la grille, comme si je pressentais que j'allais devoir m'en servir de bouclier pour affronter le terrible massacre, le sang qui jaillissait à gros bouillons du corps de cette femme jeune dont le sourire confiant me fit supposer que ses blessures devaient être terriblement douloureuses, comme si un tyran invisible l'obligeait à dire avec les yeux qu'il ne s'était rien passé, comme si elle n'avait même pas osé tendre les doigts et toucher sa tunique pour se rendre compte qu'elle était imprégnée de sang, colorée jusqu'à la ceinture d'un rouge sombre, macabre, qui faisait un vif contraste avec la blancheur des deux cônes indéfinissables qu'elle paraissait porter sur un plateau, avec un geste de servante émérite.

« Quelle horreur ! » Magda répondit à mon exclamation par un éclat de rire. « La pauvre ! Qui est-ce ?

– Sainte Agueda... ou sainte Agathe, si tu préfères. C'est le même prénom. Pour moi, j'aurais préféré Agathe, qui a plus de *glamour*, mais on ne me l'a pas permis parce que ce n'est pas espagnol.

– Qui lui a fait ça ?

– Personne. Elle se l'est fait toute seule.

– Mais... Pourquoi ?

– Par amour pour Dieu. » Elle en avait fini avec les grands vases, et je me suis approchée d'elle pour l'aider à nettoyer. « Tu vois, Agueda était une fille très pieuse qui ne s'intéressait qu'à la vie spirituelle, mais elle était très bien faite et surtout, elle avait des seins énormes, superbes, qui, bien sûr, étaient pour elle un embêtement constant, parce que chaque fois qu'elle sortait, tous les hommes la regardaient et lui lançaient des compliments, enfin... plutôt des plaisanteries. Bref, comme tout ce tintamarre l'empêchait de se concentrer, comme elle ne pouvait pas aller à l'église sans traverser la rue, elle s'est demandé un beau jour ce qui, en elle, pouvait à ce point plaire aux hommes, et quand elle s'est avisée que les coupables, c'étaient ses seins, elle a décidé d'en finir avec cette luxure en tranchant dans le vif.

– Et elle l'a fait ?

– Bien sûr. Elle a pris un couteau, elle s'est mise comme ça... » Magda se pencha au-dessus de l'autel, appuya ses seins sur le rebord, maintint quelques instants sa main droite en l'air, puis la laissa retomber en un simulacre de violence extasiée, « ...et tchac ! Elle s'est coupé les deux seins à la racine.

– Pouah ! C'est dégueulasse ! Elle en est morte, bien sûr.

– Non. Elle a mis ses seins sur un plateau et elle est sortie dans la rue, toute contente, pour aller à l'église les offrir à Dieu comme preuve de son amour et de sa vertu, ainsi que tu l'as vu sur le tableau.

– Ce qu'il y a sur le plateau ce sont deux seins ? » Magda acquiesça d'un mouvement de tête. « Mais ils n'ont même pas de bouts !

– Oui... C'est parce que le tableau a été peint par un moine bénédictin, et je ne sais pas, ç'a dû le gêner de dessiner des seins. Il ne devait pas être très à l'aise, parce qu'il a tout barbouillé de sang, alors qu'il n'y en a pas une seule goutte sur la sainte Agathe de Zurbarán qui, lui aussi, était un moine... Viens, allons-y, il se fait tard. N'est-ce pas une belle histoire ?

– Je n'en sais rien.

– Moi, elle me plaît, et c'est pour ça que je m'appelle Agueda. »

Je l'ai suivie en silence jusqu'à la porte, mais j'avais encore la chair de poule, et je ne voulais pas ajouter un mot. Avant de la quitter, je l'ai prise par le bras et elle a décelé quelque chose de bizarre dans ma façon de la regarder.

« Qu'est-ce qu'il t'arrive ?

– Magda... Je t'en prie, toi, ne te coupe pas les seins.

– Oh ! Malena ! Je t'ai fait peur, c'est ça ? » Elle m'a embrassée, a pressé sa joue sur ma tête, et m'a donné des baisers dans les cheveux en me berçant doucement, comme si j'étais un bébé. « Je suis vraiment idiote, je ne devrais pas te raconter ces histoires, mais... avec qui pourrais-je parler si ce n'est avec toi ? »

Mère Agueda a toujours été ainsi. Elle oscillait entre ombre et lumière comme une luciole blessée incapable de s'orienter, allant sans répit de crises de rire en accès de mélancolie, qui s'équilibraient, tout d'abord, puis les derniers devinrent progressivement plus fréquents, et finirent par se muer en obstacles chaque fois plus difficiles à surmonter, jusqu'au moment où, vers la fin, je sentais que Magda ne bougeait que parce qu'elle se forçait à réagir, et ses sourires se figèrent en grimaces dont le vrai sourire ne triompha plus, même s'il ne disparut jamais tout à fait.

Je l'aimais, même si je ne comprenais pas très bien tout ce qu'elle pouvait me dire, ce à quoi je n'attachais pas une grande importance, parce que j'étais moi-même le plus souvent d'une confusion et d'une opacité exaspérantes, et parce qu'elle seule semblait me comprendre, tournait la tête vers moi très lentement, son regard plongé dans le mien, comme pour me dire oui, je sais, j'ai connu cela moi aussi il y a bien des années, si bien que je pris l'habitude de trouver mon reflet en elle, dans sa forteresse investie de faiblesse, dans son cynisme malade d'innocence, dans sa brusquerie rongée de mansuétude, dans tous ses défauts, que je fis miens, et dans la seule vertu de son existence, qui rendait la mienne tolérable. Pourtant, j'enrageais tellement de la voir là, à se trahir méthodiquement, à se châtier avec tant de rigueur, que j'élaborai bientôt ma propre théorie, et qu'il m'en coûta beaucoup de me convaincre que Magda n'avait pas prononcé ses vœux librement mais à la suite de quelque chantage, de quelque mauvais tour, et que l'instigateur n'avait pu la faire renoncer à sa vraie nature qu'en la soumettant à des pressions si insupportables que le couvent s'était présenté à ses yeux comme un sort presque heureux.

Je me rappelle encore comment tout a commencé. Maman nous avait emmenées une fin d'après-midi avec elle faire les courses. Elle choisit pour nous deux robes identiques, avec des fleurs bleues sur un fond blanc, un col brodé pompeux qui ressemblait plutôt à un bavoir, et deux manteaux de drap anglais bleu sombre avec des boutons et un col de velours en tous points fidèles à la morne idée qu'elle se faisait de la mode de bon goût pour fillettes de notre âge. Le matin du samedi suivant, elle nous avait mis nos habits neufs en nous annonçant, très contente, que nous allions au mariage de Magda. Quand Reina lui demanda qui était le mari, ma mère répondit en souriant que nous le saurions en arrivant à l'église, mais nous ne le vîmes nulle part et, en fait, si quelque chose manquait à l'importante représentation familiale qui attendait à l'entrée de la chapelle du pensionnat, c'était justement les hommes. Ni grand-père, ni l'oncle Tomás, ni l'oncle Miguel ni mon père, qui ne coupa même pas le moteur en arrêtant la voiture devant la porte et redémarra en nous disant que puisque nous n'étions que trois nous trouverions facilement une place dans les autres voitures pour rentrer, n'assistèrent à la cérémonie qui commença quand Magda se dirigea vers l'autel à pas lents, habillée de blanc, mais rigoureusement seule.

Il n'y a pas longtemps, j'ai trouvé dans mes papiers l'un des souvenirs que grand-mère distribua ce matin-là. Magda épousa Dieu le 23 octobre 1971. Le 17 mai 1972 elle avait abandonné à tout jamais le domicile conjugal.

J'ai découvert son plan par pur hasard, peut-être à cause des fleurs de courgette, le vice le plus extravagant que nous avions en commun. Le reste de la famille a toujours refusé de goûter ne serait-ce qu'une bouchée de ce légume singulier, les épaisses corolles orangées aux filaments verts que je n'avais jamais vues dans la cuisine jusqu'au jour où Magda, qui revenait d'Italie, nous offrit un spectacle insolite, releva les manches de son chemisier et mit un tablier pour faire frire, après avoir trempé dans une pâte semblable à celle des beignets de gambas mais avec une pincée de piment de cayenne, ce que grand-père définit laconiquement comme un drôle de bouquet. Personne, excepté Magda qui en mangea au moins une douzaine, ne tendit la main vers le plat où reposaient ces énormes corolles flétries qui, dans l'huile bouillante, avaient mystérieusement retrouvé leur rigidité, jusqu'au moment où je me décidai à les goûter et m'étonnai de les aimer autant. Depuis, chaque été, Magda et moi allions piller discrètement le potager de temps à autre, par secteurs, pour cueillir délicatement une fleur de chaque plan de courgette et déjeuner main dans la main d'un plat entier de beignets.

Ce printemps-là aussi nous étions allés une fin de semaine à Almansilla parce que les cerisiers étaient en fleur, tradition dont je n'ai jamais bien saisi le sens, mais à laquelle ma mère ne renonça jamais, elle qui pourtant refusait d'habitude tout déplacement de moins d'une semaine en alléguant non sans raison que la maison était trop loin, glaciale, et que tout ce branle-bas pour deux nuits n'avait aucun sens. Elle appelait ça « aller aux cerisiers », et en fait nous ne faisions rien d'autre que nous promener entre ces arbres à la fois privilégiés et misérables, si communs en été quand ils ne sont plus que d'affreux squelettes de bois frêles et nus, et si magnifiques en avril quand ils paraissent exploser de bonheur en millions de petites fleurs qui éclosent toutes à la fois, gonflant leurs pétales blancs pour couvrir à contretemps les branches d'un manteau immaculé, qui m'a toujours rappelé la toison des brebis juste avant la tonte. Nous contemplions les cerisiers et nous montions au grenier pour jouir encore, d'un autre point de vue, de l'équivoque spectacle annuel des arbres neigeux qui s'étendaient à perte de vue comme une armée hivernale bien alignée, menaçant de sa blancheur la frange des jeunes prairies d'un vert tendre moucheté de petites marguerites, mais nous ne nous attendions certes pas à manger des cerises, parce que les cerises sont le seul fruit qui ne mûrit pas détaché de l'arbre et qu'il ne faut pas cueillir avant sa pleine maturité, comme disait et redisait Marciano, le jardinier, qui devait désirer se faire pardonner, en rejetant la faute sur la nature, de priver les lointains propriétaires du domaine d'une dégustation *in situ*, d'autant que, lorsque nous revenions à Almansilla au début de juillet, il ne restait plus sur les branches que quelques fruits pourris, picotés par les oiseaux, rabougris, qui n'avaient pas été jugés dignes de figurer dans les corbeilles. Nos cerisiers étaient des espèces précoces et, cette année-là, nous n'étions pas arrivés avant la fin avril et le soleil était déjà ardent, si bien que Marciano, épouvanté à l'idée que des gelées pourraient encore survenir en mai, tout dévaster et brûler les cerises sur les branches, nous accueillit avec une poignée de fruits dans chaque main. Je lui demandai alors si les courgettes du potager avaient fleuri et il me répondit que c'était bien possible sur un ton aussi funèbre que celui qu'il eût pris pour m'annoncer ma mort prochaine, mais ce fut malgré tout pour moi une bonne nouvelle, et j'allai choisir avec soin les fleurs les plus grosses pour les apporter à Madrid et donner un peu de joie à Magda qui semblait ces derniers temps plus triste que jamais, au-dessous du niveau le plus bas où elle était jamais tombée.

Le lundi, avant la première heure de cours, je me rendis au secrétariat où elle travaillait depuis peu, mais je ne la trouvai pas et personne ne put me dire où elle était. Pendant la récréation, nous nous croisâmes dans le couloir et je l'appelai ; mais elle, qui marchait vite, courbée en avant, les mains croisées sous les seins, les yeux rivés sur les tommettes comme si quelqu'un lui avait confié la tâche absurde de les compter, se contenta de tourner la tête, sans s'arrêter, pour me lancer qu'elle était très pressée et que nous nous verrions plus tard, à la sortie. J'essayai de lui expliquer que ce n'était pas possible parce que les fleurs étaient déjà un peu fanées et que si elle ne les mangeait pas tout de suite, il faudrait les jeter, mais elle continua d'avancer sans m'écouter et disparut par la porte du fond. Alors, je regagnai la classe, je pris le paquet de fleurs et je ressortis en courant, pour éviter qu'un malentendu ne réduisît à néant mes bonnes intentions.

J'arrivai juste à temps pour voir les pans flottants de son habit s'encadrer un instant dans la porte de l'appartement de la directrice et j'allai m'asseoir pour l'attendre dans le fauteuil destiné aux visites. Pendant un bon moment, je gardai mon calme, mais Magda ne ressortait pas et la demi-heure de récréation s'envolait à toute vitesse, et comme je craignais que la sonnerie ne m'obligeât à retourner sur mes pas sans même que j'eusse pu lui parler, je m'approchai de la porte, pour voir un peu où en était la discussion et évaluer mes chances.

« Je regrette, Evangelina... » C'était la voix de Magda.

« Oui, mais quand tu es entrée ici, tu as dit...

– Je sais bien ce que j'ai dit, mais je me suis trompée, tout simplement. Je ne pouvais pas savoir comment je me sentirais, cloîtrée.

– Tu n'aurais pas dû prononcer tes vœux, Agueda. C'était insensé. Parce qu'il s'agit de ta mère, et que sans ça...

– Ça n'a rien à voir, Evangelina, j'étais sûre, alors, de ma vocation, et je le suis encore, autant que je l'étais, mais j'ai besoin d'une occupation, je ne peux pas rester toute la journée sans rien faire... Avec Esther qui prend sa retraite et Miriam qui s'en va à Barcelone, vous allez avoir besoin de plus de monde, et je connais assez bien le français, pas suffisamment, mais je pourrais acquérir un bon niveau en trois ou quatre mois, je suis très douée pour les langues.

– Je n'en doute pas. Mais ce que je ne comprends pas... Voyons, tu as vécu à Paris quand tu étais jeune fille, n'est-ce pas ?

– Oui, mais je ne parle pas bien la langue, parce que je suis partie avec un Américain qui habitait là, et alors...

– Agueda ! La voix de la directrice monta si haut que quiconque traversant le couloir eût pu l'entendre. Je t'ai dit mille fois que je n'ai que faire de tout ce qui a précédé ton entrée dans notre communauté.

– Je sais, Evangelina ! J'essayais seulement de t'expliquer qu'à ce moment-là j'ai surtout appris à parler l'anglais... » Alors, comme si elle voulait compenser les éclats de voix de son interlocutrice, Magda a murmuré un nom que je n'ai pu entendre, et a poursuivi : « ... parlait si bien le français que je n'ai jamais osé me lancer ; nous allions partout ensemble.

– C'est lui qui... ?

– Qui quoi ?

– Ne sois pas insolente, Agueda, tu sais parfaitement ce que je veux dire.

– Pardon, je croyais que tu n'avais que faire de mon passé. Tu m'as prise au dépourvu.

– C'était donc lui.

– Non, bien sûr que non. Le calcul est simple à faire, nous avons rompu bien des années avant.

– Oui, je sais, et l'autre... »

Au moment le plus intéressant, je n'ai plus entendu ni Magda ni mère Evangelina. Leur murmure était maintenant si étouffé, si proche du silence que lorsque la directrice a repris la parole, après avoir poussé un soupir profond comme si elle rendait l'âme, je m'étais un peu éloignée de la porte, certaine que l'entretien était terminé.

« Il faut parfois commettre une véritable monstruosité pour trouver en soi la force qui nous éclaire...

– Ne me mortifie pas davantage, Evangelina, aie pitié de moi.

– C'est bon. Pour en revenir au français, il me semble que tu as raison.

– C'est évident. Si tu m'accordes ta permission, j'irai cet après-midi même me faire inscrire dans une école de langues. Nous sommes le 28, je pourrais commencer au début du mois prochain et, en septembre, je me chargerai de la première... »

À ce moment-là, j'ai cessé d'écouter ; pétrifiée de surprise, je n'ai pu faire un pas. J'aurais dû regagner le fauteuil, ou reculer, sachant bien qu'il ne faut jamais écouter aux portes, grand-mère passait sa vie à le rabâcher aux servantes, mais j'avais les jambes liées, les sens éteints et la tête bouillonnante d'essayer de débrouiller l'imposant chapelet de mensonges que ma tante égrenait avec un naturel enviable, et sous la noirceur de son péché ancien, un péché très grave, puisque mère Evangelina l'avait appelé monstruosité, miroitaient la trace d'un homme caché et un secret bien plus terrible que le nom de cet homme, car ce qui m'impressionnait plus que tout le reste, c'était la certitude soudaine que Magda allait se perdre, qu'elle allait se perdre sans retour, puisque, tout le reste mis à part, elle parlait parfaitement le français, un français impeccable. J'en étais certaine, je l'avais entendue, moins de deux mois auparavant, dans sa chambre, au pensionnat, un après-midi où j'étais entrée sans frapper, où je l'avais trouvée en train de parler au téléphone, et même si, à ce moment-là, elle prenait bien garde de ne pas élever la voix, je n'en étais pas moins restée clouée de surprise par la fluidité de son discours, tandis qu'elle gazouillait comme un canari sans cesser de faire ces moues de bambin mal élevé qui nous font défaut pour bien prononcer les *u*, ce qui me donne, à moi, tant de fil à retordre.

Quand la porte s'est ouverte, brusquement, j'ai failli être renversée par ma tante.

« Salut, Malena ! Que fais-tu ici ? »

Elle me souriait avec une expression quasiment euphorique, les poings encore serrés – elle les avait fermés et entrechoqués en franchissant le seuil dans un geste d'encouragement destiné à elle seule –, sans se montrer le moins du monde scandalisée, fâchée ou déçue par la gravité de la faute qu'elle me trouvait en train de commettre.

« C'est que... Je voulais te donner ça. »

Je lui ai tendu le paquet qui est resté un instant suspendu à mi-chemin entre son corps et le mien, et elle s'en est emparée, intriguée.

« Qu'est-ce que c'est ? » Elle a plongé le nez dedans mais l'a retiré un instant plus tard, en le pinçant entre le pouce et l'index de sa main droite comme si elle voulait le détacher de son visage. « Mais mon trésor, elles sont à moitié pourries ! Quand les as-tu cueillies ?

– Vendredi, à Almansilla. Nous sommes allés aux cerisiers, en fin de semaine... Je pensais qu'elles tiendraient, je ne m'étais pas rendu compte qu'elles sentaient si mauvais.

– Merci, Malena, merci quand même, ma chérie. J'ai une dette envers toi, rappelle-le-moi un de ces jours. »

Alors, elle m'a embrassée, et nous avons quitté le couloir, enlacées, sans même nous arrêter quand, en passant devant une poubelle, elle s'est détournée un instant pour se débarrasser de mon malheureux cadeau, et elle avait l'air tellement heureuse, elle ressemblait tellement à l'authentique Magda, à la femme véritable que j'avais tant détestée jadis que j'eus l'impression que quelque chose se brisait, qu'un monde nouveau se mettait à tourner sans moi, que j'étais peut-être en train de la perdre, et je ne pouvais pas la laisser disparaître ainsi.

« Tu sais, Magda, je t'aime beaucoup, énormément, c'est vrai.

– Moi aussi je t'aime, Malena. » Elle s'était enfin arrêtée, et nous sommes restées plantées l'une devant l'autre, puis Magda m'a regardée dans les yeux ; les siens brillaient. « Tu es la personne que j'aime le plus au monde, la seule qui compte vraiment pour moi. Et j'aimerais que tu ne l'oublies pas. Jamais. »

La mère Agueda reparut un instant dans ses yeux chargés de larmes, sur ses lèvres tremblotantes et dans ses mains qui couraient sur mes bras sans se décider à les saisir, et je l'ai embrassée à nouveau, de toutes mes forces, comme si je voulais imprimer sa trace sur mon corps, la retenir pour toujours, et je lui ai rendu ses baisers rapides en petits baisers sonores sans m'apercevoir que je pleurais, jusqu'au moment où, épuisée par l'intensité de mes sentiments, molle et hébétée comme après un grand effort, j'ai senti sur mes lèvres un goût salé.

Si tout s'était passé sans accroc, ce moment aurait été celui de nos adieux, mais je n'avais jamais pu apprendre à jouer du piano.

« Mais bon Dieu, laisse-la tranquille, Reina ! C'est une torture pour elle ! Tu ne t'en rends pas compte ? Si la petite ne peut pas, elle ne peut pas, et voilà tout. »

Cette phrase, que mon père devait répéter à intervalles réguliers, presque mot pour mot, au moins une douzaine de fois, finit par ruiner les espérances de ma mère qui, dès l'instant où elle dut se résigner à admettre, quand j'avais à peine cinq ans, que les principes du solfège ne m'entreraient jamais dans la tête, n'eut de cesse de me faire pratiquer une activité quelconque à la mesure de mes moyens, pour éviter que les progrès de ma sœur en musique ne me donnent des complexes, ce dont je me moquais bien, dans le fond, et plus encore après qu'un professeur suisse eut émis un certain diagnostic – que ma mère refusa d'entendre –, en remarquant que Reina n'était pas dépourvue de tout don, mais qu'elle ne serait jamais, même si elle s'usait le bout des doigts sur les touches, une virtuose, parce que son talent n'y suffirait pas. Semblable analyse était tout simplement incompatible avec le caractère de ma mère, qui dédaigna également les commentaires des professionnels patients lorsqu'ils l'informèrent l'un après l'autre, alors qu'il était encore temps, que je n'étais pas née pour faire une danseuse, que mes aptitudes en dessin étaient des plus réduites, que l'expression corporelle ne leur semblait pas très favorable à mon développement et qu'il valait mieux ne pas m'orienter vers la céramique car tout ce qui importait, dans le modelage, c'était la dextérité des deux mains – le même argument, mais en ce qui concernait les jambes, servit à m'écarter de la gymnastique rythmique, qui fut pour moi l'expérience la plus pénible –, ou encore que, compte tenu de la peur que m'inspiraient les chevaux, il était peu probable que je fusse un jour, ou même une heure, une cavalière. Ainsi, tandis qu'elle envisageait la possibilité de me faire initier aux arts martiaux, tout simplement parce que cette mode était lancée aux États-Unis, je baissai les bras, et la suppliai les larmes aux yeux de me laisser apprendre l'anglais, option qu'elle avait toujours rejetée en prétendant que c'était trop commun et dépourvu d'intérêt artistique, mais en fait parce qu'elle craignait, si je réussissais, de donner un complexe à ma sœur. Elle devait bien pressentir, malgré elle, que parler anglais peut mener beaucoup plus loin que savoir lire une partition.

De toute manière, comme mon père refusait abruptement de me laisser mettre les pieds dans le moindre gymnase : « Alors là, Reina, tu m'en bouches un coin. Pourquoi pas la boxe, pendant que tu y es ? Il ne manquait plus que ça, tiens, qu'on me la rende lesbienne... », maman fut bien forcée de me laisser apprendre l'anglais, puisque, à part le karaté, il ne restait plus beaucoup de perspectives que mes capacités pussent trahir à ce rythme infernal. Le temps me donna raison. Malgré les difficultés que me posait l'accent, difficultés venues de ce manque d'oreille qui était à l'origine de l'histoire, je fis de si rapides progrès en anglais que j'obtins deux diplômes qu'une prestigieuse université de rameurs britanniques décernait aux étudiants étrangers, avant même d'avoir commencé à enseigner, prouesse qui concilia enfin les volontés de ma mère et les miennes.

Maman refusa, pour une question de principes, les cours proposés par le consulat nord-américain et insista pour que je suive ceux du British Institute, mais comme en cours d'année il n'y avait de place libre nulle part, elle dut finalement se résigner à me faire inscrire dans une école de langues qui se trouvait rue Goya, à quelques pas de la place Colón, d'où je revenais seule à la maison trois fois par semaine sans courir d'autre risque que de traverser le Paseo de la Castellana par un passage souterrain. Ce fut l'un de ces après-midi-là, alors que j'allais entrer dans l'immeuble où on donnait les cours, que je vis une sœur qui ne pouvait être que Magda sortir de la bouche de métro.

Je crus un instant qu'elle venait dans ma direction et qu'elle suivait peut-être des cours dans la même école que moi, mais, sans même tourner la tête, elle remonta la rue Goya d'un pas assez rapide. Sans y réfléchir à deux fois, je me mis à la suivre, en restant à bonne distance. Je n'osais pas aller plus vite pour la rattraper, car quelque chose me disait qu'elle ne me ferait pas bon accueil, et je ne risquais pas de la perdre parce que sa coiffe et son habit se détachaient comme une paroi chaulée sur les vêtements de demi-saison des passants. Elle continua à cette allure pendant un bon moment, plus de dix minutes, et comme il ne m'était pas venu à l'esprit de regarder les petits panneaux bleus des carrefours, j'avais perdu le compte des rues que nous traversions quand Magda disparut sous un porche obscur. Alors, je me rendis compte que je m'étais perdue.

Sur l'une des plaques indicatrices, je lus Nuñez de Balboa ; sur l'autre, Don Ramón de la Cruz, et ni l'un ni l'autre de ces deux noms ne me dit quoi que ce soit. La rue Goya devait se trouver à ma droite, mais elle pouvait tout aussi bien être à ma gauche ; je ne connaissais pas bien ce quartier, ma mère se refusait à traverser la Castellana quand elle n'y était pas forcée parce qu'elle épousait la plus vieille manie de grand-mère pour qui, en grande dame qu'elle avait toujours été, le quartier de Salamenca n'était qu'« un nid prétentieux de fonctionnaires et de parvenus », et qui ne pouvait admettre que le grand commerce de la ville se fût obstiné à coloniser la rive est du grand axe qui partage Madrid en deux, au lieu de rester sur la rive ouest, qui est la partie de la ville où les gens vraiment riches ont toujours vécu et où, bien entendu, elle continuait à vivre en pouvant même s'offrir le luxe de se définir comme propriétaire foncier. Je me demandais ce que je ferais si Magda tardait à ressortir. Quatre mois me séparaient encore de mon douzième anniversaire et je n'étais encore jamais sortie dans la rue toute seule, sauf pour traverser ce ridicule passage souterrain. Prendre un taxi ne me faisait pas peur, mais quand je fouillai mes poches, je n'y trouvai guère que vingt-cinq pesetas et un jeton de téléphone. Je m'avisai alors qu'il ne me restait plus d'autre recours que Magda, et je m'approchai d'un monsieur qui prenait le frais sur une chaise, à côté du porche, pour lui demander à quel étage on donnait les cours de français. Il me lança un regard étrange et me répondit que dans cet immeuble personne ne donnait de cours de français, à sa connaissance, tout au moins. Son ignorance me priva de mon ultime espoir. Il restait encore quelques heures avant la nuit, mais elle viendrait tôt ou tard, et peut-être Magda sortirait-elle par une autre porte ou ne sortirait jamais, peut-être l'avais-je confondue avec une autre sœur. Je m'impatientais tant que je n'eus plus qu'une envie : pleurer comme un bébé. Mais l'homme me considérait d'un œil soupçonneux et je regagnai à pas lents mon poste d'observation, un arrêt d'autobus situé sur le trottoir d'en face, pour me livrer au désespoir que je n'avais plus la force de combattre. Alors, Magda réapparut.

Elle s'était fixé sur la nuque un chignon éminemment postiche mais impeccable, et son maquillage était très discret, excepté sur les lèvres, peintes d'un rouge vif, comme jadis. Elle portait des chaussures en peau de crocodile aux talons très hauts et la robe en tricot imprimée dans laquelle elle était apparue à Almansilla deux mois auparavant, quand elle était venue passer les vacances de la semaine sainte avec nous.

Reina et moi n'avions pas été les seules à être médusées de la voir se présenter ainsi, dans un vêtement laïc, sa propre mère avait refusé de l'embrasser avant de proclamer qu'elle trouvait son aspect scandaleux, mais Magda expliqua tout tranquillement qu'il sautait aux yeux de tout le monde qu'elle avait maigri depuis qu'elle était au couvent et que la mère Evangelina elle-même lui avait suggéré de profiter des vacances pour faire rétrécir son habit. La seule mention du nom de la directrice suffit à calmer grand-mère, et Magda fut enfin embrassée par tous, comme si de rien n'était, mais je me rendis bien vite compte qu'il devait se passer quelque chose, et quelque chose de très bizarre, parce que la femme qui était revenue ce vendredi saint à Almansilla était très différente de celle qui était partie de la maison de la rue Martínez Campos le jour de la fête de la Vierge, l'année précédente, comme si Magda avait décidé de tirer un trait sur l'année de sa vie qui venait de s'écouler.

Je me souviens parfaitement de sa première métamorphose, quand, à peine un an auparavant, une Magda méconnaissable, aux cheveux très courts, au visage sans la moindre trace de maquillage, avait pris l'insolite manie de suivre sa mère aux vêpres comme un mouton en refusant de monter dans la voiture familiale pour se traîner jusqu'à l'église en lourdes chaussures plates de collégienne, comme si l'épaisse jupe écossaise à carreaux qui lui couvrait les mollets même quand elle était assise était trop lourde pour elle, elle qui naguère portait ces jupes très ajustées moulant docilement ses cuisses, ce dont même grand-mère ne se scandalisait plus. Cette Magda couarde, je finis par la détester plus encore que l'ancienne Magda parce qu'elle était devenue une vraie religieuse, si elle en fut jamais une, et celle que le couvent nous rendit, cinq mois à peine après l'avoir accueillie, n'était déjà plus cette femme-là, mais l'autre, l'ancienne Magda, comme si le temps s'était détraqué et avait entraîné un bouleversement général, dans un monde sans mémoire où le passé récent ne se distinguait plus du lointain passé.

Malgré tous les efforts que je faisais pour voir clair, je ne pouvais deviner le sens d'une évolution aussi tortueuse, encore qu'aucun signe apparent, excepté l'éclat d'un regard qui avait repris sa vivacité, ne confirmât mon intuition que Magda refaisait en sens inverse, sur la pointe des pieds, le chemin qu'elle avait parcouru à grandes enjambées, parce qu'elle n'était en rien encore redevenue une femme ; ses cheveux n'étaient pas assez longs pour une coiffure courte, son visage était dépourvu de tout fard, elle portait encore des chaussures plates, ses vêtements étaient communs, ses gestes humbles, et elle fermait les yeux comme si la prière l'émouvait quand elle nous faisait réciter le rosaire, le soir. Bien sûr, elle riait beaucoup plus souvent et beaucoup plus fort qu'au couvent lorsque, l'après-midi, nous nous promenions sur la colline, elle et moi ; elle me chantait parfois des chansons anciennes, et rien que des chansons d'amour, elle caracolait, mais cette joie, simple et saine comme celle inspirée par le Seigneur des films fossiles qu'on nous projetait au pensionnat de temps en temps, ne suffisait pas à étayer mes conjectures, et pendant toute une semaine, Magda ne fit rien pour apporter de l'eau à mon moulin, jusqu'au vendredi saint, quand mon père entra à l'improviste dans la cuisine pour nous offrir, en représentation exceptionnelle, le spectacle de son mystère personnel, qui nous était déjà familier.

Ma mère était en train de repasser le col d'une de mes robes à laquelle nounou Juana, d'après elle, ne donnait jamais le bon pli, et j'attendais, à côté d'elle. Il y avait aussi avec nous la femme de mon oncle Pedro, Mari Luz, la plus bécasse de mes tantes, qui s'est toujours montrée très bonne. Prête à partir pour l'église, elle bavardait avec les servantes qui, dans l'après-midi, n'avaient rien de mieux à faire. À ce moment-là, mon père, qui ne mettait jamais les pieds à l'église, même pas pour Noël, s'est montré, tout sourire, et sans dire un mot a pris un long couteau aiguisé dans le tiroir et a disparu dans le garde-manger. Maman a souri, devinant ce qui allait se passer, et j'ai fait de même.

« Quelqu'un veut-il prouver avec moi qu'il est un

vieux chrétien en un jour solennel comme aujourd'hui ? »

Papa nous regardait, réjoui, tenant entre les doigts une tranche de jambon de pays, le merveilleux jambon presque noir venu, malgré toutes les interdictions, de la cave de Teófila, qui avait l'art, incontestable, de préparer les salaisons.

« Non ? a-t-il repris avant d'en manger un petit morceau. Alors, je vais devoir jeter ce qui reste, parce qu'en fait je n'aime pas beaucoup le jambon ; je n'ai fait ça que pour pécher. »

Les servantes ont éclaté de rire et je n'ai pu m'empêcher de faire comme elles. Ma tante Mari Luz est intervenue :

« Ce que je ne comprends pas, Jaime, c'est pourquoi tu ne manges pas tout bonnement une escalope de veau à l'heure du repas, comme papa.

– Ah ! Mais c'est que j'aime beaucoup le ragoût de morue ; mais entre ça et manger maigre, il y a une différence... Je suis un païen très strict. »

Maman m'a tendu la robe et a débranché le fer. L'histoire allait apparemment en finir là ; le rituel de mon père n'avait plus de mystère pour ma mère, et je crois même qu'il ne lui déplaisait pas, mais elle ne put résister, une fois de plus, à la tentation de lui adresser un léger reproche, ne fût-ce que pour se sentir bien avant la messe, et il réagit comme si c'était justement là ce qu'il attendait.

« Je me demande bien, Jaime, ce qui te pousse à faire un tel scandale.

– Celui de ta sœur la sainte, qui prie pour le salut de mon âme, est bien pire », répliqua papa en élevant la voix, empreinte de dédain ; « toute nonne qu'elle est, elle est en train de s'épiler à la cire jusqu'à la taille, au bord de la piscine, en maillot de bain, comme une danseuse de cabaret... »

Maman leva la tête et lui lança un regard furieux, qu'il soutint avec hauteur.

« Je ne plaisante pas. Elle est là, tu n'as qu'à y aller, et tu verras toi-même. »

Je me dis qu'on ne verrait jamais un homme aussi fourbe et, sans trop savoir ce qu'il y avait là d'aussi catastrophique, j'éprouvai une douleur quasi physique à l'idée de la violence de la tempête qui allait s'abattre sur la tête de Magda d'un instant à l'autre en entendant le martèlement frénétique des talons de ma mère qui semblait vouloir réduire le carrelage en poudre tandis qu'elle quittait la cuisine sans même prendre le temps de replier la planche à repasser.

Tout le monde, autour de moi, disparut en moins d'une minute. J'allais m'en aller moi aussi mais nounou me prit par le bras, me conduisit dans la salle de bains et me coiffa, en me prévenant qu'arriver en retard à l'église mettait grand-mère dans une fureur telle qu'elle était tout à fait capable de laisser les retardataires sur le carreau, puis elle me dit de me dépêcher parce que aujourd'hui, en plus, il y avait la procession. J'obtempérai et fis semblant de me diriger vers la porte d'entrée, mais j'allai me tapir dans le renfoncement de l'escalier où je retins mon souffle jusqu'au moment où j'entendis les voitures démarrer. Alors, je sortis de ma cachette et je filai jusqu'à la piscine.

Magda, en maillot de bain noir, les jambes luisantes de crème, pleurait, et fumait d'abondance, sans fume-cigarette. Elle m'aperçut aussitôt et voulut sourire, mais au lieu de me dire bonjour, elle murmura, les yeux baissés, quelque chose que je n'entendis pas, et je restai debout, près d'elle, à ne savoir que faire. Je me demandais s'il valait mieux m'asseoir à côté d'elle en silence ou tourner en dérision la semonce absurde qu'elle venait de recevoir, mais Magda ne me regardait même pas, elle semblait si inconsolable que j'en vins à me dire que ma présence, à ce moment-là, lui pesait. Je m'éloignai discrètement en direction du passage ménagé dans la haie de thuyas qui entourait la piscine, mais je n'arrivai pas jusque-là, car dans ce même passage se montra alors la dernière personne que je m'attendais à y trouver.

Mon père alla tout droit vers Magda, faisant comme s'il ne m'avait pas vue, et quand il la rejoignit, il la contourna de sorte à se trouver exactement derrière elle. Il se pencha, glissa ses mains sous les aisselles de ma tante et la souleva un instant avec un élan qui lui permit de joindre les pieds à l'endroit même où le corps de Magda reposait un instant auparavant. Puis il la laissa retomber doucement, et répéta le mouvement plusieurs fois, jouant avec sa belle-sœur comme si elle était une petite fille, en la faisant rebondir sur ses pieds.

« Allons allons, Magdalena... Il ne va pas être content, le Saint-Esprit, quand il verra la belle faveur que tu lui fais ? »

Elle, qui avait accueilli avec le sourire chacun des bonds qu'il lui avait fait faire, se mit à rire ouvertement, alors que les larmes brillaient encore sur ses joues.

« C'est toi qui as fait ça, n'est-ce pas ?

– Évidemment. Qui veux-tu que ce soit, à part moi ?

– Tu es un salaud, Jaime, vraiment. » Elle n'avait pas cessé de sourire. « Tu trouves que je n'en ai pas assez sur le dos, il faut encore que tu t'amuses à envenimer les choses.

– Mais c'est pour toi que je l'ai fait ! Je n'ai pas trouvé de meilleur moyen pour te débarrasser d'eux.

– Ah ! Mais est-ce que je te l'ai demandé, de me débarrasser d'eux ?

– Oui. » La voix de mon père s'était faite plus grave, et elle devint si basse que j'eus du mal à entendre ce qu'il ajouta : « À grands cris. Depuis que tu es arrivée. Chaque fois que nous nous croisons dans le couloir. Chaque fois que tu me dis bonjour le matin. Chaque fois que tu me dis bonne nuit. Et tu le sais bien. »

Le sourire de Magda s'élargit, et sa voix fut gagnée par la nervosité obscure qui avait pointé dans les paroles de mon père.

« Ne m'emmerde pas, Jaime !

– Tu vois à quel point tu es nerveuse ? » Il rit, et sans se soucier de mon ahurissement, se pencha pour l'embrasser sur le front. « Tu ne sais même plus ce que tu dis. » Madga éclata de rire. « Viens, allons faire un tour. Prendre un peu l'air te fera du bien, tu verras... »

Elle se leva, soutenue par mon père, et ce fut alors qu'il me regarda, comme s'il venait seulement de découvrir ma présence.

« Et toi, que fais-tu ici ?

– Eh bien, je ne sais pas, répondis-je. Ils ont dû m'oublier, nous sommes si nombreux... Le mieux, c'est que j'aille me promener avec vous.

– D'accord. Mais avant, sois gentille, je crois qu'il ont oublié d'éteindre la télé dans la chambre de Miguel. Peux-tu monter le faire ? Tu n'auras qu'à sortir ensuite par le jardin, derrière, et nous rejoindre. Nous irons du côté de la bergerie. D'accord ?

– Oui, mais l'oncle Miguel ne veut pas que j'entre

dans sa chambre. » En vérité, cette pièce se trouvait au bout du couloir du troisième étage et je n'avais aucune envie de grimper toutes ces marches.

« Je vois. Pour cette fois, je te donne la permission. En plus, Miguel n'est pas là. Il est allé avec grand-père et Porfirio chasser les ramiers.

– Et Juana ? s'enquit Magda.

– Elle est sortie elle aussi. Elle voulait aller voir la procession.

– Bon », fis-je, mais tous deux semblaient m'avoir oubliée. Magda s'approcha pourtant de moi et me fit une bise.

« Merci, mon trésor, de me tenir compagnie. »

Je franchis la haie, et me tins à l'affût de l'autre côté. J'espérais qu'ils penseraient que j'étais partie, mais du bord de la piscine, la voix de mon père s'éleva : « Malena, il me semble que je ne t'ai pas entendue t'éloigner », et je dus bien le faire. Dans la chambre de Miguel la télévision n'était pas allumée et, bien entendu, je ne tardai pas à arriver à la bergerie et à en revenir sans les avoir aperçus, mais mon expédition n'a pas été tout à fait infructueuse, parce que j'ai rencontré les chasseurs à la grille du jardin ; la douzaine de jeunes ramiers qui pendaient à leurs ceinturons les avait mis de fort bonne humeur, et ils m'ont invitée à partager leur goûter. Nous sommes allés en Jeep jusqu'à une auberge isolée, en pleine campagne, et pendant que je me gavais d'omelette, grand-père a téléphoné à la maison pour dire à ma mère que j'étais avec lui. En définitive, tous mes problèmes se sont bornés à un petit sermon et à l'obligation de me lever de bon matin le lendemain afin d'accompagner Magda au village pour la messe de huit heures, et ce fut pendant cette promenade qu'emportée par l'enthousiasme qui imprégnait chaque geste de Magda d'une joie ni saine ni pure et n'émanant pas de Dieu, j'acquis la certitude qu'en elle quelque chose avait changé pour toujours.

Elle marchait alors sur le trottoir avec ce même aplomb satisfait qui m'avait surprise ce jour-là. Peut-être était-ce dû à son port de tête, à son cou quasiment étiré, ou à la détermination avec laquelle elle rejetait les épaules en arrière et creusait le dos, mais je savais, sans toutefois pouvoir préciser l'origine de mon impression, que personne, même pas sa propre mère, n'aurait pu reconnaître à première vue en cette femme, qui avançait comme si rien au monde n'eût pu l'atteindre, l'étrange moniale qui, en véritable imposteur, sans cesse à guetter quelque invisible menace, interrompait brusquement ce qu'elle était en train de faire pour jeter un coup d'œil autour d'elle. Magda était de nouveau Magda et, comme jadis, elle est passée devant moi sans me voir, le regard perdu quelque part, au loin, et je n'avais pas encore eu le temps de réagir qu'elle levait la main pour arrêter un taxi, ne me laissant plus, par ce geste, qu'une seule possibilité.

Je l'ai appelée et j'ai couru jusqu'à elle, sans vouloir réfléchir à ce que je faisais. Elle, par contre, n'a même pas essayé de cacher sa surprise et, de peur, a failli perdre tout contrôle, au point de rester figée comme un plâtre, à m'adresser, incrédule, le regard mi-craintif, mi-ébahi qu'elle aurait porté sur un fantôme. Je n'ai rien osé dire, et elle non plus, mais le chauffeur de taxi s'en est mêlé quand le concert des coups de klaxon, derrière lui, est devenu assourdissant, « Alors, madame, que décidons-nous ? » et, un instant encore, Magda a hésité avant de me pousser dans le véhicule avec une brusquerie telle que je me suis prise à regretter d'avoir voulu l'accompagner.

« Très bien, Malena. Et maintenant... que vais-je faire de toi ? »

Il y avait cinq minutes qu'elle regardait à travers la vitre, en me tournant ostensiblement le dos, quand elle a changé de position pour me poser cette question. Elle était très énervée et paraissait en proie à la peur, à une vraie peur, celle qui s'empare des jeunes enfants, et je ne trouvais rien à lui dire.

« Je ne sais pas.

– Bien entendu. Que peux-tu savoir ? »

Elle s'est de nouveau tournée vers la vitre, comme si tout ce qui défilait à l'extérieur l'intéressait prodigieusement, et je me suis dit alors qu'il valait mieux tout lui raconter, lui expliquer pourquoi je me trouvais avec elle dans le taxi, me faire pardonner et essayer de la tranquilliser.

« J'étais à la porte de l'école de langues, tu sais. J'allais entrer en classe quand je t'ai vue sortir du métro, et je t'ai suivie pour te dire bonjour.

– Mais tu ne l'as pas fait. » Elle s'était de nouveau tournée vers moi, et me regardait.

« Non. Tu allais trop vite. Je voulais te rejoindre, mais tu es entrée dans cette maison alors que j'étais encore loin, et je serais repartie, mais je ne savais plus comment retourner à l'école, je ne connais pas le quartier. J'ai demandé au concierge, et il m'a dit que dans cet immeuble on ne donnait pas de cours de français... » Magda ne disait rien; il ne me restait plus d'autre remède que de risquer le tout pour le tout : « Je ne pouvais pas croire que tu suivais des cours de français, parce que je sais que tu le parles très bien, je t'ai entendue, une fois.

– Tu n'as raconté ça à personne, au moins ? » Elle m'a paru, en disant cela, plus alarmée que jamais, mais j'ai remué la tête d'un côté à l'autre, de la manière la plus décidée.

« Je sais garder un secret. »

Alors, elle a souri, puis elle s'est mise à rire, en m'embrassant et en me serrant contre elle très fort, si fort qu'à mon tour j'ai failli avoir peur, jusqu'au moment où je me suis rendu compte que son allégresse s'était transformée en une moue presque nostalgique.

« Mon Dieu, mon Dieu, nous sommes tous fous ! Tu n'as que onze ans et tu es déjà fourrée dans tout ça jusqu'au cou, et tu sais déjà ce qu'il faut dire et ce qu'il vaut mieux ne pas dire, c'est terrible... Bien sûr que tu sais garder un secret. » Magda paraissait tout à fait sereine, et sa voix avait retrouvé sa douceur. « Tu es la petite-fille de mon père, la fille de ma sœur, tu as appris à garder un secret avant de savoir monter à vélo, comme nous tous... Pour moi aussi, ç'a été comme ça.

– Je sais que c'est un péché.

– Non, ce n'est pas un péché, Malena », elle me caressait les cheveux, avec la même lenteur énigmatique qu'elle mettait à caresser les mots : « ce n'est pas un péché. Mentir, oui, c'en est un, mais ça... ça, ce n'est qu'une manière de se défendre. »

Le taxi s'est arrêté le long du trottoir, et je n'avais rien trouvé à lui dire. Ses dernières phrases étaient obscures, pour moi, et je ne leur accordais pas beaucoup d'importance ; je me dis à présent que si je sus me montrer alors aussi loyale, ce fut surtout parce que jamais je ne parvins à saisir la nature exacte des secrets qui m'étaient confiés. En fait, une seule chose me préoccupait, et je n'ai pas tardé à lui demander, aussitôt que nous nous sommes remises en marche dans une rue moderne qui m'était absolument inconnue, quand un homme qui portait un bleu de travail ralentit le pas en voyant approcher ma tante pour mieux regarder ses jambes et bougonna quelque chose entre ses dents tandis qu'elle ébauchait un maigre sourire comme si elle s'appelait encore Agueda et avait honte de se réjouir d'une pareille chose :

« Pourquoi ne portes-tu pas l'habit ?

– Oh ! Parce qu'il ne me plaît pas. Tu n'aimerais pas toi non plus porter l'uniforme du pensionnat le samedi, n'est-ce pas ?

– Non, bien sûr. Mais on n'est pas samedi, aujourd'hui.

– Non, mais cet après-midi, je suis sortie pour faire quelque chose qui n'a rien à voir avec le fait que je sois sœur ou pas. Et de plus, pour parler affaires, il vaut mieux ne pas être en habit. Les gens font semblant de respecter les sœurs, mais en fait ils ne nous prennent pas au sérieux parce que nous passons pour des idiotes. Avec les prêtres, c'est autre chose.

– Nous allons parler affaires ? »

Elle s'est arrêtée et m'a saisie par les épaules.

« Écoute, Malena. L'autre jour, tu m'as dit que tu m'aimais, c'est vrai ? » J'ai acquiescé d'un mouvement de tête. « Que tu m'aimais beaucoup, non ? » J'ai acquiescé de nouveau. « Alors, si tu m'aimes, il faut me promettre... Je sais bien que je passe ma vie à te demander toujours la même chose, comme le font ton père et ta mère et ta sœur, mais il n'y a pas moyen de faire autrement. Ce n'est pas moi qui t'ai conduite jusqu'ici, c'est toi qui m'as suivie, et après, je n'ai pas voulu te laisser tomber en pleine rue, nous sommes bien d'accord ?

– Oui.

– Très bien, Malena ; alors, promets-moi que tu ne diras à personne que tu m'as rencontrée cet après-midi dans la rue, ni que tu m'as accompagnée à l'endroit où nous allons nous rendre, ni que tu m'as vue faire ce que tu vas me voir faire. Tu me le promets ? »

J'ai dû avaler ma salive pour pouvoir lui répondre, parce que je croyais que seule la menace imminente de l'enfer le plus horrible la forçait à s'exprimer de la sorte, et quand j'ai ouvert la bouche, ma voix était aussi haut perchée que celle de ma sœur.

« Je te le promets.

– Mais n'aie pas peur, mon trésor. » Elle m'a souri, sensible à mon angoisse. « Je vais seulement acheter une maison. Ce n'est pas un péché, n'est-ce pas ?

– Bien sûr que non. » Enfin rassurée, je lui ai rendu son sourire.

« Ce qui se passe, a-t-elle dit en me prenant par la main pour se remettre à avancer, c'est que je ne veux pas qu'on le sache, parce que nous, les sœurs, nous ne pouvons rien acheter sans demander la permission, et moi, ça me met en rogne de ne pas avoir une maison à moi, un endroit où je pourrais me rendre... si, par exemple, un jour, les choses changeaient. Tu comprends ça, non ? »

Bien sûr que je comprenais, je comprenais parfaitement : acheter des maisons est un des *hobbies* de la famille, et je n'ai vraiment rien trouvé d'inquiétant à ce que Magda a dit et a fait cet après-midi-là, pas même quand nous sommes entrées dans un local très élégant, que nous avons toutes deux pris place devant un bureau et qu'un monsieur très sympathique, qui m'a offert des bonbons, s'est mis à lire un papier où, sous le terme « la propriétaire » figurait tout le temps mon propre nom, Magdalena Montero Fernández de Alcántara, et non celui de Magda. Quand elle s'est avisée de ce léger écart entre ce qu'elle m'avait annoncé et ce que nous étions en train de faire, elle s'est tournée vers moi pour me tendre quelques photographies pendant une courte absence de l'homme qui nous avait reçues.

« Regarde. Elle ne te plaît pas ? »

C'était une très belle métairie andalouse, blanche, toute blanche, excepté l'encadrement des fenêtres, badigeonné d'indigo ; au-dessus d'une porte en bois, ancienne, comme celles des écuries d'Almonsilla, figuraient, sur une bordure d'azulejos, un nom et une date. La façade se déployait sur une terrasse semi-circulaire cimentée, entourée de figuiers de Barbarie et de grandes jarres badigeonnées de chaux, elles aussi, sur les panses desquelles retombaient des branches de laurier-rose chargées de fleurs. Si les illustrateurs des livres que l'on m'offrait avaient un jour cherché leur inspiration dans les maisons andalouses, j'aurais pu dire que celle-ci sortait d'un conte.

« Elle est merveilleuse, Magda. Où se trouve-t-elle ?
– Dans la campagne d'Almería. L'endroit s'appelle Le Puits des Moines, on peut dire que j'étais destinée... » Magda laissa sa phrase en suspens, et demeura un moment plongée dans ses pensées. Puis elle m'adressa, à nouveau, un sourire. « Je suis heureuse qu'elle te plaise, parce qu'elle est à toi.
– À moi ?
– Oui, je l'ai achetée en ton nom. Comme ça, elle te reviendra sans problème quand je serai morte, parce que j'espère bien que tu ne me mettras pas dehors avant, non ? »

À ce moment-là, l'homme est revenu et il s'est remis à lire des papiers à haute voix ; pendant ce temps, j'ai pensé que Magda s'en allait, qu'elle quittait Madrid pour aller vivre dans cette maison blanche, isolée, bardée de fleurs et de cactées, et que j'aimerais bien partir avec elle, puis je me suis souvenue qu'elle était sœur, et qu'elle ne pouvait pas s'en aller, et je l'ai imaginée toute vieille, mais toujours en habit, émiettant, comme le faisait la sœur tourière, des morceaux de pain dur pour que les oiseaux viennent manger dans sa main, devant le paysage lointain des photographies, tellement aride, apparemment, que je me demandais s'il y avait, là-bas, des oiseaux. Sur ces entrefaites, Magda s'est levée, a donné la main au monsieur, m'a engagée à faire de même, et nous sommes sorties. Mais nous n'avions pas fait trois pas dans la rue que Magda changeait brusquement de direction pour s'engouffrer dans une papeterie.

« Je viens de me rappeler que j'ai une dette envers toi. Pour les fleurs de courgette. Tu t'en souviens ?
– Oui, mais elles étaient pourries, alors ça...
– Qu'importe, ma chérie. C'est l'intention qui compte. »

Une dame très âgée, drapée dans une robe d'un violet éteint nous regardait, de l'autre côté du comptoir.

« Bonsoir. Nous voudrions un carnet.
– Pour garçon ou pour fille ?
– Mais quelle importance ?
– Aucune, en vérité. Je dis ça à cause de la couleur et du dessin des couvertures.
– C'est pour moi ? » ai-je demandé tout bas à Magda. Elle m'a répondu « oui » d'un mouvement de tête. « Alors, pour garçon, je t'en prie. »

Ma tante, qui était la seule personne au monde à qui j'avais osé confier mes ambitions, a éclaté de rire. La vendeuse a disparu dans l'arrière-boutique sans faire le moindre commentaire, et elle est revenue quelques minutes plus tard chargée d'une demi-douzaine de carnets aux couvertures rigides avec des fermoirs, à clé, qu'elle a posés sur la vitre du comptoir sans la moindre expression.

« Prends celui que tu préfères. »

Je les ai examinés attentivement, mais sans pouvoir m'empêcher de manifester timidement ma déception.

« Je préférerais vraiment que tu m'offres un livre, ou un plumier en bois...

– Non, a répondu fermement Magda, il faut que tu aies ton journal. »

J'ai fini par choisir le plus simple de tous, un petit livre recouvert de feutre vert avec un rabat qui lui donnait l'aspect d'un veston tyrolien.

La vendeuse a voulu l'envelopper dans du papier de soie, mais Magda a dit que ce n'était pas nécessaire, a payé, et nous sommes sorties. Dans la rue, pendant que nous attendions un taxi, elle a pris le carnet, a caressé un moment la couverture, puis me l'a tendu.

« Écoute, Malena, j'ai bien vu qu'il ne t'enchante guère, mais il peut pourtant t'être très utile. Écris. Écris là ce qu'il t'arrive de pire, les choses tellement horribles que tu ne peux les raconter à personne, et écris aussi ce qu'il t'arrive de meilleur, les choses si merveilleuses que personne ne les comprendrait si tu les racontais, écris quand tu sens que tu n'en peux plus, que tu perds pied et qu'il ne te reste plus qu'à mourir ou à mettre le feu à la maison ; cela, ne le dis à personne, mais écris-le dans ton journal, et tu verras, crois-moi, que tu te sentiras soulagée plus vite que tu ne l'espérais. »

Je la regardais, debout sur le trottoir, sans savoir que dire, mais je pressais le carnet sur mon cœur, si fort qu'autour de mes ongles mes doigts blanchissaient. Le regard de Magda se perdait au loin, les taxis libres passaient à côté de nous mais elle ne les voyait même pas, tout entière aux paroles qui tombaient de ses lèvres comme malgré elle.

« Il n'y a pas de monde de rechange, Malena. Vouloir être changée en garçon ne sert à rien ; tu n'en seras jamais un, même si tu pries cent ans ; c'est sans remède.

Maintenant, je sais que ta mère et ta sœur sont pareilles, mais toi, il faut que tu apprennes à être différente, à être unique. Avec un peu de courage, tu y arriveras tôt ou tard, et alors, tu te rendras compte que tu n'es ni meilleure ni pire, ni plus femme ni moins femme qu'elles. Mais pour l'amour de Dieu, Malena », ses lèvres se sont mises à trembler et j'ignore encore si ce fut de crainte ou de colère, « ne joue plus jamais avec ta sœur à ce jeu dont tu m'as parlé, tu m'entends ? Plus jamais ! Ne te laisse plus jamais entraîner par ta sœur à y jouer ni sérieusement ni pour rire, il faut en finir avec ça, une bonne fois pour toutes, avant que tu sois grande, sinon c'est ce maudit jeu qui en finira avec toi. »

J'ai compris alors que Magda partait, qu'elle partait très loin, dans cette maison blanche qui était à moi, dans le désert sans oiseaux, en emportant mon miroir et mon espérance, et qu'elle me laissait seule avec un carnet de feutre vert.

« Moi aussi je m'en vais, Magda.

– Mais que dis-tu, petite folle ? » Elle a essuyé mes larmes du bout des doigts en essayant de sourire. « Personne ne va partir nulle part.

– Je pars avec toi, emmène-moi avec toi, je t'en prie.

– Ne dis pas de bêtises, Malena. »

Elle a levé la main pour arrêter un taxi, elle a ouvert la portière, elle a donné au chauffeur l'adresse de la maison et, à moi, un billet de cinquante pesetas.

« Tu connais ta monnaie, n'est-ce pas ?

– Magda, ne t'en va pas.

– Mais non je ne vais pas m'en aller. » Elle m'a embrassée comme elle l'avait fait mille fois, en veillant bien à ne pas donner à ses gestes une intensité particulière. « Je t'accompagnerais bien, mais je suis en retard. Dépêche-toi, toi aussi, ta mère doit être inquiète. Allez, va, va... »

Elle m'a mise dans le taxi, mais la voiture n'a pas démarré parce que, devant nous, le feu était passé au rouge. Magda s'est penchée pour mettre son visage à la hauteur du mien, de l'autre côté de la porte.

« Je peux avoir confiance en toi ?

– Évidemment, mais laisse-moi venir avec toi.

– Tu radotes, ma parole ! Nous nous verrons demain, à la récréation. D'accord ?

– D'accord. »

La voiture a démarré brusquement, je me suis penchée au-dehors pour la regarder, et je l'ai vue, plantée sur le trottoir, un sourire forcé aux lèvres, qui agitait un bras raide de gauche à droite, comme pour brancher un appareil, la paume figée, en un geste d'adieu pareil à un mouvement de métronome. J'ai continué de parler sans remuer les lèvres, à la prier de ne pas s'en aller aussi longtemps que j'ai pu l'apercevoir. Le lendemain, je ne l'ai pas vue à la récréation. J'ai alors appris ce que signifiait être seule.

Longtemps, j'ai eu l'impression d'être venue au monde par erreur.

Je suppose que l'ombre qui tomba sur notre naissance et fit de l'heureux événement que tous attendaient un épisode douloureux a suscité cette impression vague, avant que j'eusse trouvé autour de moi les arguments qui vinrent la confirmer. Jamais, pendant toute mon enfance, je ne pus tranquillement admettre d'avoir été le maître d'œuvre des dégâts que moi et moi seule avais commis dans l'utérus de maman, et toujours je me sentis la débitrice de Reina, comme si j'étais de trop et usurpais sans le vouloir, mais sans pouvoir faire autrement, une grande partie de la capacité de vivre que nous avions partagée, dont elle, et non pas moi, eût dû profiter par la suite.

Nul ne m'a accusée, mais nul ne m'a jamais dit que je ne devais pas me sentir coupable. Tous semblaient accepter cet état de fait avec une sorte de sérénité fataliste qui leur permettait de vivre en paix tandis que, tous les six mois, on prenait les mesures de la tête de Reina, on lui faisait une radiographie du poignet, comme si les médecins doutaient de la persistance des quelques progrès observés à chaque examen, comme si ses os étaient élastiques et pouvaient se comprimer et s'étirer à loisir selon l'intensité de l'angoisse qu'exprimait le visage de ma mère dès l'instant où elle mettait son manteau pour quitter la maison, angoisse qui privait ses yeux de tout éclat lorsque, assise près de moi dans la salle d'attente, elle se préparait à entendre la terrible sentence : « Nous sommes désolés, madame, mais cette enfant ne grandira plus d'un seul centimètre », sentence que nul, pourtant, ne prononça jamais ; au bout d'un moment, le docteur réapparaissait en effet, nous rendait Reina, avec une poignée de bonbons Sugus, et regardait maman avec une expression ambiguë signifiant que le poignet de ma sœur n'indiquait pas d'arrêt de croissance mais qu'elle grandissait au ralenti, comme s'étire l'infime corps d'une chenille, et qu'il fallait attendre et refaire un examen, dans environ six mois. Puis l'infirmière s'approchait de moi, souriante, pour me prendre par la main, mais la voix de ma mère l'en empêchait, claquait comme un coup de feu tiré des hauteurs, comme la voix d'un dieu rancunier :

« Non, pas elle. Celle-ci se porte bien. »

Je me portais bien, je grandissais et je grossissais, ma croissance était évidente et je n'avais pas six ans quand le pédiatre arrêta de compter deux consultations et ne fit plus payer que celle de Reina, parce qu'il m'auscultait d'un simple coup d'œil. De cette époque lointaine de ma petite enfance, je ne me souviens guère que d'un sentiment : j'aurais donné tout ce que je possédais en échange de la possibilité de tout recommencer depuis le début, depuis la longue nuit uniforme où j'échangerais, sans la moindre hésitation, mon corps contre celui de ma sœur. Je reniais ma chance comme s'il s'agissait de la plus cruelle des tares, sans encore oser soupçonner que ce n'en était peut-être pas une.

Il m'a fallu bien du temps pour admettre que cette faute écrasante qui ne me laissait pas en paix même pendant mon sommeil, provoquait des cauchemars ne se présentant pas comme tels, mais comme d'innocentes fantaisies empreintes de la neutralité du monde quotidien, n'avait rien à voir avec l'affection sincère qui me liait à ma sœur et pas davantage avec le dégoût, tout aussi sincère, que j'éprouvais de moi-même, et ce parce que, en dépit de la vague menace de précarité qui plana pendant des années sur l'existence même de Reina (encore que ce risque, tout théorique, reposât davantage sur l'hypersensibilité maladive d'une mère hypocondriaque que sur des données objectives), je ne pouvais m'apercevoir que le monde, ou plus précisément la parcelle du monde dans laquelle nous vivions elle et moi était taillée à sa mesure plutôt qu'à la mienne. Aussi la situation me paraissait-elle toujours plus injuste, et même pire : dangereusement faussée, et quand je me réveillais, tremblante, en pleine nuit, baignée de sueur, après avoir laissé s'écraser au sol par mégarde, par lassitude ou par curiosité, cette petite forme vivante en laquelle, après m'être étonnée de la trouver parmi les ours en peluche sur l'étagère et avoir fini par jouer avec elle comme je l'aurais fait avec une des poupées parlantes, je ne manquais jamais de reconnaître ma sœur, la profondeur de ma cruauté imaginaire m'épouvantait, car, lorsque le corps de Reina éclatait sur le parquet, dévoilant le sang et les viscères d'un être vivant et non pas les engrenages mécaniques, la bourre de laine ou le raphia auxquels je m'attendais, ma conscience se dédoublait, et celle qui vivait dans le songe sortait tranquillement de la chambre, indifférente à la tragédie provoquée par sa maladresse, mais pas assez bête, cependant, pour oublier de fermer soigneusement la porte et de se forger aussitôt un alibi afin de couvrir son crime, tandis que celle qui, en songe, ne vivait plus, horrifiée par ce qui arrivait, me réveillait et, noyée dans l'angoisse, contredisait mystérieusement la sérénité avec laquelle je répondais au même moment aux questions de ma mère accusant nounou Juana, qui passait le plumeau avec la dernière énergie, de la mort stupide de sa fille. Puis, tout à fait réveillée, presque à bout de souffle, la bouche encore amère, je regardais ma sœur qui dormait paisiblement près de moi, dans un lit identique au mien, et je sentais qu'elle faisait de beaux rêves, parce qu'elle suivait le droit chemin et que les vraies filles ne font pas de cauchemars de criminelle et se résignent à leur sort en ne rêvant que de fées éthérées volant au secours des princesses égarées qui survivent, déjà pâmées, en se nourrissant de baies et de groseilles des bois, même lorsque, comme Reina, elles n'ont jamais vu de leur vie un seul grain de groseille véritable.

Il a fallu tout d'abord que je me résigne à ne pouvoir rêver de forêts de groseilliers parce que je n'en ai jamais vu une. Ensuite, que je me sente comme une étrangère dans mes vêtements, étrangère aux tissus, à leurs coloris, à leurs impressions, à ma coiffure et jusqu'au parfum de l'eau de Cologne avec laquelle ma mère nous aspergeait la tête le matin. Enfin, que je me sente dans mon propre corps comme dans un corps d'emprunt, étranger, prisonnier d'une forme qui ne lui convenait pas. C'est alors que j'ai commencé à soupçonner que je devais être un garçon, un mâle fourré de force dans un corps qui n'était pas le bon, un mystère né du hasard, une erreur, et cette idée extravagante, qui unissait au défaut d'être une sottise la douce vertu de tout expliquer m'apaisa pour un temps, parce que si j'étais faite comme le sont les garçons, alors je pouvais bien aimer Reina et m'aimer tout à la fois.

Nul ne pourrait exiger du garçon que je voulais être ce que tous attendaient de moi en tant que fille. Parce que les garçons peuvent se laisser tomber lourdement sur les canapés au lieu de bien faire attention à leur manière de s'asseoir, et ils peuvent porter leur chemise en dehors du pantalon sans qu'on pense pour autant qu'ils se négligent. Les garçons peuvent se montrer lourdauds, car la lourdeur est pour ainsi dire une qualité virile, et être désordonnés, et ne pas avoir assez d'oreille pour apprendre le solfège, et parler fort, et faire des gestes brusques, ce qui prête beaucoup à leur virilité. Les garçons détestent les rubans, et tout le monde sait que cette répulsion naît en eux au beau milieu de leur cerveau, à l'endroit même où pointent les idées et les mots, et que c'est pour ça qu'on ne les oblige pas à porter des rubans sur la tête. On les laisse choisir leurs vêtements et on ne leur met pas d'uniforme pour les envoyer au pensionnat, et quand ils ont un frère jumeau, leur mère ne se soucie pas de les habiller de la même manière. Aux garçons, on demande seulement d'être dégourdis et gentils, et c'est tout ; s'ils sont un peu bouchés, leurs grands-parents sourient et se disent : tant mieux. Moi, en fait, je n'avais pas vraiment envie d'être un garçon, je ne me sentais même pas capable d'atteindre une cible aussi facile, mais je n'avais pas le choix, pas d'autre porte de sortie pour échapper à la maudite nature qui m'avait prise en grippe, et je me sentais un peu comme une tortue boiteuse et bouchée qui aurait clopiné derrière un lièvre détalant sans laisser de trace. Jamais je ne rattraperais ma sœur ; il ne me restait pas d'autre recours que de devenir un garçon.

Le monde appartenait à Reina, il grandissait aussi lentement qu'elle, et la favorisait par sa couleur, sa texture et sa dimension, comme un décor construit avec délectation pour une seule diva par un amoureux charpentier anonyme. Reina régnait sur le monde avec cette simplicité naturelle qui distingue les vrais monarques des bâtards usurpateurs. Elle était gentille, gracieuse, douce, pâle et harmonieuse comme une miniature, tendre et innocente comme les petites filles des illustrations des contes d'Andersen. Elle ne réussissait pas tout, bien entendu, mais même quand elle se trompait, ses fautes étaient en accord avec les lois éternelles non écrites gouvernant le cours de la planète qui nous porte, de sorte qu'elles étaient admises par tous comme un aspect inévitable de la normalité. Quand Reina avait décidé d'être méchante, elle l'était avec la fourberie la plus accomplie. Moi qui ne sais attaquer que de front, je la trouvais en cela aussi admirable.

Nous étions tellement différentes que tout ce qui distinguait nos visages et nos corps en vint à s'imposer à moi comme qualité négligeable, et quand les gens prenaient un air ahuri lorsque nous leur confions que nous étions jumelles, je me disais : ça y est, ils se sont rendu compte qu'elle, c'est une fille, et moi... autre chose. Maintes fois, il m'est arrivé de me dire que si nous nous étions ressemblées au point de paraître identiques aux yeux des autres, tout eût été différent, et que j'aurais peut-être connu ces énigmatiques phénomènes d'identité partagée dont les autres jumeaux assurent avoir fait l'expérience, car, en verité, ma conscience n'a jamais rien eu en commun avec celle de ma sœur, et je suis tout aussi certaine qu'elle n'a jamais souffert des coups que je me donnais, que mes peurs ne l'ont jamais fait frémir et que mes rires, pour elle, n'ont jamais été très communicatifs, et même si nous partagions tout, du pain grillé du petit déjeuner au bain de la fin de journée, il m'arrivait parfois de la sentir loin de moi, plus loin de moi que tous ceux que je connaissais, et une impression rendait cette distance encore plus grande : celle que les tartines que je mangeais étaient ses tartines, que la baignoire dans laquelle on me lavait était sa baignoire, parce que tout cela n'était rien d'autre qu'une copie excédentaire de tout ce qu'elle s'octroyait manifestement avec le plus grand naturel. Le monde, le petit monde dans lequel nous vivions alors, n'était rien d'autre que l'endroit précis où Reina avait choisi de vivre, et les résultats de cette harmonie mystérieuse entre elle et tout ce qui l'entourait se manifestaient dans le moindre de ses gestes, qui se trouvait être, immanquablement, le geste auquel les autres s'attendaient, celui de l'enfant irréprochable, de la petite fille modèle.

À moi, nul ne m'avait jamais laissé le choix, et je ne disposais pas de forces suffisantes pour essayer de changer l'entourage dans lequel je me voyais forcée de grandir, je n'imaginais d'ailleurs même pas une telle prouesse, convaincue comme je l'étais que cette scène était la bonne et que c'était moi qui étais la chanteuse sans voix, le prestidigitateur manchot, le photographe aveugle, la petite vis défectueuse qui bloquait de manière incompréhensible le fonctionnement d'une machine gigantesque et très coûteuse. J'essayais de m'améliorer, je m'efforçais d'apprendre par cœur chaque parole, chaque geste, chaque réaction de Reina, et je m'endormais tous les soirs en planifiant la journée du lendemain et, tous les matins, je me levais avec l'intention de ne pas commettre une seule erreur, et même quand j'y parvenais, lorsque que je me regardais dans le miroir avant de sortir, ou encore, parfois, en revenant de l'école, l'après-midi, et me trouvais normale, comme il faut, telle que je devais être, je ne pouvais ignorer que la petite fille que je contemplais n'était pas moi mais ce que je m'efforçais d'être, une copie à peine passable de ma sœur. Cela ne m'aurait pas blessée aussi profondément si j'avais pu, une fois au moins, savoir ce que j'étais exactement, indépendamment de ça.

Dans une telle confusion, je ne pouvais guère me raccrocher à l'amour que j'éprouvais indubitablement pour elle, un grand sentiment, parfois trop grand, en lequel se fondaient et se repoussaient sans cesse tous les ingrédients qui lui donnaient à chaque instant une forme nouvelle. Le résultat était toujours de l'amour, mais un amour qui n'en était jamais absolument un, parce que pour aimer vraiment quelqu'un, il faut, il me semble, faire preuve d'une confiance qui m'était absolument étrangère, et encore parce que je tolérais de moins en moins, bien que luttant contre une envie aussi mesquine, de voir Reina ressembler de plus en plus à papa alors que moi je ne devenais rien d'autre qu'une Fernández de Alcántara de plus, comme ma mère, comme Magda, comme la dernière pièce d'un puzzle qu'un esprit quelconque, lassé, aurait formé, pour tromper l'ennui, avec des fragments disparates de ces portraits sombres accrochés aux murs de la maison de la rue Martínez Campos, fragments choisis au hasard, qui se ressemblaient de plus en plus et devenaient pour finir identiques.

Cette envie, instinctive et primordiale, qui longtemps absorba toutes les autres, grandit en moi au fur et à mesure que ma sœur, avec une lenteur qui semblait refléter fidèlement les efforts de son organisme, se libérait des dramatiques séquelles de sa naissance, pour se transformer, sinon en une enfant vigoureuse, du moins en une adolescente d'apparence normale, pas très grande et étonnamment frêle, mais belle à sa manière – celle d'un peintre maniériste obsédé par le rendu des chairs et la précision des détails –, car, considérés isolément, un par un, ses traits étaient proches de la perfection, et pourtant, dans leur ensemble, ils semblaient incompréhensiblement condamnés à se dépouiller de toute trace de beauté : la rondeur de son visage s'effilait aux extrémités, ses yeux verts se teignaient de brun, ses lèvres fines se rétractaient, la blancheur de sa peau virait à la transparence, révélant le fin tracé violet d'une veine sur son sein. On ne remarquait pas facilement Reina à première vue parce que, comme si elle était née d'un sortilège d'hermétiste médiéval, celui-là seul qui s'attachait à la contempler réussissait à se faire d'elle une image globale en remarquant la délicatesse mystérieuse qui modulait chaque partie de son corps, trahissait la force titanesque qu'abritait cette structure fragile et en révélait de la manière la plus parfaite le parfait paradoxe. Avec moi, il en allait tout autrement : cheveux noirs, yeux noirs, lèvres d'Indienne et dents très blanches, on voyait bien au premier coup d'œil et sans effort à qui on avait affaire ; c'est sans doute pour cela que personne, hormis Magda et grand-père, ne s'attardait trop à me contempler.

Maman se lamentait amèrement sur cette dissemblance, parce que, engagée comme elle l'était dans le combat qui l'opposait à la décision de la nature et du hasard, elle voyait ses ressources s'épuiser sans qu'elle eût même obtenu une similitude de nos apparences suffisante pour suggérer seulement que Reina et moi étions jumelles, et elle se plaignait périodiquement, à chaque printemps et à chaque automne, des difficultés qu'elle avait à trouver des couleurs et des modèles de vêtements qui pussent aller aussi bien à l'une qu'à l'autre. Mon père la poussait alors à accepter une fois pour toutes d'avoir deux filles jumelles mais différentes, l'une brune, l'autre blonde, l'une grande, l'autre petite, l'une très mince et l'autre bien en chair, mais elle remuait la tête sans lui répondre et continuait de chercher un moyen de redresser ce qui avait été gauchi avant même le commencement. Je n'ai jamais vraiment pu éclaircir tout à fait son acharnement à obtenir une ressemblance entre nous, mais je suppose qu'il ne devait pas avoir une origine très différente de celle de son refus de mettre au monde d'autres enfants, et je sais à présent que l'image de ma sœur dans la couveuse, sa peau violette, ses os recouverts d'une peau desséchée, ses yeux immenses perdus dans un visage sans bonnes joues, sans double menton, sans la tendre roseur des autres nouveau-nés, la solitude infinie de ce bébé malade de dénutrition et triste, confiné dans une boîte transparente d'un aspect aussi froid qu'un cercueil de verre ne devait jamais la quitter, et je sais aussi que chaque fois qu'elle s'approchait de Reina elle devait essuyer un coup douloureux, celui du souvenir fugace de cette image, qu'il lui fallait chasser avant de pouvoir lui adresser la parole, ébaucher un geste ou la menacer d'une fessée, menace toujours timide et sans doute imméritée.

Les choses n'étaient pas allées comme elle l'aurait voulu, mais ma mère n'était absolument pas prête à se plier à leur ordre, comme si elle pressentait qu'une fois cet ordre admis il lui faudrait assumer malgré elle, ce qui était au-dessus de ses forces, la responsabilité d'une situation qui n'aurait jamais dû se produire, de sorte qu'elle ne put jamais renoncer à ses deux filles jumelles, aux deux enfants identiques que nous aurions dû être d'emblée, et elle continua à nous habiller de la même manière, à nous faire des tresses semblables, à nous offrir les mêmes cadeaux, à ne même pas se rendre compte que le bleu marine ne m'allait pas, pas plus que ces blouses de laine beige qui ne permettaient pas de distinguer à première vue où s'arrêtait ma peau et où commençait le tissu, pas plus que la raie au milieu qui me faisait une boucle horrible sur le front – la seule fois où je lui demandai de me faire la raie de côté, elle sourit et me la fit exactement au même endroit que tous les autres matins, en me demandant, avec un air amusé, d'où me venait cette fantaisie. Je ne voulus pas lui dire que c'était sa propre sœur, cette prophétesse improvisée, qui me l'avait suggérée en m'examinant, les bras croisés, tandis qu'elle fumait avec un fume-cigarette en forme de poisson et que la pointe de sa chaussure vernie à talon haut torturait sur un rythme soutenu l'une des dalles de l'allée et, un moment, je me repentis de n'avoir pas dit la vérité à ma tante : qu'il n'y avait rien au monde que je détestais davantage que le ruban de velours rouge dans mes cheveux, comme si un aveu de cet ordre eût pu changer quoi que ce fût.

Même l'entrée de Magda au couvent et son irruption subséquente dans le cercle étroit où je vivais ne purent alors troubler l'ordre qui me maintenait aussi fermement que si l'on m'avait plongé les pieds dans une dalle de ciment encore frais, comme de l'argile humide. Jamais je n'ai pu découvrir les raisons exactes pour lesquelles ma tante me préférait aussi nettement à ma sœur, et la certitude que sa tendresse, si importante pour moi, ne pouvait être un sentiment pur me faisait souffrir, car j'arrivais presque à en percevoir l'aspect occulte, trouble, inavouable, tapi sous ce choix tellement incompatible avec la réalité. En effet, ce que j'avais avoué à grand-père devant le portrait de Rodrigo le Boucher était vrai, c'était l'exacte vérité, bien que j'eusse eu autant de mal à l'admettre qu'il avait dû se faire mal lorsque les articulations de son poing étaient allées s'écraser contre le mur sous la poussée d'une colère profonde et ancienne que je ne connaissais pas et que mes paroles avaient pourtant fait naître. Reina était bien meilleure que moi, c'était aussi évident que les huit ou neuf centimètres de hauteur que j'avais gagnés sur elle, différence visible à l'œil nu et elle aussi sans remède.

C'est pour cela que, lorsque Magda est partie, j'ai continué pendant toute une année de jouer au « jeu », ce rite solennel travesti en divertissement d'enfant qui ne pourrait jamais s'éteindre de lui-même, disparaître au fil de temps, car s'il m'arrivait souvent de l'oublier, Reina ne le perdait jamais de vue et me coulait tôt ou tard à l'oreille le murmure discret qui me faisait retomber sous l'empire de ce détestable petit nom, María, qui tant de fois réussit à me priver de ma volonté sans pour autant me rendre meilleure, échec qui m'exaspérait surtout parce que je souffrais terriblement de décevoir Reina, encore que, bien souvent, je souffris tout aussi vivement de devoir me soumettre à des gages aussi absurdes que de ne pouvoir grignoter entre les repas : « María, ça te pend au nez, si tu continues à manger comme ça, tu vas devenir une grosse vache », ou feuilleter les romans-photos sentimentaux que collectionnait Angelita, la servante, et qui étaient si amusants : « Veux-tu bien lâcher tout de suite ces âneries, María, par pitié », ou même vaguer dans la maison le samedi matin avec les premiers vêtements qui m'étaient tombés sous la main : « Mais... que fais-tu comme ça, en brun et en bleu marine, María ? Cours vite te changer, allez », parce que je fus bien vite surprise des divergences entre les choses que nous estimions importantes, comme entre celles qui nous semblaient sans intérêt, tout en demeurant convaincue que le « jeu » m'était favorable – ne m'aidait-il pas à finir mes devoirs plus vite, à avoir de meilleures notes, à moins impatienter ma mère et à passer inaperçue au pensionnat, aspects fondamentaux de ma vie ? C'est à cause de ce jeu que je m'opposai à Magda, laquelle devint une vraie bête fauve le soir où ma mère le lui présenta comme un charme supplémentaire de ses filles ; je refusai d'entendre les avertissements de ma tante, seules notes discordantes qui tombèrent jamais de ses lèvres et que je considérai comme la fausse interprétation d'une adulte ayant banni toute innocence et perdu de la sorte le privilège de comprendre les jeux d'enfant, car je ne doutais pas que notre jeu fût autre chose qu'une espièglerie jusqu'au soir où la sœur portière, sans dire un mot, et après s'être assurée que personne ne pouvait nous voir, tira d'un sac un paquet enveloppé dans du papier gris et me rendit, en une scène digne d'un film d'espionnage, l'espérance ; si je pris la décision de mettre définitivement fin au jeu, ce fut seulement parce que j'acquis alors la certitude que Magda m'aimait encore, qu'elle continuait, de son désert resplendissant, à veiller sur moi, et que j'eus honte de n'avoir pas tenu la promesse que je lui avait faite au dernier moment.

Je fus terriblement surprise de voir Reina se mettre en fureur quand, avant même d'avoir ouvert le paquet, sur le chemin de la maison, je lui annonçai ma décision de ne plus jouer avec elle, parce que nous avions douze ans, presque treize, et que le « jeu » n'était qu'une idiotie de petites filles. Elle me regarda avec des yeux d'hallucinée, comme si elle ne pouvait en croire ses oreilles, me pria de ne pas dire de bêtises, mais je ne cédai pas, et elle changea alors de tactique, dit et répéta qu'elle ne faisait ça que pour moi, puis soutint, sur un ton amer, buté, que le « jeu » était amusant, que c'était un secret d'importance, la seule chose vraiment importante que nous partagions. Je me bornai à répéter que je n'y jouerais plus, et au moment où, deux jours plus tard, j'allais mordre dans un petit sandwich au saucisson à huit heures moins le quart, avant le repas du soir, elle m'appela María pour la dernière fois, et j'engouffrai la dernière bouchée sous son nez.

Sa bouderie ne dura pas plus d'une semaine, mais, ce soir-là, elle ne m'adressa plus la parole et je ne lui fournis pas l'occasion de le faire. Quand nous sommes arrivées à la maison, je me suis enfermée dans la salle de bains et, en prenant bien soin de déchirer en petits morceaux le nom et l'adresse de l'expéditeur, j'ai ouvert le paquet avec des gestes brusques et j'ai découvert une rame de feuilles blanches perforées, comme celles des classeurs à anneaux, avec un en-tête de fines lettres dorées en relief : *Journal*. J'étais tellement émue que mes mains se sont mises à trembler, et que j'ai dû m'agenouiller sur les tommettes pour ramasser, une à une, les feuilles qui m'avaient glissé des doigts et s'étaient éparpillées sur le sol.

Cette nuit-là, j'ai attendu que Reina se soit endormie et je suis allée chercher dans le fond du carton où je l'avais rangé et oublié l'avant-dernier cadeau de Magda. Je me souviens, comme si cela s'était passé il y a quelques heures à peine, des premières phrases que j'ai écrites dans le carnet recouvert de feutrine verte, à l'aveuglette, pour ainsi dire :

Cher journal, je m'appelle Magdalena, mais tout le monde m'appelle Malena, qui est un nom de tango. Il y a près d'un an que j'ai mes règles, et il me semble donc bien improbable que la Vierge veuille me changer en garçon. Je crois que je vais plutôt être un désastre de femme, comme Magda.

Plus tard, par prudence, j'ai barré les deux derniers mots.

Dès lors, tous les soirs, j'ai écrit quelque chose dans mon journal, et dès lors, tous les mois de mai, j'ai reçu une nouvelle rame de papier qui, au commencement, m'était toujours remise par la même sœur portière, une femme taciturne avec laquelle je ne me rappelle pas avoir échangé le moindre salut, jusqu'au jour où j'ai quitté définitivement l'école, alors que j'allais avoir seize ans ; plus tard, la rame de papier me fut adressée par courrier recommandé, un simple avis anonyme sans aucune indication du nom et de l'adresse de l'expéditeur, et puis, un jour, j'ai perdu mon journal, sans arriver à comprendre comment on pouvait perdre quelque chose que l'on rangeait toujours au même endroit, et cela au moment même où il commençait à m'être utile, où j'avais quelque chose d'important à y écrire, au moment où de plus en plus fréquemment je recourais à lui, parce que, en arrivant chez grand-père, pendant ces suffocantes aubes d'été, tout ce qui m'importait, c'était de marcher sans faire le moindre bruit, en déployant des précautions inquiètes d'artificier pour éviter de faire grincer les marches du vieil escalier de bois, prenant tout particulièrement garde à la troisième, à la septième, à la dix-septième et à la vingt et unième, je passais sur la pointe des pieds devant la porte de la chambre de mes parents pour gagner enfin mon lit sur lequel je me laissais tomber, tout habillée, et je voyais le monde tourner, les yeux fermés, victime et complice de l'odeur capiteuse des feuilles de tabac brun à moitié sec, encore gorgées comme des fruits d'un suc que le poids de mon corps, sur lequel elles s'étaient éparpillées, eût pu extraire, tandis que l'odeur de Fernando, plus pénétrante, traversait ma peau, montait par les cavités de mes viscères et escaladait les parois de mes os pour atteindre, en naviguant dans mon sang, le centre de cette âme qui ne connaît pas la mort parce qu'elle n'existe pas, mais où Fernando demeure cependant encore, à l'heure présente.

Mes réflexions n'avaient pas présenté, jusqu'alors, un grand intérêt, me semblait-il, d'autant moins que pendant l'année scolaire, les jours se suivent et se ressemblent, ennuyeux et neutres, tout au plus jalonnés, au fil des ans, par des événements officiellement transcendantaux qui ne m'ont jamais paru tels, comme la confirmation, ou le brevet élémentaire, ou mon premier voyage à l'étranger, dont j'aurais pu me souvenir comme d'une aventure magnifique, exaltante, si les sœurs ne nous avaient conduites à la grotte de Lourdes – sans même nous laisser voir la ville, pour ainsi dire – dans un train bondé de vieillards et d'infirmes qui sentaient très mauvais. Je me souviens mieux de choses de même importance, sans doute, mais plus indépendantes de ma petite vie personnelle. Grand-mère Reina mourut d'une bonne mort rapide, et grand-père se fit beaucoup plus vieux d'un coup, peut-être parce que le coma hépatique qui emporta sa femme la tint, pendant ses derniers jours, dans un doux délire régressif; elle le caressait, essayait en riant de se pendre à son cou, et l'appelait par des noms que l'un et l'autre avaient sans doute préféré effacer de leur mémoire à une époque si lointaine que grand-père ne pouvait même plus s'en souvenir. Ma sœur participa à quelques concerts collectifs de piano, et maman et moi, et papa aussi il me semble, bien qu'il fît tout son possible pour le dissimuler, nous sentîmes plus fiers que nous ne l'avions jamais été. Angelita se maria à Pedrofernández; nous allâmes tous à la célébration de ses noces, et maman nous montra un édifice menaçant ruine, avec un écusson audessus de la porte, qui avait été la demeure familiale avant que le grand-père de grand-père, de retour en Espagne et désireux de s'installer à Madrid avec tous les siens, eût fait construire une nouvelle maison sur les terres qu'il avait achetées près d'Almansilla, à plus d'une centaine de kilomètres au nord-est, au pied du massif de Gredos, dans la plaine de La Vera, plus fertile et plus riche que celle où vivotait le village portant son nom.

Ce fut, contrairement à celui de Lourdes, un voyage amusant. Reina se conduisit, du début à la fin, en parfaite idiote, parce que le garçon qui lui plaisait lui avait fait sa déclaration par téléphone le jeudi précédent, et comme on ne nous laissait sortir que le samedi et le dimanche, elle avait dû se résigner à retarder d'une longue semaine les débuts solennels de ses premières amours, si bien qu'elle n'ouvrit guère la bouche que pour dire que la robe qu'avait choisie la mariée – pareille à celles des films de Sissi, à crinoline, avec trente-six jupons et couverte de perles – était une horreur, mais moi, j'aimais l'Estrémadure, même avec Guadalupe, sa Vierge et ses pèlerinages, plus que tous les garçons que j'avais connus jusqu'alors, je trouvais Angelita très belle, et surtout, très heureuse, et j'eus le grand plaisir de découvrir la campagne enneigée, le squelette spectral des cerisiers, enfin blancs de vraie neige, de manger du cochon de lait rôti au banquet, de boire plus que je n'aurais dû, et de danser ensuite avec les garçons du village qui me firent l'honneur de m'admettre dans la bande chargée d'enlever la cravate au marié, la jarretière à la mariée, et de faire circuler l'assiette de la quête pour les nouveaux mariés, jusqu'au moment où nounou Juana et sa sœur María, encore plus voûtées que d'habitude à cause du vin et de leurs rires, décidèrent de danser une *jota*, accompagnées par les claquements de mains et les voix éraillées de la plupart des convives, et mirent ainsi le point final à mon insolite veillée licencieuse, car, lorsque je m'approchai de ma mère pour lui demander la permission de me joindre à la ronde des garçons autour des mariés, je crus qu'elle allait tourner de l'œil, et si les choses en restèrent là, ce ne fut pas plus mal : j'étais tellement soûle qu'en faisant les quelques mètres qui séparaient le restaurant de la voiture, je m'avisai que je ne pouvais pas marcher droit et, prise d'une frayeur rétrospective, je frémis en me souvenant que si la petite sœur d'Angelina n'était pas sortie des toilettes au moment où je m'étais fait coincer dans un coin, je me serais laissée embrasser, toute contente, par un de ses cousins qui était laid et un peu grassouillet, très brutal, mais le plus amusant de tous, et je n'aurais pas été fière de moi par la suite, parce que je ne savais même pas comment il s'appelait.

Pour aller à cette noce, j'avais mis des bas transparents pour la première fois de ma vie. J'étais alors âgée de quatorze ans, et mon corps se transformait considérablement, ce que je n'avais pas remarqué, jusqu'au jour où je fis, non sans étonnement, la découverte de mes propres jambes, lisses et fermes sous leur gaine de nylon qui émettait de petits feux argentés dans la lumière et masquait avec une efficacité merveilleuse la longue cicatrice pareille à un fil épais de peau plus claire que j'essayais toujours de cacher en tirant sur ma jupe du côté où elle se trouvait. Je me regardais donc dans le miroir et je me découvris, fondamentalement ronde, sous le fourreau de tricot jaune clair qui m'avait coûté tant de contrariétés, et j'eus la honte de constater que ce n'était pas sans raison, parce que ce vêtement avait beau être italien et de toute beauté, comme avait dit maman dans le salon d'essayage, il ne m'en donnait pas moins un regrettable air de famille avec les vaches laitières d'origine suisse que Marciano élevait dans les étables du Domaine de l'Indien, non seulement par les reliefs de la poitrine mais par ceux, insoupçonnés, de maints autres endroits. Tout mon corps s'était couvert de rondeurs, sur les bras, sur les hanches, sur les cuisses et même sur les fesses qui, soudainement, rebondissaient, faisant fi du respect des canons de beauté en vigueur, et l'étranglement accusé de ma taille ne faisait qu'empirer une image calquée, sans trop d'exagération, sur une affiche de film italien des années cinquante, où on voyait ces filles aux poitrines opulentes qui soulevaient leurs jupes jusqu'à la taille, pour cueillir, tout simplement, le riz amer. Avec un peu de bonne volonté, on pouvait encore me voir les dernières côtes, mais cela mis à part, mes os ne se montraient plus guère qu'aux chevilles, aux genoux, aux poignets, aux coudes et aux clavicules. Tout le reste s'était soudain fait chair. Cette chair humaine pleine, ordinaire, brune et vulgaire qui devait être la mienne à jamais.

Le contraste de mon aspect avec celui de ma sœur, qui était vêtue d'un ensemble de loden vert autrichien et de bas de laine gris ajourés, car ma mère avait fini par se rendre à l'évidence, au moins provisoirement, que j'aurais à présent eu l'air aussi ridicule dans des habits de petite fille que Reina dans ceux d'une jeune fille, me faisant ainsi prendre soudain conscience d'une métamorphose qui, en ma sœur, ne s'accomplirait jamais. Pendant de nombreuses années, j'ai envié son ossature apparente, ses lignes dépouillées, sa silhouette évanescente, son élégance de nymphette attardée, son non-corps, sa non-chair, et j'ai attendu, mais mes rondeurs n'ont jamais éveillé en elle la moindre émulation, échec d'autant plus surprenant à mes yeux qu'elle se montrait décidément plus hardie que moi dans ses rapports avec cette catégorie d'êtres humains que moi, dès cette époque, à cause d'une certaine faiblesse que m'inspirait leur physique, faiblesse à laquelle je ne pus résister et qui se révéla à la longue néfaste, je préférais appeler les hommes.

Le formidable succès que ma sœur remportait dans les rangs de l'ennemi m'agaçait pour plusieurs raisons, la plus importante d'entre elles étant la jalousie, et j'aurais encore mieux aimé me couper la main droite plutôt que de le reconnaître, même dans le plus intime des dialogues que je pouvais soutenir avec moi-même, une jalousie tellement claire et simple, insane et primitive qu'elle devint le premier moyen de combattre l'angoisse qu'alimentait le crime fantasmagorique que j'aurais commis avant notre naissance, car si je demeurais persuadée d'être la seule responsable de la chétivité de Reina, il n'en était pas moins évident qu'elle tirait parti de son apparente faiblesse bien mieux que je ne pourrais jamais le faire, même en rêve, de mon apparence saine et vigoureuse, et si cette apparence donnait à nounou Juana assez de satisfaction pour la faire s'exclamer, après m'avoir donné une tape sur les fesses devant nos visites, que ça faisait plaisir de voir à quel point je me faisais belle, elle me rendait comme par miracle invisible à toutes les paires d'yeux qui, en fin de semaine, surveillaient anxieusement le moindre geste de ma sœur, avec le timide éclat intermittent qui eût trahi le regard uniforme d'une armée de frustrés courant au suicide si les pauvres garçons n'avaient déjà fait leur choix entre les bras accueillants de la mort et le gaspillage quotidien d'une espérance atteinte d'une maladie chronique. Car Reina, qui était si gentille, ne se conduisait jamais bien avec eux.

Le malaise que provoquait en moi cette attitude alors

même que je rangeais encore les qualités de Reina parmi mes biens finit par se muer en rancœur quand je vis avec quel naturel et quelle roublardise impeccablement improvisée elle conservait son bagage d'enfant parfaite, comme si la soudaine impuissance de son cœur était une image de plus à épingler à la tête de son lit sous le regard complaisant de ma mère qui, cet été-là, à Almansilla, croyait assister de la tribune d'honneur à l'épanouissement délicat d'une petite femme fatale en évoquant avec nostalgie les vieilles règles d'or, prudence et sagesse, devant le spectacle de ce désert sans miséricorde. Maman n'a jamais compris que l'arrivée de Bosco, le pauvre cousin Bosco, n'était que le détonateur évident de l'imperceptible explosion contrôlée à laquelle j'assistais malgré moi en témoin privilégié, aussitôt que nous fûmes revenues à Madrid après le mariage d'Angelita et que Reina commença à sortir avec Iñito. Le jour, elle exerçait le plus strict contrôle sur les mains de son amoureux, qu'elle autorisait à faire l'ascension de son corps à raison d'un centimètre par semaine tandis que leur propriétaire l'écrasait contre le portail pour échanger avec elle un baiser profond interminable – dix, quinze, vingt minutes sans interruption –, et que moi, appuyée à un réverbère, j'accomplissais à contrecœur la prouesse de les regarder fixement, les bras croisés, pour ne pas essuyer la semonce qui m'attendait si je rentrais sans ma sœur, paradoxalement chargée de me surveiller, et le soir, elle allait aux vêpres dans la chapelle du pensionnat; il y eut par la suite des alternances équivalentes, mais légèrement plus enfiévrées, étant donné que Angel, un ami de notre cousin Pedro qui était en première année d'Agronomie, avait trois ans de plus qu'Iñito et trois fois plus d'exigences.

Alors que l'absence de Magda, l'indifférence de mon père et l'acceptation progressive de ma destinée semblaient avoir effacé les signes extraordinaires qui m'avaient tant inquiétée pendant mon enfance et l'avaient rendue si différente des années de tranquillité dont avait joui ma sœur, j'ai regardé à nouveau tout autour de moi, et ce que j'ai vu m'a ramenée à la détestable perplexité dont je croyais m'être dépouillée comme d'une peau désormais inutile, abîmée, morte, lorsque j'avais accepté de mauvais gré la confirmation de mon sexe. Parce que, moi qui avais reçu la même éducation que Reina, qui avais dormi dans la même chambre qu'elle, qui avais subi les mêmes pressions, j'étais incapable de comprendre comment elle pouvait affonter avec une telle placidité sa nouvelle situation, faire des kilomètres à pied sous la pluie pour remettre la tirelire la plus pleine le jour où les enfants faisaient la quête pour les missionnaires, se priver de nuits entières de sommeil pour prier devant une statue en bois le regard et l'esprit perdus, faire l'intéressante en exposant son projet d'aller finir sa vie en Afrique comme missionnaire, pour que ma mère et ma tante la regardent, atterrées, comme si elles venaient d'apprendre que les Zoulous lui suçaient la moelle des os, tout en faisant porter les cornes, en même temps, à deux garçons qui l'adoraient, sans éprouver, et c'était là pour moi le plus surprenant, le moindre sentiment de culpabilité, alors que moi qui, depuis tant d'années, avais perdu la faculté de pouvoir prier sincèrement et qui devais être maintes fois condamnée pour avoir gardé les sombres secrets qui pourriraient en moi avant que mes lèvres n'eussent trahi le moindre d'entre eux, je pouvais supporter avec une force insolite le poids des péchés de Reina, et même la plaindre vaguement, comme si je sentais qu'elle était en train de perdre quelque chose.

« C'est de son âge. »

Avec cette formule et un sourire, ma mère réglait habituellement la question, dont elle ignorait tout à fait, j'en ai peur, les aboutissants – Reina, par exemple, après avoir traversé le couloir d'un air dégagé, se précipitait sur le téléphone de la cuisine, renonçant à décrocher le combiné de l'appareil posé sur une petite table dans un coin du salon. Mais moi, qui étais née à peine un quart d'heure après elle, je ne pouvais me contenter de ce genre d'excuse. C'est ainsi qu'un soir, quand j'ai demandé à ma sœur, sans préambule, si elle n'avait pas de remords, je l'ai entendue me répondre :

« Ne dis pas de bêtises. Je ne suis officiellement fiancée avec aucun des deux, n'est-ce pas ? Après tout, Iñito sort tous les soirs et il ne me raconte pas ce qu'il fait. Quant à Angel... ma foi, je ne le vois guère que lorsqu'il vient me chercher avec Pedro. Il sait que je sors avec un autre garçon, et ça lui est égal. Pourquoi devrais-je, moi, m'en inquiéter ? Et puis, je ne fais rien de mal ni avec l'un ni avec l'autre. On s'embrasse, c'est tout. »

J'ai bien failli la reprendre, parce que sa dernière affirmation était pour le moins suspecte. Angel, que je ne pouvais plus voir en peinture, lui tripotait ses non-seins, par-dessus la robe, mais je n'ai rien dit, et pas seulement parce que dans mon extravagante interprétation du monde l'importance des privautés qu'elle accordait aux garçons – à savoir des baisers ou plus que des baisers – était le cadet de mes soucis, mais parce que, après avoir poussé un soupir profond, elle a conclu son discours en évoquant ce qui, alors, me tourmentait presque quotidiennement :

« Bref, ma petite, tu ne sais pas la chance que tu as de ne pas aimer les garçons. »

Chaque fois que quelqu'un faisait allusion à mon indifférence totale vis-à-vis des garçons du quartier, même sans y mettre la malveillance discrète propre à tante Conchita : « Elle est un peu bizarre, cette petite, non ? », ma mémoire me rappelait l'inquiétude de Magda – la sœur de Conchita –, ses sourcils froncés soulignant un air soupçonneux que je ne lui connaissais pas, sa main posée sur sa poitrine comme pour contenir une trappe disjointe menaçant de répandre son contenu sur le sol, et la voix chevrotante avec laquelle elle entonnait ses absurdes et folles questions : « Mais... mais, voyons, Malena, quand tu dis que tu veux être un garçon, c'est pour pouvoir dire des gros mots et grimper aux arbres, c'est ça ? Je veux dire, ce n'est pas parce que tu voudrais avoir une poitrine plate quand tu seras grande, non ? Je veux dire, ce n'est pas parce que tu veux avoir un zizi comme les garçons, non ? N'est-ce pas, Malena ? N'est-ce pas que tu aimes te maquiller et porter des chaussures à talons hauts ? » Madga reprit plusieurs fois cet interrogatoire sans queue ni tête l'après-midi où j'osai lui avouer que je priais pour être changée en garçon, que je voulais être un garçon, jusqu'au moment où je lui livrai enfin la raison suprême que j'avais essayé de camoufler sous les premiers prétextes venus, à cause de la honte qu'elle m'inspirait, et la simple allusion que je fis à la perfection de Reina suffit à la tranquilliser, sur le moment. Cependant, je ne compris alors ni l'origine ni l'importance ni le brusque et réconfortant abandon de son inquiétude, et ainsi, par la suite, les débordements de ravissement amoureux auxquels ma sœur se livrait devaient, face à mon impassibilité rigoureuse, me ramener à l'incertitude ancienne.

Reina tombait amoureuse, environ tous les trois mois, d'un autre garçon, qu'elle aimait à en mourir, à la folie, jusqu'au désespoir, comme elle disait, mais je sentais bien que ce chemin ne menait nulle part. Moi, pendant ce temps, je roulais toutes les nuits le lourd couvre-lit que grand-mère Soledad avait fait pour moi au crochet, je le posais par terre, près de mon lit, et quand je m'étais couchée, je le soulevais en prenant bien soin de ne faire aucun bruit pour le poser ensuite sur moi en le chevauchant, et je me tenais très tranquille, les bras immobiles le long du corps. Je fermais les yeux pour mieux en sentir la pression, me faire une idée du poids d'un homme en chair et en os, et je m'endormais très souvent ainsi, dans l'expectative.

Il n'y avait rien d'extraordinaire dans ma vie, excepté le grand jour du mois de juin, le seul jour de l'année où ma mère nous faisait travailler ferme, boucler les valises, faire les paquets, transporter les plantes d'ornement jusqu'au portail, où nous attendions le gigantesque camion qui inaugurait les vraies vacances ; il partait à vide d'Almansilla pour Madrid et en revenait chargé d'affaires ; nous l'attendions encore, mais cette fois sous la treille, devant le perron de cette maison plus merveilleuse qu'aucune autre, pour moi, ne pourra jamais l'être.

« Ce n'est pas si mal, pour un caprice d'Indien », disait grand-père qui restait un moment immobile à la contempler, les poings sur les hanches, avant même d'être allé arrêter le moteur de la voiture, et je souriais, heureuse de pouvoir franchir, cette année encore, les portes du paradis.

Bien des années se sont écoulées depuis que les cerisiers ont commencé à fleurir sans moi, depuis que Teófila est morte, depuis que j'ai décidé d'aller à son enterrement, même si chacun des kilomètres parcourus me perçait le cœur, excepté le dernier, peut-être, pareil à la dernière épingle qui n'aurait plus trouvé place sur une vieille pelote usée, et je n'y suis jamais retournée et pourtant je me souviens de tout, de cette vision de l'enfant que j'étais, heureuse parce qu'un souffle d'air tiède, chargé de soleil, lui caressait le visage quand elle ouvrait la fenêtre, et je peux encore jouer avec les couleurs du prisme, ocelles rouges, jaunes, vertes et bleues, qui vibraient sur mes bras nus, quand la lumière frappait les vitraux de la porte du vestibule, et je peux encore voir, dans le petit miroir du portemanteau métallique peint en vert, mon visage, ma bouche d'Indienne, entre les lagunes d'argent qui trahissaient l'antiquité du tain, abîmé par le temps, si différent de ceux qui resplendissaient encore dans le grand salon du premier devant lesquels j'allais danser en cachette, tournant et tournant sans jamais perdre de vue mon image, multipliée à l'infini par huit immenses glaces aussi hautes que les murs, témoins éblouissants d'un antre des prodiges qui n'était pourtant pas le seul de la maison : je n'avais qu'à ouvrir une porte pour me montrer au « balcon du suicide », ou poursuivre ma sœur autour de la table en marbre, au milieu de la vaste cuisine avec ses guirlandes d'ail, de piment rouge, où l'air sentait toujours le jambon du pays, ou épier par la fente de la porte le lit des grands-parents, avec son baldaquin de velours rouge sang couronné de pompons de soie, comme ceux qu'on voit dans les films, ou tenter de descendre les quatre étages sur la rampe de l'escalier et tomber et me faire mal sur le palier du troisième, ce qui ne ratait jamais. C'est tout ce que j'ai voulu garder de cette maison, et il me semble que même si je m'efforçais de la décrire, je ne pourrais le faire avec le détachement d'un observateur objectif, ni me souvenir du nombre de pièces, de la dimension des armoires ou de la disposition des salles de bains qu'abritaient ces murs épais de pierre grise au toit d'ardoise pareil à ceux des contes, excepté la girouette en forme de guerrier nu couronné d'un panache de plumes dont la lance de fer indiquait la direction du vent.

Il n'y avait pas que la maison qui était exaltante, le jardin l'était aussi, car, derrière la piscine et le terrain de tennis, derrière les écuries et les serres de grand-mère, il y avait la campagne, les oliveraies, les cerisaies, la plantation de tabac et, plus loin, le village, que l'on apercevait de la grille, vaguement semblable à une rue, si éloignée que nous devions toujours prendre les bicyclettes au garage quand nous sortions faire un tour en fin d'après-midi. Almansilla était alors, est peut-être encore, un très beau village ; nous y trouvions, plus particulièrement au mois d'août, des voitures parquées sur la place, portant les numéros d'immatriculation de Barcelone, de La Coruña, de San Sebastián, et d'autres, indéchiffrables; les passagers flânaient dans les rues pavées, tellement étroites que les vieux murs de brique en grande partie effondrés qui les flanquaient ne voyaient jamais le soleil, ou ils photographiaient sous tous les angles la belle colonne de pierre taillée où le tribunal de l'Inquisition avait fait flageller pendant des siècles les condamnés, ou encore, ils admiraient la façade de la Casa de la Alcarreña, un vieil édifice abandonné depuis la guerre civile mais toujours célèbre grâce au surnom de sa dernière propriétaire, qui prenait un soin jaloux de la couleur des murs, badigeonnés chaque année d'un bleu indigo sombre, presque violet, couleur dans laquelle Charles Quint voulait voir les tenancières des bordels de son empire. Mais indépendamment de ces deux attractions touristiques disparates, le grand attrait d'Almansilla était, pour les habitants du Domaine de l'Indien, comme on appelait notre propriété au village, les Fernández de Alcántara Toledano, écheveau embrouillé que je ne pus démêler que peu à peu, avec la même lenteur que Mercedes, la femme de Marciano, le jardinier, mettait à enlever, de ses doigts arthritiques, les fils des haricots verts qu'elle venait de cueillir pour le repas.

Ma sœur et moi, et tous nos cousins – tous ceux du côté de grand-mère Reina – avions été élevés dans le respect absolu de la règle que grand-mère avait établie concernant Teófila, règle très simple à suivre, puisqu'elle consistait en un seul point : refuser toute existence à Teófila, en tout présent, tout passé et tout futur, proche ou lointain. Néanmoins, je n'ai jamais manqué de reconnaître, même quand j'étais petite, n'importe lequel de mes autres oncles, de mes autres cousins, lorsque je les croisais dans la rue, même si je ne connaissais pas leur prénom, et je ne saurais dire comment j'ai appris à les reconnaître, mais ce dont je suis certaine, c'est qu'il en allait de même pour eux, parce que tout le village semblait d'ailleurs vouloir jouer avec nous cette triste comédie, au point que la jeunesse d'Almansilla se divisait traditionnellement en deux clans, celui des autochtones et celui des vacanciers, et les Fernández de Alcántara d'un bord ou de l'autre cimentaient leur groupe respectif et donnaient son sens à cette division, d'autant plus ridicule qu'il n'y avait jamais foule au village, même en août.

Les choses n'avaient pas beaucoup changé quand j'atteignis l'âge de l'adolescence, même si les héritiers de grand-père apprenaient alors à se saluer – je ne devais pas avoir plus de dix ans quand María, une des filles de Teófila, perdit son mari et l'un de ses fils dans un terrible accident de la route, et je me souviens encore de l'ahurissement de ma mère lorsque, ayant décidé à ses risques et périls que nous devions nous rendre aux funérailles, elle y rencontra cinq de ses huit frères légitimes – et même si oncle Miguel et son demi-frère Porfirio étaient cul et chemise, l'inertie était encore tellement forte qu'il ne nous est jamais venu à l'esprit d'aller voir nos cousins du village ; nous n'en avions pas la curiosité. Je me souviens aussi qu'un soir de fête à Almansilla Reina s'est coupé le poignet avec un goulot de bouteille cassé, et Marcos, l'un des fils de Teófila, qui était le médecin du village, l'a portée chez lui en courant, parce qu'elle semblait se vider de son sang. Mes parents sont venus avec nous, et ils sont restés à s'entretenir tout tranquillement dans le cabinet, et Reina a même embrassé son frère en le remerciant, à la fin. J'ai bavardé pendant plus d'une demi-heure avec ma cousine Marisa, qui m'a paru très sympathique, et amusante, avec son accent pointu, mais quand je l'ai quittée, l'idée ne m'est même pas venue que nous pourrions un jour nous revoir. Elle a continué de sortir avec ses amis, moi avec les miens, et nous avons tous continué à nous regarder de travers, parce qu'ils étaient des péquenots et nous des snobinards, ou parce qu'ils étaient des ignares et nous des prétentieux, ou parce que leur grand-mère était une pute comme on n'en fait plus et la nôtre une sorcière plus sèche qu'un sarment de vigne ou encore, tout simplement, parce que nous n'avions pas vingt ans et que tout le contenu de notre mémoire ne nous permettait pas encore de nous apitoyer sur nous-mêmes.

Les forces étaient équilibrées : si grand-mère, en six grossesses, avait eu neuf enfants (comme maman et Magda, oncle Carlos et tante Conchita étaient jumeaux) et Teófila seulement cinq (et elle toujours un par un), tante Pacita était morte alors que je n'étais qu'une fillette, et ni oncle Tomás ni Magda ni oncle Miguel – qui n'avait que dix ans de plus que moi – n'avaient donné de petits-enfants à leur mère. Tante Mariví, qui était mariée avec un diplomate affecté au Brésil, venait rarement en Espagne, et son fils unique, Bosco, souffrit tant d'amour pour ma sœur pendant l'été qu'il passa avec nous qu'il n'eut plus le cœur de recommencer. Avec mon oncle Carlos, c'était un peu la même chose, parce qu'il vivait à Barcelone et préférait passer l'été à Sitges, de sorte qu'en plus de Reina et moi, les six enfants de mon oncle Pedro et les huit enfants de ma tante Conchita passaient leurs vacances au Domaine de l'Indien, et que nous étions nettement plus nombreux que les cinq fils de María et les quatre fils de Marcos, mais dépourvus des renforts que constituaient pour eux leurs parents par alliance, du côté de leur mère. Quant aux autres enfants de Teófila, Fernando, l'aîné, vivait en Allemagne et ne venait jamais à Almansilla, et ni Lala, qui était actrice, ni Porfirio, qui avait le même âge que son demi-frère Miguel, n'avaient eu d'enfants jusqu'alors.

C'est ainsi que j'ai passé les étés de mon enfance à regarder le monde du coin de l'œil, d'un gradin de pierre parsemé d'enveloppes de graines de tournesol, à comprendre les choses à demi, à les découvrir sans poser de questions, à apprendre que nous étions les bons et que ceux de l'autre bande étaient les méchants, tout en me disant qu'il était naturel que les autres en fissent autant de leur côté, et en mettant une fois pour toutes Porfirio et Miguel à part, hors jeu, afin de ne pas me compliquer davantage la vie. Cela me suffit jusqu'au jour où grand-père m'offrit l'émeraude, la pierre verte qui devait me lier pour toujours à la lignée de Rodrigo le Boucher ; alors, quand j'ai cherché, soudain, à remuer les poignets, je me suis rendu compte qu'ils étaient attachés et que mon imagination ne m'était d'aucun secours, écrasée sous le poids des secrets anciens, si anciens que certains d'entre eux devaient bien avoir perdu leur valeur, et je me suis proposé de déchiffrer cette histoire profondément obscure qui, en même temps, me touchait de si près, mais je n'ai rien pu découvrir, et le regard que m'a lancé ma mère, quand je lui ai demandé, sans faire la moindre allusion à Teófila, depuis quand ses parents s'entendaient mal, a achevé de me convaincre qu'il valait mieux renoncer à toute enquête dans le noyau familial, et j'ai atteint ma quatorzième année, puis ma quinzième, sans savoir à qui m'adresser quand, une quinzaine de jours après mon anniversaire, contrariée par ma sœur et mes cousines qui s'étaient entendues pour changer de chaîne et me priver de la fin du film de l'après-midi, je sortis dans le jardin pour faire je ne sais quoi et me retrouvai je ne sais comment devant la porte de la maison de Marciano. Je me suis approchée pour dire bonjour à sa femme, et j'ai accepté un verre de limonade pour ne pas la vexer; c'est ainsi que j'ai découvert par hasard que Mercedes était très bavarde.

« C'est bien simple, dans votre famille, il y a toujours eu une mauvaise branche. C'est pour ça que je te dis de faire attention à ce que tu fais, parce que s'il n'y en a pas beaucoup qui s'y rattachent, à cette branche, il faut bien le reconnaître, tôt ou tard, ça ne rate pas, le sang de Rodrigo reparaît, et patatras, c'est la catastrophe... »

Tout excitée par cette nouvelle, j'ai enterré la hache de guerre et j'ai voulu partager mes connaissances flambant neuves avec mes amies les plus intimes, mais j'ai dû battre en retraite devant l'indifférence avec laquelle Reina et mes cousines ont accueilli cette découverte transcendantale. Clara, la seule fille parmi les six enfants d'oncle Pedro, venait d'avoir dix-huit ans, allait à l'université et avait un fiancé qui faisait son service militaire; fidèle au personnage que faisait d'elle cet ensemble de circonstances, elle décréta qu'elle avait passé l'âge de s'intéresser à ces radotages d'enfant à la mamelle. Macu, la fille de tante Conchita, qui avait le même âge que moi, sortait avec notre cousin Pedro, et son seul but dans l'existence était de s'asseoir à côté de lui dans la Ford Fiesta qu'on lui avait offerte après sa réussite à l'examen de deuxième année en Agronomie. Reina, et Bosco qui ne la lâchait pas d'une semelle, visait, elle, le siège arrière qu'elle occupait à la première occasion pour se faire conduire à Plasencia, et aller boire quelque chose au bar où un garçon qui lui plaisait était disc-jockey. Comme il y avait encore une place, j'étais la plupart du temps le cinquième passager, mais en vérité je m'ennuyais si mortellement pendant que Pedro et Macu se perdaient dans les zones obscures des hauteurs de la discothèque pour pouvoir lutter à leur aise et que ma sœur s'enfermait dans la cage de verre pour mettre les disques, que j'étais presque reconnaissante à Bosco de se soûler comme il le faisait, parce que, quand il s'effondrait sur la banquette, à côté de moi, incapable de tenir debout, et qu'il se mettait à se plaindre de la cruauté de son sort en brésilien, langue qu'il préférait à l'espagnol, pour se lamenter, je pouvais au moins me distraire en le consolant, jusqu'à l'heure du retour à la maison, même si je ne comprenais pas un traître mot à ce qu'il disait. Nené, l'autre Magdalena de ma génération, était sortie avec nous jusqu'au moment où Macu était tombée amoureuse de la Ford Fiesta; depuis lors, elle passait ses après-midi à ronchonner, à l'écart du groupe, soi-disant parce qu'il n'y avait pas assez de place dans la voiture de son futur beau-frère, mais en fait à cause de sa sœur aînée, qui préférait soustraire son goût effréné pour le pelotage à tout témoin compromettant. Nené a été mon dernier espoir, ce jour-là, mais elle m'a fait aussitôt entendre, en quelques mots, qu'elle n'avait rien à faire de grand-mère, de son mari, de Teófila et des enfants des uns et des autres, et que tout ce qu'elle désirait, c'était aller avec nous à Plasencia, si bien que, le lendemain, je lui ai cédé gracieusement ma place.

Et j'ai bien failli m'en repentir, parce que Mercedes, qui se gargarisait avec une complaisance exaspérante de descriptions de péchés et de malédictions, de la qualité des diverses branches de la famille, de bon sang et de mauvais sang, ne m'avait encore rien dit de vraiment intéressant, quand a retenti derrière moi une voix familière, que j'ai interprétée comme le signe indéniable que tout était perdu.

« Ne raconte pas d'histoires à cette petite; tu es de plus en plus pipelette, de jour en jour... »

Je n'avais pas compté sur le fait que Paulina, la cuisinière de mes grands-parents, était, notoirement, encore plus cancanière que mon interlocutrice, et elle se convainquit sans mal que sa condamnation était une raison suffisante pour s'asseoir près de nous, au soleil, et surveiller le langage de son amie d'enfance.

« Qui parle, la gloire l'honore! répliqua Mercedes; et puis, je ne lui dis rien de mal, je lui dis de faire attention, c'est tout.

– À la mauvaise branche...

– Évidemment! Et à quoi voudrais-tu que ce soit?

– Mon Dieu ! Te voilà encore avec tes bonnes et tes mauvaises branches !

– Tu peux bien dire ce que tu veux, mais moi, j'étais en train de servir, à la table du jardin, le jour où Porfirio s'est jeté du balcon, je l'ai vu tomber, tu te rends compte ? Je ne veux pas que celle-ci finisse comme ça.

– Et pourquoi elle voudrait en finir ? Porfirio souffrait de mélancolie, c'était un malade, on s'y attendait depuis qu'il était petit.

– Non, madame !

– Oui, madame !

– Porfirio était mélancolique parce qu'il était de la mauvaise branche, justement ; mais il s'est tué pour cette femme de Badajoz, qui était beaucoup plus âgée que lui, et qui était mariée et bien mariée, avec un général, en plus, et elle était reçue par les maîtres, qui étaient des parents à elle, et malgré ça et autre chose, parce qu'il était séminariste, Porfirio a été mordu et bien mordu, et qu'on ne vienne pas me dire que le démon s'est emparé de lui, non, tout ça, c'est de la faute à ce maudit sang, celui qui court dans les veines du grand-père de celle-là...

– Ne te mêle pas de ça, Mercedes ! Et ne dis pas de mal de Monsieur. Porfirio était mélancolique parce qu'il est né comme ça, et il aurait tout aussi bien pu naître comme Pacita.

– Encore une qui a hérité du sang de Rodrigo.

– Ne sois pas butée comme ça, bougre d'âne ! Porfirio était malade, tout le monde le savait, il était triste... répressif, comme on dit maintenant ; il avait des répressions, et quand il lui en arrivait une, il essayait de se suicider. Je m'en souviens comme si c'était hier ! Quand il était petit, il n'allait presque pas à l'école, il passait toutes ses saintes journées allongé sur son lit, sans même avoir la force de se lever, et après, c'est allé de mal en pis, il ne voulait même pas prendre son petit déjeuner, il restait couché pendant des heures à regarder le plafond et à pleurer... Il avait vingt ans et c'était sa mère qui le rasait, pour ne pas lui laisser un rasoir entre les mains ! »

Je les vois encore, Mercedes de plus en plus indignée, les joues rouges de colère, les mains posées à plat sur ses cuisses, sur lesquelles elle s'appuyait, les bras raidis par l'effort, la tête aussi écartée que possible des haricots verts qui restaient éparpillés devant elle depuis le début de la discussion à côté du sac qui les avait contenus. Paulina ne bronchait pas, elle se tenait assise le dos bien droit, les jambes joliment jointes, les doigts croisées posés avec une fausse élégance sur son tablier amidonné, avec dans sa voix, sur son visage, dans tous ses gestes, ce vernis prétentieux de la Madrilène qui impatientait tant Mercedes.

« Aussi mélancolique que vous voudrez, ma petite dame, mais quand Pedro et moi nous allions du côté de la jonchaie, l'après-midi...

– Pour les épier.

– Ou pour faire un tour, ça revient au même, et quand nous les regardions, de derrière les joncs, vautrés là... Je peux vous dire qu'il en avait, des couleurs, au visage, votre mélancolique ! Il en avait autant qu'un cheval de bois, et que je meure à l'instant si je mens.

– Ne fais pas attention, me conseilla Paulina. Ça, je veux bien le croire, parce qu'il a toujours été peureux, mais tu ne vas pas me faire croire que monsieur Pedro passait son temps à venir épier de ce côté ce que faisait son oncle.

– Et comment, tu m'entends, et comment ! Qui crois-tu qui en a eu l'idée ? Je te dis que c'était clair comme de l'eau de roche, depuis qu'il était tout petit, que Porfirio ferait quelque chose comme ça.

– Tu dis ça pour faire croire que le maître et toi vous étiez comme les deux doigts de la main.

– Nous l'étions, et plus que ça, encore. Nous sommes frère et sœur de lait, ma mère l'a allaité en même temps que moi, quand les fièvres ont failli l'emporter.

– Oui, mais beaucoup d'eau a coulé sous les ponts, depuis.

– Et alors ? Tout le monde sait que je ne lui ai jamais dit vous. Nous avons été élevés ensemble. De toute façon, ce n'est pas de ça qu'il s'agit, ce dont il s'agit, c'est que Porfirio s'est tué pour cette femme de Badajoz, et qu'on me dise un peu pourquoi, si on ne croit pas ce que je dis, elle est devenue tellement pâle quand elle l'a vu apparaître sur le balcon, et qu'il les a tous salués de la main, avec ce sourire de saint qui lui donnait l'air d'un curé en train de les bénir, mais ce n'étaient pas des bénédictions, loin de là, et cette sale pute le savait bien, c'est pour ça qu'elle s'est levée, avant même qu'il se soit penché en avant, et qu'elle a poussé ce long cri, un cri encore plus fort que celui qu'a lancé la mère du mort, tu m'entends ? Et c'est elle qui s'est élancée la première, c'est elle qui, la première, s'est agrippée au cadavre, alors que la boîte crânienne avait éclaté sur les dalles de ciment, comme un rien, tout ça, je l'ai vu de mes yeux, même que son mari est monté dans sa voiture et s'est débiné pour échapper à la honte, parce qu'à voir comment sa femme se détachait du corps de Porfirio, la cervelle en morceaux et tout, on ne pouvait pas ignorer quelle sorte de remords la rattachait à lui.

– Bien sûr, parce qu'ils s'entendaient bien. Je n'ai jamais dit qu'ils ne s'entendaient pas, mais Porfirio s'est tué parce qu'il était mélancolique...

– Non, madame !

– Oui, madame ! »

Et le soleil a fait un bon bout de chemin tandis qu'elles se fusillaient du regard, se crachaient à la figure, à tour de rôle, l'une et l'autre des deux moitiés opposées et complémentaires de la vérité, peignant en violet, avec des nuances équivoques, brillantes et sombres à la fois, les joues pâles, couleur de cire fondue, de celui auquel son visage avait valu le surnom de Porfirio les Cernes, le suicidé arrogant enterré en terre païenne dans un coin du jardin, à l'ombre d'un saule, sans pierre tombale, dont le prénom, que grand-mère avait refusé pour ses fils, était allé échoir au cadet de Teófila. Et j'ai bien cru que nous n'en arriverions jamais à cette même Teófila, ce que j'attendais par-dessus tout, car la discussion prenait des tournures de plus en plus pittoresques, allant toujours du général au particulier, et que mes deux sources d'information menaçaient de ne pas parvenir à s'entendre sur la couleur des cheveux de cette dame de Badajoz avant l'heure du dîner.

« Elle était châtaine.

– Elle était brune, et je suis bien placée pour le savoir, puisque je l'ai coiffée, une fois.

– Brune, mais brun clair, châtain.

– Non, je regrette beaucoup, mais non. Elle était brune, tout à fait brune, et ses poils étaient noirs. Voilà comment elle était.

– Pas question. Je m'en souviens parfaitement. Autour du visage, ses cheveux étaient peut-être bruns, je ne dis pas ; mais le chignon était châtain, Paulina ! Les pointes étaient presque blondes !

– Non, madame !
– Oui, madame !
– Mais non, Mercedes ; ce qu'il y a, avec toi, c'est que tu as toujours été une tête de mule ! Comme avec ta mauvaise branche. Oh là là ! Le sang de Rodrigo par-ci, le sang de Rodrigo par-là, et personne ne peut te faire sortir de là. Ce n'est pas moi qui vais m'en charger. Je ne t'écoute plus. Tu mets une tête comme un ballon à la petite avec toutes tes histoires... Si tu étais un peu cultivée, Mercedes, tu saurais que revenir sur ses opinions, c'est un signe de sagesse ; alors que toi, au contraire, tu vas comme un âne derrière la carotte qui te pend au front.
– Comme tu voudras, mais c'est la vérité. Ils l'ont apporté d'Amérique, le sang de Rodrigo, comme l'argent. On n'en gagne jamais autant en travaillant de ses mains, ça ne peut pas être bien, et une chose en amène une autre, et va savoir si, sans tout cet argent, Pedro aurait entraîné Teófila à sa ruine comme il l'a fait.
– Alors, ça, c'est la meilleure ! Maintenant, c'est Pedro qui a perdu Teófila ! Un peu de respect, Mercedes, tu parles devant sa petite-fille.
– Et je le redirais devant sa mère, tu m'entends ? Elle avait quinze ans quand il est sorti avec elle ; elle ne pouvait pas savoir où elle mettait les pieds quand...
– Elle ne le savait que trop bien ! Tu m'entends ? Que trop bien ! Et s'il y a quelqu'un, ici, qui a conduit quelqu'un d'autre à sa perte, c'est Teófila qui a fait le coup à ma maîtresse, la pauvre, mariée depuis tant d'années, avec cinq enfants, quand cette garce est venue se mettre au milieu, et Madame ne méritait pas ça, parce qu'elle était très bonne.
– C'est vrai que Madame était très bonne.
– Très bonne.
– Très bonne, oui.
– Et comment ! Très, très bonne.
– Très bonne, Paulina, oui, mais ça revient au même, parce que toi, tu n'as pas vu Pedro comme je l'ai vu, moi, quand il passait par ici à cheval, galopant comme un fou, avant son mariage, et même après, quand il a quitté la maison la nuit même où Madame et lui sont revenus de leur voyage de noces, et nous savions tous où il allait, comme s'il n'en avait jamais assez et comme si c'était le diable en personne qui tenait les rênes.

– Veux-tu bien laisser le diable tranquille, pour une fois ? Quand même... Que tu es peu cultivée !

– Pourquoi ? Il n'y avait pas de voitures, à cette époque ? » L'une et l'autre m'ont regardée avec des yeux ronds, comme si rien n'eût pu les déconcerter davantage que ma question. Paulina a fait un geste vague de la main, et c'est Mercedes qui m'a répondu :

« Putain, et comment, qu'il y en avait, des voitures ! Il en avait deux. Ce qu'il y a, c'est que... Ce n'était pas une demi-portion, ton grand-père, va ! Et à cheval, il était encore plus beau ! Surtout quand il sortait torse nu. Tellement beau que... Grand Dieu ! C'en était trop, Jésus-Marie-Joseph, protégez-moi, même à moi il me venait des envies de me signer, et il le savait bien, il a toujours été plus malin que le diable. Et pendant que j'y suis, un jour, je suis allée le trouver et je lui ai dit : " Prends garde, Pedro, et surtout, mets-toi une chemise une bonne fois pour toutes, parce que si tu continues à galoper comme ça, ça va finir par une tragédie. " Et sais-tu ce qu'il m'a répondu ?

– Non, mais arrête avec tes insinuations, et sois prudente, Mercedes, parce que celle-là, elle n'a que quinze ans.

– Alors, il m'a dit : " Ne t'inquiète pas, ce n'est pas moi qui irai me jeter par la fenêtre ! " La crapule ! Comme si c'était pour ça que je m'inquiétais ! Comme si j'avais pu m'imaginer, une seule fois, que lui, justement lui, irait se jeter par la fenêtre. Ce qui se passait, c'était que je savais qu'un jour ou l'autre l'une ou l'autre allait lui mettre le grappin dessus, qu'il ne pouvait rien lui arriver d'autre, s'il continuait comme ça, et c'est Teófila qui l'a eu, Teófila qui n'était ni meilleure ni pire que les autres.

– Alors là, tu pousses le bouchon un peu loin.

– Ni meilleure ni pire, Paulina.

– Non... seulement un peu plus... fraîche.

– Mais... Que dis-tu ? Quand Teófila est venue d'Aldeanueva pour vivre ici avec sa tante, elle devait déjà avoir plus de dix-huit ans. Que dis-je ? Elle avait dix-neuf ans quand elle a eu Fernando ! Quand il a jeté l'œil sur elle, c'était encore une enfant, et ça me fait de la peine pour ta maîtresse, mais ce n'est pas juste de lui mettre toute la faute sur le dos. La faute, elle est plutôt à Pedro, au sang de Rodrigo, parce que, plutôt que mordu, et j'en avais déjà assez de le voir comme ça, il avait l'air d'avoir perdu la tête, et figure-toi que cet été-là, l'été 33, il me semble, il n'avait plus d'appétit, il allait et venait, tourmenté, à longueur de journée, et il n'arrêtait pas de se gratter partout, ou il restait là, comme un loup, à fixer du regard je ne sais quoi devant lui, pendant des heures entières, et tout ce qu'il faisait, c'était aller au village pour bien faire remarquer la petite, et la renifler comme un chien... je ne sais pas ce qu'elle lui a accordé, ça, je ne le sais pas, mais en lui, qui était pourtant un homme fait et droit, nous sommes nés tous les deux avec le siècle, la mauvaise branche a reverdi, et tu ne peux pas avoir oublié dans quel état il s'est mis quand ce cousin de Teófila qui vivait à Malpartida a parlé de l'épouser et d'adopter Fernando pour aller vivre en Amérique, parce qu'il avait de la famille là-bas, je ne sais pas où, à Cuba, je crois, ou en Argentine, ma foi... Je ne sais pas, j'ai si mauvaise mémoire...

– Je m'en suis rendu compte. Voyons, cette dame de Badajoz était brune...

– Châtaine, merde, et ne m'interromps plus, tu me fais perdre le fil... Ce devait plutôt être en Argentine, je ne me rappelle pas, bon, ça revient au même, c'était à l'envers d'ici, j'en suis sûre, et elle, ça lui convenait, c'était un bon arrangement pour tout le monde, et alors Pedro est arrivé, hors de lui, on aurait dit le diable en personne, je m'en souviens comme si c'était hier et que je l'avais là, devant moi, parce que j'étais allée au village faire les courses, et personne ne s'attendait à le voir, personne ne nous a prévenus qu'il arrivait, c'était un mardi, à une heure de l'après-midi, au printemps, en mai, sans doute, il faisait beau, je me souviens même de ça... Je l'entends encore crier comme un porc qu'on égorge, la voix ne lui sortait pas de la gorge, je te le jure, Paulina, mais des tripes, et c'est avec ses tripes qu'il appelait Teófila à grands cris, au beau milieu de la place, et à l'entendre, j'en avais la chair de poule, parce que je ne l'avais jamais vu aussi désespéré, pas même le jour où son père est mort, ni le jour où il a enterré sa mère, jamais, et je ne l'ai jamais plus vu comme ça, même pas quand Pacita est née et qu'il était comme un taureau moribond, avec ce voile qu'ils ont sur les yeux quand ils sont tout percés de banderillas, l'épée plantée dans la nuque, c'était comme ça qu'il était, ses sourcils lançaient des éclairs et son corps tremblait tout entier de rage contenue.

– Et comment l'avait-il appris ?

– Je ne sais pas, je ne l'ai jamais su, mais ce jour-là, il est venu chercher Teófila, et Teófila est allée le rejoindre. Malgré sa tante qui lui a dit de ne pas sortir, de ne même pas se montrer à la fenêtre, elle y est allée, en défiant sa tante, qui était comme une mère pour elle, et quand elle s'est trouvée devant lui, il a levé la main, mais il ne l'a pas frappée, il l'a seulement prise par le bras, et sans lui dire un mot, l'a entraînée jusqu'à l'hôtel du Suisse, d'où ils ne sont pas sortis de quatre jours et de quatre nuits, jusqu'au samedi matin.

– Et qu'est-ce qu'ils ont fait là ?

– Qu'est-ce que j'en sais, moi ? Ça, personne ne peut le dire. Mais ce qu'ils ont pu faire, je me l'imagine bien, parce que quand ils se sont séparés, elle lui a baisé les mains, pas les paumes, mais les doigts de la main, comme s'il s'était agi d'un évêque, et lui, il avait retrouvé son calme habituel. Teófila a attendu que la voiture ait disparu au tournant de la route, puis elle a traversé la place avec les yeux mi-clos, et un sourire béat aux lèvres comme si, au lieu d'avoir été au lit avec un homme, elle avait regardé Dieu le Père en face, comme si elle était simplette, pauvres de nous, une folle perdue... Et sa tante lui a dit qu'il n'était pas trop tard, qu'elle devait se marier avec son cousin, ne pas faire l'imbécile... Mais Teófila n'a pas répondu, elle s'est contentée de sourire, et je me suis dit qu'il n'y avait plus rien à en tirer, et qu'elle allait être une malheureuse pour le restant de sa vie.

– Non, madame ! Ne dis pas ça, Mercedes, parce que ce n'est pas vrai.

– Oui, c'est vrai !

– Non, ce n'est pas vrai ! » Paulina s'est alors adressée à moi : « La seule qui a souffert, dans cette histoire, c'est ta grand-mère, Malena, crois-moi, ta grand-mère, qui était une sainte, Dieu la bénisse, et la meilleure femme qu'un mari puisse avoir, même si lui le lui a rendu comme il l'a fait.

– Il ne l'aimait pas, Paulina.

– Il l'aimait, et je le sais mieux que personne, parce que j'ai vécu à Madrid avec eux depuis leur mariage, en 25, et ce n'est pas hier, mais je me souviens bien, moi, j'ai bonne mémoire, pas comme toi, qui confonds Cuba et l'Argentine, et je peux te dire qu'il l'aimait, Mercedes ; il l'a aimée jusqu'à ce que Teófila s'en mêle.

– Il ne l'aimait pas, non. Il aurait dû l'aimer, c'était son devoir, mais il ne l'a pas fait. Qu'ils s'entendaient bien, je ne dis pas, parce que lui se toquait des femmes, quand il en avait eu une, il courait déjà derrière une autre, et comme ça, en définitive, une ou l'autre, c'était du pareil au même, mais l'aimer, ce qu'on appelle aimer, non. Tu ne l'as pas vu ici, avec Teófila, quand la guerre...

– Qu'elle aille au diable ! Tu n'as pas vu Madame à Madrid, toi, ça me brisait le cœur de la voir se préparer, chaque soir – parce que, alors, elle avait commencé à se maquiller, elle qui sortait toujours dans la rue avec le visage bien net, pauvre malheureuse. Elle s'habillait entièrement de blanc pour aller s'asseoir dans le salon, près du balcon, et elle souriait tout le temps, pour que les enfants ne voient pas ce qui se passait. “ Tu sais, Paulina, me disait-elle, je pense que Monsieur va rentrer aujourd'hui, alors je ne vais pas mettre le nez dehors. ” Il y avait déjà bien des mois que la guerre était finie, et à cette époque-là, ton mari venait nous voir une fois par mois pour nous apporter de la nourriture, parce qu'on ne trouvait rien à Madrid, et elle lui demandait, chaque fois : “ Comment vont les choses à Almansilla, Marciano ? ” Et ton mari mentait comme un arracheur de dents, je l'entends encore : “ Beaucoup de complications, Madame, beaucoup de complications, mais Monsieur m'a dit de vous dire qu'il avait très envie de revenir, et que les affaires étaient pratiquement réglées... ” Et nous savions tous qu'il n'y avait là-bas pas plus de complications que d'affaires, et qu'il n'y avait pour ainsi dire pas eu de guerre non plus, mais que la garce était dans le lit de ma maîtresse, et je ne sais comment un tel... homme a pu avoir un tel front !

– Parce que le sang de Rodrigo court dans ses veines, Paulina, et parce qu'il n'a pas eu de chance, ce n'est la faute de personne si Pedro a été coincé ici par la guerre, avec Teófila, et Madame à Madrid, avec les enfants.

– C'est parce qu'il s'est débrouillé pour que la guerre le coince ici ! Les bombardements, il les a laissés aux autres. Et la peur. Et la faim ; toi, tu n'as pas vu comment Madame a pleuré, le jour où elle n'a plus eu de lait, parce qu'elle se privait de nourriture pour que les enfants déjà sevrés puissent avoir de quoi manger, et nous avons dû alimenter les petites avec de la purée de lentilles, avec une maudite purée de lentilles, de l'eau avec du poivron séché plus qu'autre chose, si bien qu'un jour j'ai été tentée d'y mettre des pierres pour lui donner un peu de consistance, parce que nous n'avions rien à manger, nous ne mangions pas, tu m'entends ? Les enfants mangeaient tout, et ils avaient encore faim, leurs pleurs me réveillaient la nuit, et je n'avais rien d'autre à leur donner que le pain que leur mère et moi aurions dû manger le lendemain, et nous avons tenu comme ça, jeûnant un jour et le jour suivant, pendant trois ans ; la dernière année a été la plus terrible, chaque matin, c'était le commencement d'un vendredi saint ; et pendant ce temps, lui menait la belle vie, se gavait de charcuteries avec cette pute, et ton mari et toi avec eux.

– Ne dis pas ça, Paulina, parce que ce n'est pas vrai. Ça n'a été la faute de personne, de personne, sauf, peut-être, de Franco...

– Nous y voilà !

– Mais oui, bien sûr que nous y voilà ! Parce que si cette espèce de salopard n'avait pas commencé la guerre, va savoir si ces deux-là auraient été à la colle comme ils l'ont été ! Et pour l'été 35, quand vous n'êtes pas venus, tu t'en souviens ? Madame avait peur, avec cette histoire de collectivisation qui prenait de l'ampleur, quand on disait au village que les premiers qu'on devait exproprier c'étaient les Alcántara. Il est alors venu seul, et sa femme n'y a pas trouvé à redire, parce que, en définitive, il venait défendre son bien. Elle ne pouvait pas savoir à quel point ça bardait, parce que le cousin de Malpartida tournait toujours autour de Teófila – il n'y avait guère plus de trois mois que s'étaient produites les choses dont je t'ai parlé –, si bien qu'ils ont été tourmentés tout l'été, Pedro ici, et elle au village, dans la maison de sa tante. C'est vrai qu'il est venu plusieurs fois, cette année-là, et toujours seul et il est tout aussi vrai que tout allait mal pour lui, et qu'on en est même venu à le menacer de mort, mais il n'a jamais eu peur.

– Parce que pour avoir peur, il faut avoir honte.

– Ou parce qu'il a toujours été un homme ! Aussi mauvais que tu voudras, je ne le nie pas, mais un homme qui en avait, un homme des pieds à la tête... Par la suite, c'est vrai, quand la guerre a éclaté, il était ici, et il ne pouvait pas retourner à Madrid, même s'il l'avait voulu, je ne dis pas qu'il le voulait, mais de toute façon, il n'aurait pas pu retourner. Alors, rien n'avait d'importance, personne n'avait le temps ni le cœur de bavasser, et Pedro est devenu fou, je ne le reconnaissais plus, tiens, un jour, je l'ai trouvé derrière un arbre, il était là à ne rien faire, et quand je lui ai dit bonjour, il a posé un doigt sur ses lèvres, comme on fait avec les enfants, pour me faire signe de me taire, et il m'a montré Teófila, qui était assise dans l'entrée, en train de coudre, et alors, il m'a dit comme ça qu'il la regardait, et c'est tout. Tu vas encore me dire que je vois des mauvaises branches partout, mais c'est qu'il fallait se l'encaisser : « Tais-toi, laisse-moi la regarder » ! Il est devenu complètement tapette, à rester pendu à longueur de journée à cette petite, la bave au coin des lèvres ! Et il s'en faut qu'il ait jamais traité Madame comme ça, Paulina ; comme ça, jamais ! Tu le sais très bien, pas la peine de raconter des salades... Le malheur, c'est qu'il a fini par transmettre sa folie à Teófila, et il aurait fallu que tu les voies, tous les deux, on aurait dit deux gosses, en train de s'embrasser sans arrêt devant tout le monde, de se promener dans le jardin comme s'ils étaient en vacances, comme si la guerre les avait tirés à la tombola... Moi, au début, la guerre, je ne prenais pas ça très au sérieux ; on se disait que ça ne durerait pas longtemps, parce que, ici, pour ça tu as raison, c'était à peine si on se rendait compte de ce qui se passait, mais Madrid ne tombait pas, Madrid résistait. Puis Teófila a été enceinte une deuxième fois, et María est née, dans cette maison même, et Pedro a fêté ça en grande pompe, tu ne peux pas t'imaginer, tout le village a défilé par ici, et Teófila recevait les invités comme une duchesse. Nous avons tué deux cochons rien que pour le baptême ! Mais ce jour-là, moi, on m'a entendue, parce qu'il fallait que ça sorte, et je le lui ai lancé en pleine figure qu'il devrait un peu penser que sa femme n'était pas dans la lune, mais à moins de trois cents kilomètres d'ici, et que la guerre ne durerait pas toujours... C'est alors que toute l'Estrémadure s'est mise à murmurer, et avec raison, je ne te dis pas non, parce que c'était un scandale de taille, mais à lui, ça ne lui faisait ni chaud ni froid, et le jour où mademoiselle Magdalena, celle qui vivait à Cáceres, lui a fait savoir que désormais, pour elle, il était comme mort, sais-tu ce qu'il m'a dit ? Que sa sœur, Franco et le pape de Rome lui cassaient les couilles !

– Mercedes ! Ne sois pas grossière ! Tu vois où ça conduit, de ne pas être cultivée... Fais un peu attention à ce que tu dis, ma belle !

– Mais s'il a parlé comme ça, Paulina ! Qu'est-ce que la culture a à voir là-dedans ? Je n'ai pas ajouté ni retiré une seule virgule, parole. Remarque qu'il a dit ça comme il aurait dit autre chose, par bravade, il ne s'en privait pas, mais il n'allait pas bien, non madame, pas bien du tout, surtout à la fin, quand on a su que la guerre allait s'arrêter, et qui allait la gagner, nous le savions, et un après-midi, je l'ai trouvé ici, en train de fumer un cigare avec mon mari, et en l'entendant, j'ai été clouée sur place : “ Madrid tiendra, j'en suis sûr, Madrid résiste, et si Barcelone tient jusqu'à ce qu'arrivent de France ces putains de renforts... ” “ Quelle crapule ! ”, je me suis dit, et si tu veux savoir ce que ça m'a fait, si ça t'intéresse de le savoir, j'ai envoyé Marciano à la maison d'un bon coup de gueule, et à lui, je lui ai envoyé à la figure : “ Si Barcelone tient ! Imbécile, va ! Avec tout l'argent que tu as... Que vont-ils t'apporter, à toi, les républicains, sinon le mépris ? Que je sois rouge, moi, qui n'ai même pas un tombeau sur cette terre, passe, mais toi ? Idiot ! Triple buse ! Es-tu devenu fou ? As-tu perdu le peu de jugeote qui te reste ? Tu as six enfants à Madrid, mon con, six enfants et une femme ! Et tu veux que la guerre dure encore ? ” Et alors, je me suis dégonflée, Paulina, je me suis dégonflée, il aurait fallu que tu le voies, tout d'abord, il est resté figé sur place, sans un mot, jusqu'à ce que la braise de son cigare lui brûle les doigts, puis, il s'est appuyé contre ce mur, ce mur que je touche, là, en ce moment, et il s'est mis à pleurer. “ Je fais tout de travers, Mercedes, tout ce que je fais, c'est mal. ” Il est resté là près d'une heure, à répéter tout le temps la même phrase, à la murmurer, tout bas, plutôt, comme une litanie : “ Tout ce que je fais tourne mal, je ne fais rien de bon ”, et moi, ça m'est allé droit au cœur, je te le jure, Paulina, parce que je l'aime, tu comprends ? Comment pourrais-je ne pas l'aimer ? Nous avons été élevés ensemble. Et c'était vrai, ce qu'il disait, qu'il avait toujours tout fait de travers, parce que le sang de Rodrigo court dans ses veines, et ce n'est pas de sa faute, un autre que lui aurait pu en hériter, de ce sang... n'importe lequel... Mais c'est sur lui qu'elle est tombée, la mauvaise branche...

– Ne pleure pas, Mercedes, ma brave, tout ça est si loin... »

Aucune des deux ne s'est rendu compte que moi aussi, je pleurais, luttant désespérément contre deux larmes indécises que je n'ai pas pu retenir, je n'ai pas pu les empêcher d'ouvrir le chemin que bien d'autres devaient suivre, pour alimenter deux rigoles chaudes qui coulaient sur mes joues, atteignaient les commissures de mes lèvres, et leur saveur me rappelait les silences de grand-père, qui ne se montrait jamais mais n'oubliait jamais non plus de m'adresser un regard entendu quand nous nous rencontrions, et qui m'avait offert l'émeraude pour me protéger de moi-même, du mauvais sang qui était le sien, parce qu'il m'aimait, il ne pouvait que m'aimer, car lui aussi, et je ne le compris qu'à ce moment-là, était né par erreur, à un moment, dans un lieu et une famille qui ne lui convenaient pas, et il était né mâle, on ne peut plus mâle, mais fourvoyé.

L'émotion qui m'assaillit alors, passion si vive qu'elle fit surgir un cercle quasi douloureux autour de chaque pore de ma peau hérissée, tout à coup transfigurée en un organe qui, je le sentais, était bien à moi, comme j'avais toujours senti qu'étaient bien à moi mes bras et mes jambes, ne m'empêcha tout de même pas de réfléchir en toute hâte, et il me sembla bien que je ne sortirais pas indemne de la lutte que je livrais contre moi-même et que j'allais tomber comme un poids mort dans un abîme plus profond encore que celui qui s'était ouvert, malgré moi, entre mon cœur et ma volonté, entre ce que j'aimais, ce que je savais que j'aurais dû être et ce que j'étais, entre Reina et moi, en définitive. Avant même de l'avoir entendue en entier, j'ai décidé que je ne raconterais jamais cette histoire à ma sœur, et que je ne le ferais pas pour ne pas avoir à entendre son verdict, qui serait sans doute juste et sûr, fondé sur des vérités toutes faites, des revendications légitimes, des ressentiments s'appuyant sur cette solidarité qui lui ferait immanquablement verser quelques larmes sur l'image de ma grand-mère, la femme seule aux seins desséchés, et même condescendre à manifester juste ce qu'il faudrait de compassion, par respect pour la famille, envers la fruste orpheline de village qui s'était laissée prendre au piège d'un amour sans issue. Reina ne comprendrait jamais l'infinie tendresse que j'éprouvais pour mon grand-père, ce désir d'aller vers lui, de le toucher et de l'embrasser, qui me tenaillait comme un besoin physiologique, cette irrésistible envie de fondre mes erreurs aux siennes, dans ses bras, puisque, comme lui, je ne savais rien faire de bien, je me trahissais moi-même, et je trahissais aussi ma mère, mon grand-père et même Teófila en pleurant ainsi sur lui, qui avait été un mauvais père, un mauvais mari et un mauvais amant et, surtout, un homme aimable dont le hasard avait fait un désespéré enfermé dans une solitude complète infiniment plus aride et plus terrible que celle à laquelle il avait condamné ses deux femmes.

C'était là ce que j'éprouvais, sachant que ce n'était pas bien, et je pouvais presque entendre la voix de Reina, l'écho imaginaire de son raisonnement impeccable que je ne lui fournirais jamais l'occasion de tenir, tandis que j'essayais de me convaincre que grand-père était impardonnable, qu'il ne méritait pas plus de compassion qu'il n'en avait montré dans sa vie, mais je lui pardonnais tout, je compatissais, je l'aimais, beaucoup plus que je n'ai jamais aimé sa femme, et mon amour grandissait aux détours de cette histoire impossible, qui le révélait tantôt faible, tantôt brutal, arbitraire, paresseux, ou cruel et même couard, mais toujours follement amoureux, et par là même innocent, parce que son peu d'assurance et sa finesse gauche me ramenaient à mère Agueda, ce miroir plein de chaleur dans lequel je m'étais reflétée, autrefois ; leur existence à tous deux me faisait me sentir moins seule. Et tandis que je pleurais non seulement sur le sort de grand-père et sur le mien mais aussi sur celui de grand-mère et de Magda, deux femmes intègres et constantes, raisonnables et en tout différentes l'une de l'autre, fidèles à elles-mêmes, conscientes de ce qu'elles étaient plus que je ne pourrais jamais l'être, malgré les drames que le sang de Rodrigo avait semés dans leur vie, Mercedes et Paulina avait repris leur conversation et, toutes à la défense de leur point de vue, s'affrontaient comme si je n'étais pas là, comme si personne ne les écoutait :

« Allons, ma belle, tout est bien qui finit bien.

– Qu'est-ce qui finit bien, Paulina, tu peux me le dire ? Ce n'est pas encore fini...

– Je voulais dire que Monsieur a fini par retourner chez lui, avec sa femme et ses enfants.

– Et ceux d'ici, alors ? Ceux d'ici ne sont pas sa femme et ses enfants, peut-être ?

– Non, madame.

– Oui, madame.

– Non, madame. Les enfants, oui, parce que les enfants sont tous égaux, passe encore ; mais elle, non... Absolument pas. Elle savait très bien qu'il n'était pas libre, depuis le début.

– Ça ne compte pas, Paulina...

– Mon œil, que ça ne compte pas, tu m'entends ? Mon œil ! C'est ce que j'ai dit à Madame, quand je n'ai plus pu supporter de la voir se consumer à petit feu ; elle avait usé tout un bâton de rouge à lèvres pour rien, parce que Franco était entré à Madrid en avril. En avril, tu te rends compte ? Et mai est arrivé, et puis juin, et personne n'a même osé demandé si nous viendrions ici, et puis septembre est venu, l'hiver a commencé, et lui n'est pas revenu, et Marciano n'a même plus osé nous servir son petit discours, il ne savait plus que dire, sinon que, cette année, les chorizos étaient particulièrement réussis... Quand j'ai vu qu'il ne venait même pas pour Noël, mon sang n'a fait qu'un tour. J'étais dans une rage telle que je n'ai rien pu avaler, je ne t'en dis pas plus, et elle non plus. Alors, après avoir mis les enfants au lit, je lui ai demandé : “ Que pensez-vous faire, maintenant ? ” “ Je ne sais pas, Paulina, je ne sais pas. ” “ Eh bien, moi, je sais bien ce que je ferais ! J'irais à Almansilla aujourd'hui même, et je le ramènerais ici par le bout de l'oreille, voilà ce que je ferais, voilà ce que vous devez faire ; parce qu'il est votre mari et qu'il a des devoirs envers vous... ” J'avais appris par ma cousine Eloisa que Teófila était de nouveau enceinte, et j'ai failli le lui dire, mais je me suis retenue, parce que la pauvre en avait bien assez comme ça sur le dos. Elle m'a dit : “ Nous verrons, nous verrons ; ce qu'il faut faire, maintenant, c'est se calmer et réfléchir. ” C'est alors que je me suis rendu compte qu'elle avait peur, peur de son mari, peur de le perdre, et j'ai cru qu'elle allait le perdre pour toujours, mais elle a fini par rassembler son courage, je ne sais comment, elle a passé tout le jour de Noël à prier, et le lendemain, elle est venue ici...

– Non, ce n'est pas ce jour-là qu'elle est venue, mais le jour des Saints-Innocents, je m'en souviens bien, parce que, quand je l'ai vue apparaître, je me suis dit que c'était drôle qu'elle ait choisi ce jour-là pour faire son apparition... Il y avait des mois que je l'attendais, et j'en avais par-dessus la tête de demander à Pedro s'il ne pensait pas retourner quelque jour à Madrid ; il me disait de la fermer sans autre forme de politesse, ou il ne me répondait pas ou il me disait oui, un de ces jours, avec un geste de la main, comme pour chasser cette idée de sa tête. Les autres aussi s'attendaient à la voir arriver ; Teófila était bien maigre malgré sa grossesse, elle avait un teint affreux, de peau d'olive, et des cernes, elle était toute plissée partout, parce qu'elle ne fermait pas l'œil de la nuit, et elle disait à tout le monde que c'était à cause des nausées, mais c'était plutôt parce qu'elle savait aussi bien que lui que tôt ou tard Madame viendrait le chercher... Et je vais te dire une chose, Paulina, j'ignore à quel point Madame avait peur de Pedro, mais je suis sûre qu'elle avait moitié moins peur de lui que lui d'elle. Je le sais parce que c'est moi qui suis montée le prévenir qu'elle était arrivée. Madame ne voulait même pas s'approcher de sa maison, et pour finir, ils se sont parlés ici, dans la mienne... J'aurais mieux aimé le trouver seul, mais il était assis devant la cheminée avec elle et les enfants ; ça faisait des mois qu'ils ne se lâchaient pas d'une semelle, pas une seconde, parce qu'ils craignaient chaque jour, je crois, que ce jour-là soit le dernier. De la main, il lui a fait signe d'aller dans le couloir, et avant que j'aie eu le temps d'ouvrir la bouche, comme il avait toujours su lire sur mon visage comme dans un livre ouvert, il a dit : “ Reina est arrivée, n'est-ce pas ? ” J'ai opiné du chef, alors il m'a demandé de l'attendre une minute parce qu'il voulait aller mettre une cravate. Ça m'a paru bizarre, sur le moment, qu'il s'inquiète de ce genre de chose ; c'est après seulement que l'idée m'est venue qu'il voulait avoir l'allure la plus formelle, tu comprends ? pour bien faire sentir à Madame qu'elle était en visite, dans une maison qui n'était pas la sienne, ou alors, je ne sais pas, parce qu'il se sentait mieux sur son trente et un, plus fort, va savoir, mais il a mis un bon moment à redescendre, et il est apparu dans l'escalier en veston et cravate, bien coiffé, chaussé – depuis qu'il vivait ici, je ne l'avais jamais vu qu'en bottes en hiver et en espadrilles en été. Quand il a allumé une cigarette, j'ai vu que ses mains tremblaient. Nous avons marché en silence, très lentement. Je n'osais même pas le regarder, mais je savais qu'il était très pâle et je l'entendais avaler sans arrêt sa salive. Quand ils se sont retrouvés, sa femme l'a embrassé sur les deux joues et lui a dit bonjour en souriant, comme s'il avait quitté le domicile conjugal la veille, la pauvre idiote...

– C'est comme ça qu'une dame doit se comporter !

– Admettons, mais tu vois, à ce moment-là, je me demande bien qui ces manières pouvaient impressionner.

– Et de quoi ont-ils parlé ?

– Qu'est-ce que j'en sais, moi ! Tu t'imagines que je passe mes journées à écouter aux portes, comme toi ? Je suis allée au village, pour leur laisser le temps, et quand j'en suis revenue, je l'ai entendu pleurer...

– Lui ?

– Oui.

– Quel manque de dignité !

– Bref, je suis repartie, je me suis rendue à la bergerie, où j'ai attendu un bon moment, jusqu'à ce qu'il fasse nuit. Alors, je suis rentrée, et je l'ai trouvé seul, assis sur un banc, et un moment, j'ai cru qu'il était mort, qu'il était mort à cet endroit même, parce qu'il n'a même pas levé les yeux quand je me suis approchée, pas même quand je me suis assise à côté de lui et que je lui ai pris la main ; elle était glacée, mais j'ai senti pourtant ses doigts se refermer sur les miens, et j'ai su qu'il était vivant. Il m'a dit : “ Reina refuse tout arrangement. ”

– Et pourquoi aurait-elle dû en accepter un ? Il était marié avec elle, non ? Il devait respecter les serments faits devant l'autel, ou alors, il n'aurait pas dû se marier.

– Mais un arrangement aurait été mieux.

– Mieux pour Teófila.

– Mieux pour tout le monde, Paulina ! Ne sois pas bouchée, toi qui m'appelles tout le temps tête de mule ! Un arrangement aurait mieux valu, mais elle n'a pas voulu. C'est loin tout ça, bien loin ; alors, tout était différent...

– Et il n'a rien dit de plus?

– Si, une minute, merde! Tu ne serais pas un peu pipelette, toi aussi, des fois? J'ai comme l'impression de t'avoir déjà raconté ça des centaines de fois.

– Non, pas à moi.

– Oui, à toi.

– Non, madame!

– Oui, madame! Une bonne centaine de fois, je te l'ai raconté... Il m'a dit: “ En mars, j'aurai un autre enfant; dès que je pourrai les laisser, lui et sa mère, je retournerai à Madrid, bien que je n'en aie pas envie, Mercedes; n'oublie pas ce que je te dis: j'y retourne à contrecœur... ” Je ne savais plus à quel saint me vouer, je te le jure, Paulina, et il m'est venu un tel chagrin que je sentais toute la peau de mon visage me brûler de l'intérieur et, d'un côté, je ne voulais pas en entendre davantage et, de l'autre, j'avais la plus terrible envie de lui dire de tout envoyer chier et de rester ici pour le restant de ses jours... Oui, ça va, ça va, tais-toi, je sais ce que tu vas me dire, mais tu ne l'as pas vu, toi, tu ne l'as pas vu et tu ne l'aimes pas vraiment, parce que tu ne vas pas me la faire, avec toutes ces histoires de respect et tes Monsieur par-ci et Monsieur par-là, mais moi, moi je l'ai toujours aimé, comme un frère, et jamais encore je ne l'avais vu aussi triste, et quand je me touche la main, je la sens encore gelée par le contact de ses doigts, après tout ce temps... Au bout d'un moment, il a répété: “ Il faut que j'y retourne, les yeux encore baissés, comme un peu plus tôt, parce qu'il est juste que ce soit moi qui paie, puisque c'est moi le responsable de tout, parce que si je ne le fais pas, ma femme me mettra sur la paille, elle le peut, à présent, et elle ruinera aussi Teófila, et je n'ai pas les couilles qu'il faudrait pour me retrouver pauvre à quarante ans, Mercedes, c'est ça la vérité, je n'ai pas de couilles, et moi, pauvre, ce serait un désastre, c'est pour ça que je repars, pas parce que j'en ai envie, il vaut mieux que tu le saches. ” Alors j'ai voulu mourir, j'aurais voulu que la terre m'engloutisse sur place... Mais ne sois pas crétine, me suis-je dit, tu n'es qu'un morceau de bidoche avec deux yeux pour pleurer, voilà ce que tu es! Tu vois, je ne m'en étais pas rendu compte, le jour où je l'ai engueulé, ô mon Dieu! où je l'ai fait pleurer et tout, où j'ai osé l'insulter et me conduire comme une gorgone! Je n'ai pas eu assez de jugeote pour m'en rendre compte, comme une imbécile que je suis !

– Mais... je ne comprends pas. Te rendre compte de quoi ?

– De la raison pour laquelle il avait changé de camp pendant la guerre, pardi ! On dirait bien que tu te montres aussi bête que moi, maintenant, ma parole !

– Qu'est-ce que la guerre a à voir dans tout ça ? S'il l'avait faite, encore, mais il était ici à...

– Tout ! Mais putain, elle a tout à y voir ! Tu es tellement bête, toi aussi, Paulina, que si on te secouait, il en sortirait du foin ou des chardons ! Parce que si les républicains avaient gagné, il aurait pu divorcer. Tu comprends, maintenant ?

– Ah ! C'est à ça que tu pensais !

– Évidemment, que c'est à ça que je pensais ! En république, ils auraient pu divorcer. Tout d'abord, on aurait eu la paix, ici, et ensuite, le bonheur. Ils se seraient partagé le gâteau, et il en serait resté quelque chose, je te le garantis, même si on avait mis en train cette fameuse réforme agraire, encore qu'à mon avis on n'en aurait jamais vu la couleur, de leur réforme, parce que, merde alors, il n'aurait plus manqué qu'avec ce Judas avéré d'Azaña à la tête de la gauche républicaine on vienne ensuite nous dire que, réflexion faite, nous sommes tous logés à la même enseigne. Mais avec Franco qui se couchait tous les soirs au palais du Pardo avec un curé de chaque côté du lit... Tu peux toujours courir !

– Oui, je te comprends. Mais je ne crois pas que tu aies raison, Mercedes, non, Monsieur a toujours été de droite.

– Allons allons ! Et de quel bord crois-tu qu'était Azaña ? De gauche ? Ne me prends pas pour une conne, Pauline, c'est clair comme le jour, que j'ai raison, et laisse-moi finir : il a fini par se lever, en me faisant suivre le mouvement ; il s'est planté devant moi et m'a dit : “ Jure-moi sur la tête de ton père que tu ne diras pas un mot de tout ça à Teófila. Jure-le-moi. ” Je le lui ai juré, puis il s'est éloigné sans ajouter un mot, parce qu'il s'était déjà trop attardé. Je n'ai rien dit à Teófila. Je me suis couchée avec l'idée qu'il m'avait fait jurer ça parce qu'il voulait lui annoncer lui-même la nouvelle, et je n'ai pas pu fermer l'œil en pensant au bordel qu'elle avait dû déclencher, là-haut, et le lendemain matin... j'y vais et je trouve Teófila radieuse ! Elle chantonnait avec un sourire jusqu'aux oreilles, la la la la, comme ça, et elle est restée comme ça, tant qu'il a été là, dans les nuages, sûre et certaine que Pedro avait tout arrangé ou qu'il avait envoyé sa femme au diable, va savoir ! Elle a mis au monde un bébé de plus de quatre kilos, Marcos, elle qui avait toujours eu des bébés plutôt petits, comme María, qui ne pesait même pas deux kilos et demi. Les jours passaient, et rien ! J'attendais que l'affaire éclate, mais, bernique ! Teófila n'a rien su du tout jusqu'à la veille du départ de Pedro, et c'est tout juste si elle n'est pas tombée de tout son long quand elle l'a vu passer la porte avec les valises. Je crois qu'elle n'avait pas eu le courage de se le dire avant, car figure-toi que pour repousser l'échéance, elle prétendait que le bébé ne se développait pas normalement ! Ce n'était pas le cas, que veux-tu, Marcos marchait déjà à quatre pattes quand Pedro est parti, et il s'était fait vraiment beau. Il devait avoir quatre ou cinq mois...

– Six. Monsieur est revenu à la mi-septembre, je ne l'oublierai jamais. Le jour se levait quand j'ai senti quelque chose bouger près de moi, dans le lit, et en ouvrant les yeux, j'ai trouvé Magda, couchée à mes côtés, qui tordait le drap entre ses doigts, sur le point de pleurer... " J'ai peur, Paulina, m'a-t-elle dit, j'ai peur, il y a un homme qui dort dans le lit avec maman. " Alors, j'ai rendu grâces au ciel, parce qu'il était revenu. " Ce n'est pas un inconnu, ma chérie, lui ai-je répondu, c'est ton papa. " Elle a été très étonnée, parce qu'elle ne le connaissait pas encore, eh oui, elle et Reina sont nées en 36... Le lendemain, elle m'a dit qu'elle ne l'aimait pas, et je lui ai répondu de ne pas s'en faire, qu'elle finirait par l'adorer, qu'elle était folle de dire des choses pareilles. Par la suite, pour prendre sa défense, elle se querellait tous les jours avec sa mère, à tort ou à raison car, des raisons, bonnes ou mauvaises, elle n'avait que faire : pour elle, son père était un dieu ! Et cependant, quand il est arrivé, elle n'a même pas voulu le voir. Il est vrai qu'il se conduisait comme un fantôme, qu'on aurait dit un mort-vivant, que, dès l'instant où il a remis les pieds au domicile conjugal, il est devenu muet et a passé toutes ses journées enfermé dans le bureau, la tête vide...

– Vide, non, Paulina ! Sa tête était ici ! Ça lui a coûté cher, va, d'aller à Madrid ; il n'est même pas venu me dire au revoir... Maintenant, si les couilles lui ont manqué, à lui, j'aime autant te dire qu'elle, elle en a eu pour deux, et bien accrochées ! Tu aurais dû la voir, le jour où elle est descendue au village. Les trottoirs étaient pleins de monde, comme si on attendait le passage des coureurs du tour d'Espagne ; il y en avait même qui laissaient tomber ce qu'ils étaient en train de faire pour aller la voir passer, une belle troupe de salopards et de jaloux, c'est bien ce qu'ils sont, surtout les femmes du village, un gros tas de merde, il fallait voir ça, en train de jacasser et de se donner des coups de coude en pleine rue, de se réjouir du malheur de cette petite comme si elles fêtaient un anniversaire... Une bande de putains, mille fois plus putains qu'elle, voilà ce qu'elles sont !

– Mercedes ! Si tu continues à parler comme ça, je prends la petite et je m'en vais.

– Eh bien, va-t'en ! Ça me fait une belle jambe, mais belle, tu vois...

– Raconte encore, Mercedes, je t'en prie, ne t'occupe pas de moi. »

Je savais qu'elles continueraient à parler, de toute manière, mais j'ai insisté parce qu'il se faisait tard, très tard ; le soleil s'était couché depuis un bon moment, et Eulalia et Porfirio n'étaient pas encore nés, j'avais pleuré toutes les larmes de mon corps, je ne retenais plus rien, mais ma curiosité n'en était pas moins pareille à une soif, et j'en avais mal à la tête d'essayer de ranger les informations au fur et à mesure que je les recevais, pour faire un peu de place aux désastres qu'il me fallait encore apprendre, et je devais aller jusqu'au bout, comme on doit manger quand on a faim, et boire quand on a soif, car je pressentais toute l'importance que pourrait avoir, aux moments les plus sombres et les plus lumineux de ma vie, la conclusion de cette histoire ancienne, tellement ancienne que certains détails me semblaient aussi suspects que ceux des vieux films en noir et blanc de la télé dont je m'étais gavée pendant tout l'été.

« Droite comme un *i*, voilà comment elle a descendu la rue du village, les yeux grands ouverts, le nez levé, d'un air de défi, et personne n'a pipé mot, tu m'entends? Personne! Devant tout le village, tranquillement, le petit Marcos sur son giron, en tenant par la main Fernando qui, lui, donnait la main à María, elle l'a descendue, la rue, sans desserrer les lèvres, mais forte, si forte qu'il me semble que certains n'ont pas dû se sentir très fiers, en la voyant. Je l'ai accompagnée, parce qu'il fallait bien que quelqu'un l'aide à porter les valises, et ce n'est pas vrai ce qu'on raconte au village : elle n'a pris que son linge. Et sais-tu pourquoi ? Ni pour une question d'honnêteté ni parce qu'elle n'aurait pas régné en souveraine ici – elle avait toutes les clés de la maison, et il y en a une ribambelle –, mais parce qu'elle n'en avait que faire, parce qu'elle était convaincue qu'il reviendrait ici, et que, quoi qu'il advienne, Pedro lui reviendrait. Mets-toi ça dans la poche, ma belle, et le mouchoir par-dessus... Elle me l'a dit ce matin-là. Depuis trois jours, je n'avais vu que ses enfants ; elle me les envoyait ici parce qu'elle voulait être seule, c'est du moins ce que me disaient les petits, et quand nous nous sommes mis en marche, je lui ai demandé ce qu'elle comptait faire, maintenant, en lui conseillant : " Cherche-toi un homme bon, un homme sensé, qui aime les enfants. Épouse-le, et allez vivre loin d'ici. " Ça n'aurait pas été trop difficile, pour elle ; elle était très jeune, très belle, les enfants étaient encore petits et, après la guerre, il y avait tant de désespérés... Il me semblait que c'était la seule chose à faire. " Mais que dis-tu, Mercedes ? Je suis déjà mariée ! " La fille de sa mère ! Ensuite, tu te rends compte, d'année en année, elle a redit la même chose, alors que vous, vous alliez passer l'été à San Sebastián, et que nous, nous n'avions plus d'autres nouvelles de Pedro que celles que voulait bien nous donner monsieur Alonso, le régisseur du domaine, quand il apportait l'argent, ici et chez Teófila. J'allais la voir souvent, parce que je m'étais attachée aux enfants, et j'essayais de la convaincre de mettre de l'eau dans son vin ; j'étais sûre qu'elle ne reverrait plus Pedro de sa vie, que la propriété allait être vendue – c'était ce que tout le monde disait –, mais elle n'en démordait pas : elle était déjà mariée, elle ne perdait pas espoir, il allait revenir... À ce moment-là, je me suis dit qu'il y avait anguille sous roche, qu'elle en savait plus qu'elle voulait bien le dire, parce qu'un tel aplomb, ce n'était tout de même pas normal, non madame ; mais quand Pacita est née, moi, je n'ai plus rien compris; cette naissance n'a pas eu le moindre effet sur Teófila, elle a continué, fidèle à elle-même, de dire qu'il reviendrait, et sa litanie a commencé à me courir sur le haricot... Qu'est-ce qu'il y a, Paulina ? Tu en fais, une tête !

– Je ne te comprends pas. Qu'est-ce que la naissance de Pacita a à voir avec tout ça ?

– Pedro couchait encore avec sa femme, voilà.

– Ah. Et pourquoi il ne l'aurait pas fait ? Il n'avait que quarante-cinq ans ! Il a engendré Porfirio et Miguel à plus de cinquante ans, alors... C'est bien la seule chose qu'il ait jamais su faire de sa vie, que le diable l'emporte !

– Bien sûr, parce que Teófila ne lui avait rien fait.

– Mais que voudrais-tu qu'elle lui ait fait, Mercedes ? Sois claire, pour une fois !

– Qu'elle l'ait lié... ou quelque chose comme ça. Quoi d'autre ?

– Lié ? Mais de quoi parles-tu ?

– Mais d'une attache, Paulina... » C'est moi alors qui m'en suis mêlée, parce que toutes ces questions me mettaient les nerfs à vif, et que je ne voulais pas qu'elles gâchent le peu de temps qui me restait en un autre interminable dialogue de sourdes : « Mais tout le monde sait de quoi il s'agit : d'envoûtement, c'est tout. Quand tu es avec un type et qu'il te fait porter les cornes, tu prends quelque chose qu'il a porté, une chemise ou un pantalon, quelque chose qu'il vient d'enlever, de préférence, et tu vas voir une guérisseuse ou une voyante ou quelqu'un dans ce genre-là, elle prend le vêtement, elle prononce les formules de conjuration, et ensuite elle fait un nœud avec le tissu...

– Après l'avoir tordu au-dessus de la tête d'un jars, précisa Mercedes.

– Non, répliquai-je, le truc du jars, à Madrid, on ne le fait pas.

– Alors, on ne fait pas bien. Le jars représente la luxure.

– À Madrid, c'est autre chose qui la représente, parce que là-bas on prononce la formule, et on jette une poudre de je ne sais quoi sur le tissu pendant qu'on fait le nœud, et alors, c'est comme si on liait le type ici, et... » Je m'interrompis pour bien choisir mes mots, parce que Paulina était déjà livide et m'écoutait comme si elle ne pouvait en croire ses oreilles, mais je ne trouvai aucun euphémisme efficient et allai droit au but : « Eh bien, si ça marche, le type ne pourra le faire qu'avec toi pendant six mois, ou plus, selon ce que tu donnes.

– Ôte-toi de là, ôte-toi de ma vue, malheureuse, si tu ne veux pas que je t'en mette une qui te laissera sur le carreau ! » L'explosion était plus violente que celle à laquelle je m'attendais. Paulina s'est levée, comme mue par un ressort, pour fondre sur moi, et si Mercedes n'avait arrêté son bras, j'aurais été renversée par le coup. « Où apprends-tu des choses pareilles, maudite ? Chez les sœurs ?

– Non, moi, je ne sais rien, rien d'autre que ce que m'a raconté Angelita, qu'une fois, deux mois avant son mariage, on lui a laissé entendre que ce n'était pas un travail du soir qu'avait Pepe, mais une autre fiancée à Alcorcón. » J'ai repris mon souffle, en apercevant le signe que m'adressait Mercedes, tandis que Paulina se rasseyait à ses côtés, pour me faire comprendre que le pire était passé, et j'ai ajouté : « Alors, elle est allée voir une sorcière, après avoir économisé pendant deux mois, bien sûr, parce qu'une attache coûte trois mille pesetas.

– Trois mille pesetas ! Nom de Dieu !

– Tu l'as dit ! fit Mercedes ; ici, ma belle-sœur lui aurait fait ça gratis.

– Donne-lui des idées ! Vas-y ! Donne-lui des idées, toi, par-dessus le marché, il ne lui manque plus que ça, comme tu as pu t'en rendre compte !

– Moi, je n'ai personne à lier, ai-je déclaré. Et en plus, je ne crois pas à ces choses-là.

– Et pourquoi ? Moi, je crois que ça marche.

– Mais non, Mercedes, mais non. Quand Angelita a dit à la sorcière que son fiancé avait vingt-trois ans, la femme lui a sorti qu'à cet âge-là on ne pouvait rien garantir. De toute façon, le pauvre Pepe lui a montré ses fiches de paie deux jours après, et comme ça, elle a été sûre qu'il ne couchait qu'avec elle...

– Mais ? Qu'est-ce que j'entends ? Voyons ! Quelle mauvaise langue ! Ce n'est pas possible, avec Angelita à la maison et Pepe en pension...

– En pension, mon œil ! C'est ce qu'elle a raconté à nounou, mais Pepe vit dans un meublé, du côté de la place de la Cebada, avec un de ses amis de Jaraíz.

N'importe comment, ça n'a aucune importance, ils se sont mariés...

– Sainte Vierge ! Dans quel pays vivons-nous, dites-le-moi !

– Mais dans quel monde vis-tu ? Je vais te le dire, moi, ce qu'il y a ! Tu es vieille, Paulina, et mieux vaudrait pour toi que tu ne t'attardes pas trop sur cette terre, parce que ce vieux saligaud de Pedro n'a plus que quatre poils sur le caillou, et qu'après... Allons ! Vivement la république et le libertinage...

– Que tu es hargneuse, Mercedes, mais que tu es hargneuse ! Prends garde : tu es en train de te monter le bourrichon.

– Et pourquoi pas ? Dis-le-moi... Pourquoi pas ? À bon chat, bon rat. Moi, j'ai assez fait le rat, maintenant, il me vient des envies de faire le chat, et nous aurons la république, et après la révolution, et après, tiens-toi bien... badaboum ! on refera sauter les couvents ! Et moi, je vais bien rigoler, non, je ne vais pas rigoler, je vais pleurer de rire, et je ne serai pas la dernière, rappelle-toi ce que je te dis...

– Mais, je ne comprends pas, Mercedes. » C'était moi qui l'avais interrompue, cette fois. « Voyons, tu parles à longueur de journée de Dieu et du diable... Tu n'es pas catholique ?

– Catholique, apostolique et romaine, ma petite dame.

– Mais alors, comment peux-tu souhaiter qu'on fasse sauter les couvents ?

– Parce que je ne veux rien avoir à faire avec les curés, et en plus, je sais que ce sont eux les responsables de tout ce qu'il est arrivé de pire à l'Espagne depuis que nous avons perdu Cuba, là-bas. C'est la faute aux curés, mais aussi aux sauvages que nous sommes, des sauvages qui n'ont pas été capables de couper la tête à un roi, et c'est pour ça...

– Tais-toi, diablesse ! Il ferait beau voir... Quelle communiste et quelle illettrée tu es !

– C'est pour ça que ce que j'ai dit est vrai, Paulina, les Anglais ont zigouillé un roi, les Français, n'en parlons pas, et les Russes se sont débarrassés de leur dernier tsar et de tous ses héritiers, et les Allemands pas tellement, mais je crois bien qu'ils en ont fait tomber un au Moyen Âge, et les Italiens ont pendu en pleine rue

Mussolini, qui n'en était pas un mais c'est tout comme... alors que tous les rois d'Espagne sont morts dans leur lit, c'est sûr.

– Mais tu en sais, des choses ! Et la petite, elle est déjà bachelière.

– Non, j'ai encore une année à faire, avant. Mais, de toute façon, tu ne peux pas être à la fois catholique et communiste, Mercedes.

– Ça alors ! » À ma grande surprise, ç'a été Paulina la plus étonnée. « Et pourquoi, s'il te plaît ?

– Mais... Parce que les communistes sont des athées, ils doivent être athées, c'est clair.

– Ça, c'est bon pour les Russes ! s'est exclamée Mercedes, indignée au plus haut point, et j'ai eu peur de l'avoir gravement offensée. Les Russes qui sont des barbares et ne respectent ni père ni mère ; c'est bon pour les Russes, tout au plus, mais pas pour moi... Je crois en Dieu, à la Vierge et à tous les saints, et au démon. Mais je ne vais pas croire, bien que je sache qu'il existe, à son serviteur qui lui tient la queue, tous les jours, à la télévision !

– Franco a été bon pour l'Espagne, Mercedes.

– Va chier, Paulina !

– Vas-y, toi... Il aurait fallu gagner la guerre, ma belle ! »

Deux heures à peine avant la fin de cette année-là, quand je suis arrivée avec mes parents rue Martínez Campos pour fêter ce qui devait être l'avant-dernier Nouvel An de grand-père, j'ai trouvé Paulina en noir, un mouchoir roulé en boule à la main, et j'ai cru qu'elle portait encore le deuil de notre général très catholique, parce qu'elle n'avait pas assisté autrement, en grande veuve solitaire affligée par la douleur, à tous les défilés, manifestations et cérémonies qui s'étaient déroulés le jour de la mort de Franco, journée qui, pour moi, s'était annoncée par un concert de cris hystériques – les cris, c'était maman qui les poussait, pour supplier mon père de rester avec nous, de ne pas sortir, car les rues n'étaient pas sûres ; papa s'était tout de même rendu chez grand-mère Soledad, d'où il n'était revenu, tout à fait perturbé, qu'à l'heure du dîner –, concert rythmé par les joyeux battements de mains de Reina qui, réveillée avant moi, entrevoyait par-delà cette agitation la promesse d'une prolongation des vacances de Noël. Il y avait des semaines que nous faisions des calculs prévisionnels en y mettant une ardeur et une fébrilité enthousiastes qui m'auraient sans doute permis de percer le mystère des racines carrées si j'avais eu le loisir de m'occuper de ces imbécillités et, pendant la récréation, nous échangions avec nos copines les résultats de nos spéculations, pour déterminer le jour idéal de cette mort plus qu'annoncée, dont la transcendance tenait pour nous au fait que nous n'étions pas très loin du 22 décembre, dernier jour de classe, pour cette année. D'après nos calculs, nous pouvions raisonnablement compter sur une quinzaine de jours de deuil national, peut-être même trois semaines ; donc, s'il faisait bien les choses jusqu'au bout, comme il semblait en avoir l'intention, Franco ne devait pas quitter ce monde avant une semaine mais devait impérativement disparaître avant le 2 décembre, car s'il vivait encore après cette date, nos vacances auraient coïncidé avec le grand deuil patriotique qui s'ensuivrait infailliblement. C'est pour cela qu'à la fin le 20 novembre nous est apparu comme un choix malencontreux, parce que, en fait, sans compter la matinée consacrée à écouter la lecture de son testament politique, la matinée passée à installer la crèche, et sans compter les heures de répétition du spectacle de Noël, il ne resta guère, du premier trimestre, qu'une semaine de cours.

Reina et moi avions quinze ans depuis trois mois et pas le moindre soupçon de conscience politique, chose dont il n'était jamais question à la maison parce que ma mère trouvait ça du plus mauvais goût et qu'elle n'avait pas mieux réussi à s'entendre avec mon père sur ce chapitre-là que sur les autres, comme je devais le découvrir par la suite. Je nourrissais cependant en secret d'autres espérances et ne pouvais m'empêcher de sourire en songeant à la prédiction de Mercedes, à ces paroles pleines de violence et d'espérance qui, terribles et douces, retentissaient encore à mes oreilles comme l'écho tonitruant mais réjouissant d'une poignée de pétards : « Vivement la république et le libertinage », elles sonnaient tellement bien, comme une joyeuse explosion, que je m'imaginais les couvents volant dans les airs, et mon pensionnat le premier, mère Gloria mise en pièces par la déflagration, son tronc amorphe valsant en l'air comme le corps d'une poupée brisée, sa tête, son corps, ses bras et ses jambes formant un instant un puzzle simple et grotesque de six pièces qui allait se perdre par-delà les acacias de la cour, assurant de la sorte la vengeance de Magda, et la mienne. Chaque matin, en me levant, je demandais à maman s'il était arrivé quelque chose, et malgré ses dénégations déconcertées : « Mais non, ma fille, il n'est rien arrivé. Que veux-tu qu'il arrive ? », je n'abandonnais pas le culte d'une foi aussi extravagante que l'attente de ce miracle qui avait jadis trompé mes prières constantes, et j'attendais la révolution, cette catastrophe délicieuse, avec une indifférence morale mâtinée d'impatience contrôlée, sans le moindre sentiment de culpabilité, car « à bon chat, bon rat », comme avait dit Mercedes, et je n'avais que trop longtemps fait le rat, moi aussi.

Toutefois, quand j'ai revu Paulina, pour le réveillon du Nouvel An, il y avait déjà des semaines que j'attendais en vain quelque signe favorable annonçant la terrible explosion, et je finissais par me dire que ce n'était pas Mercedes mais elle qui prédisait le plus justement l'avenir. C'est sans doute pour cela que sa tenue de deuil et ses larmes ne me parurent pas trop antipathiques, car je croyais qu'elle pleurait encore la mort de son homme illustre, mais elle répondit à mes deux bises protocolaires de bienvenue en m'étreignant sauvagement, et me glissa à l'oreille que la femme de Marciano venait de mourir ; alors, je me repentis de la mauvaise opinion que je m'étais fait d'elle.

« Une thrombose, me dit-elle, c'est une thrombose qui l'a emportée en un clin d'œil. Avec son caractère de cochon, il fallait qu'elle meure de cette manière, non, elle ne pouvait pas s'éteindre doucement dans son lit, pas Mercedes... Pauvre chérie, elle était si bonne, oui, elle était tellement bonne, dans le fond, la pauvre. En tout cas, au moins, tu vois, elle qui attendait ça depuis des années elle a vécu juste ce qu'il fallait pour voir la mort de Franco... »

Alors, après avoir reçu ce nouveau choc, je me suis demandé si je devais m'estimer heureuse d'être née dans une famille où tout le monde semblait capable de faire passer ses sentiments avant ses convictions les plus profondes ou si je devais, au contraire, me plaindre de mon sort, qui me faisait vivre dans un pays où les schizophrènes courent les rues, mais, avant même d'avoir penché pour la première possibilité, j'avais enfin compris pourquoi Mercedes, loin de se sentir offensée par la dernière réplique de Paulina, « Il aurait fallu gagner la guerre », paroles empreintes d'un orgueil ancien, avait continué, cet après-midi d'août, comme si de rien n'était :

« Va, si c'était moi qui l'avais gagnée, la guerre, tu serais là, toute la sainte journée, accrochée à moi comme une tique ! Quand même, c'est une sacrée croix que tu me fais porter, et depuis belle lurette !

– Tu m'en fais porter une, de croix, toi aussi, Mercedes, depuis que je te connais, sans un clou de plus et sans un clou de moins... Et ne te fais pas d'illusions : il vaudrait mieux pour toi aussi que tu ne t'attardes pas trop sur cette terre, et je sais de quoi je parle, car si je l'ai gagnée, la guerre, j'aimerais bien que tu me dises à quoi ça m'a servi, ce que ç'a apporté à Madame ; n'en parlons pas, va ! Toi qui prétends qu'on a bien profité de la victoire des nationalistes, peux-tu me dire ce que ça nous a rapporté ? Encore trente années d'enfer, ni plus ni moins.

– Il ne l'aimait pas, Paulina, il ne l'aimait pas. Mais elle, elle n'a pas voulu le lâcher.

– Mais c'était bien son droit, de ne pas l'aimer !

– Je ne te dis pas le contraire, mais ç'aurait mieux valu.

– Son erreur, ç'a été de revenir ici, figure-toi. C'est elle qui l'a voulu, ce n'est pas lui, elle n'aurait pas dû faire ça, je savais ce qu'il allait se passer, et ça me démangeait de le lui dire, mais je n'ai pas osé ; elle était tellement malheureuse que je n'ai pas eu le cœur de la contrarier. C'était après la naissance de Pacita, tu te souviens à quel point elle était abattue, triste ; à chaque heure qui passait, elle se mettait une nouvelle faute sur le dos. Et alors, elle a estimé que le moment de revenir ici était venu, ça lui faisait plaisir, après tout, elle est du pays, comme on dit, et elle en avait assez de San Sebastián, nous en avions tous par-dessus la tête de la plage, du sable, du goudron, des algues et de tout le reste ! Ouf ! De quoi t'écœurer, et de la morue à tous les repas, par-dessus le marché... C'était elle qui en souffrait le plus, de la morue et de tout le reste ; elle n'avait jamais pu s'y faire. Quand il pleuvait, parce qu'il pleut beaucoup, là-bas, elle restait dans son coin, recroquevillée, sans dire un mot et sans le moindre élan. Il me semble que ce qui l'a encouragée à revenir, ç'a été la gentillesse que Monsieur lui a témoignée, après la naissance de Pacita; il n'arrêtait pas de cajoler la petite et de la consoler, elle, en lui répétant que ce n'était pas de sa faute, et il s'est même remis à parler, pendant un mois ou deux, et je sursautais chaque fois qu'il ouvrait la bouche, parce que j'avais perdu l'habitude de l'entendre, bien sûr...

– Onze jours, il est resté onze jours enfermé là-haut, avait lancé Mercedes, et le douzième, il s'est pointé ici, aussi bien habillé que le jour où il était venu discuter avec sa femme, l'oiseau rare ! Il ne pense à se faire beau que quand il a un compte à régler... Il était exactement pareil que ce matin-là, exactement, malgré ses cheveux gris, et rien qu'à voir ses mains tremblantes, la sueur à son front et sa peur bleue, je me suis dit : aïe aïe aïe, ça recommence, la bagarre. “ Où tu vas, beau comme ça, Pedro ? ”, que j'ai dit, alors que je le savais très bien, où il allait. Il m'a répondu : “ Voir mes enfants ”, puis il m'a demandé où était Marciano, parce qu'il voulait lui demander de l'accompagner en fourgonnette au village, pour moins attirer l'attention, je suppose; il faut se le farcir, je t'assure... Je lui ai dit : “ Laisse-le y aller seul, Pedro. Il les conduira ici, vous pourrez vous voir, et ce sera la paix dans les chaumières. ” Alors, imagine-toi, il s'est mis à rire, avec toute l'insolence du monde, puis il m'a lancé : “ Tu es une belle garce, Mercedes ! ” J'ai compris qu'il ne m'avait pas prise au sérieux, et qu'il allait là où sa nature le conduisait, comme il l'avait toujours fait, sauf quand il était retourné à Madrid. Cet après-midi-là, pour la première et la seule fois de ma vie, tu m'entends, Paulina, je me suis mêlée de quelque chose sans qu'on me le demande. Quand Marciano est revenu, après l'avoir accompagné, j'ai attendu exactement une heure, puis je lui ai dit : “ Allez ! Sors la fourgonnette, tu retournes au village, mais avec moi, cette fois ! ” Il s'est mis à rouspéter, le salaud, je l'entends encore : je ne pouvais pas faire ça, c'était dégueulasse, j'allais me faire renvoyer... “ Poule mouillée ! Tu n'es qu'une poule mouillée comme l'autre qui, tout perclus de douleurs qu'il est, à cette heure, préférerait encore grimper à un arbre plutôt que d'avoir à me dire en face qu'il me chasse... " Nous sommes allés au village, et qu'est-ce que j'ai trouvé, en arrivant chez Teófila ? Les persiennes fermées et les enfants assis sur le trottoir ! Fernando, à l'écart, ignorait les autres, il lançait des pierres sur un mur à défaut de pouvoir faire voler la tête de son père en éclats – parce que si les autres ne comprenaient rien, lui, bien sûr, n'avait pas oublié Pedro ni tout le reste, et je ne crois pas qu'il puisse jamais l'oublier.

– Il va venir, cette année ? Fernando, je veux dire.

– C'est ce que raconte Teófila ; elle dit aussi qu'elle attend avec impatience de voir ses petits-enfants, et que Fernando, son aîné, est un homme, à présent... Mais elle dit la même chose tous les ans. Moi, je crois que celui-là ne reviendra jamais, Paulina ! Parce qu'il est parti de chez lui quand il n'était qu'un gamin, sans aucune nécessité, juste pour ne plus voir nos bobines. À la maison, il ne manquait de rien, on les a élevés comme des marquis, et il aurait pu faire des études, comme ses frères, il le savait bien. Sa mère l'a supplié de rester, mais il n'a rien voulu entendre. Pourquoi reviendrait-il maintenant que tout va si bien pour lui ? Moi je te dis qu'il ne reviendra ici que les pieds devant, et ça ne me semble pas plus mal. Je le comprends. Les petits, c'est autre chose, ceux-là, oui, ils ont grandi avec leur père auprès d'eux, seulement à la belle saison, mais de toute manière... La deuxième fois, au moins, il a mieux agi, reconnais-le.

– Pas question ! Madame était plus âgée, voilà tout, et elle en avait par-dessus la tête de cette histoire, et avec Pacita, en plus, dont il fallait s'occuper à longueur de journée, à plus forte raison. Laisse-moi te dire une chose : quand il se débinait, ici, tout le monde soufflait.

– Il a mieux agi, ne serait-ce que pour ça. Tu trouves que c'est rien ? Je le savais si bien, mon Dieu, et comment, que c'était une histoire à n'en plus finir, qu'on n'y pouvait rien, que c'était plus fort que lui ! Le sang maudit de Rodrigo a plus de pouvoir sur lui que sa conscience, et cette maladie, nul médecin ne peut la guérir.

– Un mauvais homme, un mauvais mari, un mauvais père et un voyou... Voilà ce qu'il est, Mercedes, et épargne-moi le sang, que ça m'a tout l'air d'un mensonge, à l'heure qu'il est !

– Je parle comme ça me chante ! Et ce que je dis, c'est la vérité, la pure vérité. Si Madame n'avait pas voulu revenir, il serait revenu seul, tôt ou tard, tu m'entends, parce qu'il l'a dans la peau, et Teófila le savait, elle n'avait besoin d'aucune extralucide pour lui prédire l'avenir, parce qu'elle le sait, elle aussi, qu'elle l'a dans la peau, à cause de la branche de Rodrigo, dont ont hérité, avant leur baptême, Tomás, et Magda, et Lala...

– Pas Magda, Mercedes ! »

Il faisait presque nuit, il y avait si longtemps que je gardais le silence et ma protestation ressemblait tant à un cri que toutes deux m'ont regardée, surprises, et se sont exclamées à l'unisson :

« Qu'en sais-tu, toi ? » J'ai menti en m'écriant :

« Je sais tout ce qu'il faut savoir ! Magda n'a rien hérité de mauvais de grand-père. Et Lala non plus. Pourquoi dis-tu ça ? Parce qu'elle passe dans *Un, Dos, Tres* à la télé ? Eh bien, je vais te dire quelque chose : Nené aussi veut passer à la télé, et tourner dans des films, comme Lala, alors, je ne vois pas ce que vient faire le sang dans tout ça... »

Ma tante Lala, quatrième enfant de Teófila, était la plus belle femme que j'eusse jamais vue. Plus grande que moi, elle devait friser un mètre quatre-vingts, avait d'immenses yeux bruns en amande, la bouche des Alcántara, le nez parfait de sa mère, tout aussi parfait que l'ovale de son visage, dont les pommettes saillaient juste ce qu'il faut (pas autant que les miennes, qui me donnent parfois un aspect famélique), sous une belle peau couleur de caramel blond, comme celle de Pacita. Je ne l'avais vue qu'une fois, l'été où elle était venue à Almansilla avec son fiancé, après dix ans d'absence, et tout le village n'avait pas parlé d'autre chose jusqu'à notre départ pour Madrid. Son arrivée dans une voiture de sport rouge flambant neuve qui s'était arrêtée pile devant la porte de la maison de sa mère avait fait sensation : l'événement n'aurait rien eu d'extraordinaire si l'énorme édifice en pierre de taille qu'avait fait construire mon grand-père ne s'était trouvé dans une rue où, au dire des vieux villageois, aucun véhicule à roues ne s'était encore aventuré, car les balcons des vieilles maisons étaient si larges que toute voiture y aurait laissé son toit, sauf celle du fiancé de Lala, qui passa facilement sous les poutres sans provoquer autre chose qu'une pluie de menus débris.

Ceux qui l'avaient déjà vue déclarèrent qu'on ne pouvait pas la reconnaître tellement elle avait changé depuis que, élue Miss Plasencia à dix-sept ans, elle avait quitté la maison, et d'aucuns soutinrent que c'était en pire, qu'elle semblait plus vieille, plus artificielle ; moi, je me suis rendue sur la place, le soir, pour la voir, et je l'ai trouvée aussi belle que le jour où je l'avais découverte par hasard, à la télévision, quand elle était apparue pour la première fois, comme hôtesse, dans ce jeu que tout le monde suivait. Maman a déclaré que ça ne l'étonnait pas, et dès lors, elle et tante Conchita ne l'ont plus appelée autrement que l'« écharde » parce qu'elle était faite du même bois que sa mère, mais mon père avait plaisir à la voir et ne manquait pas une seule émission. Reina et moi étions ses plus ferventes admiratrices, et je me souviens encore à quel point nous souffrions lorsqu'il lui arrivait de se tromper, à quel point nous étions fières d'elle, au pensionnat – où personne ne savait que nous avions deux catégories de tantes –, surtout à partir du jour où Reina a trouvé dans une revue la réponse adéquate pour couper court aux commentaires malveillants de certaines de nos camarades, qui insinuaient, non sans raison, que ce que faisait Lala à la télé, ce n'était pas jouer mais montrer ses jambes. Alors, nous levions le menton pour regarder notre interlocutrice de haut, et nous prenions un ton dédaigneux pour répliquer que c'était une actrice, que les acteurs doivent pouvoir tout faire et que, ce jeu, ce n'était qu'une nouvelle étape dans sa carrière.

Lala a fini par être une actrice, et une bonne actrice, pour moi, du moins, qui l'ai toujours considérée avec affection. Elle avait déjà fait du cinéma, quand elle est venue, cet été-là, à Almansilla, même si elle n'avait tourné que dans deux films, des petits rôles, et si, dans le premier, elle était en petite tenue – soutien-gorge, culotte et porte-jarretelles en dentelle grenat, elle n'avait que deux mots à dire, ne faisait que pousser des cris en essayant de repousser un homme chauve qui tentait de la violer dans un ascenseur. C'est en tout cas ce que nous a raconté nounou, qui la détestait, comme elle détestait tout ce qui se rapportait à Teófila, parce que le film était interdit aux moins de dix-huit ans et qu'on ne nous avait laissées pénétrer dans aucun des trois cinémas où nous avions cherché à entrer. Toutefois, le metteur en scène qui était venu avec elle à Almansilla la convainquit de ne plus accepter de rôles de ce genre, et il lui donna, deux ans plus tard, le premier rôle de son deuxième film, une nouvelle « comédie urbaine », comme on appelait alors les films de ce genre, qui eut beaucoup de succès. Celui-là, j'ai pu le voir, et Lala était formidable, très belle, et aussi drôle que possible, car le sujet du film, malgré ce qu'on en disait, ne différait guère de celui où on la voyait dans l'ascenseur ; il s'agissait d'un type qui passait sa journée à draguer comme un fou, sans trouver avec qui baiser, jusqu'au moment où il tombait enfin sur une nénette – ma tante. Il la séduisait et ils se retrouvaient au lit où, à la fin, au lieu de fumer, chacun de son côté, une cigarette, ils partageaient un joint. C'était là la différence la plus notable, et Lala portait cette fois des jeans et des bottes sans talon et, dessous, une vulgaire culotte de coton, et rien d'autre, parce que pendant la moitié du film elle avait les seins à l'air, et son partenaire, un gringalet d'une trentaine d'années avec une barbe et des petites lunettes rondes qui ne lâchaient pas le mouvement de la caméra, la séduisait en lui lisant des passages d'*Alice au pays des merveilles*, ce qui ne m'empêcha pas de trouver tout ça très bien, tout à fait réaliste, et ce fut ainsi que j'achevai de me convaincre que le type était un génie, comme Lala, à Almansilla, le proclama aux quatre vents et comme je ne cessai de le répéter à nounou, parce que j'étais furieuse de l'entendre dire, alors qu'elle avait à peine eu le temps de jeter un regard sur lui, au bal : « Oui, je vois, mieux vaut qu'il soit une grosse tête, parce que pour l'allure... c'est une moitié de demi-portion ! »

Il a bien fallu qu'elle ravale ses paroles et tout le mal qu'elle avait pu dire de Lala, car peu de temps après le lancement du film, la demi-portion monta, au festival de Mérida, l'*Antigone* d'Anouilh, qui était très à la mode, et une photographie très dramatique de sa fiancée, humblement drapée dans une austère tunique blanche qui lui tombait jusqu'aux pieds et ne laissait voir que ses bras parut en bonne place sur les pages de tous les journaux consacrées à la vie culturelle et se retrouva même à la une de l'*ABC*, transformé ce jour-là, une fois n'est pas coutume, en pierre de touche, parce que dans la critique qui s'étalait sur l'une des pages suivantes – une disqualification en règle, acharnée et même cruelle, du pauvre bigleux, à qui on suggérait dans les termes les moins courtois de s'en tenir pour le restant de ses jours à la « comédie urbaine » et de renoncer à des transcendances qui le dépassaient –, on encensait le style et la conviction de l'actrice, en laquelle personne, à part nous, ne reconnut l'émoustillante conne de Jacqueline du jeu télévisé. Mais cela ne se produisit que des années après l'édifiante querelle de Mercedes et de Paulina, dont la double vue ne portait pas assez loin quand je leur fis part des espérances de la pauvre Nené, à laquelle un corps carré, aussi large que haut, ne permettait pas de prédire une grande carrière de femme-objet.

« Ne me dis pas que Nené veut passer à *Un, Dos, Tres* ! » J'ai répondu d'un mouvement de tête affirmatif à l'exclamation de Paulina, qui me coulait un regard inquisiteur dont la dureté cherchait à me faire revenir sur mes paroles. « Et sa mère est au courant ?

– Bien sûr, qu'elle est au courant, ce qui m'étonne, c'est que tu n'en aies pas entendu parler, parce qu'elle raconte ça à tout le monde.

– Et qu'en dit-elle ?

– Qui ? Tante Conchita ? Mais rien, Paulina, que veux-tu qu'elle en dise ? Rien.

– C'est sûr, parfois, tu as raison... », fit Mercedes en tapotant les épaules de son amie, comme pour la congratuler ; « ... Écoute, je crois qu'il vaut mieux qu'on meure en même temps, toutes les deux, parce qu'il ne nous manquait plus que ça : voir ce petit bout de femme de Nené montrer son cul à la télévision...

– Mais quel cul, Mercedes ? Allez, elles ont toutes des shorts.

– Tu appelles ça des shorts ? me lança Paulina. Des shorts ! Mon Dieu ! C'est la meilleure ! »

Il m'a semblé entendre, alors, la voix de Reina, qui m'appelait de très loin, peut-être de devant la maison, hors de portée, en tout cas, de l'ouïe défectueuse de mes interlocutrices qui n'avaient rien entendu, à l'évidence, et comme il devait se faire tard, car la nuit était tombée, et que je pressentais que la conjonction de ces deux polémistes inlassables ne se représenterait pas de si tôt, j'ai décidé de leur rafraîchir la mémoire avant que ma sœur ne me découvre dans la seconde qui allait suivre :

« Dis-moi, Mercedes, Teófila était belle, quand elle était jeune ?

– Très très belle. Comment dire ? Aussi belle que Lala, qui est le portrait craché de sa mère.

– Non, madame !

– Oui, madame !

– Mais, qu'est-ce que tu racontes, Mercedes ? Loin de là, tu m'entends ? Lala est beaucoup plus belle que sa mère ne l'a jamais été, ne mens pas.

– La menteuse, c'est toi, Paulina ! Et je te préviens que je commence à en avoir assez, que tu me contredises sans arrêt ; toi, tout l'hiver, tu étais à Madrid, et l'été, tout le temps fourrée dans les jupes de Madame ; alors, Teófila, tu ne la voyais même pas ! Elle était tout à fait comme Lala, pareille, tu m'entends ? Un peu plus petite, ça, c'est vrai, et moins fine, sans tout le fard que l'autre se met sur le museau et sans ces robes indécentes que tout le monde porte à l'heure actuelle, une fille du village, quoi, avec une robe à fleurs et les mains rougies par l'eau froide, comme toutes les autres, mais pour le reste, sa fille tout craché, je m'en souviens parfaitement.... elle n'avait tout de même pas cette paire de nichons qu'a Lala, maintenant, c'est vrai que l'année dernière j'ai bien failli lui en flanquer une, tellement elle m'a énervée en venant me rabâcher qu'elle avait toujours eu beaucoup de poitrine, comme si j'avais perdu la tête, non, mais, quel culot ! J'ai fini par lui dire : “ Fous-moi le camp ! Et ne viens plus me raconter des salades ! Je suis peut-être vieille, mais je ne suis pas idiote ! ” »

J'avais peur de voir Reina apparaître d'un instant à l'autre. Sa voix se rapprochait et s'éloignait de loin en loin, comme si elle jouait à cache-cache avec mes oreilles, tout en indiquant la direction hésitante de ses pas, mais il ne me restait presque plus de temps et je dus me contenter, pour satisfaire ma curiosité toujours aussi vive, de poser une dernière question, en apparence banale, mais qui me parut soudain, même si j'ignorais encore pourquoi, de la plus grande importance :

« Arrêtez de vous disputer, s'il vous plaît, et écoutez-moi un instant : Et grand-père ? Il était beau, grand-père, jeune ?

– Oui !
– Non !
– Comment, non ? Allez, Paulina, on voit bien qu'il y a trente ans que tu es veuve, ma fille, tu es complètement gâteuse, tu n'as plus du tout de mémoire...
– Ça m'étonnerait ! Je suis peut-être veuve depuis trente ans, mais chaque matin, quand je me lève et que je vois ton mari en train d'arroser la pelouse, je rends grâces à Dieu de m'avoir délivrée d'un pareil fardeau, parce que moi, pour bien dormir, tu vois, il ne me faut qu'une bonne bouillotte. Monsieur n'a jamais eu une belle gueule, c'est sûr et certain, jamais ; il a toujours eu une patate à la place du nez et des sourcils tellement épais qu'on ne lui voit pas les yeux.
– Et ça sert à quoi, d'avoir une belle gueule, tu peux me le dire ? Comme si c'était une belle gueule qui faisait un bel homme ! Tout ce que je peux te dire, c'est que quand il était jeune et qu'il passait par ici à cheval... Sainte Mère de Dieu ! Beau, non, beau, ce n'est pas assez, comment dirais-je... »
Mercedes s'était interrompue, muette, les sourcils froncés, la bouche ouverte, elle réfléchissait, et j'ai fini par lui souffler la réponse, en la tirant brutalement de sa rêverie :
« Le diable en personne !
– Tu l'as dit, Malena, tu l'as dit ! Oui, madame, le diable en personne, c'était à ça qu'il ressemblait, et il fallait s'attacher au banc pour ne pas lui courir après !
– Tu vois comme tu es, Mercedes ! Il t'a toujours attirée, le maudit cheval...
– Moi et toutes les autres, Paulina ! Si tu ne me crois pas, va demander au village, tu verras bien ce qu'on te dira.
– En tout cas, il n'était pas beau de visage.
– Bien sûr, qu'il était beau ! De visage et de tout le reste. Surtout du reste.
– Non, madame !
– Oui, madame !
– Malena ! » La voix de ma sœur, très proche, rompit définitivement l'enchantement. « Mais que fais-tu ici ? Il est onze heures ! Il y a plus d'une demi-heure que je te cherche, maman est dans tous ses états, et tu vas en recevoir une... »
Et avec ces deux phrases, si peu de chose auprès

d'une soirée comble de paroles, Reina me rendit en un instant au monde de tous les jours. Paulina se leva brusquement, furieuse contre elle-même, comme chaque fois qu'elle laissait passer l'heure du dîner. Elle avait près de quatre-vingts ans, et depuis des années elle touchait à peine aux ustensiles de cuisine, mais nous suivions tous l'exemple de grand-père qui, tous les matins, la consultait, la félicitait quand le repas avait été bon et la grondait dans le cas contraire pour lui conserver sa dignité et l'assurer ainsi, avec une sorte de réserve tacite, qu'il tiendrait la promesse qu'avait faite grand-mère de ne jamais l'envoyer dans un asile de vieillards, perspective si terrifiante pour elle qu'elle se réveillait parfois la nuit en gémissant, après un cauchemar, toujours le même, où elle se retrouvait seule devant un hospice, avec une valise en carton dont la poignée cassée était tenue par une ficelle. Mercedes n'eut pas une réaction moins vive, parce qu'elle venait seulement de se rendre compte que Marciano n'était pas encore rentré, et elle l'envoya se faire pendre et le traita d'ivrogne à grands cris tandis que Reina et moi regagnions la maison au pas de course.

J'ai dit à ma mère que j'avais oublié l'heure en écoutant Mercedes, qui racontait de vieilles histoires sur les gens du village, les fêtes, les mariages et les morts, sans donner de noms, et Paulina, qui me précédait, ne m'a pas démentie. Ce soir-là, quand nous nous sommes couchées, je me suis demandé comment j'allais pouvoir déjouer la curiosité de Reina, mais elle, intarissable, a passé en revue, tout haut, les qualités et les défauts de Nacho, le disc-jockey de Plasencia qui lui avait fait sa déclaration le soir même, si bien que, sur le point de m'endormir, j'ai osé monter en croupe derrière grand-père qui, magnifique, torse nu, galopait de plus en plus vite, sans savoir plus que moi où nous allions.

Depuis cette soirée, ce que m'avait fait découvrir Mercedes est resté gravé dans ma conscience, et même si je ne croyais pas tout à fait à la vertu de cette malédiction ancienne et obscure, dont je ne pouvais deviner ni les origines ni les conséquences, je n'en découvris pas moins les aspects réconfortants, et je m'amusais à imaginer les pouvoirs du gène désastreux qui avait la vertu de faire de ma naissance quelque chose de parfait parce qu'elle était, justement, imparfaite, et de ma nature quelque chose d'impeccable parce que, justement, elle ne l'était pas du tout, et de faire de Reina un beau fleuve de sang pur et propre, aussi beau que la lune, mais, comme la lune, rond et inaccessible pour moi, à qui revenait l'honneur douteux d'aller grossir les rangs des héritiers de la branche maudite.

Sans croire aveuglément à la malédiction du sang de Rodrigo, j'ai tout de même redouté, un temps, de voir mon abandon aux sentiments troubles mais sincères, qui m'avait fait pleurer sur et avec mon grand-père, se manifester ouvertement d'une manière ou d'une autre et révéler à mon entourage le terrible égarement dans lequel j'étais tombée sans même savoir que j'avais pris une décision de cet ordre. Pourtant, rien ne changea, dans mon entourage. Reina demeurait aussi proche de moi qu'auparavant, même si la part secrète de chacune de nous grandissait tandis que nos conversations perdaient de leur substance : elle parlait, et je l'écoutais, car je n'avais alors pas grand-chose à raconter. Ma mère se désintéressait de plus en plus de moi, attitude qui la rendit beaucoup plus aimable, intéressante et amusante à mes yeux, au point que j'eus plaisir à aller avec elle au marché, au cinéma, ou même prendre l'apéritif, le dimanche matin, à Rosales. Mon père, qui commençait à se transformer en homme invisible, nous tenait de plus en plus à distance, Reina et moi, comme si nous étions déjà perdues pour lui, à tout jamais liées, désormais, à l'autre côté du monde. Je me faisais grande, phénomène qui accapara pendant des mois toute mon attention en éloignant la vieille menace de la fameuse épée rouillée et poussiéreuse.

Mais le fil demeurait tranchant, et l'épée pouvait encore, au moindre souffle, me tomber sur la tête, et ouvrir entre mes yeux une de ces blessures qui ne se referment pas. Et en effet, rien ne me laissait sentir que la terre tremblait sous mes pieds tandis que, désœuvrée, par une suffocante fin d'après-midi du début de juillet à la terrasse du Casa Antonio, le bar qui dominait la place d'Almansilla, je contemplais le paysage désolant du village abandonné, les trottoirs déserts, les portes et les fenêtres fermées à double tour, les chiens comme morts, ombres flasques vautrées dans les coins d'ombre, car, bien qu'il fût près de sept heures, la chaleur était telle que l'air donnait le tournis et que l'éclat du soleil sur les dalles de pierre brûlantes était intolérable. Pourtant, nous étions là, nous, les victimes de la perversité de la Ford Fiesta qui, ce matin-là, avait refusé de démarrer pour nous plonger dans la confusion, car nul ne savait que faire, l'après-midi, sinon aller en voiture à Plasencia, jusqu'au moment où, enfin, il s'était trouvé un imbécile pour acclamer la proposition de Joserra, le meilleur ami de mon cousin Pedro, d'aller faire quelques parties de cartes au village.

J'ai bien failli rester à la maison, mais quand j'ai mis le pied dans la piscine, j'ai trouvé que l'eau était tiède comme une infusion, après un semaine de soleil si violent qu'il semblait encore palpiter, une fois couché, dans la chaleur lourde de la nuit, et alors, au dernier moment, j'ai rejoint les autres parce que j'avais envie d'un Coca-Cola et qu'il n'en restait plus au frais. Quatre équipes s'étaient formées, qui devaient s'opposer les unes aux autres, chacun jouant contre tous, et moi contre personne, parce que je n'ai jamais su jouer aux cartes. La seconde manche commençait quand un bruit de moteur inhabituel s'est fait entendre, sur ma droite, un moteur d'une puissance rare. Quelques secondes plus tard, sous l'arc qui donne accès à la place, est apparue une moto noire étincelante malgré son allure ancienne, presque archaïque, que j'ai reconnue immédiatement, bien qu'elle n'eût pas de side-car, pour l'avoir vue dans des films dont l'action se déroulait pendant la deuxième guerre mondiale, et qui portait un grand type aux longues jambes, aux cheveux châtain clair, avec ce hâle léger de ceux qui ne sont ni bruns ni blonds, détails qui, dans l'ensemble, auraient suffi à lui donner l'allure d'un officier nazi si ses lèvres charnues, d'une épaisseur qui ne pouvait tromper, n'avaient dénoncé l'impureté de ses origines. Et tandis que je le regardais, presque sans que je m'en rende compte, tout mon corps s'étira, comme si mes muscles se tendaient, tout à coup insensibles à la chaleur écrasante que je ne sentais plus.

Il laissa sa moto devant la porte du bar et entra sans même nous voir, mais notre réaction fut tout autre, les joueurs laissèrent les cartes sur la table pour aller examiner, admirer et toucher ce qui se révéla être une BMW R-75, et moi je me couchai presque sur le rebord de la fenêtre en adoptant la position la plus gracieuse et la plus avantageuse qui me vint à l'esprit, et écartant de la main droite la mèche de cheveux que je faisais tomber sur mon visage environ toutes les deux minutes pour imiter l'un des gestes de Reina, qui la flattaient tout particulièrement, je pus le regarder tout à mon aise du coin de l'œil; il portait une chemise blanche dont il avait remonté les manches, des jeans soigneusement râpés d'un ton proche du bleu ciel, retenus par une ceinture de cuir ordinaire, mais ses baskets étaient américaines et très chères, en Espagne, du moins. Il demanda une canette, qu'il but d'un trait tout en jouant avec ses clés, qu'il faisait tourner à toute vitesse sur son index. Il demanda une deuxième canette qu'il but plus lentement, tout en se tournant à deux reprises pour me regarder, me dévoilant ainsi son visage, dont le nez cassé brisait l'harmonie presque tendre, comme s'il ne s'était pas encore décidé à abandonner complètement son visage d'enfant.

Ce fut alors que j'éprouvai une sensation nouvelle et étonnante, que je n'ai retrouvée par la suite que deux fois, par-delà la nervosité courante, familière, qui me tenaillait lorsque, assise devant le pupitre, le stylo à la main, j'attendais qu'on me remît la feuille de l'examen : je me sentis métamorphosée en arbre de Noël couvert de boules de couleur et de petites ampoules clignotant à une allure folle, à intervalles de plus en plus rapprochés, que je ne pouvais plus contrôler, et je ne pouvais plus me regarder dans les miroirs, mais je savais que mes cheveux lançaient des étincelles, que ma peau brillait et que mes lèvres entrouvertes étaient plus rouges et plus humides que jamais, et mes yeux souriaient, rivés sur sa nuque, et l'appelaient, lui ordonnaient de tourner la tête, et lui, d'une façon surprenante, obéissait, se tournait et me regardait, contemplait le spectacle étincelant que je lui offrais et qui en même temps m'était étranger, parce que mon corps avait choisi pour moi, et quand il s'est retourné pour faire face à la porte, j'ai senti chacun de mes viscères sauter sauvagement vers le haut et ne pouvoir redescendre, mais, au contraire, rester là, faisant pression sur mon diaphragme, pour laisser un atroce noyau de vide combler l'espace entre mes côtes.

Bien que je n'eusse rien à dire, je savais que j'avais perdu la faculté de parler pendant que je le regardais aller lentement jusqu'à la moto et se retrancher derrière l'engin pour ouvrir un paquet de cigarettes rouge que je ne reconnus pas à première vue. Je ne pus me retenir de sourire en découvrant qu'il fumait des Pall Mall, marque extrêmement sophistiquée, extravagante à nos yeux, et même si je ne fumais pas encore, j'étais prête à accepter une cigarette, mais il n'en offrit à personne, et j'eus peur qu'il ne s'en aille, une fois sa tige allumée, mais Macu, dont le regard de chouette ne le lâchait pas depuis un moment, finit par découvrir quelque chose qu'elle salua d'un cri aigu de gamine hystérique, comme si elle voulait achever de mettre en boule les quelques nerfs qui, en moi, étaient restés à leur place :

« Vous avez vu ? C'est une étiquette rouge ! »

Le principal défaut que ma cousine (si furieusement snob que je mis des années à me rendre compte qu'elle était en fait tout simplement idiote) trouvait à l'Espagne, c'était qu'on n'y proposait alors qu'un choix de Levi's Strauss des plus réduits, les boutiques n'offrant guère que des jeans à étiquette orange, ou blanche imprimée en bleu, qui dénonçaient, malgré le sigle gravé sur les boutons, la misérable confection nationale.

« Écoute, écoute, excuse-moi ! » Elle se leva, laissa tomber les cartes, et se dirigea vers lui sans la moindre hésitation, parce qu'elle ne pouvait résister à la seule vue d'une étiquette rouge. « Excuse-moi, mais peux-tu me dire où tu as trouvé ce falzar ?

– À Hambourg. » Il avait une voix grave, un peu rauque, une voix d'homme plus mûre que son visage. « Où ça ?

– À Hambourg... en République fédérale d'Allemagne. Je vis là-bas. Je suis allemand. »

En sus de ma nervosité et de mes clignotements d'arbre de Noël, je laissai, à l'entendre, échapper un petit rire. Je devais par la suite lutter contre cette envie de rire, avant de m'être habituée à sa façon de parler, parce que si son espagnol était impeccable, il avait un accent terrible, amas inconcevable de jotas aspirées et de *r* hors du commun, monstrueux croisement entre l'accent pointu d'Estrémadure, que je connaissais si bien, et celui, rigide, de sa langue maternelle.

« Ah bon ! » Macu, qui n'était pas très douée pour distinguer les accents, secouait la tête, incapable de se résigner. « Et que fais-tu, à Almansilla ? Tu es en vacances ?

– Évidemment. J'ai de la famille ici.

– Des Espagnols ? »

Surpris par le cours précipité de la pensée de son interlocutrice, il eut un geste d'agacement.

« Ça se pourrait bien.

– Bon ; et si je te donnais l'argent et mon tour de taille, tu ne pourrais pas m'acheter des pantalons comme les tiens et me les envoyer à Madrid ? On n'en trouve pas, des comme ça, ici, et j'en ai tellement envie...

– Peut-être, oui.

– Merci, vraiment, merci beaucoup. Tu pars quand ?

– Je n'en sais rien. Peut-être le mois prochain, avec ma famille, ou peut-être un peu plus tard...

– Tu as une moto super. » L'intervention de Joserra, qui avait lancé l'idée de la partie de cartes, relégua le tournoi au second plan. « Où l'as-tu trouvée ?

– Elle appartenait à mon grand-père. » Il promena sur nous un regard de défi que personne, à part moi, n'essaya d'interpréter. « Il l'a achetée à la fin de la guerre dans une... loterie, comment dit-on ? Une vente aux enchères, c'est ça ! de... matériel ?... » Macu, qui restait près de lui pour s'assurer de l'achat de ses pantalons, opina du chef. « ... De matériel militaire. Elle appartenait à l'*Afrika Korps*, à la division de Rommel.

– Mais elle a l'air neuve.

– Elle l'est, maintenant.

– C'est toi qui l'as réparée ?

– En partie. » Il était fier de sa moto, et moi, sans aucune raison, j'étais fière de lui. « Mon grand-père me l'a offerte il y a deux ans, mais mon père ne voulait pas me donner l'argent pour la réparation, parce qu'il croyait qu'elle ne marcherait jamais. Alors, j'ai travaillé dans un atelier tous les samedis et, en échange, mon patron me donnait les pièces de rechange et m'aidait à la réparer. Nous avons terminé il y a à peine un mois, et maintenant, elle roule comme si elle était neuve. Je l'appelle la Bombe Wallbaum.

– Comment ?

– Wallbaum. » Et il épela son nom de famille – du côté de sa mère. « Mon grand-père s'appelait Rainer Wallbaum.

– Et toi, comment tu t'appelles ? » demanda Macu, pour en avoir le cœur net.

« Fernando.

– Fernando Wallbaum ! fit Reina, tout sourire. C'est un beau nom... »

Alors, j'ai eu peur, peur de ma sœur, c'était une sensation froide, différente de la jalousie, qui brûle, et je suis intervenue, en surmontant ma panique et, moins pour attirer l'attention de Fernando que pour détourner celle de Reina, pour écarter la menace que présentait son sourire complaisant – car elle n'avait aucun droit de le regarder comme elle le faisait, pas elle –, j'ai dit, sachant que son sourire s'éteindrait aussitôt qu'elle connaîtrait l'identité de celui qui était encore un inconnu pour tous les autres, mais pas pour moi :

« Non. Il ne s'appelle pas comme ça. »

Il a souri, et s'est tourné lentement, pour me regarder.

« Et toi, qui es-tu ?

– Malena.

– Ah.

– Et je sais qui tu es.

– Ah bon, c'est vrai ?

– Oui.

– Arrêtez, avec vos devinettes, on dirait deux gamins... » Mon cousin Pedro était le plus âgé de nous tous et aimait le faire sentir. Il ajouta : « Alors, comment tu t'appelles ? »

Fernando se mit tout doucement en selle, donna un coup de talon sur le démarreur, fit tourner l'accélérateur et m'adressa un nouveau sourire.

« Dis-leur, toi.

– Il s'appelle Fernando Fernández de Alcántara, fis-je.

– Exact, approuva-t-il en retirant la béquille pour démarrer. Comme mon père. »

J'étais certaine qu'il avait attendu toute sa vie l'instant favorable pour prononcer ces mots, au bon endroit, sur le ton et devant ceux qu'il fallait, et si ce n'était pas déjà chose faite, je me suis mise à l'aimer dès cet instant, et sans doute à cause de ça. Je l'ai salué d'un sourire qu'il n'a pas pu voir et qui ne s'est pas effacé quand il a disparu sous l'arc par lequel il était arrivé, et j'ai senti que j'avais vaincu le monde en découvrant la triste mine de mes compagnons, de mes cousins, surtout, qui me regardaient comme si je venais de les plonger de force dans une citerne d'eau glacée.

« C'est pas possible... » La plainte de Macu a enfin rompu le silence, dense et profond. « Je vais rester sans pantalons. »

Pendant quelques minutes, nul n'a rien osé ajouter. Un peu plus tard, un commentaire de Joserra a déclenché la prévisible et pour ainsi dire traditionnelle chasse au bâtard :

« Non, mais vous avez vu comment il est parti ? Pour qui il se prend ?

– Une saloperie, décréta Pedro. Une petite saloperie montée sur une saloperie de moto.

– Et un nazi, précisa Nené. Vous l'avez entendu, c'est un nazi, à coup sûr, il en a toute la dégaine, un nazi fini...

– Il va trop au cinéma, renchérit Reina ; il a vu trop de westerns. Il doit connaître par cœur les dialogues du *Train sifflera trois fois*. Il ne lui manque que le cheval... »

J'ai souri, pour moi seule, car sur ce point, nous étions d'accord, et pleine d'une force nouvelle qui m'élevait bien au-dessus de la mesquinerie provinciale de ceux qui m'entouraient, je me suis de nouveau distinguée, en me lançant sur une route qui s'annonçait comme un vrai billard :

« Moi, il me plaît. Il me plaît beaucoup. » Tous les regards s'étaient portés sur moi, mais je n'ai pas lâché ma sœur des yeux : « Il me rappelle papa.

– Malena ! Je t'en prie, ne sois pas stupide ! Arrête de dire des conneries, par pitié ! Ce n'est qu'un maquereau... »

J'ai voulu répliquer : « C'est bien pour ça qu'il me rappelle papa », mais la voix m'a manqué, et nul n'a pu entendre ces derniers mots.

II

Violette, qui n'avait qu'une quinzaine d'années, s'assit sur un coussin, serrant ses genoux entre ses bras, et regarda son cousin Charles et sa sœur Blanche qui, à la grande table, lisaient des poèmes, à tour de rôle [...] Maman chérie aimait servir de chaperon à Blanche. Violette se demandait pourquoi sa mère trouvait Blanche irrésistible, mais c'était comme ça. Elle n'arrêtait pas de dire à son petit papa : « Notre petite Blanche s'épanouit comme un lys ! », et petit papa répondait : « Elle ferait mieux de se conduire comme si elle en était un ! »

KATHERINE ANNE PORTER
Violeta Virgen

II

Violette, qui n'avait qu'une quinzaine d'années, s'assit sur un coussin, serrant ses genoux entre ses bras, et regarda son cousin Charles et sa sœur Blanche qui, à la grande table, lisaient des poèmes, à tour de rôle. [...] Mam[illegible] devait servir de chaperon » (Blanche). Violette se demandait pourquoi sa mère trouvait Blanche irrésistible, mais c'était comme ça. Elle n'arrêtait pas de dire à son petit papa : « Notre petite Blanche s'épanouit comme un lys ! », et petit papa répondait : « Elle ferait mieux de se conduire comme si elle en était un ! »

KATHERINE ANNE PORTER
[illegible] Vingt [illegible]

Je suis tombée amoureuse de Fernando avant d'avoir eu une autre occasion de parler avec lui.

J'aimais Fernando parce que, même s'il allait déjà à l'université, même s'il avait été bien élevé, il s'obstinait à refuser les bonnes manières, roulait les manches de ses chemises jusqu'aux épaules pour montrer les muscles de ses bras, parce qu'il avait les bras musclés, qu'il ne portait jamais de short ni de bermuda le soir, que ses jambes me bouleversaient quand je le voyais en maillot de bain le matin, et parce qu'il ne pouvait se séparer de la Bombe Wallbaum – qui se substituait avantageusement au cheval –, parce qu'il fumait des Pall Mall, qu'il ne dansait jamais, qu'il était toujours seul et pouvait rester des heures entières absorbé dans des pensées qui semblaient poser sur son visage une sorte de film transparent faisant de la peau ferme de ses joues des cavités ombrées de lassitude, d'une mélancolie proche du dégoût. Je l'aimais parce qu'il était plus arrogant que tous les mecs que j'avais connus et que, dans ce village, son orgueil, blessé à chaque pas, le faisait terriblement souffrir, parce que, bien qu'il fût le petit-fils de grand-père et de Teófila, il ne me considérait ni comme sa cousine ni comme la petite-fille de grand-mère, et que, lorsqu'il me regardait, je sentais mes pieds s'enfoncer dans le sol, qu'il me souriait quand je le regardais et qu'alors la terre entière frémissait de plaisir, car mon corps avait choisi pour moi, et quand je le voyais jouer au flipper, que son bassin se tendait en avant comme s'il montait la machine, et qu'il donnait des coups de hanches pour débloquer les billes sans jamais faire tilt, ma colonne vertébrale accusait chaque coup, engendrant un frisson glacé qui me parcourait tout entière, brûlait en même temps les ongles de mes pieds et les boucles qui me tombaient sur le front, car il savait très bien déchiffrer les émotions que j'éprouvais à sa vue et ne jouait ainsi que pour mes yeux, tout à son plaisir de me voir trembler.

Si j'avais alors eu un moment de libre pour m'asseoir et réfléchir à ce qui était en train de se produire, je suppose que je me serais trouvée obligée de me rendre infailliblement à la superstition, parce que seule une idée folle comme le pouvoir du sang de Rodrigo eût pu expliquer le choix terrible que je venais de faire, mais je n'avais plus un instant à moi, mon imagination était tout entière consacrée aux stratégies de conquête, et quand j'étais lasse de chercher des réponses ingénieuses aux questions les plus improbables, je m'attachais à reproduire de mémoire, dans les moindres détails, le visage de Fernando, pour me livrer à la béatitude dans laquelle sa contemplation me plongeait sans coup férir ; les yeux fermés, j'atteignais à une sérénité qui m'abandonnait à toute vitesse par chacun de mes pores, aussitôt que j'osais le contempler les yeux ouverts. Mon exaltation était d'autant plus vive que je ne pouvais la partager avec personne, et je ne regrettais même pas la possibilité, après laquelle je courais encore peu de temps auparavant, de passer au crible, devant ma sœur, la moindre étape d'une découverte qu'elle attendait encore plus impatiemment que moi. On ne considérait pas Fernando avec beaucoup de sympathie, au Domaine de l'Indien, car il ne daignait rien faire pour qu'il en allât autrement et il était le premier des Alcántara d'Almansilla à posséder des choses – la Bombe Wallbaum, et quelques Levi's Strauss étiquette rouge dans l'armoire – que pas un des Alcántara de Madrid ne pouvait s'offrir avec de l'argent, et même si ni Reina ni mes cousins ne se risquaient à exprimer ouvertement leur dédain, parce que grand-père était encore vivant, qu'il avait toute sa tête et qu'il ne l'aurait pas toléré, ils s'amusaient à lui trouver des surnoms pour ne pas s'écorcher la bouche en l'appelant par son nom, et ils l'insultaient à voix basse chaque fois que nous le croisions au village, ce qui arrivait tous les jours depuis que la Ford Fiesta, la direction faussée, faisait bien les choses en s'opposant à toute réparation avec un entêtement égal à celui que l'oncle Pedro mettait à refuser d'en faire les frais.

Tout ça m'était bien égal, parce que, tout en étant encore de leur côté, je n'étais déjà plus des leurs, et je fus même assez contente, contrairement à Fernando qui enragea en l'apprenant, lorsqu'ils le baptisèrent Otto, surnom qui lui colla définitivement à la peau, quand Reina fit campagne en faveur du surnom le plus littéraire, et que celui-ci lui échappa, à table, et que Porfirio, qui était assis en face d'elle, eût souri et dit qu'il aimait bien Fernando le Nibelung, sur quoi Miguel ajouta que ce titre allait comme un gant à son neveu.

Si Miguel et Porfirio n'avaient pas déjà, et depuis longtemps, jeté un pont imprévisible et d'une solidité à toute épreuve, pourtant, entre les Alcántara d'en haut et ceux d'en bas, entre ceux du Domaine et ceux du village, ma passion pour Fernando n'aurait sans doute jamais pu produire autre chose qu'un lourd et inavouable secret de famille de plus, mais je n'avais que quatre ans, et eux quatorze, quand le hasard décida des événements qui devaient donner naissance à cette alliance excentrique et indissoluble, à l'amitié qui les unit encore si étroitement.

Tout commença par un fameux cinq à un, résultat d'une partie de football au cours de laquelle les garçons du village mirent une raclée aux estivants. Miguel avait joué comme avant-centre de l'équipe perdante, qui n'admit pas sa défaite, accusa l'équipe adverse, dans laquelle Porfirio était arrière, d'avoir acheté l'arbitre, hypothèse vraisemblable, puisque ce dernier n'était autre que le laitier du village, Paquito. On envisagea la possibilité d'annuler la partie et d'organiser un nouveau match, mais les vainqueurs finirent par imposer une solution plus expéditive et plus courante, et dirent à leurs adversaires qu'ils les attendraient dans une carrière abandonnée, située aux abords du village, pour régler le différend par un duel au lance-pierres, le lendemain soir.

Miguel n'en dit pas un mot à la maison, où tout le monde savait que dans les cas de ce genre sa bande avait toujours eu le dessous, mais il se rendit pourtant au rendez-vous – que la plupart de ses acolytes préférèrent éviter. Porfirio, qui ne lui avait jamais encore adressé la parole, l'attendait, à l'abri d'un rocher, avec ses amis, l'élastique du lance-pierres tendu, mais quand il le vit pénétrer seul dans la carrière, précédant les rares estivants qui avaient accepté le défi, il fut pris d'une frayeur soudaine, une clarté se fit dans son cerveau, pareille à un éclair dans une nuit d'orage. Il venait de s'aviser que sa victime lui ressemblait tant que n'importe qui pouvait se rendre compte qu'il y avait entre eux un air de famille, cependant, il s'expliqua la chose tout autrement, se persuada que Miguel était valeureux, trop valeureux pour sortir de la carrière le crâne fendu sans même avoir eu la possibilité de se défendre, il baissa le bras, se lança sans réfléchir sur l'un de ses cousins qui visait et lançait la pierre en criant : « Pas sur lui ! C'est mon frère ! » Miguel, frappé d'étonnement, regarda Porfirio droit dans les yeux et lui dit merci. Porfirio accepta le remerciement, sans plus prendre son rôle au sérieux, et ce fut ainsi que finit la guerre. Les adversaires, sans même avoir échangé une volée de pierres, se tournèrent le dos, et chacun repartit par où il était venu.

Le soir même, Miguel trouva Porfirio au bar du village, il le salua, et son frère lui rendit son salut. Pendant une quinzaine de jours, leurs échanges se bornèrent à ces politesses, jusqu'à ce que, un dimanche matin, alors que mon oncle Miguel attendait devant la porte du bazar l'arrivée de la fourgonnette qui livrait les journaux, une femme sortit en larmes de la boucherie, le visage livide, les jambes flageolantes, au bord de l'évanouissement, et, avant de tourner de l'œil, put lui décrire l'horrible scène qu'elle venait de voir. Miguel apprit ainsi que Porfirio venait de se faire hacher les doigts dans l'attendrisseur alors qu'il donnait, devant un comptoir pris d'assaut par les clients, un coup de main à sa mère.

Ils m'ont raconté une centaine de fois, quand j'étais petite, ce qui s'était passé ce matin-là, et je n'ai jamais pu croire que Miguel ait pu monter la côte à vélo en moins de cinq minutes, mais, quoi qu'il en soit, il s'était mis à pédaler comme un dératé, parce qu'il eut le temps de prévenir son père, d'attendre que celui-ci sorte la voiture du garage, et de monter à côté de lui malgré les vitupérations de grand-mère qui daigna admettre pour une fois en public que les œillères qu'elle portait ne limitaient pas autant son regard qu'elle le prétendait, et ce avant même que Teófila eût su que faire, parce qu'ils la trouvèrent avec son fils à la porte de la boucherie, elle en pleine crise de nerfs, lui très pâle mais étrangement calme, puisqu'il leur dit qu'après tout il avait eu de la chance de ne pas s'être estropié la main droite. Il ne s'évanouit pas moins pendant le trajet sur les routes poussiéreuses et pleines de nids-de-poule, et ne reprit connaissance qu'à l'hôpital de Cáceres, où on ne put que suturer les blessures pour donner la meilleure forme possible aux deux petits moignons qui se substituèrent à l'index et au majeur de sa main gauche, dont l'absence devait me fasciner tout au long de mon enfance.

Depuis lors, Miguel et Porfirio formaient plus qu'une équipe, ils ne faisaient qu'un seul homme, parce qu'on les voyait partout ensemble, au point que lorsque nous devions évoquer l'un des deux, nous avions l'impression que quelque chose manquait, comme si un chanteur avait oublié le refrain d'une chanson célèbre. Si leur lien qui, tant qu'ils furent adolescents, ressembla à une dépendance mutuelle, était à ce point étroit, c'est parce qu'ils avaient eu le rare bonheur de se choisir, étant frères, et bien que leur relation n'ait jamais été fraternelle – elle appartenait plutôt à ces amitiés de fer typiquement masculines –, il y eut toujours, entre eux, plus que ce qu'il y a, habituellement, entre amis, et moins que ce qu'il y a entre deux frères, parce que, quand ils se connurent, chacun d'eux avait déjà son monde à lui, différent de celui de l'autre. Cet amalgame fut si explosif que nul ne se sentit assez fort pour s'opposer à ce qui pouvait être catalogué, au bas mot, comme une sympathie contre nature, et même si, pendant un certain temps, l'un prit la précaution de préserver l'autre de tout contact avec son milieu, même s'ils se rencontrèrent en terrain neutre ou dans l'étroite enclave que constituait pour eux l'attitude protectrice de leur père, avec lequel ils allaient souvent à la chasse, Porfirio invita un beau jour Miguel à déjeuner chez lui, et quand celui-ci fut devenu un convive habituel à la table de Teófila, il rendit la politesse en se présentant avec son frère au Domaine de l'Indien à l'heure du dîner.

Ce jour-là, j'étais présente, mais je ne me souviens de rien, parce que je ne devais avoir que six ou sept ans.

Clara, elle, s'en souvenait très bien, quand on voulait lui reprocher sa mine de carême ou son mutisme, on lui servait toujours la même formule : « Ah ! Je t'en prie ! On dirait grand-mère le jour où Porfirio est venu dîner... » Mais même grand-mère finit par s'y faire, et avec moins de peine qu'on ne l'avait prévu, et l'été n'était pas fini qu'elle ne les appelait plus autrement que « les petits » comme tout le monde ou presque au village. Et cette année-là, il y eut même un cadeau pour Porfirio sous l'arbre de Noël du salon, rue Martínez Campos.

Maman, qui idolâtrait son frère et était disposée à faire de même avec cet autre adolescent qui lui ressemblait tant, aimait à dire que grand-mère avait accepté Porfirio pour ne pas s'opposer à Miguel, mais qu'elle avait fini par le chérir parce que c'était un gosse absolument adorable, ce que je crois volontiers, mais j'ai toujours pensé que ce n'était pas tout, qu'au village tout le monde en avait assez de la guerre, et que ni grand-mère, qui avait eu Miguel à quarante-six ans, ni Teófila qui avait alors onze ans de moins qu'elle mais déjà plus de quarante-cinq ans lorsque Porfirio se mit à fréquenter la maison d'en haut comme s'il l'avait toujours fait, ne devaient avoir envie d'épuiser les dernières forces qui leur restaient à prolonger un combat qui avait tout d'abord été mortel, puis sanglant, avant de sombrer, le cœur n'y étant plus, dans l'indifférence ; d'ailleurs, le puissant cavalier pour la possession duquel on s'était battu ne se devinait plus qu'à peine dans le vieillard fatigué d'être bigame, lassé d'être seul, de jouer les muets et de trouver dans les costumes les plus chers une assurance définitivement hors de sa portée, sorte de médaille rouillée que s'épinglent sur la poitrine quelques hommes sans doute beaucoup plus méchants qu'il le fut jamais, parce qu'ils sont beaucoup plus bêtes. Le temps, en s'écoulant, avait ouvert trop de blessures qui ne s'étaient pas refermées, et leurs lèvres molles, blêmes, pleines, répandaient leur pus et un liquide malodorant dont la puanteur l'empêchait de bien dormir pendant la nuit. Trente-cinq ans d'insomnie sont trop pour un homme coupable, pour une épouse mal aimée et pour une maîtresse qui, en définitive, n'a pas été plus heureuse que sa rivale, tant et si bien que l'amitié de Miguel et de Porfirio se révéla plus efficace, à la longue, que n'importe quel somnifère, parce qu'elle leur donna une rare chance d'oublier, qu'ils surent saisir. Ils oublièrent.

Dès lors, les petits jouirent du statut le plus privilégié, le plus arbitraire et le plus partial que l'on n'eût jamais accordé à quiconque dans la famille, parce que toute la maisonnée, les enfants exceptés, trouva en eux une soupape de sécurité pour soulager une mauvaise conscience enkystée par les affronts de toute une vie, ceux que l'on avait infligés étant sans doute aussi douloureux que ceux qu'on avait reçus, et chaque fois que tante Conchita ou maman, qui jadis avaient été les plus belliqueuses, faisaient une gentillesse à Porfirio, elles ouvraient une porte, elles annulaient ou faisaient payer une dette, et il devait se passer la même chose au village, car la situation prit l'allure de ces choses qui ont toujours existé et ne font plus souffrir personne à l'excès. Depuis la mort de Pacita, maman et Magda étaient les sœurs les plus proches de Miguel, mais elles avaient quatorze ans de plus que lui. Porfirio fut lui aussi, pendant longtemps, un enfant seul, parce que Lala, qui avait seulement deux ans de plus que lui, était partie de la maison avant qu'il ne fût venu au Domaine de l'Indien pour la première fois, et Marcos, qui était son frère le plus proche, avait dix ans de plus que lui. Tous, sauf eux, menaient déjà leur vie d'adulte, s'étaient tellement éloignés des conflits qui avaient marqué leur enfance qu'ils étaient devenus neutres et lointains comme le paysage même. C'est ainsi qu'une apparence de normalité vit le jour, un mirage qui jamais ne devait dépasser les bords de l'îlot sur lequel mes deux oncles vivaient comme sur un iceberg dérivant sur l'océan, se rapprochant parfois des côtes comme pour s'y ancrer, rester là pour toujours, confondre ses limites avec celles de la terre ferme, jusqu'au moment où un courant capricieux l'entraînant, il repartait vers la haute mer, seul, isolé, en direction du continent opposé à celui qu'il venait d'abandonner, peut-être.

Ce mirage m'a coûté très cher, mais pour tous les autres, qui avaient choisi ou eu la chance de vivre dans un monde compact bien loin de cet autre monde parallèle qui tournoyait pourtant sur le même axe, comme deux planètes dans l'univers, il est devenu un nouvel élément de la vie de tous les jours, un scénario immuable, malgré les secousses et les bouleversements qui peuvent en perturber le cours. Il m'est arrivé de me dire que seuls Porfirio et Miguel avaient une perception juste de la réalité, avant que je sois allée m'écraser brutalement contre elle, car je ne pouvais en effet me défaire de l'impression que tous deux se méfiaient toujours de tous, de chaque bonheur, de chaque caresse, de chaque sourire, de tout, et de tous, mais, avec le temps, j'ai abandonné cette idée, quand j'ai senti que cette défiance est propre à ceux qui sont aimés passionnément.

Et nous les aimions, bien entendu. Je les aimais, aveuglément, et Reina, et mon père et ma mère et mes oncles les aimaient aussi, et Miguel et Porfirio se montrèrent toujours dignes de cet amour, parce qu'ils avaient quelque chose que les autres n'avaient pas, une façon de s'exprimer, un plaisir à rire, une beauté, un don de Dieu et aussi un pouvoir de séduction auquel les femmes ne résistaient pas. Chacun de nous prétendait avoir une raison particulière de les choyer, mais je crois que toutes ces raisons se ramenaient à une seule, peut-être au plaisir qu'ils nous donnaient quand ils apparaissaient dans la cuisine, à peine levés, avec pour tout vêtement un pantalon de pyjama de coton blanc aux fines rayures bleues ou vertes ou jaunes, aussi grands et aussi sveltes l'un que l'autre, le visage souriant embelli par les vestiges du sommeil, avec leurs sourcils et leurs bouches identiques, le même corps parfait, impeccable trapèze de peau douce, légèrement hâlée, nous aurions volontiers payé pour voir ça, mais le spectacle était gratuit, et nous devions bien les en remercier d'une manière ou d'une autre. C'est pour cela qu'il nous semblait tout à fait naturel de voir Paulina découper avec une précision chirurgicale daurades et bars, les refermer ensuite de sorte que nul, à table, ne puisse remarquer qu'elle en avait retiré les œufs, qui attendaient, au frais, dans du papier d'aluminium, que Porfirio vienne dîner un de ces soirs, parce que, le pauvre, disait-elle sourire aux lèvres, aimait tant les œufs de poisson panés ; de même, quand il y avait de la salade en entrée, elle prenait la peine d'en disposer les feuilles sur chaque assiette, bien alignées, en répliquant à grand-mère – qui ne voyait pas dans quel magazine la cuisinière avait pu trouver cette manière ridicule de présenter la salade qu'on a toujours apportée sur la table dans un grand saladier –, qu'elle savait, comme nous tous, que dans l'assiette que Miguel trouverait près de sa serviette, il n'y aurait pas d'oignon, parce que si Miguel, le pauvre, malgré les interdictions réitérées de Madame, qui ne tolérait pas les caprices à l'heure du repas, n'aimait pas l'oignon, c'était bien son droit, au pauvre petit, de ne pas aimer l'oignon, répétait Paulina avec un nouveau sourire, et moi je ne lui en donnerai pas, ce serait lui manquer, au pauvre petit Miguel... Et à l'un, il fallait faire le lit en bordant le drap très haut parce qu'il ne pouvait pas bien dormir, sinon, et à l'autre, il fallait mettre, à la place de l'oreiller, un coussin du fauteuil du salon pour qu'il soit bien installé, et il fallait repasser les chemises de l'un avec le plus grand soin, car il aimait que le pli du fer fût bien marqué, et pendre sur un cintre les chemises de l'autre parce qu'il n'aimait pas que le pli se vît, et peu importait, s'ils arrivaient en retard ou avec quatre invités pour dîner, sans prévenir, peu importait, s'ils rentraient ivres à six heures du matin en réveillant tout le monde, ou s'ils ne rentraient pas du tout, ou si, le matin, ils réclamaient à grands cris un verre d'eau parce qu'ils avaient la gorge sèche après une nuit ardente, et peu importait si l'un d'eux rayait la carrosserie de la voiture : c'était toujours la faute de l'autre, et quand Antoñita, la patronne du bureau de tabac, alla raconter à tout le village que les petits étaient allés trop loin, mais largement, avec elle, nounou, qui nous traitait de putes chaque fois qu'elle nous entendait dire que nous ne pouvions pas aller nous baigner parce que nous étions indisposées, déclara dans la cuisine, sans savoir que je l'entendais, que cette langue de vipère ferait mieux de remercier le ciel plutôt que de faire la fine bouche, parce qu'une chose pareille ne lui arriverait pas une autre fois dans sa vie, et que si les petits avaient dépassé les bornes avec elle, elle aurait alors de quoi se plaindre, et il ne manquait plus que ça ! Mettre la faute sur le dos des pauvres petits, alors qu'allez savoir ce qu'elle cherchait, celle-là, pour partir en voiture avec eux à quatre heures et demie du matin, quand tous les bars sont fermés...

J'étais toujours d'accord avec ceux qui prenaient leur défense, qui les cajolaient, les favorisaient ou les vénéraient avec ferveur, et dès le 1er juillet, j'attendais leur arrivée avec une impatience que n'ont jamais éveillé en moi les retards de mes amies recalées, comme si les vacances ne commençaient vraiment qu'au signal du coup de klaxon ensorceleur de leur voiture franchissant le portail, et j'éprouvais une vague contrariété, un léger dégoût mais un dégoût tout de même, quand j'apercevais, sur le siège à côté du conducteur, la silhouette frêle de Kitty, la maîtresse qu'ils se partageaient, avec laquelle ils vivaient à tour de rôle en toute quiétude, cette quiétude heureuse qui présidait à leur vie quotidienne dans l'appartement qu'ils partageaient, aux études qu'ils firent ensemble dans la même faculté et à la conduite, à tour de rôle, de la voiture qu'ils possédaient en commun.

Lorsqu'ils avaient, ensemble, fait sa connaissance en terminale, Catalina Pérez Enciso s'obstinait à vouloir être une chanteuse pop et envisageait d'étudier le droit dans un but strictement alimentaire, afin d'avoir le gîte et le couvert assurés chez ses parents pendant la période nécessairement brève qui s'écoulerait entre la création du groupe « Kitty Baloo et les Périls de la Jungle », groupe musical qu'elle venait de former et dont elle attendait, en retour, qu'il la fît entrer dans la légende, et la fulgurante, l'urgente et bouleversante gloire que lui apporterait sans doute, avec une ponctualité mathématique, sa première audition dans le studio de quelque impresario génial. Un tel spécimen ne devait sans doute pas se trouver à la radio espagnole, parce que Kitty réussit sa propé et termina sa première année de droit, et toutes les autres, sans obtenir de la fortune la moindre compensation pour l'acharnement qu'elle mettait à écrire, à interpréter et à arranger ses œuvres, accompagnée d'une année à l'autre par des musiciens toujours différents, condamnés à perdre leur foi en ces mêmes œuvres en trois ou quatre mois tout au plus. Pendant ce temps, Miguel et Porfirio se succédaient dans son lit et, par la suite, se firent longtemps le devoir (qui n'avait rien de très agréable) d'accourir aux appels à l'aide qu'elle leur adressait des tribunaux, pour produire les documents prouvant que la créature affublée de la scandaleuse crête de cheveux vert acide maintenus par du savon Lagarto à laquelle les huissiers refusaient l'accès à la salle d'audience était bel et bien celle qu'elle disait être et qui allait défendre quelque inculpé d'aspect sans doute plus présentable que le sien. Telle qu'elle était, lorsque l'inculpé, faisant appel à ses droits, ne la refusait pas sans détour à la première visite, Kitty était une bonne avocate, consciencieuse et même méticuleuse, qui assez souvent gagnait ses causes, mais qui ne devait jamais parvenir à ces cimes du succès sur lesquelles, au fil des ans, s'installèrent confortablement les deux frères entre lesquels elle ne put jamais se décider à choisir.

Porfirio avait toujours voulu être architecte, mais Miguel ne semblait pas avoir de projet bien arrêté, si bien que nul ne fut surpris quand il quitta l'école où il avait suivi son frère par pure indolence, se contentant du diplôme d'aide-architecte qu'il avait décroché quelques mois à peine avant que Porfirio ne terminât ses études. Ils commencèrent alors à travailler ensemble, et le fils de Teófila – qui devait se sentir redevable au fils de ma grand-mère de l'initiative que celui-ci avait prise avant même de s'être inscrit en première année, quand, de démarche en démarche, il parvint jusqu'au directeur d'études pour déployer devant lui toutes les branches de notre arbre généalogique un peu particulier et obtenir en échange, pour son frère comme pour lui, une faveur, celle qu'il leur soit permis de porter tous deux le premier nom de famille, pour couper court à toute future tentative d'investigation sur leur origine – décida qu'ils auraient la même part des bénéfices, ce qui n'offensa pas Miguel le moins du monde, malgré ses protestations. Quand ce dernier, quelque temps plus tard, se découvrit une solide vocation pour le dessin industriel et obtint son premier grand succès avec un modèle révolutionnaire de distributeur mural de serviettes hygiéniques, dont on peut encore admirer les lignes suggestives dans les toilettes du bar de routiers le plus fréquenté de la région d'Albacete, il fut en mesure de lui rendre la pareille. À cette époque, ils travaillaient encore au troisième étage d'un immeuble insignifiant de la rue Colegiata, à côté de la place Tirso de Molina, où leur plaque, sur laquelle ne figurait qu'un nom en majuscules romaines, ALCÁNTARA, voisinait avec celle de deux petites pensions de voyageurs une étoile, un rectangle de plastique rouge où, en ravissantes anglaises épousant les courbes d'une guirlande de petites fleurs d'aspect sylvestre, on pouvait lire « Jenny, 1er B », et celle d'un médecin qui indiquait sa spécialité en un mot qui divertissait mes oncles : *Vénériennes*. De là, ils déménagèrent dans un local plus petit, au dernier étage, à la périphérie de la ville, qu'ils quittèrent bientôt pour le rez-de-chaussée d'un pavillon du quartier mal famé d'Hermosilla, puis ils occupèrent deux appartements contigus dans le quartier chic de General Arranco, puis le premier étage d'une vieille demeure aristocratique de la rue Conde de Xiquena, puis tout un immeuble pour eux seuls, un petit palais, moins vaste que la maison de la rue Martínez Campos mais plus charmant, situé du bon côté de la rue Fortuny, d'où je crois qu'ils ne bougeront plus, parce qu'avec un plan de Madrid et un relevé des cotes immobilières sous les yeux, on peut difficilement imaginer l'étape suivante, à moins d'envisager une improbable privatisation des édifices appartenant au patrimoine national.

Il y a bien des années, quand nous passions encore nos vacances ensemble, rien n'annonçait que la vie, cette divinité maligne, était disposée à respecter scrupuleusement la mesure de faveur dont les petits jouissaient dans le cercle généreux de leur propre famille. Pour moi, je trouvais, à soutenir et à défendre envers et contre tous cette mesure de faveur, quelque compensation, car, en effet, mes oncles, qui avaient gardé une certaine insouciance téméraire et le goût de participer à nos jeux, savaient aussi fort bien invoquer leur autorité de grandes personnes pour nous exploiter, nous, les enfants, comme le font tous les autres adultes avec les petits qui pullulent autour d'eux, et à peine surprenaient-ils l'un de nous à l'improviste qu'ils l'envoyaient acheter du tabac, en lui payant tout de même une glace, avec la monnaie rendue, ou chercher un livre qu'ils avaient oublié dans leur chambre, trois épuisants étages plus haut, ou encore, s'il y avait quelque chose à voir à la télé, l'après-midi, ils délogeaient le neveu turbulent du fauteuil qu'il avait remporté de haute lutte pour prendre sa place, et ils l'envoyaient s'asseoir sur le tapis, abus que condamnait aussitôt le père, la mère ou l'oncle de l'enfant qui se trouvait là.

J'en étais malade, parce que Miguel et Porfirio ajoutaient de la sorte un affreux délit de trahison au vil exercice de la tyrannie, et je souffrais de devoir les dévaluer alors que je les adorais, mais pourtant, je ne me suis jamais sentie offensée par ce que ma sœur considérait comme un abus impardonnable, parce que, même si elle prétendait les aimer passionnément, Reina n'en était pas, comme moi, véritablement amoureuse, et je l'étais, autant que peut l'être une petite fille – c'est-à-dire infiniment plus que ne le supposent les adultes –, parce que, chaque fois qu'un élan d'enthousiasme hardi me le permettait, je tremblais de plaisir lorsqu'ils promenaient leurs ongles sur ma peau ou quand mes doigts se posaient sur leurs épaules, et je me serais volontiers passée de nourriture pendant des jours et des jours pour pouvoir me repaître de leurs caresses, alors que Reina aime si peu être tripotée qu'elle s'est toujours rendue et se rend encore chez le coiffeur les cheveux lavés depuis peu.

« Malena, allez, fais-moi des chatouilles... Si tu veux, je t'en ferai moi aussi, après. C'est promis. »

Ce pouvait être l'un ou l'autre, n'importe où, à tout moment. Peut-être venaient-ils, sans succès, de le demander à Clara, à Macu ou à Nené, ou peut-être l'une ou l'autre leur avait-elle déjà gratté le dos jusqu'à l'épuisement sans obtenir en échange autre chose qu'un vague chatouillis négligent du bout des doigts que l'escroc de service avait remis dans ses poches avant la fin du délai convenu, mais, de toute manière, à un moment ou à un autre, ils venaient vers moi, et j'en étais bien contente pour eux.

« Allez, Malena, toi qui es l'amour de ma vie, et pas une bâtarde comme les autres, fais-moi des chatouilles, rien qu'un tout petit peu, je te promets que quand mes ongles auront poussé, je te revaudrai ça. Maintenant, je ne peux pas, quand je viens de me les couper, ça me fait grincer des dents.

– Tu viens toujours de te couper les ongles ! s'exclamait Reina, qui croyait prendre ma défense. Quel culot !

– Toi, la Naine, la ferme ! Je t'en prie, Princesse, fais-moi des chatouilles, et je te conduirai au village en voiture tous les soirs de cette semaine.

– Mais oui, c'est ça ! Et comme on est dimanche, il ne reste guère que ce soir.

– Mais tu vas la boucler ? merde ! Ce ne sont pas tes oignons. »

En cela, il avait raison. Ce n'étaient pas les oignons de Reina.

Toujours, depuis ma plus tendre enfance, et c'est si loin que je ne peux reconstruire précisément les scènes en retrouvant cette sensation, lorsque Miguel et Porfirio me saisissaient par la taille ou me portaient sur leurs épaules ou jouaient avec moi dans la piscine en me faisant glisser sur leurs corps mouillés ou me lançaient de l'un à l'autre comme une grosse balle, j'ai ressenti une étrange impatience, un état imprécis d'exaltation physique que je ne peux comparer qu'à la chair de poule qui envahissait mes bras dans certaines grandes occasions telles que la venue des Rois Mages ou mon arrivée à la fête costumée de l'école, ou encore, plus précisément, au mystérieux vertige qui me figeait devant le portail de la maison, le premier matin du printemps, saison qui commençait pour moi le jour où maman nous permettait de sortir en manches courtes et où je sentais, triomphante, qu'une nouvelle fois j'avais vaincu l'hiver. Si je fais un effort de mémoire encore plus grand, j'ai bien l'impression que j'éprouvais la même chose lorsque mon père me prenait dans ses bras, mais il a vieilli bien avant les petits, et quand il a cessé de jouer avec moi, je ne retenais rien encore de façon durable. Je n'ai jamais demandé à ma sœur si elle ressentait la même chose, convaincue que Reina, qui semblait vivre plus vite que moi, connaissait déjà tout ce qui pouvait m'arriver, et je ne m'interrogeais pas davantage sur la nature de mes sensations, absoutes par l'indifférence complaisante de tous les témoins de la cérémonie qui commençait lorsque Miguel ou Porfirio me tendait le bras pour que je le saisisse de la main gauche, et que, du bout des doigts de la main droite, j'en parcourusse toute la longueur, en effleurant de temps en temps les parties interdites, les plis du coude, de l'aisselle, pour les chatouiller vraiment, caresses insupportables qui les faisaient se tordre et crier. Je me souviens encore que déjà, à cette époque, j'étais étonnée de ne pas les voir réclamer ce tribut à l'un ou à l'autre de leurs neveux, et borner leurs exigences, en vertu d'un mécanisme inconscient, peut-être – ou peut-être pas –, aux filles de la maison. Avec moi, de toute façon, ils réussissaient toujours leur coup.

Ce que j'appréciais alors, c'était la différence qu'ils faisaient entre ma sœur et moi, parce qu'ils nous ignoraient, la plupart du temps, et quand ils jouaient avec nous, ils nous traitaient tous de la même manière, comme si nous ne faisions qu'un, entité mystérieuse appelée « les enfants », et non pas ce garçon, et cette fille, et cette autre petite ou cet autre petit, mais quand ils me priaient de leur faire des chatouilles, ils s'adressaient à moi, et à moi seule, ils me distinguaient des autres, et de Reina, par-dessus tout. J'ai dans l'idée, à présent, que je leur plaisais tout simplement parce que j'aimais exercer ce pouvoir sur leur peau, contrôler leurs réactions, les tenir, en fait, à ma merci, surtout lorsque je m'asseyais sur l'un ou sur l'autre à califourchon, et qu'allongés sur le ventre, ils creusaient les reins pour me recevoir, la tête inclinée, au bord de la piscine, et me laissaient prendre possession de leur dos. Miguel parlait : « Là, là... Tu y es... Non, un peu plus bas, à droite. Plus haut, oui... Doucement, maintenant ; un tout petit peu à gauche. Non. Plus bas. Voilà. Au milieu... Plus bas, plus bas ; pas trop. C'est bien, c'est bien, ne bouge plus. Par pitié, ne bouge plus... Je dois avoir un bouton horrible, non ? Ça me démange terriblement, gratte, gratte avec les ongles... Bien. C'est très bien ; maintenant, je te laisse faire. Baisse un peu la ceinture du maillot, rien qu'un peu. Comme ça. Chatouille-moi là, sois gentille... Ah ! Que c'est bon ! Que c'est bon ! » Porfirio, lui, grognait : « Mm ! Oui ! Non ! Non ! Ah ! Ah ! Plus haut... Encore plus haut... Oui...Mm ! Mm ! Mm ! Bon. À droite... Là ! Là !... Non, plus bas. Arrête ! Mm... Gratte là, oui... Aïe, aïe, aïe... »

C'est ainsi que par une belle matinée de soleil et d'eau parmi tant d'autres, j'ai fait la première conquête de ma vie.

J'en avais fini avec Porfirio, qui semblait avoir une peau plus sensible et prendre plus de plaisir que son frère mais qui se lassait vite, et j'étais assise à califourchon sur Miguel, déjà fatiguée et sur le point de renoncer à exercer mon talent, quand j'ai entendu une voiture arriver. Porfirio, qui était assis sur le gazon, a levé la tête, sourire aux lèvres. J'ai fait comme lui, aussitôt que j'ai aperçu les passagères de la R 5 jaune qui s'était arrêtée devant le garage, certaine que dans un instant j'allais pouvoir abandonner ma tâche et m'élancer dans la piscine où les autres jouaient.

« Debout, Miguel, viens, les filles sont arrivées ! »

Mais ma victime, la tête enfouie entre ses bras croisés, n'a pas fait mine de vouloir bouger.

« Mais que fais-tu ? a insisté Porfirio en s'approchant pour lui donner une tape sur le bras ; allez, debout, mon vieux ! »

Alors Miguel a levé la tête et nous avons pu constater, perplexes, qu'il riait au point de pouvoir à peine parler :

« Je ne peux pas ! Je ne peux pas me lever ! »

Trois filles, vêtues de longues chemisettes blanches à travers lesquelles on pouvait deviner leurs maillots de bain, venaient lentement vers nous, en saluant Porfirio de la main.

« Que dis-tu ?

– Que je peux pas me lever, merde ! Je suis en train de creuser un de ces putains de trou, mon pote, que je dois m'être farci tout le gazon et que c'est un miracle, je te jure, si une taupe ne me l'a pas mordue...

– Bordel ! » Porfirio s'agitait impatiemment, mais son sourire m'indiquait qu'il n'était pas fâché mais plutôt amusé de voir Miguel ainsi cloué sur le gazon.

« Si je me lève et qu'elles voient ça, elles vont détaler sans s'arrêter jusqu'à Madrid.

– C'est bon, mon vieux, fit Porfirio en riant. T'es une vraie tache, tu sais.

– Mais que veux-tu que je fasse, bordel ? Je l'ai pas cherché. Va les rejoindre, distrais-les un moment, vas-y ! Je vais piquer une tête. J'espère qu'elle est glacée.

– Elle l'est », lui ai-je assuré, heureuse d'avoir pu déchiffrer, enfin, quelques mots de ces phrases hermétiques.

Ils se sont esclaffés en même temps, synchronisant, comme toujours, leurs éclats de rire. Miguel m'a filé entre les jambes et a atteint la piscine en trois enjambées de possédé. Porfirio est allé à la rencontre de leurs invitées, qui n'étaient plus qu'à deux pas, mais, avant de s'éloigner, il m'a ébouriffé les cheveux en me disant tout bas quelque chose d'incompréhensible :

« Tu vas être une fille du tonnerre de Dieu, Malena. Ça fait pas un pli. »

J'ai beaucoup pensé à Miguel et à Porfirio, à Bosco, à Reina et à tous ses amoureux pendant les premières nuits de cet été 76, et tandis que je me tournais et me retournais dans mon lit sans trouver de position confortable, j'ai remarqué que les draps étaient trempés de sueur, que je produisais soudain d'abondance, à ma grande surprise, car je n'avais jamais transpiré beaucoup, et je ne pouvais pas fermer l'œil, j'avais l'impression de veiller à mon propre chevet, je voyais le ciel s'éclairer par les fentes des volets et je m'inquiétais de l'heure, car je devais être bien réveillée pendant la journée qui allait suivre, et le songe finissait par m'emporter sur ses vagues douces, et me ramenait à la réalité, à l'image de Fernando, adorable et nette, si différente du monstre que j'en étais venue à détester quelques minutes auparavant, en proie à l'insomnie, à une anxiété inconnue, sensation pareille à un étouffement qui ne m'aurait pas prise à la gorge mais à la tête – laquelle demeurait pourtant suffisamment froide pour me déclarer que tout cela n'était pas vraiment son affaire, et qu'en dépit des apparences, ce n'était pas elle qui était en train d'étouffer, comme si la vraie vie avait enfin commencé à battre entre mes cuisses.

Jusqu'à ce moment-là, mon sexe générique avait été un tel casse-tête que je ne m'étais guère souciée, jusqu'alors, de mon sexe physique. Quelques années auparavant, vers mes dix ou mes onze ans, je l'avais observé avec intérêt dans le miroir, toute contente de le voir se couvrir d'un duvet auquel j'attribuais un certain caractère annonciateur, jusqu'au jour où, découvrant que, poils mis à part, il ne grandissait plus, je cessai de fréquenter ce spectacle décevant. Par la suite, quand Reina commença de sortir avec Iñito et de l'embrasser devant le portail, il m'arriva de ressentir un léger frisson, que j'avais déjà connu en regardant la télévision ou au cinéma, pendant certaines scènes d'amour, desquelles semblait sourdre je ne sais quelle magie sombre et violente, mais qui n'apparaissaient que dans quelques rares films, et dont je ne me souviens plus. Plus tard encore, les sensations de cette nature se sont diversifiées et multipliées si bien que j'ai pu les classer et me les remémorer, parfois, jusqu'à ce jour, néfaste entre tous, de l'été qui précéda celui où apparut Fernando éclairant le monde.

Nous revenions de Plasencia dans la Ford Fiesta et j'étais assise sur le siège arrière entre Reina et Bosco, qui s'étaient disputés, pour ne pas changer, à la sortie du bar où mon cousin s'était affalé sur ma sœur pour l'embrasser comme et où il pouvait ; avec deux ou trois minutes de retard, Reina, apparemment incapable de réagir aussitôt face à un élan d'amour aussi viscéral, avait poussé un cri perçant et s'était dégagée de l'étreinte d'un mouvement vif. Tous deux, à mes côtés, se taisaient, comme morts, et Pedro, Macu et moi nous étions mis à parler de tout et de rien pour essayer de détendre l'atmosphère. Je ne me souviens plus de ce que nous nous disions, mais je revois avec la plus grande précision la main droite de Pedro, qui semblait se croire, grâce à l'obscurité, à l'abri des regards, lâcher le volant et aller se perdre sous la robe de sa voisine, et Macu, qui à ce moment-là me racontait je ne sais quelle histoire, poursuivit comme si de rien n'était, tandis que mon regard demeurait suspendu aux mouvements de la main qui s'enfonçait entre les jambes, disparaissait pour reparaître un instant plus tard, escaladait le corps de ma cousine et en redescendait, lui caressait les cuisses, plongeait jusqu'à la taille, grimpait jusqu'au sein gauche, l'empoignait énergiquement, puis un mouvement de va-et-vient imprimé au pouce semblait vouloir faire reluire le téton qui, docile, pointait, et les doigts relâchaient leur prise pour entamer un mouvement circulaire sans rencontrer aucun obstacle sous la robe mexicaine de coton vert brodée de fleurs de couleur, puis ils redescendaient doucement vers les cuisses, les caressaient sous le tissu, disparaissaient, reparaissaient, bouclant un circuit limité, jamais tout à fait semblable au précédent, tandis que l'un et l'autre s'adressaient à moi sur un ton neutre, gentiment, comme ils l'avaient fait mille fois. Je brûlais, je transpirais, et, avant tout, j'étais furieuse, furieuse contre mon corps, contre mon sort et contre l'univers entier, parce que les flirts de Reina, ça pouvait encore passer, ce n'était que justice, en quelque sorte, mais que cette conne soit là, sous mon nez, à jouir de la possession d'une troisième main, pendant que moi, impuissante, je la regardais, mes doigts agrippés au dossier du siège avant, si près d'eux et en même temps si loin, astronomiquement loin, ça, ça me semblait atroce, horriblement injuste, et je ne considérais même pas que je n'aurais jamais permis à cet imbécile de Pedro de me toucher même du bout d'un ongle, je n'y pensai pas, parce que ça n'avait pas la moindre importance, ce soir-là, rien n'avait d'importance excepté que ce n'était pas possible, que ce n'était définitivement pas possible qu'il se passât ce qu'il se passait à ce moment-là.

À table, un peu plus tard, j'étais tellement irritée que je n'ai même pas pris la peine de cacher ma contrariété, et quand j'ai fait tomber pour la troisième fois mon verre d'eau sur la table, comme si je voulais le réduire en miettes, maman m'a dit que si je pensais continuer comme ça, je ferais mieux d'aller dans ma chambre. À la surprise générale, j'ai suivi son conseil. Je me suis glissée nue entre les draps, avec l'intention bien arrêtée de ne pas remuer un cil, car ce serait faire preuve d'une faiblesse intolérable, pensais-je, ce serait reconnaître qu'ils m'avaient fait sortir de mes gonds, ce serait la capitulation la plus honteuse que le plus odieux des lâches n'aurait su concevoir, et Macu n'obtiendrait jamais de moi cette satisfaction. C'est ce que je pensais, mais je l'ai fait quand même, et je suis restée ébahie, comme chaque fois, de pouvoir tirer d'un spasme aussi fugitif une paix aussi profonde. Puis, souriante, détendue, oublieuse de ma chair et de mes os, aérienne, j'ai fini par me dire que Macu n'en saurait jamais rien, et j'ai eu un petit accès de rire. Un quart d'heure plus tard, je franchissais la porte du salon en présentant mes excuses à tout le monde, et je m'asseyais sur le tapis pour regarder un film qui avait déjà commencé, mais que je pus quand même suivre assez bien.

J'avais découvert cette manière personnelle d'explorer le monde quelques années plus tôt, et tout était arrivé par hasard à cause de vieux jeans de l'année précédente, décidément trop étroits, seuls pantalons que ma mère avait pu trouver dans l'armoire, par ce matin de mai aussi obscur qu'un crépuscule de janvier, tandis que les vitres tremblaient sous l'impact d'une pluie si violente qu'on eût dit que chaque goutte, non contente du fracas qu'elle produisait en frappant la surface des carreaux, cherchait à les griffer, car on ne pouvait deviner les contours des maisons et des arbres, en face, c'était un monde flasque aux angles ronds et mous, comme celui qu'on découvre à travers un épais morceau de verre dépoli. Il y avait une semaine qu'il pleuvait ainsi, jour et nuit, et même si maman disait que c'était normal, parce qu'on venait d'inaugurer le Salon du Livre au Retiro et qu'il ne restait que deux jours avant le commencement des corridas de San Isidro, et que la rue chaulée de Las Ventas était devenue un bourbier, comme tous les ans, je ne me souvenais pas d'avoir jamais vu une pluie aussi furieuse, et j'en avais déjà par-dessus la tête. Reina déclarait que bientôt des champignons allaient pousser dans nos cheveux, mais nous ne nous apprêtions pas moins, ce matin-là, à partir à la campagne, car mon père voulait, avant de franchir le cap de la quarantaine, qu'on le nomme conseiller administratif de la banque où il travaillait, et le secrétaire général, petit-neveu du président, nous avait invités à dîner dans sa propriété de Torrelodones, tout simplement.

La taille de mes pantalons ajoutait une note détestable à une journée qui ne valait pas mieux. Les poumons gonflés comme un ballon sur le point d'éclater, n'osant pas respirer pour maintenir le volume de mon ventre à la limite de l'inexistence, je m'efforçais de conserver quelque espérance en regardant de côté ma mère qui, agenouillée devant moi, tirait sur la ceinture du pantalon de toutes ses forces, luttait avec le bouton récalcitrant qui semblait pourvu d'une volonté bien arrêtée de ne pas entrer dans la boutonnière, et cependant, dans une lutte désespérée contre ce qui ressemblait fort à une nouvelle loi de la physique, ma mère mit le bouton en place, monta la fermeture à glissière et, la voix vibrante de triomphe, me donna la permission de respirer. Quand j'ai voulu le faire, j'ai poussé un cri, j'ai essayé comme j'ai pu, mais pas moyen. Maman m'a conseillé de faire une douzaine de flexions, pour que le coton donne un peu, en concluant : « Ce n'est rien. Ne gémis pas comme un bébé. »

J'ai pu plier les genoux après un effort considérable, mais quand, pour finir, je me suis accroupie, je n'ai pu conserver mon équilibre, j'ai roulé sur le sol, et pour pouvoir me relever il a fallu que je retire mes bottes de caoutchouc, que je m'asseye sur le côté et que je m'aide de mes mains. Je sentais une légère douleur, persistante, comme une brûlure, à la taille, au ventre et aux hanches, mais le pire, c'était la couture du milieu, qui me clouait au plus léger mouvement, s'enfonçait dans ma chair comme une corde en m'arrachant des miaulements de douleur, tourment que je ne pouvais soulager qu'en tirant de toutes mes forces la toile vers le bas, opération que je répétais à chaque pas, malgré l'alarme croissante qui brillait dans les yeux de mon père, lequel devait se dire, et non sans raison, que de telles gesticulations ne devaient pas contribuer à forger l'image modèle de cette délicieuse fille de onze ans qui convenait à ses fins publicitaires.

Je m'assis dans la voiture dans le même état d'âme que si on m'avait conduite à la potence, et tandis que je me tordais comme si j'étais dévorée par les puces en cherchant une position qui atténuerait la pression de ce terrible carcan, il y eut comme un déclic, et je sentis aussitôt que quelque chose s'était soudain mis en place, instaurant un accord mystérieux entre mon corps et la couture du pantalon. La douleur changea de caractère, et, malgré la sensation persistante de brûlure, le contact acquit, sinon la qualité d'une caresse, du moins une sorte de note brillante, isolée, dont je ne pouvais préciser la nature, mais qui était assez puissante pour annuler à elle seule toutes les autres sensations, les absorber un instant avant qu'elles ne se fussent déclarées. C'était agréable, très agréable, bien qu'un peu trop fuyant. Et alors que j'étais tellement absorbée par le mécanisme de cette secrète union avec une couture de toile, au point que je ne me souviens même pas où nous nous trouvions, mon père ne put éviter à temps un trou dans la chaussée et les braves amortisseurs de sa voiture me soulevèrent un instant pour me laisser retomber, déchaînant un voyage aussi bref que révélateur.

« Il faut faire des bonds », me dis-je, lèvres closes, aussitôt revenue de ma surprise enchanteresse. Bien sûr ! C'était donc ça ! Soudain, tout paraissait très simple : il suffisait de faire des bonds. Rien de plus simple...

« Mais qu'est-ce qui lui prend, à cette petite, merde ? »

La voix irritée de mon père, qui me contemplait bouche bée dans le rétroviseur tandis que je suppléais à l'absence de trous dans la chaussée en tressautant sur mon siège, ne put effacer le sourire de mes lèvres mais ne m'encouragea pas à répondre.

« Veux-tu te tenir tranquille ! Tu as la danse de Saint-Guy ou quoi ?

– Non, dis-je enfin. Pourquoi ? Je ne peux pas faire ça ? Ça me plaît.

– Mais que fais-tu ? » me demanda ma sœur qui, jusqu'alors, n'avait cessé de regarder par la fenêtre.

« Je saute, répondis-je. Essaie. C'est le pied ! »

Ma sœur m'adressa un regard chargé de défiance, mais pour finir se décida à m'imiter, sans obtenir, toutefois, des résultats comparables aux miens, car ses pantalons de velours bleu marine à pinces étaient neufs et un peu larges pour elle.

« Bah ! Quelle idiotie ! fit-elle enfin, sur un ton proche de la censure. Tout ce que tu vas en tirer, c'est un bon mal au cœur.

– Arrêtez-vous ! tout ! tout de suite ! toutes ! les deux ! tenez-vous ! tranquilles ! im ! médiatement ! »

Les cris entrecoupés de ma mère, qui hachait ses phrases comme si elle était bègue quand elle voulait nous faire comprendre qu'elle était vraiment fâchée, me persuadèrent qu'il valait mieux remettre mon expérience à un moment plus favorable, quand je serais hors de portée de son regard. Je n'eus pas à attendre bien longtemps.

Quand nous sommes arrivés à cette propriété de Torrelodones, les gouttes tombaient avec une telle force qu'elles semblaient vouloir arracher des écailles transparentes à la peau de toute chose. Maintenant, ce n'était plus de la pluie, maintenant, le ciel s'égouttait impatiemment de lui-même, et le bruit des gouttes qui s'écrasaient sur toute chose avait perdu toute résonance métallique pour se transformer en un sourd clapotis qu'engendrait l'eau en se déversant sur plus d'eau encore. Le jardin était inondé, et le perron, parsemé de flaques qui avaient nivelé la surface irrégulière des dalles de granit, ressemblait à une lagune à demi asséchée. Notre hôte et l'une des servantes vinrent nous chercher à la porte de la voiture avec des parapluies, et nous nous sommes précipités à l'intérieur, où une poignée de gens vêtus avec une élégance folle, les femmes coiffées, maquillées et parées de bijoux comme si elles obéissaient aux caprices d'un fou désireux, par un jour comme celui-ci, de les voir paraître en grand tralala, étaient rassemblés autour d'une grande cheminée sans feu et ne parvenaient pas vraiment à démontrer qu'aucune catastrophe ne nous guettait de l'autre côté des volets clos. Quand mon père et ma mère retirèrent leur gabardine, ils me parurent aussi ridicules que les autres, et tous l'étaient, sauf l'oncle Tomás, qui n'avait pas l'air élégant, mais était l'élégance incarnée.

Plus âgé que mon père, qu'il soutenait d'autant plus

volontiers que son protégé ne voyait pas d'inconvénient à le reconnaître publiquement, le frère aîné de ma mère était, depuis deux ans, membre du conseil d'administration de la banque, occupant le poste que Ramón, un cousin de grand-père, mort sans enfants et sans héritiers, avait laissé vacant. Je savais, à cette époque, qu'il était proche de papa et surtout de Magda, qui l'adorait, et c'était réciproque, mais savoir cela ne me faisait pas grand-chose, car il était pour moi un personnage inquiétant, écrasant, trop différent des autres pour l'univers d'une enfant, comme une pièce égarée d'un jeu ancien dont on ne sait que faire. J'ai toujours considéré avec une certaine crainte, je m'en souviens, cet individu silencieux aux contours fuyants, dont l'attitude envers nous était ambiguë : il semblait toujours être à la fois là et ailleurs. Tomás voyait tout, observait tout, et ne disait presque jamais rien, mais son silence n'avait pas la même résonance que celui qui s'échappait des interstices que son père prenait soin de maintenir ouverts entre ses lèvres muettes. Lorsque j'étais petite, j'avais l'impression qu'il ne nous adressait pas la parole parce qu'il nous détestait, au contraire de grand-père, mais plus tard, je suis revenue sur cette impression, quand j'ai pu reconnaître la tristesse sur ses lèvres, rictus d'insatisfaction profonde qui, comme un double sillon de charrue, formait des parenthèses entre l'aile du nez et la commissure des lèvres et révélait une souffrance profonde, secrète, et qui était, jusqu'à un certain point, son choix, souffrance qui se satisfaisait d'elle-même, comme celle que transmet le regard grave des terribles gentilshommes de Tolède du Greco. C'était pourtant un homme aimable, d'une politesse exquise, qui ne blessait jamais personne et se montrait généreux avec tout le monde, mais il ne me plaisait pas, il m'intimidait : il était le seul, dans la famille, à dire sans détour qu'il n'aimait pas les enfants, et, de plus, je ne savais rien de lui, sauf qu'il aimait les cannellonis, et je sus ensuite qu'il jetait toutes ses forces dans une lutte aussi épuisante que terrible, et réussissait à peine à égratigner la peau d'un ennemi qui l'avait déjà terrassé, et à jamais, dès l'instant où il avait vu le jour.

Tomás était, est et sera toujours, en dépit des crèmes et des massages, de la gymnastique, du bronzage artificiel et des gestes étudiés devant le miroir, malgré les soins de son coiffeur et l'élégance du moindre objet en sa possession, un homme laid. Naître laid n'est jamais juste, car quelqu'un, tôt ou tard, vous fera payer pour vos défauts, et que parmi ceux-ci, la laideur est le plus léonin, et aussi le plus difficile à cacher, et ce malheur, dont l'intensité change comme la peau du caméléon au contact du milieu, peut devenir tragique quand on est entouré de beaux individus, et beaux, les Alcántara, comme la plupart de ceux qui s'étaient liés à eux par le sang, l'étaient. Grand-mère Reina l'était tout particulièrement : elle avait hérité, en sus de la stature exceptionnelle des femmes de sa souche, les yeux verts et la peau cuivrée de sa mère, mon arrière-grand-mère Abigail McCurtin Hunter, svelte Écossaise si bien adaptée au climat de son pays d'adoption, malgré son aspect fragile et humble, que, chaque fois qu'il tombait quatre gouttes, elle était d'une humeur massacrante, et qui, plus tard, lorsque son sang écossais resurgit, se délecta à prendre à partie, dans son espagnol impeccable, le Dieu presbytérien de son enfance, à qui elle demandait sans mâcher ses mots s'il n'avait pas assez plu dans son maudit village natal – un endroit au nom impossible, proche d'Inverness, qu'elle avait quitté pour Oxford à la mort de son père, Oxford était en effet le berceau de sa famille, du côté de sa mère, et servit de décor à la rencontre passionnée avec mon arrière-grand-père, lequel, tout en perfectionnant son style de torero de salon pour séduire sa fiancée, essayait d'obtenir tout ce qu'il pouvait de ses parents, qui l'avaient envoyé faire ses études dans cette université anglaise à seule fin de satisfaire leur folie des grandeurs –, avant de conclure, sur sa lancée, que c'était bien fait pour lui si elle s'était convertie au catholicisme, religion sèche ensoleillée, pour pouvoir se marier, comme Victoria Eugenia. Son neveu Pedro, mon grand-père, qui n'était pas vraiment beau de visage mais qui, jeune, était le démon personnifié, et qui, âgé, portait beau, avait eu de sa cousine quelques enfants en lesquels se retrouvait le mélange exotique de peau dorée et d'yeux clairs, et quelques autres en lesquels le sang écossais avait été noyé dans celui d'un métissage plus ancien, qui véhiculait la fameuse bouche d'Indienne. Mais, avec Tomás, grand-père et sa femme avaient dû s'égarer, car leur fils aîné n'eut rien de ce qu'eurent ses frères.

Les yeux de Tomás étaient très ronds, presque saillants, et son nez en trompette, qui aurait été trop petit pour tout visage d'homme, atteignait chez lui au grotesque : il avait un front démesuré qui lui venait d'on ne savait où, tout comme sa peau blanche, très délicate, que le tiède soleil d'avril faisait exploser en milliers de boutons rosés, annonciateurs de l'érythème qui devait le martyriser pendant les mois d'été, même s'il ne s'exposait pas un instant au soleil. Ses sourcils étaient fins, ses cheveux fragiles et capricieux, parce que, au lieu de blanchir, comme cela arriva à mon père et à ses frères aînés, et comme cela s'annonçait pour Porfirio et Miguel, ils tombèrent, peu à peu, tout d'abord, laissant son front dégarni, puis, à partir de trente-cinq ans, à une allure folle. Le reste de son corps avait eu un meilleur sort que son visage, mais les années entreprirent la détestable tâche de combler cet écart, et la faiblesse de Tomás pour les cannellonis lui donna un profil féminin incongru, tout en rondeurs, une bedaine de grand buveur de bière qui, pour cette raison même, pouvait être, jusqu'à un certain point, excusable, mais aussi un cul d'un volume intolérable pour un homme, même lorsqu'il frise les quarante-cinq ans.

C'était à peu près l'âge qu'il devait avoir ce samedi matin-là, où il parcourait à pas comptés, aussi fuyant et courtois que le plus dangereux des cardinaux de la Renaissance, l'immense salon où la pluie semblait nous avoir bouclés, et il haussait de temps à autre les sourcils devant l'un ou l'autre des pompeux détails de mauvais goût parfaitement alignés sur les murs, qui semblaient attendre l'heure de figurer parmi les pièces les plus représentatives d'une future collection des perversions esthétiques conçues, avec la plus brutale assurance de leur pouvoir, pour les ploutocrates espagnols de la seconde moitié du XXe siècle.

Moi, à demi cachée derrière un rideau, j'exploitais au maximum ma dernière découverte sur un escabeau de bois et de cuir, dont les trois pieds soutenaient un étroit coussin de forme triangulaire, dessin qui eût pu être admirable, sans la dorure qui définissait le style des meubles et des objets de la maison, mais dont le caractère fonctionnel n'en convenait pas moins à merveille à mon dessein. De toute évidence, le siège avait été conçu pour que son occupant s'assoie de sorte que deux pieds flanquent ses cuisses et que le troisième lui soutienne le dos, mais il était tout aussi évident et même tout naturel que j'eusse préféré m'asseoir à l'envers, les jambes de part et d'autre d'un pied compensant le déséquilibre que j'imprimais à ma monture et qui me faisait rebondir contre le relief de l'angle, accentuant de la manière la plus délicieuse la pression de la couture de mes jeans, surtout lorsque, en me balançant, je portais tout mon poids vers l'avant.

Je n'apercevais pas Reina, qui m'avait abandonnée dans ce coin pour aller se jeter sur le buffet, étonnée de me voir renoncer à un repas offert de bon cœur, ni mes parents, qui devaient avoir suivi la plupart des invités dans un salon voisin, car j'avais l'impression de les avoir perdus de vue depuis un bon moment, quand tout à coup, mon regard tomba sur des revers de pantalons de flanelle vert olive, parvint en s'élevant à un gilet couleur miel, sur un veston de coupe anglaise assorti aux pantalons, puis à une chemise de soie sauvage, à une cravate aux motifs bordeaux sur fond crème, et enfin, aux yeux de Tomás, qui m'observait avec l'air de tout comprendre.

« Que fais-tu, Malena ? »

Je n'ai pas pu lui répondre aussitôt, et comme il tombait mal, je n'ai pas daigné interrompre mon manège.

« Rien.

– Comment, rien ? Moi, j'ai bien l'impression que tu te balances.

– Eh bien, oui, je me balance. Parce que j'aime ça.

– Je vois. »

Alors, il m'a souri, et je crois bien que c'est le premier sourire qu'il m'ait adressé de sa vie. Puis il s'est éclipsé, et ni à ce moment-là ni plus tard je n'ai rapporté notre petite conversation à mes parents.

J'ai fait des progrès si fulgurants dans cette voie que je me retrouve vaguement perplexe en essayant de reconstituer un processus qui, apparu par hasard, m'avait fait faire un pas aussi décisif, d'autant que, sans trop savoir quels étaient le sens de l'opération et la nature de ses résultats, j'étais tout à fait persuadée qu'elle n'avait rien à voir avec le triste et affreux concept de vice solitaire. Parce que, ça, comme nous le répétaient les sœurs au pensionnat, lorsqu'elles étaient prises sous le feu nourri de nos questions, ça, c'était une chose horrible que faisaient les garçons quand ils avaient perdu la grâce divine. Des filles, jamais un mot. Avantage de la religion catholique.

À quinze ans, j'avais découvert la vérité grâce à la négligence proverbiale des employées du salon de coiffure que fréquentait ma mère et à un vieux numéro de l'édition nord-américaine de *Cosmopolitan* que je feuilletais pour passer le temps, mais, en fait, ça ne m'a pas servi à grand-chose. Rien, d'ailleurs, ne pouvait me servir à grand-chose, à ce moment-là.

J'étais amoureuse comme une bête, et j'agissais par pur instinct, je fonçais, tête baissée, dans le vide, haletante, la gueule ouverte et sèche, la langue pendante, crevée, et j'avais l'impression d'être maladroite, comme le plus handicapé des invalides, comme un animal qui pourrait voir mais serait aveugle, qui pourrait entendre mais qui serait sourd, abêtie que j'étais par une passion angoissante : le fameux amour, mais qui faisait mal, et j'étais incapable de réfléchir, je ne pouvais plus me détendre, je ne savais pas dire : « ça suffit » ni me sortir de la tête, ne fût-ce que pour quelques minutes, la tanière inexpugnable dans laquelle il avait trouvé refuge, le château à partir duquel il effectuait ses sorties pour me harceler, sans trêve, et il était présent dans tous mes gestes, dans toutes mes paroles, dans toutes mes pensées, et d'un bout à l'autre de ces interminables nuits d'insomnie et de ces journées stériles et brèves qui s'amoncelaient sans pitié dans ma mémoire, son nom seul était une menace, le présage d'un été qui allait s'achever avant d'avoir commencé.

Jamais je ne me serais crue capable de connaître un tel bouleversement. Je disais son nom à tout bout de champ, pour le seul plaisir, douteux, de l'entendre, et je l'écrivais partout, dans la terre, sur les arbres, dans mes livres et dans le journal que je lisais tous les matins et que je remettais ensuite à sa place, avec mes inscriptions recouvertes d'une couche d'encre de stylo à bille si épaisse qu'elle cachait complètement les lettres, et j'écrivais, et je recouvrais avec tant d'énergie que plusieurs fois j'ai déchiré le papier. Quand Miguel, un matin, lança innocemment que Fernando avait une petite amie à Hambourg, à ce que l'on disait, je me suis jetée dans la piscine et j'ai dû faire une trentaine de longueurs, en buvant la tasse, pour que personne ne me voie pleurer. Je dissimulais bien, je me conduisais comme d'habitude, et si ma mère remarqua à plusieurs reprises que je devenais un peu bizarre, elle dut se dire que je n'avais jamais été très sociable, et que mes moments d'euphorie teintée d'amertume étaient tout simplement les signes de l'âge ingrat. Je dissimulais bien tant qu'il n'était pas présent, mais parfois, quand je réussissais à me pencher sur moi-même, je découvrais en moi l'ombre d'une hystérique, une pauvre folle, triste et seule, qui gribouillait des mots dépourvus de sens, et je ne pouvais rien faire pour m'en empêcher, et je sentais que je faisais fausse route, que j'aurais dû me montrer froide, inaccessible, me conduire comme une petite dame, en définitive, mais ce n'était pas cela qui sortait de moi, et je reconnaissais mes erreurs un instant avant de les commettre, mais mes lèvres s'incurvaient en un sourire d'idiotie pure chaque fois que je le croisais dans la rue, et s'il souriait en me regardant, un petit rire criard s'échappait de ma gorge, me rendait folle de rage, parce que j'étais sûre qu'à ses yeux je devais avoir l'apparence fâcheuse d'une malade mentale qui s'extasie parce qu'on lui cède le passage, et que ce n'était pas ça que j'étais, j'étais une fille gonflée, il ne me restait plus qu'à le prouver, et quand je le rencontrais, je disais, en moi-même, sans parvenir à m'en convaincre ni à trouver moyen de le lui dire, à lui : « Tu sais, je suis une fille gonflée », jusqu'au soir où Reina, qui l'observait sans les œillères que le désir mettait à mes yeux, me donna un avertissement solennel au moment où nous arrivions au village :

« Méfie-toi d'Otto, Malena.

– Pourquoi ? Il ne m'a rien fait.

– Je n'aime pas cette façon qu'il a de te regarder.

– Mais il ne me regarde même pas !

– Ah non ?

– Bon, de temps en temps, quand il joue au flipper, ou quand il a un peu trop bu...

– C'est à ça que je pense. Je ne te dis pas qu'il n'a d'yeux que pour toi, ce que je te dis, c'est que je n'aime pas sa façon de te regarder.

– Écoute, Reina, mêle-toi de tes affaires, et fous-moi la paix. »

Je fus moins étonnée de dire ces mots que Reina de

les entendre, parce que jamais encore je n'avais parlé à ma sœur sur ce ton. Elle me lança un regard étrange, où se mêlaient l'humiliation, le désarroi et encore quelque chose, un ingrédient que je ne pus identifier, et en guise de réplique, elle murmura un au revoir que je ne parvins pas à entendre et s'empressa de me quitter. Quand, en arrivant sur la place, j'aperçus la voiture de Nacho, le disc-jockey de Plasencia, candidat au titre de l'amoureux qui dura deux étés, je courus la rejoindre :

« Pardonne-moi, Reina, je ne voulais pas dire ça. » Ma sœur a actionné la manette d'un geste lent, et quand la vitre a été tout à fait baissée, souriante, elle a glissé son bras sur la portière :

« Ne t'inquiète pas, Malena. Je ne suis pas fâchée. Tu as raison : ça ne me regarde pas. Tout ce que je voulais que tu saches, c'est que, l'autre jour, Porfirio m'a dit qu'Otto est fou de la fille avec laquelle il sort. Et puis, pour être franche, je ne crois pas qu'il te regarde parce que tu lui plais... mais parce qu'il est surpris par ton apparence ; il ne doit pas beaucoup y en avoir, à Hambourg, des filles comme toi... avec ce visage d'Indienne. »

J'en suis restée sans voix, clouée sur place, pendue à son sourire clair et franc, et à sa voix qui, même si je ne voulais plus rien entendre, plus jamais, parvenait distinctement à mon oreille :

« Ce n'est pas que tu sois moche, poursuivit-elle. Pour moi, tu es très belle. Pas vrai qu'elle est belle, ma sœur, Nacho ? » Son jules a acquiescé d'un mouvement de tête. « Ce qu'il y a, c'est que... tu sais comment sont les gens, ici, avec les Noirs. Eh bien, c'est la même chose, tu vois, chaque fois que tu te pointes dans le coin, le nazi croit que le cirque est arrivé. » Cette preuve de finesse les a bien fait rigoler. « Je t'en prie, ma chérie, ne me regarde pas comme ça ! Il n'y a pas que moi qui le dis. Tout le monde s'en rend compte, sauf toi, on dirait que tu fais exprès de te boucher les yeux... Je sais, tu as dit qu'il te plaisait bien, le premier jour, mais, crois-moi, il n'en vaut pas la peine, sincèrement, il ne t'arrive pas à la cheville. Et après tout, un garçon de plus un garçon de moins... quelle importance ! Pas vrai ? Ce ne sont pas les garçons qui manquent. Allez, courage ! Tu ne vas pas me dire que tu t'inquiètes de ce qu'Otto peut penser de toi ? Viens, monte, on t'emmène à Plasencia...

– Non, dis-je enfin. Je n'y vais pas.
– Mais pourquoi ? Pourquoi ? Malena ! Malena ! Reviens ! »

Je suis partie sans savoir où j'allais, j'ai quitté la place par la porte opposée à celle par laquelle j'étais arrivée, un passage tellement étroit que les voitures ne pouvaient s'y engager, et j'ai continué de marcher, je suis sortie du village et j'ai débouché sur la route, même pas gênée par la poussière que soulevaient les voitures en passant près de moi. Puis j'ai changé de direction, pour prendre un chemin de terre qui conduisait à un petit belvédère sur le versant de la colline d'où l'on découvre toute l'étendue de la plaine, paysage doux et grandiose, dans lequel je n'ai guère distingué que les arêtes rocheuses, aussi acérées que les paroles de Reina, qui résonnaient encore à mon oreille. Alors, j'ai aperçu, après le dernier tournant, la Bombe Wallbaum, appuyée contre un poteau, puis je l'ai vu, lui, en chemise blanche à manches courtes, et je ne savais pas encore si j'allais faire demi-tour et éviter au nom de mon hypothétique amour-propre blessé la rencontre qui avait été l'unique but de ma vie pendant des semaines, quand Fernando a jeté un coup d'œil derrière lui, m'a aperçue et s'est écrié :

« Salut ! Que fais-tu par ici ? »

Je suis allée vers lui tout doucement, pour qu'il ne se rende pas trop compte que je marchais en roulant légèrement les hanches tout en essayant de donner de l'ampleur à la jupe blanche de mon ensemble, qui a fini par s'enrouler une ou deux fois autour de mes jambes, assouvissant ainsi un désir occulte dont je pris soudain conscience et qui me rendit doublement furieuse, et pas seulement contre lui.

« Eh bien, tu vois, ai-je répondu en m'asseyant sur le banc, à côté de lui, à partir de maintenant, la même chose que toi.
– Très bien. Je suis content d'avoir un peu de compagnie... »

Il a pris un petit caillou et l'a envoyé en l'air d'un geste énergique. Puis il s'est tourné vers moi, s'est adossé au banc et m'a regardée avec une expression amusée. J'ai soutenu son regard, histoire de charger mes batteries, et quand j'en ai eu assez, j'ai explosé :

« Qu'est-ce qu'il y a ? J'ai une tête qui te revient pas,

c'est ça ? Tu trouves que j'ai tout de la guenon ou bien du steak grillé ? Il est assez cuit, à ton goût ?

– Non, mais... Non ! Je ne comprends pas. Je... Mais... Pourquoi dis-tu ça ? »

Si je l'avais bien regardé, j'aurais découvert sur son visage la marque d'une stupéfaction aussi authentique que ma colère, mais je ne l'ai pas fait, et même si je l'avais fait, rien n'aurait pu m'arrêter :

« Alors, apprends une bonne fois que mon père est plus blond que toi, idiot, et qu'une de mes grand-mères était rousse et qu'elle avait des taches de son sur tout le corps !

– Je sais. Mais ce que je ne sais pas...

– Et, en plus, ce n'est pas pour te faire de la peine, mais je ne sais pas si tu sais que le nom de ta grand-mère est un nom juif, on ne peut plus juif, parce que... Comment dire ça ? S'appeler Toledano en Espagne, c'est comme si on s'appelait Cohen partout ailleurs, on en a brûlé plus d'un pour ça.

– Je sais, je sais ! »

Il m'a prise par les épaules et m'a secouée une ou deux fois, puis, comme s'il regrettait de s'être laissé emporter, il m'a lâchée et s'est de nouveau adossé au banc. Il a lancé une autre pierre. Quand il a repris la parole, il ne balbutiait plus ; sa voix était dure, calme :

« Quand ça sera fini, préviens-moi.

– C'est fini. » J'avais bien failli lui rappeler que je n'étais pas andalouse et que je ne savais pas danser le flamenco, s'il s'était mis ça dans la tête, mais, en le regardant, j'ai compris qu'il me plaisait tellement, mais tellement, que mes jambes en tremblaient et que je n'avais pas la force de continuer sur ce ton.

« Alors, on peut savoir ce qu'il t'arrive, merde ? Qu'est-ce que je t'ai fait ? Dis-le-moi. Est-ce que je t'emmerde ? J'ai fait quelque chose de mal ? Est-ce que je t'ai insultée comme tu viens de le faire ? Non, pas vrai ? Ce n'est pas ça. Je vais te le dire, moi, ce qu'il y a : c'est que tu es une petite dame, une merde de petite dame comme toutes celles qui vivent dans cette putain de maison. »

Il s'est levé brusquement, s'est tourné pour me regarder, et alors, j'ai su, parfaitement, que ma vie, jusqu'à présent, n'avait pas été autre chose que son absence.

Cette révélation m'a apporté une sorte de paix, dont

je me suis délectée jusqu'à la dernière goutte, en comprenant que j'étais enfin arrivée quelque part et qu'enfin je pouvais, à présent, entrevoir un morceau de ciel bleu qui m'attendait, derrière les nuages, mais quand j'ai levé les yeux, cette paix, de la même manière qu'elle m'était venue, s'est dissipée comme par enchantement, parce que le regard qu'il posait sur moi ne pouvait me laisser indemne, jamais plus je ne reverrai un feu semblable à celui qui, dans ce regard, me brûlait et me guérissait à la fois. Fernando tremblait de colère, le menton levé, et il haletait, la bouche entrouverte, les ailes du nez dilatées, les bras tendus, les poings serrés, et il a fait mine de vouloir s'en aller, mais il n'est pas parti, et je me suis demandé quelle pouvait être l'étrange force qui le retenait, force plus grande que celle de son vieil honneur de jeune bâtard, si peu allemand, et c'est alors que la vérité m'a éblouie comme si un coup sur le crâne m'avait sonnée, et j'ai fermé les yeux, pour me replier sur moi-même et comprendre à quelle sorte de piège grossier je m'étais laissée prendre.

Il s'est en fallu de peu que je me jette à ses genoux, que j'aille me taper la tête contre le rocher, tellement je me suis sentie nulle, conne, mais je me suis contentée de glisser sur le banc et de l'attraper par la ceinture de son pantalon, pour lui faire comprendre qu'il ne devait pas partir.

« Non. Je ne suis pas une merde de petite dame... »

Je faisais une tête de malade qui voit sa vie s'éteindre sur un moniteur cardiaque, mais je choisissais mes mots comme si de leur agencement devait sortir la formule miraculeuse qui pouvait arrêter le temps. « Et c'est toi qui me méprises, d'abord...

– Moi ? » L'étonnement lui fit froncer les sourcils. « Moi, je te méprise ?

– Oui, toi... Parce que tu penses que je suis une petite dame et parce que... Eh bien, quand tu me regardes, j'ai parfois l'impression... que... Eh bien, tu le fais comme si j'étais une bête curieuse ou parce que... » Je pris une profonde inspiration et lâchai le morceau : « Tu me méprises à cause de ma tête d'Indienne.

– Ah ! Tu crois ça ! »

J'ai essayé de lire sur son visage, et ce que j'y ai vu ne m'a pas enchantée. Espèce de tarée, me suis-je dit, c'est ça ! Il a entendu parler de Pacita, et maintenant, il s'est rendu compte que j'étais une débile mentale, comme elle. Ça ne fait pas un pli.

« Non, non, ce n'est pas ce que tu crois, ai-je lancé à l'aveuglette, comme le joueur qui joue le tout pour le tout. C'est ce qu'ils disent tous.

– Qui ça, tous ?

– Ma sœur, et les autres.

– Ta sœur ? Mais qui c'est, ta sœur ? Cette perche avec sa queue de cheval ? »

J'ai opiné, non pas parce que l'idée que Reina était une perche me convenait, mais parce qu'il n'y avait personne d'autre qui correspondait à cette description. « Et toi, qu'en penses-tu, a-t-il repris, tu dois bien penser, tout de même, de temps à autre, non ?

– Oui, ça m'arrive. En fait, je réfléchis beaucoup... »

Je lui ai souri, sans rien ajouter, jusqu'à ce qu'il réponde à mon sourire. Alors, j'ai dit : « Moi aussi, je trouve que tu me regardes drôlement, peut-être pas parce que j'ai un visage d'Indienne, mais pour autre chose... »

Tout en douceur, il est revenu s'asseoir près de moi, sans ébaucher le moindre geste pour ôter ma main de sa ceinture. Avant de se laisser tomber sur le banc, il a sorti un paquet de cigarettes et m'en a offert une sans dire un mot. J'ai accepté la première cigarette de ma vie.

« Tu n'as plus de Pall Mall ?

– Non. » Il s'est penché vers moi pour me donner du feu et, un instant, son bras a frôlé le mien. La sensation que j'ai éprouvée à ce bref contact m'a laissée rêveuse. Je l'ai entendu dire : « Rien n'est éternel.

– C'est très bon. » J'avais pris une bouffée de Ducados, et j'ai eu une envie terrible de tousser, même si je ne savais pas encore comment avaler la fumée. « En plus, elles sont fabriquées aux Canaries, mais avec du tabac cultivé ici, dans la plaine...

– Tout le monde dit ça, ici. On dirait que vous en êtes fiers... Pourquoi crois-tu que je te regarde comme ça ?

– Je ne sais pas. (La fumée m'a aidée à dissimuler l'un de mes sourires criards.) Peut-être que je te parais bizarre, parce qu'en Allemagne il n'y a pas de filles comme moi, ou parce que je te rappelle la fille avec qui tu sors ?

– Non. Elle est blonde, mince et petite. » J'ai encaissé

sans broncher. « J'aime les filles qui sont petites, a-t-il ajouté. Petites et... Comment dit-on, quand on n'attire pas beaucoup l'attention ?

– Insignifiantes ? » ai-je suggéré, en essayant de tourner les choses à mon avantage, mais il s'en est rendu compte et m'en a empêchée, d'un sourire :

« Non, il y a un autre mot...

– Oui. Tu veux dire discrètes.

– C'est ça, oui. Petites et discrètes.

– C'est très bien. Tu ne peux pas savoir à quel point j'en suis contente pour toi. » Je continuais de faire bonne figure. De toute manière, lui, il riait. « Et comment elle s'appelle ? ai-je demandé.

– Qui ? La fille avec qui je sors ? Helga.

– C'est... joli. » En espagnol, c'était horrible. Mais, dans les films, les héroïnes masquent toujours leur déception avec des commentaires de ce genre.

« Tu trouves ? Moi, il ne me plaît pas du tout. Le tien, oui, est très beau.

– Malena ? Oui, oui, c'est un beau prénom. » J'étais sincère, j'ai toujours beaucoup aimé mon prénom. « Et c'est le nom d'un tango. Une chanson très triste.

– Je la connais. » Il a écrasé le mégot sous son talon, et il est resté un moment silencieux, avant de se remettre à lancer des cailloux. « Tu sais pourquoi je te regarde comme ça ?

– Non. J'aimerais beaucoup que tu me le dises.

– C'est... » Il a eu une expression que je ne lui connaissais pas, dans laquelle la gravité luttait avec une amorce de sourire, et finalement, il a hoché la tête, comme découragé : « Non, je ne peux pas te le dire.

– Pourquoi ?

– Parce que tu ne comprendrais pas. Quel âge as-tu ?

– Dix-sept ans.

– À d'autres.

– Bon, je les aurai dans quelques jours.

– Dans quinze jours.

– C'est ça. Dans quinze jours. Ce n'est pas grand-chose, non ?

– Pour ce que j'ai à te dire, oui, c'est beaucoup.

– Et toi, quel âge as-tu ?

– Dix-neuf.

– À d'autres.

– Bon... » Il s'était mis à rire avec moi. « Je les aurai en octobre.

– Terrible ! Ça fait beaucoup, et dix-huit ans, ce n'est pas assez pour jouer à l'homme mûr.

– Ça dépend. Ici, c'est assez, mais, en Allemagne, non. Ici, je suis majeur.

– Faisons un pacte : je t'invite pour mon anniversaire, et toi, de ton côté, tu me dis ton secret. D'accord ?

– Non.

– Pourquoi ?

– Parce que je n'ai pas la moindre envie d'aller à une fête de merde dans un village de merde, et parce que, en plus, tu ne comprendrais pas.

– Tu ne te plais pas ici, n'est-ce pas ?

– Je ne m'y plais pas du tout. »

Son regard s'est perdu dans le vague. Il était figé, très loin de moi, mais il allait bien falloir que je me fisse à ces isolements soudains. Sous mes yeux se déployait un paysage splendide mêlant la douceur de la plaine irriguée parsemée de vergers et la majesté des hauteurs grises et sévères, nourrices colossales de la terre, qui nous regardaient de très haut.

« Je ne te comprends pas. C'est un paysage magnifique. Regarde.

– Ça ? C'est un désert. Pelé et sec.

– Parce que nous sommes en juillet et que tout s'est desséché ! C'est comme ça, ici : mais si tu venais au printemps, tu verrais. Les cerisiers blancs, comme s'il neigeait des fleurs...

– Je ne reviendrai jamais ici ! »

Je l'aurais volontiers giflé. Et je lui aurais fait mal. Je devais, plus d'une fois, éprouver une envie semblable, jusqu'au moment où j'ai pu percevoir le grincement de la porte qu'il fermait quand il voulait faire le vide autour de lui, un vide qui m'excluait même lorsqu'il m'empêchait de m'éloigner de lui. C'était ce bannissement qui me blessait, et non pas le caractère arbitraire, agaçant, de ses assertions, la bêtise de ses sentences radicales, le plus souvent injustes et même absurdes, qui semblaient lui suffire pour comprendre le monde. Mais ce soir-là, sur le belvédère, ses propos n'ont réussi qu'à m'exaspérer, parce qu'il se conduisait comme un imbécile et qu'il n'en était pas un ; et aussi parce qu'un vide, bien différent du sien, s'était mis à grandir en moi quand je l'avais entendu dire qu'il ne reviendrait jamais.

« Ah non ? Et pourquoi ? Tes compatriotes, quand ils

prennent leur retraite et quand ils ont deux sous d'économie, reviennent ici, pour y mourir.

– Ici, non.

– D'accord. À Málaga, alors ? Mais c'est comme ici. Il y fait aussi chaud, et la campagne est desséchée, en été.

– Non. Ce n'est pas comme ici. Ici, il n'y a pas la mer.

– Ça, je n'y peux rien, Fernando. »

Il s'est penché en avant, a frotté énergiquement son visage, des deux mains, puis il a secoué la tête, et quand il s'est de nouveau adossé au banc, et m'a regardée, j'ai compris que sa crise, de quelque nature qu'elle fût, était passée.

« Je sais, l'Indienne, a-t-il dit, en se moquant et en me donnant une tape dans le dos.

– Je ne veux pas que tu m'appelles comme ça.

– Et pourquoi pas ? Vous, vous m'appelez bien Otto.

– Pas moi. Je ne suis pas comme les autres... »

Les phénomènes inexplicables ont alors pris le relais. Quelqu'un devait avoir branché une centaine de guirlandes d'ampoules de couleurs et l'arbre de Noël brillait d'un éclat aveuglant, de la grande étoile dorée attachée à la pointe au papier argenté qui recouvrait un vulgaire pot de fleurs en matière plastique sombre, jamais de ma vie je n'avais été moins discrète, et il s'en est rendu compte. Lèvres entrouvertes, il penchait légèrement la tête vers moi. J'ai fermé les yeux, et j'ai dit dans un souffle ce que nous devions tous les deux savoir :

« Pas moi. Et sais-tu pourquoi ? Parce que je suis une fille gonflée. »

Mais il ne m'a pas embrassée. Sa bouche s'est éloignée de la mienne pendant que je ne la voyais pas, pour livrer passage à quelques paroles moqueuses, qui ont été une véritable douche froide :

« Oui, pour une Espagnole, tu n'es pas mal. »

J'ai pris un peu de recul, pour mieux le voir, et je n'ai pas tardé à sourire comme lui. Il avait réussi à m'ébranler, et il me semblait qu'il se tenait sur ses gardes.

« Qu'est-ce que tu leur reproches, aux Espagnoles ?

– Rien. Seulement, il paraît que vous êtes un peu... coincées. C'est comme ça qu'on dit ?

– Ça dépend. »

J'aurais dû m'attendre à ce genre de chose : à bon chat bon rat, et c'était là le juste prix à payer pour mes insultes précédentes, l'ultime référence folklorique, réplique inévitable au stigmate congénital, et j'estimais, à l'instant où je commençais à m'écraser comme sous la pierre de ma propre tombe, ne pas la mériter. Néanmoins, j'ai cherché une issue élégante en profitant de ses légères hésitations, quand il s'exprimait, des petites erreurs qu'il commettait encore, mais qui ne me laissaient pas de grandes espérances, parce qu'il parlait un espagnol beaucoup plus souple et précis que celui que j'avais pu entendre le jour où je l'avais connu.

« De quoi ?

– Du sens dans lequel tu l'emploies. C'est très vague, ça veut dire beaucoup de choses... »

Il a ri, mais je n'ai pas voulu baisser tout de suite pavillon.

« Tu penses à la mode ? Je veux dire à la façon de s'habiller ?

– Non.

– À l'éducation ?

– Non.

– À la religion ?

– Non.

– À la famille ?

– Non.

– À la politique ?

– Non.

– À la patrie, peut-être ?

– Non.

– Alors, je donne ma langue au chat.

– Je pense au sexe.

– Ah ! C'est ça ! Alors, c'est bien ça. »

Il a ri, de nouveau, et, de nouveau, je n'ai pas voulu lâcher le morceau ; comme si j'étais légèrement offensée, malgré le sourire qui me venait aux lèvres, j'ai lancé :

« Qu'en sais-tu, toi, tout d'abord ? Tu ne dis pas ça pour ta g... »

J'ai arrêté à temps, sur le bord des lèvres, le mot « grand-mère », et je l'ai promptement ravalé.

« Pour ma quoi ?...

– Par expérience. Tu parles par expérience ?

– Moi ? Bien sûr que non. Je n'aurais pas d'aventure avec une Espagnole pour un empire !

– Hé merde ! Les Allemandes font tout mieux que nous !

– Oui, ma foi, c'est vrai.
– Sauf jouer au basket. »

Sur ses lèvres, le sourire s'est presque effacé, tandis qu'il réfléchissait, perplexe.

« Oui, a-t-il admis, pour finir. Ça, nous le faisons encore bien.

– Nous, et les Italiens, et les Yougoslaves et les Grecs... Et sais-tu pourquoi ? » Il a remué la tête d'un côté à l'autre, et la balle était dans mon camp : « Mais parce que pour bien jouer au basket, il faut avoir l'esprit très vif.

– Elle est bien bonne ! C'est une blague ?

– Non, je viens de l'inventer à l'instant.

– Ah ? Très bien, je la raconterai, là-bas, à mon retour. Alors, comme ça, en définitive, tu penses... » J'ai acquiescé, très contente de moi. « Mais, a-t-il poursuivi, tu ne baises pas.

– Je n'ai pas dit ça.

– À d'autres, Malena ! »

Il a fait une pause, a allumé deux cigarettes, m'en a tendu une, avant de me soumettre à un examen si transparent que j'en ai réussi à avaler la fumée sans tousser.

« Tu sais, a-t-il dit, à Hambourg, il y a toute une rue pleine de maisons de passe avec de grandes fenêtres et des filles assises nues de l'autre côté, qui passent là toute la journée, à lire, à regarder la télé ou les gens qui passent, pour que les clients puissent bien les voir et faire leur choix. À chaque extrémité de la rue, il y a une barrière, parce que le passage est interdit aux femmes, et quand il en passe une, malgré tout, les putains ouvrent les fenêtres et leur lancent tout ce qui leur tombe sous la main. Helga est entrée une fois avec moi, en courant si vite qu'elle n'a rien pu voir, mais son imper était tout taché. Ma mère, qui pourtant est née à Hambourg, ne les a jamais vues. Moi, il y a environ deux ans, quand j'allais encore au lycée, tous les soirs, j'allais y faire un tour, avec des copains.

– Et vous vous en offriez cinq ou six chacun, je suppose ? » Il avait senti l'ironie grossière, bien entendu, mais, chose surprenante, il a poursuivi tout à fait sérieusement :

« Non. Nous regardions, seulement. Nous ne pouvions rien faire d'autre... Nous étions tous mineurs, malgré les apparences, et on ne nous aurait laissés entrer nulle part.

– Et maintenant que tu pourrais entrer, tu n'y vas pas parce que tu en as assez, c'est ça ?

– Oui. Regarder, dans le fond, ce n'est pas très passionnant. Et puis, en plus, il s'en faut qu'elles soient belles. Ça ne me manque pas beaucoup.

– Oui, tu as tout ce qu'il te faut.

– Non, ce n'est pas ce que je veux dire. (Il a souri, pour ajouter :) Mais je n'ai pas à me plaindre.

– Très bien. J'ai beaucoup aimé.

– Quoi ?

– Le film que tu viens de me raconter. Maintenant, fais-moi plaisir, un avec des pirates. Mais n'oublie pas les requins, c'est plus captivant.

– Tu ne me crois pas, l'Indienne ?

– Évidemment, je ne te crois pas ! Tu peux bien me prendre pour une coincée si ça te chante, mais pour une idiote, pas question ! »

J'étais vexée qu'il ait cru pouvoir me faire avaler une couleuvre de cette taille, mais le rire qu'il a eu, comme un chant de victoire, m'a plongée dans le doute :

« Alors, c'est vrai ? Réponds-moi, Fernando ! Tu parlais sérieusement ? » Il a acquiescé, enfin calmé. « Ces trucs-là existent vraiment ?

– Bien sûr, et il y en a aussi en Belgique, et en Hollande, et dans un tas d'endroits où on ne joue pas bien au basket. Les Espagnols sont des sauvages, Malena. Je parie tu n'es jamais sortie de Madrid que pour venir ici.

– Faux. Je suis allée en France.

– Alors, tu es allée à Lourdes, avec les sœurs.

– Ah oui ? » J'étais figée de stupeur. « Et comment le sais-tu ?

– Je suis passé par là, une fois, pendant une excursion organisée par l'école. Près de la grotte, j'ai vu un tas d'autocars espagnols. On a ouvert la fenêtre, j'ai voulu dire quelques mots en espagnol à des filles qui avaient leur foulard et leur missel à la main, mais elles ont eu peur, et elles se sont enfuies en faisant des petits bonds (il s'est mis alors, sans le savoir, à refaire Macu à la perfection) et en me lançant des insultes avec des petites voix criardes : imbécile ! sale con ! Ça m'a bien fait rigoler. Bref, c'était l'Escurial un dimanche après-midi.

– Il y a longtemps ?

– Laisse-moi réfléchir : trois ans... Non, quatre. Pourquoi ? Tu y étais ?

– Non. » J'y étais ; mais deux ans plus tard. « Je ne suis jamais allée à Lourdes ; moi, ces endroits-là...

– Ah. Et alors, où es-tu allée, en France ? À Paris ?

– Non, pas à Paris... Plus au sud...

– Mais où, dans le Sud ? » Il souriait. Il ne me croyait pas.

« Je ne me souviens pas bien. Du côté de l'Italie. Nous étions tout le temps au bord de la mer.

– La Côte d'Azur ?

– Oui, peut-être bien. J'ai oublié les noms et tout, c'est incroyable.

– Mais vous avez bien dû passer près d'une grande ville, non ?

– Oui, bien sûr.

– Laquelle ? »

Je ne me suis pas souvenue de Nice, j'avais Marseille sur le bout de la langue, mais alors je me suis rappelée avoir lu quelque part, dans *Astérix*, sans doute, le nom d'une ville appelée « la capitale du sud » :

« Lyon.

– D'accord ! Tu n'es allée qu'à Lourdes, avec les sœurs. Tu me montes un bateau.

– Très bien, si c'est comme ça... » Je m'étais levée d'un bond, pas vraiment fâchée, il avait une façon de dire ça qui a bien failli me faire sourire, malgré mon malaise, dans cette situation qui, pour moi, ne faisait qu'empirer, et ne m'apportait rien de bon. « Puisque tu sais déjà tout, à quoi bon. Je m'en vais. »

J'ai fait demi-tour, et je me suis éloignée rapidement. Je n'avais pas fait dix pas quand une pierre a rebondi près de ma cheville gauche, une autre m'a atteinte au mollet droit. Je me suis retournée en me frottant la jambe avec ostentation comme s'il m'avait fait très mal.

« Qu'est-ce qu'il te prend, maintenant ?

– Il y a une chose que je ne sais pas encore, m'a-t-il répondu avec une mine qui ne présageait rien de bon. Tu te laisses faire, toi, l'Indienne ?

– Ah ? » J'ai joué la surprise. En fait, j'étais ravie. « Il y a tout de même quelque chose qui t'intéresse... »

Il n'a pas jugé bon de répondre ; moi, de mon côté, j'ai récapitulé, en vitesse : un cousin d'Angelita m'avait presque embrassée, il y avait un an et demi. Depuis, j'avais eu un amoureux, un ami d'Iñigo, qui ne me plaisait pas tellement, mais à qui je n'avais pas pu dire non parce que je pensais que c'était le moment ou jamais : nous nous étions embrassés et, une fois, il avait voulu me toucher les seins. Je m'étais enfuie dare-dare. De toute façon, il était chiant. Et enfin, Joserra s'était soûlé, à la première fête de l'été, et, pendant que nous dansions, il n'avait pas arrêté de me toucher le cul, à tel point qu'il s'était excité et m'avait soulevé la jupe, par-derrière. Il s'était pris mon genou dans les roustons. Tout le monde me disait que je m'étais conduite comme une sauvage. Je répondais qu'il n'avait eu que ce qu'il méritait. Ce n'était pas un bilan vraiment cosmopolite, mais depuis que Fernando avait fait son apparition, je ne dormais pas bien la nuit, et je me dis que cela devait suffire à l'équilibrer.

« Je me laisse presque tout faire.

– Presque ?

– Presque. Tout, sauf des chatouilles. Ça me porte sur les nerfs. »

Je l'ai regardé droit dans les yeux, et j'ai refait demi-tour. J'allais d'un bon pas, poussée par le vent qui soufflait dans la bonne direction, contente de moi au point de ne même pas chercher à peser le résultat de cette rencontre, à savoir si je l'avais gagnée ou perdue. Je n'avais pas descendu la moitié de la côte, j'apercevais déjà l'étroite bande noire de la route entre les arbres, quand j'ai entendu le bruit d'un moteur qu'on accélérait à fond et senti l'odeur de la poussière que soulevait la Bombe Wallbaum. Mais je ne me suis pas retournée, il a freiné en arrivant à ma hauteur, et alors, je me suis arrêtée.

« Où vas-tu ?

– Dans ma putain de baraque. Si tu n'y vois pas d'inconvénient, bien entendu.

– Monte. Je te raccompagne. » Il était tout sourire.

J'ai eu du mal à m'installer sur le siège, parce que mes jambes flageolaient comme si elles étaient douées d'une vie propre, mais deux secondes plus tard, j'étais derrière lui, collée à lui, et pour la première fois de ma vie j'ai mesuré le peu de consistance de la réalité, la fugacité intolérable qui ôte, aussitôt qu'il se produit, ses couleurs à l'instant que l'on a attendu comme j'avais attendu cet instant. Mais je l'ai étreint si fort que j'ai senti, sous la chemise, le relief de ses côtes, en inversant exactement l'ordre dans lequel une petite dame aurait dû découvrir ces os du bout des doigts, et j'ai senti mes seins s'écraser contre ses omoplates, et la sueur froide qui commençait à m'envahir s'est changée en une tiédeur vive et confortable, aussi douce que le feu qui accueille le visiteur que nul n'attend en pleine nuit d'hiver.

« Ça ne te gêne pas que je te serre comme ça, non ? Je ne suis pas montée souvent sur une moto et j'ai un peu peur.

– Non. Et tu fais bien de t'accrocher, parce que ça arrache.

– Je m'en doutais.

– Oui, moi aussi.

– De quoi ?

– Que tu aurais peur. »

Il a accéléré plusieurs fois avant d'embrayer, a levé le pied, a démarré sans prévenir, et tout à coup, j'ai eu l'impression, sans m'être rendu compte de rien, que nous avions décollé, et j'ai crié comme une gamine sur les montagnes russes, mais quand nous avons débouché sur la route, ma sensation de plaisir s'est muée en une séquence rapide d'images qui m'ont assaillie en trombe. Je me suis imaginé tout d'abord que parmi les voitures rouges que nous croisions, à une vitesse trop grande pour que je puisse distinguer la marque et le modèle de n'importe laquelle d'entre elles, pouvait fort bien se trouver celle de Nacho, avec ma sœur à l'intérieur. Puis j'ai fait le vœu qu'il en soit ainsi. Puis je me suis demandé jusqu'à quel point Fernando avait cru à mon dernier mensonge, et s'il me raccompagnait vraiment chez moi ou... Je n'avais pas encore pesé toutes les conséquences d'une sorte d'enlèvement quand j'ai remarqué qu'il ralentissait. Jamais je n'aurais cru que le belvédère était si près de la maison.

« Et voilà.

– Non, je t'en prie ! Si ça ne te dérange pas, fais le tour du jardin, et laisse-moi à la porte de derrière. C'est plus près. »

Je l'ai serré encore plus fort, en me disant qu'il allait peut-être changer d'avis et prendre la direction du village, pour aller boire un demi, initiative des plus courantes, mais je n'ai pas osé le lui proposer, il n'y a pas pensé ou n'en a pas eu envie, et en un clin d'œil, il s'est arrêté devant le portail, sans même m'avoir touchée. Je ne me suis pas posé de question sur les raisons de cette abstinence parce que, à peine formulée, cette énigme découvrait un paysage d'épouvante : dans un instant de pure folie, j'ai eu une nouvelle peur, étrange, et je me suis dit que s'il ne me touchait pas, j'allais mourir, non pas d'une aimable mort romanesque, mais d'une lente agonie irréversible, que j'attendrais, me sachant condamnée, et quand je serais vieille et ridée, avant de quitter ce monde, je comprendrais avec horreur que je n'avais pas vécu. Mes pensées passaient les bornes du désir pour s'enfoncer dans un abîme, celui d'un sourire sarcastique, d'une tristesse accablante, du destin misérable qui m'accueillerait, bras ouverts, sur l'autre rive, si je n'étais pas capable de sauver la mise dans les plus brefs délais. La panique s'est emparée de moi quand j'ai compris que je n'étais pas assez gonflée pour le faire, alors, j'ai profité du vrombissement sourd que faisait le moteur pour gémir, en un murmure que j'ai jugé parfaitement inaudible :

« Embrasse-moi, idiot. »

Le bruit s'est éteint, mes bras ont doucement relâché leur pression, et Fernando a tourné la tête vers moi comme si un serpent venait de le mordre, et il m'a regardée, les yeux écarquillés :

« Que dis-tu ?

– Moi ? Rien. »

Mon illusion s'est littéralement évanouie au contact du réel, et j'ai remercié le maire de n'avoir jamais voulu faire installer l'éclairage public dans la ruelle malgré les menaces de grand-mère, qui le rendait responsable de tout ce qui pourrait arriver à ses petits-enfants dans l'obscurité, parce que j'étais rouge comme une pivoine.

Je suis descendue tout doucement de la moto, et j'ai fait deux pas en direction de la porte.

« Merci pour le voyage. On se reverra.

– Attends un moment ! » Il a glissé en arrière sur le siège pour prendre la place que je venais de quitter, et m'a montré du doigt l'espace vide devant lui. « Monte. Allez !

– Moi ? Mais je ne sais pas conduire.

– Je ne vais pas te laisser conduire. Monte dans l'autre sens, face à moi. »

Mon cœur n'a fait qu'un bond. Je me suis pourtant fait prier une ou deux minutes, comme si je devais réfléchir avant de me décider. Puis je me suis approchée de la moto, et il m'a aidée à monter, et je n'ai plus eu qu'une pensée : où allais-je bien pouvoir fourrer mes jambes, qui cognaient contre les siennes ? C'était impossible, dans un espace aussi réduit. Je les ai rejetées en arrière, en appuyant les pieds sur les côtés de la roue avant, pour adopter une position aussi incommode qu'adéquate, qui m'obligeait à me tenir inclinée, le dos cambré et la poitrine scandaleusement tendue en avant. Comme j'essayais de trouver une position moins agressive, j'ai failli tomber, Fernando m'a retenue avec un sourire sagace, et je me suis dit que le mieux, c'était de me tenir tranquille.

« Qu'est-ce que tu as dit, tout à l'heure, l'Indienne ? » Ça, c'était mon jeu favori.

« Ah. Je crois que tout à l'heure, j'ai dit que je n'avais rien dit.

– Non. (Il souriait.) Je pense à ce que tu as dit avant que je ne te demande ce que tu avais dit, avant...

– Ah ! (Je lui ai retourné son sourire avant de répondre très rapidement :) Tu veux dire ce que j'ai dit avant de te dire que je n'avais rien dit avant, avant que tu me redemandes ce que j'avais dit avant que je te réponde que je n'avais rien dit, avant.

– Oui, c'est ça que je voulais que tu me dises, quand... quand je t'ai demandé ce que tu avais dit... » Il a eu une nouvelle hésitation, a poussé un soupir ; il peinait, visiblement. « ... avant que je ne te demande et que tu me répondes... Non ! » Il s'est donné une furieuse tape sur la cuisse pour condamner son erreur. « Et que tu me répondes que tu n'avais rien dit, avant...

– Un peu lent. Mais pour un étranger, ce n'est pas mal du tout. Tu t'en sors bien, des jeux de mots.

– Pas aussi bien que toi.

– Non, bien sûr. C'est pour ça qu'on m'appelle Malena le bolide de la langue. »

Il a ri, voyant sans doute un double sens là où je n'en avais mis aucun. Mais son rire m'a mise à l'aise.

« L'heure où tu vas devoir t'en servir a sonné.

– C'est-à-dire que tu veux que je te dise ce que je t'ai dit avant que tu me deman... » À ce mot, il a posé une main sur ma bouche, et j'ai eu l'impression que sa paume s'attardait sur mes lèvres plus longtemps qu'il n'eût fallu.

« C'est ça.

– Bien. Vraiment, je n'ai rien dit. Enfin, plus exactement, j'ai murmuré. Il faut être précis, c'est important, parce que ce n'est pas la même chose, pas vrai ? C'est même tout à fait différent... »

Il m'a semblé qu'il souriait, de nouveau, mais je n'ai pu le deviner qu'à son regard, parce qu'il se frottait le visage comme s'il était au désespoir.

« Je ne sais pas si en Allemagne il y a une différence entre parler et...

– Murmurer, m'interrompit-il avec impatience. Bien sûr qu'il y en a une. Qu'as-tu murmuré...

– Avant que...

– Oui. »

Je suis restée un instant sans rien dire. Je n'avais plus d'autre choix que de me laisser aller ou de partir en courant, ce qui ne me tentait pas du tout.

« Je crois, ai-je dit dans un soupir, que je t'ai traité d'idiot.

– C'est bien ce qu'il m'avait semblé entendre.

– Tu n'as rien entendu d'autre, n'est-ce pas ?

– Pourquoi m'as-tu traité d'idiot ?

– Oh, ma foi ! Comme ça ; c'est ma façon de parler ; je le dis même à mes parents, sans arrêt, idiots, idiots, idiots... Ne t'en fais pas, je ne voulais pas dire... ça n'a pas d'importance.

– Malena, pourquoi m'as-tu traité d'idiot ? »

J'ai laissé tout tranquillement un petit moment passer, et j'ai opté pour un compromis :

« Je peux te le dire à l'oreille ?

– Bien sûr. »

Mais alors, j'ai compris que je ne pouvais pas faire ça : ce serait lui donner prise sur moi. Alors, j'ai levé la tête, je l'ai regardé droit dans les yeux, et d'une voix claire, en m'efforçant de prononcer bien distinctement, et en marquant les pauses, j'ai dit :

« Je ne t'ai pas traité d'idiot. Je t'ai demandé de m'embrasser. L'insulte, je l'ai ajoutée ensuite, parce que je passe mes heures à t'attendre et quand nous nous sommes enfin rencontrés ici, j'ai cru que ça ne viendrait jamais. Que tu ne m'embrasserais pas parce que tu sors avec une autre. Que je ne te plais pas, ce qui serait le pire de tout. »

Ç'avait été très facile. J'avais parlé sans crainte et sans honte, et il n'avait rien fait pour m'en empêcher. Il a tendu les bras, les a glissés sous mes genoux, pour m'attirer brusquement vers lui. Mes jambes se sont repliées d'elles-mêmes autour de lui et je me suis pendue à son cou pour ne pas perdre l'équilibre. Il m'a saisie par la taille comme s'il craignait que je lui échappe, et il m'a embrassée.

Cette fois, la réalité s'est montrée généreuse. Elle s'est tout simplement évaporée.

Quand je m'efforce d'évoquer ces jours-là, il m'arrive de ne pouvoir distinguer le réel de l'imaginaire, ce qui s'est réellement passé de ce qui n'a existé que dans mes rêves, parce que je me suis trop attardée dans ces souvenirs et que je les ai gâchés ou parce que désir et réalité n'avaient jamais été si proches, fondus l'un en l'autre, qu'à ce moment-là.

Il n'y a pas de quoi pleurer, et d'ailleurs, je ne pleure pas, mais je frémis en retrouvant certaines images, semblables à de vieilles photos décolorées ressorties d'un carton oublié, qui reprennent aussitôt quelque éclat, et le brillant du papier neuf, aussitôt que je pose la main dessus, et ma peau elle aussi change, s'étire jusqu'à retrouver la souplesse gratuite dont la perte progressive mais implacable ne laisse pas de me préoccuper, et je regarde le tour de mes ongles et je le vois pâlir, signe qu'il est temps de penser à autre chose. Avec l'âge, j'ai appris à cultiver une discipline si rigoureuse que je peux me concentrer sur la liste des courses à faire dès lors que je me le suis proposé, mais parfois, je ne peux pas facilement me défaire de l'image de cette fille dont les heures ont fait un personnage d'autant plus touchant qu'elle apparaît toujours accompagnée d'un jeune homme. Alors, je n'étais encore qu'une enfant, mais j'ai vécu plus intensément, plus facilement que jamais.

Avec le temps, alors que tout m'était égal, certains détails isolés, certaines paroles et certains gestes intimes, précieux, que je ne pouvais partager avec personne, se sont conjugués pour m'apprendre que Fernando – ouah, petite, tu ne sais pas ce que c'est – n'était, comme moi, qu'un enfant, mais alors, je ne m'en rendais pas compte, et quand il m'arrivait de le regarder à son insu, surtout pendant l'une de ces étranges absences qui faisaient de lui un adulte, pour quelques minutes, en posant un voile opaque sur ses yeux, en atténuant les lignes de son menton presque carré qui donnait à son visage, aussitôt qu'il revenait à lui, un aspect vaguement animal qui m'enchantait, je me demandais comment lui, lui, un homme, avec une moto, lui, un Allemand, de surcroît, avait bien pu faire attention à moi. Jamais encore je ne m'étais sentie aussi grande.

Je me souviens de l'étonnement qui m'a saisie quand j'ai regardé mon visage dans le petit miroir du portemanteau après avoir réussi, non sans peine, à rassembler les forces nécessaires pour descendre de la Bombe Wallbaum et du nuage lointain où Fernando m'avait tenue. Je me suis résolue à reprendre le chemin de la maison et, sachant que j'allais être en retard pour le dîner, j'ai pressé le pas en priant pour que ma mère ne soit pas mal lunée, mais je me suis pourtant arrêtée un instant dans le vestibule pour voir de quoi j'avais l'air, voir si quelque chose n'allait pas révéler mon nouvel état à ceux qui attendaient de l'autre côté de la porte vitrée, et mon reflet m'a éblouie. Je ne reconnaissais pas ces yeux resplendissants, cette peau douce et brillante, ces boucles noires presque bleutées d'où sourdaient d'aqueux éclats métalliques, comme baignées dans cette huile qui faisait briller la chevelure des vierges bibliques, et je ne reconnaissais pas non plus ces lèvres gonflées, comme deux éponges imbibées de vin, mais qui ne débordait pourtant pas le dessin de mes lèvres. Je ne me suis pas reconnue non plus dans cette blessure et, malgré tout, j'ai éprouvé une irrésistible envie de pleurer en comprenant que cette image était la mienne, que cette créature radieuse, c'était moi.

J'ai effacé rapidement d'un doigt imprégné de salive une traînée de bave sèche, comme une tache de colle, qui barrait ma joue gauche, et je suis entrée. Dans la salle à manger, j'ai trouvé des invités. Tout le monde était déjà attablé, mais on n'avait pas encore servi le hors-d'œuvre, et ma mère, avec un sourire qui m'annonça qu'elle n'avait pas vu le temps passer, me présenta à quelques parents éloignés et m'envoya dîner à la cuisine, car il n'y avait plus de place à table. Pendant que je parcourais les quelques mètres du couloir, j'ai eu l'impression que mes pieds se détachaient du sol comme d'une amarre indésirable, et il m'a semblé que je n'avais pas besoin de marcher, parce que je lévitais, j'avançais sans effort à deux doigts au-dessus du niveau des carreaux d'argile. Quand j'ai aperçu Reina, j'ai eu la tentation suicidaire de la défier, de l'avertir de ne pas se fier à ses sens, que j'avais l'air de marcher mais qu'en fait ce n'était qu'une illusion d'optique. Je n'ai pas eu à ouvrir la bouche, c'est elle qui m'a accueillie en s'enquérant :

« Que t'est-il arrivé ? Où étais-tu passée ? Tu n'es plus fâchée, j'espère ? »

Elle souriait. Ses paroles m'ont ramenée au monde pesant de tous les jours. Tandis que mes talons heurtaient une surface dure, j'ai estimé qu'il fallait tout de suite dire les choses clairement :

« Je sors avec Fernando. Et je ne te demande pas ton avis. C'est clair ?

– Malena ! »

Son sourire s'est élargi, jusqu'à atteindre les proportions d'une grimace, mais je n'ai rien trouvé de suspect à son expression, rien de différent de n'importe laquelle des explosions de joie qui saluaient mes bonnes notes, quand nous étions au pensionnat. Elle se réjouissait pour moi, tout simplement.

« Eh bien, à la bonne heure ! J'avais tellement envie de te voir avec un amoureux !

– Doucement. Un amoureux, ce n'est pas tout à fait le cas. Je n'en sais encore rien.

– Je suis sûre que ça ira. Pour une nouvelle, c'est une nouvelle ! Je me lève avec une madeleine, je me couche avec un hamburger ! »

J'ai ri de bon cœur à cette blague stupide ; ce soir-là, même les infos boursières m'auraient enchantée.

« Allez, raconte ! » Reina m'avait prise par le bras. « Je veux tout savoir, tout...

– Oh ! ça va, écrase !

– Mais... pourquoi ?

– Parce qu'il ne te plaît pas.

– Mais je ne le connais même pas ! Ou plutôt, il ne me fait ni chaud ni froid. Je t'ai dit ça parce qu'il ne m'inspirait pas confiance, je croyais qu'il allait t'embêter. Mais je n'ai rien dit de mal contre lui, et je ne pouvais pas m'imaginer... Si vous sortez ensemble, c'est autre chose, évidemment, Malena.

– Ça va. Mais de toute manière...

– Raconte, allez ! ça me met dans un état, tu ne peux imaginer. Tu me dis tout, et je te jure que je ne l'appelle plus jamais Otto. Plus jamais. »

Elle avait croisé les doigts, je l'ai regardée droit dans les yeux pendant que Sagrario apportait le plat de salade russe, et j'ai décidé que j'allais exaucer sa prière. J'avais d'ailleurs aussi follement envie de lui confier mon aventure qu'elle de l'entendre, c'était ma sœur, après tout, nous étions sur le même bateau et je pouvais me fier à elle. J'ai toutefois exigé une garantie :

« Si tu répètes à maman un seul mot de ce que je vais te dire, je lui dirai que tu flirtes avec Nacho et que tu vas en voiture avec lui à Plasencia. »

Ma mère avait une peur bleue de nous savoir sur la route, même quand c'était Joserra ou Pedro qui conduisait, et elle avait formellement interdit à Reina de monter dans la voiture de Nacho, qui était réputée être l'asile du péché, et parce que, en plus, l'été dernier, ce même Nacho avait embouti contre une clôture une autre R 5 que les gens de l'assurance avaient déclarée bonne pour la casse.

« Malena ! Comment peux-tu t'imaginer que je puisse faire une chose pareille ? »

Alors, je lui ai tout raconté, même la petite épreuve des jeux de mots, en omettant seulement ma déclaration finale et ce qui s'était passé ensuite, mais Reina m'a lancé un regard de côté, comme si elle ne me croyait pas.

« Et puis ?

– Et puis c'est tout.

– C'est tout ?

– Bon, pendant qu'il m'embrassait, il s'est collé à moi, évidemment... » J'avais pris, pour la première fois de ma vie, un petit ton d'experte, et je n'ai pu m'empêcher de sourire, en m'en rendant compte « ... et sur une moto, c'est un peu compliqué, tu vois...

– Tu ne manges pas ta salade ? »

J'ai regardé mon assiette, pleine d'un mélange appétissant de petits morceaux de nourriture de couleurs différentes. J'adore la salade russe, surtout celle qu'a inventée Paulina : au lieu de petits légumes, elle ajoute à des pommes de terre des crevettes, des œufs durs, du poivron rouge et des olives ; tout le monde savait que j'aimais ça, et Reina était donc surprise ; elle le fut plus encore quand j'ai décidé de ne pas y toucher, alors qu'elle paraissait délicieuse. Du bout de la fourchette, j'ai pris un peu de mayonnaise et je l'ai goûtée. Je l'ai trouvée bonne, mais quant à l'avaler, c'était trop de travail.

« Non, ça ne passe pas. Tu as une cigarette ? »

Reina pouvait fumer à la maison depuis le début de l'été, et j'ai estimé que la permission s'étendait à moi aussi.

« Bien sûr. Depuis quand tu fumes ? » m'a-t-elle demandé, plus surprise encore, en fouillant dans le sac qu'elle avait posé sur la chaise à côté d'elle.

« Depuis quatre ou cinq heures.

– Ah ! Des Pall Mall ? Je te dis ça, parce que les miennes, ce sont des brunes.

– J'ai fumé des brunes toute la soirée. Il n'a plus de Pall Mall.

– Dommage. Elle a souri. Les brunes accrochent plus. »

J'ai opiné, avec un sourire. Elle a penché la tête en me donnant du feu et je n'ai pu voir son visage tandis qu'elle posait la question à laquelle je m'attendais depuis le début :

« Tu ne t'es pas laissée tripoter, n'est-ce pas ?

– Bien sûr que non, ai-je répondu en essayant d'éviter toute emphase pour ne pas éveiller les soupçons.

– Moi, je m'en fous. Si je te dis ça, c'est parce que je crois qu'il ne faut pas les laisser faire. Je les fais toujours attendre...

– Je sais, Reina, je sais. »

Je ne le savais que trop bien. Je connaissais par cœur toutes les étapes du calendrier que ma sœur avait établi à son usage avec une liberté d'esprit semblable à celle qui avait poussé Paulina à réinventer la recette de la salade russe, une gradation allant *crescendo* de quinzaine en quinzaine, jusqu'à la fin du sixième mois de flirt, véritable examen par lequel, en général, mais pas toujours, le sujet tripoteur docile acquérait certains droits à se convertir en objet tripoté. À force de l'entendre, je l'avais appris par cœur, de la même façon que, quand j'étais petite, j'avais appris la table de multiplication, en la répétant, tout simplement, mais en commençant par la fin, parce que c'était plus facile. « En plus, comme il est Allemand, mieux vaut le mettre au pas sans tarder. Tu sais comment sont les filles, là-bas. Des sans vergogne ! Tout leur est permis ; là-bas, coucher avec un garçon, c'est comme aller boire un verre.

– Arrête, je t'en prie ! »

À ce moment-là, j'aurais volontiers vendu mon âme pour un passeport français. Ma sœur ne m'avait même pas entendue, parce que Pedro venait d'entrer dans la cuisine et qu'elle était pressée, tout à coup.

« Tu as rendez-vous ? », a-t-elle fait avec son intonation maternelle. J'ai remué la tête d'un côté à l'autre. Cet été-là, nous avions obtenu la permission de sortir le soir, mais j'avais quitté Fernando dans un tel état d'agitation que je ne me souvenais plus de rien. « Viens avec nous, alors. Viens.

– Non. Ça ne me dis rien. Je suis absolument crevée. »

Toutefois, avant d'aller me coucher, j'ai cédé à la tentation, je suis allée m'enfermer dans la salle de bains pour me regarder dans le miroir, où j'ai appris, peu à peu, que ces yeux, cette peau, ces boucles et ces lèvres étaient à moi et rien qu'à moi, parce qu'ils étaient le reflet du visage qu'il aimait regarder, tout comme ma beauté soudaine n'était que l'empreinte profonde de son regard. Je me suis étudiée attentivement, et j'ai appris, non sans surprise, que l'important, ce n'était pas de me trouver belle mais, tout simplement, de me voir, ou, peut-être, de me voir avec ses yeux, de pouvoir me détacher de moi-même pour pouvoir me considérer d'un cœur étranger, et me plaire. Jamais encore je ne m'étais sentie aussi heureuse de mon sort, et jamais je n'avais été aussi certaine d'être non pas quelqu'un d'important, mais quelqu'un, tout simplement.

Je me suis déshabillée lentement, j'ai contemplé mon corps dans le miroir comme je ne l'avais encore jamais fait, et j'ai compris qu'il était beau parce qu'il me l'avait dit. J'ai fermé les yeux, mes mains tièdes l'ont parcouru en essayant de refaire les parcours que le bout de ses doigts avait tracés, et j'ai frémi en retrouvant le contact de ses mains froides qui, en se glissant sans crier gare sous ma robe, et en montant le long de mes flancs pour tracer des chemins parallèles qui jamais ne devaient s'effacer, m'avaient fait découvrir, tandis qu'elles avançaient, le grain de ma peau, comme si je ne l'avais encore jamais senti, comme si j'ignorais jusqu'à son existence et à sa fonction, qui était de recouvrir ma chair, et, en même temps, elles m'avaient aussi rappelé l'épisode minable et grotesque de la Ford Fiesta et ma propre maladresse désespérée, souvenir corrosif qui devait à peine survivre à l'effort de ses pouces, quand ils s'étaient heurtés au soutien-gorge et arrêtés, indécis, avant de se frayer un chemin entre mes côtes et le tissu, pour se refermer sur mes seins comme une armée d'enfants privés d'espérance et de nourriture. Je m'étais alors écartée de lui, apeurée, en surprenant le regard qu'il posait sur moi. Je lui ai pourtant demandé de me libérer de ce douloureux cilice, qui menaçait de me découper au pli de l'aisselle, et il a souri, avant d'approuver : « Tu es une drôle de fille, l'Indienne », j'ai souri, moi aussi, en l'entendant dire ça, et mon soutien-gorge est tombé, et j'ai cru que mon chemisier allait prendre le même chemin, mais il a doucement retiré mes bras des manches et l'a enroulé autour de mon cou, découvrant mon corps, pour le contempler tout à son aise, et c'est alors que son regard m'a appris que ce qu'il découvrait était beau, mais je n'ai pas eu le loisir d'approfondir cette émotion, parce que ses mains me précipitaient dans une émotion nouvelle, en me saisissant par les hanches et en m'attirant vers lui, comme s'il avait voulu me priver de tout point d'appui, mouvement qui m'a forcée à lancer les bras en arrière et à m'agripper au siège pour ne pas tomber, en me laissant tout de même le temps d'apercevoir sur son visage la surprise, la stupéfaction, tandis que j'oscillais suavement, sachant très bien ce qu'il y avait là de dur. « Tu es une drôle de fille, Malena », a-t-il répété, et cela m'a suffi, j'ai laissé ma tête aller en arrière, quand il a incliné la sienne vers moi, et un souffle de vent a fait ondoyer ma robe blanche, comme la cape d'une princesse des temps jadis, tandis que sa bouche se refermait sur l'une des pointes de mes seins, et je voyais parfaitement, les yeux fermés, l'image de deux cavaliers fous, seuls au monde, sur une moto de la deuxième guerre mondiale, entre une chênaie centenaire et la fragile muraille d'un palais plébéien édifié pour une lignée d'aventuriers maudits avec l'argent même qui avait corrompu leur sang.

Le lendemain matin, quand je suis entrée dans la cuisine pour me préparer mon petit déjeuner, j'y ai trouvé Nené qui m'attendait, le bras droit levé en une parodie de salut militaire, et sifflait un air martial.

« C'est la marche du *Pont de la rivière Kwaï*, idiote », lui ai-je dit en passant à côté d'elle avec le sourire condescendant que les déesses réservent aux mortels.

« Bien sûr, a-t-elle répliqué. Qu'est-ce qu'il y a ? Tu n'aimes pas ? »

J'ai mis le lait à chauffer, et sans même tourner la tête, j'ai répondu :

« C'est le chant des prisonniers anglais. Si tu crois que ça me fait quelque chose, c'est que tu es un cas – ou plutôt, une tache. Peut-être que tu ne sais même pas que ça n'a rien à voir avec...

– Nené ! Baisse le bras immédiatement ! Idiote ! Tu es malade ou quoi ? »

Les cris ont introduit dans la scène un ingrédient qui la rendait enfin digne d'être contemplée, et je me suis retournée lentement, en me demandant s'il était possible que, dans cette maison, une voix pût encore m'induire en erreur.

« Dégage ! Allez, ouste ! » Effectivement, ma mémoire auditive était irréprochable. « Il faut que je parle à Malena ! »

C'était bien Macu qui avait pris cette voix que je ne sus pas mieux interpréter que le sourire enjôleur qu'elle m'adressa en s'approchant de moi. Puis, avec une patience insolite chez elle, qui avait d'étranges façons de cultiver le silence, elle a attendu que j'aie fini de préparer mon déjeuner, m'a apporté le pain grillé sur la table, s'est assise en face de moi, et m'a souri une fois encore, sans oser se lancer.

« Qu'est-ce qu'il y a, Macu ? » Le petit déjeuner était mon repas de prédilection, et je n'étais pas disposée à le gâcher pour elle, tandis que je scrutais ses traits de sphinge simplette. « Qu'as-tu à me dire ?

– Je... » On aurait vraiment dit que sa vie en dépendait. « Je voudrais te demander une faveur.

– Quelle faveur ?

– Je... Si tu... Si tu demandais à Fernando...

– Quoi ? »

Macu s'est levée d'un bond, a frappé du poing sur la table et m'a adressé un regard tellement suppliant que j'ai eu peur.

« Je veux des Levi's étiquette rouge ! Il n'y a rien au monde dont j'aie plus envie que des Levi's étiquette rouge ! Ma mère m'interdit de demander ça à qui que ce soit, elle dit que je suis complètement tarée, mais ce n'est pas de ma faute si dans ce pays de merde on ne trouve rien ! Je veux ces Levi's, Malena... »

Elle s'est rassise, a pris un air très serein, et a souri pour me tranquilliser, mais, en parlant, elle se tordait les mains comme si elle cherchait à s'arracher les doigts :

« Fernando trouvera ça facilement, en Allemagne, on trouve tout, et ma mère n'en saura rien ; je les lui paierai, bien sûr, je me débrouillerai, allez, sois gentille, fais ça pour moi. Je... j'ai vu comment il te regardait et Reina m'a dit que... Écoute, je crois que si tu le lui demandais, il me les enverrait, j'en suis sûre. »

J'ai levé la main pour arrêter la charge. Jamais paix ne fut obtenue à si vil prix.

« Tu peux compter sur moi, Macu.

– C'est sûr ?

– C'est sûr. S'il y a un problème, je lui dirai que c'est pour moi en donnant ton tour de taille. Mais il n'y aura pas de problème. Tu auras tes pantalons.

– Merci, Malena ! Oh ! Merci ! Tu ne peux pas savoir l'importance que ça a, pour moi. »

Elle s'est approchée de moi et m'a embrassée sur la joue. Puis, tout en dévorant mon pain grillé, je me suis dit que Fernando, même s'il ne m'adressait plus jamais la parole, m'aurait au moins fait cadeau de cette scène, et nul ne pourrait jamais me l'arracher. Je me sentais aussi grande que le cèdre du jardin, aussi invulnérable que la pierre verte qui, de main en main, n'avait traversé les siècles que pour que grand-père ait, un beau jour, envie de m'en faire cadeau, et pourtant, quelques heures plus tard, la nuit même, toute cette gloriole devait me paraître aussi lointaine qu'inconsistante.

Nous roulions très lentement sur le côté droit de la route, et le monde s'inclinait devant moi comme si, sous les herbes, avaient pointé les sommets d'un humble croissant de lune pareil à celui que foulait la hautaine Vierge du pensionnat, quand Fernando ôta ma main droite de sa ceinture et la posa, en appuyant, sur sa braguette.

« Tu sais ce que c'est, ça?

– Oui, bien sûr. »

En réalité, je n'en avais qu'une idée des plus approximatives, mais je me sentais encore sûre de moi, et joyeuse, et sûre de mes catastrophiques facultés de calcul mental, qui m'avaient permis de considérer, avec une marge d'erreur que j'estimais négligeable, que Fernando, au fond, était un aussi piètre menteur que moi, parce que, dans le cas contraire, la veille, il n'aurait pas accepté les excuses hâtives que je lui avais servies en me rendant compte que j'étais en retard de quarante-cinq minutes pour le dîner. Si ce dont il s'était vanté avait été vrai, au lieu de me laisser filer aussi facilement, il m'aurait violée sur la moto, en vertu des règles universelles du comportement masculin, que j'avais apprises je ne sais comment et auxquelles, supposais-je, ne devaient pas échapper les habitants de l'Europe centrale. Il s'était contenté de me demander ce qui se passerait si je rentrais encore plus tard, et je lui avais répondu que ma mère, pour me punir, m'interdirait de sortir, pendant une semaine ou pendant un mois, selon la mauvaise humeur qu'elle aurait accumulée pendant la journée, et il avait remué la tête et, marmonnant que ça ne valait pas la peine, s'était alors résolu à me laisser partir. Tout ce qui s'était produit depuis ce soir-là avait confirmé ma première impression : nous étions allés d'un bar de Plasencia à l'autre bras dessus, bras dessous, nous avions beaucoup parlé, d'avions, entre autres choses (il voulait être ingénieur aéronautique), de sa sœur, une fille de mon âge, et de son frère, plus jeune que lui, de ses amis – il en avait deux, également, deux amis intimes, dont l'un, qui s'appelait Günther, était le fils d'une Espagnole de parents exilés –, de Franco (il me dit que son père prétendait avoir voulu revenir après la mort du général pour voir ce qu'il éprouverait, mais lui croyait que c'était plutôt à cause de la mort imminente de grand-père), du *Bal des vampires*, de Jethro Tull, des Who et d'autres passions communes, et quand nous ne parlions pas, nous nous embrassions. Lorsqu'il est revenu me chercher, à minuit, après le dîner, il m'a semblé, un instant, que son sourire avait changé, depuis que nous nous étions séparés, vers dix heures et demie, mais j'ai attribué la touche de perversité ambiguë qui brillait sur l'une de ses canines à un caprice de la lumière de la lune, presque pleine, qui nimbait son visage d'un vague et doux halo d'argent, et ce n'est que lorsqu'il a doucement écarté ma main et l'a posée sur sa cuisse pour la reprendre après avoir ouvert sa braguette et l'introduire d'un geste ferme dans son pantalon qu'une houle de terreur m'a soulevée.

« Alors, qu'en dis-tu ?

– Oh ! Mais... » J'aurais bien aimé pouvoir y réfléchir, mais sous mes doigts palpitait la preuve d'une intuition ancienne et puissante, la force magique du désir des hommes, qui s'échappait de lui comme l'esprit d'un démon étranger capable de se matérialiser pour proclamer avec orgueil qu'il est vivant, imposant une métamorphose imprévue et fascinante à un corps auquel il était permis de contredire toutes les règles, de se tordre, de changer, et de croître à contretemps, pour s'offrir une exhibition égoïste de plénitude, qui toujours sera interdite aux invisibles replis de mon propre corps. J'essayais en vain de refermer ma main sur lui, mais mon pouce ne put rejoindre mes autres doigts, je sentis les battements du sang s'accélérer, répondre à ma pression, et je répondis honnêtement : « Que du bien. »

Fernando eut un éclat de rire, quitta la route pour s'engager sur un chemin de terre que je ne connaissais pas. Nous allions si lentement que je n'ai pas encore compris comment nous ne sommes pas tombés.

« Super ! Parce que moi, je ne sais que faire d'elle. »

J'aurais pu lui répondre que je me posais la même question, mais dans la mêlée confuse qui me tenait lieu de tête, l'instant n'était pas à l'ironie. La peur, une impulsion chaque fois plus imprécise, me nouait les jambes, mais son empire ne s'étendait pas jusqu'aux doigts de ma main droite, hérauts de la puissante alliance qui la combattait vaillamment, la forçait à battre en retraite, défaite, alliance de l'imagination, de l'âge, de la curiosité, du désir et du sang de Rodrigo bouillonnant au centre exact de mon sexe et entre les parois de celui de mon cousin, qui m'appelait et me répondait, menant mon poignet à la cadence de ses pulsations.

Quand Fernando a coupé le moteur, la crainte de le décevoir a été plus forte que celle de sortir défaite de la petite clairière isolée adossée à une muraille rocheuse et entourée d'eucalyptus, comme le refuge du pirate Flint, et ma main gauche s'est portée au secours de ma main droite, j'ai empoigné fermement le petit démon, et j'ai imprimé à mes mouvements le rythme de la caresse pressante, et alors il a incliné la tête, les paupières fermées, me refusant ses yeux, et il a posé sa nuque sur mon épaule, et jamais il n'avait été aussi beau, et je ne pouvais m'arrêter de le regarder. Je le regardais encore quand il a entrouvert les lèvres pour laisser échapper un gémissement entrecoupé, et, à entendre cet écho de ma puissance, j'ai compris que j'aurais volontiers donné ma vie pour l'entendre gémir encore une fois, mais lui, même dans le pire des cas, n'aurait jamais exigé autant, en contrepartie.

Puis, tandis que nous roulions sur une énorme couverture de laine qui semblait neuve – « Elle est neuve », me confirma Fernando quand il la tira de derrière le rocher où il l'avait cachée. « C'est ta grand-mère qui va être contente », répliquai-je entre deux rires, et il haussa les épaules –, moi nue, lui encore à demi vêtu, l'esprit de Rodrigo, la faute inscrite dans l'épaisseur de mes lèvres, m'ont appris qu'il n'existait plus pour moi de secrets ignorés et m'ont inspiré le calme qui bannit la pensée, et alors mes reins ont ainsi pris le pas sur mon cerveau, et leurs intuitions, écartant mes pensées, ont guidé mes mains et ma bouche, jusqu'à ce que Fernando eût retiré maladroitement ce qui lui restait de vêtements, et alors le vieux spectre, qui avait le choix, m'a quittée pour changer de camp.

Il était assis sur ses talons et me contemplait avec un sourire indéfinissable, et moi, je me tenais, entre ses genoux, à distance respectueuse de la tige luisante de son corps, comme au bord d'une enceinte sacrée que je n'osais même pas frôler : je ne le regardais même pas en face.

« Ça, c'est une bitte. » C'était pour moi qu'il le disait, comme s'il était besoin de confirmer la réalité que j'étais en train de contempler, ne fût-ce que pour briser l'envoûtement, pour soulager l'insupportable tension qui faisait vibrer la corde invisible tendue entre mes yeux rougis par la frayeur et l'épaisse tige de chair minérale qui les captait comme pour se faire un ornement de mes prunelles.

« Alors, l'Indienne, on dirait qu'elle t'impressionne ?
– Oui. » J'étais résignée à dépouiller toute imposture. « Oui. Elle m'impressionne beaucoup. »

C'était une bitte, certes, mais il allait me falloir un certain temps pour apprendre que ce mot désigne bien des choses très différentes, toutes moins fascinantes que ce miraculeux cylindre violacé glissé dans sa suave gaine de peau, qui m'évoquait le cobra furieux qui se dresse, exhibant pour sa victime la menace qui bat dans sa gorge avant de gonfler le cou et ceindre sa tête d'une auréole de fleur vénéneuse. Je ne pouvais plus détacher mon regard du prodige qui me sollicitait tout entière, trop captivée et émue par un mystère qui semblait grandir au fur et à mesure qu'il se découvrait, pour pouvoir réagir à temps quand Fernando en détacha mes mains pour le saisir entre les siennes, qui tenaient une sorte de bave plissée jaunâtre que je ne pus identifier.

« Qu'est-ce que c'est ? »

Il s'interrompit, leva les yeux pour me regarder, sans prendre garde à mon étonnement.

« Une capote.
– Ah... »

Mon Dieu mon Dieu mon Dieu mon Dieu... me dis-je, mon Dieu... et mes mains se sont couvertes de sueur, mes jambes se sont mises à trembler, et, mon Dieu, j'ai vu le visage de ma mère, mon Dieu, se découper sur le soleil, avec un sourire aimant d'une douceur telle qu'il aurait fait pleurer les pierres et, en même temps, j'ai entendu le galop d'un cheval qui se rapprochait rapidement et j'ai senti que je n'avais pas la force de m'élancer en courant derrière lui.

« Espagnole », a ajouté Fernando pour essayer de dissiper mon trouble sans s'inquiéter de le déchiffrer, et le son gauche de sa voix, pleine d'une immense douceur que je n'ai pas reconnue, mais que j'ai reçue comme le coup de grâce, porté à quelque viscère que je n'avais pas, a décidé à cet instant de mon sort. « Je l'ai piquée à la pharmacie de María.

– Fernando, je... Il faut que je te dise... (Il fallait que je le lui dise, mais je n'osais pas, je ne trouvais pas mes mots.) Je ne voulais pas que tu...

– Je sais, l'Indienne », il m'a poussée doucement, jusqu'à ce que je sois étendue sur la couverture, et il s'est allongé à côté de moi. « Moi non plus je n'aime pas ça, mais c'est mieux, non ? Il vaut mieux ne pas prendre de risque, sauf si tu prends quelque chose et, bon... je ne crois pas que tu le fasses. »

J'ai fait « non » d'un mouvement de tête, et j'ai essayé de sourire, sans y parvenir. Quand il m'a enfourchée, j'ai su qu'il faudrait toujours le dire, et qu'on ne le fait jamais à temps. Et tandis que mon corps cédait sous son poids, et que deux larmes roulaient sur mes joues, oblitérant mon secret et bannissant l'angoisse, je lui ai dit autre chose, à la place :

« Je... Je t'aime tant, Fernando. »

Tout le reste a été facile. Rodrigo veillait sur moi.

« Tu étais bien, l'Indienne », son index dessinait des arabesques sur mon ventre. J'étais couchée sur le dos, rompue, mais j'ai trouvé la force de répondre au sourire de satisfaction qui éclairait son visage, aussi las que le mien, parce que j'étais d'accord, oui, j'avais été bien, mieux que je ne m'y étais attendue. « Au début, tu m'as inquiété, tu ne bougeais pas.

– Parce que tu me faisais très mal. » Je l'avais interrompu, en me disant que ce serait une bonne entrée en matière pour une confession. Mais il a mal interprété mes paroles, une fois de plus, comme si, au cours de cette nuit qui touchait déjà à sa fin, nous étions condamnés à parler dans une langue essentiellement inutile, capable de se dédoubler comme une malicieuse langue bifide, au moment même où son intégrité était vitale pour moi.

« Oui, ça m'arrive tout le temps. Tu ne vas pas me croire, poursuivait-il, personne ne le croit, mais je l'ai fait une fois avec une femme mariée, et elle s'est plainte, elle aussi... Je crois que ce qui s'est passé, c'est qu'elle est devenue très nerveuse, et je ne sais pas si c'est un avantage... »

En promenant mes doigts sur son corps, j'ai trouvé, en bas, un petit appendice rabougri qui semblait vouloir se blottir sur la courbe de sa cuisse

« Je ne me suis pas plainte », ai-je protesté. Et c'était vrai. J'avais planté les dents dans un coin de la couverture jusqu'à ce que la douleur de mes mâchoires m'eût fait renoncer, mais je ne m'étais pas plainte. Il a souri :

« C'est vrai. Tu as été bien, très bien... »

Alors, je me suis mise à rire sans pouvoir m'arrêter,

c'était trop d'émotion accumulée. Mais j'ai pensé que Fernando pouvait s'imaginer que je riais de lui, et cette idée a suffi à me calmer.

« De quoi ris-tu ? » Sa voix était joyeuse, cependant.

« Oh ! Je me disais que ce doit être inné... parce qu'en fait, malgré la tradition familiale, je n'ai pas beaucoup baisé.

– Non ? Combien de fois ?

– Euh... Peu.

– Avec combien de types ? Simple curiosité. Si ça te gêne, n'en parle pas.

– Non, ça ne me gêne pas. Je n'ai baisé qu'avec un seul mec.

– Ah bon ? Un type de Madrid ?

– Non. Un étranger. » J'ai bien vu qu'alors, au lieu de sourire, il est devenu nerveux.

« Quand ? Cet hiver ?

– Non, cet été.

– Cet été ? Ce n'était pas à Almansilla, n'est-ce pas ?

– Eh bien, pas exactement à Almansilla... » Je me suis souvenue de l'expression que Marciano employait pour parler des environs. « Peut-être bien dans le bled estrémadurien.

– Qu'est-ce que c'est que ça ?

– Une blague. Je veux dire que c'était dans le coin. Dans la campagne. Sur une couverture à carreaux... » Je me redressai légèrement, un instant, pour examiner les couleurs, « ... verts, bleus et jaunes.

– Tu es en train de me dire que... » Sa voix s'est brisée. « Ne me dis pas ça, Malena, ne me dis pas ça ! »

Je l'ai regardé attentivement, et son visage bouleversé m'a inspiré une crainte encore plus vive que celle que j'y lisais. J'ai senti, avant même d'essayer de remuer les lèvres, que ma gorge allait refuser d'émettre tout son articulé. Il s'est levé brusquement, s'est agenouillé sur la couverture, m'a saisie par les épaules et m'a obligée à m'agenouiller en face de lui. Alors, victime d'un indispensable délire, je me suis rassurée en me disant qu'il allait m'embrasser. Mais il ne l'a pas fait. Il s'est mis à crier, déchirant le silence de l'aube et un silence beaucoup plus profond, en moi :

« Mais tu m'avais dit que... ! »

Les ongles qui s'enfonçaient dans la chair de mes bras et me faisaient mal m'ont délié la langue :

« Je ne t'ai rien dit, Fernando.

– Mais tu m'as laissé entendre....

– Non. Tu as compris ce que tu as bien voulu comprendre, mais je ne t'ai rien dit ; de toute façon, quelle importance, puisque c'était bien. »

Pendant que je parlais, les veines de son cou saillaient, et son visage est devenu encore plus rouge ; j'ai compris que mes derniers mots étaient pour lui un coup plus difficile à encaisser que les autres.

« Tu es folle ! Folle à lier ! Tu es une irresponsable, et... une idiote ! Nom de Dieu ! Je n'aurais jamais couché avec une vierge ! » Il a ajouté pour lui seul, dans un murmure : « Ça m'a toujours filé une de ces trouilles...

– Eh bien, je ne suis plus vierge », j'ai dit ça en souriant, pour essayer de le calmer, parce qu'il devait y avoir une erreur quelque part : l'un de nous s'était trompé, et j'étais quasiment certaine que ce n'était pas moi. Mais ma proposition de paix n'a fait que le rendre plus furieux encore :

« Mais ? Tu ne te rends pas compte ? Où as-tu la tête ? Ça peut être très grave, pour toi. Ça peut te marquer pour la vie. Et moi, je te préviens, je ne veux rien savoir. Tu m'as trompé. Je refuse une responsabilité pareille.

– Fernando, je t'en prie, ne sois pas si allemand. » J'étais au bord des larmes, son rejet était aussi amer que ma confusion. « Tout ça n'est pas aussi compliqué que...

– Ne plaisante pas ! Tu ne te rends pas compte ? Pourquoi ne me l'as-tu pas dit ? » Il a posé ses mains sur son visage, sa voix s'est affaiblie et s'est nuancée d'une certaine tendresse. « Ce n'était pas moi qu'il fallait choisir, pour ça. Tu ne comprends pas ?

– Non, pas du tout.

– De toute façon, tu aurais dû me le dire.

– J'ai essayé ! Tu as cru que je ne voulais pas de la capote.

– Il fallait me le dire, Malena. Il le fallait. Comme ça, ce n'est pas possible.

– Et comment, que c'est possible ! ai-je protesté, d'un ton si léger que je ne pouvais en croire mes oreilles. Et c'était même bien ! »

Alors, il m'a lâchée et a détourné la tête. Pour ne plus me voir. Ma peine a cédé, tout doucement, sous la pression de mon innocence, et une curieuse rancœur, parcourue de quelques filets de colère, a pris sa place, parce que je n'avais rien fait de mal, je l'avais désiré, c'est tout, je l'avais tellement désiré qu'un moment mon désir m'avait totalement investie, dissolvant tout ce qui me faisait ce que j'étais pour s'y substituer complètement, et son triomphe absolu était mon triomphe. Quand je l'ai compris, je me suis jetée sur lui sans crier gare, et mes poings ont martelé son torse, tandis que je criais de toutes mes forces :

« Il paraît que tu devrais être content d'être le premier ! »

Cet assaut ne l'a pas fait broncher et, un instant plus tard, quand il s'est remis de la perplexité dans laquelle mon attaque l'avait plongé, il a écarté mes poings de sa poitrine, m'a saisie par les poignets, et m'a tenue, sans trop serrer, pour ne pas me faire mal, et quand il a repris la parole, le ton de sa voix était encore d'un calme et d'une pondération écœurants :

« Qui dit que je devrais être content ? »

La curiosité détachée de son intonation m'a privée de ma dernière once d'amour-propre, et quand je lui ai répondu, les sanglots ne me permettaient pas d'articuler clairement :

« Moi... c'est moi... qui le dis... »

Mon opinion n'avait guère plus d'importance que l'imperceptible *lamento* d'un ver de terre, tellement insignifiant qu'il aurait pu l'écraser sous son talon sans même s'aviser de la cause d'une mort aussi dérisoire, mais ses bras se sont refermés sur moi pour presser mon corps contre le sien, et ses lèvres se sont pressées, encore et encore, sur ma bouche, sur mes joues, dans mon cou, dans mes cheveux, et mon sang a retrouvé quelque chose de la vieille chaleur humaine quand je l'ai entendu dire :

« Malena, je t'en prie, ne pleure pas. Ne pleure pas, je t'en prie. Mon Dieu ! Je le savais ! Dans quel guêpier me suis-je fourré ! »

Il m'a serrée encore plus fort, et a fléchi les jambes, pour m'entraîner avec lui sur la couverture dont il a replié les bords sur nous lorsque nous avons été allongés. Puis il a essuyé mes larmes du bout des doigts, et j'ai enfin rouvert les yeux, apaisée. Alors, en découvrant son visage, j'ai su ce que c'était qu'avoir peur, une peur qui balayait toutes les petites craintes qui m'avaient assaillie tout au long de cette nuit sans fin, et j'ai dû prendre une respiration profonde pour ne pas laisser paraître la terreur que m'inspirait son sourire aimable et fraternel, parce que, en quelques minutes, Fernando avait perdu quelques années, et retrouvé sans peine cette facilité avec laquelle les enfants s'adaptent à tout contretemps, et je voyais très clairement qu'il m'aimait bien, mais qu'il n'avait encore jamais repoussé avec une telle véhémence la déclaration d'amour de qui que ce fût. Je n'étais pas capable de lui dire ce que je ressentais, et il ne m'aurait pas comprise, si je lui avais demandé d'arrêter de se montrer gentil, compréhensif, compatissant, de faire l'imbécile généreux qui jamais ne pense à lui-même. J'aurais préféré n'importe quoi, une gifle, un éclat de rire, un crachat, à la caresse machinale, distraite, de sa main dans mes cheveux, à ce geste qu'ont les enfants quand ils jouent à la poupée et savent qu'ils n'ont pas un vrai bébé entre les mains. La tendresse des faibles est une vertu bon marché, et moi qui rejetais systématiquement une faiblesse dans laquelle je n'avais jamais consenti à chercher refuge, je ne voulais pas accepter de lui cette sorte de tendresse. On m'avait appris qu'il est bien que les enfants soient généreux, aimables, compréhensifs, solidaires, mais je ne pouvais oublier que, quelques minutes auparavant, j'avais tenu dans mes mains quelque chose de beaucoup plus important, de beaucoup plus ancien et précieux que les règles de bonne conduite entre amis complaisants, j'avais tenu la vie, mes doigts l'avaient préservée de la mort, et maintenant, les secrets de cette tendresse véritable, la seule qui compte, s'échappaient par les fentes de mes paumes, valsant perversement autour de mes plaies pour aboutir à une formule trompeuse, si facile et si fausse à la fois.

Je n'étais pas capable d'exprimer ce que je sentais parce que je ne pouvais ordonner mes pensées, mais je sentais que ce qui était en jeu était beaucoup plus que l'amour de Fernando : c'était mon amour-propre, et je ne pouvais laisser s'écrouler l'un et l'autre en même temps. J'ai saisi son poignet, pour arrêter le mouvement de sa main, et je lui ai dit, en le regardant :

« Dis-moi que ce n'est pas vrai.

– Quoi ?

– Ce que tu viens de me dire. Dis-moi que tu m'as

menti, que tu t'en fous, que ce n'est pas ton affaire, que je suis assez grande pour savoir ce que je fais, que tu ne te soucies que de toi, et que tu n'es pas d'accord avec ce qu'on t'a appris, que pour te tirer d'affaire, tu as joué un rôle qu'on t'a obligé à apprendre par cœur, dis-le-moi !

– Pourquoi veux-tu que je te dise ça ?

– Parce que je veux entendre la vérité.

– Quelle vérité ?

– Je n'en sais rien.

– Alors, que veux-tu entendre ?

– Que quand tu as découvert cet endroit, tu savais ce que tu viendrais y faire, que quand tu as apporté cette couverture, tu savais à quoi elle allait servir, que quand tu es venu me chercher ce soir tu savais ce qui allait se passer, et je veux que tu me dises que tu n'as pas voulu poser de questions pour ne pas entendre les réponses qui ne te conviendraient pas, que tu as croisé les doigts pour que je ne croise pas les jambes, et que tu n'en pouvais plus, que c'était plus fort que toi, que tu en avais tellement envie que même si je t'avais supplié les larmes aux yeux de me respecter, tu l'aurais fait quand même. Voilà ce que je veux entendre. »

Son regard, venu de très loin, s'est posé sur mon visage, et il a baissé la voix pour me dire à l'oreille : « Tu es une drôle de fille, Malena.

– Je sais. Je l'ai toujours su. Et c'est sans remède. Ou tu prends ou tu laisses, et je n'ai que trop laissé. Quand j'étais petite, je priais la Vierge pour que, si elle ne pouvait pas me rendre comme Reina, elle me change au moins en garçon. Parce que je croyais que si j'étais un garçon, les choses seraient plus faciles. Et puis, j'ai rencontré Magda. Tu la connais ? »

Il a opiné, sans dire un mot.

« Magda m'a dit que la solution, ce n'était pas de me changer en garçon. Et elle avait raison. Ç'a été dur, mais, maintenant, je ne prie plus. Je crois que je n'aimerais pas être un homme. »

Il s'est plongé dans l'un de ces petits abîmes portatifs qu'il a toujours sous la main, mais son silence a été pour moi une caresse plus vraie que celle de ses doigts, car j'ai deviné qu'il était en train de se demander ce qu'il allait faire de moi, et la durée de sa réflexion était déjà une victoire.

« Tu ferais un type bizarre, Malena.

– Pourquoi ?
– Parce que tu ne me plairais pas... Où ai-je fourré mes clopes ? »
Quand il s'est penché vers moi pour me donner du feu, j'ai examiné son visage à la dérobée, mais je n'ai pas pu deviner sa pensée.
« On a le temps, non ? Je vais te raconter quelque chose. Tu l'as bien mérité. »
Il s'est allongé sur le dos, il a glissé son bras sous mon épaule, en m'obligeant à faire de même, et il a commencé, d'une manière déroutante :
« À Hambourg, il y a pas mal de clubs d'immigrés espagnols, et même un de républicains exilés. Ce sont des endroits où se réunissent toutes sortes de gens, des vieux et des jeunes, pour parler l'espagnol, manger une omelette de pommes de terre, jouer aux cartes, bavarder... Mon père ne m'a jamais emmené dans aucun de ces endroits, parce qu'il ne regrette pas d'être parti d'ici. Il vit entouré d'Allemands, depuis son arrivée, et parle parfaitement l'allemand, ne veut plus rien savoir de l'Espagne, plus rien, à la maison, nous ne buvons même pas de vin espagnol, parce qu'il prétend qu'il préfère le vin italien, même si nous savons tous qu'il est moins bon. Il jure encore en espagnol chaque fois qu'il se fait mal, mais il me dit parfois qu'il regrette de nous avoir parlé sans cesse dans sa langue quand nous étions petits. Edith parle l'espagnol moins bien que moi, et Rainer, qui a treize ans, s'est lancé seulement ici, cet été, parce qu'on ne s'est pas encore soucié de le lui apprendre. Je ne sais pas, c'est un type très bizarre, mais je l'aime beaucoup... Il y a deux ou trois ans, Günther m'a parlé d'un de ces clubs, qui a des billards extraordinaires, le plus souvent inoccupés, où nous pourrions jouer gratis. Nous parlons espagnol entre nous, au lycée ou devant les filles, quand nous ne voulons pas qu'on nous comprenne. Un soir, nous y sommes allés, on nous a laissés entrer, nous avons joué aussi longtemps que nous avons voulu, et nous avons fini par nous faire inscrire, par devenir des habitués et connaître tout le monde. Le barman s'appelle Justo, il est andalou, d'un village perdu de la région de Cadix. Quand il est arrivé en Allemagne, il y a une quinzaine d'années, il était déjà assez âgé, et seul. Il est veuf. Il adore raconter des histoires du pays, parce qu'il ne s'est pas fait à la vie, là-bas...

– Il fait très froid, à Hambourg ? », l'ai-je interrompu. Rien de tout ce qu'il racontait n'avait de sens pour moi, mais j'aimais l'entendre parler.

« Oui, mais le pire, ce n'est pas ça. Le pire, c'est que le ciel est toujours couvert et qu'il pleut tout le temps, ou plutôt, comme dit Justo, on dirait toujours qu'il va pleuvoir, mais il ne pleut jamais vraiment, c'est plutôt une pluie très fine, qui ne gêne pas, mais qui imprègne tout, et charge l'air d'humidité.

– La purée de pois.

– Oui, c'est comme ça que Justo l'appelle, lui aussi. Bon, alors, Günther et moi, nous allons toujours lui dire bonjour, il nous remplit bien nos verres, et nous parlons – je veux dire : nous l'écoutons, pendant des heures, parfois. Un après-midi, il y a cinq ou six mois, nous en sommes venus à parler des femmes. Il se plaint toujours. Il prétend qu'il n'aime pas les Allemandes, mais ce n'est pas vrai, il en a un tas.

– Il est beau ?

– Non, mais il est drôle. Il les tombe en leur racontant des trucs incroyables dans un allemand impossible – nous l'avons regardé faire, une fois. Cet après-midi-là, il nous a dit qu'en Espagne il y avait des femmes qui avaient les mamelons violets, et nous ne l'avons pas cru. Günther a dit qu'ils devaient être marron, comme ceux des Indonésiennes, ou brun sombre, comme ceux des Arabes. Mais il a insisté : non, violet. Je ne le croyais pas, toutes les femmes que j'avais vues nues, sauf certaines Thaïlandaises et certaines Noires de la Reeperbahn, avaient des mamelons roses, et certaines d'un rose si clair qu'on le distinguait à peine du reste, alors, je lui ai dit que j'aimerais bien voir ça, et il m'a répondu qu'il me le souhaitait, parce que j'étais un malheureux qui finirait par épouser un cheval, comme tous les Allemands ; je ne me suis pas vexé : il parle toujours comme ça. Quand je suis arrivé ici, chaque fois que je regardais une fille, tout ce qui m'intéressait, c'était de savoir de quelle couleur étaient ses mamelons, et, faute de preuve, j'avais fini par me dire que Justo m'avait raconté des bobards, une fois de plus, et que les femmes dont il nous avait parlé n'existaient pas. Et alors je t'ai vue, l'Indienne, et j'ai su que tu étais violette, que tu devais être violette. C'est pour ça que je te regardais comme je le faisais... et c'est pour ça que tu es là, maintenant, tu sais. »

J'ai écarté la couverture, pour me regarder, et dans la faible lumière de l'aube, j'ai découvert quelque chose de moi-même que je n'avais encore jamais remarqué.

« Ils sont violets !

– Et comment, qu'ils le sont ! »

Il en a pris un entre ses lèvres, a aspiré fort, comme s'il voulait me l'arracher.

« T'aimes ça ?

– Oui, j'aime. »

Enlisée entre une sensation nouvelle et la stupeur dans laquelle m'avait plongée une transformation impossible, celle de ma peau qui allait du marron au violet, comme une nouvelle preuve de l'écrasante volonté de son regard, j'ai voulu faire un geste pour répondre à sa confidence, et à défaut d'un secret équivalent, j'ai pris sa tête entre mes mains et je l'ai embrassée. Il a réagi en me chevauchant, a collé son ventre contre le mien, et j'ai senti, tandis que je m'abandonnais au doux monstre qui était en moi, mon désir éveiller le sien, et son érection soudaine, implacable, m'a rendu ma paix intérieure. J'ai croisé mes jambes au-dessus des siennes, ma main a trouvé son sexe, je l'ai serré, je l'ai senti durcir. J'aurais voulu lui donner plus encore, et ne sachant comment m'y prendre, j'ai eu recours aux mots :

« Ça, c'est une bitte, et je veux que tu me la mettes, et tout de suite... »

Il a ri, a écarté ma main et, de la sienne, l'a guidée et m'a pénétrée.

« Comme tu veux, mais si tu t'habitues à celle-ci, tu ne voudras plus d'aucune autre...

– Tu charries, Fernando. Où as-tu trouvé ça ?

– Arrête de te marrer, tu vas me faire débander... »

Mais nous avons ri jusqu'à la fin et tout est redevenu comme au commencement, les fissures se sont fermées, les cris se sont effacés, et le froid, la terre, tout a disparu, et plus rien n'a existé que moi, flottant avec Fernando fiché en moi, me soutenant dans mon vol, tandis que tout le reste tournait, tournoyait de plus en plus vite, allait rapidement du rose à l'orangé, se rapprochant lentement du rouge, et la couleur du monde était de plus en plus chaude, le jaune l'enflait de flambées fugaces qui s'éteignaient aussitôt, mais qui parvenaient à se maintenir des minutes entières sur la peau roussie de mes cuisses, et il n'en avait jamais été ainsi auparavant, rien n'était allé aussi loin, la première fois, et il fut l'ultime victime des exigences inconcevables d'une solitude nouvelle pour moi, parce que je l'aimais infiniment, mais je l'emportais dans un lieu infiniment lointain, où ne régnait plus que le rouge le plus vif, et lui, comme tout le reste, ne fut plus qu'une infime particule voyageant à une vitesse toujours plus grande vers le point le plus intense de la couleur, cercle parfait qui se dilata soudain, et explosa.

Lorsque j'ai compris ce qui s'était passé, et que j'ai retrouvé le visage de Fernando bouleversé par le plaisir, j'ai regretté de ne pouvoir me souvenir s'il avait suffisamment crié, parce que, malgré la couleur de mes mamelons, son regard était encore celui de l'assouvissement profond. Il souriait. J'ai emprunté sa voix :

« Tu étais bien, Otto.

– C'est maintenant que tu le dis ?

– Eh bien, pour te parler franchement... » Je me suis dit qu'il importait peu, à présent, de mentir un peu plus pour le consoler, même s'il m'en coûta de me décider à lui donner de semblables excuses : « J'ai bien failli le faire, plusieurs fois, tout à l'heure, parce que, en vérité, quelqu'un me l'a mise un peu, une fois.

– Ça ne fait rien, murmura-t-il, et j'eus l'impression qu'il souriait. Si j'avais su, j'aurais essayé d'être... un peu plus doux.

– Ah, non ! »

Je l'ai embrassé, si fort que j'ai dû lui faire mal, mais il ne s'est pas plaint, et j'ai tiré moi-même sur la couverture pour la rabattre sur nous, ressentant sa honte beaucoup plus intensément que lui.

« De toute façon, si tu as mal, demain ou après-demain, dis-le-moi.

– Tu vas me laisser tomber ?

– Quoi ? » Il m'a lancé un regard tellement étonné que j'ai cru qu'il n'avait pas bien compris.

« Je te demande si tu vas me laisser tomber, si tu as l'intention de disparaître, de foutre le camp, de faire l'innocent quand tu me rencontreras.

– Non. Pourquoi ? » Il était tellement surpris que je me suis repentie de ma faiblesse.

« Alors, dis-je, je ne me sentirai pas mal. »

La lumière se glissait rapidement par les fentes du

ciel qui n'était encore que gris. Le jour naissait. C'était mon premier lever de soleil, j'aurais voulu rester là, pour contempler en silence la disparition des derniers vestiges de la nuit, mais j'allais devoir rentrer, prendre garde aux marches grinçantes de l'escalier, et me mettre au lit avant que Paulina, qui rivalisait avec tous les coqs du village, se lève. C'était une pensée pesante, bien difficile à exprimer, mais Fernando le fit à ma place, sans me regarder :

« Il faudrait songer à rentrer. Il est plus de six heures. »

Quand je suis montée sur la moto et qu'il a démarré, j'ai vraiment eu envie de me retrouver à la maison, parce que j'étais à la fois surexcitée et épuisée. Jamais encore je n'avais veillé si tard, même pas pour les fêtes, ce qui ne m'a pas empêchée de lui demander, car je ne pouvais le laisser partir sans savoir :

« Dis-moi, Fernando, et Helga, elle est bien ?

– Oh ! Helga... » Visiblement, ma question l'avait pris au dépourvu, et il a mis un moment pour me répondre : « ... plus ou moins.

– Comment ça, plus ou moins ?

– Eh bien... (Il s'est interrompu de nouveau, pour choisir ses mots avec soin...) Sa famille est catholique.

– La mienne aussi.

– Oui. Ce n'est pas ce que je veux dire. Ici, vous n'en avez rien à faire.

– Et en Allemagne ?

– Ce n'est pas pareil. Les catholiques sont minoritaires, et on prend ça très au sérieux.

– Tu es catholique ?

– Non, luthérien. Ou plutôt, ma mère est luthérienne. Mon père n'a jamais mis les pieds dans une église, d'aussi loin que je me souvienne.

– Bon, sa famille est catholique, et alors ?

– Et alors, rien, je veux dire qu'elle... qu'elle est comme toutes les filles catholiques de là-bas... »

Ces détours commençaient à m'exaspérer, j'y voyais une sorte de censure, comme si ma curiosité frôlait l'indiscrétion et menaçait de se retourner contre moi. J'étais sur le point de renoncer, mais, à ce moment-là, mes seize ans m'ont déclaré que, cette nuit, j'avais acquis certains droits.

« Et comment elles sont, les filles catholiques ? » Il eut un rire bref :

« J'ai oublié le mot.
– Quel mot ?
– Celui de l'autre jour...
– Quel jour ? Je n'y comprends rien, mec. Tu veux bien éclairer ma lanterne ? »

Il n'a pas répondu, et je lui ai donné un coup dans le dos, car je venais de deviner et je commençais à m'amuser.

« Les Allemandes catholiques, en général... (il poussa un soupir de résignation) ... sont comme les Espagnoles, en général. »

J'ai dû faire un effort pour ne pas m'esclaffer, et adopter un ton intrigué :

« Essaies-tu de me dire que tu ne couches pas avec elle ?
– Non. Elle ne se laisse pas faire.
– Tu es un connard, Fernando. Je crois que je vais te tuer... »

Il me semble bien que jamais encore je n'avais insulté quelqu'un comme ça, mais mon ton moqueur atténua tout, si bien que Fernando se mit à rire, et quand je lui ai de nouveau donné des coups dans le dos, il a émis des protestations aussi factices que mon indignation.

« Arrête, l'Indienne ! On va se planter. Tiens-toi tranquille. Ce n'est pas de ma faute. Si tu me l'avais dit avant, tu serais encore vierge, et il me semble bien que tu n'as pas beaucoup de remords... »

Je n'ai jamais eu de remords, ni cette nuit-là ni le lendemain ni les jours suivants. Jamais je n'ai été aussi sûre de faire ce que je devais faire et de le faire bien, même si certaines ombres, dans les replis de ces heures qui comblèrent et prolongèrent l'été comme s'il était un gigantesque globe capable de couvrir le ciel et en même temps de le contenir tout entier, échappaient à mon contrôle, et entamaient une croissance frénétique, s'agrandissaient des milliers de fois, jusqu'à déborder, dans toutes les directions, l'espace réservé au regret, et continuer de s'étendre, irrémédiablement, jusqu'à délimiter les frontières d'un domaine sur lequel je n'avais aucun empire. Fernando, l'unique objet de mes pensées, passait alors au deuxième plan, et j'étais seule à m'inquiéter pour moi-même, seule à me dégoûter, à me perdre dans un marécage dont je m'étais crue à jamais tirée par le regard de mon amant, et je doutais des vérités anciennes et tout autant des nouvelles.

Il m'a fallu déployer un sens particulier pour comprendre les choses que je ne connaissais pas, et peut-être cette ignorance a-t-elle alimenté mon angoisse avec plus de vivacité que ne l'ont fait ses causes mêmes, car je croyais sincèrement être la seule créature au monde qui éprouvait, qui avait une fois ressenti les effets de passions aussi intenses et contradictoires, et la certitude que Fernando ne m'aimait pas autant que je l'aimais, et plus encore la conscience que ce n'était pas tant sa loyauté que ma dépendance qui m'inquiétait, m'atterraient. Les ingrédients du romantisme conventionnel me manquaient : nous ne nous regardions jamais, les doigts entrelacés, dans le blanc des yeux, devant un coucher de soleil grandiose, jamais nous ne parlions de l'avenir – nous évitions même ce thème avec le plus grand soin, et nos baisers, nos caresses, nos étreintes, ne se dissipaient jamais, comme un front de nuages chargés de pluie, et leur persistance ne semblait pas de bon augure, il me semblait, au contraire, que nous étions condamnés à rester sur l'échelon immédiatement inférieur à l'extase sublime, mais en même temps, parfois, quand Fernando allait et venait en moi, une impression ambiguë, à la fois intime et très lointaine, faite d'émoi et de culpabilité, descendait en moi, d'au-delà du plaisir, et me plongeait dans un état de grâce proche des ferveurs religieuses qui avaient jalonné mon enfance, et même si mon ravissement touchait à des cimes insoupçonnées, ce n'était pourtant pas cette union païenne qui m'angoissait, mais la certitude que, si Fernando, à ce moment-là, m'avait avoué que son désir le plus profond était de me tuer, je l'aurais prié de m'étrangler avec cette félicité qui enivre les martyrs quand les lions sont lâchés. J'en vins à être tellement obsédée par cette impression que parfois, seule, apparemment tout à fait absorbée par ce que j'étais en train de faire – regarder la télé, boire, manger –, je calculais et comparais le temps que nous passions à faire l'amour et celui que nous passions ensemble occupés à autre chose, et la disproportion me plongeait dans la panique, car ce n'était pas son avidité, mais la mienne, insatiable, qui m'effrayait.

Tous les jours, je me demandais si la violence de ma

passion devait quelque chose au fait qu'il était le fils aîné du fils aîné de Teófila, parce que ce détail, si insignifiant en apparence, n'en ciselait pas moins avec une dextérité prodigieuse mon amour, en polissait certaines facettes, en aiguisait d'autres, pour me plonger tantôt dans la vertu tantôt dans une honte paradoxalement délicieuse. J'essayais de me reconstruire moi-même, et je me voyais différente, j'arrivais au terme d'une existence contraire, pour découvrir, en proie à un regain de scepticisme, que, si j'avais été semblable à ma sœur, si je n'avais pas éprouvé ce besoin impérieux d'aimer, de connaître, de soutenir et de justifier tous ceux qui, dans mon entourage, avaient abandonné la position où leur clan, persuadé qu'elle était la seule qui fût bonne pour eux, les avait placés, je ne me serais sans doute jamais liée à lui comme je l'ai fait. Mais je pensais aussi, souvent, au sang de Rodrigo.

Quelque temps après notre première rencontre, Fernando a pris un chemin inhabituel pour quitter le village, et nous avons roulé un moment sur la route asphaltée, puis nous avons emprunté le chemin de terre battue qui conduit au terrain de football. Je lui ai demandé deux fois où nous allions, mais il m'a répondu que c'était une surprise. Il faisait nuit et je n'ai pas reconnu les endroits par lesquels nous passions, mais j'étais certaine que nous avions largement dépassé la déviation que j'avais maintes fois prise, en essayant d'encourager ma bande d'amis à me suivre, lorsque la moto a fini par s'arrêter au bord de la rivière.

« Descends, m'a-t-il dit. Le pont nous mènerait trop loin et nous sommes presque arrivés. Il n'y a que quelques pas à faire. »

Nous avons traversé la rivière à gué, sur des pierres posées les unes à côté des autres, et nous avons atteint sans encombre un coteau qui masquait une petite construction aux regards de tous ceux qui pouvaient arriver par le chemin que nous avions suivi. Fernando a frappé le mur du plat de la main.

« Voyons un peu... Qu'est-ce que c'est, à ton avis ? »

L'absurdité de la question m'a fait rire. J'ai enfoncé les doigts dans les trous de cette paroi faite de briques et d'air, et j'ai répondu avec l'accent chantant qu'emploient les enfants pour réciter une leçon difficile qu'ils ont pourtant apprise par cœur :

« C'est un séchoir à tabac.
– Oui, mais quoi encore ? »

J'ai regardé la construction avec plus d'attention et je n'ai rien trouvé d'étrange à cette mince cloison perforée, construite avec des rangées de briques maçonnées en damier, dont l'alternance formait un réseau de trous assurant la ventilation de l'intérieur, où les feuilles de tabac, suspendues comme des draps sales aux poutres du toit, séchaient lentement.

« Rien d'autre. Je ne savais pas qu'il y avait un séchoir, par ici ; la plupart sont en amont.
– Mauvaise réponse. » Je le vis sourire à ces mots. « Regarde mieux. Si tu trouves, tu auras une récompense. Tu en auras une de toute façon, même si tu perds. »

Je me suis approchée de la porte, fermée au cadenas, j'ai fait le tour de la construction, tout doucement, pour essayer de trouver, mais en vain.

« Je donne ma langue au chat », ai-je dit en revenant près de lui.

Alors Fernando s'est agenouillé, et a glissé les doigts de sa main gauche dans un espace entre les briques et, tout d'abord, je n'ai pas compris ce qu'il faisait, parce qu'il tirait sur le mur comme s'il voulait l'attirer à lui, chose impossible. Pourtant, la paroi a bougé. Je me suis accroupie près de lui au moment où il se tournait pour me regarder, tenant à la main un morceau de la paroi.

« Bienvenue chez nous. Ce n'est pas un palais, mais c'est mieux qu'une couverture.
– Comment as-tu fait ça ?
– Avec une lime.
– Comme les prisonniers.
– Exactement. J'aurais voulu faire un trou plus grand, mais c'est un travail colossal, tu ne peux pas t'imaginer. Je t'en prie... »

Sans la moindre difficulté je suis entrée à quatre pattes dans une salle rectangulaire aux trois quarts vide. La nouvelle cueillette de feuilles encore pleines de sève, visqueuses et souples, qui gouttaient, était suspendue à deux poutres, sur la gauche ; de l'autre côté s'amoncelaient de grands tas de feuilles sèches de l'année précédente, deux tas qui, sur le sol, faisaient un lit végétal. Je restais debout, au milieu du grand espace libre, qui n'avait pas dû être tel en des temps meilleurs, quand le tabac occupait tout le toit, tout le sol, le moindre centimètre, le moindre millimètre libre, et Fernando, qui m'avais suivie, a remis en place le morceau de mur, puis il s'est glissé derrière moi. J'ai senti ses mains se refermer sur mes seins, puis il m'a brusquement tirée en arrière, ses lèvres se sont écrasées sur ma nuque, et je lui ai demandé :

« À qui appartient-il ?

– À Rosario.

– Mais c'est ton oncle !

– Et alors ? Il est vieux, il a vendu presque toutes ses terres, il cultive à peine, et, en plus, il n'en a rien à faire.

– Peut-être. Mais ce n'est pas bien. C'est comme un vol. »

Il ne m'a pas répondu : il était déjà au-delà des mots. Son silence a été l'introït de notre messe solennelle, la liturgie du tabac, l'offrande de cette clôture humide et odorante, tiède et obscure comme l'utérus démesuré d'une mère inattentive, douce et précieuse à la fois. Fernando n'a pas dit un mot tandis qu'il me déshabillait, et j'ai laissé ses doigts, aux mouvements plus fiévreux encore que la cadence de mon sang, mais que l'ardeur rendait gauches, me dépouiller de mes voiles les plus transparents sans dire un mot, moi non plus, puis son index, tout imprégné des sucs du tabac, a couru sur ma peau, l'a couverte de motifs aléatoires. Moi, j'écrivais parfois son nom, du bout du doigt, sur sa poitrine, puis je l'effaçais avec la langue et trouvais un plaisir inexplicable dans l'amertume de la substance mêlée à notre sueur. Les cheminements de nos doigts prenaient fin, nous nous remettions à parler, en parodiant les mots et les attitudes de cet amour que l'on découvre au cinéma ou dans les livres, et qui nous paraissaient prétentieux et ridicules, parce qu'ils étaient trop grands pour nous qui étions si petits, mais, de tout cela, je me souviens à peine, parce que j'ai gardé en mémoire un geste de Fernando, signe de reconnaissance de notre pureté, celui de sa main ouverte qui, impérieuse, se posait sur mon sexe et appuyait, tandis que son expression trahissait une angoisse intense et passagère. Ses yeux se rivaient sur ma fente pour examiner avec une complaisance morbide le trou dans lequel son maître allait se perdre à l'aveuglette quelques secondes plus tard, à peine, et qui lui inspirait encore une sorte de terreur instinctive, digne du plus ténébreux des marécages, et je considérais sa peur comme une garantie, pour moi rassurante, parce que je savais que plus que jamais il m'appartenait, alors que lui se rapprochait de mon corps comme d'une voie louche et dangereuse, dans laquelle il se savait engagé sans retour.

Pourtant, mon pouvoir ne devait jamais être aussi ambigu que cette première nuit dans le séchoir, alors que je respirais profondément pour pouvoir tenir dans l'atmosphère étouffante de ce réduit d'air lourd où, à défaut du moindre souffle d'air, la chaleur accablante semblait activer un gaz toxique aux effets lents, et que la pression des doigts de Fernando s'accentuait tandis qu'il se rapprochait tout doucement de moi sans cesser de me regarder, en tenant son sexe, d'un geste quasiment négligent. Alors, je l'ai regardé, moi aussi, j'ai découvert dans son expression quelque chose de terriblement familier et, de nouveau, la vague forme spectrale s'est dressée entre nous.

« Tu sais, Fernando, nous sommes tous les deux du sang de Rodrigo. »

Il n'a pas répondu aussitôt, comme s'il estimait superflu d'abonder dans mon sens, et alors que je n'attendais plus de réponse, il m'a regardée dans les yeux, et m'a souri.

« Ah oui ? », a-t-il dit enfin, un instant avant de me pénétrer d'un coup sec, et quand mes vertèbres ont commencé à pianoter au rythme de ses assauts déchaînés et que ma tête, rejetée en arrière, comme morte, s'est détachée du reste de mon corps, il a ajouté : « Sans blague... »

Le pire, pour moi, ce n'était pas cette partialité de ma mémoire – attirée depuis toujours par ces personnages et ces événements qui, malgré nous, donnent forme au monde dans lequel nous vivrons un jour seuls – qui me blessait parce qu'elle m'empêchait de considérer mon amour comme un sentiment pur, sans mélange. Souvent, quand il m'embrassait, Fernando me mordait comme s'il avait faim, tellement fort que, quand nous nous séparions, j'étais étonnée de ne pas sentir, sur ma langue, le goût du sang de ma lèvre inférieure. Une nuit, il me fit tellement mal que j'ouvris les yeux et vis les siens fermés, démentant l'un des principes auxquels il était le plus attaché : il m'avait reproché à maintes reprises de ne pas vouloir le regarder quand il me laissait partir, parce que cela lui semblait de mauvais goût, même si, parfois, il s'efforçait d'attribuer à cet élan trivial une transcendance qui me déconcertait. « C'est comme si tu ne voulais pas voir, comme si tu ne voulais pas savoir qui je suis », me dit-il un jour, et pourtant, quand il me mordait, il fermait les yeux, et j'ai senti, en le découvrant, que les sources de sa passion ne devaient guère être plus pures que les miennes.

C'est en cela que résidaient, je le sais à présent, ma force et ma faiblesse, tout comme, au cœur même du péril, se trouvait le plus grand de mes avantages ; il y avait sans doute dans le monde des millions de filles plus belles que moi, plus intelligentes et plus amusantes, mais nul autre instrument aussi parfait pour un défi aussi intensément désiré ; il n'empêche qu'alors cette pensée me tourmentait, me livrait à la violence d'une jalousie qui, dans ce qui était à ce moment-là mon univers, me réduisait à un nom, un lieu de naissance et une famille, et je me demandais souvent ce qu'il m'arriverait quand Fernando se serait lassé de moi.

Mon angoisse grandissait tandis que passaient les jours de ce mois d'août, et une voix sourde me soufflait à l'oreille, toutes les nuits, qu'il n'y aurait jamais un autre été. Pour conjurer le maléfice, j'essayais de donner à mes paroles et à mes actes le plus de solennité possible, jusqu'au moment où je me surprenais sur le point de tomber dans le ridicule. Pas une seule fois, je n'ai osé lui demander s'il reviendrait, mais une fin d'après-midi, à la terrasse du bar du Suisse, j'ai pris sa main droite, j'ai déplié les doigts un par un, et je l'ai posée sur mon visage, avec une envie folle de lui donner tout ce que j'avais, et tandis que je le regardais, entre les fentes, j'ai senti que la chair de mes joues se mettait à gonfler, que ma langue devenait brûlante, que les yeux me piquaient, que je n'avais plus de salive, mais je l'ai pourtant fait, et j'ai entendu ma voix, assurée, ferme, à l'instant suprême du suicide :

« Je t'aime. »

L'expression de ses yeux n'a pas changé, ses lèvres ont ébauché un sourire qui m'a semblé insupportablement bref, mais sa main a parcouru mon visage tout doucement, comme s'il voulait effacer toute trace de ma honte.

« Moi aussi je t'aime, a-t-il dit enfin d'une voix neutre. Tu veux autre chose ? Je vais prendre encore une bière. »

En d'autres occasions, il se montra encore moins généreux. Au début du mois de septembre, la Bombe Wallbaum se mit à faire un bruit nouveau, inquiétant, qui indiquait, même pour une profane comme moi, qu'une pièce s'était détachée du moteur et, allant où bon lui semblait, cognait à l'intérieur du châssis. Fernando se mit en rogne et en vint quasiment à me rendre responsable de la panne, en criant que cette moto était faite pour rouler sur des routes et qu'elle s'était déglinguée sur ces putains de chemins de terre – il ne pouvait s'agir que de celui que nous prenions tous les soirs pour nous rendre au séchoir de Rosario. L'entendre dire des choses pareilles me parut le comble de l'injustice, et comme je ne l'avais encore jamais vu aussi furieux, je m'assis sur un banc sans ouvrir la bouche pour garder la moto tandis qu'il allait chez lui chercher les outils.

Quand il revint, en continuant de pester à voix basse sans discontinuer, en se traitant de con parce qu'il était impossible de réparer la Bombe dans ce village de merde où on ne vissait même pas les écrous dans le même sens que partout ailleurs dans le monde, et en prédisant que son père allait le tuer, qu'il n'allait même pas vouloir le prendre en remorque, et qu'il allait rester sans moto, et que le jour où il avait décidé de quitter Hambourg était maudit, il s'interrompit tout à coup au milieu d'une phrase, pour me tendre un petit cylindre de cuivre entre ses doigts souillés de graisse noire.

« Cours au garage Renault qui fait l'angle, demande-leur s'ils ont déjà vu une pièce comme ça – le plus grossier des gradés se serait adressé à une nouvelle recrue avec plus d'égards. S'ils te disent oui, demande-leur où. Vas-y et achètes-en une. Grouille-toi. »

Je me suis éloignée sans rétorquer que, forte d'une longue expérience, je doutais fort qu'à Almansilla les écrous pussent tourner dans un autre sens que dans le reste du monde, car ils ne devaient même pas tourner sur eux-mêmes. Pourtant, quand le mécanicien du garage Renault eut jeté un coup d'œil sur la pièce, il plongea la main dans une boîte, et en sortit une poignée de pièces identiques reluisantes.

« Tiens, prends celle que tu veux.

– Mais ça ira, pour une moto allemande ?
– Comme pour un avion australien, Malena, merde... Qu'est-ce qu'il s'imagine, ce petit génie ? C'est un calibre universel. »
Les yeux de Fernando s'illuminèrent quand je lui tendis la pièce de rechange, et je l'écoutais chantonner en allemand pendant le petit quart d'heure que dura la réparation. Quand il eut serré le dernier boulon, il enfourcha la moto, démarra, mais je ne le perdis pas de vue : au bout de la rue, il fit demi-tour et revint près de moi, avec une expression de triomphe.
« Parfait. Tu as entendu ça ? Impeccable... »
Il ne s'inquiéta pas de la pièce défectueuse jusqu'au moment où il eut fermé la boîte à outils et bien regardé par terre, pour voir s'il n'avait rien oublié.
« Et l'autre pièce ? Tu l'as laissée au garage ?
– Non, elle est là. »
Je tendis la main droite. Le petit cylindre, que j'avais nettoyé avec mon mouchoir imprégné de salive tandis qu'il travaillait en me tournant le dos, brillait à mon majeur, comme neuf. J'aurais préféré le mettre à l'annulaire, comme une alliance, mais il était trop large. J'étais sur le point de le lui dire, quand un grand éclat de rire me prévint que le moment n'était pas favorable pour une confession.
« Quel bijou !
– Moi, il me plaît. Mais si tu en as besoin, je te le rends immédiatement.
– Non. Garde-le. Il ne doit pas valoir deux sous... »
Et pourtant, quand il me mordait, il fermait les yeux.
La fin de l'été m'apporta la preuve qui devait confirmer définitivement mes soupçons. Fernando m'annonça que la date de son départ en Allemagne avait été fixée sur le ton négligent et optimiste qu'il adoptait pour me demander ce que j'aimerais faire, et dès lors, je vécus arrimée au temps, il ne resta tout d'abord que dix jours, puis neuf, puis huit et je comptais sur mes doigts les heures, en essayant d'être consciente de chaque minute qui passait, d'en tirer tout ce que je pouvais, de l'étirer, de la doubler, de la piéger, et chaque jour, nous nous retrouvions un peu plus tôt, et chaque soir nous nous séparions un peu plus tard, et nous sortions à peine du séchoir, nous n'allions plus à Plasencia, nous ne nous promenions plus dans le village, nous n'allions plus

prendre un verre, nous ne perdions pas notre temps en parties de cartes ou en séances de cinéma. Je m'efforçais de préparer un adieu bouleversant, quelque chose qu'il ne pourrait pas oublier, qui me riverait à jamais à sa mémoire, et je cherchais partout le fil capable de le coudre à mon ombre, un geste grandiose, un signe émouvant, un gage, un trésor, une étoile, mais j'avais beau me creuser la tête pendant que j'étais à ses côtés, étendue près de lui, et que je savourais nos brefs silences, aussi denses et profonds que s'ils avaient duré des heures, je n'avais pu établir aucun plan quand, tout à coup, une nuit pareille aux autres, sans crier gare, il dit :

« Chez toi, aussitôt qu'on a franchi la porte, il y a une petite entrée carrée, n'est-ce pas ? Et, à droite, un portemanteau en fer, peint en vert, avec un petit miroir et des crochets pour pendre les manteaux, non ?

– Oui, marmonnai-je d'une voix à peine audible. Comment le sais-tu ? »

Il savait encore bien des choses, qu'il égrena d'une voix assurée, sans aucune hésitation, sans rien d'interrogatif, tandis qu'il ajoutait que, plus loin, il y avait une porte avec des vitraux de couleur, aux carreaux rouges, bleus, verts et jaunes, qui ouvrait sur un grand vestibule d'où partaient l'escalier et un couloir qui se divisait et conduisait, à gauche, au grand salon et, à droite, aux pièces attenantes à la cuisine, puis, il me regarda. Je hochai de nouveau la tête, muette d'étonnement, il dut interpréter mon geste comme une invitation à continuer, et décrivit avec une précision surprenante une maison dans laquelle il n'avait jamais mis les pieds, s'attardant sur des détails qui pouvaient seulement frapper le regard d'un enfant qui s'ennuie par un après-midi pluvieux, comme l'éléphant qu'une tache formait sur l'une des tommettes qui couvraient le sol du garde-manger.

« C'est incroyable, Fernando, dis-je enfin, perplexe. Tu sais tout. »

Il a souri, sans me regarder.

« Mon père m'en a parlé. Il a vécu là jusqu'à six ans. » Je me suis souvenue alors de l'histoire que Mercedes avait racontée, et j'ai failli lui dire que je le savais, mais il continuait : « Quand j'étais petit, nous sommes venus passer trois ou quatre étés en Espagne et, certains soirs, je grimpais avec lui sur les rochers, au bord du canal, d'où on peut voir la maison, et alors, je lui demandais comment c'était, à l'intérieur, et il me le disait. Il se souvenait de tout. On dit que les jeunes enfants n'ont pas de mémoire, et ce doit être vrai, mais moi aussi je me souviens de tout ce qu'il m'a raconté, comme tu as pu t'en rendre compte. »

Alors, j'ai eu une illumination, et j'ai su en un instant quel était le seul, le plus difficile des gestes que je pouvais faire pour lui, je me suis tellement impatientée que j'ai eu du mal à enlever la chaîne qui pendait à mon cou, mes doigts ont tremblé tandis que je la délestais de la petite clé, et j'ai senti les larmes me venir aux yeux quand je l'ai posée dans le creux de sa main, et pressée entre ses doigts.

« Prends, lui ai-je dit, tout simplement.

– Qu'est-ce que c'est ?, a-t-il demandé en ouvrant la main pour regarder la clé, puis moi, d'un air déconcerté.

– C'est une émeraude, une pierre précieuse presque aussi grosse qu'un œuf de poule. Rodrigo, celui de la mauvaise branche, l'a fait monter en broche, et grand-père, un soir, me l'a offerte en me disant qu'elle valait très cher, plus que je ne pouvais me l'imaginer. Et il m'a demandé de la garder, de ne jamais l'offrir à personne, parce qu'un jour ou l'autre, elle pourrait me sauver la vie. Il m'a dit : " Ne la donne à aucun garçon, Malena, c'est ça le plus important. " C'est ce qu'il m'a dit, de ne la donner à personne, mais je te la donne, à toi, maintenant, pour que tu saches combien je t'aime. »

Il a réfléchi deux secondes, et quand il a levé la tête pour me regarder, j'ai eu l'impression qu'il n'avait pas cru un seul mot de ce que je venais de lui dire.

« Ça, ce n'est pas une broche, a-t-il fait d'un ton hautain, presque dédaigneux. C'est une clé.

– Mais c'est la seule clé qui ouvre la boîte dans laquelle se trouve l'émeraude, ce qui veut dire qu'elle t'appartient. Tu ne comprends pas ?

– Tu veux faire quelque chose de grand pour moi, pas vrai, l'Indienne ? », m'a-t-il demandé, en guise de réponse, en me regardant dans les yeux avant de jeter la clé sur ses jeans.

« Évidemment. Je ferais n'importe quoi pour ça.

– Alors, fais-moi entrer une nuit dans la maison de mon grand-père. »

Le jour se levait quand j'ai plongé ma tête dans le

creux de son aisselle, comme si je voulais m'abreuver de sa sueur, et lui qui, jusqu'alors, n'y avait jamais consenti, n'a rien fait pour m'en empêcher. Alors, j'ai été certaine que, d'une manière ou d'une autre, Fernando m'utilisait, mais ce n'était pas encore ça, le pire.

Le pire, et le meilleur, c'était que tout ça me plaisait.

Nous nous sommes quittés un matin, devant la grille de derrière, par où je l'avais fait entrer en cachette au Domaine de l'Indien deux nuits auparavant, et alors j'ai vu ma clé, la minuscule clé argentée de mon coffret, pendue à son trousseau, avec les autres. Nous ne nous sommes rien dit, même pas adieu, et je me suis retrouvée en forme, en pleine forme, parce qu'il m'avait laissé entendre qu'il ne voulait pas me voir pleurer, et je n'ai pas pleuré. Quand la moto a disparu au tournant du chemin, je suis restée sur place, à ne savoir que faire, comme si j'étais dépassée par tout le temps dont j'allais pouvoir disposer jusqu'à son retour, et pour finir, pour faire quelque chose, je suis rentrée à la maison, je suis allée jusqu'à la cuisine, et je me suis assise devant la table, sans aucune intention de manger ou de boire. J'envisageais de partir, je ne savais trop où, quand j'ai aperçu grand-père, derrière la porte vitrée de l'office.

Il s'est approché du réfrigérateur sans rien dire, comme s'il ne s'était pas rendu compte qu'il n'y avait là personne d'autre que moi, et qu'à moi il parlait, il a jeté un coup d'œil rapide à sa gauche, puis à sa droite, a pris une canette de bière fraîche, qu'il a ouverte en appuyant le bord de la capsule sur le rebord supérieur du frigo et en donnant un coup sec. J'ai souri, parce qu'il y avait des années qu'on lui interdisait de boire de la bière, et je me suis alors avisée que je n'avais pas tenu mes promesses. Je me suis dit qu'il aurait certainement fait la même chose, à ma place, et comme s'il avait lu dans mes pensées, il est venu s'asseoir près de moi, m'a souri et m'a dit : « Il reviendra, Malena », tandis que je laissais tomber ma tête sur son épaule.

Jamais il ne m'avait permis de lui parler de Fernando ; sans même me laisser le temps de lui annoncer la grande nouvelle, à peine avais-je franchi le seuil de son bureau qu'il s'était exclamé : « Je ne veux rien savoir. J'ai suffisamment de problèmes, de ce côté-là, alors débrouille-toi toute seule, et profites-en bien » ;

sur le moment, j'ai cru qu'il le pensait vraiment, qu'il ne voulait rien savoir, qu'il se débrouillait pour ne rien entendre, pour ne se mêler de rien, mais ce matin-là, dans la cuisine, j'ai compris qu'il savait tout, parce que lui qui ne parlait pas, qui n'entendait pas, qui ne regardait pas, savait toujours tout, parce que c'était un sage.

« Ne fais pas cette tête-là, ma chérie, a-t-il ajouté, et je me suis mise à rire. Écoute bien ce que je te dis : celui-là, il reviendra, c'est certain. »

Contrairement à mes prévisions, le retour à Madrid fut pour moi un changement presque réconfortant, et pas seulement parce que la terrible nostalgie qui m'avait assaillie à chaque pas pendant la brève semaine que j'avais passée à Almansilla après son départ se dilua dans une inquiétude plus complexe, aux limites imprécises, sorte d'attente active, exempte d'indolence, de mélancolie, mais aussi parce que cet automne entraîna de nombreux changements dans ce qui jusqu'alors avait été le monotone rythme hivernal de ma vie.

Mes journées, auparavant exactement semblables les unes aux autres, présentèrent quelques différences nettes, sur une marge étroite qui prit pour moi l'allure excitante d'un rail de montagnes russes, parce qu'il n'y avait plus de pensionnat et donc plus d'uniforme, ni de mois de Marie, ni d'arts domestiques ni de mathématiques ni le même autobus matin et soir. Six mois auparavant, en apprenant que les sœurs allaient réaliser leur vieux projet de compléter leur programme d'enseignement secondaire du deuxième cycle en dispensant des cours d'orientation universitaire, je n'avais même pas pu rêver d'une liberté pareille. Même le métro, qui me conduisait tous les jours au vieux lycée miteux et bordélique où je suivais les cours de terminale, était pour moi un endroit merveilleux, et je ne pouvais m'empêcher de sourire en me souvenant de l'odeur répugnante du désinfectant qui imprégnait les dalles de pierre rose du pensionnat, semblables à des tranches de mortadelle de Bologne, épreuve dont mon nez était à jamais libéré.

Le lendemain de notre retour, alors que nous n'avions même pas fini de défaire nos valises, Reina et moi avons couru consulter les listes d'inscription, pour constater que nous n'allions plus être dans la même classe. Elle, qui avait opté pour l'économie, une orientation en vogue, faisait partie de l'un des nombreux groupes de vingt-cinq élèves ayant comme matières complémentaires mathématiques, anglais spécialisé et introduction à l'économie. Moi qui, en revanche, avais choisi latin, grec et philosophie, combinaison des plus exotiques, je me trouvais inscrite dans un groupe, unique, de dix-huit élèves. La plupart des candidats qui, comme moi, désiraient entrer à la faculté de lettres, avaient choisi une langue étrangère en plus des deux indispensables langues mortes, ce que je n'avais pas fait, parce que mon niveau, en anglais, était nettement supérieur à celui des programmes spéciaux. Comme tous les groupes uniques, le mien avait un horaire d'après-midi, alors que celui de Reina bénéficiait du privilège théorique d'un horaire matinal.

Ce fut ainsi qu'un facteur apparemment trivial comme le choix d'une option d'orientation changea à bien des égards le sens de ma vie. Dès ce moment, c'est à peine si je voyais ma sœur aux repas, parce que je devais manger avant les autres pour arriver à temps aux cours, à trois heures pile, mais son absence me surprenait moins que le fait d'être seule, et ce fait moins que celui de me rendre compte, non sans surprise, qu'aucun de mes enseignants, aucun des autres étudiants, aucun des individus que je rencontrais dans les rues ou au bar, l'après-midi, ne pouvait se douter que j'avais une sœur jumelle.

Ce fut la plus grande surprise de ce début d'année scolaire, mais pas la seule, parce que, même si je pouvais les compter sur les doigts d'une main, il y avait des garçons dans ma classe, ce qui satisfaisait ma revendication historique sinon hystérique d'une école mixte, grande cause que l'apparition de Fernando avait privée de toute transcendance. Mais la seule présence de ces gnomes tellement effrayés par la supériorité écrasante de l'élément féminin qu'ils se protégeaient les uns les autres en se groupant sur les bancs du fond, était aussi réconfortante que l'absence d'une surveillance étroite; il n'y avait pas d'appels au domicile des parents, je n'ai séché qu'un ou deux cours de tout le programme, mais j'étais bien aise de savoir qu'un de ces après-midi je pourrais aller au cinéma sans déclencher un drame. La plus grande des surprises fut cependant de me faire des amis.

Le premier jour, tandis que je franchissais le seuil d'une classe pleine d'inconnus, l'estomac noué par l'émotion, je m'avisai qu'en fait je n'avais jamais eu d'amis personnels. La compagnie constante de Reina m'avait libérée du souci courant de me faire des amis d'école, de même que tous les cousins et les cousines qui se trouvaient avec moi au Domaine de l'Indien m'avaient évité l'effort non moins courant de former une bande. Jamais je n'avais eu à faire le moindre effort pour prendre langue avec des individus de mon âge, ni pour acquérir des mérites publics afin d'être admise dans un groupe, et c'est pour cela que, perdue parmi des inconnus, je choisis une place contre le mur et laissai passer deux semaines sans adresser la parole à qui que ce fût, en parcourant seule les couloirs quand je sortais pour fumer entre deux cours. J'étais consciente que mon ignorance du code commun régissant les rapports sociaux dans ce milieu pouvait être interprétée par mes compagnons comme un étalage d'arrogance et d'un dédain injustifiés, d'autant que je ne pouvais me prévaloir d'une timidité que démentaient constamment ma voix et mes gestes, mais, d'autre part, je savourais si bien mon léger isolement que la perspective de le voir grandir ne m'inquiétait pas réellement.

Mon attitude finit par attirer l'attention d'une fille qui s'asseyait habituellement à l'autre bout de la classe, entourée de trois ou quatre copines qu'elle devait connaître depuis longtemps, parce qu'elles s'entendaient comme larrons en foire. Un après-midi, elle vint s'asseoir à côté de moi, et s'excusant par avance de sa curiosité, elle me demanda ce que j'avais au doigt. Elle accueillit l'histoire de l'écrou par de grands éclats de rire dépourvus de sarcasme, et son rire me plut. Elle s'appelait Mariana, et, entre deux cours, elle me présenta à ses amies, Marisa, qui était petite et boulotte, Paloma, une blonde au visage boutonneux, et Teresa, qui était de Reus et avait un accent très amusant. Elles m'accueillirent avec la plus grande spontanéité, parce qu'elles-mêmes ne s'étaient jamais vues avant le premier jour de classe, et me présentèrent aussitôt à leurs cousins, à leurs frères et à leurs amoureux, qui avaient eux-mêmes des cousins, des sœurs et des amis au lycée, lesquels sortaient avec des filles ou des garçons qui avaient aussi des cousines, des frères et des amis dans ce même lycée, de sorte qu'insensiblement je me fis de nombreux amis, que je ne me souciais même pas de présenter à ma sœur.

Je n'avais jamais vécu des journées aussi bien remplies. Le matin, il y avait les cours d'anglais et, presque tous les soirs, j'allais au cinéma avec Marina ou Teresa, et aucune de nous trois ne se lassait jamais de voir des films, au point que nous revoyions deux ou trois fois, sans nous ennuyer, ceux qui nous plaisaient vraiment. J'étais infatigable, je m'amusais beaucoup, et j'essayais de ne pas trop penser à Fernando du lundi au vendredi, mais je ne pouvais m'endormir sans penser à lui, et je lui réservais toutes mes fins de semaine. Chaque samedi, après le déjeuner, je commençais une longue lettre que je ne terminais que le lendemain soir, après avoir jeté un monticule de brouillons. Avant de fermer l'enveloppe, j'y glissais une broutille en guise de cadeau : un porte-clés, une carte postale, une fleur séchée, un article amusant découpé dans un journal, avec un petit mot pour m'excuser de lui envoyer ces petits riens. Fernando espaçait ses réponses, mais ses lettres étaient encore plus longues que les miennes, et après m'avoir envoyé les pantalons que je lui avais demandés pour Macu, il m'expédia des petits colis, avec de vrais cadeaux : chemisettes, posters, et disques qui ne sortiraient en Espagne que quelques mois plus tard.

Le temps passait lentement, mais je tolérais sa paresse mieux que je ne m'y étais attendue, jusqu'au début du mois de novembre, quand Reina fut atteinte d'un mal étrange.

Les premiers symptômes étaient apparus un mois auparavant, mais on ne leur avait pas prêté une attention suffisante, parce qu'ils suivaient de près ceux de la sclérose qui devait consumer en un peu plus d'un trimestre le corps bien-aimé et pécheur de grand-père. Un matin, en me levant, je m'aperçus que Reina était encore au lit, pliée en deux, les mains crispées sur son ventre comme si ses intestins menaçaient de se répandre sur le drap ; je m'inquiétais, mais elle me tranquillisa en me disant qu'elle avait ses règles. Ni l'une ni l'autre ne souffrions beaucoup à ces moments-là, mais cette exception ne m'en parut pas moins naturelle. Elle ne me parut pas l'être autant, cependant, quand je la trouvai dans la même position lorsque je revins, le soir, et que je me rendis compte qu'elle n'avait pas eu la force de se lever.

Elle ne le fit pas davantage le lendemain matin, et elle avait si mauvaise mine, au réveil, que je décidai de ne pas aller au lycée et de rester auprès d'elle. Comme les analgésiques ne semblaient pas lui faire le moindre effet, je lui donnai un verre de gin et le lui fis boire à petites gorgées. Ce remède de bonne femme la ragaillardit. Nous avons déjeuné ensemble, et, l'après-midi, elle manifesta l'intention de m'emmener au cinéma, pour voir un film que mes amies et moi avions inscrit à notre programme de fin de semaine ; je le vis deux fois, et j'avais déjà oublié les douleurs de ma sœur quand, vingt-cinq jours plus tard, la même chose se reproduisit, mais en pire, à en juger par les gémissements de la malade.

Alors, je commençai à me faire véritablement du souci, et j'en parlai à ma mère, laquelle, agitée depuis un mois par l'entrée de grand-père à l'hôpital, ne s'en inquiéta pas outre mesure, et me dit que toutes les femmes du monde, un jour ou l'autre, avaient des règles douloureuses, et que ce n'était pas grave. J'insistai, car il y avait trois jours que Reina gardait le lit en disant qu'elle se sentait ballonnée, comme si quelque chose était en train de pousser dans son ventre, mais maman refusa d'admettre que sa fille la moins forte, celle qui avait dû lutter pour rester en vie, pût être de nouveau en danger, après le grand sauvetage de ses premiers jours, et, avec la même inconscience froide qu'elle avait mise à la vêtir de robes trop grandes pour elle, comme si elle ne pouvait voir que son corps ne se développait pas normalement, elle refusa de croire à une avarie de ce même corps, maintenant qu'il avait acquis son plein développement.

Reina, qui avait appris à ne pas l'inquiéter dans les sombres salles d'attente des spécialistes qui l'avaient rendue maintes fois à la vie quand elle était petite, ne se plaignait pas devant elle, mais, quand nous étions seules, elle me décrivait en détail ses souffrances atroces. Elle sentait des pincements très aigus, comme si elle avait avalé un rasoir qui parcourait capricieusement ses viscères, s'enfonçait sans prévenir ici ou là, disparaissait pendant des heures pour multiplier ensuite ses attaques, la tourmentant jusqu'à l'épuisement, et à cette douleur vive s'ajoutait une douleur sourde, constante, qui lui tenaillait le ventre et montait parfois jusqu'à la poitrine, où elle produisait une terrible sensation d'étouffement. Je ne savais que faire, j'avais une peur bleue, et sans vouloir affoler ma sœur avec des histoires sinistres, je me couchais tous les soirs en craignant le pire, après avoir en vain essayé de soulager ses douleurs par tous les moyens imaginables. Je substituais au gin, dont les effets semblaient s'atténuer, le contenu de diverses bouteilles que je trouvais dans le buffet du salon, mais n'obtins qu'une amélioration passagère bientôt gâtée par des nausées. Les serviettes de toilette imprégnées de vapeur se révélèrent aussi inefficaces que celles trempées dans le lavabo rempli de glaçons. Les massages du ventre et des reins faisaient tout d'abord quelque effet, puis leur vertu allait s'amenuisant, et les bains tièdes étaient inutiles. À chaque effort de mon imagination, le résultat était le même : « J'ai très mal, Malena. »

Quand elle se leva enfin, au bout de cinq jours, ma mère poussa un soupir de soulagement et me reprocha de l'avoir alarmée pour si peu, mais je n'étais pas rassurée, parce que Reina marchait le dos voûté et s'épuisait pour un rien, à monter les escaliers du métro, par exemple. Ce fut ainsi que je m'offris à aller chercher le journal, un dimanche matin, bien que ce ne fût pas à moi de le faire et qu'elle affirmât se sentir bien depuis plus d'une semaine. Elle insista pour m'accompagner, et nous sortîmes ensemble, comme lorsque nous étions petites : sa maladie étrange avait accompli le miracle de nous rapprocher une nouvelle fois, alors qu'il semblait bien que nous nous étions définitivement éloignées l'une de l'autre. Nous marchions doucement, profitant des rayons d'un soleil hivernal quand, brusquement, elle se plia en deux, sous l'effet d'un pincement tellement fort que, pendant quelques secondes qui me parurent des siècles, elle ne put dire un mot.

Le soir même, je la laissai dans le salon, devant la télé, et je m'enfermai dans ma chambre pour écrire à

Fernando, mais je ne détachai même pas une feuille du bloc. Il fallait que je réfléchisse ; je possédais tous les éléments pour éclaircir la situation, en examinant les diverses possibilités avec une précision quasiment mathématique. Jamais encore je n'avais affronté un tel problème, une responsabilité aussi grave. Si je n'intervenais pas, ma mère ne conduirait Reina chez le médecin que le jour où elle la verrait étendue de tout son long dans le couloir, et alors il serait trop tard. Ma sœur, qui se souciait de la peur coupable de ma mère plus que d'elle-même, ne lui demanderait rien tant qu'elle ne se sentirait pas mourante, et alors, très certainement, il serait trop tard. Mais faire pression sur elles, ce qui était en mon pouvoir, c'était me jeter dans la gueule du loup, parce que, chaque fois qu'elle avait été forcée d'emmener Reina chez le médecin, j'avais dû y aller avec elles, sans pouvoir éviter que mes oreilles, mes dents, ma gorge ou mes pieds subissent aussitôt le même examen que venait de subir ma sœur. Je pouvais même entendre à l'avance, mot pour mot, la phrase que dirait ma mère, pour m'encourager : « Oui, Malena, vas-y toi aussi, allez... Comme ça, je serai tranquille », sur ce ton qui trahissait son indifférence absolue à mon état de santé et son véritable dessein, qui était de réconforter Reina, en donnant à sa maladie, quelle qu'elle fût, la plus grande apparence de normalité.

Je voyais bien que tout individu sensé se serait tenu rigoureusement à l'écart de l'affaire, en se contentant d'exercer, de loin, une surveillance discrète, mais je me sentais incapable d'une telle neutralité, et l'angoisse accumulée était telle, et si profonde, que je commençais à avoir des visions, mirages flatteurs qui trompent les naufragés du désert égarés lorsqu'ils sont sur le point de mourir de soif. Car il était probable que maman préférerait un cabinet privé, celui du gynécologue de la famille sans doute – et nous devions bien en avoir un, comme nous avions un charpentier ou un vétérinaire, dont les Alcántara étaient les clients d'aussi loin que je me souvienne – à un médecin anonyme d'hôpital, probablement pressé, peut-être même grossier, qui aurait pourtant à sa disposition toute une batterie de moyens inaccessibles au premier... Ce que je faisais ou ne faisais pas ne regardait pas ce monsieur, bordel ! D'autre part, Reina et moi étions maintenant assez grandes pour que ma mère se rendît compte qu'il était absurde de perdre du temps et de l'argent en consultations inutiles, puisqu'il était évident qu'à présent nul n'allait nous ausculter toutes les deux pour le même prix. Je me dis encore que les médecins étaient comme les curés, et qu'eux aussi avaient des règles qui les obligeaient à garder le silence.

Alors que j'aboutissais à la conclusion que les deux possibilités présentaient des risques équivalents, je changeai d'avis en me disant qu'à tout point de vue ma sœur était plus menacée que moi. J'ai avalé ma salive, et la première chose que j'ai faite, le lendemain matin, a été d'accompagner mon père à son travail pour pouvoir parler avec lui dans la voiture.

« Ah, non non non et non ! Ne viens pas me raconter ces histoires de femmes sanguinolentes, ça me soulève le cœur ! »

Malgré tout, il s'engagea à décider ma mère, sur un ton indifférent qui ne présageait rien de bon. L'échec probable de ma tentative ne me découragea pas autant, toutefois, que celui qui m'attendait à la maison, quand j'abordai le sujet avec l'intéressée. Reina qui, quelques jours auparavant, se délectait à décrire ses douleurs avec une précision de miniaturiste, fronça les sourcils avant de déclarer posément qu'elle ne s'était jamais sentie aussi mal que je le prétendais, et déploya une véhémence insolite pour rejeter un à un tous mes arguments, sans m'en opposer un seul d'à peu près recevable. Un moment, j'eus l'impression d'être coincée, et quand je cessai d'insister, sentant que mon discours alimentait la peur qui la faisait ruer dans les brancards, elle fit une remarque si froide, si calme et si caractéristique de son mode de raisonnement que je finis par me demander si ce n'était pas moi qui en faisais trop :

« Tu te fais des idées, Malena, me dit-elle doucement en posant un instant sa tête sur la mienne. Tu es encore obnubilée par mon état de santé, comme lorsque nous étions petites, comme si tu étais responsable de tout. Mais que tu le veuilles ou non, je serai toujours plus petite que toi, nous n'y pouvons rien, tu te rends à peine compte que tu as des règles, et moi, elles m'anéantissent. Tu n'attrapes même pas un rhume en hiver, et moi je tousse et je me mouche jusqu'à la fin du mois de mai ! Tu es plus solide que moi, c'est comme ça, et ce n'est la faute de personne. »

Cette brève déclaration fit reparaître l'arbitre du jeu, la fragile manipulatrice des consciences qui se laissait couler tout doucement par terre pour s'adresser à moi, agenouillée, la Reina que j'aimais le moins, et dont je me méfiais, dont je redoutais la souffrance mystérieuse et volubile tout autant que les intentions, mais la nuit suivante, peu avant l'aube, un cri me réveilla, et quand j'allumai la lampe de chevet, je la découvris, sourcils froncés, dents plantées dans la lèvre inférieure, le poing fiché dans le ventre comme si elle essayait d'un extraire la douleur, et son expression était celle d'une souffrance si intense qu'elle ne pouvait être jouée.

« D'accord, Malena, murmura-t-elle quand la crise fut passée. J'irai voir le docteur, mais à une condition.

– Laquelle ?

– Que tu viennes avec moi.

– Évidemment que j'irai ! dis-je avec un sourire en avalant ma salive. Quelle idée ! »

Deux jours plus tard, ma mère se décida enfin à prendre rendez-vous avec le docteur Pereira, qui avait toujours été son gynécologue et qui nous avait mises au monde, nous et tous les autres enfants de la famille. Alors Reina revint à la charge, pour donner à l'avenir des couleurs encore plus sombres que celles que j'avais pu entrevoir.

« Pourquoi veux-tu qu'il m'ausculte moi aussi ? protestai-je. Moi, je n'ai mal nulle part !

– Je sais, mais ça me rassure...

– Ne fais pas la bêtasse, Reina, je t'en prie. Ce n'est qu'un médecin.

– Bien sûr, mais pour toi, ce n'est pas la même chose, tu n'as pas honte, tu ne rougis pas comme une tomate à propos de rien. Et puis, j'ai très peur qu'il me trouve quelque chose d'horrible, je ne sais pas... C'est que je n'aime pas l'idée qu'un type me tripote pendant que maman et moi vous me regardez, tout tranquillement. S'il t'auscultait toi, la première, et que je voyais qu'il ne te fait pas mal, je serais beaucoup moins nerveuse, j'en suis sûre. Si tu ne viens pas, je n'y vais pas non plus, je te le jure, Malena... »

J'ai fini par accepter, par me soumettre à mon destin avant le temps, et pas seulement parce que tout ce que disait Reina, beaucoup plus pudique et perspicace que moi, était vrai, ou que, rassemblant tout le calme dont j'étais capable, j'avais admis que le sort en était jeté, mais parce que j'avais beaucoup plus peur qu'elle. J'étais tellement épouvantée par la certitude qu'on allait trouver en elle quelque chose de terrible que je ne pensais pas un seul instant à moi-même quand nous nous lançâmes dans cette expédition qui devait nous conduire, par le sinistre couloir d'un appartement immense de la rue Velázquez, jusqu'à l'un des êtres les plus odieux que j'aie pu connaître dans ma vie.

Le docteur Pereira ne devait pas mesurer plus d'un mètre cinquante, il avait des dents jaunes, deux ou trois verrues sur son front dégarni, et une petite moustache répugnante qui semblait tracée d'une main mal assurée avec un compas à pointe fine. On n'aurait pas dit un médecin ; pour nous recevoir, il n'avait pas encore mis sa blouse blanche sur son costume de gros tweed et son gilet, et si l'on ajoutait à son âge celui de la secrétaire vétuste qui ouvrait la porte, on devait arriver à un total d'au moins cent vingt ans. Tandis que je subissais stoïquement ses plaisanteries, ses petites tapes et ses : « Que diable, tu es devenue une vraie petite femme ! », je me disais que ce petit père baveux allait soigner ma sœur, et quand, bouleversant tous les plans de Reina, il insista pour voir tout d'abord la malade et ressortit de derrière le paravent blanc au bout d'une bonne demi-heure et déclarant que tout allait pour le mieux, et qu'il la trouvait en pleine forme, je me sentis presque bien.

Tandis qu'il expliquait à ma mère, sur un ton qui soulignait sa perplexité, qu'il ne comprenait pas quelle pouvait être l'origine de ces douleurs et que, de toute manière, il serait bon d'effectuer un ensemble d'examens afin de s'assurer qu'il n'existait pas de problème qu'il n'avait pu déceler à l'auscultation, ma sœur nous rejoignit, les yeux pleins de larmes, la crainte peinte sur son visage, et je l'embrassais pendant qu'elle s'asseyait près de moi. Maman se levait pour prendre congé quand le gynécologue, qui ne devait pas perdre ses honoraires de vue, intervint en me montrant du doigt :

« Ne voulez-vous pas que j'examine l'autre, pendant que j'y suis ?

– Ce n'est pas la peine, dis-je. Je me sens bien, et je n'ai pas de règles douloureuses.

– Mais puisque tu es là... Je peux bien jeter un coup d'œil, insista-t-il en s'adressant encore à ma mère.

– Oui, Malena, vas-y, il vaut mieux... Comme ça, je serai tout à fait tranquille. »

Quand j'eus ce porc devant moi, je fermai les yeux, pour ne pas trouver dans son regard un reflet de celui de Fernando, et je réussis à ne pas broncher pendant l'examen. Quand, en sortant, Pereira retint un instant ma mère à la porte en nous disant au revoir, j'essayais encore de ne pas m'inquiéter en me disant que Reina allait bien, et que c'était le plus important. Je ne fus pas blessée par la gifle que ma mère me donna aussitôt qu'elle fut devant moi, et pas davantage quand elle cria devant tous les inconnus qui patientaient dans la salle d'attente qu'elle ne voulait plus rien savoir de moi, et pas davantage quand elle me traita de pute tout fort en pleine rue. Ce qui me fit mal, ce fut qu'après avoir arrêté un taxi, et ouvert la portière pour que ma sœur puisse passer devant en lui disant : « Allons, ma fille », elle ne se tourna même pas pour m'adresser un regard.

Je me mis à marcher doucement dans la rue Velázquez, et ne la quittai qu'en arrivant au coin de la rue Ayala. Alors, je tournai à gauche, traversai l'avenue Castellana et montai la rue Marqués de Riscal jusqu'à Santa Engracia. Je tournai à droite, cette fois, et compris en arrivant sur la place de l'église que mon instinct m'avait fait suivre le chemin des réprouvés.

J'étais incapable de penser à quoi que ce fût, et me retrouvai en train de sonner à la porte de la maison de la rue Martínez Campos, sans le moindre prétexte pour cette visite. Paulina, pour qui il devait tomber sous le sens que je venais voir grand-père, ne fut pas très surprise de me voir. Tout en répondant à ses questions habituelles sur l'état de santé de toute la maisonnée, nounou incluse, je cherchais désespérément un prétexte auquel me raccrocher comme à une liane salvatrice dans la forêt vierge, mais je ne trouvais rien, car mon imagination était tarie. Nous tombâmes alors sur Tómas, en traversant le vestibule.

C'était le seul frère de ma mère qui vivait encore dans cette maison et, depuis la maladie de grand-père, la seule autorité en vigueur entre ces murs, car, deux mois auparavant, le malade ayant usé ses dernières forces à exiger qu'on le fît sortir immédiatement de l'hôpital parce qu'il voulait mourir chez lui, ses fils s'étaient entendus pour engager trois infirmières qui s'occuperaient tour à tour de grand-père plutôt que d'assumer eux-mêmes cette responsabilité, et Tomás avait applaudi à cette décision, qui garantissait sa tranquillité. Depuis, il s'occupait seul de son père, et la charge d'organiser le travail des infirmières et de recevoir le médecin tous les jours ne l'absorbait pas au point de le couper du monde. Plus intelligent ou moins confiant que Paulina, il ne dut pas me regarder deux fois pour comprendre que mon apparition dans cette maison n'était pas seulement due à l'intérêt que je portais à grand-père.

Il fit comme s'il n'avait rien deviné et pourtant, quand Paulina m'apporta une bouteille de Coca-Cola que je ne lui avais pas demandée et nous laissa seuls dans le salon, il plongea ses yeux globuleux dans les miens, sans me poser de question. Son attente dura quelques minutes et j'écartai une demi-douzaine d'entrées en matière avant de dire tout doucement son nom :

« Tomás... »

Un verre de cognac à la main, il attendait, hermétique et lointain comme toujours. Il ne m'avait jamais beaucoup plu, mais son père m'avait fait promettre de ne me fier à personne, sauf à lui, si un jour j'avais besoin de vendre la pierre qui me sauverait la vie, et Magda l'aimait. Je me souvins qu'une fois il aurait pu me trahir et ne l'avait pas fait, et en réfléchissant un peu plus, je compris qu'il ne me restait pas d'autre recours, et je lui racontai tout, des premiers symptômes de la maladie de Reina jusqu'à la panique qui me clouait dans le fauteuil en face de lui et ne me permettait même pas d'envisager de rentrer à la maison.

Quand j'eus terminé, il s'adossa au fauteuil, me regarda longuement en se tapotant la bouche, puis me découvrit un sourire qui me laissa pantoise, car, plus que rarissime, une telle expression, chez lui, était extraordinaire.

« Ne t'inquiète pas. Tu peux rester ici aussi longtemps que tu voudras... Et n'aie pas peur, il ne va rien se passer. Il ne se passe jamais rien. »

Quand j'entendis ces mots, ce fut comme si une petite valve avait sauté, en moi, et j'entendis presque le sifflement de la tension qui s'échappait de mon corps. Mon estomac se décrispa, et je perdis la solennité, la rigidité sous lesquelles je m'étais caparaçonnée.

« N'empêche que ma mère va me tuer.

– Allons ! Je te parie ce que tu veux qu'avant Noël il n'en sera plus question.

– Non, Tomás, sérieusement, je t'assure que non. Tu ne la connais pas.

– Tu crois ça ? Mais j'ai vécu avec elle... vingt-cinq ans, à peu près.

– Mais tu ne t'es jamais trouvé dans ma situation. »

Alors, il a cessé de sourire, pour éclater de rire, une suite de petits éclats déconcertants, et, lorsqu'ils se furent éteints, il s'adressa à moi sur un ton différent, grave et amusé à la fois.

« Regarde-moi, Malena, et écoute-moi. J'ai vécu près d'un demi-siècle, j'en ai vu de bien plus dures que toi, et j'ai appris qu'il n'y a que deux choses qui comptent : la première, et la plus importante... » En disant ces mots, il se pencha, me prit les mains et les serra entre les siennes : « ... c'est que personne au monde n'a le pouvoir de te retirer ce que la vie t'a donné. La deuxième, c'est qu'en dépit des apparences il ne se passe rien. Personne ne tue personne, personne ne se suicide, personne ne meurt de chagrin et personne ne pleure plus de trois jours d'affilée. Une quinzaine de jours après le pire des malheurs, tout le monde est à table et mange avec appétit, je parle sérieusement. S'il n'en allait pas ainsi, la vie se serait éteinte sur cette planète il y a des millénaires. Réfléchis un peu, et tu te rendras compte que j'ai raison.

– Merci, Tomás. » Ses mains, à présent molles, tenaient encore les miennes. Je les pressai avec force et posai mon front sur ses paumes. « Merci. Tu ne sais pas...

– Je sais tout, gente demoiselle, m'interrompit-il aussitôt comme si ma gratitude l'offensait, et, à ma grande surprise, il réussit à me faire sourire. Et maintenant, va prévenir Paulina que tu restes dîner avec nous, mais ne lui dis rien, je lui parlerai, moi. Je vais appeler chez toi. Je parlerai à ta mère... » Il s'interrompit un instant, comme si l'idée ne l'enchantait pas... « Ou plutôt à ton père ; je lui dirai que tu es là. Ne t'inquiète pas. »

Paulina me gronda de ne pas l'avoir prévenue plus tôt, car elle adorait éblouir les invités, même les plus insignifiants ; le repas fut cependant exquis. Tomás ne voulut pas me donner de détails sur sa conversation avec mon père, mais il m'assura que tout était arrangé et il mentit, je suis certaine qu'il mentit, en m'affirmant que papa lui avait dit que Reina semblait très inquiète à mon sujet. Puis il se mit à bavarder avec un enthousiasme tout nouveau pour moi, et il le fit, seul, pendant tout le repas, comme s'il profitait de ma présence pour s'adonner à un plaisir rare et difficile à obtenir, en s'interrompant tout de même de temps en temps pour me regarder et me sourire.

« On dirait que tout ça t'amuse beaucoup, non ? », lançai-je quand nous en fûmes au dessert, encouragée par le cadeau que m'avait fait la providence en conservant pour moi, au réfrigérateur, toute une portion d'œufs à la neige.

« Ma fille, cette année, j'aurai cinquante ans. Que veux-tu que je fasse ? Que je me mette à pleurer ?

– Nooon !, parvins-je à lancer, la bouche pleine de meringue.

– Bon. De toute manière, tu n'as pas tort. J'ai plaisir à t'avoir ici, exilée. Je dois être un peu radoteur, parce que c'est vrai que tout ça me rappelle que je suis vieux, mais, que veux-tu que je te dise, d'un autre côté, je me sens rajeunir, comme disait ce titre de film. Nous allons porter un toast à cet événement. »

Jusqu'au moment où Paulina apparut dans la salle à manger en poussant un petit chariot chargé de bouteilles, avec une expression telle que je sus que ma mère l'avait appelée au téléphone, je ne pris pas cette offre au sérieux. Je n'aurais pas davantage cru que mon oncle aimait boire avant de l'avoir vu de mes yeux.

« Voyons... insista-t-il après s'être servi du cognac. Que veux-tu boire ?

– Je peux vraiment ?

– À toi de dire, si ça te chante... »

Il ne me fallut que deux ou trois secondes pour passer en revue l'étalage de bouteilles, mais mon silence fit un vide suffisant pour qu'une nouvelle interlocutrice se mêlât à la conversation.

« Celle-là ? Ça ne m'étonnerait pas qu'elle en ait fait de pires !

– Laisse la petite tranquille, Paulina ! » La réaction de Tomás ne s'était pas fait attendre. « Tu ne vois pas qu'elle est malheureuse ? Ne l'énerve pas davantage, bon sang !

– C'est ça ! Mets-toi de son côté, et que la foudre frappe ta pauvre sœur !

– Ma sœur n'a rien à voir dans tout ça.

– Et un peu, qu'elle a à y voir !

– Ni un peu ni beaucoup, absolument rien ! »

Mon oncle avait haussé le ton, frappé du poing sur la table à la manière de grand-père, de sorte que Paulina, intimidée, se cacha le visage dans les mains.

« Naturellement, murmura-t-elle ensuite, les larmes aux yeux. Qui s'assemble...

– On connaît la chanson », dit Tomás d'une voix douce, en tendant le bras pour la prendre par la taille en signe de conciliation, et il s'arrangea pour dire en plaisantant ce qui ressemblait fort à une provocation : « Honneur à qui ressemble aux siens. »

Paulina s'assit avec nous pour prendre un petit verre d'anis, et, d'un geste que j'interprétai comme un rituel quotidien, elle tendit le journal à Tomás pour qu'il lui dise ce qu'il y avait, ce soir, à la télévision, parce que, même avec ses lunettes, elle ne pouvait pas lire des lettres aussi petites.

« Oh ! s'exclama-t-il avec une joie presque enfantine. Regarde ce qu'ils passent aujourd'hui ! *Brigadoon* de Minnelli ! Juste ce qu'il te faut, Malena. C'est un très bon film ; ça va te plaire, Paulina.

– Je ne veux pas te gâcher ta soirée, Tomás, lui dis-je. Si tu as quelque chose à faire...

– Je dois voir des amis, mais, après tout, on va toujours au même endroit, alors je sortirai après le film. J'ai dû le voir vingt fois, mais je ne le raterais pour rien au monde. »

Il prit un plaisir d'enfant à la fantastique histoire du village écossais, avec ses fantômes et ses ciné-ballets, et il me transmit si bien son enthousiasme que lorsque nous nous séparâmes, lui à moitié ivre et moi complètement, j'avais presque oublié la raison de ma présence dans cette maison. Cependant, avant d'entrer dans la chambre de Magda, que Paulina avait préparée pour moi, je retournai sur mes pas et me dirigeai sans faire de bruit vers la chambre de grand-père. Maman, qui venait le voir tous les jours, ne m'avait pas laissée l'accompagner, et Tomás qui, au cours de la soirée, était allé voir plusieurs fois comment il allait, ne me l'avait pas permis non plus, en me disant que je ne pourrais pas le reconnaître, qu'il n'avait plus que la peau et les os, que sa tête battait la campagne, et qu'il valait mieux que je garde de lui l'image que j'en avais, en ajoutant qu'il avait eu une journée très pénible, mais j'ouvris cependant la porte sans faire de bruit et me glissai à l'intérieur, parce que n'aurais pas pu quitter cette maison sans l'avoir vu.

Tout d'abord, je me repentis de ne pas avoir suivi le conseil de mon oncle, parce que le corps, qui reposait sur un lit d'hôpital dont la tête, par hasard, ou selon la volonté du malade, avait été placée sous le portrait de Rodrigo le Boucher, était pareil à un cadavre ; seuls les tubes de plastiques qui lui entraient dans les narines indiquaient qu'il était encore vivant. La douleur que j'éprouvai en le découvrant ainsi dissipa jusqu'à la dernière goutte l'alcool qui naviguait dans mon sang, pour faire place à une douleur profonde, et en imaginant les tortures que l'arrogant cavalier de jadis devait endurer pendant ses brefs instants de lucidité, quand il pouvait voir ce qu'il était devenu, je me demandai si j'aurais assez de courage pour arracher tous ces tubes, mais la pensée que je ne lui apporterais peut-être pas ainsi une mort plus douce, mais quelques instants d'une plus terrible agonie, me rendit mon sang-froid, le plus amer.

Je me suis tout doucement approchée du lit, et c'est alors que j'ai remarqué la présence de l'infirmière assise dans un fauteuil près de la fenêtre, en train de lire un livre dans lequel elle se replongea quand nous eûmes échangé un bref salut. J'aurais préféré qu'elle quittât la pièce et me laissât seule avec lui, mais je n'ai pas osé le lui demander, j'ai seulement orienté la chaise de façon à lui tourner le dos. J'ai regardé grand-père dormir, et chacune de ses inspirations, longue et pénible, me faisait mal dans la poitrine, comme si j'étais blessée. Lorsque son sommeil m'a paru plus paisible, j'ai avancé ma main, pour toucher la sienne, sans me douter que ce léger mouvement suffirait à le réveiller, et il a ouvert un instant les yeux, pour les refermer si rapidement que j'ai cru qu'il dormait encore. Sa voix, consumée par la maladie, a résonné, aiguë et légère comme celle d'un enfant :

« Magda ? »

Alors, j'ai enfoui mon visage dans les draps, mes mains se sont fermées si fort que j'ai senti mes ongles au creux de mes paumes à travers le tissu, et j'ai éclaté en sanglots, j'ai pleuré comme jamais encore je ne l'avais fait, comme si j'apprenais à cet instant ce qu'étaient les pleurs.

« Magda...

– Oui, papa.

– Tu es venue ?

– Oui, papa, je suis là. »

Quand j'ai relevé la tête, je me suis sentie beaucoup plus vivante, beaucoup plus forte, comme si mes larmes avaient absorbé l'énergie d'un corps qui n'en avait plus besoin. Grand-père paraissait calme, il semblait mort, et s'il s'aperçut que je me levais, que je m'éloignais de lui pour gagner la porte de mon pas le plus léger, il n'en laissa rien voir. Mais j'ai sursauté en sentant une main se poser sur mon épaule, et tandis que je me retournais, prête à faire face à un spectre, mon cœur cognait violemment dans ma poitrine.

« Pourquoi lui as-tu menti ? »

Mon grand-père, encore vivant, dormait dans son lit ; c'était l'infirmière, dont j'avais totalement oublié l'existence, qui parlait :

« Pourquoi ? insistait-elle. Tu lui as laissé croire que tu étais sa fille, alors que tu es sa petite-fille, n'est-ce pas ? Tomás m'a dit que tu étais ici et que tu viendrais sans doute le voir. »

Je l'ai regardée un peu plus longuement, et j'ai vu un visage vulgaire sur un corps vulgaire, une femme quelconque, comme il y en a des millions, une enfance heureuse, une maison modeste mais abritant le bonheur et pleine d'enfants, une mère tendre et aimante, un père travailleur et responsable, une vraie carte postale suisse sous le Rimmel, les rides et la langue des honnêtes gens. Je n'ai pas répondu.

« Il ne faut pas mentir aux malades », a-t-elle ajouté, pour finir, résignée à mon silence.

Allez vous faire foutre, me suis-je dit, allez vous faire foutre, et j'aurais dû le lui dire, mais je ne l'ai pas fait. Je n'ai jamais pu dire des choses pareilles. L'occasion de devenir une petite dame ne m'a jamais été donnée, et l'éducation que j'ai reçue ne m'a servi à rien, en définitive.

Tomás avait raison, car tout rentra dans l'ordre, au-delà de mon attente, et le retour à la normale culmina avec le rétablissement miraculeux de Reina, dont la maladie, indécelable sur les résultats d'une bonne douzaine d'examens, fut cataloguée parmi les douleurs psychosomatiques, dans un dossier d'où elle ne ressortirait jamais, sans doute, tandis que ma sœur était définitivement affranchie de cette mystérieuse torture mensuelle. Maman ne put donner libre cours à sa colère et, fidèle à elle-même, préféra errer dans la maison comme une âme en peine, avec un rictus de douleur aux lèvres, qu'elle entrouvrait à peine pour m'adresser la parole, avec une immense lassitude mais sans la moindre allusion directe à ma trahison, qu'elle soulignait pourtant à force de soupirs et de petits gestes appartenant au langage ancien, qui jadis me semblaient plus sévères que toute autre punition et qui, à présent, ne me faisaient plus rien. Mon père, en revanche, me fit une scène qui me parut d'autant plus violente que je ne pouvais en deviner la cause.

« Ce qui me tue, ma fille, s'écria-t-il aussitôt qu'il eut franchi le seuil de la maison de la rue Martínez Campos, ce qui me tue, c'est que tu puisses être aussi conne, mais conne au point que je ne peux pas croire que la bave ne te coule pas du menton comme à une débile ! »

Paulina quitta la cuisine en courant, comme elle le faisait chaque fois que s'annonçait une dispute, et moi, je restai plantée à l'entrée du salon, en essayant de faire quelque chose des mots que je venais d'entendre.

« Alors, tu ne dis plus rien ? Tu n'étais pourtant pas muette, l'autre jour, quand tu es venue me casser les pieds avec cette histoire de Reina qui se mourait.

– Mais, papa, je croyais...

– Qu'est-ce que tu croyais, toi ? Que les ânes volent ? Tu en serais capable, si l'autre te le disait. Putain, Malena, tu ne sais pas quelle nuit ta mère m'a fait passer ; entre toutes, vous ne pouvez pas me laisser vivre tranquille, bordel de merde... J'ai ai marre des femmes, sache-le une fois pour toutes. Marre ! » Il s'est alors tourné du côté de Tomás, qui avait contemplé la scène en silence, un verre à la main, mais qui avait accueilli la dernière déclaration de mon père d'un grand éclat de rire. « Et toi, ne ris pas comme ça, je suis sérieux, je t'assure. Chaque fois que je regarde par la fenêtre de la salle de bains et que je vois deux slips perdus au milieu d'une quinzaine de culottes sur le fil d'étendage, j'en ai les chocottes. »

Tomás rit de plus belle, puis se calma, et sourit. J'essayai de profiter de l'accalmie.

« Reina était malade.

– Reina est une chochotte, et une hystérique. Et toi, tu es une imbécile. Et n'en parlons plus ! » Il criait, de nouveau, mais sa voix s'était adoucie. Puis il s'approcha de moi, et me prit par les épaules pour m'entraîner. « Viens, allons-y.

– Déjà ? Pourquoi ne déjeunez-vous pas avec moi ? »

Dans la voix de Tomás, il y avait une certaine urgence mal dissimulée, et j'acceptai l'offre d'un signe de tête, en me disant que notre compagnie serait une petite fête pour lui, mais mon père prit une autre décision :

« Non, écoute, je préfère partir. Je n'ai pas envie de revoir la tête que ta sœur faisait hier soir... »

Il n'en dit pas davantage et, pour la première fois, tout en disant mille fois merci à son insouciance, je me demandai s'il n'y avait pas, sous son indifférence, non du respect, mais une certaine pudeur, et la mauvaise conscience des débauchés qui n'ont jamais l'immoralité de condamner les péchés des autres. Reina, elle, me réserva un accueil des plus chaleureux. À peine avais-je franchi la porte qu'elle se jetait à mon cou et s'enfermait avec moi dans notre chambre. Notre conversation, des plus inégales, dura plus d'une heure : elle parla toute seule, et je me contentai de lui répondre d'un signe de tête, sans pouvoir placer un mot. Elle me gronda de ne l'avoir pas mise au courant pendant qu'il était encore temps, et déploya toute son éloquence pour me convaincre qu'elle n'avait pas la moindre responsabilité dans cette affaire. Je ne doutais pas vraiment de son innocence, mais, quand je regardais en arrière, je ne voyais guère que les filaments rompus de l'épaisse corde qui, jadis, nous unissait, et il me semblait même entendre, par-dessus sa voix, le claquement sec d'une partie du lien qui se rompait, sous la tension qui n'allait plus laisser entre nous, au lieu d'une solide amarre, qu'un fragile cordon. De toute manière, je ne lui prêtais pas toute mon attention, parce que, depuis mon réveil, une idée me tournait dans la tête, occupant l'espace hier encore destiné aux conséquences prévisibles de cette grande catastrophe qui à présent n'avait plus d'importance, et cette idée, qui gagnait du terrain, excluait ma sœur et tout ce qu'elle signifiait.

J'aimais grand-père, et je savais qu'il était malade, mais aussi longtemps que je ne l'avais pas vu, que je n'avais pas senti la gifle brutale de la réalité, je n'avais pas voulu savoir qu'il allait mourir ; quand je l'eus vu, sa mort devint un événement prévisible, et je ne pus pourtant empêcher mon imagination de vagabonder et ma tristesse de faire son œuvre. J'aimais grand-père, et par-delà le vieillard élégant et mystérieux qui m'avait légué une pierre précieuse et une vérité insoutenable, j'aimais l'homme qu'il avait été et que je n'avais pas connu, l'homme entre tous digne de ce nom. J'aimais ses silences et ses gestes, ses amours, sa dévotion à l'enfant monstre, sa fidélité à la moniale renégate, sa passion pour une femme vulgaire, et il le savait, ils le savaient tous, et c'est pour cela que ma mère ne fut pas étonnée par l'intérêt que je portais au sort du malade, et quand elle consentit à m'adresser de nouveau la parole, elle répondit avec précision à toutes mes questions, en se demandant avec moi combien de temps il lui restait à vivre, ce temps qui nous séparait d'une mort qu'elle ne semblait pas regretter.

Moi, en revanche, je la détestais et je la redoutais, cette mort, je ne voulais pas que grand-père mourût. Alors que certains de ses fils avaient cessé d'aller le voir, moi j'allais chez lui deux ou trois fois par semaine, et je le regardais, je restais avec lui, pour lui mentir chaque fois qu'il le voulait, même s'il n'ouvrait plus les yeux. Mais, une nuit de février, le téléphone a sonné à dix heures et demie, et j'ai vu l'anxiété se peindre sur le visage de ma mère, j'ai entendu le son entrecoupé d'une conversation étouffée, et j'ai attendu que mes parents fussent sortis. Alors, je me suis enfermée dans leur chambre, et j'ai composé le plus long des numéros de mon agenda. Tandis que j'attendais que quelqu'un décrochât, à l'autre bout du continent, il m'a semblé que la main de grand-père me serrait le cœur et me libérait l'âme sous forme de pleurs. Et puis Fernando a dit *allô*.

« Grand-père meurt, lui ai-je dit. Le médecin ne lui donne plus que quarante-huit heures.

– Je sais, Malena. Ils viennent d'appeler. Mon père fait sa valise.

– Tu vas venir ?

– Je fais mon possible, l'Indienne. Je te jure que je fais tout ce que je peux. »

Fernando n'a passé à Madrid que trois jours, qui suffirent pour rendre à chaque heure la pesanteur qu'elle avait perdue depuis son départ, parce que les minutes se remirent à passer à toute vitesse, mais elles étaient pleines, sans cette inconsistance maladive qui les avaient congelées au cours de l'hiver, en ne leur concédant que ce qu'il fallait d'élan pour s'écouler tout doucement, au rythme angoissant d'une perfusion administrée au malade. Sa présence compensa un peu l'absence de Magda, que j'attendis jusqu'au matin de l'enterrement, même si, tout au fond de moi, je n'avais pas envie de la retrouver dans l'une de ces tristes cérémonies commémorant une déroute que, d'une certaine manière, nous partagions, elle et moi. Tous ceux qui, ces jours-là, m'entourèrent ne me donnèrent guère l'impression de s'être réunis pour pleurer un mort. Jamais je n'avais vu une telle entente, une telle amabilité, tant de détails de bon goût, jusqu'au moment où le testament de grand-père fut ouvert. Alors, les problèmes apparurent, et l'insolite harmonie disparut comme par enchantement. Fernando et moi en avions cependant bien profité, quand nous nous retrouvions dans les couloirs de la maison de grand-père sans que nul, parmi les adultes souvent occupés à préparer du café, la calculatrice à la main, s'inquiétât de notre absence.

Ceux qui avaient cru que la mort de leur père les libérerait à jamais de l'obligation de se voir durent bien se regarder dans les yeux, comme ils ne l'avaient encore jamais fait, tandis que les tentatives d'arbitrage de Tomás semblaient vouées à l'échec. Il n'y avait tout simplement pas assez d'argent pour que tous pussent être satisfaits. Les Alcántara de Madrid avaient toujours cru qu'ils conserveraient les deux maisons, et concéderaient quelque chose aux enfants de Teófila, auxquels ils n'attribuaient pas, même en songe, une part égale aux leurs, dont le total dépassait largement tous les dépôts bancaires de grand-père réunis. Les Alcántara d'Almansilla – hormis Porfirio et Miguel, qui restèrent neutres – voulaient le Domaine de l'Indien. Je le savais déjà, parce que Fernando me l'avait dit tandis qu'il m'étreignait sur l'étroit divan du bureau de grand-mère, en me caressant tout doucement le dos, pour me retrouver du bout des doigts après cette longue absence. Son père et sa mère devaient être dans la chambre de grand-père, avec tous les autres, à s'épier mutuellement tout en s'arrachant une larme décorative en présence de la dépouille. Moi, qui connaissais la maison comme ma poche, j'avais attiré mon cousin dans le coin qui me semblait le plus sûr, le bureau où grand-mère ne mettait pour ainsi dire jamais les pieds, sauf pour poser des potiches sur des napperons de dentelle dans tous les coins inoccupés, pièce dont la situation, juste en face du palier du premier étage, nous permettait d'entendre les appels éventuels de ceux qui iraient tout d'abord nous chercher dans les chambres du deuxième étage. Mais personne ne vint nous déranger, si bien que nous nous étions déjà rhabillés en toute hâte comme nous l'avions si souvent fait jusqu'alors, quand nous nous sommes déshabillés une nouvelle fois, tout doucement, pour retrouver le rythme lent du séchoir, et il me sembla même, un instant, en sentir l'odeur tandis que le sang se précipitait dans mes veines, tendant joyeusement leurs parois.

« Tu sais, me dit Fernando ensuite, c'est drôle, j'ai passé ma vie à attendre ce moment, et maintenant, je n'ai plus envie que mon père hérite de la maison, parce que alors tu ne viendrais plus à Almansilla, et je ne pourrais pas te voir autant que l'an dernier. Tu m'as beaucoup manqué, l'Indienne. J'ai pensé à toi tous les jours. »

Ces paroles, annonce de la guerre qui allait éclater, auraient dû m'alarmer, mais elles ne le firent pas, et pas seulement à cause de la timide déclaration d'amour que mon cousin avait osé glisser dans sa conclusion, mais surtout parce que j'étais, pour le bien comme pour le mal, une Alcántara de Madrid, et que l'image de Teófila présidant à la table de la salle à manger sur la chaise de grand-mère dépassait mon imagination pour aller hanter le territoire des délires les plus douteux. J'en vins même à avoir vaguement pitié de l'ambition qui étirait plus encore les épouvantables jotas que j'aimais tant, sentiment tellement désagréable que j'en vins encore, pourtant, tandis que passait le printemps, et que le visage de ma mère passait, lui, de la lividité causée par le scandale au rouge de la colère, sans pouvoir acquérir une coloration déterminée, à me réjouir que Fernando eût raison, car toute négociation raisonnable devrait forcément aboutir à ce partage : la maison de la rue Martínez Campos pour les uns, le Domaine de l'Indien pour les autres. Mais quelqu'un, mon oncle Pedro, il me semble, se lança sur le thème des acquêts, et une querelle éclata qui précipita la trêve aux oubliettes.

Les avocats de Madrid annoncèrent que la cause était perdue, et ceux de Cáceres affirmèrent qu'elle était gagnée, parce que grand-mère, pour pouvoir léguer tous ses biens à ses enfants de son vivant, avait signé quelques années auparavant une sorte de contrat avec son mari. La planche de salut à laquelle se raccrochèrent ceux qui contestaient la succession, c'était que ce papier ne constituait pas formellement une séparation de biens, et que chacun d'eux aurait donc droit à deux parts d'héritage – une de leur père et l'autre de leur mère –, alors que les enfants de Teófila n'auraient droit qu'à une seule part, mais cette astuce était si vile que certains des Alcántara de Madrid, comme Tomás, qui représenta également Magda, et Miguel, se compromirent en se déclarant en faveur des défenseurs, et d'autres, comme tante Mariví et maman, qui, malgré la rage que soulevait en elles la perte du Domaine de l'Indien, gardant un sens de la justice suffisant pour ne pas charger les enfants des fautes de leurs parents, s'abstinrent au dernier moment de poursuivre. Nous fîmes nos bagages en sachant qu'il n'y aurait plus d'autre été à Almansilla, mais nul ne parut en souffrir beaucoup.

Je me surpris à raisonner en adulte, c'est-à-dire à ne prendre en considération que mes intérêts personnels, et comme si je ne m'inquiétais plus du sort réservé au reste de la famille, j'estimais que je ne perdais rien au change, parce que la tristesse de la perte de cette maison était moins vive que l'espoir que m'apportait ce changement, qui me ramènerait Fernando tous les étés. En août, j'allais franchir le cap des dix-sept ans, un âge sans retour, frisant le talisman de mes dix-huit ans, et entrer à l'université en octobre. Je n'en avais parlé à personne, mais j'allais essayer de terminer mon troisième cycle en Allemagne. J'avais bossé dur, pour la sélection, et obtenu une excellente note, de sorte que si mes parents refusaient de me payer le voyage, je pourrais toujours avoir une bourse.

L'hypothèse d'un avenir sans Fernando me paraissait grotesque, pire qu'une mauvaise blague, et pendant le premier mois de cet été-là, cet ensemble imprécis de circonstances et de détails mineurs, beaucoup plus significatifs que les grands événements auxquels on pense quand on dit « tout », sembla abonder dans mon sens. Puis Mariana m'appela un soir pour me dire que mon dossier d'inscription était incomplet, et que je devais remettre l'original de l'attestation, et non pas une photocopie. Le délai allait bientôt expirer, et il ne me restait qu'à rentrer à Madrid. Je n'attachai aucune importance à ce voyage, qui ne devait durer, en principe, qu'un jour et une nuit, mais qui dura une nuit de plus, parce qu'on me ferma le guichet de la faculté au nez alors que j'avais fait la queue pendant toute la matinée, et cependant, quand l'autobus du soir me déposa à l'endroit même où je l'avais pris quarante-huit heures plus tôt, tout avait changé. Trois jours plus tard, le monde sombrait.

Je n'avais pas pu prévoir ce qui arrivait à Fernando, et jamais je n'aurais pu imaginer un dénouement pareil. Je suis descendue seule aux enfers de toutes les hypothèses vraisemblables et des suppositions les plus échevelées, mais pendant ces semaines pavées de ses silences et de ses sécheresses que je ne comprenais pas, c'est lui qui m'a poussée à rejeter toutes les raisons qui pouvaient éclairer sa mystérieuse métamorphose. Je ne l'ai plus vu sourire, et je n'ai guère pu obtenir de lui que deux phrases de moins de dix mots. Nous passions nos soirées assis à la terrasse du bar sur la place, où se réunissait tout le village, et que nous avions soigneusement évitée jusqu'alors, nous buvions sans rien dire, sans rire, sans même nous frôler, jusqu'au moment où l'une de nos connaissances passait par là, et Fernando l'invitait à nous rejoindre, et se lançait aussitôt dans des conversations invraisemblables, sur des sujets absurdes tout à fait éloignés de ses intérêts, comme le fléau de l'araignée rouge qui dévastait nos campagnes ou l'ouverture de la chasse. Le séchoir de Rosario, où nous nous rendions à l'aube, fut le seul décor des jours heureux qui survécut quelque temps à cette mort lente, mais notre lit de feuilles de tabac devint bientôt aussi dur et froid que des dalles de granit, et dans les yeux de Fernando il n'y eut plus, un instant, que la lueur qui conjugue le piège de la peur et l'astuce du désir, comme si, prématurément vieillis, nous devions nous contenter de l'espérance fugace des vieux amants qui, chaque nuit, disent adieu à l'avenir.

J'ai cherché à savoir s'il en avait assez de moi, s'il en aimait une autre, s'il allait bien, s'il y avait eu une dispute familiale, s'il s'était battu avec quelqu'un sans me le dire, si on voulait le forcer à vendre sa moto, s'il était arrivé quelque chose de terrible à l'un de ses amis, ou s'il avait commis quelque délit, s'il s'était fait sévèrement recaler et n'osait pas l'annoncer à son père, s'il envisageait d'abandonner ses études, si je ne l'aurais pas offensé sans le vouloir, s'il était fâché parce que quelqu'un aurait médit de moi, si son attitude avait quelque chose à voir avec cet assommant procès de succession, mais la réponse était toujours la même : non, non, il n'y a rien. Je n'ai pas osé lui demander s'il s'était tout à coup rendu compte qu'il était homosexuel, ou s'il militait en faveur d'un groupe terroriste, et c'est ainsi que j'en vins, pour finir, à m'imaginer les pires choses en ravalant mes larmes et en le suppliant de me parler, de me regarder, de me toucher, d'être comme il l'avait été, souriant et mélancolique, brusque et drôle à la fois. Il fronçait les sourcils comme s'il ne comprenait pas, et me demandait de ne pas dire de conneries, affirmant qu'il n'avait pas changé, qu'il ne se passait rien, que c'était un mauvais moment, tout simplement, que ça arrivait à tout le monde. Je n'osais pas insister davantage, mais jamais je ne me serais attendue à un pareil dénouement, quand il se sépara de moi, cette nuit-là, avec dans la voix un tremblement insolite que j'aurais préféré ne jamais entendre :

« Adieu, Malena. »

Je pressai un peu le pas, pour arriver plus vite à la grille, et je me retournai alors pour lui répondre, comme toutes les nuits précédentes :

« À demain. »

Je me détournai de nouveau, pour soulever le loquet de la grille, aussi vite que je le pouvais, en sentant s'écouler les fractions de seconde, parce que je pressentais que quelque chose allait venir, et chaque nouvel instant de silence était autant de gagné.

« Je ne crois pas que nous nous verrons demain. »

Je réagis, moi aussi, très lentement. Avant de desserrer les lèvres, je me rapprochai de lui tout doucement, en me servant un festin de fausses prédictions, pour bien m'ancrer dans l'illusion qu'il irait à la chasse, le lendemain, avant d'affronter la réalité :

« Pourquoi ?

– Je ne crois pas que nous nous reverrons.

– Pourquoi ?

– Parce que.

– Ça ne veut rien dire. »

Il haussa les épaules, et alors, je me rendis compte qu'il ne m'avait pas regardée en face une seule fois depuis qu'il avait arrêté la moto devant la grille.

« Regarde-moi, Fernando. » Mais il ne le fit pas. « Regarde-moi, je t'en prie, Fernando... Regarde-moi ! »

Il leva enfin la tête d'un mouvement brusque, comme s'il était furieux contre moi, et quand il cria, je fus presque heureuse de la violence de son cri :

« Quoi ?

– Pourquoi n'allons-nous plus nous revoir ? »

La pause suivante fut plus longue. Il sortit de sa poche son paquet de cigarettes, en prit une, l'alluma. Il en avait fumé plus de la moitié quand il baissa de nouveau la tête pour dire quelques mots incompréhensibles.

« Ne me parle pas en allemand, Fernando. Tu sais que je ne comprends pas.

– Bon, l'Indienne (sa voix tremblait comme s'il était malade, atterré, mort de faim ou de peur), toutes les femmes ne se valent pas. Il y a les filles qu'on baise, et celles qu'on aime, et moi... Eh bien, je me suis rendu compte que ce que tu peux me donner ne m'intéresse pas, alors... »

Si je n'avais pas senti que j'étais en train de sombrer, j'aurais éclaté en sanglots épuisants et miséricordieux, mais, aux moribonds, il ne reste même pas cette consolation.

« Ça, ça ne me paraît pas très allemand, pas vrai ? » ai-je réussi à dire enfin, alors qu'il levait la béquille de la moto, comme il l'avait fait mille fois, à la même heure, au même endroit.

« Non, sans doute. Mais c'est la vérité. Adieu, Malena. »

Je ne lui ai pas dit adieu. Je suis restée absolument immobile, comme si on m'avait cloué les pieds au sol, et je l'ai regardé s'éloigner, sans encore pouvoir admettre qu'il s'en allait, qu'il était parti.

Un peu plus tard, je suis rentrée à la maison, j'ai eu bien du mal à monter les escaliers, je suis passée à côté de la salle de bains sans m'arrêter, je me suis mise au lit, j'ai sombré aussitôt dans le sommeil et j'ai dormi d'une traite, jusqu'au matin.

Le lendemain, en me réveillant, je ne me souvenais plus que Fernando m'avait quittée. Tout ce dont je me souviens, c'est que j'ouvris les yeux, regardai le réveil et vis qu'il était dix heures moins le quart et que Reina n'était pas dans son lit. J'allai ouvrir les volets et vis qu'il faisait beau, c'était une de ces magnifiques journées des premiers jours d'août. Alors, je me souvins, et la douleur me plia en deux. Je restai ainsi plus de dix minutes. Puis, tandis que je remarquai que mon sang, en recouvrant lentement son calme, me donnait l'impression que mon visage brûlait, j'allai m'asseoir au bord de mon lit et essayai de découvrir des têtes d'animaux dans les motifs du papier peint, technique que j'employais pour me calmer quand j'étais petite et que ma mère m'enfermait dans la chambre. La jeune fille qui entra pour faire les lits à onze heures et demie me trouva dans la même position, et ce qu'elle vit sur mon visage dut l'impressionner car, au lieu de me traiter de fainéante et de m'envoyer en bas pour déjeuner, sans ménagements, comme elle ne manquait jamais de le faire quand elle me trouvait au lit à cette heure, elle me demanda très poliment de la laisser faire la chambre.

Pendant que je buvais mon café au lait en m'étonnant de son étrange saveur, j'ai décidé que ce qui s'était passé ne pouvait être vrai. Fernando n'aurait jamais pu trouver spontanément cette horrible formule pour me laisser tomber, elle était trop artificielle, trop élaborée, trop sinistre, injuste et écœurante. Je ne méritais pas ça, je n'avais jamais rien fait pour mériter de telles paroles, il ne pouvait les avoir dites sérieusement, parce que je l'aimais ; il ne pouvait avoir gaspillé aussi bêtement mon amour. Jamais je ne pourrais me relever d'un échec aussi cuisant, je ne pouvais me le permettre, je ne pouvais me regarder dans le miroir chaque matin et voir cette peau grise autour de mes yeux, que je venais de découvrir quelques minutes auparavant. Il devait y avoir autre chose, une raison cachée, sensée, admissible, qui laisserait au moins son souvenir sauf, éventerait l'ordure puante qui le cernait, et me le rendrait, propre. Il devait y avoir autre chose, c'était tout ce qui importait, parce que, pour les pleurs éternels, il était toujours temps, j'avais toute la vie pour pleurer.

Quand j'ai sonné à la porte, j'étais quasiment convaincue que tout cela n'avait été qu'une erreur, un malentendu, dont on allait pouvoir parler, et qui serait réglé par une discussion, mais le peu d'empressement que l'on mit à m'ouvrir, après que j'eus sonné trois fois, me prévint que rien n'allait être facile, pour moi.

La mère de Fernando entrouvrit la porte, sans me céder le passage.

« Bonjour. Je viens voir ton fils. »

Elle m'adressa un sourire exagérément idiot, accompagné d'un mouvement languide de la main, comme pour me demander pardon avant de refuser, d'un geste de l'index.

« Tu m'as parfaitement comprise. Dis à ton fils de descendre. Il faut que je lui parle. »

Elle reprit sa petite comédie, refit ses gestes l'un après l'autre. Et elle les répéta une troisième fois, quand je me fus adressée à elle en anglais, tout en sachant que je me ridiculisais. Puis elle referma la porte.

Je maintins le doigt appuyé sur le timbre pendant au

moins trois minutes, jusqu'à ce que la sonnerie se fût arrêtée, parce qu'à l'intérieur quelqu'un, sans doute, avait débranché le mécanisme. J'étais tellement furieuse que je retrouvai un instant la capacité de réfléchir, et avec la retenue de l'espionne qui se sait surveillée mais qui garde une carte dans sa manche, je traversai tout doucement la rue et je m'assis, bien en évidence, sur le trottoir opposé, juste en face de la porte.

Plus rien, en moi, ne valait le prix de la nourriture que je devais avaler ce jour-là, aussi n'avais-je rien à perdre. Je regardais discrètement les fenêtres du deuxième étage, et quand la lumière me permit de distinguer des silhouettes humaines, je me mis à crier à pleins poumons :

« Fernando ! Descend ! Il faut que je te parle ! »

Les volets se fermèrent, et j'en éprouvai une légère satisfaction, tout en sachant que parmi les habitants de cette maison, mon cousin était sans doute celui qui souffrait le moins des effets de ma vengeance sommaire.

« Fernando, sors ! Je t'attends ! »

Deux femmes avec des bidons de lait à la main se montrèrent au coin de la rue, pour voir d'où venaient les cris, et leur apparition m'encouragea à introduire un nouvel élément dans le spectacle. Je pris une petite pierre et la lançai sur la façade de la maison de Teófila sans m'arrêter de crier, tout en surveillant du coin de l'œil les fenêtres, au cas où Fernando, succombant à la tentation d'assister à la représentation de ma ruine, se montrerait.

Je réussis bientôt à rassembler une petite foule de spectateurs, je les voyais et j'entendais leurs voix, ils murmuraient mon nom, mais leur présence cessa bientôt de me consoler, car même si les joues de la mère de Fernando devaient virer à l'écarlate quand elle se verrait forcée d'ouvrir une deuxième fois la porte de la rue, même si sa sœur souffrait en voyant ses amies cancaner sur le trottoir, même si cet épisode pouvait ternir le retour triomphal au village d'un homme aussi orgueilleux et jaloux de sa réputation que son père, la seule chose sûre et certaine, c'était que je l'avais eu, et que je l'avais perdu, et peu à peu, je compris que rien ne peut être opposé au rien, au vide indolent qui grandissait lentement et sûrement en moi, et me changeait en un simulacre de carton pâte et de matière plastique, qui n'avait plus la moindre importance. Alors, je n'eus plus la force de crier ni de lancer des pierres, et si je ne me levai pas du trottoir, ce fut parce que je sentis que mes jambes ne pourraient pas me soutenir, et parce que partir ou rester, aller en avant ou en arrière revenait au même. Je ne sais combien de temps je suis restée là, mes bras refermés autour de mes jambes, le visage à l'abri de mes genoux pour que personne ne puisse le voir, tandis que mon auditoire, déçu, se désagrégeait lentement, jusqu'au moment où une voix inconnue a détruit l'illusion d'insensibilité qui me berçait.

« Quel dommage que ta grand-mère ne soit pas là pour te voir couchée sur le trottoir devant ma maison en train de supplier comme une chienne ! »

J'ai ouvert les yeux, blessés par la lumière soudaine, et j'ai découvert la silhouette de Teófila, une vieille femme encore imposante, qui me regardait, du milieu de la rue, un sac à provisions dans chaque main.

« Je ne suis pas comme ma grand-mère, ai-je répondu. Moi, je fais partie des autres, et ne vous imaginez pas que vous allez me chasser d'ici avec des bêtises pareilles. »

Mes paroles n'ont pas manqué leur cible, et l'hostilité qui accusait ses rides a fait place à l'étonnement. Elle n'a refermé la bouche que quand je me suis levée pour m'approcher d'elle ; alors, son regard a retrouvé sa dureté d'acier.

« Je ne suis pas comme eux, ai-je dit sans oser la toucher. J'étais la petite-fille préférée de grand-père, demandez-le à n'importe qui, tout le monde le sait... Il m'a offert l'émeraude de Rodrigo, la pierre qu'ils cherchent tous comme des fous, c'est moi qui l'ai. Grand-père me l'a donnée, mais maintenant, elle n'est plus à moi. Je l'ai offerte à Fernando l'année dernière.

– Je sais. » Elle a hoché la tête lentement. « Il me l'a dit. Mais ce dont il ne s'est pas vanté, sans doute, c'est de la gifle qu'il a reçue quand je l'ai appris.

– Vous l'avez giflé ? ai-je demandé, et elle a opiné d'un geste. Mais pourquoi ?

– Ça, c'est la meilleure ! s'exclama-t-elle avec un surcroît d'ironie que je ne pus comprendre. Pourquoi ? Mais pour avoir cherché à se payer la tête de la petite-fille de son grand-père ! Quelle horreur, ma petite ! Mais qu'est-ce que tu cherches, toi ? À finir comme ta mère ?

– S'il m'avait demandé mes deux mains, dis-je sans plus retenir mes larmes, je me les serais coupées pour les lui donner. »

Elle n'a rien dit, mais elle m'a touché la tête de sa main et a plissé les paupières pour me regarder comme si ce que je disais lui faisait mal, et j'ai osé poursuivre :

« Dites-lui de sortir, je vous en prie, je veux seulement lui dire quelques mots, il faut que je lui parle, ça ne sera pas long, il faut qu'il m'explique quelque chose. Dites-lui de sortir et je m'en irai, je ne vous embêterai plus, mais il faut que je le voie, cinq minutes suffiront, je vous en prie, dites-lui de sortir.

– Il ne sortira pas, Malena, me répondit-elle au bout d'un moment, tandis que la compassion gagnait son visage. Même si je le lui demande, il ne sortira pas. Et sais-tu pourquoi ? Parce que, bien qu'il soit mon petit-fils, c'est une couille molle qui n'osera pas te regarder en face, ni plus ni moins. Et c'est toujours la même chose, ils sont tous pareils, ils les roulent par ici et ils les roulent par là, mais, en définitive, aucun ne vaut grand-chose. »

Je l'ai regardée, et l'étrange harmonie que j'ai découverte sur son visage m'a appris qu'elle venait de me livrer son ultime vérité.

« Je sais, c'est dur de l'apprendre à ton âge, mais il n'y a rien à faire, regarde ton grand-père. Lui, oui, il en avait, plus que tout autre, et tu peux me dire à quoi elles lui ont servi ? À nous gâcher la vie, à ta grand-mère et à moi, tu m'entends, à deux plutôt qu'à une, et on réparait ça en payant des études à Madrid ! Et toi, tu es là, en train de pleurnicher pour un type comme ça. Non, ma fille, non, ce chemin-là ne mène nulle part, c'est moi qui te le dis. Et à part moi, regarde ta tante Mariví, qui s'est mariée à vingt et un ans avec un ambassadeur de cinquante ans qui n'était plus bon à rien, ou ma fille, Lala, qui s'est mise à avoir des envies le jour même où elle a arrêté de prendre la pilule, celles-là l'ont compris, et comment qu'elles l'ont compris, ces deux-là... » Teófila, alors, s'est interrompue, parce que ses yeux semblaient se voiler, et elle m'a regardée encore une fois, comme si elle se contemplait dans un miroir. « Bien sûr, pour ça, il faut être née rouée. »

Elle a repris ses deux sacs, et a tourné les talons pour faire les quelques pas qui la séparaient de sa maison.

« Dites à Fernando de sortir, je vous en prie. »

Elle a acquiescé d'un mouvement de tête à mon ultime requête, a ouvert la porte et l'a refermée derrière elle, sans se retourner pour me regarder.

J'ai regagné le trottoir et je me suis assise, pour attendre, et j'ai attendu très longtemps, pendant que le soleil traversait lentement le ciel au-dessus de ma tête, en faisant fondre l'asphalte, jusqu'au moment où quelqu'un, dans cette maison, a eu pitié de moi et a téléphoné chez moi pour qu'on vienne me chercher.

Quand je me suis assise dans la voiture, à côté de mon père, je me suis retournée une dernière fois, pour voir si Fernando ne venait pas me voir partir, comme dans les films, mais il ne s'est même pas approché de la fenêtre.

Grand-mère Soledad avait alors soixante-huit ans et commençait à ne plus être la femme svelte, énergique et droite comme un chef d'orchestre à laquelle Reina et moi, une dizaine d'années auparavant, faisions une visite le dimanche matin. Ses os s'étaient fatigués de rester droits, et son esprit avait succombé depuis quelque temps aux exigences d'un palais perpétuellement tourmenté, de sorte que je me trouvais en présence de celle qu'elle avait prétendu ne jamais devenir, une vieille femme prévisible, lente, replète et légèrement plus voûtée que lorsque je l'avais vue la dernière fois, au printemps.

Elle avait cependant belle allure, car elle rentrait de vacances. Tous les ans, fin juin, elle allait à Nerja, où ma tante Sol avait une maison au bord de la mer ; elle y restait plus d'un mois, seule, et elle revenait à Madrid deux ou trois jours après que sa fille eut débarqué avec son mari, un chien, deux adolescents et la vaine intention de passer les vacances avec elle. Elle disait qu'elle adorait Madrid au mois d'août, quand la ville était dépeuplée comme un ancien bourg touché par la peste noire, mais nous savions tous qu'au-delà de cette comparaison extravagante, grand-mère portait son prénom comme une vocation et n'avait jamais aimé vivre avec quiconque.

Bien qu'elle ne nous attendît pas, elle nous recevait pourtant avec un plaisir sincère ; il est vrai que, depuis qu'elle avait pris sa retraite, trois ans auparavant, elle avançait de près de deux mois son départ pour la côte et qu'il lui arrivait de s'ennuyer, ou bien, tout simplement, elle se rendait compte que le temps la talonnait et que, malgré elle, elle se faisait vieille. Mais l'âge n'avait pas réussi et ne devait pas réussir à altérer son caractère.

Lorsque nous étions petits, elle ne faisait guère attention à nous. Je la reverrai toujours, soit en train de marcher de son pas vif en arrangeant les mèches rebelles qui s'échappaient de son chignon, une cigarette à demi consumée aux lèvres, et, dans ses mains, l'un des tomes de *Los Toros* de Cossío, ouvrage colossal qu'elle avait commencé à lire quand, adolescente, elle était une admiratrice fervente de Juan Belmonte, et qu'elle voulait finir avant sa mort, ou bien, soit assise, avec un couvre-lit au crochet inachevé, dans les endroits où les petits ne mettaient que rarement les pieds. Mais elle n'oubliait jamais ce que chacun de nous aimait manger, et elle ne nous grondait pas quand nous faisions ce qui exaspérait les autres adultes. Chez elle, les enfants pouvaient courir, crier, pleurer, se battre, casser un vase ou parler tout seuls, sans être réprimandés, mais il ne fallait surtout pas se pendre à ses jupes en geignant, cela, elle ne le tolérait pas. Et si l'un de ses fils ou un ami cherchait à nous faire peur avec des histoires de sorcières et de fantômes ou en nous disant, par exemple, que nos parents étaient de braves gens qui nous avaient recueillis dans un camp de gitans, elle devenait une vraie bête féroce. Un après-midi, elle avait mis à la porte un ami de son fils Manuel qui s'était emparé du bonbon que j'avais en main pour le croquer en deux bouchées, histoire de me voir verser quelques larmes. « Il se peut bien que je n'aime pas beaucoup les enfants », s'était-elle exclamée alors, le visage empourpré d'indignation, et les poings crispés sur ses bras raides, « mais s'il y a quelque chose que j'abomine, dans ce monde, ce sont les adultes qui prennent plaisir à les faire souffrir ». Et tandis que je m'interrogeais en vain sur le sens du verbe abominer, l'ami de mon oncle avait dit qu'il se faisait tard et franchi la porte avant même que nous eussions pu nous en rendre compte.

Le 12 août 1977, enfermée dans son petit bureau, je me rendis compte, en captant quelques bribes de sa conversation avec mon père, qu'elle n'avait pas changé. Derrière le rideau, une cigarette achevait de se consumer dans un des énormes cendriers qu'elle gardait, prétendait-elle, pour les visiteurs, depuis le jour maudit où son médecin lui avait découvert un début d'emphysème pulmonaire. Pour la première fois depuis des heures, j'ai souri en m'avisant que grand-mère continuait de fumer en cachette, et ce sourire ne s'est pas éteint lorsqu'elle a poussé de petits cris scandalisés en apprenant que mes parents avaient décidé de mettre fin à mes vacances sous prétexte que j'étais restée six heures assise en pleine rue, à pleurer, en criant et en lançant des pierres sur la porte d'une maison, ce qui, à son avis, n'avait aucune espèce d'importance, n'était qu'une colère bien de mon âge.

Plus tard, quand nous avons été seules, grand-mère Soledad a montré pour ma douleur un respect que personne encore ne m'avait manifesté. Elle m'a conduite à la chambre d'ami, une pièce ancienne sans rien de particulier mais très lumineuse, et elle m'y a laissée, pour que je défasse ma valise. Je me suis allongée sur le lit, et je n'en suis ressortie que le lendemain matin. Alors, je l'ai trouvée dans la cuisine, souriante, et elle m'a demandé ce que je voulais manger.

« Il faut que tu manges bien, que tu manges du pain de mie, du beurre, du chocolat, des chips... Écoute-moi, mange. Ça rassure. »

J'ai suivi son conseil, et j'ai tout englouti comme l'aurait fait un condamné une demi-heure avant son exécution. Et je me suis sentie beaucoup mieux. Elle, assise en face de moi, me regardait manger comme si elle était ravie de voir disparaître à toute vitesse les œufs au plat et les tranches de bacon, déjeuner dont je ne m'étais plus délectée depuis des années. Plus tard, quand, contrairement à mes prévisions, je me découvris encore un petit creux pour deux croissants et un peu de café au lait, elle sortit de sa poche, sans se cacher, un paquet de tabac brun et alluma un clope avec les allumettes de la cuisine.

« Tu ne vas pas me demander de ne pas fumer, n'est-ce pas ?

– Non, répondis-je ; ça me ferait honte.

– Très bien, approuva-t-elle en riant. Si interdire le tabac aux autres te fait honte, c'est que tu connais la honte, contrairement à ce que dit ta mère. »

Ensuite, elle s'est assise devant la table sous laquelle se trouvait le brasero pour lire les journaux, ce dont elle ne se serait passée pour rien au monde. Elle était abonnée à tous les grands quotidiens de Madrid, et mettait près de deux heures à les éplucher méthodiquement : elle passait d'abord en revue les nouvelles du jour, et quand elles présentaient des divergences importantes, elle lisait en premier lieu les articles de fond, mais si les premières pages présentaient le sujet en termes similaires, elle rangeait les journaux par ordre chronologique, selon leur ancienneté, en commençant par les nouvelles d'Espagne, du monde, de Madrid, puis, elle lisait les rubriques Culture et Carnet mondain, qui, dans les journaux les plus modernes, étaient incluses dans la section Vie sociale. Elle ne s'intéressait jamais au reste, jamais aux éditoriaux, estimant qu'en ce qui concernait les opinions, elle était assez grande pour avoir la sienne.

« Pourquoi croient-ils, ceux-là, que je dépense de l'argent à tout ce papier ? me dit-elle un jour pour se justifier de sauter les pages. Mais pour pouvoir me faire une opinion, bien entendu. »

Pendant ces jours d'août que je passais avec elle, grand-mère m'apprit à lire la presse, en me faisant tout naturellement adopter sa manie. C'est ce que nous étions en train de faire quand, quelques jours après mon arrivée, Reina m'appela d'Almansilla pour m'annoncer que Fernando venait de repartir en Allemagne.

« Hier matin il est parti pour Madrid, seul. Son avion décollait à six heures du soir, mais tout le reste de la famille n'a pas bougé d'ici. J'ai appris tout ça au village, il y a un moment... »

Alors, je me suis effondrée. J'ai laissé ma tête retomber contre le mur, j'ai fermé les yeux, et je me suis annoncé à moi-même que plus rien ne changerait jamais parce que je ne pourrais plus remuer le petit doigt de tout le reste de ma vie. Quelques minutes plus tard, comme si elle prétendait démontrer le contraire, une main s'est emparée avec délicatesse du combiné et a raccroché. Je ne pouvais pas desserrer les paupières, mais je sentais la présence de grand-mère debout, près de moi.

« Je sais que tu ne comprends pas, ai-je dit tout bas, en guise d'explication. Papa non plus n'a pas compris. Il m'a dit de ne pas être idiote, de garder mes larmes pour une autre occasion, que j'avais la vie devant moi et que je retomberais amoureuse d'une vingtaine de garçons, et pourtant... »

Elle a mis fin à mon discours en m'embrassant très fort, puis elle m'a bercée en appuyant sa tête contre la mienne, comme elle le faisait quand j'étais une petite fille.

« Non, ma fille, non, a-t-elle dit entre ses dents, au bout d'un moment. Jamais je ne te dirai une chose pareille. Si seulement je le pouvais... »

Au cours de la semaine suivante, ces mots finirent par m'entrer dans la tête tandis que je me fatiguais à écouter *Sabor a mí*, un vieux disque que grand-mère, avec une indulgence surhumaine, me laissait mettre et remettre sur un tourne-disque de plastique gris, et je constatai que mon père, au moins sur un point, avait raison. Il est vrai que pleurer est ennuyeux, et ma douce aïeule, qui veillait à ne pas me regarder dans les yeux, devait l'avoir appris bien avant lui, et au fur et à mesure que je me lassais de m'apitoyer sur moi-même, l'inquiétude s'effaçait de son visage. Alors, pour m'en sortir, je me mis à l'observer, à l'étudier de loin, comme elle le faisait avec moi, mais je n'aboutis à aucune conclusion importante parce que j'ignorais trop de choses.

Jamais encore je ne m'en étais avisée, mais je ne savais presque rien de l'histoire de ma famille paternelle. Je me souvenais que grand-mère Soledad était née à Madrid, que son père était juge, qu'elle avait trois enfants et qu'avant sa retraite elle occupait un poste de professeur d'histoire dans un établissement d'enseignement secondaire de banlieue. Je me souvenais encore que son mari était lui aussi né à Madrid, et qu'il était mort pendant la guerre, mais je n'avais jamais réussi à savoir s'il avait été tué au front, ou dans un bombardement, s'il avait été emprisonné ou envoyé dans un camp, s'il avait été un combattant ou pas. Grand-père Jaime était mort à la guerre, un point c'est tout, et en vertu de je ne sais plus quel commentaire, je soupçonnais que seule la mort l'avait sauvé de la déroute, mais j'ignorais de quel côté il s'était trouvé et qui l'avait tué.

Mon père ne parlait jamais de ses origines, et voyait ses frères moins fréquemment que ceux de ma mère. Celle-ci détestait profondément sa belle-sœur, qui n'avait que deux ans de plus qu'elle mais semblait vivre dans une autre galaxie. Ma tante Sol avait voulu être actrice, avant de devenir l'âme d'une compagnie de théâtre indépendante pour laquelle elle travaillait comme régisseur, productrice, costumière, adaptatrice de textes, metteur en scène, souffleur, enfin, n'importe quoi qui venait à manquer. Elle avait vécu avec trois hommes, et ses deux enfants n'avaient que trois ans et des pères différents. Ma mère parlait toujours d'elle comme de la plus arrogante et la plus infatuée des femmes, mais je la connaissais à peine, et je ne connaissais pas davantage mon oncle Manuel, un homme obscur dont je ne pourrais même pas reconnaître le fils, de dix ans mon aîné, si je le croisais dans la rue. Quand Reina et moi étions petites, mon père nous emmenait parfois chez grand-mère, mais là, contrairement à ce qui se passait rue Martínez Campos, nous rencontrions peu souvent mes cousins, parce que nous n'y allions jamais au moment de Noël, peut-être. Ensuite, les contacts s'étaient espacés, et au lieu d'aller voir grand-mère Soledad rue Covarrubias, nous la retrouvions dans un restaurant, où jamais elle ne laissait son fils payer. Ma mère ne venait que très rarement avec nous, et mon père menait le plus souvent la conversation, pour ne s'écarter à aucun moment des banalités : l'école, les notes, le temps, la circulation, le prix des locations, celui du dollar, etc., dans lesquelles il s'était toujours volontiers complu. Parfois, pendant ces repas, j'avais l'impression que grand-mère était pour lui un embarras, et qu'elle, de son côté, avait un peu honte de lui, mais jamais, à ces moments-là, je ne manquais de voir combien ils s'aimaient, combien mon père aimait ses frères, même s'il ne les voyait que de temps en temps, d'un amour discret, presque secret, dont il avait toujours exclu, délibérément, sa femme et ses filles, étrangères à cette alliance par la force des choses.

Tandis que je cherchais une piste qui m'aiderait à déchiffrer ces paroles étranges, « Si seulement je le pouvais... », grand-mère me demanda un soir d'aller fermer la porte-fenêtre du balcon de sa chambre, parce que le vent s'était mis à souffler en rafales, prologue classique des orages d'été. Après m'être battue avec l'espagnolette, je regardai pour la première fois avec attention un tableau que j'avais pourtant souvent vu, mais qui, ce jour-là, me parla.

C'était une femme très jeune, vêtue d'une tunique

blanche, assise sur une colonne dont le chapiteau corinthien apparaissait au bas du drapé. Sa tête, encadrée de boucles châtaines, était coiffée d'un bonnet phrygien rouge, et elle souriait, les yeux brillant d'un éclat impossible, quasiment fébrile, qui dénotait une maladresse du peintre. Les doigts de sa main droite entouraient la hampe du drapeau républicain, rouge, jaune et violet, fichée fermement dans le sol, puisque la jeune femme semblait s'y appuyer plutôt que la maintenir. Sa main gauche, tendue, tenait un livre ouvert, duquel émanait une lumière projetant des rayons dans toutes les directions, comme le Sacré Cœur de Jésus. Je regardais tout cela, fascinée, quand grand-mère, intriguée de ne pas me voir reparaître, est venue me rejoindre.

« C'est toi, n'est-ce pas ? ai-je dit en reconnaissant en ses traits, sans grande difficulté, le modèle du tableau.

– Plus exactement, c'était moi, m'a-t-elle répondu avec un petit rire. J'avais à peine vingt ans.

– Qui l'a peint ?

– Un grand ami à moi, un peintre de cette époque.

– Et pourquoi t'a-t-il représentée ainsi ?

– Parce que ce n'est pas un portrait. C'est une allégorie, *La liberté guidant le peuple vers la lumière de la culture*. Il est signé derrière, sous le titre. L'auteur m'a choisie pour modèle parce qu'il était amoureux de moi. Mais il ne l'a pas peint pour son plaisir. C'était une commande de l'Athénée... » Elle fronça alors les sourcils et me regarda. « Bien sûr, tu ne sais pas ce que c'est, l'Athénée...

– Je crois que oui. Ça me dit quelque chose.

– Oui, mais maintenant, ce n'est plus la même chose. Qu'importe, en fait, il ne l'a jamais remis, parce que ton grand-père l'a vu quand il n'était pas encore terminé, et il l'a tellement aimé que mon ami le lui a offert. Ç'a été son cadeau de noces, au moment où Jaime venait d'entrer au Comité directeur... Il ne vaut rien, mais à moi aussi il me plaît.

– Il est très beau, et très ressemblant. La seule chose qui déroute, c'est la coiffure. Pourquoi t'a-t-il fait ces boucles ? Tu avais une permanente ou tu n'aimais pas les cheveux raides ?

– Non. Pas du tout. Mes cheveux étaient comme ça.

– Ah bon ? Vraiment ? » J'ai comparé l'épaisse chevelure ondulée du tableau aux deux mèches qui tombaient, sans vie, sur les tempes de grand-mère depuis que je la connaissais.

« Oui, ils sont devenus lisses d'un coup, du jour au lendemain, à la fin de la guerre. C'est arrivé à beaucoup de gens. Je crois que c'était la peur, tu sais... »

« Vous étiez des rouges, n'est-ce pas, grand-mère ? »

Elle a levé les yeux de son assiette de soupe et m'a adressé un regard figé de stupeur.

« Nous ?, a-t-elle fait au bout d'un moment. Qui, nous ?

– Eh bien... toi et grand-père, non ? »

Je me repentais déjà d'avoir cédé à la curiosité, en m'aventurant sur un terrain où je n'avais pas été invitée à pénétrer, et malgré le naturel avec lequel elle m'avait raconté, quelques minutes auparavant, pourquoi elle n'avait plus de boucles sur le front, grand-mère m'a adressé un sourire mi-figue, mi-raisin :

« Qui t'a dit ça ? Ta mère ?

– Non. Maman ne parle jamais de politique. J'ai pensé à ça parce que... comme grand-père est mort à la guerre et qu'on ne nous en a jamais parlé, je me suis dit que, je ne sais pas... S'il avait été du côté de Franco, ils en seraient tous très fiers, non ? Je veux dire... » J'hésitais, et serrais les poings avec force en essayant de trouver les mots justes. « S'il était mort pour Franco, grand-père serait un héros, et je le saurais. On nous en aurait parlé, avoir un héros dans la famille, c'est très important, par contre... C'est pour ça que je crois que ça doit être l'inverse, que vous étiez contre Franco, et que ton mari est un mort de l'autre côté, un de ceux qui ne comptent pas, non ? Et on dirait que lui ne compte pas, c'est... comme s'il gênait un peu même papa, comme s'il valait mieux que personne ne sache rien, même pas nous. Tu me comprends ?

– Oui, bien sûr que je te comprends. »

Tandis que je me levais pour ranger dans l'évier les assiettes creuses, grand-mère servit de l'émincé de filet de porc pané en daube, dont personne n'allait manger, elle commença par repousser son assiette et se prépara à fumer.

« Et puis, en plus, ai-je ajouté en acceptant une cigarette avant de me rasseoir, il y a ce tableau, le drapeau républicain et ce bonnet si typique. Je ne connais pas grand-chose à la politique, mais ça, au moins, je le sais.

– Et pourtant, m'interrompit-elle avec douceur, pourtant nous n'étions pas rouges.

– Non ?

– Non. Nous étions... Voyons. Je ne sais pas si tu me comprendras, puisque, évidemment, personne, à ton âge, ne comprend rien à la politique. Aucun des jeunes de ton âge ne peut rien savoir de la politique, dans ce pays, alors, comment t'expliquer... Tout d'abord, nous étions républicains, bien sûr. Et ton grand-père s'est inscrit au parti socialiste, très jeune. Mais il l'a quitté, ensuite. Il s'est vite lassé d'eux, bien avant que je le connaisse. Ensuite, nous étions de gauche, c'est-à-dire que nous soutenions les revendications traditionnelles de la gauche, la réforme agraire, l'abolition des grandes propriétés rurales privées, l'enseignement obligatoire et gratuit, la légalisation du divorce, l'État laïque, la nationalisation des biens de l'Église, le droit de grève et les choses comme ça, mais nous avons toujours été indépendants, jamais nous n'avons été marxistes, nous n'étions pas assez disciplinés pour ça. Nos amis nous appelaient libres penseurs ou radicaux, jusqu'au moment où Lerroux a fondé son parti – qui n'avait rien à voir avec nous. À partir de là, nous avons été, tout au plus, des libres penseurs radicaux, alors qu'en réalité, si nous ressemblions à quelque chose, c'était plutôt à ce qu'on appelle aujourd'hui des anarchistes, mais avec des nuances, beaucoup de nuances, parce que alors être anarchiste, c'était un synonyme d'être idiot, désorienté, ni vache ni merlan, et nous, bien que ce ne soit pas à moi de le dire, nous n'étions aucune de ces trois choses-là. De toute manière, nous étions très indépendants, nous n'avons jamais épousé aucun parti, nous étions d'accord avec certains sur certains points, sur d'autres avec d'autres. Enfin, moi, au moins. Parce que Jaime était encore plus radical.

– Mais vous votiez quand même pour les rouges.

– Jamais de la vie. Ton grand-père, quand il se décidait, votait pour les anarchistes, seulement pour les faire enrager, disait-il... Moi, je n'ai pu voter que quelques rares fois, quand on a accordé le droit de vote aux femmes, mais, en 36, c'est vrai, j'ai voté pour le Front populaire, et ton grand-père s'est un peu fâché contre moi.

– Et lui, qu'est-ce qu'il a fait ?

– Il s'est abstenu. Les communistes ne lui inspiraient pas la moindre confiance. Jaime était un homme tout à fait à part, d'une lucidité telle qu'il en semblait parfois incohérent, contradictoire. Quand on le lui reprochait, il demandait tout simplement, la plupart du temps, où était la cohérence de la nature, qui avait jamais vu, et quand, l'ordre parmi les gens et dans le monde... Et nul n'était capable de lui répondre. Alors, je me réserve le défaut de Dieu, concluait-il, et il les quittait tous avec un pied de nez. » Grand-mère eut un petit rire, comme si elle allait prendre son mari par le bras et tourner les talons en frappant le sol du talon pour souligner son triomphe. « Même si, pour le général, ces vertus s'excluent, c'était un homme très brillant, très expéditif et très intelligent à la fois. C'est pour ça qu'il a été un avocat aussi célèbre, et le plus jeune docteur en droit d'Europe, tu savais ça ?, l'année où Franco a été nommé général, le plus jeune d'Europe, lui aussi. Mais alors, certains journaux ont accordé plus d'importance à la réussite de ton grand-père qu'à celle de l'autre, tu vois, personne, alors, n'aurait pu se faire une idée de ce qui nous attendait.

– Et comment vous êtes-vous connus ?

– Oh ! Eh bien... » Alors, un éclat invraisemblable, presque fébrile, et bien réel, a illuminé son regard, et l'allégorie de la Société des gens de lettres de la Deuxième République espagnole, qui avait à peine vingt ans et des cheveux bouclés, a porté ses deux mains à son visage pour me faire, en souriant, une confidence extraordinaire : « Pendant une nuit de bringue, au Gijón, je dansais le charleston à moitié nue sur une table, et il s'est approché pour me regarder...

– Quoi ? ! »

À mon air sidéré a fait écho le sourire de ses pupilles, et à son rire, le mien.

« Ce n'est pas vrai ! me suis-je exclamée, toute au plaisir de sentir grand-mère si proche de moi.

– Et comment, que c'est vrai ! affirma-t-elle en hochant lentement la tête. Ça te paraît invraisemblable parce que tu as vécu longtemps dans un pays séquestré, et qu'il y a trop longtemps que tous les fils ont été brusquement rompus. Je me dis parfois que le plus grand crime du franquisme a été de séquestrer la mémoire de tout un peuple, de le couper de son histoire, d'empêcher que toi, ma petite-fille, la fille de mon fils, tu puisses croire à ce qui a fait ma vie, mais c'est bien vrai, je t'assure... »

Un instant, l'éclat de ses yeux s'est éteint, pour faire place à l'expression sérieuse et réfléchie que je lui avais toujours connue, mais le combat a été bref, et j'ai pu voir pointer dans son regard la décision de retourner à cette soirée lointaine, plus pour elle-même que pour moi.

« À cette époque-là, et tu peux me croire, même si ça te paraît impossible, Madrid était une ville assez semblable à Paris ou à Londres ; un peu plus petite, un peu plus provinciale, c'était ce qui faisait son charme, mais très amusante, de toute façon. Tu as dû entendre parler des Années folles. Je n'allais pas souvent au Gijón, même si c'était un endroit très couru, un peu comme le salon du Ritz, parce qu'il était surtout fréquenté par les gens d'un certain âge. Je préférais aller avec mes amis dans les dancings en plein air, à La Guindalera ou à Cuidad Lineal, où je savais que je ne risquais pas de tomber sur mon père, mais ce soir-là, je ne sais pourquoi, nous nous sommes retrouvés là, assez éméchés, moi tout au moins, puisque je n'ai jamais réussi à me rappeler d'où nous venions. À cette époque... Laisse-moi réfléchir... J'avais dix-neuf ans, ça devait donc être en vingt-huit, bref, à cette époque, il y avait une artiste française de couleur très célèbre, qui s'appelait Joséphine Baker ; tu as dû en entendre parler... »

J'en ai douté, un instant, parce que grand-mère avait prononcé ce nom à l'espagnole, Báquer, et il a fallu que j'en fasse la transcription, dans ma tête, avant d'identifier celle qui le portait.

« Bien sûr, que j'en ai entendu parler.

– Évidemment... Bien, cette fille dansait le charleston nue, avec juste une petite jupette de bananes, et elle est venue à Madrid, une fois, et elle a obtenu un succès fracassant. On ne parlait que d'elle, surtout les hommes, sans arrêt, et c'est pour ça que ce soir-là... En fait, je ne me souviens pas bien, et ton grand-père n'a jamais voulu me le raconter, il me faisait bisquer avec cette histoire, tu comprends ? Chaque fois que je lui demandais, allez, dis-moi, que s'est-il passé, exactement ? il mettait ses mains devant son visage et me répondait : “ Il vaut mieux que tu ne saches pas, je t'assure, Sol, tu ne l'encaisserais pas... " » Elle s'est alors interrompue une nouvelle fois, en riant. Son expression était si tendre, et si heureuse et si profonde que j'ai eu envie de l'embrasser. « Où en étais-je ? Je ne sais plus...

– Grand-père ne voulait pas te raconter...

– C'est ça. Il n'a jamais voulu me dire ce qui s'était passé. Mais, quoi qu'il en soit, je me souviens que ce que je voulais, moi, c'était impressionner Chema Morales, un idiot que j'aimais à la folie et qui ne faisait pas attention à moi. Il faisait du gringue à mes amies, mais il ne me regardait même pas, il m'appelait la Binoclarde, alors que je ne portais même pas de lunettes, parce que j'étais la seule fille de la bande qui allait à l'université et qui réussissait ses études. Alors, il n'était pas courant que les filles fissent des études, mais mes parents avaient toujours estimé que c'était indispensable, et je trouvais ça tout naturel. Et comme je n'avais jamais eu un visage attrayant...

– Tu as un très beau visage !

– Non. Pas du tout. Je suis ta grand-mère, Malena, mais je ne suis pas belle. Ne dis pas de bêtises.

– Papa a toujours dit que tu étais une femme très captivante, et je crois qu'il a raison. J'ai vu des photos. »

Je ne voulais pas la flatter, c'était vrai. Parmi les photos de l'album de famille, j'avais remarqué une femme svelte de taille moyenne dont la tête nue contrastait avec celles des dames chapeautées qui l'accompagnaient, et qui atteignait à peine les épaules du monsieur à côté duquel elle figurait toujours, parce que mon père n'avait pas voulu garder une photo de sa mère seule, après la guerre. Sur ces photos, elle ne portait jamais de chapeau mais avait toujours des talons hauts et, de quelque manière qu'elle fût vêtue, elle était la plus élégante. Les cheveux, tirés en arrière, mettaient en évidence un visage long aux traits délicats, son nez était droit et grand, ses lèvres épaisses mais parfaites, et elle avait aussi de grands yeux du même vert sombre que ceux de mon père et d'une douceur telle qu'ils anéantissaient quasiment le caractère grec de ce visage de jeune femme de l'époque archaïque, dont grand-mère Soledad s'acharnait maintenant à nier la beauté abrupte mais incomparable :

« Ce n'est pas la même chose, voyons... Quand on dit d'une femme qu'elle est intéressante, c'est qu'elle n'est pas belle, et ne fais pas cette tête-là, parce que j'ai raison. De nos jours, ce serait peut-être différent, mais alors... Quand j'étais jeune, la bouche devait être très petite, et on appelait ça avoir la bouche en cœur, le nez aussi devait être très petit, tout devait être petit, c'est cela qu'on appréciait chez une femme, et je n'avais rien de tout cela, c'est clair, mais, en revanche, en dessous du menton, c'était autre chose, tout autre chose. J'avais un corps magnifique, et je le savais, je savais que j'étais beaucoup plus belle nue qu'habillée, et c'est pour ça, sans doute, que je me suis exhibée, ce soir-là... »

La perplexité la plus pure, venue d'une énigme mille fois posée et jamais résolue, envahit son visage et provoqua une longue interruption. Puis, résignée à ne pouvoir expliquer ce qui s'était produit, elle agita brusquement les mains, et reprit :

« J'ai dû faire ça pour impressionner Chema Morales, c'est sûr. Je n'avais jamais rien fait de tel, et je n'étais pourtant pas une fille sage, non, j'étais très moderne, et je buvais comme un cosaque, mais oser faire ça... Il a fallu que je sois soûle au point de ne pas m'en rendre compte, je n'ai pas encore compris ce qui s'est passé, c'était sans doute mon destin. En tout cas, j'ai annoncé que j'allais monter sur la table et danser comme la Baker, et tu peux t'imaginer ce qui s'est produit. Le café était à moitié vide, il était tard, et quand nous avons commencé à réclamer des bananes, les garçons ont failli se mettre à pleurer, parce que les pauvres perdaient de vue le moment où ils pourraient se mettre au lit. Alors ton grand-père a pris la situation en main. Moi, je ne m'en suis rendu compte que plus tard, parce que, ivre comme je l'étais, je n'avais d'yeux que pour Chema Morales, mais Marisa Santiponce, qui était ma meilleure amie et qui ne buvait pas, parce qu'elle était modèle à l'École des beaux-arts, et qu'elle posait le matin, a tout vu, et m'a raconté, le lendemain, qu'un type d'une trentaine d'années, mais habillé comme un homme de cinquante ans, avait quitté la table où il se trouvait avec deux amis, et après avoir convaincu le propriétaire du bar de fermer, il a fait le tour des tables occupées, excepté la nôtre et la sienne, et il a réussi à faire sortir tout le monde, même ceux qui ne tenaient plus debout.

– Il les connaissait ?

– Sans doute ; la plupart d'entre eux. Il allait au Gijón tous les jours, et il a continué d'y aller, jusqu'à la fin. Il ne leur parlait pas, parce qu'il y allait pour jouer aux échecs, il s'asseyait toujours avec d'autres joueurs, des amis à lui, qui avaient formé une sorte de club, et ils organisaient des tournois, des parties multiples, des choses comme ça.

– Bon. Et alors, que s'est-il passé ?

– Quand ?

– La nuit du charleston.

– Ah ! Bien sûr ! Je n'ai pas fini... Mais rien. En fait, ton grand-père savait qui j'étais, parce qu'il m'avait vue avec mon père, au palais de justice. Depuis la mort de ma mère, j'allais le chercher presque tous les jours, et nous revenions ensemble à la maison, il m'avait sans doute présentée à Jaime, un jour, dans un des couloirs, et si je ne me souvenais pas de lui, lui se souvenait de moi, et c'est pour ça qu'il a fait sortir tout le monde, même ses amis. Mais lui est resté.

– Et il a essayé de te convaincre de ne pas danser, c'est ça ?

– Penses-tu ! Il ne s'est même pas approché pour me saluer. Ton grand-père était un joueur d'échecs, comme je te l'ai dit. Il ne faisait jamais un faux pas, il ne se précipitait jamais, il ne jouait jamais avant d'avoir calculé tous les coups possibles. Il ne s'est trompé qu'une fois, et il a payé cette erreur de sa vie. » Grand-mère s'est interrompue pour me regarder, puis elle a secoué la tête, et a trouvé la force de continuer, en me souriant : « Non, il n'est pas venu me parler. Il est resté là, sur le qui-vive, assis à sa table, en attendant de voir venir... Les garçons ont dit qu'il ne restait plus de bananes et, d'après ce qu'on m'a dit, j'ai déclaré que je ne le croyais pas et j'ai voulu aller à la cuisine pour en chercher. Mais on ne m'a pas laissée passer et enfin, au moment où tout le monde croyait que je bluffais, j'ai enlevé ma robe, ma chemisette et ma combinaison, et je me suis mise à danser sur la table avec pour tout vêtement mes chaussures, mes bas, le porte-jarretelles et ma culotte.

– Et le corset ?

– Quel corset ?

– Les femmes ne portaient pas le corset, à cette époque ?

– La plupart, oui. Mais pas moi. Je n'en ai jamais

porté, parce que ma mère déclarait que c'était anti-hygiénique, mauvais pour la santé et insultant pour la dignité de la femme.

– Quoi ?

– Tu m'as bien entendue. Ma mère était suffragette.

– Mais il n'y en avait pas, en Espagne !

– Bien sûr qu'il y en avait ! Trois. Et ton arrière-grand-mère était la plus enragée.

– Tu as eu une sacrée chance, non ?

– Oui, j'ai eu une sacrée chance, mais pas celle d'avoir une mère suffragette, celle d'avoir une mère intelligente, bonne, qui respectait tout le monde. Nous étions très heureux, tu sais, quand j'étais petite. Mes parents s'entendaient très bien, en toutes choses ou presque, et nous faisions un tas de choses ensemble, eux, ma sœur et moi, et maman était si amusante... Cette idiote d'Elenita disait qu'elle aurait préféré avoir une mère comme toutes les autres, qui aurait joué du piano au lieu de s'empoigner avec nos visiteurs, qui n'aurait pas fait de la gymnastique suédoise tous les matins ni distribué de tracts dans les cages d'escalier et qui ne se serait pas baignée avec ses enfants dans les trous d'eau de la rivière, mais moi, j'aimais beaucoup ma mère, et mon père aussi l'aimait, bien qu'elle ait failli, plus d'une fois, lui attirer des ennuis.

– Pourquoi ?

– Parce qu'il était juge, et qu'elle était la femme la moins indiquée pour être l'épouse d'un juge, c'est-à-dire, un représentant plus ou moins consentant de l'ordre établi. Mais il n'a jamais renié ma mère, et ses collègues se sont habitués, peu à peu, à ses extravagances. Je crois même qu'à la fin ils lisaient les tracts qu'elle distribuait dans les réunions, en faveur du féminisme, bien entendu. Elle est morte quand j'avais quinze ans, et figure-toi que, malgré tout ce qui s'est passé ensuite, sa mort demeure en moi comme un coup terrible, l'un des pires de ma vie. Il y a eu tant de monde à son enterrement que nous recevions déjà les condoléances alors que les dernières voitures n'étaient pas arrivées. Il ne manquait que mon père. Il n'a pas voulu venir. Il est resté enfermé dans sa chambre pendant plus d'une semaine. Le jour même, Elenita a remis le corset qu'elle tenait caché et qu'elle portait quand maman ne la voyait pas, parce qu'elle disait que, sans ça, elle se sentait indécente. Moi, je n'en ai jamais mis.

– Alors, tu dansais les seins à l'air...
– Nous en étions bien là, non ? »
À ces mots, elle a éclaté de rire, du rire de ceux qui savent rire, et dont le son frais, strident, a achevé de me convaincre que tout cela était vrai, que grand-mère avait bien été cette femme jeune, incapable, sans doute, de deviner ce que la vie allait faire d'elle : une enseignante énergique et frugale ; et moi, comme elle avait dû le faire tant de fois, je refusais de m'attarder dans les ténèbres d'une vie nouvelle aussi odieuse, et j'aurais voulu en rester pour toujours au récit de cette prodigieuse nuit d'excès.
« Et tu t'en es bien sortie ?
– Ça dépend de comment on considère la chose... Chema Morales n'a même pas fait attention à moi. Je crois même qu'il ne m'a pas vue, parce qu'il était en train de bécoter une autre fille, sur la banquette du fond. Mais ton grand-père a quitté sa table, il s'est approché pour me regarder, et il est resté planté là, debout, avec une cigarette qui s'est consumée toute seule, parce qu'il ne fumait pas, il ne bronchait pas, il respirait et me regardait fixement, comme s'il n'avait plus la force de faire autre chose. C'est ce que Marisa m'a raconté le lendemain, parce que moi, à ce moment-là, je ne voyais que des formes vagues, jusqu'au moment où je me suis retournée, comme ça, en dansant, et où je l'ai vu. Alors, j'ai fait un faux pas, de peur, plus qu'autre chose, parce qu'il me restait assez de jugeote pour me rendre compte que je ne connaissait pas du tout ce monsieur qui me regardait d'une manière si... si farouche, et je serais allée m'étaler sur le sol s'il ne m'avait pas retenue par les bras. Nous sommes restés comme ça près d'une minute, moi, les genoux plantés sur le bord de la table, le corps penché en avant, et lui debout, devant moi, me soutenant au-dessus des coudes, mais il a eu de temps... Bah ! Rien. »
Je dus m'y reprendre à deux fois pour en croire mes yeux, quand je la vis, malgré ses soixante-huit ans et toute son autorité de professeur, rougir comme une gamine.
« Que s'est-il passé ? », insistai-je, encore plus amusée par sa rougeur que par l'histoire elle-même.
« Rien, c'est une bêtise... », me répondit-elle très bas, en remuant la tête d'un côté à l'autre.

« Allez, grand-mère, dis-le-moi, je t'en prie. »

Tandis que sa honte allait croissant, conquérant lentement des parcelles de son visage, maintenant proche du pourpre, je me demandais quel détail infime, sans doute insignifiant, pouvait être si précieux pour que cette femme, qui m'avait conduite par la main pour m'emmener la voir danser nue sur la table d'un café, refusât aussi radicalement de le partager avec moi, tout en enveloppant bien proprement chaque refus d'un sourire.

« Très bien, ai-je fini pas dire, lançant ma dernière carte en jouant le tout pour le tout. Si tu ne me le racontes pas, il ne me reste plus qu'à m'imaginer que grand-père t'a violée sur une table, ou quelque chose de pire... »

Ma petite ruse a porté ses fruits. Même si le ton sur lequel j'avais dit mes derniers mots ne pouvait manquer de mettre en évidence que je ne parlais pas sérieusement, la réaction de ma grand-mère a été fulminante :

« Ne dis plus jamais ça, Malena, même pour plaisanter, tu m'entends ? Jamais pareille chose ne serait venue à l'esprit de ton grand-père, il n'aurait même pas pu en avoir l'idée.

– Bon. Alors, raconte-moi ce qui s'est passé.

– Mais rien, une bêtise.

– Une bêtise, ce n'est pas rien.

– Tu as raison. Mais je ne vais pas te le dire. Et sais-tu pourquoi ?

– Non.

– Parce que je n'en ai pas envie.

– S'il te plaît, grand-mère, s'il te plaît. Si tu ne me le dis pas, je vais dire s'il te plaît sans discontinuer jusqu'à demain matin.

– Bon, mais... rien, il... Il y a eu un moment, parce que tout est allé très vite, où lui... il m'a frôlé... » Et alors, un instant avant la confession suprême, son visage vira à l'écarlate, « il m'a frôlé les seins du bout de ses pouces, et ce n'était pas un frôlement accidentel, et il s'est rendu compte que je m'en rendais compte, mais je n'ai pas desserré les lèvres, et il a bien senti que si je ne le faisais pas c'était parce que je ne voulais pas le faire, et voilà... Tu vas t'imaginer que je ne veux pas tout te dire, mais il n'y a rien eu d'autre. »

J'ai compris que, si je voulais écarter ses soupçons, je

devais lui répondre de façon à ne pas laisser la moindre place au doute, et j'ai eu recours à une phrase d'enfant pour lui démontrer que, moi non plus, je ne mentais pas.

« Je te crois.

– C'est vrai ?

– Bien sûr que je te crois, et c'est une très belle histoire, grand-mère. »

Elle a poussé un soupir, baissé les paupières en guise d'assentiment, et a eu un sourire béat, comme si elle avait été frappée d'un enchantement bénin.

« Oui, c'en est une, un peu bizarre, à peine croyable, mais c'est la plus belle chose qui m'est arrivée.

– Et que s'est-il passé ensuite ? Il t'a raccompagnée ?

– Non ; il me l'a proposé, mais j'ai dû refuser, et pas parce que j'avais peur qu'il me viole, voyons un peu ce que tu diras de ça, toi, maintenant, mais parce que je devais rentrer à la maison avec ceux qui étaient venus me chercher, les Fernández Pérez, le frère et la sœur, enfants d'un ami de mon père, qui m'avait permis de monter en voiture avec eux. Sans ça, papa m'aurait tancée et punie en m'interdisant de sortir le soir pendant deux mois.

– Et alors, comment a-t-il fait, pour te revoir ?

– Trois jours après, alors que je revenais de la fac, à deux heures de l'après-midi, je l'ai trouvé assis dans le petit salon. Il s'était joint à un groupe d'amis de mon père, des hommes de loi, qui venaient manger à la maison une fois par semaine. Mon père me l'a présenté tout à fait formellement, il a tendu la main, je la lui ai serrée. J'avais encore une peur bleue que l'histoire du charleston arrive aux oreilles de mon père ou d'Elena... Du côté de mes amis, il n'y avait aucun risque, presque tous étaient des élèves des Beaux-Arts, comme Alfonso, qui a peint le tableau qui est dans ma chambre, des poètes en herbe, des journalistes, bref, la bohème, comme on disait alors. Nous faisions tous les imbéciles, nous vivions chez nos parents, nous nous tenions les coudes ; mais en voyant Jaime à la maison, ce jour-là, devant mon père, la panique s'est emparée de moi, si bien que j'ai dû m'asseoir avant d'avoir pu saluer tout le monde.

– Mais il n'a pas vendu la mèche, n'est-ce pas ? »

Grand-mère a souri en décelant l'angoisse dans ma voix.

« Il n'a jamais vendu personne, au contraire... Tout d'abord, il m'a regardée avec un petit sourire cynique, qui m'a mise encore plus mal à l'aise, puis quand un ange est passé, il en a profité pour dire à haute et intelligible voix qu'il était très heureux de faire enfin ma connaissance, parce que mon père lui avait parlé de ma passion pour le Moyen Âge, qu'il avait toujours considéré comme la période la plus intéressante de l'histoire d'Espagne... Papa lui a fait remarquer qu'il nous avait déjà présentés, au palais de justice, et Jaime a prétendu qu'il ne se souvenait pas m'avoir déjà vue avant ce jour. Alors, je l'ai regardé, et je me suis mise à sourire, pour moi seule, sans m'en rendre compte, étonnée de ne pas éprouver cette peine que j'ai toujours ressentie, je ne sais pourquoi, quand les hommes s'efforcent de se conduire en chevaliers servants. Après le dîner, nous nous sommes trouvés un moment seuls dans le couloir, et il m'a dit à l'oreille : « J'espère ne pas vous offenser en vous avouant que je vous trouve un peu changée, je ne sais pas pourquoi, mais il me semble que vous me plaisiez plus la dernière fois que nous nous sommes vus ; c'est comme si vous aviez quelque chose en trop... » Je me suis mise à rire, étonnée, une fois encore, de n'avoir pas honte, parce que j'ai toujours éprouvé de la honte à voir les hommes aborder les femmes ouvertement. Quand il est parti, je me suis enfermée dans ma chambre et je me suis dit : ni peine ni honte, Solita, ce doit être l'homme de ta vie. »

Mon grand-père Jaime n'était pas, lui non plus, un bel homme au sens courant du terme, et cependant, quand je l'étudiais attentivement dans les vieux albums que grand-mère avait tirés d'une cachette pour les apporter au salon, je reconnus sur son visage quelques-uns des traits les plus parfaits de mon père, comme si ce fils posthume avait pu perfectionner mystérieusement celui qui ne l'avait jamais connu, en extrayant de son unique héritage une beauté qui n'avait pas réussi à se manifester pleinement dans l'original. Très grand et très large d'épaules, il avait un corps remarquable, bien proportionné mais trop massif à mon goût – mais pas à celui de grand-mère, à en juger par l'enthousiasme avec lequel elle remarqua qu'il avait toujours pesé près de cent kilos sans jamais être gros –, et ressemblait à tout sauf à un intellectuel passionné d'échecs pendant ses moments de loisir. Avec ses cheveux noirs presque crépus, son grand front et ses mâchoires tout à fait carrées, il avait une de ces têtes qui paraissent taillées dans de la pierre dure, et un cou long, mais épais comme celui d'un animal de trait. C'était un homme attirant, cependant, à cause de cet aspect paradoxal qui s'accentua au fil du temps, lorsqu'à son expression sceptique, de désenchantement contrôlé, vinrent s'ajouter des cheveux blancs qui mirent en évidence son caractère de penseur athlétique.

« Il s'est amélioré avec le temps, on dirait.

– Tu crois ? » Sa femme ne semblait pas partager mon avis. « Peut-être. Sur cette photo, une des dernières, il avait déjà de sérieux problèmes. Il était devenu triste. »

De nouveau, la tragédie de sa fin plana au-dessus de nous, plus proche, cette fois, mais je tentais, derechef, de l'écarter, car le rire de grand-mère m'était encore nécessaire.

« Et avant, il ne l'était pas ?

– Quoi, triste ? » J'opinai d'un geste. « Loin de là ! Jaime était l'homme le plus amusant que j'aie connu, tu ne peux pas t'imaginer. Je riais tellement, avec lui, qu'au début ça me faisait un peu peur. Je me demandais si j'étais vraiment amoureuse ou s'il m'arrivait je ne sais quoi, parce que, comment dire ? tout était un peu trop facile. Mes amies n'étaient pas contentes, elles en pleuraient ; avec leurs fiancés, elles ne savaient que dire, elles s'ennuyaient. Je m'amusais comme une folle avec ton grand-père ; il m'emmenait partout : kermesses, théâtres, parties de football, de pelote, fêtes paroissiales, guinguettes, courses de taureaux, jeux de boules, bals de quartier... ou prendre les eaux, tout simplement, dans l'une ou l'autre des stations thermales, renommées depuis toujours, pour les vertus miraculeuses de leurs sources, contre l'impuissance, la stérilité ou les rhumatismes, et nous riions comme des fous. Il s'exprimait toujours avec la plus grande correction, et avec élégance, il disait aussi beaucoup de gros mots, mais il les disait bien, et il connaissait des proverbes rarissimes, très salés mais amusants, des choses du genre : promettre jusqu'à mettre... Et il avait beaucoup d'amis, des gens très bizarres, pour moi : des banderilleros, des girls, des ouvriers qui avaient déjà passé la cinquantaine et étaient encore des apprentis...

– Et d'où les sortait-il ?

– Mais... de nulle part. Il avait connu la plupart d'entre eux quand il était petit, à la taverne.

– Quelle taverne ?

– Celle que tenait son père.

– Ah ! Je ne savais pas. Je croyais qu'il était de bonne famille.

– Qui ? » Et elle me regarda comme si je venais de commettre un sacrilège. « Ton grand-père ?

– Comme il avait fait des études, et qu'il était avocat...

– Oui, mais ce n'est pas ça. Mon beau-père était le cinquième enfant d'une famille d'agriculteurs aragonais, assez riches, qui avaient de grands domaines, mais dans une région où on respectait encore la tradition du majorat. C'est ainsi que le fils aîné a hérité de tous les domaines, le deuxième a fait des études, le troisième s'est fait prêtre, et les deux cadets sont restés avec la chemise qu'ils avaient sur le dos. On a envoyé mon beau-père – il s'appelait Ramón –, à Madrid, pour travailler dans une taverne de la rue Fuencarral tenue par la sœur de sa mère, qui, toute jeune encore, était restée veuve et sans enfants. C'est là que ton arrière-grand-père a commencé à travailler quand il avait quatorze ans, avec l'espoir d'hériter quelque jour du commerce, et le pauvre n'a pas bougé de derrière son comptoir de toute sa vie, mais la taverne n'a jamais été à lui. Sa tante, qui était bigote, l'a laissée aux sœurs d'un couvent qui se trouve à côté, à l'angle de la rue du Divino Pastor, et son cousin a dû se contenter de l'usufruit, en partageant les bénéfices avec les propriétaires.

– Quelle vie ! On n'a jamais cessé de lui faire des crasses.

– Ne parle pas comme ça, tu ne peux pas te mettre à la place de ton grand-père... Jaime est allé à l'école paroissiale, et comme il apprenait vite et bien, l'instituteur l'a fait entrer dans un collège gratuit de l'Obra Social de la Iglesia ; je ne sais pas si tu sais ce que c'est... » De la tête, je fis un signe de dénégation. « Peu importe. C'était une école primaire, mais ton grand-père, qui était très intelligent, comme je te l'ai dit, a été remarqué. On lui a offert une sorte de bourse, pour qu'il puisse suivre ses études secondaires dans un collège tenu par les jésuites, près de la Puerta del Sol ; son père l'a un peu poussé, parce qu'on lui avait laissé entendre que, s'il voulait, Jaime pourrait entrer au séminaire, mais lui, qui avait été élevé entre la taverne et le trottoir, n'avait pas la moindre intention de devenir prêtre. Mon beau-père avait sa petite idée. Jaime était son fils unique, sa femme était morte peu après l'accouchement, et depuis qu'on lui avait dit que son fils promettait, le pauvre homme avait mis un peu d'argent de côté tous les mois, pour l'envoyer à l'université, et se venger de son frère aîné. “ Ses fils seront des paysans, disait-il à ton grand-père, le soir, tandis qu'ils essuyaient les verres ensemble. Mais toi, tu seras avocat, ce qui est beaucoup plus important ”...

– Mais pourquoi avocat ? Il aurait pu être médecin, ou ingénieur, ou architecte.

– Oui. Mais il voulait que Jaime soit avocat parce que, de tous les clients de la taverne, le seul qui avait une voiture et qui changeait de modèle tous les deux ou trois ans était un avocat, aussi Jaime ne s'est-il pas mis en tête d'étudier autre chose, et il a bien fait. D'un côté, décevoir son père aurait été pour lui une sorte de crime, et de l'autre, rien au monde ne lui plaisait davantage que la procédure de jugement. Il a dit adieu aux jésuites, et a suivi ses études sans cesser de travailler à la taverne tous les soirs. Il me racontait que ton arrière-grand-père l'envoyait souvent dans sa chambre, en lui disant qu'il n'avait pas besoin de lui, pour l'encourager à étudier, parce qu'il se faisait du souci de ne pas le voir bûcher autant qu'il pensait qu'il fallait le faire. Alors, Jaime allait dans sa chambre, jouait aux échecs, écrivait des lettres et lisait, car il s'était pris de passion pour la lecture. Ses livres favoris étaient ceux de Baroja, et aussi *Orgueil et Préjugé* et *La Chartreuse de Parme*, il connaissait de longs passages par cœur, il avait une mémoire extraordinaire, et retenait un texte après l'avoir lu deux fois. Ensuite, il est vrai qu'il a eu de la chance, pour une fois dans sa vie, une véritable chance.

– Pour l'agrégation ?

– Non, plus tard. Il était resté à la faculté pour donner des cours parce qu'il n'avait pas d'argent pour ouvrir un cabinet. Mais l'enseignement ne le passionnait pas, il voulait exercer, et même si, en théorie, c'était déchoir pour un professeur avec un dossier comme le sien, il a accepté d'être nommé d'office. Il a gagné une demi-douzaine de cas obscurs, et en a perdu deux, qui étaient indéfendables, mais le neuvième, en apparence aussi insignifiant que les autres, lui a valu la gloire. Sa cliente était une servante accusée d'avoir volé un collier à sa maîtresse, une de ces dix mille servantes voleuses de bijoux qui finissent en prison chaque année, mais avec une particularité intéressante : la dame était la femme d'un escroc, un type avec une bonne position et de bonne famille, mais un escroc, dont la principale victime était l'État. La servante se révéla innocente, mais coupable d'indiscrétion. Elle avait écouté aux portes, entendu certaines choses, et Jaime a pris le risque, il a soulevé le voile et découvert un tas d'ordures. La chose a fait un foin de tous les diables, le cas a paru dans tous les journaux, et ton grand-père a obtenu la condamnation virtuelle d'un individu qui n'était même pas accusé, en plus de la liberté de sa cliente. Quand l'affaire a été terminée, il a pu ouvrir un cabinet. Quand je l'ai connu, il était déjà membre de l'ordre.

– Et riche.

– Oh, riche, comme l'étaient les riches de cette époque, comme ton grand-père Pedro, par exemple, nous ne l'avons jamais été. Nous n'avions aucun domaine, pas de maisons, ni de vaches ni de rentes. Nous vivions de notre travail, comme avaient toujours vécu mes parents, mais nous vivions bien, sans doute. Quand nous nous sommes mariés, nous avons loué un très bel appartement, dans la rue General Alvarez de Castro, à Chamberí, vaste, au troisième étage, avec quatre balcons, et nous avons engagé une servante, parce que je n'avais pas terminé mes études.

– Tu as poursuivi tes études après ton mariage ?

– Oui, pendant de nombreuses années, aussi longtemps que j'ai pu. Si à cette époque quelqu'un m'avait dit que je finirais femme au foyer, je lui aurais ri au nez. Je n'ai jamais trop aimé la maison, tu sais ? ni les enfants, ça, tu le sais, parce que ça se voit tout de suite, non ? je veux dire que je n'ai pas de patience et que je n'aime pas les avoir dans les bras ; même avec les miens, lorsqu'ils étaient petits, je mourais de dégoût quand ils me vomissaient dessus, et ça... Avant, quand j'étais plus jeune, j'avais un peu honte de le reconnaître, mais à présent, je crois que l'instinct maternel est un peu comme l'instinct criminel ou comme celui qui pousse à courir à l'aventure, si tu préfères. En tout cas, on ne peut pas s'attendre à ce que tout le monde l'ait.

– Et pourquoi as-tu eu des enfants?

– Parce que je l'ai voulu. Une chose n'a rien à voir avec l'autre. Jaime adorait les enfants, et lui avait la fibre paternelle, il leur lisait des histoires, les promenait sur le cheval de bois dans le couloir. Et puis, pour te dire la vérité, à cette époque, avoir des enfants, pour moi, c'était facile, tout était facile, nous avions deux servantes, une couturière et une repasseuse, et je ne faisais que ce qui me plaisait. Bien sûr, je leur achetais des vêtements, je composais leur menu quotidien, je veillais à ce qu'ils ne se couchent pas trop tard, des choses comme ça. Mais si je partais en voyage, si j'étais trop occupée ou très fatiguée, la maison était tenue, tu comprends? Et j'aimais mes enfants, bien sûr, je les aimais beaucoup, et ils le savaient. Ils ne m'ont jamais fait aucun reproche. Mais si, par exemple, j'étais en train de travailler et qu'ils me dérangeaient, je sonnais, et ils disparaissaient. Quand j'en avais envie, je les faisais manger, je leur donnais le bain, je les emmenais promener, dans le parc ou ailleurs. Je ne pouvais pas supporter de les voir s'ennuyer, alors, je les sortais, les deux aînés, bien sûr, parce que, quand ton père est né, le pauvre, tout avait changé et je n'avais plus le temps. En fait, j'ai passé beaucoup de temps avec eux, mais je n'étais pas obligée de le faire, c'est ça qui était bien, tu comprends? Parfois, je prenais quelques jours de repos, et je me sentais magnifiquement bien, je ne te dis pas le contraire...

– Mais tout ça n'a rien à voir avec l'instinct maternel.

– Ah non?

– Non. Les jeunes enfants sont très fatigants, c'est vrai, mais certains d'entre eux sont adorables; être enceinte, tout ça, c'est merveilleux..

– Comment le sais-tu?

– Mais... je ne sais pas. Toutes les femmes le disent.

– Pas moi.

– Et à toi, ça te plaît?

– D'être enceinte? Non. Je veux dire, ça ne me plaît pas et ça ne me déplaît pas non plus. Parfois, ça me faisait quelque chose, de sentir les coups du fœtus et tous ces trucs-là, mais le plus souvent, ça me semblait bizarre et, parfois, ça me gênait. Et j'avais toujours peur, d'être comme ça, parce tout m'échappait, mon propre corps, tout d'abord, où il se passait des choses que je ne contrôlais pas, dont je ne savais rien, c'est sans doute pour ça que mes grossesses ont été difficiles... C'est un état d'âme très particulier, très difficile à décrire à quelqu'un qui ne l'a pas connu, mais je ne me sentais ni plus belle ni plus vivante ni plus heureuse, comme on le prétend. Et je n'ai jamais aimé les bébés. Il y a des femmes qui se collent à eux comme si c'étaient des aimants, qui, dès qu'elles en voient un, se précipitent pour le prendre dans leurs bras, le bercer ; moi, ça ne m'est jamais arrivé, je me suis toujours dit : que sa mère le berce... Si je vais dans un parc, je ne fais pas risette au premier bambin que j'aperçois, je ne lui caresse pas la tête, que veux-tu que je te dise ? Il y a des gens pour qui être bon et aimer tous les enfants du monde, c'est la même chose ; moi, je dis que ça n'a rien à voir. Avoir été la mère de mes propres enfants me suffit, je n'ai pas envie d'être la mère de tous les autres, loin s'en faut. Vraiment, si tu veux mon avis, des femmes comme ça, il y en a plus qu'il n'en faut, il y en a même trop, dirais-je... »

Je me souviens encore à quel point les propos de grand-mère m'ont scandalisée, combien j'ai regretté de les avoir écoutés, comment je les ai liés, sans même pouvoir les analyser, à toutes les autres choses désagréables, fausses, injustes, qui souillaient la mémoire de ceux que j'avais toujours aimés d'instinct, les individus solitaires, fiers et brisés, en lesquels je me reflétais. Toutefois, cette honte ne tarda pas à se dissiper, parce que mon père n'appartenait pas à la souche de Rodrigo et que grand-mère ignorait sa loi. Pendant des années, je devais consacrer bien des heures à réduire l'importance de cette pénible confession, dont je souffrirais comme d'une infection redoutable, en faisant tout ce que je pouvais pour isoler le virus, et le détruire avant d'avoir été contaminée. Je pensais à Pacita, qui me faisait peur et qui me dégoûtait, quand je n'étais encore qu'une fille plus grande, et moins âgée qu'elle, et si je ne pouvais m'empêcher de faire le rapprochement entre cette peur et l'image de ma grand-mère, ce n'était pas à cause du caractère anormal des sentiments qu'elle exprimait, mais parce que j'étais certaine de ne jamais parvenir à sa hauteur.

« Je n'aurais jamais cru que Madrid puisse aller aussi loin. » Ce fut par cette phrase qu'elle commença un récit qui perdit aussitôt l'éclat de celui du premier jour. Petit à petit, sans que je le lui demande, elle me dévoila un épilogue long et opaque comme un mur de pierres grises, lisses et nues, sans lamentations et sans héros, seulement marqué par la cadence écrasante des jours qui se succèdent jusqu'à disparaître dans la profondeur d'un puits sans fond, éternellement vide. Je lui demandai de m'apprendre à tricoter, et elle accepta. Nous sommes sorties une fin d'après-midi faire les courses et elle m'a aidée à choisir deux types de laine épaisse, au poil long, et très doux, et tandis qu'elle guidait mes doigts malhabiles, et que ses mots s'entrechoquaient au rythme des aiguilles neuves, elle a choisi cette phrase pour évoquer le désarroi qui avait succédé à la déroute, et je n'ai eu aucun mal à m'imaginer une jeune femme seule, un enfant à chaque main, un autre dans son ventre, arrivant dans un quartier si éloigné, si différent du Madrid où elle avait vécu jusqu'alors qu'elle ne pouvait croire qu'il s'agissait de la même ville.

Alors, je me suis dit que grand-mère avait tous les droits du monde de nier n'importe quel instinct. Le premier jour, elle acheta quatre pommes de terre et ne sut qu'en faire. Elle les fit bouillir sans songer à les piquer avec une fourchette pour voir si elles étaient cuites, et ils les mangèrent comme elles étaient, dures. Le lendemain, elle en acheta quatre autres, et ne les sortit de la casserole que quand elle vit la peau éclatée en divers endroits. Elle les coupa en deux, versa un peu de sel et un peu d'huile. Elles étaient bonnes, et ce fut pire, parce qu'au fur et à mesure que les petits ennuis quotidiens cédaient du terrain, le grand désespoir de la vie brisée prenait toute son ampleur.

Elle attendait encore son mari, parce qu'elle ne put jamais voir son cadavre. Elle savait qu'il était mort et qu'on l'avait enterré dans une fosse commune en bas du parc del Oeste ou sous ce qui est à présent un trottoir quelconque, les vainqueurs avaient travaillé vite pour cacher le trophée puant de son cadavre, mais elle ne l'avait jamais vu et elle espérait, elle se pelotonnait chaque nuit dans une fantaisie à fonds multiples, rêvait d'un prisonnier astucieux, d'une fausse identité, d'une longue condamnation, d'un retour. Elle paya bien plus cher qu'une ration de pommes de terre un voile noir de dentelle bon marché parce qu'elle avait peur ; elle était terrorisée. Tous les matins, elle s'en couvrait la tête, cachait sa chevelure qui était devenue si laide, pour aller à la messe, parce qu'elle était terrorisée et qu'elle voulait qu'on la vît, que tout le monde, dans ce quartier misérable, sache qu'elle allait à la messe tous les matins, et pourtant, elle ne savait pas prier, personne ne le lui avait jamais appris. C'est pour ça qu'elle s'asseyait au bout du dernier banc et inclinait la tête, se cachant sous la dentelle pour que personne ne vît qu'elle remuait les lèvres en vain, feignant de dire une prière alors qu'elle répétait pour elle seule un seul mot : locomotive, locomotive, locomotive. Elle avait peur, très peur, mais de temps à autre elle retournait dans son ancien quartier, où tout le monde la connaissait, où tout le monde savait qui était son mari et de quel côté il s'était battu, pour demander de ses nouvelles. Elle défiait le gardien, le veilleur de nuit, le boulanger, la progéniture de cette répugnante bande de mouchards qui prospérait, pour s'enquérir de son mari, et nul ne lui disait jamais rien, mais nul ne la dénonçait non plus, parce que si Jaime Montero, dont le cadavre ne fut jamais identifié, était officiellement inscrit sur la liste de ceux qu'on recherchait, tout le monde savait qu'il était mort. Tout le monde croyait que ma grand-mère était folle.

Elle aussi en vint à le croire, pendant un certain temps ; cela commença comme une plaisanterie intime, un défi secret, dont elle lui parlerait quand il reviendrait. Avant, elle ne savait pas prier, et maintenant, elle avait appris, avant, elle n'allait jamais à la messe, et maintenant, elle n'en manquait pas une, le monde pouvait bien se distordre encore un peu, elle n'en avait cure. Elle eut bien du mal à se décider à acheter les chandelles, parce qu'elles coûtaient cher, tout coûtait cher, alors, elle n'en prit que deux, pas trop grandes, mais suffisamment, cependant, pour durer tout un mois, peut-être plus, parce qu'elle les allumait à peine une demi-heure, la nuit, quand les enfants dormaient, afin de retrouver un petit quelque chose de cette liberté qu'ingénument elle avait crue éternelle. Alors s'achevait la comédie, la représentation quotidienne de la mère dévouée qu'elle était vraiment, et une autre commençait, celle d'un amour qui déjà ne tenait plus assez de place dans le cœur, qui lui déchirait les entrailles, lui suçait la moelle des os, engourdissait sa volonté et sa réflexion. Le voile noir maintenu par deux épingles à cheveux sur la tête, grand-mère Soledad dressait un autel sur la table de la salle à manger avec trois photos de son mari, allumait une chandelle de chaque côté et s'éloignait pour s'agenouiller sur le sol, puis s'asseoir sur ses talons, et parler seule, les doigts croisés, comme on parle aux morts : « Comment vais-je pouvoir m'en sortir, Jaime ? », disait-elle, et elle lui racontait ce qui s'était passé pendant la journée, ce qui lui semblait bien peu de chose, parce qu'il était parti en emportant avec lui les jours bien remplis. « Pourquoi m'as-tu laissée seule ? », lui demandait-elle et, enfin, il lui avait donné une réponse.

« Ton grand-père a fait un miracle après sa mort, comme le Cid. » Je n'ai pas voulu la reprendre, lui rappeler que le Cid avait gagné une bataille, et que les miracles après la mort, ce sont les saints qui les font, parce qu'elle ne voulait pas le voir saint, et moi non plus. « Il a fait un miracle », insista-t-elle, avant de se refuser tout mérite personnel, en se gardant d'évoquer le sort qui avait placé, de l'autre côté de la cour, une femme bavarde, pieuse et, par-dessus tout, compatissante. Grand-mère ne la connaissait pas, ne savait pas qui était la vieille femme voilée qui, un soir, osa frapper à sa porte, ce que ses enfants seuls avaient fait jusqu'alors. Mais la visiteuse se présenta aussitôt, disant qu'elle était la voisine d'en face, entra dans la maison avant d'avoir été invitée à le faire, et hocha la tête, comme pour confirmer son jugement, en découvrant une pauvreté qui ne pouvait échapper à son regard ni au regard de quiconque.

Elle savait presque tout, elle l'avait lu sur le visage de grand-mère, dans ses gestes, dans sa façon de parler et de s'arranger, dans son effort pour se tenir droite, dans ses tentatives désespérées de conserver sa dignité, dans sa manie – dont tous les enfants du quartier se moquaient – d'obliger ses enfants à manger les sardines avec des couverts à poisson et à se laver les dents deux fois par jour, afin que demeure en eux quelque chose de la vie perdue. La vieille femme dit à grand-mère qu'elle la voyait à la messe tous les matins, mais qu'elle n'aurait pas attaché une grande importance à ce détail, parce qu'elle connaissait quelques rouges qui maintenant prenaient le bon Dieu et tous les saints pour se défiler, mais elle ajouta qu'elle la voyait aussi prier seule, toutes les nuits, et qu'il y avait déjà quelque temps qu'elle se disait qu'elle aimerait bien l'aider, et qu'il n'était pas normal que quelqu'un comme elle, avec des enfants, et un autre qui allait naître, eût tout perdu.

Grâce à la voisine d'en face, qui la recommanda personnellement, grand-mère obtint son premier emploi de maîtresse d'école dans une maternelle gratuite de la paroisse, une école comme celle que son mari avait fréquentée quand il était petit. Elle levait tous les matins les couleurs, dans la cour, et les baissait le soir, en chantant *Cara al sol* à pleins poumons, et, en échange, elle put manger à midi, et le soir, et finit par reconquérir Chamberí. Une légère intonation de reproche dut percer dans ma voix quand je lui demandai comment elle avait pu accepter d'éduquer d'autres enfants que les siens, puisqu'elle ne les aimait pas.

« Oh, mais j'avais déjà arrêté d'enseigner, alors, me dit-elle avec douceur comme si elle n'avait pas remarqué mon ton de censeur.

– Ah bon ? Et que faisais-tu ?

– J'écrivais ma thèse de doctorat, *La Reconquête : le problème du repeuplement*. Je l'avais commencée juste après avoir terminé mes études, et je ne m'étais pas consacrée à autre chose, jusqu'au début de la guerre. Certains jours, je passais plus de temps à la Bibliothèque nationale qu'à la maison.

– Elle a été publiée ?

– Non. Il s'en est fallu d'un rien. En 36, elle était quasiment achevée, il ne me restait plus qu'à écrire la conclusion, et à vérifier certaines données, mais ensuite, avec tout ce qui s'est passé, je l'ai laissée tomber et je n'ai même pas pu la présenter devant le jury. C'est drôle, on a fini par me coiffer au poteau, trente ans plus tard. J'attendais d'être à la retraite pour y retravailler, naïvement, parce qu'il était évident que, tôt ou tard, quelqu'un écrirait un livre sur ce thème, mais comme la Reconquête est un sujet délicat, et que pendant le franquisme, le point de vue était toujours le même, et qu'on l'utilisait pour justifier la Guerre civile, je m'étais dit qu'avec un peu de chance... Mais non. En 65, la presse a annoncé la parution d'un livre qui portait à peu près le même titre : *Le Problème du repeuplement pendant la Reconquête*. C'était la thèse de doctorat de deux jeunes barbus très malins et bien gentils, mais qui ne disposaient pas des données que j'avais trouvées dans les archives paroissiales et d'autres sources, qui étaient à présent perdues. J'ai obtenu leur numéro de téléphone à l'université, je les ai appelés pour mettre à leur disposition le matériel dont je disposais ; comme ça, au moins, toutes ces années de travail ne seraient pas perdues. Ils sont venus me trouver aussitôt, et se sont montrés très corrects, et très déçus d'apprendre que je n'avais jamais été communiste, parce que eux l'étaient, et qu'en définitive... tout le monde sait bien qu'un réprouvé sans parti n'est pas un réprouvé rentable. De toute manière, nous avons travaillé ensemble pendant des mois, et dans la deuxième édition de leur livre, mon nom est apparu sur la page de titre, non pas en tant que coauteur, ce qui m'a un peu déçue, je l'avoue, mais au-dessous de leurs noms, en tout petits caractères : *avec la collaboration du professeur Soledad Márquez*. J'ai été très impressionnée, de toute façon, parce que j'avais cru avoir raté le coche encore une fois. En fait, je les ai tous ratés.

– Tu n'as pas eu beaucoup de chance, toi non plus, pas vrai, grand-mère ? »

Elle a froncé les sourcils, comme s'il lui fallait réfléchir pour répondre à cette question si simple, et ses lèvres ont trahi, plusieurs fois, son hésitation, avant de prendre une direction surprenante pour moi qui, sans cesse émerveillée et étourdie en même temps par le torrent d'informations qu'elle versait dans mes oreilles, n'avais pas saisi la véritable force de ma grand-mère, l'énergie inépuisable de ce corps presque à bout de souffle qui abritait cependant, comme un signe de sa caste, la jeunesse d'un esprit privilégié et universel, celui qui anime ceux qui sont nés survivants.

« Ma foi, je ne sais que te dire. Du point de vue de l'histoire officielle, bien sûr, je n'ai pas eu de chance, parce que j'ai tout perdu. Ma famille, mon travail, ma maison, mes amis, tout ce que je possédais. Et ce n'est pas rien, les petits objets, les cadeaux, les vêtements préférés, les souvenirs d'un voyage ou d'une journée particulière... Quand tu ne les vois plus, c'est un peu comme si ta mémoire s'effaçait, comme si ta personnalité se désintégrait, comme si tu cessais d'être toi pour devenir n'importe qui, quelqu'un que tu croises tous les jours dans la rue. J'ai perdu une guerre, et tu ne peux pas savoir ce que c'est, nul ne peut le savoir avant que ça lui arrive, on dirait que c'est quelque chose de tellement impersonnel, qui peut être considéré froidement, de perdre ou de gagner une guerre, et pourtant... Avec la guerre, j'ai perdu la ville où j'étais née, l'époque et le monde auxquels elle appartenait, tout s'est effondré, tout, et quand j'ai regardé autour de moi, plus rien n'était à moi, je ne pouvais plus rien reconnaître ; au début, je me sentais comme un soldat égaré, tu comprends, quand il se rend compte qu'il n'est plus parmi les siens, qu'il a traversé les lignes sans le savoir, qu'il se trouve dans le camp ennemi. Pendant des années, j'ai vécu dans le camp ennemi. J'ai perdu mon mari alors que j'aurais préféré mourir avec lui, Malena, j'aurais préféré mourir que survivre à sa mort. J'avais trente ans, et il m'a fallu vivre, vivre sans le vouloir, pendant je ne sais combien d'années, je me suis levée tous les matins et je me suis couchée tous les soirs sans attendre quoi que ce soit, et l'avenir n'était qu'un vide dans lequel, jusqu'au jour de ma mort, allaient se perdre la répétition du quotidien : travailler, manger, digérer et dormir, et cependant.... Maintenant que je me fais vieille, je sais que si j'ai perdu Jaime, c'est parce que je l'ai eu, et je ne changerais ma vie pour aucune autre, parce que, changer encore, ce serait perdre encore. »

Alors, son regard qui, pendant quelques minutes, avait erré sur le plafond de la pièce sans se décider à se fixer à un endroit précis, s'est arrêté sur l'ahurissement que révélait le mien, et grand-mère, plus éloignée que jamais de la tristesse dans laquelle aurait dû la plonger son discours, m'a souri :

« Tu ne comprends pas, n'est-ce pas ?

– Non, admis-je.

– Tu es trop jeune, Malena, malgré tout le poids du dégoût qui t'accable et bien que tu croies tout savoir. Mais tu me comprendras un jour. Il y a tant de gens qui ne sont jamais heureux, et je sais que ça te paraît incroyable, à ton âge, il y aurait des suicides en masse, si chacun pouvait regarder son avenir par quelque petit trou, mais il y a bien plus de gens qu'on ne pense qui n'ont pas de chance du tout, même dans les choses les plus insignifiantes, ils aiment le sucre, et sont diabétiques. Moi, malgré tout, j'ai eu de la chance, beaucoup de chance, et si ma chute a été brutale, si je me suis fait très mal, c'est parce que je suis tombée de très haut. »

Je n'ai pas aimé ces derniers mots, je ne m'attendais pas à un tel conformisme de la part d'une danseuse aussi intrépide, d'une étudiante aussi tenace, et d'une championne à la course d'obstacles aussi déterminée.

« C'est de la résignation chrétienne ou je me trompe ?

– Tu te trompes, je crois, a-t-elle lancé en riant. Ce serait plutôt : vieille grand-mère parlant à sa petite-fille en pleine jeunesse. »

Alors, j'ai ri avec elle.

« Tu sais, Malena, être amoureuse de ton grand-père comme je l'ai été – et il n'y a personne au monde, je crois, qui l'ait été plus que moi ; autant que moi, il y en a eu, sans doute, et beaucoup, et je pèse mes mots –, être amoureuse comme ça a été un bonheur terrible, parce que nous savions que nous nous offrions un luxe, que, le plus souvent, les gens n'aiment pas ainsi, sans réserve, sans doutes, sans devoir faire preuve de volonté, en retardant chaque nuit la venue de son propre sommeil pour laisser l'avantage au sommeil de l'autre, seulement pour le voir, pour le regarder dormir à nos côtés. Et nous nous disions tout, ne va pas t'imaginer le contraire, nous étions très modernes, je te l'ai déjà dit, nous considérions parfois ce qui se passerait si l'un ou l'autre tombait amoureux d'une tierce personne, ou se lassait soudain de notre bonheur, l'amour n'est pas éternel, et nous le savions bien, nous savions ce qui pourrait arriver, et nous avons fait une sorte de pacte et nous nous sommes promis que jamais, en aucun cas, l'un de nous ne se montrerait mesquin, ni vil, ni désagréable avec l'autre, mais rien de tel ne s'est produit pendant onze ans, rien. Moi, tous les jours, je m'attendais à la catastrophe parce que je trouvais Jaime trop bien pour moi, ce qui ne manque pas d'arriver quand on tombe amoureuse, et si plus de trois jours étaient passés sans qu'il m'eût coincée contre un mur par surprise, même en présence de témoins, je me serais mise à trembler, et pourtant, ce troisième jour n'est jamais venu, et tout était facile, facile et délicieux, comme si nous nous amusions à vivre, comme ça, pour de vrai. Cela ne veut pas dire que ton grand-père ne m'a jamais déçue, ce n'est pas ça non plus, parce qu'il y a eu bien des moments où, même si je travaillais beaucoup moi aussi, j'en avais assez de lui. Il passait trop de temps au café, et quand il participait à un tournoi d'échecs, c'était insupportable, il sortait dans la rue avec un petit carnet, et s'arrêtait tous les deux pas pour cocher une case, cavalier prend tour, sacrifice de dame, échec double, et... autres bêtises de ce genre, en vérité, parce que je n'ai jamais pu comprendre comment un simple jeu pouvait l'obséder à ce point, mais, même pendant ces mauvais moments, il faisait des choses merveilleuses, il me faisait sans cesse des surprises. Parfois, il apparaissait à la maison à l'improviste, aux heures les plus inattendues, à midi ou à six heures du soir, et il me bousculait jusqu'au lit, alors que les enfants, encore petits, jouaient dans le couloir, même quand les servantes étaient en train de faire le ménage, même quand il y avait des visites, ça lui était égal. Puis, il s'habillait et repartait en courant, et je sortais sur le pas de la porte, pour lui dire au revoir en robe de chambre, et nous étions la fable du voisinage, mais même ça nous réussissait, parce que tout nous amusait.

– Il te faisait des cadeaux tous les jours, n'est-ce pas ? », dis-je, en retrouvant soudain dans un coin poussiéreux de ma mémoire la seule chose qu'on eût jamais pu me dire sur cet homme. « Il me semble que papa m'en a parlé, un jour.

– Oui. Il avait toujours quelque chose pour moi, dans ses poches, quand il rentrait, mais, la plupart du temps, ce n'étaient pas de véritables cadeaux, mais de petites bricoles, que sais-je, quelques marrons grillés en automne, par exemple, ou une branche d'amandier en fleur au printemps, et parfois, même moins, des choses encore plus insignifiantes, deux cacahuètes qu'il avait mises dans sa poche au moment de l'apéritif, ou un petit carton publicitaire dont le dessin lui avait plu...

– Tu les as encore ?

– Oui, ces choses-là, je les ai gardées ; celles qui avaient de la valeur, je les ai vendues, après la guerre, tout sauf une broche en or, émaillée, qu'il m'avait rapportée de Londres, un jour, le seul bijou qui ne m'ait jamais plu. J'en ai fait cadeau à Sol pour son quarantième anniversaire, et il se peut que tu l'aies vue sur elle, car elle la porte toujours; c'est une petite fille avec des ailes et une tunique blanche, devant une verrière, la fée Clochette, l'amie de Peter Pan. J'aurais aimé garder quelque chose pour chacun des enfants, mais je n'ai pas pu. J'ai fini par vendre le Mont-Blanc qu'il m'avait offert, parce que, après la guerre, avec le blocus, ces choses-là valaient très cher, j'ai aussi dû vendre un jeu d'échecs dont les pièces étaient en acajou et en marbre, il m'avait coûté presque tout ce que j'avais hérité de mon père, le plus beau cadeau que je lui avais jamais fait. On m'en a donné une misère, mais nous avons pu manger des patates pendant deux mois, avec ça, et je me disais que nous étions en train de manger la dame blanche ou le pion noir, genre de commentaire que ton grand-père aurait pu faire. À la fin, Manuel a eu *Orgueil et Préjugé*, et ton père, *La Chartreuse de Parme*. C'était tout ce qui restait. Mais j'ai toujours Baroja, neuf tomes que je n'ai pas pu séparer, et les cacahuètes, que je n'ai pas pu manger.

– Vous ne vous êtes jamais disputés ?

– Eh bien... Jaime était très intelligent, très honnête, sensible et juste, mais c'était un homme né en Espagne en 1900, c'est-à-dire qu'il dansait du même pied que tous les autres, je suppose que c'est inévitable.

– Tu veux dire qu'il était machiste ?

– Parfois. Pas avec moi. Il ne m'a jamais rien interdit, ne s'est jamais mêlé de mes affaires, n'a pas essayé de m'influencer, au contraire. Je suis devenue comme une sorte d'attraction pour les membres du barreau, parce que j'étais la seule femme de leur milieu qui assistait aux procès, comme on suit une partie de football... et quand la partie était gagnée et que le juge ne pouvait nous voir, Jaime me saluait les bras levés, comme un torero qui m'aurait lancé les deux oreilles. Parfois, on lui a reproché son geste, certains trouvaient que c'était un manque de respect, et, une fois, après avoir prononcé la sentence, le juge s'est tourné vers moi et m'a dit : “ Madame, félicitations ”, et une partie du public, les collègues et les amis de mon mari, a applaudi. J'ai dû me lever et saluer. Il me parlait des causes qu'il défendait, il suivait parfois mes conseils, nous étions très unis, très proches, mais de temps en temps... » Elle ménagea une pause théâtrale. Elle s'arrêta de parler, m'adressa un regard particulier, comme pour mieux accrocher un public plus fasciné que tous ceux qu'elle avait jamais pu avoir, et elle eut un sourire, avant d'ajouter : « De temps en temps, il me faisait porter les cornes, pourquoi te mentirais-je ? »

Cette révélation m'avait laissée de marbre, non pas tant par son contenu que par la tranquillité incroyable du ton sur lequel grand-mère avait conduit son placide récit dans une direction aussi inattendue.

« On dirait que ça ne t'émeut pas beaucoup, dis-je, déconcertée, ce qui la fit rire.

– Et que veux-tu que je fasse ? Que je me mette à casser toutes les potiches, maintenant, après tant d'années ? La vérité, c'est que même alors, c'était le plus souvent le cadet de mes soucis, ça dépendait de la femme dont il s'agissait.

– Il a eu beaucoup de maîtresses ?

– Non, pas une, en fait, parce que ce n'étaient jamais vraiment des maîtresses. Ce n'étaient que des passades, très brèves, d'un jour, dans la plupart des cas, même si ces jours, isolés, revenaient de temps en temps. Au début, il me racontait tout, parce que ça n'avait pas d'importance, à ses yeux, c'étaient de simples caprices, des feux de paille, des désirs soudains qui auraient pu acquérir de l'importance s'ils avaient été contrariés, c'était ce qu'il disait, du moins, et je le croyais, comme je l'aurais cru s'il m'avait assuré que la lune était carrée. Théoriquement, j'étais libre d'en faire autant, et il disait volontiers qu'un couple, c'est deux individus intègres et pas un seul être en deux parties, mais s'il voyait quelqu'un me serrer d'un peu près au cours d'une fête, il se mettait en rogne, parce que lui ne dansait jamais ; il ravalait pourtant sa jalousie, parce qu'il savait qu'elle était injuste. Je ne l'ai jamais trompé, parce que je ne désirais que lui, et il le savait. Plus tard, je lui ai dit que s'il avait des liaisons, je préférais ne pas le savoir, mais je n'étais pas aveugle, et, une ou deux fois, j'en ai souffert. Mais il avait raison : aucune de ces femmes n'a troublé notre vie. “ Jamais je ne t'ai trompée ”, m'a-t-il dit une fois, quand il n'était déjà plus qu'un mort en sursis, et j'ai parfaitement compris ce qu'il voulait dire, je lui ai répondu que je n'en avais jamais douté, ce qui était vrai. Je l'adorais, je l'adorais et je l'ai perdu, mais, avant il a été à moi tout entier. »

Alors, elle s'est tue, comme si elle n'avait rien à ajouter. Elle a regardé ses doigts, et s'est mise à repousser du bout des ongles de sa main droite les cuticules des ongles de sa main gauche, geste instinctif que je lui avais vu faire de nombreuses fois, façon de se distraire à laquelle elle recourait quand quelque chose ou quelqu'un la gênait. Mais nous savions l'une et l'autre que nous étions arrivées au bout de la route, qu'il n'y avait pas d'échappatoire.

Tandis que je cherchais la meilleure formule pour envelopper la question qui allait suivre, j'ai compris que seul le hasard, un hasard douloureux, terrible, dont je ne pouvais encore évaluer les incidences sur ma propre vie, m'avait permis de prendre possession de l'héritage qui m'était destiné et que, sans lui, jamais ne m'aurait été transmis ce bien, dont je ne soupçonnais même pas l'existence, la mémoire de celui qui avait toujours été l'autre grand-père, l'obscur, le suspect. Mais avant de me risquer à reprocher à mon père ce vol injuste et délibéré, en un instant de panique, j'ai bien failli reculer, prise d'une terreur absurde, peur d'entendre, peur de savoir, de finir par comprendre ce silence, de perdre, dans la fiction encore sereine que la voix de grand-mère tissait pour moi, l'homme adorable que ses paroles avaient vêtu de lumière, de rire et de chair. Bien des années devaient s'écouler avant que je comprisse enfin que, tandis que l'été agonisait dans les bras d'une soirée orageuse, c'était grand-mère qui avait raison, il m'a fallu des années pour découvrir qu'alors j'étais trop jeune pour savoir, trop jeune pour comprendre que le plus trouble des déshonneurs aurait été plus facile à accepter que le chemin que mon grand-père avait pris pour aller mourir entre deux montagnes d'hommes morts. Seul et pour rien, comme meurent les héros.

« Qui l'a tué, grand-mère ?

– Tous », m'a-t-elle répondu, et je n'ai jamais revu un visage aussi sombre que le sien, à ce moment-là. « Tous l'ont tué. Moi, ton père, le conseil de guerre, le ministre de la Justice, la Deuxième République espagnole, ce pays maudit, ma sœur Elena, mon beau-frère Paco, et un soldat de Franco, ou deux ou trois, ou tout un régiment qui a tiré en même temps, car je ne l'ai jamais su... »

Je n'ai pas osé l'interroger davantage. Elle est restée silencieuse pendant quelques minutes, puis elle a repris la parole, vomissant une douleur vive et épaisse, qui petit à petit s'assouplit, se gonfla de rage, avant de se rabougrir, et de s'éteindre, morte de fatigue, pour me montrer le visage de la désolation, dépouillé de toute espérance, de toute violence vaine, de tout dessein, et de tout sens, au-delà de la condamnation arbitraire de ceux qui endurent leur existence. J'ai appris de loin, tout d'abord, j'ai reçu et retenu, comme une élève appliquée, en me demandant si tout cela avait servi à quelque chose, en essayant de deviner pourquoi, tout à coup, cette étrange mort m'était devenue tellement nécessaire, pourquoi elle comblait un vide en moi, pourquoi elle augmentait le débit de mes veines, pourquoi elle m'endurcissait et me complétait, mais c'est seulement quand j'ai pu le voir, quand j'ai aperçu la silhouette d'un homme qui marchait seul dans la rue, en pleurant le printemps mort, quand je l'ai vu arriver à l'angle de la rue Feijoo et tourner à droite, et se perdre à jamais, ce n'est qu'alors que je me suis rendu compte que celui qui marchait ainsi était le père de mon père, qu'il était moi, et cette réponse m'a suffi.

« Il n'a pas voulu m'écouter. Cette fois-là, il n'a pas voulu. Il le faisait d'habitude, je te l'ai dit, il tenait compte de mes avis, et je l'ai prévenu, je ne sais pourquoi, cette fois-là, j'ai tout vu clairement, j'ai vu que ce chemin ne conduisait qu'à la ruine, et je l'ai prié, je l'ai supplié, Jaime, je t'en prie, n'accepte pas cette charge, Jaime... Il ne me répondait pas, je continuais à parler seule, je lançais mes paroles à son oreille, et elles rebondissaient comme une pelote sur un mur et me revenaient intactes, une fois, et une autre fois et une autre encore... Mais ne vois-tu pas que personne n'en veut ? Tu ne leur dois rien, qu'ils nomment un des leurs, l'un de ceux qui ont poussé dans leur ombre, mais pas toi... Il n'aurait pas dû accepter, et il le savait, il avait toutes les excuses qu'il fallait, pour refuser, il n'était même pas avocat général, et j'aurais fait n'importe quoi pour l'en empêcher, n'importe quoi. Je me serais mise à genoux, mille fois... Mais rien, il ne me regardait pas, il ne me répondait pas. Puis, brusquement, il s'est levé et s'est mis à crier, comme il ne l'avait jamais fait, comme s'il me frappait : “ Tu ne te rends pas compte ou tu crois que nous sommes en train de jouer à colin-maillard? C'est la guerre, et ils ne sont pas en train de tuer seulement la République, oublie ça et arrête de pleurer sur la République, ils sont en train de tuer, ce sont des gens qu'ils tuent ! " J'ai eu honte, à ces mots, et je me suis tue. Il m'a demandé pardon, m'a embrassée, et alors j'ai deviné qu'il allait accepter en sachant très bien où il allait se fourrer. Trois ou quatre mois auparavant, un soir, alors que nous étions déjà couchés, il m'avait dit à voix basse que la guerre était perdue, qu'il ne restait plus qu'à attendre le miracle, parce qu'il n'y avait plus rien à faire. Je n'avais pas voulu le croire, les nouvelles n'étaient pas bonnes, mais elles n'étaient pas non plus tout à fait mauvaises, c'était en 38, et je croyais, je croyais sincèrement que nous allions gagner la guerre, tout le monde en était certain, je n'en étais pas encore venue, comme cela m'arriva par la suite, à me forcer à aborder la journée, au réveil, avec confiance, pour ne pas penser à ce que signifiait la déroute, surtout quand ton grand-père eut accepté cette charge.

– Quelle charge, grand-mère?

– Procureur au Tribunal d'exception. Bien sûr, il avait droit à tous les honneurs, c'était même spécifié dans son mandat, tu vois les cyniques que c'étaient; il a fallu qu'ils le lui demandent à lui, à lui qui s'était fâché contre moi, quand j'avais voté pour eux, en 36. Parce qu'il était indépendant. Parce qu'il avait conservé tout son prestige, ont-ils dit, parce qu'il ne s'était jamais compromis, parce qu'il était le meilleur. Il était le seul à pouvoir mener à bien une mission aussi délicate, lui seul pouvait tempérer les excès du Tribunal militaire, défendre l'honneur de la justice civile, faire respecter la légalité, jusqu'à ce qu'elle soit rétablie, voilà ce qu'ils lui ont dit. Et lui ne l'a pas cru, mais il a accepté. Il a accepté en sachant que tout était perdu... Et il a été le seul civil mêlé aux affaires militaires, aux plus sales qui soient. Il a supervisé les procès intentés contre des civils pour des atteintes à la discipline militaire, pour des affaires d'espionnage, surtout, mais aussi pour des extraditions, des histoires de contrebande, des choses de cet ordre-là, et il n'avait même pas à porter d'accusation, il était simplement là comme représentant du ministère, agissant au nom de la justice civile, et il ne pouvait rien faire parce qu'il n'avait rien à faire qu'à regarder, à écouter et à faire des rapports, et cependant... Il faudrait que tu puisses lire tout ce qui a été répandu sur son compte, quand ces fils de leur mère se sont emparés de ce pauvre pays. Ils l'ont traité de bourreau et de criminel, d'assassin des héros de la cinquième colonne. » Alors, grand-mère s'est levée, pour retomber, sans force, sur le canapé, avec le geste de qui jette quelque chose. « Ils n'en ont pas tué assez, tu m'entends ? Pas assez ! Moi, j'en aurais tué davantage, de mes mains, et j'aurais dormi comme un loir tout le reste de ma vie, l'âme en paix, je t'assure. Assassin ! Les assassins, c'étaient eux ! Qu'ils aillent pourrir en enfer ! Il était déjà mort, début 39, c'était déjà un mort, un mort qui se déplaçait, qui mangeait, qui se levait et qui se couchait, mais un mort. Comme il aimait à le dire, tout était joué. »

Il lui restait encore des larmes, et deux d'entre elles, grosses et lourdes, qui se détachèrent lentement de ses paupières et roulèrent vers le bas, parcourant ses joues avec paresse, m'impressionnèrent plus encore que ses paroles, que ses gestes, que sa colère, et que ses jurons assassins auxquels elle-même ne pouvait croire, parce que je ne pouvais concevoir qu'après tout ce temps elle fût encore en proie à la rancœur, je pouvais m'imaginer sa douleur, son désir de vengeance et la valeur des doutes qui ne se paient jamais en retour, mais pas la détresse de ces pleurs lents, silencieux, la terrifiante mansuétude de ces larmes d'enfants qui auraient dû tarir bien avant ma naissance, pour se changer en force, en volonté, lesquelles, à présent, désertaient son visage, et l'abandonnaient au geste égaré et fragile de l'enfant solitaire qui ne comprend pas pourquoi, parmi toutes les balles qu'il y a au monde, c'est la sienne qui est tombée dans la rivière, qui a éclaté, qui s'est perdue, à ces terribles larmes des innocents que grand-mère versait, encore.

« Ce que je ne comprends pas, lui ai-je dit bien longtemps après, quand elle parut calmée, c'est pourquoi vous n'êtes pas partis, en France ou en Amérique...

– Cela aussi je le lui ai dit, m'a-t-elle répondu en remuant doucement la tête. Je le lui ai dit mille fois. De s'en aller, pendant qu'il en était encore temps. De s'en aller avec les deux aînés, et de m'attendre quelque part, que je partirais plus tard, quand l'enfant serait né, qu'il faudrait bien qu'ils me laissent partir, à un moment ou à un autre, parce qu'ils n'avaient rien contre moi, mais il ne m'a pas écoutée, parce qu'il se fiait à Paco. Moi, je ne me suis jamais fiée à lui, mais Jaime lui faisait confiance.

– Qui était Paco, grand-mère ?

– Le mari de ma sœur. C'était un député socialiste. Vers la fin de la guerre, il a été nommé directeur ou administrateur, je ne sais pas, le plus haut responsable du canal Isabel II. Il est resté à Madrid quand le gouvernement est parti. Il fallait qu'il reste, pour assurer l'alimentation en eau jusqu'à la fin. Et Jaime l'a attendu. Il a attendu alors que ses supérieurs lui conseillaient de partir, alors que nos amis nous proposaient des places dans leur voiture pour passer la frontière. Il a attendu Paco. “ Nous partirons quand Paco s'en ira ”, disait-il.

– Et Paco n'est pas parti.

– Bien sûr qu'il est parti ! Mais sans ton grand-père.

– Et toi...

– J'étais enceinte.

– De papa.

– Oui... En vérité, nous ne l'avons pas voulu, le pauvre petit. Deux enfants, c'était assez, et quand Sol est née, j'ai failli mourir, et à ce moment-là, nous faisions toutes attention... ç'a été la malchance, une terrible malchance, tout était si triste, si sombre, que nous n'avions envie de rien, mais nous faisions l'amour plus souvent que d'habitude, parce qu'au moment où tout se faisait rare, cela nous rappelait les jours heureux... Je me suis retrouvée enceinte, et les fois précédentes, ça c'était toujours mal passé. Pour Manuel, j'étais restée trois mois au lit, avec des pertes de sang ; pour Sol, ç'a été pire, bien pire, il y a eu des complications pendant l'accouchement, et j'ai failli mourir d'une hémorragie. Quand on m'a annoncé que j'étais encore enceinte, en pleine guerre, je me suis mise à pleurer dans le cabinet de consultation, dans la rue, et je n'ai rien dit à ton grand-père, parce que Noël approchait ; nous ne fêtions que la Saint-Sylvestre, quand nous étions jeunes, et les Rois, pour les enfants, alors que nous n'étions pas croyants, et les enfants ne comprenaient rien, mais je n'ai pas voulu leur gâcher ce plaisir, et je n'ai rien dit ; on avait promis à ton grand-père un poulet, un poulet entier, maintenant, ça n'a l'air de rien, alors, ça nous semblait beaucoup, et à la maison nous étions six à table, parce que les servantes n'avaient pas où aller, alors, c'était une folie, un poulet entier pour la Saint-Sylvestre, et je me suis dit : bon, mangeons toujours, et après, on verra bien... Mais il n'y a pas eu de poulet, nous avons mangé du riz safrané, je m'en souviens, et des poires. Mais je n'avais rien dit. »

Elle s'était interrompue pour allumer encore une cigarette, qu'elle fit durer, et durer, et quand elle reprit la parole, j'eus l'impression que chaque mot qu'elle prononçait la faisait souffrir.

« J'ai commis une erreur, c'est vrai, une grave erreur. J'aurais dû le lui dire, nous aurions pu partir... Mais j'ai pensé, alors, que Jaime avait bien assez de problèmes, alors, je suis retournée voir le médecin et je lui ai dit que je voulais avorter, il m'a répondu que c'était impossible, que lui, en tout cas, ne pourrait pas le faire, que tous les hôpitaux étaient surveillés, l'anesthésie était sous le contrôle de l'État, et il n'y avait de lits, de médicaments, de sang et d'antiseptiques que pour les blessés de guerre, que je pourrais toujours essayer de demander à une avorteuse, mais qu'avec ce qui s'était passé à mon dernier accouchement personne ne voudrait le faire. De plus, j'étais presque à mon troisième mois, l'affaire n'était pas simple, j'avais trop attendu... Le médecin, qui me connaissait depuis dix ans, m'a dit qu'il valait mieux me résigner à le garder, il m'a conseillé de me reposer, et d'attendre, en m'avertissant, et il avait raison, de ne pas essayer par un autre moyen : “ Ne fais pas ça, Solita, tu vas y rester. ” Mais je ne l'ai pas écouté, et je l'ai fait.

– Comment ?

– Avec l'aide d'une voisine, qui avait été actrice de revue avant son mariage, une femme très plaisante. Nous n'étions pas vraiment des amies, mais nous nous entendions très bien, nous prenions le café ensemble, de temps en temps, elle s'était fait avorter deux fois, et m'en avait parlé, quelques années auparavant. Je suis allée la trouver. Elle m'a dit de ne pas m'inquiéter, qu'elle connaissait une sage-femme excellente, une femme de son village qui avait fait des avortements toute sa vie, qu'elle allait essayer de la retrouver et qu'il n'y aurait aucun problème, sauf qu'il faudrait payer. Je lui ai dit que je paierais, de toute façon... Je leur ai donné rendez-vous un matin à neuf heures, après le départ de Jaime, j'ai demandé à une jeune fille que je connaissais de conduire les enfants chez ma sœur, et une autre fille à qui je pouvais me fier est restée avec moi, et m'a sauvé la vie. Ce matin-là, il y a eu des bombardements, les sirènes ont retenti, vers midi, et à trois heures, à la fin de l'alerte, la pauvre est partie en courant chercher ton grand-père, et elle a mis une bonne heure à le trouver, parce qu'elle ne savait pas lire et devait tout demander. Quand Jaime est arrivé à la maison, vers les cinq heures et quart, j'étais inconsciente, dans le lit, sur les draps trempés, en train de me vider de mon sang. La femme s'était envolée, elle s'était enfuie en plein bombardement en voyant les dégâts qu'elle avait faits, quand la petite, qui tremblait comme une feuille, l'a menacée, en lui disant que mon mari était avocat. Je ne sais même pas comment elle s'y était prise, je n'ai pas voulu regarder, mais je me souviens encore de la voix apaisante, qui me disait : “ Courage, mon petit, encore un peu de patience, ça va faire un peu mal, maintenant... ”, l'accent était andalou, c'est tout ce que je sais. Jaime l'a cherchée dans tout Madrid pendant plus de trois mois – tout le temps qui lui restait à vivre –, pour la faire mettre en prison, mais il ne l'a pas trouvée.

– C'est pour ça que vous n'êtes pas partis.

– Pour ça, entre autres choses. J'étais très faible, et le médecin a dit qu'il ne fallait pas que je bouge, pas pour l'enfant, qui allait bien, ça paraissait impossible, mais il allait bien, mais pour moi... “ Je t'avais prévenue ”, m'a-t-il dit à voix basse, en profitant d'un moment où nous étions seuls, parce qu'il ne manquait plus que ton grand-père entende ça, il aurait fallu que tu le voies, une vraie Furie, je ne le reconnaissais pas. Quand je me suis réveillée, au lieu de me rassurer, il m'a donné deux gifles, c'est la seule fois où il a porté la main sur moi. Il ne tenait pas en place, il avait une peur bleue, mais il ne voulait pas s'en aller. “ Nous partirons tous ensemble, avec Paco, disait-il, toi, tu seras rétablie, et tout se passera bien, tu verras.... ” Je lui ai demandé de partir seul, de le faire pour moi, parce que si quelque chose tournait mal, ce serait de ma faute, et qu'il ne me le pardonnerait jamais. Mais il m'a répondu qu'il comprenait parfaitement ce qui s'était passé, que s'il avait été à ma place il aurait fait exactement la même chose, et qu'il ne voulait plus en entendre parler. Je n'en ai plus parlé, mais je ne me le suis jamais pardonné. »

Je n'ai pas pu voir son visage, pendant qu'elle disait ces mots, que j'ai eu de la peine à comprendre, parce qu'elle avait incliné la tête et l'avait cachée dans ses mains.

« Mais ce n'était pas de ta faute, grand-mère ! »

Elle est restée un instant courbée, sans me répondre, seuls ses pieds, qui s'agitaient, révélaient son tourment. Puis elle s'est étirée très lentement, comme un enfant qui se réveille, et elle a repris sa position favorite, le dos bien droit, appuyé au dossier de la chaise, et m'a regardée.

« C'était de ma faute.

– Non. Ce n'est pas vrai. Tu as fait ce que tu croyais devoir faire, comme lui, quand ils lui ont confié cette tâche. Tu as été courageuse, grand-mère, et il le savait, il savait que tu n'étais coupable de rien. C'est la faute de Paco, qui est parti sans vous prévenir.

– C'est la faute de tout le monde, de tous. La mienne, bien sûr, quoi que tu puisses dire, et la sienne, aussi, il l'a bien cherché, en acceptant cette charge. Parce que, s'il ne l'avait pas fait, il ne se serait rien passé. Nous aurions perdu la guerre, de toute manière, bien sûr, nous aurions été pauvres, et nous aurions peut-être dû nous exiler, ou peut-être pas, mais ils n'auraient rien eu contre lui, ils n'auraient rien pu faire, et il serait peut-être encore vivant à l'heure qu'il est, va savoir... Mais tu as raison tout de même, parce que si mon beau-frère ne nous avait pas vendus comme il l'a fait, nous serions sans doute encore vivants, tous ensemble, quelque part, ou nous serions revenus ici, comme eux l'ont fait, sous les applaudissements et les bénédictions, et avec une pension de l'État. Il y a quatre ou cinq mois, Elena m'a appelée, il a dû lui falloir un sacré culot pour le faire. Elle m'a dit que beaucoup d'eau avait coulé sous les ponts, depuis, que j'étais tout ce qui lui restait de la famille, et que ça l'impressionnait tellement, d'être de retour à Madrid... Moi, tout d'abord, je n'ai pas bronché, je savais qu'elle se manifesterait depuis que j'avais lu dans les journaux que Paco revenait, mais brusquement, j'ai eu un drôle de goût dans la bouche, un goût de pourriture que j'avais déjà oublié, et qui a disparu aussitôt, pour faire place à un goût de lentilles. Les lentilles ! Tu as dû lire ça, ou le voir au cinéma, tout ce qui restait, à Madrid, c'étaient les lentilles, on en a mangé tous les jours, pendant des mois... Alors, les nerfs ont pris le dessus. Je savais qu'elle avait voulu téléphoner, qu'elle n'était pas la plus grande coupable, leur servante, qui n'avait pas voulu partir, était venue me dire que ma sœur avait décroché le combiné pour nous appeler, mais que son mari le lui avait arraché des mains, en lui disant : " Non, Elena, non. Jaime est trop connu. Sa photo a paru plusieurs fois dans les journaux. Quelqu'un pourrait le reconnaître. N'importe qui. C'est trop dangereux. S'il arrivait quelque chose, notre vie serait menacée. " Et il a raccroché. Ils sont allés en France. Et une fois que la dernière des voitures qui les accompagnaient a franchi la frontière, nos soldats se sont retirés, abandonnant la dernière route qui nous était ouverte. Et Madrid s'est transformé en une souricière, pendant que nous dormions, ton grand-père et moi.

– Et que lui as-tu dit, à Elena, grand-mère ?

– Bof ! Rien ! Des bêtises. Des énormités. J'étais hors de moi, je le reconnais. L'assistante, qui m'écoutait, n'en croyait pas ses oreilles. Elle a fini par me demander si je ne pouvais pas leur pardonner, et j'ai répondu non, non, jamais, même si je vivais un millier de siècles. " Je mourrai en vous maudissant tous les deux, lui ai-je dit, et je te maudis à présent, Elena, écoute-moi bien, sois maudite, Elena Márquez, pour avoir souillé le nom que ton père et ta mère t'ont donné à ta naissance, et celui du mort que tu portes sur ta conscience. " Elle s'est mise à pleurer et je l'ai envoyée au diable. » Grand-mère, alors, a fait la moue, comme une enfant, avant de lancer : « Les larmes ont toujours réussi à Elena, tu sais, elle avait la larme facile, douce, tendre, et après, par-derrière, tac ! le sale coup, ça ne ratait jamais.

– Et pourquoi ne l'as-tu pas raconté ?

– Quoi ?

– Ce qui s'était passé. Tu es historienne, tu connais de nombreux professeurs, non ? Ceux qui ont écrit ce livre avec toi, et qui étaient communistes en 65, doivent avoir des positions importantes, connaître tout le monde, des hommes politiques, des journalistes, des gens comme ça. Raconte-le, dénonce-les, la guerre est à la mode, on voit partout des récits de cette époque.

Envoie une lettre aux journaux, et ils la publieront volontiers, ça ne fait pas un pli, et on finira par écrire des articles sur eux, on publiera leurs photos dans des revues, et plus personne n'applaudira, et l'État leur retirera leur pension. Ils devront retourner en France, grand-mère, ou descendre aux enfers, les gens leur cracheront à la figure, personne ne leur adressera la parole, même pas les franquistes, parce que ce sont des lâches, des lâches et des traîtres, et qu'ils ont tué ton mari. Raconte-le, que tout le monde le sache, connaisse la vérité. Écrase-les, grand-mère, écrase-les pour toujours, maintenant que tu le peux... »

Elle m'a regardée avec étonnement, comme si elle avait du mal à me reconnaître, devant cette inversion des rôles, car maintenant, c'était moi qui étais penchée en avant, à taper du poing sur la table, le visage incendié par la rage, les veines apparentes, alors qu'elle me regardait, et tirait de ma fureur une curieuse sérénité.

« Mais pourquoi veux-tu que je fasse une chose pareille ? Et maintenant, surtout, après tout ce temps...

– Pourquoi ? » Et mon indignation, soudain, se retourna contre elle : « Pour venger grand-père ! »

Elle remua doucement la tête, d'un côté à l'autre, comme si elle était encore plus lasse, sur le point de mourir de fatigue, et quand elle reprit la parole, elle le fit sur un ton nouveau, froid, mécanique, comme si quelqu'un l'avait mise en marche en introduisant un jeton dans la fente de sa mémoire.

« Ça ne servirait à rien, Malena. C'est sans remède. Ce pays est pourri, condamné dans l'œuf, comme disait Jaime, ça ne servirait à rien, mais je vais te le raconter tout de même, comment est mort ton grand-père... Franco était déjà ici, tout le monde le savait. Ma sœur était partie depuis des semaines, l'hiver touchait à sa fin, et la guerre aussi. Un matin, quand je me suis réveillée, je n'ai pas trouvé ton grand-père à côté de moi. Tous les tribunaux, bien entendu, étaient fermés, plus personne ne travaillait, et j'ai eu très peur, je ne sais pourquoi, comme si je pressentais ce qui s'était passé. Je me suis levée et habillée en vitesse, et j'ai trouvé Margarita, cette fille qui m'avait sauvé la vie, en larmes, dans le salon. Ton grand-père, en téléphonant à un ami de bon matin, l'avait réveillée sans le vouloir. Tout d'abord, elle a refusé de me dire ce qu'elle avait pu surprendre de leur conversation, mais elle avait si peur, la pauvre fille, que, pour finir, elle m'a tout raconté, il me semble que je l'entends encore. Jaime avait dit qu'aucun de ces fils de leur mère n'allait le coller contre un mur devant un peloton d'exécution. Qu'il était déjà mort, sans doute, et qu'il le savait, mais qu'il mourrait en attaquant, comme les taureaux de combat. C'était ce qu'il pensait faire, et c'est ce qu'il a fait. Il s'est rendu du côté de Clínico, sur le front, tu m'entends ? au moment où tout le monde fuyait, en débandade. Il est arrivé jusqu'aux tranchées, il a demandé une mitraillette, et il s'est mis à tirer. Je suppose qu'il a tiré pendant quatre ou cinq minutes, peut-être même pas, jusqu'à ce qu'on le tue. C'est comme ça que ton grand-père est mort. En martyr de la raison et de la liberté. En héros de guerre. Et tu peux être fière de lui.

– Je le suis, grand-mère. C'était un homme digne de ce nom. Et il vaut mieux mourir debout... »

Je n'ai pas pu terminer ma phrase. Grand-mère s'était levée avec une agilité dont je ne l'aurais pas crue capable, et en deux enjambées, elle réussit à me donner une gifle à temps.

Puis, en me tournant le dos, elle se mit à ramasser ses affaires, vida le cendrier, prit son briquet et ses cigarettes et partit en direction de la cuisine, d'où elle revint avec un verre d'eau. C'était sa manière de me punir, d'annoncer que nous allions nous coucher. Je me suis levée à mon tour, je suis allée vers elle et je l'ai embrassée, en lui présentant de fausses excuses pour une faute qui m'échappait :

« Je comprends, grand-mère, je ne sais pas pourquoi j'ai dit ça.

– Ça ne fait rien. Tu es trop jeune pour te rendre compte, pardonne-moi, à moi aussi. Je n'aurais pas dû te gifler, mais c'est plus fort que moi, je n'ai jamais pu supporter cette phrase, jamais. Elle me met hors de moi, quand je l'entends... Ton grand-père et moi, nous tournions en dérision les slogans des légionnaires, nous disions que ceux qui crient *Viva la muerte* ne méritent pas de gagner une guerre, et tu vois où ça nous a menés. »

Nous nous sommes dirigées vers la porte du salon en nous tenant par la taille.

« Le pire, c'est qu'il ne t'a pas même dit adieu, ai-je dit, pour moi-même.

– Si, il l'a fait. Quand Marina m'a raconté ce qui s'était passé, je suis sortie pour aller à sa recherche, mais on ne m'a pas laissée approcher des barricades. C'était la panique générale, tout le monde criait à la fois les ordres, et les contrordres pleuvaient, nul ne savait que faire, comment sauver sa peau; je ne comprends pas comment il a fait pour se faufiler là-dedans. Je voulais le voir, même mort, mais je n'ai pas pu. Je suis revenue à la maison comme j'en étais partie, ça n'en finissait plus, mais je n'étais pas fatiguée, et je me demande encore par quel miracle j'ai pu marcher aussi longtemps, enceinte de six mois, sans me fatiguer. Les rues étaient désertes, je n'ai croisé que deux ou trois personnes qui m'ont regardée comme si j'étais folle, parce que j'avais commencé à saigner sans m'en rendre compte, et que ma jupe était toute imprégnée de sang je ne sentais rien, absolument rien, j'éprouvais même comme un plaisir à marcher pendant que tous les autres avaient gagné les refuges. Les sirènes hurlaient pour rien, il n'y a même pas eu de bombardement, mais je n'en savais rien et je me disais que, maintenant, une bombe allait me tomber sur la tête et que j'allais m'écrouler en pleine rue, morte.... Mais il n'y a pas eu de bombe, et je suis arrivée à la maison. Margarita m'a mise au lit tout habillée, parce que je n'avais plus la force d'enlever mes vêtements. J'ai pleuré longtemps, puis j'ai dormi. Pendant presque trois jours. Je crois qu'on a dû me donner quelque chose, un sédatif, sans doute, et j'ai dû me laisser faire, parce que c'était le plus facile : dormir. Je me réveillais de temps à autre, mais comme tout était fermé, je ne pouvais pas savoir s'il faisait jour ou s'il faisait nuit, j'étais épuisée, j'avais sommeil, et je me rendormais. Et puis, j'ai été réveillée par un vacarme épouvantable, qui semblait ne jamais devoir finir. J'entendais des cris, des chansons, les voitures qui roulaient de nouveau, j'entendais le bruit d'un moteur, et celui des roues sur la chaussée, et des courses, et des rires, comme si les gens étaient ressortis dans les rues... Franco était entré à Madrid, la guerre était terminée. Je me suis levée, j'ai ouvert la porte-fenêtre du balcon, et j'ai regardé dehors. J'ai essayé de me rendormir, mais je n'ai pas pu. C'est alors que j'ai aperçu un morceau de papier par terre, et j'ai su que c'était l'adieu de Jaime avant de l'avoir lu. Le tremblement de sa main avait déformé les lettres ; c'était un message très court, sans signature : « Adieu, Sol, mon amour. Tu es le seul Dieu que j'aie jamais eu. »

Une insuffisance respiratoire emporta ma grand-mère Sol, une cigarette aux lèvres, à soixante et onze ans, sans qu'elle eût su qu'elle avait raté son dernier train, perdu la dernière bataille, puisqu'elle disparut quinze jours avant qu'un infarctus eût emporté son beau-frère Paco. La nouvelle de ce dernier décès nous tomba dessus alors que nous prenions le café, et l'écran de la télévision se remplit de drapeaux rouges, de manifestations de douleurs sincères ou théâtrales, et des expressions graves, profondes, des politiciens. Un gros plan interminable montrait Elenita, que je n'avais encore vue qu'en photo, pleurant abondamment, le visage dans les mains, tandis qu'une voix *off*, sans déroger au mauvais goût habituel de la communication de masse, disait que « La Almudena s'est remplie de gens venus rendre un dernier hommage à l'ami et au camarade, au travailleur infatigable et au lutteur tenace, à l'un des plus éminents défenseurs de la justice et de la liberté... » Alors mon père tira sur la nappe, et le fracas que firent les tasses en se brisant sur le sol couvrit un instant le ronron de l'hommage officiel. Reina, qui ne comprenait rien, se leva et sortit, réagissant comme elle le faisait toujours aux éclats de colère de mon père, mais ma mère, qui n'avait fait qu'un bond, sous prétexte de sauver un sucrier d'argent, qui s'était bosselé d'une façon spectaculaire en rebondissant à travers le salon, ne dit pas un mot. Quand elle s'assit, la voix *off* ne s'était pas encore tue. Après avoir souligné courtoisement l'importance d'une brillante carrière politique au sein du Comité exécutif de son parti en exil, elle conclut en affirmant, en guise de résumé, que « celui qui avait été enseveli ce matin, dans la ville qu'il avait tant aimée, était, avant tout, un homme bon... »

Nulle part on ne fit mention de l'enterrement de ma grand-mère. Par une belle matinée d'hiver froide et ensoleillée, un petit cortège de cinq voitures suivit sa dépouille jusqu'au cimetière civil, où elle fut enterrée entre de vieux arbres et des tombes fleuries, sans croix et sans anges, simples dalles nues, comme un jardin de marbre. Il n'y eut pas de cérémonie, hormis les gestes rituels de la poignée de terre et des fleurs, et comme assistants, en plus de ses enfants et de ses petits-enfants, les deux historiens barbus spécialistes du Moyen Âge, le directeur de l'institut où elle avait enseigné, trois ou quatre de ses élèves, un des deux hommes qui avaient vécu avec ma tante Sol avant son troisième mariage, et une vieille femme qui était venue en autobus. C'était la seule personne vêtue de noir, qui se signait, et mon père la reconnut tout de suite, et me dit qu'il s'agissait de Margarita, l'ancienne servante de sa mère.

Elena ne vint pas. Elle n'appela pas davantage, n'envoya pas le moindre mot, mais elle dut certainement trébucher sur la fausse tombe de sa sœur, contiguë à celle où reposent ses parents ; si elle le fit, elle put lire une simple épitaphe : « Ici reposent Jaime Montero (1900-1939) et Soledad Márquez (1909-1980). » Le mensonge fut une idée de mon père. Sol ajouta, au-dessous, le dernier vers d'un sonnet d'amour de Quevedo.

III

Blanche et noire, sans aucune tache de couleur, la chambre de ma mère, blanche et noire, la fenêtre : la neige et les pousses de ces arbustes ; blanc et noir, le tableau *Le duel*, où sur la blancheur de la neige s'accomplit un sombre fait : le sombre fait, éternel, de la mort d'un poète par la main de la plèbe.

Pouchkine fut mon premier poète, et ils ont tué mon premier poète. [...] et tous ceux-là préparèrent parfaitement cette petite fille pour l'effroyable vie à laquelle elle était destinée.

MARINA TSVETAIEVA
Mon Pouchkine

III

Blanche et noire, sans aucune tache de couleur, la chambre de ma mère; blanche et noire, la réserve : la neige et les pousses de ces arbustes ; blanc et noir, le tableau *Le Duel*, où sur la blancheur de la neige s'accomplit un sombre fait : le sombre fait, éternel, de la mort d'un poète par la main de la plèbe.

Pouchkine fut mon premier poète, et ils ont tué mon premier poète. [...] et tous ceux-là préparèrent parfaitement cette petite fille pour l'effroyable vie à laquelle elle était destinée.

MARINA TSVETAÏEVA
Mon Pouchkine

Sur les photos, je suis belle, réellement belle, ce qui ne laisse pas de m'étonner chaque fois que je les regarde, parce que, en plus de n'avoir jamais été très photogénique, je m'étais rarement sentie aussi mal que cet après-midi-là. Le visage ne doit pas être, en définitive, le miroir de l'âme, puisque, sous ces belles apparences, je sais quelle idée insolente, égoïste, obsédante, bourdonnait entre les tempes bordées de fleurs artificielles de cette femme jeune et souriante que les photographes n'avaient prise que sous le bon angle. Je m'en souviens parfaitement. Je suis sortie de l'église et la lumière m'a éblouie. J'ai entendu quelques cris isolés, hystériques, puis une pluie de riz est tombée, et alors je me suis dit : tu l'as faite, ma petite, tu l'as faite, la connerie.

La nuit précédente avait encore été pour Fernando. Une semaine auparavant, j'avais envoyé une annonce en espagnol au *Hamburguer Rundschau* : « Je me marie, Fernando, et je ne le veux pas. Appelle-moi. Toujours au même numéro. Malena. » Je savais qu'il ne m'appellerait pas, qu'il ne viendrait pas, que je ne le reverrais pas, mais je m'étais dit qu'il n'y avait aucun risque à tenter le coup. Absolument aucun. Je l'avais déjà fait mille fois, pendant sept ans, et il ne s'était jamais rien passé.

Santiago, à mes côtés, est splendide sur tous les clichés, de face et de profil, en train de poser ou pris quand il ne s'y attendait pas, ce qui n'avait rien de surprenant, parce que mon mari, alors, était un homme impressionnant, aussi beau ou plus beau que mon père, bien que les années aient donné au premier une dureté beaucoup plus affirmée que la miséricorde que le second a conservée jusqu'à la cinquantaine. Celui que j'ai présenté comme ma conquête définitive lorsque Macu a fini par se marier, non pas avec mon cousin Pedro, mais avec le fils unique d'un éleveur de Salamanque, a été fêté avec le plus grand enthousiasme par les femmes de la famille. Reina, qui, d'emblée, m'avait semblé particulièrement impressionnée, profita de la légère confusion qui se produisit tandis que les invités s'attablaient pour me prendre à part et me dire sur un ton ironique :

« Tu n'es pas une bonne sœur. Tu aurais dû me le présenter pendant qu'il en était encore temps, et je te jure que je ne l'aurais pas laissé filer. J'aurais été sans pitié. »

Porfirio, qui, avec ses sourcils épais, son nez trop long et sa bouche d'Indien ressemblait chaque jour davantage à son père, ne se fit pas une haute opinion de la perfection rare du visage de mon fiancé. Après le repas, comme je demandais un verre au buffet, il m'aborda soudainement et me glissa à voix basse :

« Dis-moi, Malena, ce type que tu nous as amené, tu vas vraiment l'épouser ou, pour une raison qui m'échappe, tu as envie de n'en faire qu'une bouchée, un de ces soirs ? »

Je l'ai regardé dans les yeux et je me suis sentie piégée. Il y avait assez longtemps que j'évitais Porfirio et Miguel, je les voyais à peine, ils étaient pour moi un souvenir irritant des temps meilleurs, et ces paroles me blessèrent comme si mon vieil amour pour eux n'était pas encore mort.

« Ce n'est pas très aimable.

– Non, mais ça le sera encore moins dans dix ans, c'est pour ça que je te le dis.

– Eh bien, fis-je en serrant les dents, ce ne sera pas le premier cas de ce genre, n'est-ce pas ? Toi, par exemple, homme admirable qui t'es fait tout seul, tu t'es marié avec une brave femme qui, de toute sa vie, n'a rien fait de plus qu'une douzaine de mauvaises photos. »

Il a cherché Susana des yeux, et j'ai suivi son regard, en me repentant de chacun des mots que je venais de dire. La femme de mon oncle, qui avait fini par se coller derrière un appareil pour essayer vainement, pendant des années, de faire une bonne photo d'elle-même, n'était pas une bonne photographe, ni une interlocutrice captivante, et, de toute évidence, il n'y avait rien en elle d'intéressant sauf la splendeur de son corps. Elle était pourtant bonne, douce et aimable. Miguel, avant de s'attacher à elle, aimait à dire que si elle n'était jamais de mauvais poil, c'était parce que le sexe ne comptait guère pour elle, mais, à moi, excepté à cet instant précis, elle m'avait toujours plu.

« C'est possible, m'a dit mon oncle, tandis que son regard quittait à regret les magnifiques jambes de sa femme, qu'allongeaient des talons hauts et très fins, pour venir se planter dans le mien. Mais moi, au moins, j'adore coucher avec elle. »

J'aurais pu mentir, lui dire : « Eh bien, tu vois, il t'arrive la même chose qu'à moi », mais au lieu de cela, j'ai levé la main et je l'ai laissée retomber aussitôt, ébauchant un mouvement de violence frustrée, qui a rejailli dans ma voix :

« Je n'ai que faire de ton opinion, Porfirio, tu sais ? Je me débrouille très bien sans ça.

– Je sais. » Il s'empara de la main que j'avais levée et la serra avec force. « Mais je te le donne quand même, parce que je t'aime. »

Je me dégageai violemment et élevai la voix sans m'en rendre compte :

« Va au diable, connard ! »

Sans s'emporter, il me répondit en un murmure :

« Après toi, l'Indienne. »

Je ne l'ai pas revu avant le jour de mes noces, six mois plus tard, mais alors, tout avait changé. Je l'ai su quand j'ai trouvé son cadeau, qui était aussi celui de Miguel, et le plus spectaculaire de ceux que nous avions reçus. Mes oncles, profitant des possibilités que leur donnait leur métier, avaient choisi, aménagé et payé la cuisine de ma maison, avec l'équipement électroménager. Cela m'a paru excessif, j'ai voulu refuser leur cadeau et j'ai essayé de convaincre Santiago que nous devrions payer au moins les meubles, mais lui, avec son sens pratique que je trouvais encore admirable, alors, a refusé net, et ma mère, enchantée par la générosité de ses frères, qui n'avaient offert à Macu qu'un simple canapé, a abondé dans son sens. Quand je les ai appelés pour les remercier, j'ai eu Miguel au bout du fil, Porfirio n'était pas à

Madrid. Il y revint pour mon mariage, et, prenant mon visage dans ses mains, il me dit, sur un ton très différent de celui de notre dernière rencontre :

« Tu es très belle, Malena, très belle. Cela veut sans doute dire que je m'étais trompé. Pardonne-moi. »

Je lui ai souri et, au lieu de lui répondre, j'ai jeté un coup d'œil autour de moi. Mon mari accueillait avec de grands éclats de rire les commentaires de ma sœur, qui se tenait près de lui. Reina, moulée dans une robe de dentelle noire qui lui laissait le dos nu, avait une allure extraordinaire. La robe était superbe, mais il me semblait qu'elle était plutôt faite pour moi ; je me dis que Santiago, en revanche, semblait la trouver très bien sur ma sœur. Il n'y eut pas de lien entre ces deux pensées.

Les gémissements de la truie retentissaient dans l'air glacial, semant une note discordante, grotesque, dans le paysage idyllique qui m'apparut dès que j'eus dépassé la dernière habitation du village. De chaque côté de la route, la neige, la triste et froide neige, couvrait l'ingénue frontière des murets de pierre sèche, prenant une vengeance tardive sur les cerisiers nus, dont les branches ployaient enfin sous le poids de la vraie neige. Eux, toutefois, ne doutaient pas de la venue du printemps.

Je n'avais pas fait plus de dix pas quand une voiture s'arrêta à ma hauteur. Eugenio, l'un des fils d'Antonio, le patron du bar, s'offrit de m'accompagner, et j'eus bien du mal à le convaincre que je préférais aller jusqu'au moulin à pied. Le froid me piquait les oreilles, je ne sentais plus mes pieds ; tout en avançant, j'essayais de chasser le sombre présage que semblaient annoncer les cris stridents de la truie, à chaque pas plus stridents, plus aigus, plus tragiques et absurdes à la fois, le temps jouait cependant en ma faveur, le moulin de Rosario était au même endroit depuis deux siècles, et je n'étais plus très loin. Quand je pris le sentier qui menait à la rivière, je fus tentée de retourner sur mes pas et de regagner le village pour attendre, là, et je finis par m'arrêter au milieu du chemin, comme si j'étais désorientée, perdue dans cette campagne dont je connaissais comme ma poche chaque coteau, chaque arbre, mais je rejetai bien vite cette idée, car je savais qu'au village la fête allait durer des heures.

En apercevant le séchoir à tabac, je pressai le pas, passai devant sans le regarder, presque en courant. Je n'avais pas pu prévoir que cette date choisie avec tant de soin, en consultant à plusieurs reprises le calendrier pour considérer les avantages et les inconvénients de chacun des derniers jours du mois de décembre, coïnciderait avec celle choisie par Teófila pour tuer le cochon, et je n'y avais même pas songé quand l'autocar m'avait laissée sur la place, devant la boucherie fermée à double tour, pour fête familiale, comme l'annonçait la petite affiche écrite à la hâte collée sur la porte. J'avais alors préféré interpréter cette annonce comme le meilleur des présages. Il ne me serait jamais venu à l'idée que Teófila pût inclure l'abattage parmi les fêtes familiales.

Fernando vivait encore dans la rétine de mes yeux, son visage accourait à moi au premier appel, au moment où je terminais les deux pulls de grosse laine que grand-mère Soledad avait commencés pour moi, et Reina, qui, prise d'un soudain élan de solidarité, était venue me rejoindre quelques jours avant le retour de nos parents à Madrid, s'était enragée en me voyant les envelopper soigneusement dans du papier de soie puis dans du papier d'emballage. « Qu'as-tu fait de ta dignité ? », s'était-elle écriée, et je n'avais pas voulu répondre. J'avais glissé un petit mot dans le paquet : « Fernando, je meurs. »

Je n'ai jamais revu ce paquet, à la Poste, on m'a assuré que le destinataire l'avait retiré, et j'ai attendu une réponse pendant des mois, en vain. Puis j'ai appris l'existence de ce journal, un quotidien régional qui n'était vendu qu'à Hambourg, où tout le monde le lisait. Celui qui m'avait donné ce renseignement, un étudiant d'allemand que je voyais de temps à autre au bar de la Fac, a mis plus longtemps qu'il me l'avait promis pour m'en apporter un exemplaire, mais il a tout de même fini par le faire, et j'ai commencé à envoyer des annonces.

J'écrivais toujours en espagnol, de très brefs messages, deux ou trois phrases, tout au plus, et je signais de mon prénom. Leur contenu, sans jamais cesser d'être le même, a légèrement varié dans sa forme, avec le temps. Au début, quand j'avais encore assez de force pour me sentir offensée, je lui adressais de vifs reproches, parfois proches de l'insulte, sans rien cacher de mon doux désespoir. Puis, quand les mois eurent passé en vain, le vide grandit, engloutit les restes de l'offense, lava ma mémoire, et alors, tandis que je m'effrayais moi-même en découvrant les limites secrètes de ma déchéance, la profondeur insoupçonnée de mon manque de scrupules, j'en vins à ramper par correspondance, à tout lui offrir en échange de rien, à me réduire à la condition infra-humaine de la larve, sans pieds et sans tête, et j'appris à tirer un certain plaisir, une satisfaction malsaine de ma propre ruine, si bien que le jour vint où je finis par lui écrire : « Si je suis juste bonne à baiser, appelle-moi. Je viendrai me faire mettre et je ne te demanderai rien », avec la même apathie grisâtre qui m'avait poussée, quelques mois plus tôt, à laisser tomber les « tu sais que ce que tu m'as dit n'est pas vrai ». J'avais déjà franchi ce point de non-retour et bien d'autres quand le Domaine de l'Indien qui, pour la première fois, était resté fermé pendant tout l'été fut définitivement adjugé aux enfants de Teófila. Quand je l'appris, je conçus un plan très ingénu, dont les possibilités de réussite résidaient en sa simplicité même, et après un silence de trois semaines, je fis passer une annonce tout à fait différente des autres, un adieu définitif : « Je suis amoureuse, Fernando, et j'ai grandi. Je ne t'embêterai plus. Maintenant, je sais que tu es un porc. »

La truie gueulait, et ses cris étaient à présent de rage pure, sans forme, sans force, parce qu'elle venait de se rendre compte qu'on la tuait et qu'elle ne pouvait rien faire pour se sauver. Ce fut seulement lorsque les autres voix, proches, accompagnèrent son horrible lamento, que je me demandai ce que je faisais ici. Pour me rassurer, je repassais dans ma tête l'enchaînement de mes déductions : le Domaine de l'Indien appartenait aux enfants de Teófila ; logiquement, le fils aîné devait venir prendre possession de sa part d'héritage, sa famille viendrait avec lui, ils ne pourraient venir avant les vacances de Noël, un an et demi s'était écoulé depuis notre dernière rencontre et, qu'il eût lu ou non le *Hamburguer Rundschau*, Fernando saurait que pas un membre de ma famille ne s'était montré à Almansilla l'été précédent, il en déduirait qu'il ne risquait pas de m'y rencontrer, et si j'arrivais un beau matin au village sans crier gare, je lui tomberais dessus par surprise.

Mais tout cela me parut dépourvu de sens. Je fis un pas, et un autre, et ceux qui entouraient la grande auge de bois où la truie souillait la neige de son sang me virent.

Je n'aperçus ni Fernando ni son frère ni sa sœur ni son père ni sa mère. En revanche, ceux qui étaient là me virent, et me reconnurent aussitôt. Rosario, le cousin de Teófila, resta là à me regarder, sans comprendre, en agitant mollement devant lui le couteau ensanglanté, mais Teófila, qui distribuait aux siens de petites assiettes de terre cuite pleines de ragoût de pommes de terre aux petits lardons, moins pour les rassasier que pour les aider à combattre le froid, comprit aussitôt et, posant le plateau sur un banc de pierre qui courait le long de la façade, s'avança tout doucement, dans l'intention apparente de me rejoindre. Porfirio s'élança, vint jusqu'à moi en courant, et son mouvement éveilla en moi un sentiment de gratitude machinal, démesuré, infini, parce que, à cet endroit, à ce moment-là, parmi tous ces gens, il était ma seule planche de salut, il était le seul des miens.

« Que fais-tu ici, l'Indienne ? »

Porfirio et Miguel s'étaient mis à m'appeler comme ça alors que j'entendais encore, à toute heure, ce même mot, de la bouche de Fernando, et, alors, je l'avais à peine remarqué. Maintenant, l'entendre me faisait mal, mais je n'ai pas protesté, je n'ai rien dit parce que j'étais terrorisée par l'impassibilité imprévue avec laquelle j'assistais à cette scène, comme si je la contemplais de quelque colline proche, comme si rien de ce qui pouvait se passer ici ne me concernait, je me sentais étrangère au sol que je foulais, à l'air que je respirais, et à cette main chaude qui me caressait le visage, et me laissait sentir, dans le parcours des moignons, le contact rugueux des doigts amputés.

« Tu es gelée... »

Il n'attendit pas plus longtemps une réponse, me prit par la main, m'entraîna vers le moulin, me guida entre les murs incurvés de l'habitation. L'énorme foyer de la cheminée, devant laquelle trois bancs de bois formaient un U, occupait la plus grande partie de la cuisine. Je m'assis au coin le plus proche du feu et, toujours muette, je ne remerciai même pas mon oncle quand il m'enleva mon manteau et m'enveloppa dans une couverture ; puis, il prit une tasse et la remplit d'un liquide transparent, jaune safran, qu'il tira de la marmite pendue à la crémaillère.

« Bois. C'est chaud. C'est bon. »

C'était bon, et tandis que je buvais à petites gorgées, pour ne pas me brûler la langue, mes mains se resserrèrent sur la tasse et je retrouvai le contrôle de mon corps et de mon esprit.

« C'est très bon, dis-je enfin. C'est ta mère qui a fait ça ? »

Il opina du chef, s'agenouilla devant moi, posa doucement ses bras sur mes genoux, me regarda avec une expression étrange, et je sus qu'il était soucieux.

« Pourquoi es-tu venue, Malena, dis-le-moi.

– Je suis venue voir Fernando.

– Fernando n'est pas ici.

– Je sais, mais j'avais cru qu'il viendrait... Pour Noël, les gens... Bon, tant pis, je suis venue le voir, il n'est pas là, alors je repars à Madrid, et en paix.

– En paix... », répéta-t-il doucement, comme s'il avait du mal à trouver un sens à ce que je disais. Puis il se leva, et tourna dans la pièce en feignant de ranger quelques objets. « Comment es-tu venue ?

– En autocar.

– Ta mère le sait ?

– Non, écoute, Porfirio, je suis majeure, non ? J'ai dix-huit ans, en Allemagne, je serais majeure... »

Alors, je me suis rendu compte que je pleurais, sans sanglots, sans ouvrir la bouche, sans reniflements, sans bruit, tandis que les larmes se détachaient de mes paupières comme si elles avaient décidé seules de couler, comme si ce n'était pas moi qui pleurais, mais seulement mes yeux. Mon oncle m'a regardée un moment, et j'ai senti que j'étais devenue quelqu'un d'absolument étrange pour lui, comme lui le devenait pour moi.

« Et que penses-tu faire ? m'a-t-il demandé, en s'opposant pour nous deux à cette terrible sensation de détresse.

– Retourner à Madrid, je te l'ai dit.

– En autocar ?

– Oui, bien sûr.

– Alors, il va falloir que tu passes la nuit ici.

– Non.

– Oui. Il n'y aura pas d'autocar avant demain matin.

– Alors, j'irai en train.

– Comment ?
– De Plasencia. Je trouverai bien quelqu'un qui me conduira à la gare.
– Attends ici un moment. » Il se leva, disparut, mais j'entendis encore sa voix, venant du couloir : « Ne bouge pas. »

J'ai compté jusqu'à dix, et je suis sortie de la maison, moi aussi. Il neigeait abondamment ; je me suis adossée au montant de la porte, et j'ai regardé ceux qui s'agitaient autour de l'auge verser des baquets d'eau bouillante à l'intérieur de la truie ; l'eau, avec laquelle ils nettoyaient, à l'aide de torchons propres, les viscères et les os de l'animal, révélait une chair blanche, innocente, qui n'appartenait plus qu'aux hommes.

J'avais assisté à une pareille scène quand je n'avais que dix ans, jusqu'au bout. Grand-père m'avait dit : « Je vais te montrer quelque chose qui ne va pas te plaire. Un jour, quand tu seras grande, tu comprendras pourquoi je l'ai fait. » La victime était un mâle ; quand il a commencé à gueuler, grand-père m'a prise par la main et m'a dit à l'oreille : « Ceux qui tuent sont des hommes comme nous, mais le porc n'est qu'un animal, tu comprends, et nous le tuons parce que nous allons le manger, ce n'est pas compliqué. » Les cris de l'animal étaient tels que j'entendais à peine, mais j'ai hoché tout de même la tête, bouleversée, paniquée. « Éventre un porc et tu verras ton corps », avait-il ajouté en me forçant à m'approcher de l'auge, en me montrant mon cœur dans le cœur du porc, et mon foie, et mes reins, mes poumons, mes intestins. « Ne le regarde pas avec dégoût, parce que tu es comme ça, toi aussi, à l'intérieur. Et souviens-toi comme c'est facile, de tuer, et de mourir ; et ne vis pas en ayant peur de la mort, mais n'oublie jamais qu'elle est là. Comme ça, tu vivras heureuse. »

Par ce matin glacial, tandis qu'il m'apprenait à quelle bande je devais appartenir, grand-père avait essayé de me faire comprendre à quel point il est difficile d'apprendre à être quelqu'un, mais sa leçon a été vaine, et c'est pour cela que j'ai cherché Reina du regard, étonnée de ne pas la découvrir près de nous. Alors, il m'a dit qu'elle était partie en courant, en larmes, avant le début du massacre. Quand nous sommes revenus à la maison, maman la consolait encore, parce qu'elle venait de vomir, et j'ai eu honte de ma cruauté, de l'instinct qui m'avait permis de contempler ce spectacle barbare, et j'ai couru m'enfermer dans ma chambre, seule avec mon remords. Je n'avais pas compris l'intention de grand-père, mais quand Teófila s'est approchée de moi pour m'offrir un verre de vin, en cet autre matin de sacrifice, j'avais compris à quel point le destin de l'animal humain peut être dur. Porfirio a souri en me voyant boire, près de la porte.

« Je t'emmène à Madrid, m'a-t-il dit. Je pensais partir ce soir, mais je n'ai plus rien à faire ici, cette année, tout s'est bien passé. »

À cet instant, je me suis crue sauvée. J'aurais donné n'importe quoi pour fuir dans les plus brefs délais ce paysage trompeur qui, pour toute ma foi, m'avait, en retour, payée en monnaie de singe, et pourtant, quand je suis montée dans la voiture et que j'ai entrevu ce qu'allaient être les jours suivants, de la maison à la faculté et de la faculté à la maison, tous pareils, confits dans le tiède délire qui finissait de me glisser entre les doigts, la plus vénérable des sirènes perverses a chanté pour moi.

« Ne m'emmène pas à la maison, Porfirio, je t'en prie. Je ne veux pas aller là-bas. »

Il m'a lancé un regard étonné, mais il n'a rien dit, comme si c'était encore à moi de parler.

« Je ne veux pas retourner à Madrid. Si j'y retourne, je vais me mettre au lit et pleurer pendant trois jours, et je ne veux pas faire ça. Je préfère aller n'importe où... Laisse-moi à Plasencia, ou à Avila, quelque part sur ton chemin. Je prendrai un train. »

Il a tourné la clé de contact, a démarré en trombe. Mais nous n'avons pas fait plus de cent mètres. Aussitôt que nous avons été hors de vue, il s'est rangé sur le côté de la route. Sans me demander mon avis, il a sorti une carte routière de la boîte à gants, et l'a étudiée pendant un bon moment. Puis il s'est tourné vers moi.

« Séville. Ça te va ?

– Séville ou l'enfer, ça m'est égal.

– Alors, plutôt Séville. »

La neige nous escorta pendant une bonne partie du trajet, se répandant sur des campagnes que je ne connaissais pas, et j'ai presque pu la voir planer sur les murs blancs de la ville transie, contractée par le froid. Séville était glacée et elle me parut absurde, comme l'accent du réceptionniste de l'hôtel, dont le chant antique et mélodieux avait une chaleur et un éclat dont j'étais privée. Aussitôt que je fus seule dans ma chambre, je me dis que je n'aurais pas dû accepter de venir à Séville.

« Nous aurions dû aller à Lisbonne, dis-je à mon oncle quand je le rejoignis dans le vestibule. Le froid ne va pas à cette ville. »

Il secoua la tête et me prit par le bras. Nous avons marché, sans rien nous dire d'important, pendant plus d'une heure dans les rues désertes, dépeuplées par un vent mordant qui me gelait la moelle des os. Porfirio, intarissable sur le moindre détail des édifices, employait souvent des termes techniques, hermétiques, dont je ne me souciais même pas de deviner le sens, mais dont j'accueillais les échos avec gratitude. Pendant le voyage, nous n'avions pas échangé plus d'une demi-douzaine de phrases, la musique avait masqué le silence d'un semblant de normalité rassurant. Quand nous nous étions arrêtés pour déjeuner, j'avais essayé de le dissuader de m'accompagner, de le persuader de me laisser seule à Séville ; je ne voulais pas le blesser, mais sa compagnie m'apparaissait comme une sorte de bien douteux ; j'avais fini par me rendre à son insistance, et nous n'avions plus parlé ensuite que de ce que nous avions dans nos assiettes. Je craignais que le dîner ne fût guère différent, et j'en fus presque certaine quand Porfirio me précéda dans un restaurant alors qu'il n'était pas encore neuf heures du soir. Mais, à l'intérieur, il faisait chaud.

Le garçon posa deux verres et une bouteille de manzanilla sur la table avant même de nous donner la carte. Le vin était frais, et la première gorgée, au lieu me réchauffer, me donna un léger frisson ; la salle à manger était pleine de gens qui parlaient et riaient, entassés sur d'étroits bancs de bois. Dans un coin, un homme chantait, les yeux fermés, et la mélodie était si belle, sa voix cassée si tendre que les occupants des tables voisines réclamèrent le silence, et que le garçon sortit en courant pour aller arrêter la musique d'ambiance, une monotone succession de sévillanes commerciales. L'homme ne chanta que deux chansons, avec pour tout accompagnement le choc des articulations de ses doigts sur le bois de la table, et quand il termina la deuxième, il s'écroula sur le sol, emporté par le vin plus que par l'émotion de son public, qui l'applaudissait avec frénésie. Je me rendis compte que la bouteille, sur notre table, était vide. Le garçon qui nous servait et qui, jusqu'à ce moment-là était resté immobile, adossé au mur, une expression de ferveur quasi religieuse sur son visage, revint tout à coup à la vie, et remplaça la bouteille vide par une bouteille pleine et couvrit la table de tapas; pendant que nous mangions, nous avons vidé cette bouteille, et une autre, et encore une autre quand seuls quelques grains de farine dorés répandus sur la nappe blanche indiquaient encore que nos assiettes avaient débordé de poisson frit. Moi, je me suis arrêtée net à la moitié de la cinquième, et j'ai regardé Porfirio continuer, en riant seule, sans raison. Il y avait longtemps que je ne m'étais pas sentie aussi abrutie et aussi contente. Porfirio avait l'air moins ivre que moi, mais au moment de payer, il s'est trompé et, sous le regard compréhensif et souriant du garçon, il est resté à contempler le billet de mille pesetas qu'il avait donné en trop, comme s'il n'arrivait pas à le distinguer de celui de cinq mille qui était resté dans la main du garçon; puis, il m'a regardée, et s'est mis à rire; nous sommes sortis bras dessus bras dessous, je l'ai poussé contre un mur, et je l'ai embrassé.

L'idée m'était venue pendant que nous mangions, ou plutôt, pendant que nous buvions, quand je m'étais rendu compte que nous n'avions pas cessé de parler après avoir vidé la première bouteille. Alors, comme pour m'amuser, je me suis mise à le draguer ouvertement, et il m'a emboîté le pas, avec un regard éloquent, tout en me racontant un tas d'histoires sur Almansilla, qui me faisaient rire. Toute référence à la famille était bannie de la conversation, et nous nous conduisions comme si nous venions de faire connaissance. Il n'avait que dix ans de plus que moi, et avait été, avec Miguel, l'autre moitié de l'entité merveilleuse qu'ils formaient, le premier homme qui m'avait attirée. Mais je savais qu'il ne me laisserait pas aller jusqu'au bout, et cette certitude donnait à mes gestes une sorte d'innocence. En me levant de table, j'avais admis sans vergogne que je serais ravie de coucher avec lui, et j'étais prête à tenter le coup. Je savais qu'il me dirait non, qu'il ne fallait pas, que j'étais trop ivre pour savoir ce que je faisais, que c'était la déception de ne pas avoir vu Fernando qui me poussait dans ses bras, que je n'aimerais pas me réveiller dans son lit le lendemain matin, qu'il était plus âgé que moi et que je le savais, que j'étais sa nièce, qu'il m'avait connue au berceau, que jamais il ne pourrait me traiter comme une femme quelconque, je savais qu'il allait me dire tout ça, et je me préparais à parer à tous ces arguments, mais je n'eus même pas à ouvrir la bouche.

Porfirio se laissa merveilleusement faire.

Allongée sur le lit, reprenant peu à peu conscience, mais ignorant sans doute le large sourire qui se dessinait sur mes lèvres, je m'emparai de la main gauche de mon oncle et, tenant son bras en l'air, je la regardai longuement. L'annulaire avait été sectionné à l'articulation de la seconde phalange, le petit doigt un peu plus haut, l'index et le majeur étaient longs et fins, parfaits, je les pliais, les dépliai, cachai les deux moignons pour m'imaginer ce qu'avait pu être sa main avant l'accident. Porfirio me laissa faire, sans dire un mot. Je pris son annulaire entre mes doigts, et je posai son extrémité sur l'un de mes tétons, l'enfonçai un peu dans ma chair.

« Tu sens quelque chose ?

– Rien. »

Je promenai son doigt entre mes seins, jusqu'au creux de mon nombril.

« Et maintenant ?

– Rien. »

Je serrai un peu plus fort ce doigt indocile, en le regardant descendre la fine ligne châtaine qui débouchait dans une obscurité bouclée où je ne lui accordai pas la moindre pause, jusqu'à ce que je l'eusse plongé dans mon sexe, en l'emprisonnant de ma main libre. Alors, je le regardai dans les yeux et lui redemandai :

« Tu ne sens rien ? C'est sûr ?

– Sûr.

– Tu dois te dire que je suis un peu givrée, murmurai-je sans le laisser s'échapper.

– Non. Ne crois pas ça. Presque toutes font la même chose. »

Je l'ai lâché, en riant, il a ri lui aussi. Plus tard, étendue à côté de lui, alors que mon nez touchait presque le sien, j'ai compris que notre aventure prenait fin et je ne l'ai pas regretté. Porfirio, souriant, m'a embrassée sur le front pour reprendre son rôle de délicieux petit frère de ma mère ou de moitié de mon premier amour platonique. J'ai eu un léger pincement au cœur, et j'ai fait ce que j'ai pu pour lui rendre son sourire.

« Dis-moi, Porfirio, Sais-tu pourquoi Fernando m'a laissée tomber ?

– Je ne sais pas, l'Indienne. Il avait l'air sincère. Je te jure que je n'en sais rien. »

Quand je me suis réveillée, le lendemain matin, j'ai eu l'impression d'être un grand espace blanc, j'ai senti, avec une netteté déconcertante, proche de l'hallucination, que mes doigts, et ma tête, et mes os, et mon cerveau étaient vides, j'ai senti la membrane ridée et glissante qui ne cachait rien, sinon un vide de plus. Je me suis levée, je me suis lavé le visage et les dents, je me suis habillée et je suis sortie comme une mécanique se met en branle, j'ai mangé et j'ai bu tout aussi mécaniquement, en me demandant dans quel lointain vide familier allaient s'accumuler les tasses de café au lait, les tranches de pain grillé et les beignets disparus entre mes lèvres. Porfirio, face à moi, n'a pas levé les yeux du journal qu'il lisait en silence, et j'ai dû faire appel au petit reste d'intérêt que je pouvais encore porter au monde pour me rendre compte qu'il n'était pas à l'aise, qu'il avait honte et qu'il se repentait sans doute de ce qui s'était passé la veille. Moi, je ne pouvais me sentir mal, parce que je ne sentais plus rien ; je l'enviais, de très loin.

Longtemps, j'ai vécu dans un no man's land, sur une étroite frontière entre l'existence et le néant, au beau milieu de nulle part. Tout s'agitait et s'exprimait autour de moi, les personnes, les objets, les événements, le soleil et la lune, tout partait d'un point pour arriver à un autre, tout respirait, tout existait, excepté moi, les autres paraissaient marcher vraiment, parler vraiment, rire ou courir ou crier vraiment, mais c'étaient eux, les autres, qui portaient le poids, la responsabilité de ce qui est. Moi, j'avais perdu la faculté d'être pareille à eux, pour n'être plus qu'un élément de plus parmi les millions d'éléments qu'ils utilisaient quotidiennement, un de leurs prétextes, un de leurs matériaux, un ingrédient de plus pour leurs recettes, comme le vinaigre d'une salade. Quand il ne me restait plus qu'à répondre, je répondais, quand je n'avais plus d'autre recours que de saluer, je saluais, mais je ne me sentais plus capable de reconnaître en ces actions machinales l'exercice d'une volonté qui m'avait tourné le dos. Et même si j'essayais de ne pas penser à lui, pour éviter d'aviver la douleur d'une blessure concrète, toujours ouverte, je n'étais pas tout à fait sûre que Fernando était vraiment le responsable de ma mystérieuse incapacité de comprendre que j'étais vivante.

Je me souviens à peine du voyage de retour à Madrid, à peine de cette époque. Lorsque nous nous sommes arrêtés devant le portail, Porfirio est entré avec moi, pour dire bonjour. Il a embrassé ma mère, bu une bière, souri et parlé comme si de rien n'était, sans manifester la moindre gêne, tandis que ses lèvres débitaient des commentaires triviaux avec la grande aisance qui eût pu colorer les propos d'un vieux roublard, d'un escroc se sachant d'avance impuni, victorieux. Alors, ma faiblesse passagère a pris, dans ma conscience, des proportions gigantesques, jusqu'à se convertir en un présage cruel, et même si le mépris que m'a inspiré mon oncle à ce moment-là a été le plus vif des pâles sentiments que je devais éprouver pendant longtemps, je n'ai pas été capable de détacher ma propre image d'une réaction qui devait aller en empirant avec le temps, avant de se dissoudre en lui complètement, parce que, à partir de ce jour-là, les regards que Porfirio et Miguel posèrent sur moi me firent me sentir non pas comme une femme désirable, mais comme un de ces petits chiffons que l'on garde dans une boîte pour les urgences domestiques.

Nul ne put découvrir ce que je ressentais, la maisonnée se laissa abuser par mon appétit, par ma tranquillité, par la placidité d'apparence normale de mes activités qui donnèrent à peine, aux femmes fragiles qui m'entouraient, l'impression d'un assagissement naturel, d'une application précoce de la loi des adultes. Car tous les soirs je branchais la sonnerie de mon réveille-matin, et tous les matins je me levais, je prenais une douche, et je m'habillais, je déjeunais et je prenais l'autobus, j'entrais en classe et je m'asseyais à ma place. Quand Reina n'était pas en forme, elle ne quittait pas le lit de la journée, mais moi, je le faisais. Je vivais juste ce qu'il fallait pour être assise sur une chaise. À partir de ce moment-là, ce que je devais dire, ce que je devais penser, ce que je devais approuver, et ce qui m'arrivait, ne fut plus qu'un pur hasard. La chaise sur laquelle j'étais assise était le seul objet réel, de valeur, important, parmi les choses qui m'entouraient.

Je ne lisais pas, je n'étudiais pas, je n'allais même pas au cinéma, parce que je n'avais pas envie de me gaver de leurres lointains alors que je n'avais plus la force de me nourrir des miens. Reina était toujours près de moi, je voyais remuer ses lèvres quand elle me parlait, quand elle mangeait, quand elle riait, je la voyais étudier, danser, s'habiller pour sortir, et j'écoutais avec indifférence le récit d'une vie qui était devenue, à mes yeux, vulgaire, lointaine. Elle me dit un jour qu'elle était très contente que j'eusse changé et que je fusse redevenue comme avant, et je ne réagis pas. Elle m'embrassait souvent, et en arrivant à la maison, à l'aube, elle venait dans mon lit pour dresser le bilan de la soirée écoulée, comme quand nous étions petites, c'est ainsi que j'ai connu ses amis, les bars qu'elle fréquentait, ses habitudes et les garçons avec lesquels elle sortait. Lorsqu'elle crut avoir obtenu toutes les garanties pour pouvoir se passer de son hymen, elle s'étendit abondamment sur les conséquences possibles, mais je ne compris rien, elle me parla d'une déception en laquelle je ne pus me reconnaître, et qui n'éveilla en moi aucun sentiment de triomphe. Tout m'était égal. Tout.

Je sais à présent que Fernando était le principe et la fin de cet effondrement, je n'ai pas honte de le reconnaître et je ne me sens pas stupide pour autant. Il m'a fallu des années pour comprendre qu'en le perdant j'avais perdu bien davantage que son corps, sa voix et son amour. Avec Fernando, j'avais perdu une de mes vies possibles, la seule vie que j'eusse pu choisir librement jusqu'alors, et c'était de cette vie, qui était à moi et qui ne serait jamais, que je portais le deuil, sombre et tranquille, pareille à une petite île exilée aussi confortable qu'un cachot minuscule aux murs humides et froids, à la lucarne duquel un geôlier compatissant m'aurait permis de pendre de pimpants petits rideaux de cretonne à fleurs. Je vivais pour m'asseoir sur une chaise, jusqu'à l'un de ces rares soirs où je me rendis à l'insistance de mes amis, et sortis avec eux, incapable de trouver une excuse, et où le garçon qui sortait avec Mariana tira de sa poche une petite boîte métallique et me la tendit avec un sourire ambigu aux lèvres.

« Prends-en deux, me dit-il. Les jaunes. Elles sont du tonnerre. »

La première chose qui m'attira, en lui, avant que j'eusse été surprise d'avoir choisi précisément ce terme pour qualifier son visage, ce fut sa beauté. Je crois que je n'avais jamais songé, auparavant, à associer ce concept à une tête d'homme, mais même à présent, lorsque j'évoque cet instant, je ne trouve pas de mot plus adéquat pour préciser ce que j'ai ressenti alors. Santiago a incarné pour moi la perfection, une perfection qui n'avait rien de cette paralysie grotesque qui fige souvent les plus beaux visages, à jamais esclaves des exigences d'une harmonie préétablie. Le sien était d'une perfection expressive.

Je l'ai regardé longuement, à l'abri d'une foule d'automates sociaux qui se mouvaient en cercle, un verre à la main, accomplissaient les rites inscrits au programme des réjouissances, et j'ai succombé, de loin, au charme du dessin surprenant de ses sourcils noirs, de celui, à la fois doux et dur, de ses yeux immenses, qui scrutaient tout avec une sorte de crainte traversée par des éclairs de curiosité, de son nez parfait, de ses lèvres aussi épaisses que les miennes, et sa bouche le reflétait si bien qu'elle m'en parut obscène. J'examinai attentivement son corps, profitant de l'impunité que m'accordaient l'animation régnante et l'anonymat, et tandis que j'en appréciais les qualités rares, j'attendais le verdict de mon corps, qui resta cette fois distant et refusa de se prononcer. Toutefois, mes yeux le désiraient, et ce fut pour cela que je me dirigeai vers lui, qui, seul, à l'écart, détonnait dans cette fête comme un violon à une seule corde dans un orchestre de chambre. Il ne devait se trouver là que pour que je le rencontre.

Je me trouvais depuis plus de six heures dans cette maison, et j'avais encore à peu près six heures à y passer ; c'était un édifice banal en briques apparentes, de deux étages, avec un garage souterrain, sur un terrain d'un hectare planté de conifères, avec une grande terrasse cernée de rampes en aluminium, et un grand salon-salle à manger pourvu d'une cheminée française, d'armoires encastrées et de portes de style castillan, qui appartenait au petit ami d'une amie d'un ami, un médecin assez sinistre qui refusait de sniffer avec un dédain véhément des plus suspects. Les fins de semaine tout inclus – sexe, drogue, et musique pop décadente – étaient la dernière grande idée que nous exploitions jusqu'à ce qu'elle eût disparu comme les autres ; pour moi, ce n'était même pas une idée, ni grande ni petite, et c'était là le problème.

Au début, ç'avait été différent, excitant, amusant et, surtout, nouveau. Au début, bien avant que l'émeraude de Rodrigo eût fait la preuve de son efficacité, les amphétamines m'avaient sauvé la vie. Et s'il est vrai qu'à l'heure où cette première nuit agonisait déjà dans les bras du jour suivant, je m'étais sentie dans un état bizarre en m'écroulant sur le lit, comme si mon propre corps n'avait plus été qu'un objet nécessairement étranger à l'action à laquelle il s'était trouvé associé, un sac ou un paquet que mes amis se seraient cru obligés d'emmener avec eux, en le traînant sur les trottoirs de bar en bar, il est tout aussi vrai que j'appris bien vite à me livrer à ces nuits blanches, comme elles consentirent à se faire miennes. Alors, je prenais quelques petites pastilles de couleur – jaunes, rouges, blanches, orangées, rondes, nettes, puissantes, parfaites –, comme on prend un médicament, et elles n'avaient pas fait quelques centimètres dans mon œsophage, elles n'avaient pas encore atteint les frontières de mon appareil digestif, que je me précipitais vers le comptoir du premier bar venu pour prendre deux verres d'affilée, comme on prend un verre d'eau avec de l'aspirine, pour me sentir bien. C'était l'expression consacrée, et elle était juste, parce que nous nous sentions bien, dès l'instant où la réalité trépignait, où les objets, les gens, les murs et la musique tremblaient, se réunissaient et se séparaient au même rythme que le sang sur les voies à grande vitesse de nos veines. Mes yeux s'attendrissaient, mes pores se dilataient, mon corps se rendait d'avance au moindre assaut extérieur, la vie avait deux fois plus de prix, le rire venait facilement et j'étais plus légère. Je refusais les drogues qui portent à la contemplation comme celles qui aiguisent la lucidité, et si l'alcool me procurait, en sus de ses effets, un plaisir par lui-même, je cessai de boire pour boire, et ne pris que la dose qui accentuait les effets des substances qui m'ôtaient de l'importance, au lieu de m'en donner. Pourquoi renaître à la lumière de l'ébriété, me contempler dans son miroir bouleversant et douloureux, alors que je pouvais être agile, véloce et inconsistante, un verre opaque, impénétrable même à ma vue ? J'ai vite monté cette côte, d'où j'ai découvert une ville nouvelle, pathétique et glorieuse, au cœur de la ville où j'avais jusqu'alors vécu. Mais quand je suis arrivée en haut, j'ai regardé autour de moi, et ce que j'ai vu m'a semblé vieux, las, malade, peut-être blessé à mort par la routine vicieuse du rituel. Lorsque j'ai connu Santiago, je n'avais que vingt et un ans, mais je ne m'amusais déjà plus.

Deux ans auparavant, tout avait été différent. J'ai perdu un cours entier au rez-de-chaussée de Saldos Arias, au sous-sol du Sepu, je faisais les soldes de tous les grands magasins de Madrid, une semaine après l'autre, et je traversais la ville d'un bout à l'autre seulement pour trouver un Rimmel de couleur vert billard, ou un vernis à ongles noir, ou je ne sais quelle laque mêlée de purpurine argentée, dorée, ou d'autres couleurs, parce que tout m'était bon et n'importe quoi qui pouvait promettre quelque efficacité, à l'instant stellaire de la nuit, me garantir l'explosion magique d'une gloire éphémère, que j'allais obtenir en franchissant le seuil profane du temple de rigueur et m'assurer, avec un violent frisson de plaisir, que tout le monde me regardait, que tous, à cet instant précis, avaient, en même temps, porté leurs regards sur moi. Je ne m'efforçais pourtant pas d'être belle, de me rendre ainsi attirante ou désirable, et, cependant, je n'avais jamais encore consacré autant de temps à moi-même, jamais je n'avais pris soin de moi avec un souci aussi obsessionnel qu'à ce moment-là, quand j'aspirais à faire de moi, chaque nuit, le plus achevé des spectacles vivants que l'on pût alors contempler en ville. Toute extravagance me semblait trop discrète, toute exagération conventionnelle. Je me lavais la tête tous les jours, je passais des heures entières à me coiffer, en me faisant des ondulations exagérément rigides au fer à vapeur, ou je me crêpais les cheveux pour édifier au sommet de mon crâne quelques étages de chignons. Un temps, j'en vins à sortir dans la rue avec les cheveux enroulés sur de gros bigoudis en matière plastique de couleur, comme une ménagère villageoise et négligée, et même si la chose ne m'avantageait nullement, je n'en fis pas moins, quelquefois, sensation. Je commençais à m'habiller vers le milieu de l'après-midi, je vidais le contenu de l'armoire sur le lit, pour essayer toutes les combinaisons possibles avant de me décider, j'avais des centaines de fringues, de toutes les couleurs, de toutes les tailles et de tous les styles, de qualité médiocre, bon marché, mais voyantes, et des milliers de bas, noirs, rouges, verts, jaunes, marron, orange, imprimés, à jours, avec des coutures, des mouches, des mots, des cercles, des notes de musique, des taches de sang, des empreintes de lèvres, des profils de sexes masculins brodés en relief. Parfois, cette insanité me faisait peur, et alors, je me maquillais. Car je passais aussi des heures à me farder. Puis, je me regardais dans le miroir, et je me plaisais.

Cette fièvre dura longtemps, et mit bien plus longtemps encore à s'éteindre. Quand elle s'éteignit complètement, me permettant de tomber dans une illusion plus consistante, celle d'avoir repris pleinement le contrôle de ma vie, je sentis ces heures perdues peser sur mes épaules comme un fardeau insupportable, et je me repentis de les avoir dilapidées, en les convertissant en distraction pure. Puis je finis par comprendre que le temps ne se gagne jamais, et ne se perd jamais, que la vie se gâche, tout simplement, et aussi, parfois, déjà adulte et responsable, à quel point je pouvais être maîtresse de mes propres actes, et je n'en regrettais pas moins terriblement ces jours précaires, strict préambule de quelques nuits éternelles dont je savais à peine comment, quand et où elles commençaient, et dont j'ignorais toujours, c'était là un précepte sacré, comment elles allaient se terminer. Il me semble à présent que ces excès me furent nécessaires, et je sais qu'il existe des enfers bien plus terribles que les brillants tunnels que parcourent, aveugles et sourds, ceux qui prétendent en vain échapper à l'ennui, et que ce soit là le cours le plus banal ou le plus subtil de la destinée humaine, ce fut dur, de toute façon, parce que je ne parvins jamais à bannir vraiment la conscience, je n'appris jamais le détachement, et je ne voulus pas céder au soupçon qu'il arrivait la même chose à tout le monde, je préférais croire que les autres joueurs partaient avec un avantage.

Donc, ce samedi soir-là, dans cette horrible maison de Cercedilla, l'avantage que je prêtais au bel inconnu m'écrasait encore, et si certains de ses gestes – l'impatience avec laquelle il jetait des regards autour de lui, cherchant quelqu'un dont il voulait prendre congé – ne m'avaient prévenue que le seul acteur prometteur de cette imposante distribution avait l'intention de nous quitter d'un instant à l'autre, sans doute n'aurais-je pas réagi avec une telle promptitude.

« Excuse-moi, un instant... » J'avais posé deux doigts sur ses épaules alors qu'il allait franchir la porte, en me tournant le dos. « Tu rentres à Madrid ? »

Il acquiesça d'un mouvement de tête en me regardant et, un instant, je me sentis ridicule, tout en sachant que j'avais un aspect assez convenable, presque sobre, comparé à celui qui avait été le mien pendant les deux années précédentes, ou peut-être était-ce justement à cause de ça que j'avais ce sentiment.

« Tu as une voiture ? »

Il acquiesça à nouveau, mais il sourit, et je me dis qu'il n'y avait pas là de quoi se monter le bourrichon. J'avais les cheveux lâchés, sans laque, les ongles courts, les lèvres peintes d'un rouge courant, le reste aurait pu être un costume de Robin des Bois, bottines plates de daim couleur caramel, assorties à la jupe, très courte, une sorte de pèlerine rappelant vaguement l'époque médiévale, attachée d'un côté du cou par deux agrafes, sur une ample chemise ajourée noire, comme les bas, qui flottait sur un bustier en Lycra, également noir, le tout très *new romantic.*

« Ça te ne gênerait pas de me ramener ?
– Non. » Il avait souri de nouveau.

Je l'ai suivi jusqu'à une Opel Kadett gris métallisé, neuve, impeccable, qui n'était pas à lui mais à son entreprise, comme il me le déclara immédiatement, avec une sorte de hâte pudique.

« Que fais-tu ? » Je lui avais demandé ça pour dire quelque chose, et je m'armais de courage pour supporter un trajet en compagnie des Roxy Music à l'indolence faussement élégante, ayant reconnu les premiers accords qui se firent entendre avant même que la voiture eût démarré.

« Je suis économiste. Je travaille dans une compagnie d'assurances, mais je fais des études de marché.

– Ah ! Comme ma sœur.

– Elle fait des études de marché ?

– Non. Mais elle est économiste. Elle est en train de terminer un programme de cours pour étudiants diplômés à l'Institut... d'Entreprise, c'est ça ? Je ne me rappelle jamais du nom, un institut dans ce genre-là.

– Et toi ?

– Littérature anglaise. C'est ma dernière année.

– Tu donnes des cours ?

– Non, je ne peux pas. Tant que je n'ai pas le diplôme...

– Je veux dire des cours particuliers.

– Des cours particuliers ? » Je me suis interrompue, parce qu'il m'avait regardée dans les yeux pour la première fois depuis que nous nous étions engagés sur la route, et sa beauté, si proche, m'avait éclaté au visage. « Non. Je ne l'ai pas encore fait, mais je suppose que tôt ou tard il faudra que je le fasse. Je pourrais le faire, bien sûr. Pourquoi ?

– Je cherche un professeur d'anglais, pour des cours particuliers. Je ne me défends pas mal, parce que l'ai étudié, je lis facilement, mais pour parler... il me manque la pratique. Ce n'est pas que j'en aie besoin, mais si un jour j'ai un autre travail... dans ma profession, c'est important.

– Mais pour la conversation, il vaudrait mieux que tu t'adresses à un Anglais. » Je n'avais pas terminé ma phrase que je me serais giflée avec plaisir.

« Sans doute... Mais je ne les comprends pas. » J'ai ri de bon cœur, et lui avec moi. « Je n'ai pas d'oreille.

– Moi non plus. Quand j'étais petite, ma mère voulait à tout prix me faire étudier le piano, comme ma sœur, mais j'ai été incapable de passer le premier examen de solfège. Elle, en revanche, elle est allée jusqu'au bout.

– Pourquoi parles-tu toujours de ta sœur ?

– Moi ? » Je l'ai regardé avec une surprise moins feinte que je ne l'aurais voulu.

« Oui, il n'y a qu'un quart d'heure que nous parlons, et tu m'as déjà dit qu'elle était économiste et qu'elle jouait du piano.

– Oui, tu as raison. Je ne sais pas pourquoi... Par hasard, sans doute. Il est vrai que Reina est très importante pour moi parce que nous sommes jumelles, et nous n'avons ni frère ni sœur, ça doit être pour ça.

– Vous êtes pareilles ?

– Non. Nous ne nous ressemblons pas. » Il ébaucha un petit geste de déception, et j'ajoutai : « Mille regrets.

– Oh, non, non ! » Il était devenu rouge comme une tomate, ce qui me surprit, parce que je ne l'aurais pas cru aussi timide. « C'est que j'ai toujours beaucoup aimé les jumeaux, je ne sais pas pourquoi, ils me... ils m'attirent beaucoup, comme ça. »

J'ai noté ça dans ma mémoire, mais je n'ai pas voulu insister, parce qu'il semblait mal à l'aise, et parce que j'en avais déjà tellement entendu sur les fantasmes sexuels avec des jumelles que l'attrait conventionnel de mon interlocuteur n'avait pas grand intérêt pour moi.

« Tu as beaucoup de frères et sœurs ?

– Trois, deux filles et un garçon, mais le plus jeune d'entre eux a douze ans de plus que moi, alors je suis un peu un fils unique.

– Et eux se suivent de près ?

– Oui. Moi... disons que je suis né quand il ne fallait pas. Ma mère avait plus de quarante-trois ans.

– Un enfant gâté.

– Pas tellement. »

Un superbe enfant gâté, répétai-je pour moi seule, amusée, sûre de mon jugement, avant de me risquer à dévoiler l'inconnue qui m'intéressait vraiment :

« Et que faisais-tu là ?

– Où ? À Cercedilla ? » J'opinai du chef et il fronça les sourcils, d'indécision. « Mais... la vérité, c'est que je ne le sais pas encore. Je m'ennuyais, je suppose. En fait, quand Andrés m'a invité, j'ai su qu'il devait s'agir de quelque chose de ce genre-là, mais il a tellement insisté, et cette fin de semaine, je n'avais rien de mieux à faire.

– Tu es un ami d'Andrés ? » J'essayais de découvrir ce qui pouvait le lier au propriétaire de la maison que nous venions de quitter sans trouver entre eux un seul point commun.

« Oui et non. Maintenant nous ne nous voyons plus que de temps en temps, le soir, mais à l'école, nous étions des amis intimes, inséparables, comme des frères. Le truc classique, quoi...
– Mais quel âge as-tu ?
– Trente et un.
– Trente et un ! C'est incroyable ! »

Mon incrédulité, sincère, le fit sourire, tandis que j'essayais de me persuader que ce garçon brun, élancé, souple, avait appris ses tables de multiplication en même temps que l'homme lessivé, mou, ventripotent, à l'hospitalité duquel nous venions de renoncer à l'unisson.

« Tu ne les fais pas. » En le regardant attentivement, je distinguai quelques rides fines au coin de ses paupières, ce qui ne changea rien à ma première impression. « Je t'assure, sans blague.
– Merci. » Il a souri.

« Il n'y a pas de quoi. Une politesse en vaut une autre. Ça ne t'ennuierait pas de changer de disque ? Je ne supporte pas Bryan Ferry et ses allures de grandeur intellectuelle et cette transcendance qui n'est que de l'esbroufe, du chichi de bas étage... »

Il a fait ce que je lui demandai en riant et en répliquant tout doucement :

« La littéraire classique.
– Moi ? Pourquoi dis-tu ça ?
– Parce que c'est vrai. » Il me regarda alors d'une manière qui me porta à croire que je ne lui déplaisais pas. « La littéraire type. »

Quand nous sommes arrivés à Madrid, nous avions parlé d'un tas de choses, je m'amusais, et pendant ce peu de temps, j'avais déjà décelé, dans son caractère, quelques aspects irritants, comme sa manie de prendre la moindre de mes paroles au pied de la lettre, défaut dont je ne sais s'il lui était vraiment propre ou s'il venait de moi, mais, qui, avec le temps, devait finir par me faire sortir de mes gonds, aspects qui semblaient bien ancrés en lui et l'empêchaient d'entendre toute métaphore, mais j'en remarquai d'autres qui prêchaient en sa faveur : il me parut sobre, sûr de lui-même, et toujours terriblement beau. Le déroulement de la première moitié de la nuit ne fit que renforcer ces impressions.

Il me conduisit dans le centre en suivant un itinéraire classique, et une fois arrivé Plaza de Oriente, il tourna à gauche pour s'engager, avec une adresse surprenante, dans l'enchevêtrement inextricable des petites rues qui, non pas tant par leur tracé vétuste qu'à cause de l'acharnement maladif avec lequel les autorités municipales s'obstinaient à parsemer leurs trottoirs de panneaux de signalisation, défendaient mieux l'accès à la Plaza Mayor que n'eussent pu le faire les dédales antiques, comme si elles avaient été tracées à cet effet. Lorsqu'il se trouva dans l'une des rues principales, un peu plus larges que les autres, il ralentit pour se ranger sur la droite, et quand la portière, près de moi, faillit érafler le mur, il coupa le moteur.

« Il va falloir que tu sortes de mon côté, dit-il sans me regarder en fouillant les poches de sa veste comme pour en vérifier le contenu. Tu peux?

– Bien sûr. »

J'ai passé la jambe gauche entre le levier de vitesse et le frein à main, la jupe a glissé sur mes bas pour remonter jusqu'à mes hanches, et j'ai pu entrevoir la couture médiane du collant; consciente du ridicule de ma position, avant de me lancer en avant pour atteindre le siège voisin, j'ai levé les yeux. Un bras appuyé sur la porte ouverte, l'autre sur le toit de la voiture, Santiago regardait le réseau de fil noir qui dénudait mon corps plus qu'il ne le couvrait avec l'expression d'un enfant, un matin de Noël. Lui qui se consacrait à l'étude des grands marchés se félicitait de son coup, et moi, une fois encore, je m'étais laissée prendre au désir impérieux mais traître de l'autre, aiguillon du mien.

Je l'ai suivi et je l'ai attendu sur le trottoir, près de l'entrée d'un restaurant, tandis qu'il remettait les clés de la voiture à un portier en uniforme. Puis il a tenu la porte pour me céder le passage, en disant ce que j'attendais :

« Viens. Je t'invite à dîner. »

Tandis qu'il s'éloignait en quête du maître d'hôtel, j'ai jeté un coup d'œil au local prétentieux aménagé dans une immense salle voûtée qui, à l'origine, avait dû abriter les voitures ou les chevaux d'une demeure seigneuriale. C'était, me sembla-t-il, un choix bizarre, pas précisément génial, mais pas malheureux non plus. J'aurais trouvé plus amusant d'aller manger dans n'importe laquelle de ces vieilles bodegas authentiques qui foisonnent dans le quartier, et dont cet endroit imitait d'une manière artificielle le style, acquis par des siècles de fonctionnement ininterrompu, sans pourtant arriver à un résultat très différent de celui qu'obtiennent les décorateurs d'Hollywood lorsqu'ils affirment avoir recréé un intérieur médiéval européen, mais, d'autre part, le lieu promettait certains avantages que n'avaient pas les restaurants que je fréquentais à cette époque, car ici, au moins, on avait, d'emblée, l'espoir d'être nourri.

Quand j'ai pris place à table, la totale absence de dentelle, de nappe en papier ajouré a achevé de me rassurer, mais ce n'est que lorsque j'ai eu la carte en main que j'ai lancé à Santiago un regard vraiment enthousiaste :

« Ils ont du ris de veau ! Chouette ! J'adore le ris de veau, et on n'en trouve nulle part... »

Il me sembla voir une certaine expression de gêne dans l'étirement soudain des commissures de ses lèvres, il a répliqué à mon commentaire en sautant du coq à l'âne, et j'ai oublié facilement ce détail. L'expression reparut sur son visage quand j'eus devant moi une assiette pleine de délicieux ris de veau qui venaient d'être cuisinés, tendres et dorés, exquis, et je ne pouvais faire comme si je n'avais rien remarqué.

« Qu'est-ce que tu as ? Ça te dégoûte ?

– Oui. Terriblement. Et pas seulement le ris de veau, mais tous les abats... Je ne peux pas. C'est plus fort que moi. »

La sincérité et la gravité de son ton furent pour moi aussi révélatrices que si quelqu'un m'avait soufflé au creux de l'oreille : « Ne couche pas avec lui, ce sera une catastrophe. »

« Mais ce n'est que de la viande, comme tout le reste, si tu les goûtais, tu t'en rendrais compte.

– Non, ce n'est pas la même chose. Ça n'a jamais été la même chose, pour moi, quand j'étais petit, ma mère a tout fait pour me faire manger du foie, mais rien que l'odeur me faisait vomir, je t'assure.

– Je regrette. Si j'avais su, j'aurais pris autre chose.

– Mais non, mange, ça va », fit-il avec un sourire forcé.

« Ne couche pas avec lui, Malena, il se tord de dégoût devant le ris de veau sans comprendre qu'il est fait comme ça, à l'intérieur », criait la voix entre mes tempes, mais je ne voulais pas l'écouter tandis qu'elle répétait : « Ne fais pas ça. Ne fais pas ça, Malena, il ne veut pas reconnaître qu'il est un animal, et il ne sera jamais capable de se conduire en homme, ça ne marchera pas, tu verras, toi aussi tu l'écœureras, tes viscères mous et roses l'écœurent, et il se tordrait de dégoût s'il y pensait... »

« Tu viens prendre un verre chez moi ? », me demanda-t-il tandis que j'essayais de noyer la voix sincère et odieuse dans la douceur du dessert maison. « Je n'aime pas aller dans les bars le samedi soir ; ils sont pleins à craquer, on met une heure à approcher du comptoir, et il y a un tel vacarme qu'on ne s'entend pas. Cependant, si tu préfères, on peut aller ailleurs...

– Non. Allons chez toi, ça me va. » Et je lui ai souri.

Il habitait tout près de là, rue León, dans un immeuble très moderne, dont l'étroite façade, au vulgaire caractère fonctionnel, se détachait comme une pustule sur les trottoirs flanqués de grandes maisons de rapport des siècles passés, pareilles à de féroces requins disposés à engloutir la si mesquine intruse dans les gueules profondes et obscures de leurs porches Quand il actionna le dispositif de commande à distance qui ouvrait la porte du garage, je me dis que l'endroit ne me plaisait pas – j'aurais préféré qu'il habitât dans l'une des maison voisines –, mais qu'il ne me déplaisait pas particulièrement non plus – un appartement rue Orense, c'eût été bien pire –, et je me dis aussi que cette ambiguïté menaçait de se convertir, ce soir, en seule règle en vigueur pour la soirée. La soirée semblait placée sous le signe de l'ambiguïté. Il en alla cependant autrement.

Tout s'est déroulé d'une manière tellement prévisible que j'ai eu l'impression d'avoir déjà lu ça un jour ou l'autre, dans une de ces revues féminines que je feuilletais chez le coiffeur, quand j'y accompagnais ma mère. Nous avons parqué la voiture à une place spécialement réservée pour lui, avec le numéro peint en gros caractères d'imprimerie sur le mur, et nous sommes montés dans un ascenseur qui conduisait directement aux appartements. Il a appuyé sur le bouton du septième, et j'ai eu le frisson, je l'ai toujours quand je me trouve seule avec un homme qui me plaît dans un ascenseur, même quand c'est un voisin que je vois tous les jours. Il avait huit étages pour se jeter sur moi sans plus d'explication, huit étages pour m'embrasser, pour me remonter la jupe jusqu'à la ceinture et m'écraser contre la paroi, huit étages, huit, et il les a tous laissés passer. Moi le corps tendu, comme si je le défiais, collée au miroir, j'aurais pu faire le premier pas, comme les autres fois, mais je ne l'ai pas fait, parce que je n'éprouvais pas la nécessité de le faire, et parce que, même si à cette époque je me serais laissé étriper plutôt que de l'admettre, je savais que je n'éprouvais pas, pour je ne sais quelle raison des plus exaspérantes, un plaisir aussi grand quand c'était moi qui commençais.

« Tu aimes danser ? »

Ce fut tout ce qu'il trouva à dire quand il m'eut fait entrer dans son appartement, une miniature très bien organisée qui ne devait pas excéder quarante mètres carrés, et quand il eut pendu son imperméable au portemanteau, allumé les éclairages indirects, éteint les directs et mis de la musique, je me dis qu'il fallait absolument répondre quelque chose.

« Non », ai-je fait, en me retenant de lui lancer : « Il va falloir que tu te foules un peu plus les méninges, mon coco. »

« Et un verre ? » Il souriait, malgré le sang qui colorait ses joues, il parlait très bas : « Ça te dit quelque chose ?

– Bien sûr. » Je lui ai souri, moi aussi, disposée à faciliter les choses. « Nous sommes venus ici pour ça, non ? »

Il n'y avait aucune mauvaise intention dans mon ironie, un vague encouragement, peut-être, une invitation à échanger quelque signe de complicité, mais il est devenu encore plus rouge ; lui demandais-je la lune ? Quand il est revenu avec les verres, il s'est assis à côté de moi, sur le canapé, et nous avons bu en silence. J'étais sur le point de lui avouer que j'avais envie de danser quand, en un geste d'audace inattendue, il s'est baissé pour m'attraper par les chevilles, sans se rendre compte qu'il me déséquilibrait, il a fait passer mes jambes par-dessus les siennes.

« Ils te laissent des marques ? m'a-t-il demandé en enfonçant son doigt dans un jour de mes bas et en tirant vers lui comme pour regarder au travers.

– Oui. Tu veux voir ? »

Il a acquiescé, et j'ai enlevé mes bas sans lui permettre de m'aider. Je me suis souvenue d'une situation semblable, d'une baise accidentelle, imprévue, je ne me rappelle même plus le nom du type, si je l'ai jamais su, quand je suis sortie avec lui, une heure après l'avoir connu, trois heures après avoir senti à quel point l'air s'épaississait, se changeait en une sorte de liquide gazeux, irrespirable par sa densité, tandis que ma tête se rapprochait de la sienne, un quart d'heure après avoir répondu à sa provocation, à l'insolente complaisance avec laquelle il semblait m'attendre, les coudes appuyés au comptoir, le corps arqué en avant, le talon d'une horrible – délicieuse – botte campagnarde de cuir repoussé frappant rythmiquement le sol de linoléum, jusqu'au moment où je me suis jetée sur lui pour l'embrasser, il était musicien, c'est tout ce dont je me souviens, et quand nous sommes arrivés chez lui, il m'a demandé si la couture de mes bas me laissait des marques, et sur ma réponse affirmative, il m'a dit qu'il aimerait les voir, et je les ai enlevés sans son aide, comme je le faisais à présent, mais lui, le musicien, s'était agenouillé devant moi, qui, ne sachant trop que faire, m'étais assise dans un fauteuil, il avait levé mon pied droit, et suivi du bout de la langue le tracé de la couture tout le long de ma jambe, de la cuisse au talon, et je m'étais littéralement consumée. Mais Santiago, tout d'abord, n'a pas prêté une grande attention au réseau géométrique que le fil de coton avait imprimé sur ma peau, et j'ai conservé sans peine mon sang-froid tandis qu'il se lançait à la conquête de mon corps en bon candidat, en mesurant les risques et ses forces, en restant sur sa position, si bien que lorsqu'il l'abandonna, avec autant de politesse qu'il l'avait pris, je ne compris pas très bien ce qui se passait. Jusqu'à cet instant, j'avais pu déchiffrer point par point le code qui régissait tous ses gestes, calculés et mesurés avec précision : au-dessus de la ceinture, debout dans la salle à manger ; au-dessous de la ceinture, allongé sur le lit, sans un mot, sans un rire, sans perte de temps ; mais, à présent, je ne pouvais pas deviner à quel moment de l'exercice il s'était arrêté.

« Qu'est-ce qu'il y a ? lui ai-je demandé, et il s'est tourné lentement pour m'adresser un sourire.

– Rien. Que veux-tu qu'il y ait ?

– Tu ne vas pas jouir ?

– Moi ? J'ai déjà joui.

– Quoi ? »

Jamais encore rien de tel ne m'était arrivé, et j'ai voulu le lui dire, j'ai voulu le lui jeter au visage, comme un gant, et ma rage a dû se manifester malgré moi, parce qu'il m'a regardée avec une expression tellement désemparée, si exactement partagée entre l'angoisse et l'ignorance, et un tel abandon dans ses yeux, qu'il a provoqué en moi ce qui devait être la première d'une interminable suite de déroutes.

« Qu'est-ce que tu as ? » J'ai eu l'impression que sa voix parvenait à mes oreilles par miracle, tant elle était fluette.

« C'est que je ne m'en suis pas rendu compte.

– Moi non plus je n'ai pas su quand tu as joui.

– C'est que moi, je n'ai pas joui. » Et j'ai pensé, sans le dire : « Si j'avais joui, espèce de taré, tu n'aurais pas été le seul à t'en rendre compte ; ton voisin, le boulanger du coin et les pompiers de passage avec leur sirène l'auraient su eux aussi. »

« Oh ! Je regrette ! Mais ce n'est pas grave, n'est-ce pas ? ça arrive souvent, au début.

– Sans blague.

– Tu es fâchée contre moi ?

– Écoute, mec », je m'étais assise sur le lit, et j'agitais violemment les mains, comme pour expulser au plus vite, par ces gestes, les crapauds qui se promenaient dans mes tripes, « à l'heure qu'il est, pas une ne croit avoir entre les cuisses la caverne d'Ali Baba, tu sais ? Mais c'est assez désagréable... Maintenant, je me sens comme une machine à sous, c'est comme si... » Je l'ai regardé, et j'ai renoncé. « Ça va, laisse tomber ! Je suis sûre que tu ne comprends pas.

– Tu aurais préféré que je gémisse ? » Il avait dit ça comme s'il ne pouvait pas y croire.

« Oui ! J'aurais préféré que tu gémisses, que tu cries, que tu pleures, que tu pries, que tu appelles ta mère, que tu me files un gnon, que tu t'exclames " Allez, Madrid ! " tout, mec, mais pas ça ! Tu ne comprends pas ?

– Non », avoua-t-il. Et il a changé de position, il s'est tout d'abord couché sur le côté pour se lover ensuite contre moi, la tête sur mon ventre, les bras autour de ma taille. « Et puis, je ne crois pas que ce soit si important. Tu me plais beaucoup, Malena. J'aime être ici, avec toi... »

Parfois, quand je rompais avec un type, ou quand je rentrais enfin à la maison après une nuit plus ou moins semblable à celle-ci, je déchirais avec le plus grand soin le papier d'une cigarette fabriquée aux Canaries avec du tabac de la Vera de Cáceres, j'en versais le contenu dans la paume de ma main, et je le humais, en me demandant pourquoi tout était devenu si difficile. C'est ce que j'aurais dû faire cette nuit-là, tandis que Santiago se pressait contre moi avec un air d'orphelin qui a tout à coup retrouvé les siens, mais son silence m'a rendu les paroles du Fernando le plus héroïque, le plus adorable, le plus dur et le plus doux, et j'ai fermé les yeux, j'ai serré très fort les paupières jusqu'à ce que la démangeaison de mes pupilles m'eût obligée à les ouvrir à nouveau, à refaire d'instinct le geste que j'avais fait pour reprendre courage pendant une lointaine aube d'été, avant même d'avoir quitté le lit d'un bond pour faire ce qui devait être fait, ce que je sentais qu'il me fallait faire, à cette heure chaleureuse et calme, comme je l'étais moi-même, alors.

Je me suis déplacée sur la pointe des pieds, pour ne pas réveiller Reina, j'ai tourné la poignée si lentement que j'ai presque senti mes doigts s'engourdir. J'ai laissé la porte ouverte derrière moi, pour ne pas courir de risque, et j'ai mis une éternité à descendre l'escalier, en évitant avec soin les marches qui grinçaient, mais je me suis trompée une fois ou deux, parce que je devais compter à l'envers, dans le sens rigoureusement inverse à celui qui guidait mes pas toutes les nuits. Quand je suis arrivée dans l'entrée, j'ai placé une de mes pantoufles dans l'entrebâillement de la porte pour éviter qu'elle ne se refermât, et un instant plus tard, sur le gravier de l'allée je n'ai même pas senti les aspérités des cailloux sous mon pied nu, il me semblait que je marchais sur un nuage.

Fernando m'attendait à la porte de derrière. En apercevant sa silhouette de l'autre côté de la grille, je me suis dit une dernière fois que tout cela n'était que folie. Je n'avais aucune raison de courir autant de risques, il n'était pas sensé d'adopter un plan aussi échevelé pour un avantage aussi banal. Quand, en échange de la pierre de Rodrigo, qui cependant lui appartenait, je lui avais fait la promesse solennelle de le faire entrer d'une manière ou d'une autre au Domaine de l'Indien, j'envisageais plutôt une rencontre publique, peut-être annoncée à l'avance, comme il se doit, une invitation à dîner improvisée, comme celle que Miguel avait organisée pour Porfirio, ou une simple matinée de piscine, quelque prétexte innocent qui ne soulèverait aucune opposition, mais il s'y était opposé, avait rejeté toutes mes propositions, et avait fermement défendu son projet de faire cette visite en cachette, pendant notre dernière pleine lune, et d'agir avec préméditation, de nuit, et avec ruse. Depuis que nous avions décidé du moment où la chose se produirait, quarante-huit heures plus tôt, je vivais dans la peur, en évitant soigneusement de me demander ce qui pourrait bien se produire en cas d'imprévu, si quelqu'un, par exemple, se réveillait avec une migraine au milieu de la nuit, et se levait pour aller chercher une aspirine, et cette seule idée me terrorisait, me paralysait, me rendait malade de peur. Cependant, quand j'ai ouvert la porte pour le faire entrer, ma panique, aussitôt, a fait place à une vive émotion, qui a également envahi tous les espaces libres de mon corps.

Fernando m'a effleuré le front du bout des lèvres et s'est dirigé vers la maison, et comme je demeurais interdite, surprise par la légèreté de ce geste, il a fait demi-tour, m'a regardée, et m'a embrassée sur la bouche, alors, j'ai perçu son inquiétude ou, peut-être, sa peur. Quand j'ai poussé la porte, nous avons échangé un regard qui rendait toute parole inutile. Je lui ai fait signe d'entrer, et il m'a précédée, s'arrêtant à chaque pas pour reconnaître tous les détails que son père lui avait décrits lorsqu'il l'emmenait avec lui en promenade pour lui montrer, de loin, la maison. Je le suivais en silence et inclinais la tête pour essayer d'apercevoir son visage sans parvenir à déchiffrer son expression dans la faible lumière de la lune, et s'il m'avait regardée, alors, peut-être aurait-il pu, lui, interpréter le tremblement de mes lèvres d'Indienne, parce que j'étais sur le point de pleurer, sans savoir pourquoi.

Je n'oublierai jamais ces larmes secrètes, tièdes et obscures, contrastant avec l'aplomb de Fernando, cette détermination avec laquelle il ouvrait les portes, l'assurance avec laquelle il se dirigeait à l'aveuglette dans les couloirs, l'arrogance qui enveloppait tous ses gestes, comme si cette maison était la sienne et non pas la mienne. Je l'ai suivi dans la cuisine, je suis entrée sur ses talons dans le garde-manger, j'ai tourné, au pas lent de la touriste perplexe, autour de la grande table de marbre sur laquelle je déjeunais tous les matins, j'ai jeté un coup d'œil sur la porte de derrière, comme si je ne l'avais encore jamais vue, et toujours sur ses talons, je suis revenue sur mes pas, jusqu'à ce que, en arrivant devant la porte du salon, il m'eût cédé le passage, comme s'il n'osait pas pénétrer dans cette pièce, la seule qui ne pouvait contenir aucun objet personnel des habitants de la maison, parce que nous étions convenus, tacitement, de ne pas pousser notre exploration au-delà du rez-de-chaussée, le seul endroit où jamais personne ne dormait.

En pénétrant dans la partie noble de la maison, les trois grandes pièces qui faisaient la gloire du domaine dans toute la plaine, je me dis que son aspect ne devait guère avoir changé depuis 1940, quand le père de Fernando y jouait aux soldats de plomb entre les pieds des chaises, car la plupart des meubles qui s'y trouvaient avaient l'air aussi vieux que notre grand-père, d'aussi loin que je me souvienne, on ne les avait pas changés de place une seule fois, et les apports modernes étaient réduits au strict minimum. Peut-être ce détail, auquel on pouvait attribuer l'atmosphère irrespirable de cette partie de la maison, était-il plus responsable de la transformation progressive de la grande salle de jeu du premier étage en véritable salle de séjour de la maison que le refus tranchant de grand-mère d'installer une télévision dans le salon, entre les sièges massifs d'acajou et les légers guéridons de bois marqueté sur lesquels Fernando promena un regard dédaigneux, comme si leur beauté avivait sa frustration d'enfant chassé du paradis, ou peut-être encore comme si, contre toute attente, il était capable de la surmonter brutalement. La lumière s'infiltrait par les fenêtres qui, tous les quelques mètres, se substituaient à un morceau de mur, me révélant un spectacle magnifique que jamais encore je n'avais contemplé dans cette pénombre lunaire. Je m'assis sur le dossier d'un canapé et suivis du regard l'image de mon cousin, tout en me rendant compte que jamais non plus, jusqu'à cette nuit, je n'avais été aussi consciente que Fernando était véritablement mon cousin. Il se déplaçait très lentement, considérait chaque objet, tout minuscule qu'il fût, avec plus d'attention qu'il n'en avait manifesté jusqu'ici, et bien que la double porte séparant le salon de la bibliothèque fût ouverte, il s'arrêta un instant sur le seuil et jeta de là un coup d'œil dans la pièce voisine, comme pour s'assurer qu'elle était bien réelle avant d'aller plus loin. Puis, après en avoir examiné le contenu, il se dirigea vers la gauche et je le perdis de vue pendant un moment. La disposition des lieux faisait de la bibliothèque un L énorme, qui embrassait le salon et la salle à manger. Au bruit étouffé de ses semelles de gomme, je sus que mon invité s'était dirigé vers cette dernière pièce, et j'attendis tranquillement son retour. Je n'avais encore pas remarqué le moindre indice révélant que quelqu'un, dans la maison, pût être réveillé, à ce moment-là, et je m'étais abandonnée au paisible vertige du saut périlleux avec filet, dépourvu de danger, comme si les risques s'étaient à tout jamais évanouis dans le silence qu'avait suscité notre mutisme.

Fernando réapparut dans l'angle même où il avait choisi de disparaître, il s'arrêta dans l'axe de mon champ visuel pour s'appuyer sur la table qui projetait vers l'avant un solide cabinet d'origine péruvienne, croisa les bras et me regarda. J'ai attendu quelques secondes, et quand j'ai été sûre qu'il n'avait pas l'intention de bouger, je me suis levée et je suis allée vers lui, trahissant la ferme décision que j'avais prise pendant son absence, quelques minutes plus tôt, quand j'avais décidé de mettre fin à l'aventure à l'instant précis où il reviendrait de l'endroit qui était l'unique coin de la maison inclus dans notre pacte qu'il ne connaissait pas encore. Pourtant, en devinant qu'il ne viendrait pas vers moi, je me suis levée et j'ai traversé lentement le salon, et quand je suis arrivée près de lui, j'ai collé mon corps contre le sien, et penché la tête, pour presser plus fort son visage contre le mien, car je ne voulais pas le toucher d'une autre manière, je ne voulais pas le sentir au bout de mes doigts, je ne voulais pas recourir au grossier procédé dont je me servais pour connaître une réalité à laquelle, en ce moment, Fernando avait déjà cessé d'appartenir. Pourtant, il a pris ma main, l'a posée sur son visage, m'a forcée à le caresser, puis l'a guidée, tout le long de son corps, avant de l'écraser sur son sexe dur, tendu, et j'ai su que je n'éprouverais plus jamais de ma vie une émotion aussi intense.

Je me suis laissée tomber sur le sol, et j'ai à peine

senti la douleur quand mes genoux ont heurté le parquet. Quand mon front s'est posé à l'endroit que ma main venait d'abandonner, j'ai surtout senti sa chaleur. Je n'étais pas parfaitement consciente de mes actes, mais tous mes sens étaient en éveil, et j'ai très nettement perçu l'urgence de son désir. Jamais depuis, jamais, je n'ai été aussi droguée que je le fus à cet instant. Jamais je n'ai été aussi incapable de me gouverner moi-même.

Il en avait parlé plusieurs fois, le plus souvent à propos de cette femme de Lübeck qui avait remplacé, pour une quinzaine de jours, le psychologue titulaire du collège où il préparait son baccalauréat. « Elle était mariée, tu sais ? », précisait-il toujours, comme si je n'avais pas eu l'occasion d'apprendre par cœur cet exploit glorieux, « elle avait vingt-huit ans et elle était mariée », répétait-il. « Un peu vieille, non ? », répliquais-je le plus souvent, et il feignait l'étonnement : « Qui ? Anneliese ? », et il me regardait avec la même stupéfaction qui aurait figé ses traits si je lui avais avoué que je venais de tailler une bavette avec la Vierge, « Penses-tu ! disait-il ensuite, Anneliese avait un corps du tonnerre... Et vingt-huit ans, et elle était mariée, et c'est elle qui a commencé », et ce n'est certes pas moi qui allais m'imaginer qu'il avait pris la peine de la séduire, pas question, ce fut elle qui commença à se laisser glisser sur cette pente, à lancer des insinuations ambiguës, elle qui le poussa à conduire la conversation sur ce thème, disant que Fernando était à un âge très dangereux, qu'il fallait sans doute chercher l'origine de ses difficultés en lettres dans un excessif souci du sexe... Quand il en arrivait là, ma conscience de classe m'obligeait à l'interrompre : « C'est ça, mec ! Comme si être en chaleur n'affectait pas les équations du troisième degré ! Sans blague ! », mais il se contentait de m'adresser un regard de mépris, et il continuait de parler, disant que cette Anneliese de malheur lui avait confié que, jusqu'à un certain point, il lui paraissait logique qu'il en fût ainsi, étant donné que nous vivions dans une société qui pénalisait l'activité sexuelle dans la phase la plus algide de la libido humaine, etc. « Ah, bon ? Eh bien, chez elle, elle dure plutôt longtemps ! », objectais-je, parfois, et je me disais en moi-même : « la sacrée pute »... Mais alors, Fernando prenait un ton odieux de vieux séducteur pour dire que je n'étais qu'une gamine et lui un imbécile pour se donner la peine de me raconter des choses que je ne pouvais pas comprendre, et alors, c'était pire, parce que je devenais une vraie bête sauvage, et il le savait bien, et c'était pour cela qu'il visait le point sensible, comme si la chose n'avait rien à voir avec moi, comme s'il réfléchissait pour lui seul, à haute voix : « Tu ne peux pas comprendre ça, bien sûr, faisait-il, peut-être ne puis-je même pas le comprendre moi-même », et il prenait un air mélancolique : « C'est sûr, les femmes sont bizarres ! À ton âge, elles font encore des choses normales, mais après, quand elles deviennent de véritables femmes... » « Et après, quoi ? voyons un peu », le défiais-je, entrant dans le piège avec la docilité d'une vache domestiquée, et Fernando me racontait tout une nouvelle fois, du début à la fin, de la frayeur qu'il avait éprouvée quand, dans son cabinet exigu de psychologue, sans même se lever de son siège tournant, elle l'avait attiré vers elle en glissant son index dans la ceinture de son pantalon, jusqu'à l'épuisement qui l'avait fait s'endormir en classe, le lendemain matin, tandis qu'elle, qui était restée toute la nuit éveillée, à baiser dans un lit d'hôtel, trottait allégrement dans les couloirs comme si de rien n'était, et il m'omettait jamais de mentionner le petit cri de douleur qu'elle, une femme de vingt-huit ans, mariée, avec un corps du tonnerre, n'avait pu retenir quand il l'avait pénétrée pour la première fois, parce que, concluait-il immanquablement de ces prémisses, son mari, sans doute, en avait une beaucoup plus petite. « Et heureusement, disait-il pour finir, qu'au collège, le soir, elle me l'avait fait seulement avec la bouche, parce que, sinon, on nous aurait découverts, c'est sûr, tu ne peux pas savoir comment elle gémissait, et, tu sais, j'ai eu l'impression, je n'en suis pas sûr, bien entendu, mais j'ai eu l'impression que ça l'excitait beaucoup plus que de baiser, qu'elle aimait mieux ça, pour ainsi dire, tu aurais dû voir la tête qu'elle a fait quand j'ai joui, elle a tout avalé, les yeux fermés, comme si le goût l'enchantait, c'est pour ça que je dis que les femmes sont très bizarres, parce que, vraiment, ça ne paraît pas possible, je ne comprends pas. On dit que c'est très bon pour la peau, de l'avaler, je veux dire, mais de toute façon c'est incompréhensible, elle... » « À d'autres ! criais-je. Tu m'entends, Fernando ? À d'autres ! Je n'en crois pas un mot, alors tu peux continuer à parler jusqu'au jour du jugement dernier, et ce n'est pas moi, certainement pas moi, que tu vas convaincre. » « Moi ? faisait-il alors, avec sur son visage la candeur d'un ange en sucre d'orge. Moi, j'essaie de te convaincre ? » Et il hochait tout doucement la tête, comme si quelque chose, dans mon expression, dans mon intonation, le peinait profondément : « Je t'ai seulement raconté quelque chose qui est très important pour moi, j'essaie de le partager avec toi, et je ne t'ai jamais demandé ça, l'Indienne, tu le sais, je n'essaierais pas une chose pareille avec une fille de ton âge... » Parfois, je me disais qu'Anneliese n'était que poudre de perlimpinpin, qu'elle n'existait même pas, que son nom, et son âge, et son état civil, et son corps du tonnerre de Dieu, opulent mais ferme, mûr mais souple, expert mais capable de succomber, en même temps, aux assauts innocents d'un enfant emballé, n'avaient jamais vécu, ni à Lübeck, ni à Hambourg, ni en aucun endroit précis du fébrile territoire délimité par l'imagination de mon cousin, mais, d'autres fois, la vérité me faisait trembler, parce que Fernando n'aurait jamais pu, de lui-même, choisir des termes comme « pénaliser » ou « algide », pour tisser un récit semblable, et je ne savais plus que penser, sauf que j'aurais pris le plus vif plaisir à arracher les yeux à cette pute, de mes mains, et même s'il s'agissait seulement d'un fantasme. La pâle Helga, cette pauvre fille catholique, ne m'avait jamais inquiétée, et cependant, la seule évocation de cette exceptionnelle et incertaine bonne marraine ébranlait à tel point mes convictions que, plus d'une fois, je pris une décision irrévocable qu'en fin de compte mon bon sens révoquait sans grand effort. « Et qu'est-ce que je gagne, moi, avec ça ? » s'exclamait-il alors, élevant involontairement la voix pour détruire la charge rhétorique de cette question dont nous connaissions tous deux très bien la seule réponse possible : « Qu'est-ce que je gagne, moi, avec ça, tu peux me le dire ? », et il cachait son visage dans ses mains, comme s'il venait de se rendre compte qu'il n'était pas question de moulins mais de géants, je continuais d'enfoncer le clou, sans me laisser impressionner par sa petite phrase amère. « Je vais te le dire, ce que tu gagnes, avec ça. Tu ne gagnes rien, absolument rien, tu m'entends ? Rien de rien ! » « Quelle brute tu fais,

Malena ! », me répondait-il enfin, comme si mon bon sens était le plus exceptionnel des sens, « Mais qu'est-ce que tu t'imagines ? Qu'on fait ça pour gagner ou pour perdre quelque chose ? Va-t'en au diable ! concluais-je en moi-même, parce que, bien entendu, tout ce que peuvent avoir ces imbéciles d'Allemandes, ces petits malins d'Allemands doivent l'avoir aussi », et je soutenais son regard sans dire un mot, tout en approuvant en moi-même mes conclusions : « Pas vrai ? C'est comme ça, mon beau... »

Mais quand, agenouillée sur le sol de la bibliothèque, j'ai entendu le léger grincement d'une charnière mal graissée, aussi blessant que l'écho ensorceleur des clairons annonçant l'entrée en scène imminente d'un troisième personnage, je sentais déjà que quelque gain m'attendait, au fond de ce labyrinthe baroque qui ne m'avait jamais rebutée autant qu'il venait de m'attirer brusquement quelques minutes plus tôt, car le destin ne fit qu'une bouchée de mon bon sens, et s'en montra d'autant plus affamé. Quand quelqu'un se réveilla, à quelques mètres au-dessus de ma tête, à peine, et se demanda s'il allait se lever ou pas, quitta finalement la chaleur de son lit, les draps humides de sa transpiration, pour aller chercher quelque chose, et dut, dans cette intention, quitter sa chambre, Fernando avait déjà grandi entre mes lèvres, faisant germer une graine tellement fondamentale, tellement importante pour moi, que je m'étonnais de n'en avoir même pas, jusqu'alors, soupçonné l'existence. En elle, je vis tout d'abord une certaine vanité, puis il me sembla bien qu'elle avait quelque chose à voir avec la sûreté de soi, qu'elle manifestait une confiance accrue en moi-même, puis, je commis la plus extravagante et la plus réconfortante des erreurs, en lui attribuant la nature équivoque de la joie altruiste, de la bonne action qui apporte un plaisir plus grand que l'effort qu'elle réclame, de la simple preuve d'amour et de générosité. La certitude que je me sentais bien s'opposait violemment à la conviction que j'aurais dû me sentir très mal, et, de toute manière, ce n'étais pas facile, aussi me suis-je concentrée sur le défi que je m'étais lancé, en ne me souciant plus de mes propres réactions, tandis que j'essayais de négocier de la manière la plus efficace avec le sexe de Fernando, en accordant, beaucoup plus vaguement, ce qui me restait d'attention aux pas qui résonnaient sur le parquet du premier étage, sans vouloir m'inquiéter du fait qu'ils mettaient bien longtemps à parcourir la courte distance qui séparait n'importe laquelle des chambres de la salle de bains.

Le grincement fidèle de la vingt et unième marche me ramena brutalement à la réalité. Quelqu'un descendait l'escalier. Je fermai les yeux et essayai de réfléchir, mais je m'avisai que j'en étais incapable ; je rouvris les yeux et, sans pouvoir me décider à lâcher ma proie, l'humide morceau de chair glissant soudé à ma bouche, je levai la tête et regardai Fernando. L'escalier grinça de nouveau ; celui ou celle qui veillait avec nous avait atteint la quinzième marche. Je parcourus du bout de la langue le dessous du sabre qui menaçait de m'étouffer, mais mon cousin, apparemment insensible à ce détail, parcourait la pièce du regard, en quête d'une solution, mais il n'y en avait pas. Un instant plus tard, il me regarda, sa main droite se posa sur ma tête, et exerça une légère pression, pour m'obliger à la baisser un peu, en me laissant à peine voir ses paupières se fermer doucement. Puis, je sentis le contact de ses doigts qui m'attrapaient par les cheveux et me guidaient, m'imprimaient un rythme régulier, qui accompagnait quasiment le bruit de ces pas chaque fois plus proches, plus redoutables.

Je n'eus aucun mal à suivre le cheminement de la pensée qui donnait à Fernando une pareille audace. Nous n'avions pas échangé un seul mot, nous n'avions allumé aucune lampe, nous n'avions laissé aucune porte ouverte, aucun détail susceptible de nous trahir. Aucune fuite n'était possible, la porte donnant accès à l'entrée étant parfaitement visible du palier, tout autre mouvement aurait provoqué quelque bruit, celui d'une fermeture à glissière que l'on remonte, par exemple, et il était probable que la destination de ces pas était la cuisine, parce qu'à cinq heures du matin, personne ne s'inquiète du livre qu'il aurait pu oublier dans le salon, et quelque chose s'opposait à mes tentations de souffler mot, je savais tout cela, et je pouvais aussi comprendre que Fernando n'eût pas envie de renoncer à un bonheur difficilement obtenu et si ardemment désiré pour une menace incertaine. Son arrogance allait de pair avec sa hardiesse, je le savais, et cependant, si j'agis comme je le fis en me pliant à la volonté de cette main avec la plus rigoureuse des soumissions, ce fut pour une raison étrangère à la logique et à mon amour pour le bénéficiaire de cette action. Je le fis uniquement pour moi.

Les pas résonnèrent sur les tommettes du couloir, dépassèrent la porte du salon, quand j'appris ce que les psychologues lascives obtiennent de leurs élèves mal avisés, prêts à affirmer leur orgueil d'amants précoces sur le terrain semé de pièges où ils s'aventurent, par ce que j'ai alors tiré, de plus précieux et de plus rare que le plaisir, de la langueur pâmée de mon cousin, et je sais pourquoi mes mouvements ont changé de nature, sont devenus plus brusques, plus avides, plus tenaces. J'étais convaincue que Reina allait entrer dans la pièce d'un instant à l'autre, que c'était elle qui s'était réveillée et qui, remarquant mon absence, me cherchait dans toute la maison. Mais je n'avais pas peur, car je ne me souvenais plus de l'instant où j'avais perdu la raison, et avec elle la mesure de toute chose, et je désirais presque que ce que j'imaginais s'accomplît, que la porte s'ouvrît brusquement, que ma sœur apparût, forme ambiguë, craintive et terrible à la fois, au moment même où j'atteindrais le comble de mon pouvoir. Parce que je sentais en moi la puissance, avantage que je n'avais jamais obtenu quand ma propre chair était en jeu, quand le plaisir de l'autre était à peine le prix de mon propre plaisir. Puissance d'être agenouillée sur le sol, puissance de me complaire vicieusement dans mon renoncement, puissance du chien affriandé par la saveur du sang humain qu'il goûte en léchant un cadavre jeté sur le trottoir, puissance, puissance, puissance, jamais je ne m'étais sentie aussi puissante.

Les pas, qui étaient allés s'éteindre dans la cuisine, se refirent entendre, et celui ou celle qui était descendu se perdit pour toujours dans l'anonymat, en faisant pesamment l'ascension de l'escalier. Le corps de Fernando fléchit entre mes mains, qui le soutenaient par les fesses, un instant avant que ses cuisses ne se missent à trembler entre mes bras. Je goûtai sa saveur âpre, mais je ne bronchai pas, je maintins fermement ma tête contre son ventre, tous mes viscères ouverts pour lui, jusqu'à ce que tout fût consommé. Ensuite, je l'ai regardé, j'ai contemplé son visage trempé de sueur, ses paupières closes, sa bouche ouverte en une moue douloureuse, quasi mystique, comme meurtrie par ses gémissements jugulés, ses cris avortés, ses hurlements enfouis, qui avaient fait vibrer une corde vocale dont les échos ne s'étaient éteints que dans mon oreille. Je l'adorais, j'aurais tué, je me serais fait tuer pour lui, quand j'ai entendu tomber de ses lèvres lasses et heureuses les seules paroles qui devaient être prononcées pendant cette nuit débordante de lumières :

« Ah, mon petit, tu ne peux pas savoir ce que c'est ! »

Alors, j'ai douté de tout.

Fernando m'a accompagnée à l'aller, mais le chemin du retour, le plus difficile, j'ai dû le faire seule.

Lorsque je me prenais pour une petite fille différente des autres, pour un garçon manqué, pour un essai raté, une pauvre ébauche de femme qui ne s'épanouirait jamais, je n'aurais jamais pu imaginer qu'un jour je m'écarterais par excès du modèle idéal vers lequel je tendais avec tant de véhémence, et ce fut pourtant ce que me révéla ce type, un matin comme tous les autres, à la table habituelle du bar de la fac, entre le café au lait et le verre de cognac, tandis que mes amies écoutaient avec attention le récit d'une nymphe pâle, délicate et dolente, aux petits seins pointus, agressifs sur sa poitrine de garçon, aux hanches étroites de forme indécise et au regard fébrile, telle que je ne serais jamais. Elle avait déboulé dans notre groupe de spécialisation de quelque obscure école d'enseignement supérieur de province. Lui frisait la quarantaine. De taille et de stature moyennes, il n'avait rien d'extraordinaire, ni de visage ni de corps, mais il avait beaucoup d'allure, car il cultivait un charme particulier, qui se manifestait surtout dans sa conception de l'élégance : une sobriété britannique délibérément massacrée par quelque furibonde touche méridionale : gants jaunes, lunettes de plastique rouge, gros anneau doré où étincelait une pierre ovale ostensiblement toc, une cravate dont les impressions présentaient toutes les étapes d'un strip-tease de Mickey Mouse. Il était professeur de littérature française, jamais je n'avais été son élève et jamais je ne devais l'être, mais, d'une certaine manière, nous nous connaissions, il avait entendu parler de moi, et moi de lui, quand ce matin-là il vint s'asseoir à notre table pour déjeuner, parce que, quelques mois auparavant, nous avions pris le même autobus. Lui était assis entre deux élèves très jeunes, qui faisaient partie des quelques rares beaux garçons bien habillés dans la masse des chevelus d'extrême gauche qui faisaient le gros des classes de l'établissement, moi, j'étais debout, accrochée à la barre, si près d'eux que j'aurais entendu leur conversation même si je ne l'avais pas voulu.

« Bien sûr, que ç'a été difficile, disait-il, tout était difficile, alors. Imaginez-vous que j'ai même eu un professeur qui, à chaque cours, nous racontait qu'il avait dû en manger, du chou, avant d'en arriver où il en était. Et nous, au fond de la classe, nous disions tout bas : " Pour le chou, on s'en rend compte ". »

Ils s'étaient esclaffés en chœur, et je n'avais pu m'empêcher d'en faire autant. À ce rire impertinent, il s'était contenté de répondre d'un regard, et j'ai aussitôt eu l'impression qu'il parlait aussi pour moi, parce que, quand sa voix a de nouveau retenti dans l'autobus, elle était empreinte d'un léger défi :

« Et c'était difficile de coucher avec des garçons, ce qui, de toute manière, n'était pas évident, pour moi, je ne voulais pas trop m'attarder là-dessus, je suppose, de sorte qu'une ou deux fois, ou peut-être trois, peu importe, j'ai couché avec des filles, et pour être franc, je n'ai pas aimé ça. C'était comme boire un verre d'eau... » J'ai soutenu son regard, sourire aux lèvres, mais il a résisté à la tentation d'en faire autant, et il a ajouté : « À cette époque-là, j'étais très progressiste, bien entendu, féministe et tout le reste, militant de l'orgasme pour toutes, et elles le savaient, bien entendu. C'étaient des copines, et elles n'y allaient pas par quatre chemins. Bref, chacun se déshabillait de son côté, nous nous bécotions, nous nous tripatouillons, et puis, elles disaient : " Avec le doigt, avec le doigt, continue avec le doigt. " Et je restais là, assis dans le lit, à branler du doigt en me demandant quel charme Baudelaire pouvait bien trouver à la chose, pour s'y agripper comme il s'y agrippait... »

Le rire de ses disciples a couvert son dernier mot. Je riais moi aussi, sans le lâcher du regard. J'essayais de m'exprimer avec les yeux et lui, d'une certaine manière, m'entendait, ce que m'ont révélé ses derniers mots, alors que nous arrivions en vue de l'arc de triomphe :

« Je suis sans doute injuste. Je n'ai pas eu de chance, voilà tout, ou tout simplement, je ne l'ai pas méritée. Ce qu'il y a de sûr, c'est que Baudelaire, elles ne devaient pas l'agripper par le bout du doigt. »

Quelques mois plus tard, accoudé à la table du bar, indifférent au contenu de sa tasse, qui avait cessé de fumer, sans qu'il y eût porté les lèvres, c'était lui qui me regardait, lui qui souriait, lui qui entendait et s'exprimait du regard tandis que j'écoutais, livrée au dégoût, la énième aventure avortée de cette casse-couilles au sens propre et au sens figuré qui, le matin même, après avoir gâché des heures entières à bavasser, à ergoter, à toucher, à mesurer, à bizouiller et à souffrir, surtout à souffrir, avait décidé qu'elle n'était pas encore prête à affronter ce qu'elle appelait « la culmination physique de la pénétration ». Mariana l'écoutait avec une patience infinie, en approuvant doucement du chef, comme si elle la comprenait, et peut-être la comprenait-elle vraiment, puisque toutes mes amies comprenaient les choses de ce genre. Je me sentais étrangement mal à l'aise, un peu coupable de l'ennui que j'éprouvais, et de ne pas pouvoir comprendre l'essence de ces convulsions violentes dont la description m'était, d'une certaine manière, destinée, mais mon état d'âme devait percer sous l'expression que je voulais neutre, parce que lui l'a très bien deviné, et quand nos regards se sont croisés, comme par inadvertance, il m'a dit ceci :

« C'est que toi, tu es tout à fait femme. »

Mon cœur n'a fait qu'un bond, et j'ai plissé les paupières pour capter l'étincelle d'intelligence de ces yeux qui m'examinaient avec attention, une certaine envie, et surtout, sous le masque de la solidarité, l'immense compassion que l'on réserve à ceux qui n'ont pas encore découvert qu'ils sont des victimes.

« Tout à fait femme, ai-je dit pour moi-même en baissant les yeux. Tout à fait femme, bon sang... »

Cette fois-là, je ne l'ai pas pris au sérieux. « Qu'est-ce qu'il en sait, celui-là », me suis-je dit, et pourtant, il en savait plus que moi. Il ne m'a pas fallu bien longtemps pour me rendre à l'évidence. Tout à fait femme, oui, et même plus que ça : trop femme.

Il portait une gabardine blanche des plus cinématographiques, avec des revers très amples et une ceinture nouée avec un mépris évident de la boucle, qui pendait de côté, comme un déchet de matière plastique inutile. Il ne pleuvait pas, dehors, la nuit était claire, mais des verres fumés protégeaient de ma curiosité morbide ses petits yeux mesquins et bridés. Je ne le regardais pas seulement parce qu'il était l'homme le plus laid qui se fût trouvé sur mon chemin depuis longtemps : une peau torturée couverte de cicatrices, une bouche sarcastique aux commissures tombantes, le cheveu rare en couronne autour d'une tête énorme, je ne le regardais même pas pour vérifier s'il était aveugle, comme je l'avais cru d'abord, il y avait déjà un moment que je m'étais rendu compte qu'il voyait parfaitement. Pourtant, je le regardais encore comme on regarde les flammes ou les vagues sans savoir exactement ce que l'on cherche en elles, et sa laideur me paraissait de plus en plus mystérieuse, je dirais même de plus en plus douteuse. Il ne s'est tout d'abord intéressé à moi que vaguement. Puis il a soutenu mon regard avec une fermeté telle qu'il a réussi à me faire honte, et c'est moi qui ai détourné mon regard et, du coin de l'œil, j'ai entrevu un léger mouvement. De l'index de sa main droite, il me faisait signe de venir près de lui. Sans réfléchir, j'ai posé un doigt sur ma poitrine et j'ai haussé les sourcils en signe d'interrogation. Il a souri, en hochant la tête. Oui, bien sûr, c'était à moi qu'il s'adressait.

Tandis que je parcourais les quelques mètres qui nous séparaient, je me demandais à quelle tribu il appartenait. À cette époque, la population hétérosexuelle plus ou moins masculine qui peuplait les endroits que je fréquentais se divisait pour l'essentiel en trois groupes : les écervelés, les malades et les divins. Les seconds n'étaient humains qu'en apparence. Tout le reste suppléait avantageusement aux plantes d'intérieur qui décorent les bars et les discothèques d'une manière beaucoup plus prétentieuse que ceux que j'y trouvais toutes les nuits, parce qu'ils s'occupaient eux-mêmes de leur arrosage et de la température ambiante. Ils poussaient tout seuls, hiver comme été, couverts de grands pardessus de laine sombre, gris ou noirs, au col relevé, et d'écharpes de mohair abîmées nouées à leurs gorges fragiles. Ils franchissaient la porte par groupes de trois ou quatre, parfois accompagnés d'une femme, toujours plus âgée qu'eux mais habillée avec la même sévérité, ce qui ne leur donnait même pas, pour la plupart, des allures de lesbiennes, et ils s'arrêtaient pour humer l'atmosphère avec une tête de carême, jusqu'à ce qu'ils eussent découvert une table isolée vers laquelle ils se dirigeaient à petits pas fatigués. Ils buvaient peu, en silence, se balançaient languissamment sur leur chaise et prenaient entre chaque verre de l'aspirine américaine (à laquelle ils accordaient une confiance que n'avait jamais méritée l'espagnole, même lorsque leur composition était identique), petit cadeau que quelque ami sensible et compatissant leur avait apporté de New York – mais jamais de l'Arkansas. Tous étaient artistes et, plus difficile encore, tous étaient Dada, même si Warhol exerçait sur eux une fascination tyrannique. Isolés, ils passaient quasiment inaperçus, mais cela se produisait rarement, car chaque groupe avait son mentor, un individu grisonnant, le plus souvent, accablé par sa responsabilité, qui était toujours le seul à s'exprimer, tandis que ses acolytes l'écoutaient avec une ferveur si grande que tout témoin novice prenait pour un penseur de génie celui qui n'était, au plus, qu'un poète maudit parce que inédit, ou un vulgaire licencié en sociologie, ou un parolier amateur et entêté, et parfois moins, même s'il était allé une fois prendre un café au bar de l'Algonquin et s'il s'efforçait jusqu'au sang de jouir en regardant des photos d'Alicia Lidell.

Mais lui, malgré son aspect, n'avait pas la petitesse qu'il fallait pour être affilié à l'une des tristes cliques de paysans de Bloomsbury, et il ne semblait pas non plus avoir un air de famille avec les membres des deux autres catégories, tout aussi peu brillantes que la première, mais au sein desquelles militaient quelques types merveilleux, qui avaient disjoncté mais en gardant leur sens de l'humour, et qui, entre un acide et un autre, réfléchissaient ; quant aux divins, de temps à autre, ils condescendaient à reconnaître qu'ils étaient nés d'une femme, et même à avouer, dans un élan d'humanité irrésistible, que leur mère s'appelait Raimunda et qu'elle était d'un village des environs de Cuenca. Parmi les premiers, quelques-uns avaient fait dans ma vie une apparition fugace. Les autres me plaisaient parce qu'ils étaient magnifiquement beaux, mais je m'étais toujours tenue à distance car je supposais que leur beauté gavait si bien leur désir des autres qu'ils ne devaient guère pouvoir les désirer. Cela ne pourrait jamais être le cas de celui qui choisit, pour me saluer, la formule la plus imprévue, et la plus payante, parmi toutes celles dont il pouvait disposer.

« Je comprends bien que tu ne tombes pas tous les soirs sur des types aussi attirants que moi, mais, quoi qu'il en soit, tu ne devrais pas me regarder comme ça. Je suis un individu dangereux. »

Sa façon de se présenter, autant que le grain de beauté rouge sur son oreille gauche, bombé comme un volcan sur le point d'entrer en éruption, m'ont si bien fascinée que je n'ai pas réagi.

« Qu'est-ce qu'il t'arrive ? Tu es muette ?

– Non. » Je l'ai fait attendre encore un peu. « Comment tu t'appelles ?

– Et toi, comment tu t'appelles ? »

J'étais sur le point de lui dire mon nom quand un démon espiègle m'a soufflé à l'oreille :

« L'Indienne.

– Tu mens. »

La fermeté avec laquelle il a balayé mon mensonge idiot, mais pas si idiot que ça, a éveillé en moi une rage démesurée ; je n'ai pas bougé d'un centimètre ; c'est à peine si j'ai durci le ton :

« Écoute, mec, je ne sais pas pour qui tu te prends...

– Tu ne t'appelles pas l'Indienne.

– Non, mais...

– Ne me dis pas comment tu t'appelles. Je n'ai pas besoin de le savoir. Allons-y.

– Où ? ai-je pu dire, alors que la surprise avait chassé toute tentation d'interpréter ce qui était en train de se produire en moi et en dehors de moi.

– Qu'est-ce que ça peut te faire ? » Il a attendu quelques instants une réplique que je n'ai pas été capable de trouver, parce que je ne me souvenais plus dans quel film j'avais pu entendre un dialogue de ce genre. « Levons l'ancre.

– Attends un moment. Je dis au revoir, je prends mon sac et j'arrive. »

Je fis quelques pas en montrant de la main la table où se trouvaient mes amis, je pris mon sac et je dis au revoir, croyant pouvoir m'en tirer sans plus d'explication, quand Teresa me prit par le bras alors que j'avais déjà fait demi-tour. Elle était si nerveuse qu'elle se mit à me parler en catalan :

« Tu vas aller avec ce type ? me demanda-t-elle, les yeux comme des soucoupes, quand elle put enfin réagir.

– Oui.

– Tu l'as bien regardé ?

– Oui.

– Et tu vas aller avec lui ?

– Oui.

– Mais... Pourquoi ?

– Je ne sais pas. » Et je crois qu'à ce moment-là j'ai été sincère.

« Mais qu'est-ce qu'il y a ? » Mariana, qui avait suivi en silence l'interrogatoire, est intervenue pour dire tout bas : « Il a de la coke ?

– Non.

– Mais alors... Qu'est-ce qu'il a ?

– Rien. »

Je me dégageai d'un mouvement, et ajoutai avant de m'éloigner :

« Demain, je vous appelle et je vous raconte tout. »

Quand je l'ai rejoint au bar, il payait ce qu'il avait bu. Il ne m'a pas dit un mot, mais a laissé un pourboire important, très nettement supérieur à ce qu'on laissait d'habitude (c'est-à-dire une soucoupe rigoureusement vide) dans ce bar à cette heure, et je sais à présent que c'était là une façon de me dire quelque chose, comme son geste de s'arrêter devant le distributeur de cigarettes près de l'entrée.

« Donne-moi ton manteau, m'a-t-il dit, passe devant, je te rejoins. »

Je lui ai tendu mon manteau sans établir un lien entre les deux phrases, et j'ai fait quelques pas. J'étais aussi surprise qu'il pût être le genre de type qui tient à vous aider à passer votre manteau que de ne pas entendre le bruit du distributeur, puis j'ai compris ce qui se passait, et je me suis retournée brusquement pour le regarder ; les mains dans les poches, totalement indifférent aux lumières du distributeur qui clignotaient à ses côtés, il m'observait.

« Qu'est-ce qu'il t'arrive ? » ai-je dit quand nous nous sommes retrouvés dans la rue, après avoir enfilé toute seule le manteau qu'il m'avait tendu d'une main dépourvue d'intention galante. « Tu montes peut-être toujours ce petit numéro ?

– De quoi parles-tu ? m'a-t-il répondu en souriant.

– De celui de feindre que tu vas acheter du tabac après avoir envoyé une fille en avant pour pouvoir te rincer l'œil à l'aise.

– Mais c'est que tu en as dans la tête ! s'est-il exclamé en se gondolant.

– Mais c'est que tu les as tellement pleines qu'elles t'ont ravagé le cerveau ! »

Alors, il m'a prise par le bras, comme s'il avait peur que je m'échappe, mais il ne paraissait pas fâché.

« Tu mériterais que je te dise qu'au premier coup d'œil, j'ai vu que tu es le genre de gonzesse qui peut quitter un bar à deux heures du matin en compagnie du premier type qui veut bien de toi. »

Jusqu'à ce moment-là, tous mes efforts pour me dégager n'avaient été que simple comédie, mais ces paroles m'ont fait mal, je me suis sentie offensée. J'ai eu beaucoup de mal à lui faire lâcher prise, à lui tourner le dos et à partir sans me retourner. Je croyais que tout était fini, mais il m'a rattrapée en courant et m'a immobilisée contre un mur en me tenant par les bras.

« Oh, non ! Mais tu n'es pas comme ça, ou bien je me trompe ? »

Il me regardait d'un air décontenancé, sincère, mais qui ne put m'émouvoir au point de me pousser à répondre.

« Ça va, je regrette beaucoup, pardonne-moi, je suis une brute. Ça va ? »

J'ai été sur le point de lui dire que ça n'allait pas du tout, mais au dernier moment, j'ai préféré me taire, parce que je m'étais avisée que mon silence l'impatientait plus que tout autre réponse.

« Ne me fais pas ce coup-là, ma belle... » Le type se recroquevillait, je pouvais presque entendre ses os se briser, le vacarme de son écroulement, j'entendais les premiers accords d'une psalmodie magique aux féroces effets de laquelle je n'avais jamais pu me dérober. « Ne te défile pas maintenant, je t'en prie, je t'en prie... » Sa main s'est glissée sous mon manteau et son pouce a couru sur mon sein avec le geste du potier qui ôte l'excès d'argile d'un vase sur le tour, de bas en haut, puis en sens inverse, tout doucement, d'une main sûre.

« Ne t'en va pas, maintenant que le plus difficile est fait... »

Il s'appelait Agustín, il était journaliste, il écrivait des scénarios pour des programmes radiophoniques, et, à son grand regret, il n'avait que huit ans de plus que moi, mais aimait se comporter comme s'il eût eu deux fois mon âge. C'était un individu particulièrement brillant, il le savait, et agissait en conséquence, tirait des avantages insoupçonnables de ses défauts, et s'entendait à merveille à créer des situations qui mettaient en valeur ses qualités : une éloquence ahurissante, une lucidité massacrante, une aptitude au sarcasme des plus corrosives, contre-valeurs de ce physique ingrat qui cessa bientôt de me paraître tel. Il n'avait qu'un point faible, qui lui était très favorable : c'était un misogyne rare, sans cesse sur la défensive, un homme qui mettait toute son ardeur à se protéger de la passion – aux excès intolérables à ses yeux – que lui inspiraient ces êtres qu'il se forçait à déprécier pour se défendre, tout en sachant qu'il avait perdu la guerre avant même de s'être lancé dans la bataille. Quand il lui arrivait de le reconnaître à temps, il se transformait en un amant irrésistiblement tendre, et toujours, même lorsqu'il se proposait de demeurer impassible et intraitable tout au long de la rencontre, il finissait par craquer, à un moment ou à un autre, et aussi fugaces que pussent être les signaux de sa déroute, je me rendais compte qu'il avait cédé, et qu'il resterait défait jusqu'au bout, et c'était là ce qu'il pouvait faire de mieux et pour l'un et pour l'autre. Et cependant, je ne suis pas tombée amoureuse de lui.

L'amour aurait pu voiler la vérité, si les choses avaient tourné autrement, mais, même si je l'aimais beaucoup, même si j'adorais faire l'amour avec lui et sentir que, d'une certaine manière, il m'était nécessaire, je savais que je n'étais pas amoureuse d'Agustín, et je ne lui ai pas menti, je n'ai pas essayé de me mentir à moi-même, parce que ni lui ni moi n'avions jamais mérité ça. Nous nous voyions de temps en temps, deux fois par semaine, parfois plus souvent, mais toujours pour aller quelque part, un quelque part qui toujours figurait dans les colonnes des rubriques mondaines, et cela aussi, ça me plaisait, parce que je n'éprouvais nul besoin de me replier avec lui dans un endroit secret, isolé, intime, comme l'avait été le séchoir de Rosario. Je n'étais pas amoureuse de lui, mais il y avait quelque chose de plus dans cette relation que dans les autres, et j'ai mis un certain temps à découvrir ce que c'était.

« Tu as quelque chose de mieux à faire que de m'accompagner, jeudi soir ? »

Je fus moins surprise de l'entendre s'y prendre ainsi à l'avance que de l'heure à laquelle il m'appela.

« Pourquoi ? Tu te maries ?

– Moi ?

– Ma foi, comme nous ne sommes que lundi, et qu'il est dix heures et quart du matin, et que d'habitude tu n'appelles qu'une demi-heure avant le rendez-vous, et jamais avant huit heures et demie du soir, au plus tôt...

– Ah bon ?

– Oui.

– Je ne m'en étais pas rendu compte ». Il mentait si effrontément qu'il a fini par rire. « On vient d'annoncer ça à la radio. Jeudi soir, il y aura une fête à tout casser, après la première d'un film qu'a produit notre chaîne... Je ne sais pourquoi, le maître de maison semble avoir une liaison avec la protagoniste, une jeunette avec l'un de ces noms pathétiques, Jazmín ou Escarlata, je ne me souviens plus.

– Elle est bien ?

– Plus ou moins, et elle arrive à dire non sans quelque difficulté comment elle s'appelle... » Alors, c'est moi qui ai ri, et pas seulement à cause du côté sophistiqué de cette méchanceté, mais par simple plaisir, parce que Agustín était le seul type que j'eusse connu, et je ne sais pas si je trouverai jamais son égal, qui s'avouât incapable de désirer une fille stupide. « On va faire l'appel, ce qui signifie que je dois y aller, et je veux que tu viennes avec moi.

– Je dois être élégante ?

– Époustouflante !... Tu dois être époustouflante. »

J'ai parfaitement entendu ce qu'il voulait dire, parce que c'était là le thème de notre première conversation tranquille, dans un lit bouleversé entouré de livres, de journaux et de bandes magnétiques en désordre, tout un curriculum répandu sur la moquette, verte à l'origine, mais criblée de brûlures de mégots.

« Tu n'as pas de chance, ma fille. » J'étais couchée sur le dos, si molle que je ne me sentais pas capable de lever la tête pour suivre les mouvements d'une main qui me révélait, à chaque caresse, que son propriétaire, couché sur le côté, en train de me regarder, avait recouvré toute sa conscience. « Habillée, tu ne fais pas la moitié de ce que tu es quand tu es nue, parce que, véritablement, quand tu es nue.... » Je sentis qu'il remuait ses doigts comme s'il voulait me pétrir le ventre, « ... quand tu es nue, tu es véritablement du tonnerre. »

La surprise me donna les forces nécessaires pour me redresser, et appuyée sur le coude, je l'ai regardé, moins reconnaissante pour ce que j'interprétais comme un compliment que perplexe, à cause de l'opinion qui l'avait précédé.

« Mais ça, c'est plutôt avoir de la chance, non ?

– Tu crois ? » La surprise, dans son regard, était telle qu'elle ne fit qu'aviver la mienne : « J'imagine que, tout au long de ta vie, tu as dû voir plus de gens habillés que de gens nus.

– Oui, mais... » et là, je me suis arrêtée, parce que je n'ai su que dire.

« Mais rien. L'important, c'est l'apparence, regarde-moi, moi aussi je suis mieux nu.

– Ah bon ? »

J'ai eu peur, un instant, que mon scepticisme ne l'offense, mais il a ri, avant de me répondre :

« C'est évident. Mon corps est normal, non ? » Il a pincé la peau de son ventre tandis que j'éclatais de rire. « Un peu mou, peut-être, mais bien, et la queue dignement à sa place selon les paramètres statistiques de la majorité... »

Riant encore, j'ai étreint avec vigueur son corps normal, et je l'ai embrassé sur la bouche en salivant d'abondance.

« Tu es quelqu'un d'intéressant, ai-je dit », et, depuis, je n'ai pas cessé de le croire.

« Je sais. Tu n'es pas la première qui me le dit. De toute manière, il vaut mieux que je n'en tienne pas compte, pour ne pas me monter le bourrichon. Mais ton cas est différent. Et si, pour commencer, tu arrêtais de porter ces oripeaux...

– Quels oripeaux ? »

Il a ramassé les vêtements que j'avais laissés glisser sur le sol, et les a agités comme un étendard.

« Mais ce ne sont pas des oripeaux... », ai-je protesté, de nouveau plus perplexe qu'offensée, en contemplant les collants de laine avec des fils dorés que j'avais trouvés dans le tas « Tout à cent pesetas » d'un marchand ambulant, la minijupe violette cent pour cent coton que j'avais achetée à Solana et qui me plaisait tant parce qu'elle finissait en pointes irrégulières, comme la cape de Vampirella, et le petit chemisier d'un noir luisant que j'avais trouvé parmi les soldes de la semaine indienne d'El Corte Inglés, dont j'avais décousu les petits boutons ronds de veuve pour les remplacer par d'autres, beaucoup plus chouettes, avec de larges facettes de plastique semi-transparent aux tons acides.

« Et ça ? m'a-t-il demandé, après avoir, sans plus ample considération, laissé tomber mes vêtements.

– Et ça, ce sont deux bottes », ai-je dit, reconnaissant maintenant les bottines plates, à bout carré, avec de gros lacets – « Un petit côté Punkie ne t'ira pas mal », m'étais-je dit en les achetant, et j'avais souligné ce petit côté avec deux boucles et des chaînettes chromées.

« Ça, c'est évident. Du genre de celles que fabriquaient les cordonniers napoléoniens pendant la campagne de Russie... Dis-moi, y a-t-il quelque chose de mal à s'habiller comme une femme ?

– Tu veux dire comme ma mère ?

– Je veux dire : comme une femme. »

« C'est ça, mec, il ne me manquait plus que ça », me suis-je dit alors. J'avais vingt ans, les fringues avaient une énorme importance pour moi, parce qu'elles me permettaient de m'affirmer vis-à-vis du monde, de ma mère, et, surtout, vis-à-vis de Reina. Ma sœur menait une vie absolument différente de la mienne, et il suffisait d'un coup d'œil pour s'en rendre compte. Elle avait alors abandonné les milieux snob qu'elle fréquentait pendant son adolescence pour devenir la mascotte d'une secte de débiles décadents, représentants d'une espèce humaine qui me révulsait l'estomac : dispensateurs de vérité, pâles copies de Leonard Cohen, qui se faisaient entendre tous les matins à la radio, metteurs en scène qui déclaraient vouloir à tout prix réhabiliter Arrabal les soirs de première à la Sala Olimpia, critiques littéraires d'obscures revues provinciales bicolores, et autres déchets humains de ce genre. Elle passait ses nuits à une table du Gijón, sans prendre la moindre drogue, et ne buvait que du Cutty Stark, aucun autre whisky, avec de l'eau et de la glace. Elle était en permanence amoureuse de quelqu'un qui n'avait pas atteint la quarantaine, venait de s'installer dans une villa de la lointaine banlieue avec la femme de sa vie, une épouse banale qui ne le comprenait pas, mais qu'il ne pourrait jamais quitter à cause des problèmes de santé du premier-né. Elle, elle les comprenait – il lui suffisait de savoir qu'elle était la seule qui trouvât intéressantes leurs théories sur Pollock, quand ils prenaient une petite ligne tristounette dans une chambre du Monaco ou dans la garçonnière d'un ami qui avait injustement réussi, et qui pouvait s'offrir une soirée bohème à La Latina et un brin d'autosatisfaction au prix fort.

Elle continuait malgré tout à se montrer confiante et sûre d'elle-même, contente de sa trajectoire, et c'est peut-être pour ça qu'elle ne se souciait pas d'acquérir un style vestimentaire. Elle mettait de temps en temps, pour sortir, un de ces vêtements que ma mère, que rien ne décourageait, nous achetait encore : ensembles Rodier et véritables jupes écossaises importées du Royaume-Uni, mais elle faisait parfois une incursion dans d'autres genres, comme celui des jupes larges et fichus de tricot ajourés, uniforme féminin populaire représentatif de l'élan des années soixante-dix (la plupart de ses amants portaient encore la version masculine), ou avait une crise de look existentialiste, que soulignaient d'épais bas de mousse noirs, funèbres, qui ressemblaient tout à fait, à mon avis, à ceux qu'avait toujours portés nounou Juana. Quand j'ai fait la connaissance d'Agustín, elle était violemment atteinte par une nouvelle fièvre mimique, à l'image et à la ressemblance d'une certaine Jinema, qui avait été la muse du quatuor de pygmalions du Gijón, du temps où ils étaient encore étudiants, qui aurait pu être notre mère, et qui portait des versions féminisées de tenues masculines, légers vestons croisés de coton et pantalons à pinces, dont les lignes étaient ambiguës sans être inquiétantes.

Si Reina n'avait pas choisi ce moment pour cultiver justement ce style, sans doute n'aurais-je pas fait le pas qui m'a conduite sur la rive opposée, ou peut-être l'aurais-je fait tout de même, obéissant à un instinct qui se manifesta malgré moi pendant que je dînais avec Agustín, pour la deuxième ou la troisième fois, dans un petit restaurant français qui ne payait pas de mine. Mais quand cette femme est entrée dans la salle à manger, en poussant avec une vigueur inutile la porte entrouverte, les molécules mêmes de l'air que nous respirions ont paru se hérisser.

Elle devait avoir dans les trente-cinq ans, et j'ai su tout de suite que, quand elle descendait de ses talons, c'était pour se coucher. Elle était badigeonnée de maquillage et semblait sortir de chez un coiffeur persuadé sans doute qu'elle travaillait du chapeau, parce qu'il lui avait fait une couleur d'un blond si clair qu'aux tempes ils paraissaient blancs sous la lumière, et, malgré tout, je l'ai trouvée belle, très belle, avec ses grands yeux verts mélancoliques, sa bouche cruelle, dessinée comme à la pointe, et d'un ton marron qui n'avait rien de subtil. Elle était saucissonnée dans une robe bleu électrique en cuir tendre et souple, qui devait valoir une fortune, et qui aurait pu être de Lœwe si elle avait été moins courte et moins décolletée, et si elle n'avait pas découvert une bonne partie de la ligne médiane entre les seins, détail qui me parut, même si je ne portais pas de soutien-gorge, du plus mauvais goût, parce que, quand ma mère insistait pour m'acheter quelque chose, elle recherchait l'effet contraire, et choisissait toujours le modèle qui faisait le plus oublier cette ligne médiane à bannir. Pour le reste, ses volumes, considérés un à un, étaient plutôt trop abondants, mais si j'avais dû dire ce que je pensais vraiment de l'ensemble, je n'aurais pu, honnêtement, refuser de lui reconnaître un caractère pulpeux, éclatant, qui appartenait davantage à l'opulence dorée qu'à l'obésité boursouflée. C'était, en définitive, une femme attirante, mais à l'opposé de mes critères, et c'est pour cela que je me suis sentie terriblement blessée de voir Agustín pendu à elle comme il l'était.

« Ça ne te dérangerait pas de me regarder ? ai-je dit comme je l'avais vu faire dans un film, quelques jours auparavant, lorsque ma patience a été épuisée. Je sais que tu ne t'en es pas rendu compte, mais j'étais en train de te dire quelque chose.

– Pardonne-moi. » Agustín m'a regardée, m'a souri, a détourné la tête pour se reprendre un instant plus tard en me disant : « Continue.

– On peut savoir pourquoi tu la regardes comme ça ?

– Mais bien sûr. Je la regarde parce qu'elle me plaît.

– Ah bon ? Elle fait pute.
– C'est pour ça qu'elle me plaît. »
À cet instant précis, mon regard s'est posé par hasard sur mes ongles, très courts, couverts de vernis noir, et leur aspect m'a tellement déplu que je les ai cachés sous mes aisselles, en croisant les bras sur ma poitrine. Lorsque j'avais raccompagné Agustín jusqu'à sa porte, ce soir-là, il m'avait dit que j'avais l'air d'un lutin, et je me souvenais maintenant de son commentaire, en m'examinant ; il avait raison : je portais un pull à col roulé noir, une minijupe de feutre vert au bas crénelé, avec deux revers parallèles, très larges, de forme trapézoïdale, des bas mousse opaques avec des fleurettes en velours et en relief, des chaussures plates en cuir vert et de forme enfantine, avec une broche sur le côté ; je me suis trouvée ridicule, condamnée à étouffer la fureur que je sentais monter en moi, je suis restée immobile, le dos bien calé au dossier, sans faire le moindre commentaire, tout en examinant le profil, et surtout la nuque massive de mon interlocuteur. Le garçon a alors posé les tasses de café sur la table, et Agustín a dû se composer une attitude, j'en ai profité pour protester, tout bas, et me sentir encore plus mal :
« Tu as des goûts bizarres. Je suis beaucoup plus jeune qu'elle.
– Sans doute, m'a-t-il répondu avec une expression signifiant qu'il ne partageait pas tout à fait mon avis. Et c'est pour ça que tu commets des erreurs manifestement juvéniles, comme confondre l'âge et le charme. Mais je t'absous, parce que, même si tu ne t'en es pas encore rendu compte, tu es, en plus, beaucoup plus belle. C'est pour ça que je suis ici, en train de manger avec toi, et pas avec elle.
– Bien sûr, monsieur la connaît...
– Bien sûr, que je la connais.
– À d'autres !
– Ah bon ? »
Il s'est levé sans ajouter un mot, il a lancé la serviette sur la table d'un geste si précis qu'il semblait prémédité, et tandis que je me contrôlais pour ne pas partir en courant, il s'est approché de sa table. Si j'avais été plus calme, j'aurais sans douté émis un rire acrimonieux en constatant que ce n'était pas elle mais l'homme assis près d'elle qu'Agustín saluait tout d'abord, mais les

deux paires de bises qu'ils échangèrent quand il l'eût prise par la taille comme si elle risquait de défaillir dans ses bras achevèrent de me mettre les nerfs en pelote, si bien qu'il me sembla que mon cerveau se mettait à fumer.

« Tu es satisfaite ? me demanda-t-il quand il fut de nouveau à côté de moi.

– Oui, bien sûr.

– C'est le seul avantage de mon boulot, on finit par connaître tout le monde. Tu veux un autre café ?

– Non, merci.

– Alors, je me demande ce que tu vas boire. »

J'ai baissé les yeux, j'ai vu que ma tasse était à peu près vide, et que ma main droite agitait une petite cuillère dans le vide, avec une énergie telle que la plus grande partie du liquide se trouvait dans la soucoupe et le reste sur la nappe.

« Quelle horreur !

– Je ne te le fais pas dire. Tiens. » Il m'avait tendu sa tasse.

J'ai fait tourner la petite cuillère avec la plus grande précaution pendant qu'il demandait un autre café et l'addition, et j'ai porté la tasse à mes lèvres, mais mon geste n'était pas achevé qu'Agustín, passé maître dans l'art de la provocation, m'a regardée avec un air goguenard.

« Ça ne va pas ?

– Qui, moi ? » Mes doigts s'étaient mis à trembler et la tasse dansait bruyamment sur son support. « Non. Pourquoi ça n'irait pas ? »

Le liquide chaud a traversé sans peine le tissu épais de ma jupe, imprégné les bas, et m'a brûlé les cuisses, mais, plus que le cri aigu de douleur que j'ai poussé, j'ai regretté ce manque absolu de contrôle de moi qui m'avait fait renverser la tasse. Agustín, lui, semblait trouver ça très amusant.

« Je t'en demande un autre ? a-t-il fait en riant.

– Va te faire foutre ! » Je me suis levée avec une rage telle que je n'ai pas mesuré mon geste, et la soucoupe est allée valser sur le sol, où elle a volé en éclats.

« Maintenant, tu ressembles à Peter Pan après un atterrissage défectueux. »

Les taches brunes, de formes et de nuances différentes, qui souillaient le devant de ma jupe, ressemblaient à des taches de boue, les larmes me sont venues aux yeux, mais je leur ai interdit de franchir le bord de mes paupières. Il m'a bien fallu reconnaître, quand nous sommes sortis du bar et que de son ton le plus calme il m'a raconté je ne sais quelle histoire à propos d'un de ses camarades de classe qui vivait jadis dans le coin, qu'il n'était pas responsable de ce qui m'arrivait, mais je n'ai pas voulu m'interroger davantage sur ce qui, de toute évidence, échappait aux chausse-trappes de la jalousie pure et simple, ni sur la raison pour laquelle j'ai changé d'idée au dernier moment, et, au lieu de le quitter devant chez lui, de rentrer chez moi et de ne plus jamais le revoir, comme je me l'étais juré au restaurant, j'ai profité d'un trou providentiel dans la chaussée pour arrêter la voiture et monter chez lui, en prenant pour prétexte l'état pitoyable de ma jupe, et je ne sais pas pourquoi ni à qui j'ai prétendu démontrer je ne sais quoi en me conduisant comme je l'ai fait ensuite, dans sa chambre, quand il m'a demandé :

« Je t'ai fait mal ? »

J'ai d'abord cru qu'il plaisantait, mais l'inquiétude, sur son visage, était trop proche de l'angoisse pour être feinte.

« Non.

– Ça va ?

– Oui. » J'ai menti. Parce que je ne me sentais pas bien, pas bien du tout. « Pourquoi ?

– Je ne sais pas, tu fais une drôle de bobine.

– J'aime tellement les drôles de bobines... ! » et j'ai enchaîné avec l'une des mimiques que je lui prodiguais à nos débuts, de frivoles petits cris gutturaux et des baissers de paupières pâmés, mentant encore, pour agir comme je supposais que l'aurait fait la femme en cuir bleu, qui me maintenait la tête dans mon caca, me forçait à m'inquiéter de ce que pouvait amener chacune des secondes qui allait suivre, et à ranger mon propre corps dans le dossier des affaires en souffrance.

« On ne dirait pas, à te voir. »

J'ai baissé le volume de la bande son, mais je n'ai pas renoncé aux hits de mon répertoire, et quand il s'est redressé, pour m'observer, je me suis pincé les seins avec des doigts histrions, et je l'ai regardé dans les yeux en me léchant la lèvre supérieure comme une tarée sans leur trouver aucune saveur. Puis j'ai laissé ma tête aller en arrière sur l'oreiller, et je ne l'ai plus sentie peser.

« Je regrette, ai-je entendu, tandis que je me rapprochais de lui, je ne sais pas où est passée ma queue. Je ne sais pas ce qu'il t'arrive, je ne comprends pas, mais je n'aime pas ça. » Il s'est interrompu pour me regarder. « Je n'ai rien contre la pornographie, et je ne m'en prive pas, mais si tu veux monter un peep-show, j'aimerais au moins participer. »

Si j'ai bougé aussi vite, ç'a été pour cacher les traces de ma honte, l'affront me dévastait, et j'étais sans défenses. Je lui ai tourné le dos, je me suis assise sur le bord du lit, j'ai mis mes bas et je me suis chaussée sans prendre le temps de fermer la boucle, puis j'ai mis mon pull et, une fois habillée, je me suis sentie un peu mieux. Je suis passée devant le lit pour aller dans la salle de bains, j'ai pris la robe encore trempée que j'avais mise à sécher sur le radiateur, je l'ai tordue au-dessus du lavabo, et avec un terrible regret de Fernando, je me suis demandé pour la première fois si aimer mon cousin serait maintenant aussi facile que jadis, quand tout ce qui importait à mes yeux c'était de ne plus être une petite fille. J'ai pris un sac en matière plastique dans l'armoire, et j'ai fait deux pas dans la chambre pour prendre congé, les joues empourprées, encore brûlantes.

« Adieu. »

Agustín n'a rien dit pendant que j'enfonçais ma jupe dans le sac.

« Viens ici. »

J'ai pris mon manteau, et je n'ai pas mis deux secondes à atteindre le palier, à appeler l'ascenseur, après avoir claqué la porte de l'appartement derrière moi.

J'attendais avec impatience que la flèche rouge s'immobilisât et changeât de couleur quand j'ai entendu la porte se rouvrir, et sa tête est apparue et s'est reflétée dans les miroirs qui couvraient les murs. Tandis qu'il s'assurait d'un regard que nous étions seuls, j'ai tapé des pieds pour encourager l'ascenseur, et tout ce que j'en ai obtenu, c'est un arrêt à un autre étage avec ouverture automatique des portes. Alors, il est sorti de chez lui complètement nu, et il venu vers moi. J'ai suivi ses mouvements dans le miroir, j'ai pu voir comment il m'enlaçait par-derrière, en fléchissant sur ses jambes pour me faire sentir le relief de son sexe ressuscité, écrasé sur ma hanche, puis j'ai senti qu'il m'entraînait, et j'aurais encore pu lui résister, mais il a alors porté une botte secrète :

« Viens ici, ma garce. »

Le mot m'a achevée. J'ai fermé les yeux, je me suis laissé faire, mes pieds ont parcouru sans le vouloir le chemin inverse, mon corps a voyagé dans ses bras comme un poids mort, léger pour lui, écrasant pour moi, et mon épaule a refermé la porte quand il m'a pressée contre elle. Nous sommes descendus ensemble à la conquête du sol, et je n'ai pas ouvert les yeux, je n'ai pas desserré les lèvres, j'ai à peine fait les mouvements indispensables, jusqu'au moment où mes lèvres se sont mises à trembler.

« Maintenant, d'accord », ai-je entendu, comme en rêve.

Et alors, je me suis mise à crier, j'ai beaucoup crié, et très fort, et très longtemps.

Au début, je n'avais pas la moindre idée de ce qui se passait, je ne connaissais pas la profondeur de l'abîme dans lequel je me précipitais avec tant de plaisir, et je ne me doutais pas à quel point les parois de mon âme égratignée allaient être abruptes. Au début, j'ai encore fait la folie d'obéir à mon corps, sans me sentir coupable de quoi que ce soit.

Garce. À partir de ce mot, en apparence si trivial – une simple combinaison de phonèmes que j'avais entendue et prononcée mille fois, toujours appliquée au même champ sémantique qui, soudain, ne me semblait plus le même –, j'ai commencé à soupçonner que ma nature n'était peut-être pas un reflet, mais la seule et la véritable origine de mes bons et de mes mauvais procédés, et alors, vingt-quatre heures à peine après l'avoir entendu, je me suis soumise à une petite épreuve décisive. Elle me trottait dans la tête depuis que je m'étais levée, et je ne voulais pas trop savoir où elle me mènerait, même si je ne pouvais oublier le frisson de plaisir qui me courait dans le dos chaque fois que je me remémorais la voix d'Agustín : « Viens ici, ma garce. » Alors, quand Reina est sortie et que je me suis retrouvée seule dans la maison, sans trop réfléchir à ce que je faisais, dos au miroir, je me suis mis l'un des ensembles qu'elle avait sortis de l'armoire et laissés sur le lit. Les pantalons gris avec de petites rayures blanches, comme ceux des gangsters, étaient en flanelle et piquaient un peu, mais ils m'allaient mieux que le veston croisé que j'avais passé par-dessus l'un de mes chemisiers – je n'aurais pu entrer dans l'un de ceux de Reina que dans un film de science-fiction. J'allais me retourner pour voir de quoi j'avais l'air quand je me suis avisée que j'étais pieds nus. Il fallait jouer franc jeu. J'ai mis des mocassins noirs, et je suis retournée à ma place en me promettant d'être impartiale, mais je n'ai pas pu garder les yeux ouverts plus de deux secondes.

Tandis que je me déshabillais à toute vitesse, j'ai essayé, en vain, de me souvenir si je m'étais déjà trouvée aussi horrible. Les résultats auraient sans doute été meilleurs si l'ensemble avait été à ma taille, mais, de toute façon, ce style n'était pas fait pour moi. J'ai ouvert l'armoire. Tout au fond, derrière les jupes écossaises qui m'avaient été attribuées lors des partages, reposait depuis la nuit des temps une vieille robe de Magda, une robe de soirée en satin rouge, dans laquelle ma mère avait voulu découper le costume d'enfant de chœur que Reina aurait dû porter pour l'une des fêtes de Noël au pensionnat, et qui, pour finir, n'avait pas été mise en pièces parce que dans la distribution des rôles, à la dernière minute, ma sœur avait décroché, comme toujours, celui du petit ange, et moi, à cause de mes lèvres, celui de Balthazar, comme toujours. Je l'ai sortie de l'armoire avec une certaine appréhension, comme si la toucher était déjà de l'impudeur, et je l'avais déjà passée quand j'ai failli renoncer, mais je suis pourtant allée jusqu'au bout, dos au miroir, comme précédemment. Tandis que j'ajustais les épaulettes, mes yeux se sont portés vers le bas, et j'ai vu que le tissu flottait mollement autour de la taille, mais au fur et à mesure que je fermais la boutonnière, malgré la position forcée de mes bras, la robe s'est adaptée à mon corps comme si elle avait été faite sur mesure. Après l'avoir boutonnée, je me suis rendu compte que j'avais encore les mocassins noirs aux pieds, mais, même si je les ai enlevés, je ne suis pas allée chercher d'autres chaussures, parce je sentais que ce n'était pas la peine.

Le miroir me renvoya une image si resplendissante, seins proéminents, taille fine, hanches rondes, ventre plat, longues jambes, qu'en me découvrant je me fis presque honte, parce que je ne pouvais me quitter des yeux. Le décolleté, un de ces pentagones inversés qui plaisaient tant à Eva Perón, découvrait une fente qui semblait avoir été dessinée avec un crayon gras, et semblait avoir l'intention perverse de dévoiler que le bout de mes seins était violet, et le bas se plissait en deux drapés trompeurs qui ne prétendaient pas soulager, et ne soulageaient pas la tension du tissu sur mes fesses, et, cependant, tout n'en était pas moins parfait.

« Bon, fis-je tout haut, en me regardant de côté, ce n'est qu'une robe, rien qu'une robe. » Je me suis tournée du côté du mur et j'ai essayé de me voir de dos dans le miroir. « Rien d'autre que de petits bouts de tissu cousus avec du fil pour que les gens ne sortent pas nus dans la rue... », je me suis regardée de l'autre côté. « ... Mais c'est tout de même moi, je ne peux pas me retirer ça, et puis... » je me suis de nouveau regardée de face : « ... aller du postmoderne à l'ancien, pourquoi pas, puisque tout n'est qu'une question de fringue, puisque tout est fringue... »

J'ai approché une chaise du miroir, je me suis assise, puis je me suis levée, je me suis mise à genoux, je me suis levée de nouveau, j'ai fait deux tours sur moi-même, et j'ai ouvert la bouche exagérément, pour faire semblant de rugir comme un tigre, sans cesser de me regarder, et pour finir, les mains sur la taille, j'ai deviné, mot pour mot, ce qu'un Agustín hébété, presque intimidé, devait lancer entre ses dents, lorsque, deux jours plus tard, je suis sortie de la maison dans la robe de Magda.

« Tu es gonflée, ma grande. »

Le contenu de la mallette de ma mère dépassa toutes mes espérances, se révéla un véritable laboratoire aux possibilités infinies, auquel je pus accéder sans la moindre difficulté. Je la rendis assez heureuse – elle qui vivait dans l'angoisse permanente de recevoir un jour un appel de la police lui confirmant que je m'adonnais depuis des années au trafic de drogue – quand je lui demandai la permission de réutiliser les vieux vêtements qu'elle gardait dans de grands cartons depuis bien avant ma naissance, parce qu'elle n'offrait aux servantes que les jupes et les chemisiers qu'elle appelait « les tenues de matinée » et les chemisiers et les ensembles appelés « tenues d'après-midi », mais ni ses robes du soir ni ses robes de cocktail, que l'on portait si souvent, à son époque, pour ne pas les offenser et parce que, après tout, qu'en auraient-elles fait ? Cette conception de la charité fut pour moi une véritable bénédiction, car, bien que légèrement étroites pour moi au-dessus de la taille et légèrement trop larges au-dessous, les tenues que ma mère portait à vingt ans m'allaient parfaitement bien, et quand ce n'était pas le cas, nounou Juana déployait sa patience infinie à les retoucher sur la machine à coudre.

« Regarde-moi à quel point cette petite s'est mise à aimer les chiffons ! disait ma mère. Qui aurait pu dire ça en voyant le garçon manqué que tu étais, petite ? Et ta sœur, en revanche... »

Mais tout n'était pas fringue.

Obéissant à un pressentiment mystérieux, je m'achetai un vêtement cher, original, pour me rendre avec Agustín à cette fête qu'il m'avait annoncée si longtemps à l'avance. J'avais renoncé à une nouvelle restauration pour aller explorer, une par une, les boutiques les plus audacieuses de Madrid, à la recherche de quelque chose qui serait fait pour moi. Je l'avais découvert l'après-midi même, rue Claudio Coello, dans le magasin le plus dingue que j'aie vu de ma vie, une sorte de temple de la modernité pour jeunes filles de bonne famille, où se mêlaient robes de mariée baroques, brodées, couvertes de pierres dures et de perles de verre, salopettes à pattes d'éléphant qui semblaient avoir été dérobées par le majordome d'un *crooner*, également brodées, avec perles et pierres. Ma trouvaille était beaucoup plus discrète. C'était une robe noire en piqué épais très en relief, sauf aux revers et aux poignets, en soie synthétique, une sorte de jaquette à porter telle quelle, sans chemisier et sans pantalon. Terrible.

Comme je descendais l'escalier du théâtre transformé en discothèque, une situation se répéta, à laquelle j'aurais pourtant dû être habituée, mais dont chaque nouvelle édition me procurait le même mélange de plaisir et d'étonnement. Agustín, avec le maintien digne de qui se sait l'homme le plus attrayant du monde, descendait avec moi, sa tête à la hauteur de mon épaule. Je lui avais demandé une fois si ça ne le gênait pas d'être plus petit que moi, déséquilibre qui m'inquiétait parfois, et auquel je pouvais porter remède d'une façon très simple, car si j'avais vite pris l'habitude des talons hauts, sans eux, je ne le dépassais pas de plus de deux centimètres. Agustín m'avait regardée d'un air découragé et demandé, visiblement offensé, pour qui je le prenais. À présent, quand je fais la connaissance d'un homme mûr, je ne m'inquiète que de deux choses : qu'il porte sa calvitie avec sérénité sans se faire la raie au-dessus de l'oreille, et qu'il soit capable d'avoir de l'allure dans la rue à côté d'une femme plus grande que lui, mais alors, j'avais dû lui demander ce qu'il voulait dire. Il m'avait répondu qu'il faudrait que je le devine toute seule, et, d'instinct, j'ai continué à porter des talons.

Cette différence de hauteur me donnait une certaine supériorité qui rejaillissait mystérieusement sur lui, et c'était là l'aspect le plus fascinant de l'attraction qu'exerçait, en tous lieux, notre apparition. Quand je sortais avec Agustín et remarquais comment les autres hommes me regardaient, les plus beaux, surtout, je lisais sur toutes les lèvres la même question, et je souriais en répondant à part moi : « Je suis avec lui et pas avec vous parce qu'il est le seul qui ait besoin de parler avec moi, que vous, vous ne sauriez que dire, et parce que ça me fait plaisir. » Les regards des femmes allaient de mon corps au sien, de mon visage au sien – qui ne tardait pas à s'illuminer d'un sourire signifiant : « Bien sûr, que je m'en rends compte, et ça me fait plaisir, à moi aussi », et alors, même si je n'étais pas amoureuse de lui, je savais à quel point était fort le lien qui nous unissait, et je me demandais si je ne pourrais pas vivre quelques années ainsi, en retrouvant quelque chose de tout ce que j'avais perdu en perdant Fernando, et ça, ce n'était pas de la fringue, et ça ne pouvait pas être mauvais, puisque ça me faisait du bien, ce dont, profondément, je ne doutais pas.

Mais le hasard n'a pas voulu m'accorder le virus de la grippe ce soir-là, il ne m'a pas fait dévaler les escaliers ni me tordre la cheville, il n'a pas rempli d'alcool à brûler les bouteilles de gin, et n'a même pas conspiré avec moi pour faire de cette soirée une de ces fêtes à mourir d'ennui parmi tant d'autres. Quand nous avons traversé la salle en direction du quatrième bar, le seul que nous n'avions pas encore étrenné, nous nous amusions vraiment, tellement que j'ai été fâchée de voir ce type nous faire signe de la main, et de sentir qu'Agustín me prenait par la taille pour m'entraîner dans sa direction, avec l'air de me dire : « Je regrette, mais je ne peux pas faire autrement. »

« Salut, Germán.

– Salut. »

J'ai levé le menton pour répondre de toute ma hauteur au regard de l'un des individus les plus désagréables que j'aie pu connaître. Il devait avoir dans les cinquante ans, et bien qu'il n'eût pas pris la peine de se lever, il paraissait très grand. Son corps projetait en avant une bedaine difforme qui, sans être énorme, semblait prête à exploser. J'avais vu des hommes beaucoup plus gros, mais sans cette allure de porc, et j'avais vu bien des hommes âgés, mais aucun aussi pourri de vieillesse de l'intérieur, et jamais un homme d'une beauté aussi conventionnelle, car Germán était très beau, ne m'avait fait une impression pareille à celle que me firent ce visage morne, ces paupières lourdes, cette bouche lasse, et ce sourcil levé, expression écœurante, comme sa manière de me regarder en m'accordant le même genre d'attention que l'éleveur prête à une vache à la foire aux bestiaux.

« Tu pourrais peut-être me présenter à ton amie, non ? Je suis encore ton chef de programme, il me semble. »

Tandis qu'Agustín disait mon nom, j'ai parié sur ma tête que la main que j'étais sur le point de serrer allait être molle et suante comme celle d'un prélat efféminé, et j'ai gagné.

« Salut, ai-je dit malgré tout. Ça va ?

– Malena ! »

En m'approchant, j'avais vu qu'il n'était pas seul, mais je n'avais pas prêté attention aux femmes assises près de lui, qui ne s'étaient pas mêlées à notre conversation ; l'une coiffait l'autre, qui semblait sommeiller, mais qui se redressa brusquement, comme un automate que ma voix seule eût pu mettre en marche.

« Salut, Reina.

– Mais, Malena, que fais-tu ici ? » Ma sœur me regardait comme si ma présence à cette fête où l'on n'avait guère invité que soixante à quatre-vingts personnes tenait de la coïncidence miraculeuse.

« Mais, tu vois, la même chose que toi, je prends un verre, ai-je répondu en levant celui que j'avais en main.

– Vous vous connaissez ? » Pour des raisons qui m'échappaient, Germán avait l'air encore plus étonné que Reina.

« Bien sûr, ai-je dit. Nous sommes sœurs.

– Jumelles », dit la seule voix qui ne s'était pas encore fait entendre, et avant qu'elle m'eût été présentée, je sus qu'il s'agissait de Jimena ; âgée d'une quarantaine d'années, les cheveux blond naturel avec une mèche blanche sur le front, le visage lessivé, les traits durs, à l'exception des yeux, bleus et proéminents, elle portait une veste saumon et des pantalons assortis, tenue que j'avais vue sur Reina plus d'une fois.

« Fausses jumelles, ai-je précisé, c'est déjà bien assez. »

L'énergie avec laquelle son mari me saisit par le poignet pour m'obliger à le regarder ne m'empêcha pas d'entrevoir son sourire, qui me disait quelque chose, mais ne me laissa pas le temps de faire le rapprochement avec celui de ces types qui avouaient volontiers les fantasmes sexuels que leur inspiraient les jumelles.

« Tu es la sœur de Reina ? » J'acquiesçai d'un hochement de tête, mais il resta perplexe. « Mais vous ne vous ressemblez pas du tout !

– Non, confirma Reina avec un petit rire dont la signification m'échappa. Pas du tout.

– Mais alors, pas du tout, répéta-t-il, en élevant la voix comme si quelque chose le contrariait. Ça, c'est un morceau de femme, il suffit de la regarder.

– Germán, je t'en prie, ne sois pas vulgaire. » La voix de sa femme grinçait comme celle d'une égoïne.

« Je suis comme mes couilles me font, répondit-il lentement comme s'il mâchait chaque mot avant de le lâcher.

– Germán, laisse tes couilles où elles sont, allez, tu dois leur donner le tournis à force de t'en gargariser.

– Il n'y a pas que moi qui m'en gargarise, de mes couilles, chérie, et tu es bien placée pour le savoir... »

Je pris Agustín par le bras, de ma main libre, et je m'accrochai très fort à lui, tout en regrettant d'avoir bu un verre de trop, dont les effets accentuaient la nausée que m'inspirait ce groupe de charognards vétérans. Alors, Agustín, qui avait peut-être trop bu lui aussi, est intervenu :

« Tout ça me rappelle un film que j'ai vu il y a bien

des années, dans un ciné-club où j'allais quand j'étais en terminale ; je ne me souviens plus s'il s'agissait d'un film scandinave... » à ce moment-là, j'ai eu une crise de fou-rire, « ... mais c'était au moins un film allemand, parce qu'ils étaient tous très blonds... » j'ai éclaté de nouveau, incapable de me contenir et je l'ai attiré vers moi, « ils n'arrêtaient pas de s'envoyer des couilles à la figure, mais on ne voyait pas l'ombre d'une seule, à aucun moment... Résultat : ça n'avait rien de plaisant. »

Agustín et moi riions encore, appuyés l'un contre l'autre, quand ma sœur m'a foudroyée du regard.

« Ça n'a rien de drôle, a-t-elle dit.

– Reina... Tu ne connais pas Agustín, n'est-ce pas ? J'avais très envie de te le présenter. »

Il dut se ressaisir pour s'incliner, je fis de même et je voulus lui emboîter le pas pour rejoindre quelques connaissances qui lui avaient offert un repli assez honorable, quand Germán, qui ne m'avait pas lâché le poignet, me retint :

« Allons allons ! fit-il en me révélant son aspect le plus aimable, qui était peut-être le plus répugnant de tous. Alors, tu es la sœur de Reina, et tu es avec Quasimodo... Dis-moi une chose : tu couches avec lui ?

– Qu'est-ce que ça peut... » te foutre, allais-je dire, mais je me suis rendu compte à temps qu'il pourrait croire que cette phrase était dépréciative, et que la vérité serait plus douloureuse, pour lui. « Oui, bien sûr que je couche avec lui. Très souvent. Pourquoi tu me demandes ça ? Ça ne saute pas aux yeux ?

– Ce qui saute aux yeux, c'est qu'Agustín et toi, comme couple, c'est dur à encaisser.

– Eh bien, tu sais ce qu'il te reste à faire, fis-je en libérant mon poignet de vive force.

– Quoi ? demanda-t-il avec un sourire rayonnant, incapable de s'imaginer la suite.

– Va te faire foutre ! » Et j'ai eu un nouvel éclat de rire, violent, cruel, exquis, sublime, tandis que la confusion ravageait son visage gris.

Je partis en courant à la recherche d'Agustín, si pleine d'énergie qu'avec une ampoule dans la bouche, j'aurais pu éclairer la salle. Quand je l'ai retrouvé, je lui ai léché le cou avant de lui dire à l'oreille :

« Allons-y. »

Mes joues étaient brûlantes, mes yeux étincelaient,

j'avais des fourmis dans les jambes, il s'en est rendu compte, et après avoir pris congé de ses amis, il m'a dit : « Raconte. »

Il riait encore quand nous avons pris nos manteaux et que nous sommes sortis. Je cherchais la carte du parking dans ma poche quand une pensée s'est imposée à moi.

« J'espère que tu n'en subiras pas les conséquences, ai-je dit dans l'ascenseur qui nous conduisait au troisième sous-sol.

– De quoi ?

– Mais de ce que j'ai dit à ce type, de la radio... C'est ton directeur, non ?

– Bof ! Théoriquement. » Il m'a souri, pour me rassurer, tandis qu'il attendait que je sois entrée dans la voiture que ma mère m'avait prêtée parce que la mienne était chez le garagiste. Je lui ai ouvert la porte de l'intérieur et il s'est assis à côté de moi. « Il aimerait bien l'être, mais en fait, nous, les scénaristes, nous avons la planque, ce sont toujours les agents qui portent le chapeau.

– Tant mieux. »

J'ai pressé le bouton qui commandait l'inclinaison du siège à côté de celui du conducteur, petit luxe dont je ne disposais pas d'habitude, jusqu'à ce que le dossier eût touché le siège arrière.

« Et puis », a poursuivi Agustín qui s'était laissé déplier docilement avec le siège et se trouvait allongé à mes côtés, tandis que je me tournais pour glisser une jambe entre les siennes, « c'est un vieux peloteur... Tu as vu ce qu'il se farcit.

– Très bien ! ai-je lancé. Tu ne peux pas savoir à quel point ce que tu viens de dire me fait plaisir », et je me suis jetée sur lui.

Je l'ai embrassé et les fourmillements dans mes jambes ont gagné mon corps tout entier. Reina, Jinema et Germán dansaient encore dans ma tête au son de mon « Va te faire foutre ! », me donnant un plaisir abstrait qui exigeait une contrepartie physique dans les plus brefs délais, et je me suis mise à me mouvoir de haut en bas, tout doucement, sur le corps d'Agustín, sur son sexe, et ma taille décrivait lentement des cercles avides, l'étoffe fondait au contact de ma peau, je pouvais suivre toutes les étapes de la métamorphose : un petit monticule à peine perceptible tout d'abord, puis une forme allongée qui prenait du relief, durcissait, puis le fer rouge, brutal, qui se pressait contre mon ventre comme pour le marquer à jamais, y faire un trou à sa mesure et se loger là, à la place de ma chair. J'ai alors recouvré un certain calme. Tandis que je sentais ses mains grimper le long de mes cuisses, j'ai relevé ma robe, je l'ai enroulée autour de ma taille, et quand je l'ai regardé, j'ai vu qu'il souriait.

« Vas-y, garce, car tu es une garce... »

Moi aussi je lui ai souri avant de répondre :

« Tu ne sais pas à quel point. »

Le lendemain matin, je me suis levée d'excellente humeur, morte de faim et sans l'ombre d'une gueule de bois. Aux quelques répugnants grains de pollen qu'on lui faisait prendre dernièrement au petit déjeuner et qui nageaient encore dans un fond de tasse, j'ai su que Reina avait déjà quitté la maison, et je me suis préparé un petit déjeuner magnifique, trois tasses de café, six tranches de pain de campagne grillées, avec de l'huile d'olive vierge et du sel, et un croissant chaud avec beaucoup de beurre, pure toxine qui fut accueillie par mon organisme avec une gratitude telle que j'ai bien failli me remettre au lit pour faire encore un petit somme. Mais j'ai pris une douche, je me suis lavé les cheveux, et je suis allée à la fac. Je n'ai pas vu Reina de toute la journée. Il faisait nuit quand je suis sortie pour aller acheter des cigarettes au bar le plus proche, et je l'ai trouvée au comptoir, devant un café crème, seule. Ses yeux étaient gonflés comme si elle avait pleuré.

« Mais quelle surprise, s'est-elle exclamée en essayant de masquer sa désolation sous un ton frivole. Que fais-tu ici ? Tu devrais prendre une heure pour ta toilette et te faire la plus belle possible pour t'exhiber dans le coin avec ton Quasimodo.

– Quasimodo, ai-je répondu sans broncher, est parti ce matin pour Saragosse, pour préparer un hommage à Buñuel qui aura lieu je ne sais où.

– Et il va passer toute sa fin de semaine à voir des films ?

– Exactement.

– C'est drôle, pourquoi n'es-tu pas allée avec lui ? Toi qui aimes tant le cinéma...

– Oui, mais le mari de ton amie Jimena ne paie pas

les frais d'un accompagnateur. » C'était un mensonge. Agustín ne m'avait pas invitée et l'idée d'aller avec lui ne m'avait même pas effleurée. L'été précédent, nous étions allés ensemble en vacances, en Suisse, parce que nos périodes de congé étaient tombées au même moment, mais la possibilité que j'aille à Saragosse, nous ne l'avions ni l'un ni l'autre envisagée à temps, et il n'y avait pas d'autre explication à cela.

« Ça ne revient pas si cher, trois cents kilomètres en voiture. Pour la chambre, seul ou à deux, c'est le même prix.

– Agustín n'a pas de voiture.

– Et il n'en aura jamais. Mais il t'a, toi, pour que tu l'emmènes et que tu le ramènes... C'est le genre de chose qui te plaît, je suppose. »

Je l'ai regardée un moment, en essayant, sans résultat, de trouver un rapport entre ses cernes et sa langue acérée.

« Je ne te comprends pas, Reina.

– C'est pourtant clair.

– Qu'Agustín ne te plaît pas, oui. Mais je ne comprends pas pourquoi. Tu n'as pas parlé avec lui plus de trois minutes. Tu ne le connais pas.

– Et comment, que je le connais, Malena ! Des types comme lui, j'en connais des centaines, il y en a au moins un dans toutes les superproductions américaines. Ils sont plus beaux, d'habitude, c'est certain, car je regrette de te dire que ton goût empire avec les années. Fernando, au moins, était bien. »

Un sixième sens m'a avertie que je devais immédiatement me mettre sur la défensive, mais, ignorant le danger, je ne l'ai pas fait.

« Fernando n'a rien à voir avec ça.

– Et comment ! Quasimodo est comme lui. » Elle a fait une pause, prolongée, dramatique, savante, avant de laisser tomber : « Un mac.

– Allons, Reina ! » J'ai essayé de rire, et j'ai presque réussi. « Chaque fois que je suis avec un type, tu me sers la même histoire. Ça suffit comme ça, non ? »

Elle a placé ses ongles devant ses yeux, pour les cacher à mon regard, et espacé ses paroles, comme si elle devait se faire violence pour les dire :

« Je te dis ça parce qu'il n'y a qu'à voir l'allure que tu as... Si tu continues comme ça, je ne sais pas comment tu vas finir.

– Que veux-tu dire ?
– Non, rien. » Elle s'est tout à coup tournée vers moi, a posé une bise sur ma joue, puis elle m'a prise dans ses bras.
« Pardon, Malena, je ne suis pas facile à vivre en ce moment, je le sais. J'ai trop de problèmes, je... ça ne va pas très bien, pour te dire la vérité. Je ne sais plus quoi faire...
– Mais qu'est-ce qu'il t'arrive, tu es malade ? », lui ai-je demandé, en me trouvant lamentable de n'avoir pu déceler, avant cet instant, le moindre signe de souffrance. « Tu es malade ?
– Non, non, ce n'est pas ça... Je ne peux rien te dire. » Elle m'a regardée et m'a souri comme si elle était forcée de le faire. « Ne t'inquiète pas, ce n'est rien de grave. Ce genre de chose arrive à tout le monde, tôt ou tard. Mais, de toute façon, même si ça ne te fait pas plaisir de l'entendre, ce dont nous venons de parler n'a rien à voir avec ça. Si je te dis qu'Agustín est un maquereau, c'est que c'est vrai. Réfléchis. Écoute-moi, si je te dis ça, c'est pour ton bien. »

Cette nuit-là, mon bien m'a empêchée de dormir.
J'ai essayé en vain de me bercer dans le sillage d'un autre homme qui me plaisait mais qui ne me convenait pas mieux, dans des souvenirs accueillants comme une baignoire d'eau fumante après une longue marche sous une tempête de neige, dans des fragments de longues conversations, dans des moments exaltants, des détails lumineux, dans des provocations, une complicité, et une dépendance qui n'avaient rien à voir avec les conventions et les règles des fiançailles, la fidélité obligatoire, les cadeaux d'anniversaire et de Noël. Je ne connaissais pas encore très bien Agustín cette nuit à ne pas mettre un chien dehors où Madrid était gelée comme elle l'avait été la veille et l'avant-veille, mais il s'est habillé pour sortir avec moi, et quand je lui ai demandé s'il avait un rendez-vous, il m'a répondu que nous allions tous les deux à la Casa de Campo, j'ai conduit la voiture en suivant ses indications sans me demander pourquoi les surprises m'avaient toujours tellement excitée, mais jamais je n'aurais osé en espérer autant. Quand nous sommes passés près de l'un des réverbères qui éclairent l'étang, il m'a demandé de m'arrêter, je me suis rangée

sur le côté et je suis sortie de la voiture avec lui. Malgré le froid terrible, il m'a dit en souriant : « Regarde-les, ils sont là, dehors. Il y a des années que j'ai découvert ça. Quand il gèle, ils sortent de l'eau, tous, sans exception » ; alors, je les ai entendus, j'ai regardé avec attention, et je les ai vus, je les ai reconnus ; tous les canards étaient hors de l'eau. J'ai été bouleversée et je me suis mise à pleurer comme j'avais pleuré en partageant le chagrin de Holden Caulfield, le jeune héros de roman qui n'était pourtant pas comme moi parce qu'il avait eu la chance d'être un garçon.

« Tu te souviens du livre dont tu étais folle, il y a quelques années ? Celui dont tu disais qu'il devait avoir été écrit par une femme, parce que l'auteur ne s'est jamais laissé prendre en photo, m'avait dit Reina quelques jours auparavant, eh bien, Jimena m'a raconté que le titre, en espagnol, *El guardián en el centeno*, n'a aucun sens, qu'il n'y a aucun gardien dans aucun champ de seigle, que *The-Catcher-on-the-rye*, c'est seulement le nom qu'on donne à un joueur de base-ball occupant une position déterminée, tu sais ? Maintenant que je le sais, je suis très contente de ne pas l'avoir lu. Jimena dit qu'elle ne peut pas comprendre pourquoi il a pu te plaire à ce point, et moins encore comment tu as pu t'identifier avec le héros, parce c'est un type qui l'a écrit, bien sûr, elle dit que ça se voit tout de suite, qu'il n'y a qu'à lire quelques lignes pour s'en rendre compte... » Reina ne lisait plus de romans, seulement des choses sérieuses, des livres d'anthropologie, de sociologie, de philosophie, de psychanalyse, des livres écrits par des femmes, édités par des femmes, et destinés aux femmes. Si Holden s'était appelé Margaret, elle aurait peut-être essayé, mais il s'appelait Holden et se demandait ce que font les canards de Central Park pendant les pires nuits de l'hiver quand la couche de glace à la surface de l'eau est aussi épaisse que celle d'une piste de patinage, glissante comme un piège mortel, et Agustín a voulu me faire partager son secret, il m'a appris que les canards sortent de l'eau quand il gèle, et j'ai de la sorte contracté envers lui une dette qui lui vaudra ma gratitude tout au long de ma vie, mais même cela n'a pas pu le sauver.

S'il avait découvert que les canards agonisent sous les griffes d'un gel implacable dans des cris de terreur muets, s'il avait attrapé deux cadavres congelés et les avait posés sur mes paumes avec un grand éclat de rire féroce, alors tout aurait été plus facile, je n'aurais eu aucun doute, mais j'avais à peine vingt ans, je n'étais pas amoureuse de lui, je ne pouvais pas me faire d'illusions, parce que je n'avais pas choisi l'homme jeune qui, méprisant les voitures, préférait galoper dans la campagne sans chemise, et qui avait été mon grand-père, et pas davantage l'homme encore jeune qui avait choisi de mourir en défiant ses assassins comme un taureau de combat, et qui avait été mon autre grand-père, mais je l'avais choisi, lui, et il m'avait révélé bien davantage que l'heureux instinct qui permet aux canards urbains de survivre aux pires hivers, il m'avait révélé la valeur insoupçonnée des mots, j'avais succombé à ce mystère et, maintenant, je ne pouvais plus reculer.

Que maman eût l'habitude de rejeter Fernando en crachant toujours le même mot : maquereau, ne m'aidait guère, parce que je savais qu'elle était étrangère à tout ça. Fernando, c'était le chemin de l'aller, vent en poupe ; avec lui, rien n'avait été plus facile que de rejeter le modèle caduc, le chemin suivi par une femme qui n'était pas idiote mais faisait comme si, en encaissant sa vie durant, de la maison au salon de coiffure, du salon de coiffure à la maison, en prenant chaque soir le soin de se maquiller et de se vêtir avec élégance dans le seul but de plaire à son mari quand il reviendrait du travail, le consultant pour la plus petite des dépenses, bien qu'elle fût beaucoup plus riche que lui, en vivant seulement pour nous, auprès de nous, de nous, en nous, à seule fin de pouvoir nous faire chanter tous les deux jours avec son sacrifice de tous les jours, tout cela me paraissait misérable, ridicule, indigne. J'avais adopté un modèle très différent, auquel j'étais restée fidèle, sans la moindre peine, jusqu'à cette nuit-là, où je me tournais et me retournais dans mon lit sans pouvoir trouver le sommeil, où l'insomnie implacable a éclairé un point obscur dont je ne m'étais jamais souciée.

Je n'ai pu faire le rapprochement entre ma mère et Reina, car je n'avais pas encore assez vécu pour cela. Il ne m'est pas non plus venu à l'esprit que, si j'étais née quinze ans plus tôt, j'aurais peut-être pu résoudre le problème entre deux bâillements. Je n'ai pas soupçonné que si j'étais née dans le Nord, où les guerres ne sont jamais civiles, comme la plupart des femmes auteurs des livres de la bibliothèque de ma sœur, il n'y aurait peut-être même pas eu de problème du tout. Je ne me suis pas risquée à supposer que, si je n'étais pas née à Madrid, je n'aurais peut-être jamais eu l'occasion d'entendre prononcer ce mot, parce que dans les autres endroits d'Espagne où l'on parle l'espagnol, ce mot n'appartient pas au langage quotidien des personnes bien élevées, et n'a pas ces nuances ambiguës, plus admiratives que méprisantes, que lui a données le jargon local dans lequel je m'exprime et pense. « Quel maquereau je fais ! », s'exclamait parfois mon père, en revenant de son travail, victorieux après une négociation au cours de laquelle ses adversaires avaient cru pouvoir l'envoyer au tapis. « Quelle maquerelle je fais ! », disait ma mère après avoir renvoyé une servante qui lui avait manqué de respect. D'eux, j'avais appris que maquereau désigne une personne arrogante, orgueilleuse, prétentieuse à l'excès, et même parfois, et pour cette raison, peut-être, sûre d'elle-même, ferme dans ses convictions, cohérente. Je savais aussi qu'un maquereau est quelque chose de plus, même à Madrid : un homme qui exploite les femmes, qui les met sur le trottoir et s'enrichit à leurs dépens, et je savais aussi le nom qu'on leur donne, à elles. Si ma sœur et moi n'avions pas appris à parler à Madrid, peut-être Reina ne se serait-elle jamais servie de ce mot, mais je ne pouvais avoir cette pensée, parce que j'étais justement née ici, dans le Sud, en 1960, en pleine dictature, à l'heure et à l'endroit où il fallait faire plus d'efforts, et les plus durs, pour pouvoir être une fille bien, et dans ces conditions, ne pouvant ignorer le caractère trompeur de la permutation de certains axiomes, qui ne doit pas être appliquée à la légère, et à laquelle il ne faut jamais soumettre certains axiomes contemporains si l'on ne veut pas obtenir de résultats indésirables, car, si l'on ne peut nier que toutes les putes sont femmes, il est tout à fait erroné de supposer qu'il existe une seule raison, hormis les intérêts douteux conçus sous la pression de l'accablant chantage masculin, qui conduise une femme à se comporter spontanément comme une pute, je me suis demandé : « Mais alors, que suis-je ? », et je n'ai pas trouvé de réponse, alors pour la dernière fois de ma vie, j'ai voulu de toutes mes forces n'être rien d'autre qu'un homme.

À l'aller, aucun obstacle ne m'a résisté. Je ne cherchais pas à me vendre cher, à tirer profit du désir de mes égaux, et je n'étais pas disposée à admettre que je me servais moins des hommes qu'ils ne se servaient de moi. C'était une question de principe, et c'était facile, mon corps m'appartenait, et je faisais de lui ce qui me plaisait, mais à présent, rien n'était plus pareil, à présent, affirmer que mon corps m'appartenait semblait impliquer, inévitablement, une condition, y renoncer. Et cela ne se fait pas.

Je me tournais et me retournais dans mon lit, en essayant de mettre un peu d'ordre dans des pensées qui m'assaillaient et m'échappaient, et une formule résonnait dans ma tête comme une condamnation à perpétuité. Je l'avais entendue mille fois, pendant mon enfance, chaque fois que j'enfreignais une règle, chaque fois que l'ennemi me prenait par surprise, chaque fois que je cédais à l'appel des plaisirs interdits, quand je sautais sur mon lit, quand je prenais d'assaut le garde-manger à des heures indues, ou quand je me barbouillais le visage de rouge à lèvres, alors maman ou papa ou nounou me donnait une petite tape sur la main, ou sur le cul, et ensuite, quand j'ai été plus grande, ils se sont tous mis à répéter : « ça ne se fait pas », ce qui me glaçait, ce qui me glaça chaque fois que ma mère me le redisait, maquillant la formule avec cette transcendance que les adultes donnent à tous leurs arguments : montre ce dont tu es capable, aie le respect de toi-même et de ceux qui te respectent, aux yeux des hommes, certaines femmes ne sont bonnes que pour la bagatelle, et Reina disait à peu près la même chose sous des formes différentes : ne te laisse pas tripoter, il ne faut rien leur accorder avant deux ou trois mois, mais c'était toujours : cela ne se fait pas, et je n'en avais cure, je feignais d'écouter avec la plus grande attention, et je leur répondais du bout des lèvres, à l'abri d'une formule secrète, véritable muraille ou simple bouclier, selon l'invective : Tu es moche, tu es moche, tu es une mocheté, et c'est raté, c'est raté... Alors, rien de plus facile, mais à présent...

Agustín m'avait appris que les canards sortent de l'eau quand il gèle, et c'était bien, mais il m'avait aussi appris que je trouvais un certain plaisir à être traitée de garce, et ça, ça ne se faisait pas. J'avais plaisir à m'exhiber avec lui, en trophée sexuel, et ça ne se fait pas, j'aimais les tenues collantes qui trahissent et qui, loin de couvrir ma nudité, semblaient la promettre, et cela ne se faisait pas, j'étais heureuse de le provoquer comme sans le vouloir, de me pencher en avant tandis que j'exprimais sereinement mes réserves sur Althusser et que mes bras, car je plantais mes coudes sur la table de n'importe quel restaurant, serraient mes seins l'un contre l'autre, j'aimais aussi me gratter distraitement la jambe pendant les vernissages, ou, tout en relevant une influence incertaine de Klimt, lever le bras pour montrer le premier tracé d'une fine ligne noire, ce qui découvrait mes cuisses, et cela ne se faisait pas. Ma main partait à l'aveuglette vers son sexe, dans les bars, dans les cinémas, dans les soirées, dans la rue, elles se perdait discrètement sous ses vêtements, et quand je l'avais saisi, je vérifiais qu'il répondait bien à mes pressions, et je disais bitte tout fort, et ma bouche se remplissait de sa vigueur, ce qui ne se fait pas. Mon corps abdiquait comme malgré moi, je le mettais à son service pour le retrouver ensuite beaucoup plus présent et plus mien que jamais, et ça ne se fait pas. Je rompais le long chaînon rituel inspiré en partie par l'idéologie et la bonne éducation, je rompais avec les jongleries de rigueur que j'aurais dû considérer comme sacrées et toujours trop courtes, divertissements qui ne m'amusaient pas du tout, et je finissais par supplier tout haut : « Mets-la-moi, je t'en prie, mets-la-moi une bonne fois, prends-moi ! », et ça, ça ne se fait pas. Je voulais son sperme, j'y attachais un grand prix, je le considérais comme indispensable à mon équilibre. Et cela ne se fait pas.

Cette nuit-là, mon propre bien m'empêcha de dormir.

Le matin peignait d'étroits rayons de lumière à travers la vitre, pénétrant dans la pièce par une persienne mal fermée, quand Reina est entrée dans la chambre et s'est jetée sur son lit tout habillée. Un instant plus tard, elle a dit mon nom à voix basse, comme si elle n'était pas sûre que je veuille l'écouter.

« Oui.

– Tu es réveillée ?

– On dirait.

– Je n'étais pas sûre, en entrant... Dis-moi une chose... Maman t'a l'air en forme ?
– Oui, que je sache.
– Je veux dire... bien disposée ?
– Eh bien... Oui aussi, je crois.
– J'espère qu'elle l'est. Je veux aller à Paris. Trois mois.
– Ah bon ?
– Tu sais... On a proposé à Jimena un travail qui l'intéresse, dans une sorte d'organisme central des diverses galeries d'art. Elle en a mis une sur pied, ici, il y a un an ou deux, et ça n'a pas marché, alors, elle veut recommencer, et elle a besoin de se former. C'est peut-être une grande chance.
– Et toi ?
– Quoi, moi ?
– Que vas-tu faire à Paris ?
– Moi, eh bien... Je ne sais pas. Pour le moment, j'y vais avec elle, ensuite, je pourrais apprendre le français, par exemple, ou n'importe quoi d'autre, je trouverai bien quelque chose. »

« Et si tu ne trouves pas, tu pourras toujours faire le ménage, me suis-je dit, aller chez le fleuriste, faire les courses, veiller sur elle quand elle aura ses vapeurs, sortir le chien, lui rendre la vie, en somme, beaucoup plus agréable », je me suis dit tout ça, mais je n'en ai pas dit un mot, parce que s'il y a des choses qui ne se font pas, il y a aussi des choses qui ne se disent pas et auxquelles on de devrait pas penser.

« Tu dois être en train de te demander... » ma sœur avait rompu le silence, tendu comme une corde d'arc, qui semblait avoir voulu s'éterniser avant de mourir dans l'accouchement difficile de ces quelques mots.

« Laisse tomber, Reina. Personne ne te demande de te justifier. Après tout, c'est pour les goûts que sont faites les couleurs.
– Tu ne comprends rien, Malena, protesta-t-elle sur un ton pâteux qui annonçait les larmes imminentes.
– Bien sûr que non. Moi, je ne comprends jamais rien. On dirait que tu fais exprès de ne pas t'en rendre compte.
– Je suis amoureuse, tu ne comprends pas ? Amoureuse pour la première fois depuis que je suis une adulte, et ce n'est pas une question de sexe, le sexe n'a

rien à voir là-dedans. Ce qu'il m'arrive, c'est quelque chose d'autre. Mais je crois que Jimena a raison, tu sais, quand elle dit qu'on ne peut pas... Qu'on ne peut jamais renier le corps. »

Reina est allée à Paris, et je l'ai couverte en confirmant point par point un alibi ridicule, l'université lui aurait accordé une bourse curieuse qui couvrait à peine les frais du voyage et du logement, parce qu'elle ne voulait pas couper les ponts, elle reviendrait à la maison tôt ou tard, et j'ai été plusieurs fois sur le point de lui demander quel genre d'amour était le sien s'il fallait l'entourer de tant de précautions, mais je n'ai pas voulu insister sur ce point parce que le peu que je connaissais de la question me faisait me sentir plutôt mal.

Un jour, ma grand-mère m'avait raconté une histoire que j'avais eu bien du mal à croire, bien que je fusse sa petite-fille. Si un jour j'ai une petite-fille, et que je lui raconte cette histoire, Dieu veuille qu'elle ne puisse pas me croire, Dieu veuille qu'elle ne puisse jamais admettre qu'en un pareil moment je me sentais encore anormale, découvrant de tous côtés des index pointés sur moi, qui me distinguaient et m'écartaient du reste des femmes. Ma sœur, sans y attacher la moindre importance, avait fait la remarque que ce n'était rien, que ça arrivait à tout le monde tôt ou tard, ce qui, alors, m'a paru certain, parce que tous les journaux que je regardais, toutes les revues que je feuilletais, tous les romans que je lisais, tous les films que je voyais, confirmaient ses paroles, et, en cela, Holden ne pouvait pas m'aider, parce que lui n'avait même pas pu connaître une femme comme moi. Quand je m'efforçais de justifier mes propres sentiments, en les rapprochant d'un quelconque modèle connu, je ne pouvais guère me reconnaître que dans une poignée de figurants rongés aux mites, dans les détails secondaires d'un paysage créé pour chanter la gloire du grand protagoniste sans sexe et sans passion. Ce qui arrivait à ma sœur avait été décrit par les premiers pères de la modernité. Ce qui m'arrivait à moi, non. Ce qui m'arrivait ne figurait que dans un livre. Et c'était la Bible.

Reina aurait fort bien pu raconter son histoire devant n'importe quelle tablée d'universitaires urbains de la classe moyenne, et tout le monde l'aurait écoutée avec intérêt, tout le monde l'aurait comprise, parce que son histoire était bien de son temps, qu'elle était en accord avec sa façon de penser et de concevoir sa vie. Moi, je n'aurais osé raconter mon histoire nulle part, parce que je n'aurais pu dire tout haut le nom des choses que j'aimais le plus. Je serais morte de honte et nul n'aurait rien compris. Qui pourrait comprendre une femme qui dénie à chaque pas son bon sens, qui passe des heures entières à des choses dont elle ne tire aucun bénéfice ? Je ne me suis livrée à personne, mais je me suis renseignée, j'en ai parlé avec des amies de la faculté, et toutes m'ont avoué qu'au moins une fois dans leur vie elles avaient été attirées par une femme, et il ne m'était jamais rien arrivé de tel, moi, je n'étais même pas attirée par les hommes, j'allais plus loin : ce qui m'attirait, c'était ce que pouvaient me dire certains hommes, et leur bitte, et leurs mains, et leurs voix et leur sueur, et c'était déjà terrible, mais ce n'était pas le pire. Le pire a été une phrase perdue, lancée par je ne sais qui, qui a explosé à mes oreilles comme une bombe. Je suis devenue tellement rouge que je n'ai pas osé tourner la tête pour voir qui en était l'auteur, je me suis faite toute petite : « Ces trucs-là, c'est bon pour les pédés », a dit la voix. Le pire, ç'a été ça. Je suis un pédé, me suis-je dit, et il m'est venu une terrible envie de pleurer, et je me suis sentie si mal que je n'ai plus pu réunir les forces nécessaires pour réfléchir.

Ce n'était pas la peine. Ma sœur et les autres pensaient pour moi, avec une vocation telle, une telle confiance en elles, avec une conscience de leur infaillibilité tellement pure que je n'avais jamais trouvé leurs pareilles ni en ma mère, ni en aucune des sœurs du pensionnat, ni en aucun des hommes ni en aucune des femmes qui un jour avaient pu me dire que je faisais fausse route. Alors, j'ai été convaincue que quelque chose en moi n'allait pas, je me suis sentie une fois encore semblable à un petit écrou défectueux qui grinçait et se défaisait pour un rien, tournait dans le mauvais sens et gênait le mouvement d'une machine parfaite, bien graissée.

Les femmes du Nord, ces auteurs, ces penseurs qui faisaient le bonheur de Reina, avaient parlé. Sujet ou objet, il fallait se décider, et j'ai bien essayé de résister quelque temps, de m'installer dans la contradiction, d'en faire un petit coin confortable, et d'y vivre, la tête au Nord, les pieds au Sud, le cœur dans quelque contrée au climat tempéré, mais ça n'a pas été possible, pas avec Agustín, parce qu'il connaissait déjà mon vertige, qu'il savait le provoquer, et qu'il n'était pas disposé à renoncer à un frisson qu'il aimait plus encore que le sien. Toutefois, Reina avait semé la graine, la plante a poussé seule, et je n'avais que vingt ans, alors, j'ai commencé à étudier mon amant avec attention, et j'ai fini par me convaincre qu'il était de mon devoir de prendre pour une insulte chacune de ses paroles, et les regards et les gestes qui auparavant me plaisaient. Il s'est mis à me demander ce qui se passait, et je ne répondais pas, mais, parfois, je cédais, parce qu'on ne peut lutter contre sa nature, pour fourvoyée et misérable qu'elle soit. Une nuit, alors que je l'abreuvais d'« encore ! » et de « plus fort ! », il m'a regardée avec un sourire étrange, retors et amusé à la fois, et tandis que je jouissais, il a murmuré entre ses dents : « Tu es une sacrée pute » ; j'ai souri, parce que j'ai aimé ça, mais j'ai pris conscience de mon sourire, qui a disparu, j'ai dégagé mon bras droit et je l'ai giflé de toutes mes forces, en lançant : « Ne me traite plus jamais de pute ! » Il m'a rendu ma gifle mollement, sans cesser d'aller et de venir en moi, et je l'ai frappé de nouveau, sans arrêter pour autant de répondre à ses assauts, et il m'a renvoyé mon coup, plus fort, cette fois ; nous avons roulé sur le lit, en nous frappant tout en continuant à baiser, et je lui ai ordonné de me laisser, de sortir immédiatement, en criant que ça ne pouvait plus durer, mais il ne m'a pas obéi, et il a triomphé de ma fausse résistance en me traitant de pute à pleine voix, une fois, et une autre, et une autre. « Tu as joui comme une vache, c'est incroyable », a-t-il dit enfin en m'embrassant sur la tempe, et je n'ai pas eu la force de le frapper encore une fois. « Mais qu'est-ce qu'il t'arrive, bordel ? Tu peux me le dire, une bonne fois ? », s'est-il exclamé en me secouant avec une violence beaucoup plus authentique que celle de ses coups précédents. « Tu m'as violée, Agustín », lui ai-je reproché tout bas. « Ne me les casse pas, ma belle, m'a-t-il répondu, plus offensé que moi, ne dis pas ça. » « Je t'ai demandé de me laisser, ai-je poursuivi en baissant les yeux, et tu ne m'as pas écoutée. Tu m'as violée, reconnais-le, au moins ! »... « Va te faire foutre ! a-t-il répliqué, tu n'as pas arrêté une minute de t'en donner à cœur joie ! » Il avait l'air furieux, mais il est resté un moment à me regarder, et il a retrouvé son calme et changé de ton : « Qu'est-ce qu'il y a, Malena ? C'est la malédiction de l'année, ou quoi ? C'est l'anniversaire de notre première année de liaison qui te met dans cet état ? Tu as l'impression de perdre ton temps, c'est ça ? » J'ai nié d'un geste de tête, mais il ne m'a pas crue. « Tu veux venir vivre ici avec moi ? » m'a-t-il demandé, et je lui ai répondu par une autre question : « Est-ce qu'on ne pourrait pas baiser en copains ? » Il m'a regardée comme s'il ne pouvait en croire ses oreilles, et il a mis un long moment avant de me répondre : « Non, non. Nous ne pouvons pas. » « Pourquoi ? » Mes lèvres tremblaient, j'aurais voulu que mes oreilles se ferment à jamais, j'étais certaine que j'allais entendre une nouvelle version de l'axiome connu : il y a les femmes qu'on baise, et celles dont on tombe amoureux, et j'étais sûre de ne pas être digne de figurer parmi les dernières, femmes à baiser comme des copines, femmes à baiser comme des putes, il y avait toujours deux catégories de femmes, et moi, j'appartenais à la pire. Mais il n'a rien dit de semblable, et a souri avant de m'expliquer : « Parce que nous ne sommes pas des copains, tu ne le comprends pas ? » Je le comprenais très bien, mais je ne voulais pas l'admettre ouvertement. « Tu veux venir vivre ici avec moi ? », insista-t-il, et j'ai eu une terrible envie de lui répondre oui, mais j'ai dit non, et je l'ai quitté en lui disant que c'était pour toujours. Il ne m'a pas crue, mais ç'a été pour toujours.

J'avais choisi d'être une femme nouvelle, et pour y arriver, j'ai renié mon corps beaucoup plus que trois fois, je me suis dépouillée moi-même, consciencieusement, dans la douleur, je me suis arraché la peau pour ne plus sentir, parce que j'ai cru que c'était le prix à payer, mais quand je suis rentrée à la maison, cette horrible nuit-là, je n'étais pas très fière de moi, je ne me sentais pas plus libre, ni plus digne, ni plus heureuse, et je me suis mise au lit en larmes, et comme si je pressentais ce que je ne devais découvrir que des années plus tard, j'ai osé me dire que je ne m'étais pas débarrassée d'un mac, mais d'un homme, et que c'était peut-être le dernier, et je me suis endormie suspendue à une vieille phrase ronflante : c'est fini.

Pour une fois, mon pressentiment était juste. C'était fini, et pour longtemps.

Les mots ont été le dernier lest que j'ai jeté pardessus bord.

Pour Santiago, il était évident que j'allais passer la nuit avec lui, pour moi, rien ne l'était moins, mais ma paresse a joué en sa faveur, autant, sinon plus, que sa beauté. Je ne m'étais encore résolue à rien quand, après m'avoir tourné le dos et souhaité bonne nuit, il a changé de position et s'est couché sur le flanc. Son visage touchait presque le mien. Pelotonné sous les draps, il m'a regardée avec un vague sourire empreint de sommeil, et il était si beau, il me plaisait à tel point que je n'ai pas voulu accepter le fait accompli. Il doit te réserver une surprise, me suis-je dit, ce n'est pas possible qu'il ait fini comme ça, aussi vite. Je lui ai rendu son sourire, je l'ai embrassé, pour tout reprendre à zéro.

« Mais que fais-tu ? »

L'alarme a bouleversé sa physionomie, tandis que mes ongles griffaient doucement l'intérieur de sa cuisse.

« Que crois-tu que je fasse ? », ai-je demandé en empoignant finalement son sexe.

« Mais qu'est-ce qu'il te prend ?

– Rien. » J'ai souri. « C'est que je me sens comme une vraie chienne.

– Malena, par pitié, ne parle pas comme ça. »

Son ton a été pour moi comme un coup de sirène, qui m'a complètement paralysée. Je me suis tordu le cou pour suivre son mouvement pendant qu'il se levait, et j'ai eu mal quand j'ai vu ses joues virer au rouge, tout son visage se mettre à brûler.

« Ne dis pas ça, a-t-il répété en osant enfin me regarder en face. Je n'aime pas ça.

– Mais pourquoi ? » Il a refusé de me répondre, et j'ai insisté, à mon tour : « Mais qu'est-ce qu'il t'arrive ? Ce n'est qu'une blague, une façon de parler.

– Oui, mais nous nous connaissons à peine...

– Santiago, je t'en prie, mets-la-moi une bonne fois.

– Mais ne parle pas comme ça, merde ! »

Je me suis assise sur le bord du lit, j'ai fermé les yeux, sans la moindre envie de me remettre en mémoire ce qu'il est bon d'éprouver et ce qu'il convient d'en manifester, je me sentais seulement humiliée par un homme pour la première fois de ma vie.

« Tu n'es pas en train de jurer, peut-être ? ai-je dit, presque en un murmure.

– Je suis désolé, Malena, ai-je entendu, derrière moi, pardonne-moi, je n'ai pas voulu te blesser, mais c'est que...

– Qu'est-ce que tu veux ? ai-je répliqué sans me retourner. Que j'emploie le verbe pénétrer ? « Pénètre-moi encore une fois, allez, sois gentil » ; ça ne te ferait peut-être pas honte d'entendre ça, mais moi, j'aurais honte de le dire, terriblement, et je ne le dirai jamais.

– Non, je... Mais il y a d'autres façons de le dire : « J'ai envie que tu... » ou « Je suis heureuse », par exemple ; ça, ce serait bien. Je l'ai trouvé dans un roman, tu sais. Mais je crois que le mieux c'est de ne rien dire.

– Ne rien dire.

– Oui. Je crois que c'est mieux. »

Ne rien dire. Mais ne rien dire, ce n'est pas vivre, ai-je pensé. C'est mourir de honte. Et pourtant, ce n'est pas du dégoût que j'ai éprouvé quand il m'a tendu tendrement la main, au-dessus du drap, quand il s'est couché sur moi avec le soin qu'il aurait pris pour ne pas briser une porcelaine fragile, ce n'est pas du dégoût que j'ai éprouvé quand la lumière l'a gêné et qu'il a tendu le bras pour l'éteindre, ni quand il a tiré de moi une dose de plaisir raisonnable, tout juste ce qu'il fallait pour ne pas avoir à souffler mot, ce n'était ni du dégoût ni quoi que ce soit d'autre.

« On pourrait peut-être commencer lundi, m'a-t-il dit avant de s'endormir, entre deux bâillements.

– Commencer quoi ?

– Les cours d'anglais.

– Bon. »

Pendant des mois, je me suis rendue chez lui le lundi, le mercredi et le vendredi, régulièrement. Tout cela m'apparaissait surtout comme une bonne affaire. Santiago était un élève exceptionnellement appliqué et très peu doué pour les langues, et c'était aussi un client généreux, ce qui ne m'aurait pas fait me réconcilier avec lui s'il ne s'était comporté comme il le fit. J'étais prête à claquer la porte à la moindre allusion, mais il n'en fit aucune ni le premier jour, ni le deuxième ni le troisième, parce qu'il sentait sans doute qu'elle serait mal reçue. Peu à peu, il me laissa découvrir le meilleur de lui-même, et ne hasarda guère que quelques regards intenses des plus théâtraux, étudiés avec soin dans le miroir, des dizaines de fois pour le moins.

Il se montrait toujours aimable, et il n'était pas difficile. Il ne manifestait pas la moindre opposition au monde dans lequel il évoluait, c'était un optimiste qui se pliait facilement aux circonstances. Il avait une très haute opinion de lui-même, et, en toute situation, de la conversation la plus banale à la plus importantes des décisions, il n'envisageait jamais la possibilité que la position qu'il défendait pût ne pas être la bonne, il n'en doutait pas un seul instant. Ses intérêts s'opposaient en tout aux miens et se situaient dans des sphères qui n'existaient même pas pour moi, comme celle des intérêts professionnels. Il faisait preuve du sens pratique le plus aigu en abordant n'importe quel type de problème, et il résistait à tout emportement avec une endurance des plus absolues, ce qui m'inclinait à croire, parfois, qu'il était totalement dépourvu de passion. Il n'avait pas une once d'humour, pas une once d'esprit, il était à peine drôle, ignorait le sarcasme, dédaignait les raccourcis métaphoriques, n'aimait pas les mots, ne jouait pas avec eux, pour lui, toute chose n'était que ce qu'elle était, et c'est sans doute pour cela que je me sentais en sécurité auprès de lui.

Vers la fin de la septième leçon, il trouva je ne sais comment le courage de m'embrasser, par surprise : il ne m'invita pas à boire quelque chose, ne me demanda pas de rester, ne chercha aucun prétexte pour me retenir. J'avais déjà pris mon sac et je m'apprêtais à prendre congé de lui quand il s'est approché de moi et m'a embrassée. J'ai été aussi bouleversée par sa beauté, en le voyant nu, que la première fois, mais si, la deuxième, tout s'est mieux passé, ç'a n'a pas été à cause d'elle. J'aimais ses lignes, les fins fuseaux de ses épaules, parfaites, les muscles qui saillaient à peine et dessinaient sur la poitrine un petit triangle aigu, lui faisaient un ventre plat et un torse tendu, où les dernières côtes étaient apparentes, sur une taille large, massive – une délicieuse taille d'homme. J'aimais sa peau, et le léger voile de poils qui la couvrait et descendait comme un fil sombre jusqu'au nombril pour se transformer, dru, en une touffe compacte mais douce à caresser. J'aimais le trapèze parfait de son dos, les petites fossettes au creux de ses reins, et, par-dessus tout, la perfection de son cul, le plus beau, le meilleur que j'aie vu de ma vie, rond et plein, charnu et ferme, souple et doux, fait pour la caresse et le coup de dents, plus appétissant que tout cul qui ait jamais été. J'aimais son corps, je le touchais, je le caressais, je le griffais, je l'enlaçais, je le mordais, je le léchais de haut en bas, sans me soucier des protestations de son maître, comme si ne palpitait sous ma langue qu'un petit animal allongé, inerte. Et chaque bribe de ce festin, raisonnable sinon timide, m'était un délice. Mais je ne tremblais pas. Ma peau n'était plus l'arme redoutable qu'elle avait pu être, mais une sorte d'organe docile, domestiquée, oublieuse, elle était ce qu'elle aurait toujours dû être, et ma volonté la gouvernait si facilement que j'arrivais presque à me persuader que je ne lui faisais pas violence, en ce moment déterminant. Néanmoins, je la trahissais.

« J'en ai fait l'expérience, me suis-je dit en rentrant

chez moi. Je les ai connus, l'amour véritable, la passion pure, le désir déchaîné », et les scènes, les mots, les redditions qui se mêlaient dans ma tête ne laissaient pas place au doute ; alors, une fois encore, je me consolais, je m'absolvais à l'avance, je les avais connus, à mon détriment, et, réellement, ils ne me valaient rien. Devant moi s'ouvrait tout à coup une vie tout à fait différente, qui me lançait un défi qui n'avait rien à voir avec ceux que j'avais relevés jusqu'alors, et je pouvais presque en deviner les effets – paysage en tout opposé à celui que m'offrait ma conscience tant de fois rafistolée que je ne pouvais plus lui ajouter une seule pièce. Jamais je ne me suis sentie aussi découragée, accablée de déconfitures, qu'en devinant ce paysage de ma vie nouvelle, ce drap blanc, des plus blancs, fraîchement repassé, sans le moindre pli, et ce monde de drap blanc tendu, gentil, sans mystère et accueillant n'avait rien qui pût m'effrayer – je ne m'avisai même pas que cet aspect resplendissant ne pouvait être dû qu'à l'eau de Javel.

Je me suis mariée avec lui, mais ce n'est jamais Santiago que j'ai aimé en Santiago, je me suis aimée moi-même avant tout, et mal. J'ai aimé l'absence de problèmes, ce calme infini, comme une plaine aux confins imprécis, une route plane, un miroir d'asphalte où mes jambes lourdes auraient pédalé sans effort sur un vieux vélo remis à neuf et bien graissé. J'aimais ce calme, j'en avais besoin, et c'est sans doute pour ça que je l'ai confondu avec la paix. Tout le reste m'importait peu, tant que je vivais ainsi, facilement, sans querelles, sans dépits, sans larmes, sans angoisses. Je ne me sentais plus torturée par le téléphone parce que Santiago m'appelait immanquablement des heures avant que j'eusse pu commencer à m'inquiéter, ni par la jalousie parce qu'il ne regardait jamais une autre femme quand il était avec moi, ni par la peur de perdre l'autre, car il n'entra jamais dans ses calculs qu'il pourrait un jour me perdre, ni par la séduction, parce qu'il était trop bien élevé pour essayer de me séduire, ni par les pires instincts, dont il ne connut jamais la virulence, virulence qu'il n'aurait même pas pu comprendre si j'avais pris la peine de la lui dépeindre précisément. Et le temps passa très vite et très bêtement, comme si de rien n'était, jusqu'au jour où, s'emparant sans crier gare du monopole des initiatives, il parla de mariage, et je me suis laissé porter par le courant, nous avons visité des appartements, choisi des meubles, cherché les prêts les plus intéressants, et tous les soirs, avant de m'endormir, je me demandais si ce que j'allais faire était bien, et tous les matins, en me levant, je me disais que je faisais bien parce que je me sentais bien, calme, et sans nul regret des erreurs passées.

En revanche, je devins une femme prévisible, c'est-à-dire quelqu'un de très efficace. J'ai décrété que nous n'avions pas assez d'argent pour nous acheter une maison, j'ai refusé d'aller vivre dans un pavillon de banlieue, je suis allée voir tous les appartements en location de Madrid, jusqu'au jour où j'en ai trouvé un de quatre-vingts mètres carrés, sans compter les dix mètres carrés de couloirs, rue Díaz Porlier, à l'angle de la rue Lista, très clair, avec chauffage central et ascenseur – un ascenseur redoutable, complètement déglingué, qui faisait moderne à bon marché –, pour 34 000 pesetas de 1983, une véritable chance, de l'avis de tout le monde. J'ai amadoué le propriétaire, trouvé un entrepreneur, négocié avec lui, en lui expliquant ce que je voulais exactement, j'ai acheté tout le matériel nécessaire, choisi le modèle de la baignoire, et vécu pendant des mois dans une véritable frénésie de discussions, de rendez-vous, de réclamations, de plaintes, de comptes, de factures, j'ai refusé stoïquement, je ne sais pourquoi, les avances du plâtrier, un garçon de Parla qui me plaisait beaucoup, comme si le destin voulait me ranger sur une voie de garage, devant un feu détraqué bloqué sur l'orange intermittent, et, lorsque j'ai eu fait tout ça, je me suis sentie très contente et très fière de moi, comme une femme bien, une femme comme il faut.

Puis, quand je n'ai plus eu qu'à choisir la robe de mariée, une nostalgie terrible s'est emparée de moi. Les quinze jours qui ont précédé le mariage m'ont précipitée dans le pire des enfers dont je me souvienne. Alors, je n'ai plus fait que des conneries. J'ai appelé Agustín, et c'est une fille qui a décroché, j'ai raccroché sans même demander si j'avais fait le bon numéro, s'il occupait toujours l'appartement où nous nous retrouvions, car trois années étaient passées depuis notre dernier rendez-vous. J'ai appelé le *Hamburguer Rundschau*, dont le numéro n'avait pas changé, et j'ai fait passer cette annonce, la dernière, parce que Fernando qui, depuis longtemps, semblait paisiblement dormir dans ma mémoire, s'était brusquement réveillé pour me clouer de douleur chaque fois que la couturière retouchait la traîne de ma robe.

Je ne me suis même pas amusée le soir où j'ai enterré ma vie de célibataire avec quelques amies qui, pour une fois, avaient accepté d'aller dîner dans un restaurant japonais, repas si arrosé qu'il aurait étonné un noceur impénitent. En sortant du bistrot où nous avions pris encore un verre, j'ai essayé de les convaincre d'aller boire ailleurs le petit dernier, mais aucune n'a voulu me suivre. Alors, j'ai pris la voiture pour rentrer, mais en arrivant place Colón, j'ai fait demi-tour et j'ai pris la rue Goya en luttant à bras raccourcis avec moi-même, car j'avais la plus furieuse envie de trouver un homme, le premier venu, peu m'importait, un homme qui me plairait, qui me ferait signe dans le bar où je rentrerais, un type grand ou petit, beau ou moche, intelligent ou borné, capable de dire sans rougir le nom de ce qui durcirait sur son bas-ventre et de trouver les mots pour me le faire sentir, voilà ce que je voulais, et pourtant, j'ai conduit très vite jusqu'à la rue Díaz Porlier, je me suis garée comme je l'ai pu, et j'ai pris l'ascenseur jusqu'au cinquième. L'appartement était glacial et sentait la peinture, les meubles et les sacs de vêtements étaient empilés les uns sur les autres. Ils étaient là, appuyés contre le mur immaculé du salon, tournés du côté du mur, à l'abri de la lumière, enveloppés dans de vieux manteaux, comme si je les avais condamnés à regarder à tout jamais le paysage monotone de ce temple de la blancheur, trop pur à mon goût, et au leur aussi, sans doute.

Pendant que je déballais le plus petit, je me suis souvenue de la dernière fois où je l'avais vu, de mon émotion, ce matin où je m'étais enfermée avec lui dans la salle de bains pour lui faire quelques confidences, mais grand-mère Sol avait bientôt fait irruption :

« Que fais-tu là, Malena ?

– Rien. Je te regarde, grand-mère.

– Ça, ce n'est pas moi.

– Oui, c'est toi, ça. Pour moi, tu auras toujours les cheveux bouclés. »

Alors, elle m'a prise dans ses bras et m'a serrée si fort qu'elle m'a fait mal, et à l'abri de cette douleur, j'ai pu trouver les forces nécessaires pour lui souffler, sans la regarder dans les yeux :

« Ton mari était un type qui en avait, qui en a eu dans sa vie, et dans sa mort. Je suis fière d'être sa petite-fille, comme je suis fière d'être la tienne, il fallait que je te le dise. »

J'ai cru qu'elle allait me gronder, encore une fois, mais au lieu de se fâcher, elle m'a embrassée.

« Ton père ne t'a jamais rien dit de tout ça, n'est-ce pas ? » J'ai remué la tête d'un côté à l'autre. « Alors, ne dis rien de ce que tu sais à personne, ne leur raconte rien, même pas à ta sœur, c'est entendu ? » Elle s'est interrompue pour chercher mon regard. « Ce n'est pas que ça ait une telle importance, surtout à présent, c'est de l'histoire ancienne, mais cependant... »

C'est à ce moment-là que j'ai trouvé le courage de lui demander de m'offrir le tableau ; je lui ai dit que je serais très heureuse de l'avoir, et elle a accepté d'un hochement de tête. Lorsque papa et Reina sont venus me chercher, elle a déclaré devant eux que, si elle mourrait avant que je quitte le toit familial, elle voulait que papa garde ce tableau pour moi, jusqu'au jour où j'aurais ma propre maison, des murs où l'accrocher. Puis, alors que nous prenions congé, elle a fait quelque chose d'encore plus grand : elle m'a pris discrètement la main, et elle y a glissé quelque chose, avant de la serrer dans la sienne. C'était une toute petite boîte en carton gris clair, comme un emballage de bijou fantaisie, et je n'ai pas voulu l'ouvrir avant d'être seule. À l'intérieur, il y avait deux graines de cacahuète, aussi vieilles que le monde, dures, fossilisées, poussiéreuses, le plus ancien et le plus précieux des trésors.

À présent, la République guidait le peuple, qui semblait se situer quelque part derrière la porte de la terrasse, vers la lumière de la culture ; je ne m'attardais guère à contempler son regard fiévreux, brûlant de passion, dans ma hâte de déballer le grand tableau. Je l'ai soulevé délicatement pour le tourner vers moi, et le bras viril couvert de velours grenat a hissé le drapeau tricolore. Alors, j'ai pris du recul, je suis allée m'asseoir par terre à l'autre bout du salon, et je les ai regardés.

Rodrigo me renvoyait mon regard avec un sourire moqueur, sous des moustaches noires bien fournies, lissées et recourbées avec coquetterie. Il m'avait toujours fait l'effet d'un homme heureux, satisfait de ses cicatrices, content de ses bijoux, de ses vêtements coûteux, de son élégance, avec sa mèche artistiquement décoiffée sur le front, ses dents très blanches, ses lèvres de fraise, et pourtant, ce soir-là, j'ai saisi une nuance différente dans ce visage que je connaissais par cœur, dans ce large sourire qui, tout à coup, s'est changé en un rictus qui n'était pas dû au poids des ans mais à l'effort pathétique de jouer le bel indifférent, et j'ai entendu, sans le vouloir, la voix de grand-père : « Tu es des nôtres, Malena, du sang de Rodrigo », à laquelle la litanie de Mercedes a fait écho : « C'est la branche maudite, et on n'y peut rien. Celui qui en hérite ne peut lui échapper, on ne peut pas lutter contre ça », et la voix de grand-mère est montée en moi, à son tour : « Ni chagrin ni honte, Solita », se disait-elle et me disait-elle presque avec rage. « Ni chagrin ni honte, c'est l'homme de ta vie », tandis que je cherchais le peuple qui aurait dû se trouver quelque part de l'autre côté de la porte de la terrasse, mais le silence était complet, et dans le silence je les entendais, tous les trois, et je n'ai pas pu les remettre face au mur, parce qu'il me semblait qu'ils étaient plus proches de moi que quiconque, et je n'ai pas voulu m'abandonner aux larmes, parce qu'il n'y avait plus de place pour elles, et je me suis dit que j'aurais mieux fait de sortir, et de chercher un homme.

Trois jours plus tard, j'ai assisté avec une certaine curiosité à mon mariage. Parmi ceux qui comptaient vraiment pour moi, Reina seule m'a félicitée.

Quand j'ai épousé Santiago, je savais qu'il n'aimait pas les abats, pas même les tripes, bien qu'il fût né à Madrid. Puis, peu à peu, j'ai découvert qu'il n'aimait pas non plus les écrevisses ni les huîtres ni les clovisses ni les bigorneaux ni les oursins ni les bulots ni les anguilles ni les anchois ni les poulpes ni la petite friture des bistrots. Il ne touchait pas non plus à la viande boucanée ni à l'épaule ni au museau ni aux pieds de cochon ni au cochon de lait rôti ni à la queue de bœuf ni au gibier, à l'exception des cailles d'élevage, parce que pour tout le reste – canards, lièvres, perdrix, faisans, sangliers et chevreuils –, on ne savait jamais comment ni où ni par qui ni par quelles mains, propres ou sales, ils avaient été abattus et ramassés. Pour des raisons similaires, il repoussait les produits de l'abattage domestique, et pendant que moi, pour qui tout ce qui entre fait ventre, j'engloutissais chorizos, petit lard, boudins et jambon de pays que la sœur de Marciano envoyait à ma mère d'Almancilla, il se préparait des sandwiches au chorizo industriel bien gras qui, malgré toutes les inspections sanitaires, teignait les doigts en rouge. Il repoussait également certains légumes frais comme l'asperge, la bette, la betterave et, bien sûr, les champignons, sauf ceux de Paris, parce qu'il était sûr qu'ils avaient été bien lavés, et il s'évertuait à laver toutes les salades avec une maniaquerie maladive, en les passant feuille à feuille sous le jet d'eau froide et en les frottant avec l'éponge dont je me servais pour laver les verres, et quand il trouvait un ver, il jetait tout à la poubelle; ce fut ainsi qu'à maintes reprises nous dûmes nous passer d'entrée.

Il détestait les épices, même les plus douces, ne voulait ni ail ni oignon ni moutarde, et il reconnaissait infailliblement dans une sauce un morceau de piment pas plus gros que le huitième du quart de l'ongle de mon petit doigt. Il refusait de garder la mayonnaise dans le compartiment à glace ne fût-ce que deux heures et dans un bocal hermétique, parce que la seule façon d'éviter la salmonelle était de jeter immédiatement la sauce restante. Il m'obligeait à jeter aussi poêle, casserole, moule ou autre récipient aussitôt que le revêtement antiadhérent était légèrement éraflé, même si l'éraflure était aussi fine qu'un cheveu, pour éviter que la nourriture ne soit contaminée par les substances cancérigènes du métal à présent visible, substances qui allaient obligatoirement émaner de cette blessure. Il ne buvait que de l'eau minérale parce qu'il ne supportait pas le goût du chlore, et il s'achetait une nouvelle brosse à dents tous les mois. S'il devait se lever pour aller répondre à un appel pendant le petit déjeuner, une fois revenu à table, il vidait le verre de jus d'orange dans l'évier et pressait de nouveau quelques fruits dont il buvait aussitôt le jus, car on sait que les vitamines ont la vie brève. Il lavait tout, très consciencieusement, au détergent liquide, même un récipient qui avait servi à faire bouillir de l'eau, et les pommes et les oranges et les poires, qu'il pelait ensuite. Mais sa surveillance ne s'exerçait pas seulement sur ce que l'un et l'autre pouvions faire et à l'organisation domestique, elle s'étendait plutôt en tous sens, avec la secrète ambition d'embrasser les limites de l'univers.

Le jour où je me suis réveillée pour la première fois dans notre nouvelle maison, je suis entrée, vers le milieu de la matinée, dans la cuisine, pour finir de ranger les ustensiles, et j'ai trouvé un mot écrit à la main sur la porte du réfrigérateur. J'ai reconnu l'écriture très régulière et très espacée à laquelle Santiago avait recours quand il voulait souligner l'importance de son message. Il s'agissait d'une liste de tous les colorants, conservateurs, édulcorants et gazéifiants qui, bien que conformes aux normes en vigueur, ne semblaient pas mériter sa confiance ; il me priait, pour conclure, sous forme de post-scriptum, de m'assurer qu'aucune de ces substances n'entrerait dans la composition de n'importe quel aliment que nous pourrions consommer sous quelque forme que ce soit. En arrivant au point final, j'ai ri de bon cœur, parce qu'en fait tout cela me plaisait, me plaisait encore, même si, chaque fois que j'allais faire les courses, lorsque je devais passer au large de certains étalages, je ne pouvais m'empêcher de rouspéter avant même d'avoir commencé à m'empoigner avec les marchands.

« Qu'est-ce que c'est ? Du gîte à la noix ? » Le boucher acquiesçait avec un sourire. « Je n'en veux pas.

– Mais pourquoi ? Je vais vous découper là-dedans des morceaux délicieux.

– Oui, mais nerveux.

– Comment ça, nerveux ? Bien sûr qu'ici, en haut, c'est de la graisse, et là, en bas, du nerf. Mais, sans ça, la viande n'est pas tendre, et elle n'a pas de goût. Croyez-moi, prenez du gîte à la noix.

– Non, alors ! » J'insistais, tout en sachant que ce qu'il avait dit était juste. « Mon mari n'en veut pas, c'est vrai. Donnez-moi deux bons morceaux dans la culotte.

– Dans la culotte ? Mais ça va être très dur, et ça coûte à peu près la même chose. La culotte, en tranches très fines, panée, c'est bon, je ne dis pas, mais le gîte à la noix, c'est bien meilleur, allons, c'est incomparable. »

Les femmes qui faisaient la queue me regardaient comme si j'étais une demeurée, et, à un moment ou à un autre, quelqu'un, la personne la plus âgée, en général, se décidait à intervenir, avec un air compatissant :

« Ne prends pas ça, ma fille, écoute-le. La culotte,

c'est sans doute joli, comme ça, à regarder, mais pour ce qui est du goût... »

« Mais puisque mon mari n'en mange pas », avais-je envie de répondre. Ensuite, j'allais me battre avec le charcutier parce que je voulais du jambon dégraissé : « Bientôt, vous ne voudrez même plus que ce soit du cochon ! Non, mais, ce qu'il ne faut pas entendre ! » Puis, avec le marchand de volaille, à cause des hormones : « Mais qu'est-ce que j'en sais, moi ? Vous n'avez qu'à jeter le cou à la poubelle ! » Puis, avec le poissonnier, parce qu'il me donnait toujours des gambas avec la tête noire : « Mais c'est parce qu'on a interdit le colorant qu'ils mettaient, avant ! Que voulez-vous ? C'est la couleur, bien qu'elles soient fraîches, regardez, on ne peut même pas leur enlever la carapace. » Puis, avec la boulangère, qui voulait me vendre des madeleines maison que lui apportait une fois par semaine un marchand de miel de Guadalajara : « Elles sont délicieuses, réellement, elles fondent dans la bouche, c'est ce que j'ai de meilleur », et moi, je devais me battre pour rapporter à la maison un sac de madeleines carrées absolument insipides, mais fabriquées sans une goutte de graisse animale.

Mon mari ne mangeait pas, mais j'admis cette facette de sa personnalité avec ses autres extravagances légitimes, qui devinrent même tolérables, environ six mois après notre mariage, à partir du jour où je me suis résignée à faire des courses doubles, un double repas, avec différentes sortes de petits pains au petit déjeuner. Mais ma vie s'est transformée insidieusement en un champ de mines, tranquille en apparence, facile d'accès, assez vert, mais où, à un moment ou à un autre, sans le faire exprès, je heurtais le mécanisme qui faisait sauter la charge explosive enterrée sous mes pieds, et la mine explosait sans coup férir, m'arrachait un nouveau petit morceau de chair, me retournait un nouveau morceau de tripe, me défigurait encore un peu plus, avec plus de rage que la dernière qui avait explosé. J'ai dû me faire violence pour admettre que Santiago n'était pas amoureux de moi, et plus encore pour reconnaître qu'il était malgré lui dépendant de moi en toutes choses, et fortement, comme un petit garçon. J'ai eu beaucoup plus de mal encore à comprendre que quelqu'un d'aussi faible, d'aussi délicat, d'aussi enclin à s'apitoyer sur lui-même soit incapable de s'imaginer que moi aussi je pouvais avoir besoin de câlins, et il ne me câlinait jamais, comme l'avaient fait des hommes beaucoup plus durs que lui, beaucoup plus secs, beaucoup plus implacables envers moi et envers eux-mêmes qu'il ne le serait jamais. Il ne remarquait pas la robe que je portais, ni ma coupe de cheveux ni mes boucles d'oreilles. « Tu es au-dessus de tout ça », disais-je parfois, et moi, je me sentais infiniment au-dessous de tout, parce que personne ne me donnait une tape sur les fesses, ne me disait que j'étais bien, ne me regardait avec passion tandis que je menais ma lutte amoureuse, personne ne m'enlevait ce que j'avais sur le dos, quand je sortais de la salle de bains impeccablement vêtue, maquillée, coiffée et apprêtée, pour faire bon effet à un dîner d'affaires avec dames. « Pas mal. Mais tu en fais toujours trop. » J'en ai toujours trop fait, pour lui, en toute chose.

Par un après-midi de printemps ensoleillé, nous étions sortis faire quelques courses, et comme nous quittions un magasin les bras chargés de paquets, le ciel s'obscurcit en un instant et un orage éclata, de ceux, déchaînés, qui vous trempent jusqu'aux os et s'arrêtent aussi brusquement qu'ils ont commencé. Nous sommes arrivés chez nous avec des vêtements ruisselants, et j'ai demandé à Santiago de me donner un bain; il le faisait, de temps à autre, ce qui m'enchantait, mais alors, il m'a regardée, stupéfait, en me disant : « Pourquoi ? » Jamais plus je ne le lui ai demandé et, d'ailleurs, ça ne m'allait pas, je faisais ce qu'il fallait faire, et je le faisais de mon mieux; pourtant, l'idée ne lui est jamais venue que ce n'était peut-être pas là ma manière habituelle de me conduire, de sorte qu'il ne se montrait jamais reconnaissant, et quand j'en avais assez, quand les élèves m'avaient tellement épuisée que je renonçais à passer à la banque ou au marché ou chez le teinturier, il réagissait comme s'il ne pouvait comprendre ce qu'il m'arrivait. Peut-être le plaisir que j'avais pu trouver à faire des choses de ce genre était-il tari, ou peut-être qu'après avoir réussi à refaire l'appartement, à le meubler, à le décorer, à cuisiner et à gagner de l'argent en donnant des cours d'anglais dans un établissement privé, trois fois par semaine, je ne voyais plus aucun intérêt à être quelqu'un d'efficace.

Souvent, j'avais l'impression d'être injuste envers lui,

parce que Santiago ne faisait rien, ou presque, de répréhensible, et, hormis ses manies irritantes, il n'avait qu'un seul travers des mauvais maris, son ambition professionnelle, qui le poussait à travailler beaucoup plus que ne le prévoyait son contrat. C'est uniquement pour cela, je crois, que nous avons pu vivre aussi longtemps ensemble. Pour le reste, il ne fumait pas, ne buvait pas, ne se droguait pas, ne dissipait pas l'argent pour son compte, ne me trompait pas, n'exerçait sur moi aucune violence, ne protestait pas quand je lui annonçais que tel ou tel soir je sortirais sans lui, n'émettait pas d'opinion sur mes amis, même si je savais pertinemment qu'il ne les aimait pas, il n'essayait pas de m'imposer les siens, il n'avait plus de mère, et ses sœurs aînées étaient délicieuses et finirent par passer plus de temps avec moi qu'avec lui, sans doute parce que je devenais, pour lui, pareille à elles, une sœur aînée de plus, la plus proche. C'est pour cela qu'il ne pouvait pas me lâcher, je crois qu'il n'aurait pas pu, qu'il ne pourra jamais se débrouiller sans une telle femme auprès de lui, et pendant quelques années, me savoir indispensable a été pour moi une sorte de compensation. Quand il arrivait à la maison, tard, le plus souvent, il enlevait sa cravate, s'écroulait dans un fauteuil et me racontait sa journée de travail, les décisions qu'il avait pu ou n'avait pas pu prendre, où et avec qui il avait déjeuné, quel vin il avait choisi, comment il était tombé sur une boutique qui présentait en vitrine des gants qui lui avaient plu, comment, après avoir hésité, il avait fini par entrer et par les acheter. Je l'écoutais et, de mon côté, je ne disais presque rien, parce que, en général, les événements quotidiens ne me semblaient pas dignes d'être racontés. Mon travail me plaisait, il ne me posait pas de grands problèmes, je m'y intéressais de près, et il était sans surprises. J'avais choisi les cours du matin, et obtenu un petit groupe de maîtresses de maison paresseuses qui n'avaient pas ouvert un manuel depuis l'école primaire, mais tout valait mieux pour moi que de retourner au pensionnat en tant que professeur d'anglais, ce que ma mère m'avait maintes fois proposé avec enthousiasme, si bien que, du lundi au vendredi, j'avais tout le temps de mettre au point les anecdotes que je pouvais servir à Santiago pendant notre petite conversation nocturne. Hélas, après cinq jours de solitude tranquille et deux heures de bavardage, la fin de semaine arrivait.

Un samedi de cette époque pareil à tous les autres, Santiago était vissé devant la télévision, trois films d'espionnage attendaient dans leur boîte sur le magnétoscope. J'eus alors la surprise de l'entendre me demander tout à coup si je n'aurais pas préféré avoir un mari comme mon grand-père Pedro, même si cela impliquait que j'aurais dû le partager, inévitablement, tôt ou tard, avec quelque Teófila. Je m'étais mise à jouer avec l'idée qu'en fin de compte j'aurais préféré la vie de Teófila à celle de grand-mère quand mon mari m'a regardée, avec un sourire innocent, et m'a encouragée à suivre le film : « Il faut faire très attention, au début, sinon, tu ne comprendras rien », alors, je me suis sentie méprisable, je me suis méprisée, et j'ai voulu écarter de moi à jamais cette supposition absurde et cruelle. J'étais pourtant assez grande pour comprendre, sans renoncer à l'aimer pour autant, que grand-père n'avait été un bon mari pour personne ; mais, parfois, rien ne tournait rond.

Quand la chose s'est produite, Santiago ne s'est pas rendu compte que c'était là la goutte qui faisait déborder le vase. Je ne lui en ai jamais rien dit, parce que je ne voyais aucun intérêt à parler de ces choses-là, mais je suis certaine qu'il n'aurait pu concevoir l'importance que pouvait acquérir un détail comme celui-là. La chose ne s'était encore jamais produite, en deux ans de mariage, parce qu'il avait toujours exercé un contrôle scrupuleux sur mon organisme – dont je ne me souciais pas à l'excès, de mon côté, parce que nos journées étaient strictement semblables les unes aux autres, depuis longtemps, sans doute. Je savais qu'il n'aimait pas ça, et que c'était pour cette seule raison qu'il fouillait dans la boîte de serviettes hygiéniques de ma table de nuit, malgré la solidarité qui lui servait de prétexte et d'excuse : « C'est mon affaire aussi bien que la tienne », je le savais parce que je m'étais rendu compte qu'il évitait soigneusement de le faire, avant même que j'eusse provoqué sa brutale confession, en déclarant devant des tiers, tout tranquillement, et sans intention particulière, que j'aimais beaucoup, que je préférais même, faire l'amour quand j'avais mes règles, que j'en avais parlé à mon gynécologue, qui m'avait répondu que c'était tout naturel, parce que les règles augmentent la production de je ne sais quelle hormone. Nous étions chez nous, mariés depuis peu, et nous avions invité à dîner, pour la première fois, deux amis de Santiago, tous deux économistes et inconsistants, et leurs épouses, toutes deux conseillères d'entreprise et tout aussi inconsistantes, et, selon un usage en vigueur dans ce groupe d'amis, nous étions disposés par sexe, Santiago à un bout de la table avec les hommes et moi à l'autre bout avec les femmes, qui avaient, on s'en doute, des sujets de discussion très intéressants. Nous en étions arrivées de la sorte à parler d'ovulation et de pilule : fallait-il la prendre ou pas ? Depuis que ma sœur la prenait, elle avait grossi comme une vache, et l'une de mes amies employait d'excellentes serviettes hygiéniques françaises, « moi, je n'y fais même pas attention », ai-je ajouté plus pour remplir mon rôle d'hôtesse que pour donner mon opinion sur une question qui ne m'intéressait plus depuis belle lurette. « Je veux dire que je ne m'en rends même pas compte, je ne grossis pas, je ne maigris pas, je ne me sens pas déprimée ni rien, les règles, vraiment, je ne sais pas ce que c'est. » « Mais ça ne change rien », a ajouté celle qui était à ma droite ; c'est alors que je l'ai dit, en passant, sans y attacher la moindre importance, parce que ça n'en avait pas, mais tous, même les hommes, m'ont regardée comme si j'étais folle, comme si j'avais tout à coup perdu la tête, et le thème des contraceptifs a aussitôt été écarté. Mes interlocutrices se sont intéressées à la conversation qui se déroulait à l'autre bout de la table, et je me suis tue, je me suis tue tout le reste de la soirée, en me demandant pourquoi Santiago me lançait ces regards furibonds. Quand nous nous sommes retrouvés seuls, il m'a demandé quel plaisir je pouvais bien trouver à scandaliser ses amis de cette manière, et je n'ai rien compris. Un peu plus tard, avec mille détours et après avoir changé vingt fois de couleur, il a réussi à m'expliquer que, pour les femmes normales, faire l'amour pendant la menstruation est une cochonnerie, et qu'il n'aurait jamais cru que je disais ça sérieusement, que ce que j'avais sorti pendant le repas pouvait être vrai. « Mais c'est vrai !, me suis-je exclamée. Et je ne vois pas où est le mal, les autres hommes n'y attachent pas d'importance. » « Ton cousin, par exemple ? », a-t-il demandé sur un ton ironique. « Par exemple. Mon cousin s'en foutait », ai-je répondu. « Eh bien, pour moi, c'est une cochonnerie », a-t-il conclu, et j'ai alors pu voir comment les normes de certaines femmes normales coïncident avec celles de certains hommes normaux, mais, de toute manière, nous ne sommes jamais revenus sur le sujet.

Je savais donc que ça ne lui plaisait pas, mais quand la chose s'est produite, ç'a été malgré moi, parce que, avant de commencer, il m'a demandé si j'avais eu mes règles, et je lui ai répondu non, car je ne les avais pas encore eues. Je revois encore la tête qu'il a fait, et je crois que je la reverrai jusqu'au jour de ma mort : les ailes du nez dilatées, les lèvres pincées en une moue grotesque, les yeux agrandis par le dégoût et la terreur, qui allaient follement de sa bitte tachée de sang à mon regard pur. Je lui aurais bien craché à la figure, mais je n'ai pas trouvé assez de salive dans ma bouche, sur le moment. Il s'est enfoncé de nouveau en moi, a tendu le bras vers la table de nuit, a tiré une demi-douzaine de mouchoirs en papier de leur boîte, les a étendus sur la paume de sa main gauche et, de cette même main, a tiré son sexe de mon ventre. Puis, d'un bond, il a quitté le lit et s'est éloigné en courant, pendant que je restais figée, effondrée, à le regarder faire.

« C'est ça, ai-je dit à voix basse, encore que personne ne pût m'entendre. Va te laver, espèce de pédale. »

J'ai découvert ainsi que mes vieilles terreurs étaient périmées comme un médicament oublié dans une armoire, et quand j'ai voulu retrouver l'enchaînement des circonstances qui m'avait conduite dans ce lit, j'ai reconnu sans effort ce qu'avaient été mes sentiments, mais je ne leur ai trouvé aucun sens. À vingt-six ans et demi, je ne pouvais plus concevoir l'avenir comme un énorme et tentant emballage qui s'ouvrirait quand j'en aurais envie, quand j'en aurais assez, quand ça me chanterait. Mon avenir avait commencé à se déployer sans me demander mon avis, comme ces films d'espionnage dont il ne faut pas rater le début si l'on veut comprendre la suite. Le temps, sans cesser de passer, ne passait plus, et, dès lors, je comptais pour du beurre. Cette découverte m'a brutalement plongée dans une terreur nouvelle, si grande qu'elle a balayé toutes les autres, mais je me suis juré qu'à partir de cet instant jamais plus je ne douterais du genre d'homme qui me convenait. C'est ainsi qu'a commencé l'année 1986, qui fut marquée par des événements importants.

« Tu ne remarques rien ? »

Reina tourna deux fois sur elle-même avant de m'adresser un sourire rayonnant.

« Non, répondis-je. Tu veux du café ?

– Oui, merci », murmura-t-elle, déçue par la banalité de ma réponse.

Je n'avais pas la moindre envie de boire du café à cette heure-là, à une heure et demie de l'après-midi, mais je m'étais dit que je passerais volontiers un petit moment avec elle, ne serait-ce que pour me tranquilliser. J'étais furieuse contre elle, mais je n'avais pas la force de le lui montrer, comme d'habitude, et son attitude, la joie spontanée avec laquelle elle m'avait abordée : « Mais, Malena, c'est moi ! » alors que j'allais ouvrir la porte d'entrée sans même avoir jeté un regard sur la forme qui, appuyée contre le mur, à ma gauche, ressemblait à celle d'une femme attendant quelqu'un qui ne pouvait être moi, m'avait déconcertée encore davantage. Ma sœur se conduisait comme si nous avions déjeuné ensemble la veille, et je trouvais qu'elle avait un sacré culot.

Nous étions à la fin du mois d'avril de l'année noire, dépouillée de sa fraîcheur nouvelle quelques heures à peine après son commencement ; en effet, le 3 janvier, mon père, qui atteignait sa quarante-huitième année de vie et sa vingt-sixième année de mariage, avait quitté ma mère pour l'éternelle fiancée de ses deux frères cadets, celle qui ne parvint jamais à être la célèbre chanteuse pop Kitty Baloo et qui, à trente-six ans, avait pour finir pris l'apparence de l'avocate respectable avec laquelle papa entretenait depuis deux ans une liaison passionnée, et qui prétendait que, tout ce temps, elle l'avait passé à pleurer, quand elle ne baisait pas. Pour ma mère, le choc avait été terrible, même si la chose, plus que toute autre, était à prévoir. Elle s'effondra si bien qu'il lui fallut trois jours pour pouvoir m'appeler, et quand je me suis précipitée chez elle, Reina, qui vivait encore sous le toit familial, m'a chuchoté dans l'entrée qu'elle venait à peine d'être mise au courant. Il me semble bien que ma mère espérait encore le voir revenir, comme il revenait vers elle de ses furieuses expéditions vengeresses, après un jour ou deux, épuisé et silencieux, les yeux cernés et des marques sur tout le corps, coupable mais franc, prêt à se laisser soigner et consoler, à la fois plein et digne de compassion, comme l'éternel fils prodigue. Mais, cette fois, il n'est pas revenu, parce qu'il avait passé l'âge où l'on revient.

Je n'ai pas osé le dire à ma mère, lui expliquer qu'il avait senti, sans doute, que c'était là son avant-dernière chance, sans laquelle la dernière ne lui serait peut-être pas donnée. Mais j'ai senti qu'elle lisait dans mes pensées :

« Et moi ? Qu'est-ce que je vais faire, moi ? Que vais-je devenir, à cinquante ans ? »

Je savais qu'elle venait d'avoir cinquante-deux ans et qu'avec un peu de malchance elle ne deviendrait rien du tout.

« C'est une vacherie, ai-je répondu. Une énorme vacherie dégueulasse. Il n'a pas le droit.

– Non, il n'a pas le droit. Mais c'est mon destin, et ce sera le tien, c'est celui de toutes les femmes. »

Pour dire ces derniers mots, elle avait pris un ton très différent, celui de la femme qui n'est pas résignée à son sort, et sous l'épais rideau de ses sanglots, j'ai retrouvé une nouvelle fois les propos que m'avaient tenus grand-mère Soledad, en me confiant un secret qui n'était pas seulement le sien, la première et la seule fois où elle m'a parlé de mon père, où elle m'a découvert sa honte, et la passion qu'elle n'avait encore jamais osé exprimer :

« Jaime me faisait voir Dieu. »

Elle l'avait répété plusieurs fois, de la même manière, tout doucement, comme on savoure une insulte, avec un sourire figé de sibylle.

« La première fois, je n'ai pas trouvé une autre manière de dire ce qui m'était arrivé, j'ai invité deux amies à la maison ; il fallait que j'en parle à quelqu'un. J'aurais voulu le répéter sans cesse, l'écrire sur les murs, mais je n'ai pas su m'y prendre, je n'ai pas su par où commencer, alors, j'ai cessé de réfléchir, et ça m'est venu comme ça : hier, j'ai couché avec un homme, et j'ai vu Dieu. »

Elle avait voulu poursuivre, mais elle s'était tue, comme si l'air glaçait son souffle, comme si sa voix flanchait après une nuit de veille et s'éteignait. Je n'avais pas besoin d'en entendre davantage, je savais ce que couvrait son silence, pour moi, il ne pouvait être trop lourd.

« Mais Jaime ne revenait pas, avait-elle dit, enfin. Il ne pouvait pas revenir, parce qu'il était mort. J'avais tout juste un peu plus de trente ans, et il était mort. Ces années m'ont pesé comme des siècles... »

Grand-mère Soledad n'avait pas résisté à la tentation, ce qui eût été vain. Un beau jour, en 1941, alors qu'elle sortait de l'école, sa veste se mit à peser sur ses épaules, elle l'enleva d'un geste machinal, dont elle ne pouvait prévoir l'importance. Le soleil caressa ses bras nus et une brise tiède gonfla le duvet de ses jambes. Solita eut un frisson de surprise et sourit : son corps, après si longtemps, pouvait de nouveau éprouver du plaisir, à nouveau, elle s'y sentait bien, et peut-être parce que c'était le printemps, tout simplement.

« Si, au moins, j'avais pu voir son cadavre, si j'avais pu le toucher, l'enterrer dans un coin tranquille, si j'avais pu enlever les mauvaises herbes sur sa tombe, la couvrir de fleurs, tout aurait été différent. C'est incroyable, tu sais, comme on change... Passer sa jeunesse à rejeter la superstition et le reste de sa vie à regretter un morceau de pierre contre lequel appuyer son front pour pouvoir pleurer... Parce que chaque fois que j'aperçois son nom, dans le livret de famille, dans une lettre tombée d'une boîte, sur une carte de visite oubliée dans un livre, chaque fois que je tombe dessus alors que je ne m'y attends pas, c'est comme si quelqu'un me plantait les ongles dans le menton et tirait ma peau vers le bas, de toutes ses forces, en m'écorchant vive, complètement, la gorge, la poitrine, et le ventre, et les cuisses, comme si les mains de quelqu'un me touchaient le visage, comme si j'avais la fièvre. C'est pour ça que je me dis que si on m'avait laissée le rejoindre, si j'avais pu emporter son corps, l'enterrer et faire graver son nom dans la pierre la plus dure que j'eusse pu trouver, alors, au moins, j'aurais pu tout endurer. »

Le printemps touchait à sa fin, et grand-mère s'abandonna à l'indolence qui tempéra la chaleur brutale du mois d'août dans la ville en ruine où les pauvres semblaient logés à la même enseigne que les riches parce que l'ombre est gratuite, que l'eau fraîche jaillit bouillante du robinet dans n'importe quel quartier, que la rage du soleil éteint même la faim, et que l'on a du mal à dormir, où que l'on soit. Mon père avait alors deux ans, il parlait comme un chiffonnier, il était chétif, mais c'était un très bel enfant. Ses frères lui jouaient des tours, presque cruels, ils lui demandaient s'il ne voudrait pas une banane, ou du beurre, ou du chocolat, et lui répondait qu'il en voulait, bien qu'il n'eût jamais goûté à l'une ou à l'autre de ces choses, et il mettait une telle ardeur à accepter l'offre, une telle insistance à dire et à redire qu'il en voulait, oui, qu'il en voulait, que sa mère finissait par se joindre aux rieurs. Et pourtant, il ne se passait rien, il ne devait rien se passer de tel pendant longtemps. Jaime n'était pas un de ces petits garçons tendres et adorables, mais un enfant précoce qui avait appris à faire les divisions avant d'avoir atteint sa sixième année, et qui répondait toujours la même chose : riche, quand on lui demandait ce qu'il voudrait être plus tard ; ce fut alors que sa mère accepta la triste proposition d'un homme triste, veuf comme elle, et qu'elle comprit que Dieu lui avait tourné à jamais le dos.

« Je ressentais toujours la même chose, même quand ton père est devenu grand ; c'est pour ça que j'avais voulu lui donner ce prénom : pour qu'il y ait au monde quelqu'un qui s'appellerait comme ton grand-père. Au début, ça n'avait aucune importance, bien sûr, puisque les enfants ne reçoivent pas de lettres, mais par la suite... Le jour où il a reçu sa convocation pour le service militaire, quand j'ai sorti cette lettre de la boîte, les larmes me sont venues aux yeux, je me suis mise à pleurer devant la porte, mais il m'a arraché le papier des mains et il m'a dit : « Arrête ce cirque, maman, tu devrais avoir honte... »

Parce qu'elle couchait avec d'autres hommes.

« Il ne me l'a jamais pardonné. Il n'a jamais voulu comprendre. Avec ses frères, ce n'était pas pareil, ils étaient plus grands, plus raisonnables peut-être, je ne sais pas, ou moins malins ou plus compréhensifs, nous en avions tous bavé quand Jaime était un bébé qui ne savait encore que manger et dormir ; ou bien, ce qui s'est passé, c'est que les grands avaient connu leur père... Je ne sais pas. »

Le souvenir de ce triste veuf lui faisait encore la bouche amère. Pourtant, elle ne se sentait pas déloyale ni infidèle. Elle se sentait vide et condamnée au vide à tout jamais. Elle ne voulait plus recommencer, mais, presque un an plus tard, un autre homme lui a fait une proposition. C'était un chauffeur de taxi qui avait toujours vécu dans le quartier populaire de Lavapiés ; sa façon de parler lui rappelait le jargon qui avait été le sien avant son mariage, l'amusait, et il put l'embobiner, tout doucement. Il n'était pas pressé. Il était marié. Il s'appelait Mauricio.

« C'était quelqu'un de très... agréable. »

Comme une glace à la vanille, ou un bon film, ou un roman rose, agréable comme une valse de Strauss, Mauricio était ainsi, et ainsi furent tous ceux qui lui succédèrent. Elle avait peur que se reproduise ce qui s'était produit une fois, elle avait peur et, en même temps, elle le désirait, mais jamais, dès lors, les mots ne lui firent défaut pour expliquer à qui voulait l'entendre ce qu'elle ressentait, et toujours, jusqu'à la fin, elle disposa d'un tas d'adjectifs pour le dire, tous synonymes d'agréable, de sympathique à enchanteur.

« C'est pour ça que je n'ai voulu me marier avec aucun d'eux, tu comprends ? Ton père me le reprochait tout le temps, il lui arrivait de hausser le ton, comme s'il avait le droit de l'exiger de moi : " Marie-toi, maman, me disait-il. Pourquoi ne te maries-tu pas ? Épouse-le ou laisse-le tomber. " Parce que lui aussi devait s'imaginer que, malgré moi et malgré les autres, j'aurais pu le faire, alors que tous, ou presque, étaient mariés. »

Elle ne put jamais comprendre d'où venait l'intransigeance de mon père, qui doutait de ses origines, et ce doute accentuait la jalousie filiale et la pression du milieu, de l'atmosphère dans laquelle baignait ce pays peuplé d'hommes si différents de l'inconnu qui l'avait engendré et à propos duquel il n'aurait jamais pu soupçonner qu'il pût apprécier les hommages de cette sorte, car elle, craintive pour ce fils qui n'avait pas connu la peur, ne lui raconta pas grand-chose sur son père, juste quelques anecdotes sans importance qu'il ne serait pas tenté de répéter où il ne fallait pas, et néanmoins, il finissait par écarter les autres hypothèses, pour déclarer qu'elle était la seule coupable, parce qu'elle n'était pas une bonne mère, une version de plus de la créature immaculée, poitrine pleine et pur esprit, ce que devaient être les mères de ce temps-là, sphinge maternelle inébranlable que toutes les mères du monde ont dû incarner au moins une fois, où que ce soit, à quelque époque que ce soit.

« Il peut bien penser de moi ce qu'il veut. Je sais que j'ai été fidèle à son père, et que je le serai toujours. Une fois, il était déjà grand, nous avons parlé de tout ça, et j'ai eu l'impression qu'il était enfin prêt à me croire, mais il n'a pas compris, il n'a pas pu comprendre, parce qu'une chose pareille ne lui était jamais arrivée. “ Ces choses-là n'arrivent qu'aux femmes, maman, et ce n'est pas tomber amoureux, c'est perdre la tête. ” Voilà ce qu'il m'a dit. Je lui ai répondu que ce n'était pas vrai, que Jaime aussi m'aimait de cette manière, que nous le savions l'un et l'autre, qu'il éprouvait la même chose que moi. Mais ton père n'a jamais connu ça, il n'a jamais eu ce bonheur, et il ne l'aura sans doute jamais. Parfois, j'enrage, en me disant qu'après s'être montré aussi dur envers moi il est devenu un tel coq, lui, justement ; enfin, je ne lui en veux pas. Je le plains, plutôt. »

Moi aussi j'étais prête à le plaindre quand il m'a appelée quinze jours après son escapade, pour m'inviter à déjeuner dans un de ces bons restaurants chers, anciens, qui lui ont toujours servi de refuge. Ce repas, personne n'a pu l'admettre. Pour ma mère, ç'a été un sabotage de collaborateur, ma sœur, plus radicale, l'a considéré comme une trahison, et même Santiago m'a demandé pourquoi j'acceptais. « C'est mon père », ai-je répondu à tout le monde, mais j'ai eu l'impression que personne ne comprenait.

« Maman est effondrée », ai-je pourtant déclaré avant de m'asseoir, en me disant que grand-mère Sol s'était trompée, parce qu'il était beau à donner le vertige et avait l'air tellement heureux qu'il faisait horreur, tellement léger qu'il semblait flotter. « Tu aurais dû le faire plus tôt, ça aurait mieux valu, maintenant, elle se sent comme une vieille chose... Et j'ai parfois l'impression qu'elle en souffre plus que de t'avoir perdu. La grande vacherie, elle est là.

– Oui. » Il a fixé son attention sur ses ongles avant d'esquisser un sourire qui ne démentait pas une certaine amertume mesurée. « Mais ce n'est pas ma faute.

– Peut-être pas. » Son sourire me mettait hors de moi et je me suis retenue pour ne pas trop élever la voix. « Reconnais que c'est une vacherie, tout de même !

– Bon. » Il m'a regardée, pour m'avertir qu'il allait parler à cœur ouvert : « C'est une énorme, une monstrueuse, une gigantesque vacherie, mais ce n'est pas ma faute, et maintenant que je l'ai reconnue, vous n'êtes pas plus avancées, ta mère et toi. Moi aussi je me fais vieux, Malena. Je n'ai pas cherché à tomber amoureux d'une autre femme, jamais, je te l'assure. Je sais que tu vas me prendre pour un salaud, mais il faut que je te le dise : objectivement, j'étais mieux avant, quand je vivais avec une femme qui se décarcassait pour moi, qui jamais ne m'aurait laissé tomber, qui me passait tous...

– Tu es un salaud, papa.

– Admettons. Mais c'était mieux, pour moi, bien mieux, crois-moi. Maintenant, c'est tout à fait différent... Kitty est beaucoup plus jeune que moi, Je manque de confiance, tu sais, je meurs de jalousie, et ça me les brise de ne pas pouvoir... Un jour, je ne pourrai plus me lever, et elle aura toujours onze ans de moins que moi, presque douze. J'ai peur, et l'autre jour, je me suis assoupi devant la télévision, et après, je n'ai pas pu fermer l'œil, je me sentais vieux, épuisé... Je sais qu'elle me laissera tomber, comme j'ai laissé tomber ta mère. Mais je cours le risque.

– On court toujours le risque. » J'étais morte de jalousie.

Ces propos m'ont laissé un goût amer, mais nous avons réussi à parler de tout et de rien, pendant que nous déjeunions. J'étais du côté de ma mère, parce qu'elle avait besoin de moi, et pas lui : je le lui ai dit, en ajoutant qu'il pourrait toujours compter sur moi, quoi qu'il arrive. Il m'a répondu qu'il le savait, qu'il l'avait toujours su.

Après le café, je me suis rendue directement chez ma

mère, et nous sommes allées au cinéma, et, ensuite, manger des gâteaux à la crème. Je consacrai d'innombrables heures à concevoir et à mettre en œuvre de semblables projets, afin d'essayer de lui remonter le moral, de la hisser au-dessus d'un trampoline sur lequel elle se déciderait bien à s'élancer un jour ou l'autre, de son propre chef, mais je n'ai pas réussi et, plus encore, ma compagnie a fini par devenir un élément indispensable à sa vie. Tout à coup, cette femme qui n'avait jamais rien fait, qui n'était allée nulle part, qui avait passé toutes ses soirées, pendant mon enfance, à coudre pour se distraire, assise sur le canapé du salon devant la télévision, cette femme ne pouvait plus passer une journée sans sortir. Elle décrochait le combiné et m'appelait :

« Que faisons-nous, aujourd'hui ? »

Nous ne rations pas un film, pas une pièce de théâtre, pas une exposition. Nous assistions à toutes les démonstrations d'appareils ménagers, de produits d'entretien, Tupperware, fers à vapeur, poêles antiadhésives, humidificateurs, fours révolutionnaires, édredons en plumes nordiques, machines à coudre sans aiguille, cosmétiques japonais. Nous faisions les soldes des mois de janvier, février et mars, les grands magasins, les hypermarchés, les centres commerciaux. Je lui ai proposé des cours de poterie, de décoration, d'ikebana, de jardinage, de macramé, de yoga, de cuisine, de psychologie, de maquillage, d'encadrement, d'écriture, de peinture, de musique, de tarot, de sciences occultes, de papier mâché, de tout et de n'importe quoi, ça m'était égal. Nous avons visité une dizaine de gymnases, je l'ai encouragée à se faire inscrire à l'université, à prendre une boutique, à déménager, à écrire un livre, et nous avons passé en revue tous les centres éducatifs pour adultes de Madrid, et même si la première visite l'amusait, il finissait toujours par y avoir quelque chose qui ne lui convenait pas, en définitive, nous faisions cela pour rien. Si je n'avais aucune obligation, elle venait goûter à la maison, et c'était le pire, parce que, malgré mes bonnes intentions, cette solidarité et cette compréhension dont je me bardais, en fait, je ne pouvais pas la souffrir, je n'avais jamais pu la souffrir, et maintenant, encore moins. Quand elle n'avait aucun achat à faire et que personne ne sollicitait son attention, ma mère ne s'intéressait qu'à deux choses : l'infarctus qui allait avoir raison de mon père pendant qu'il se vautrerait ici ou là avec cette espèce de pute qui aurait pu être sa fille, et la vie secrète de ma sœur.

Sur ce dernier point, je la comprenais un peu, parce que je ne savais plus rien de Reina depuis qu'elle était revenue de Paris, un an et demi après le retour de Jimena. Elle m'avait juste laissé entendre, à son retour, que cette expérience – « J'ai fait une expérience, m'avait-elle dit, c'est tout » – n'avait pas bien tourné, mais sans me donner le moindre détail ni m'expliquer de quoi ni comment elle avait vécu pendant cette période où elle était officiellement seule, moi, je n'avais pas insisté, même si quelques questions me brûlaient le bout de la langue, parce que son maintien, sa façon de remuer les mains, de parler, et ce qu'elle disait dévoilaient encore une influence curieuse de Jimena, comme si, bien qu'ayant coupé les ponts, elle demeurait liée à elle par le lien fragile du souvenir. Ensuite, nous n'avions occupé la même chambre que six mois, jusqu'à mon mariage, et, en vérité, quand je me mettais au lit avec Santiago, sa compagnie était bien la seule qui ne me manquait pas du tout. Elle, cependant, semblait trouver très amusant que je me sois mariée, elle s'entendait très bien avec Santiago et venait nous voir assez souvent, avec, chaque fois, un nouveau prétexte. Elle participa volontiers à la décoration de l'appartement, m'offrit cent appareils aussi insignifiants qu'utiles : couverts spéciaux pour servir les spaghettis, ustensile pour couper les œufs durs en rondelles, un autre pour séparer le blanc du jaune, un gros disque de verre pour empêcher le lait de monter, un filet pour cuire les pois chiches et autres choses du même genre, auxquelles elle seule était capable de penser, elle remplit la terrasse de plantes, et suppléa, par instinct, à mes innombrables incapacités domestiques, puis, tout à coup, sans crier gare, elle disparut, et je ne l'aperçus plus guère que le dimanche, quand j'allais déjeuner chez mes parents. Quatre ou cinq mois plus tard, elle reparut sur notre seuil avec un ficus dans les bras, et le cycle se reproduisit depuis le début, plusieurs fois de suite. Reina apparaissait et disparaissait, elle abandonnait parfois Madrid, parfois l'horizon familial, mais alors, alors que je n'avais plus de secrets à cacher, que ma vie était plane et monotone comme celle de n'importe quelle autre femme honnête, elle se mit à mener une vie secrète, et ma curiosité se dissolvait facilement dans le soupçon que de cette manière, en ne sachant rien d'elle, sa présence ne siérait que mieux à l'affection inconstante qu'elle m'inspirait parfois.

Pourtant, jamais je n'aurais pu m'attendre qu'elle – elle qui avait toujours été la préférée de maman – suivît l'exemple de mon père, à quelques semaines d'écart. Je n'ai même pas eu le plus léger soupçon le soir où, ayant raccompagné ma mère chez elle, je l'ai trouvée en train de faire sa valise.

« Où vas-tu ?

– Dans les Alpujarras. Passer quelques jours chez un ami.

– Maintenant ? Il doit faire un froid de canard.

– Oui, mais la maison est chauffée, et... j'ai très envie de connaître la région. »

Tandis que je cherchais le moyen de lui dire que le moment était peut-être venu de me donner un coup de main dans le traitement de la douleur de ma mère qui devenait trop pesant pour moi seule, elle m'a adressé un regard extraordinairement expressif et s'est demandé tout haut :

« Je te le dis ou je ne te le dis pas ?

– Quoi ? me suis-je sentie obligée de répondre.

– Tu sais où je me suis retrouvée avant-hier ? » J'ai remué la tête d'un côté à l'autre, mais ça n'a pas suffi : « Non, Reina, je ne sais pas.

– J'étais à un mariage. » De son expression, j'ai déduit que la nouvelle était une véritable bombe, mais je n'ai pas su de quel côté elle allait exploser. « J'ai atterri là par hasard, parce que, bien sûr, je n'étais pas invitée, j'avais rendez-vous avec un ami pour aller dîner, et quand il est arrivé, il m'a servi l'excuse habituelle, qu'il avait un rendez-vous, qu'il était obligé d'y aller, parce que c'était important pour son travail, et qu'il ne s'en était pas souvenu quand nous avions pris rendez-vous, parce qu'il était dans les nuages... C'est vrai qu'il était dans les nuages, bref, il m'a demandé de l'accompagner, et nous nous sommes retrouvés à un banquet de mariage. Et sais-tu qui était le marié ?

– Non, bien sûr.

– Ça, tu ne pourrais pas l'imaginer, tu ne pourrais pas le deviner en un million d'années ! Je n'en croyais pas mes yeux... » Elle eut un petit rire nerveux auquel, enfin plus curieuse qu'impatiente, je répondis par un sourire. « J'en suis restée pétrifiée, mon Dieu, ce que c'est que la vie...

– Qui c'était, Reina ? Allez, dis-le-moi.

– Agustín ! » Son rire s'enfonça dans mon crâne comme si celui-ci était bourré de liège. « Ce n'est pas à crever de rire ?

– Quel Agustín ? fis-je tout doucement en me demandant de qui il pouvait bien s'agir.

– Mais Quasimodo, bien sûr ! » Elle me regardait d'un air surpris. « De quel Agustín veux-tu qu'il s'agisse ? Ce type avec lequel tu sortais, il y a des années, tu ne t'en souviens pas ?

– Bien sûr que je m'en souviens.

– J'en suis restée paralysée, je t'assure, et puis, je me suis mise à rire. C'était la dernière chose à laquelle je m'attendais. Et je l'ai trouvé pas mal, je dois le reconnaître, il s'est beaucoup arrangé, ou peut-être qu'avant il me paraissait si bête que je le faisais plus moche qu'il n'est. Parce qu'il est encore moche, bien sûr, ou plutôt, d'une laideur... » Elle s'était interrompue, attendant que j'approuve, sans doute, mais comme je gardais le silence, elle a repris la parole, sans m'accorder davantage d'attention, en rangeant ses vêtements dans la valise : « La mariée était très belle, avec des seins trop volumineux à mon goût, bien sûr, ils lui sortaient presque du décolleté, et elle était bien en chair, mais un beau brin de fille. Mon ami m'a raconté qu'Agustín aimait ce genre de femme, qu'il s'est toujours débrouillé pour tomber des filles superbes ; je lui ai dit que celle-là devrait faire un peu de régime, mais il m'a regardée avec des yeux comme des soucoupes, et m'a déclaré qu'elle était magnifique comme ça... Tu sais comment sont les mecs. »

« Pas tous », ai-je eu envie de répondre, mais j'ai renoncé, par simple paresse. Ma sœur m'a regardée comme si mon attitude l'étonnait, et elle a fini par reprendre, sur un ton confidentiel :

« J'ai cru qu'il ne se souviendrait pas de moi, mais il m'a reconnue, tu sais ? Il m'a demandé de tes nouvelles, il s'est montré très aimable. Je lui ai raconté que tout allait très bien pour toi, que tu étais mariée avec un type super, très beau... Alors, je me suis dit que j'avais mis les pieds dans le plat, mais il a pris ça très bien, je veux dire comme si de rien n'était. Il m'a dit de te faire de grosses bises, et m'a demandé ton numéro de téléphone, puis il m'a dit de ne pas le lui donner, que c'était aussi bien, mais il est revenu vers moi pour me le demander encore une fois. J'ai dit que tu venais de déménager et que tu n'avais pas encore ton nouveau numéro, parce que je ne savais pas si tu... Mais je lui ai dit de me donner le sien.

– Je n'en veux pas.

– De toute manière, déclara-t-elle en fermant sa valise, le monde est un mouchoir de poche.

– Plein de morve », ai-je ajouté, avant de saisir le premier prétexte venu pour m'en aller.

Le choc fut tel que je n'ai même pas proposé à Reina que nous passions à tour de rôle l'après-midi avec ma mère, comme j'avais eu l'intention de le faire. De toute façon, cela n'aurait servi à rien, parce que son petit voyage dans les montagnes andalouses se prolongea pendant tout l'hiver, et la plus grande partie du mois d'avril. Pendant ce temps, ma mère se tortura méthodiquement, jour après jour, en imaginant les solutions les plus excentriques, voire les fantaisies les plus atroces, pour expliquer l'absence de sa fille qui, à mon avis, ne faisait que se dérober, quand, deux ou trois fois par semaine, elle daignait téléphoner pour dire que tout allait bien et qu'elle allait être obligée de raccrocher parce qu'elle n'avait plus de monnaie. « Je te raconterai, me dit-elle le jour où je pus l'avoir au bout du fil, il m'arrive un tas de choses... » « À moi aussi... », ai-je dit en guise d'introduction, car j'avais l'intention de l'avertir que, si elle ne revenait pas, j'enverrais maman à Grenade pour qu'elles se tiennent compagnie, mais je n'avais pas eu le temps de formuler l'ultimatum qu'un sifflement aigu m'annonçait qu'il valait mieux ne pas me donner cette peine.

C'est vrai qu'il m'arrivait un tas de choses, en plus de la crise de nerfs dans laquelle menaçait de me précipiter la bataille contre l'ennui de ma mère, bien que j'eusse remporté une petite victoire sur l'infinité de son loisir en la faisant entrer, vers le milieu du mois de mars, dans un club de bridge que dirigeait l'une de mes élèves, ce qui me rendit les soirées du mardi et du jeudi. Au même moment, à peu près, mon école engagea à plein temps le professeur d'allemand qui faisait des remplacements depuis des mois, il s'appelait Ernesto, il avait quarante ans, était marié et vivait depuis dix-huit ans avec la même femme. Il était grand et mince, presque osseux, ne faisait pas son âge et gardait un certain air juvénile qui lui venait de je ne savais quoi, peut-être de ses cheveux, longs comme ceux d'un poète romantique, et soigneusement décoiffés pour cacher une calvitie à peine naissante, ou bien de la fréquence avec laquelle la crainte se manifestait sur son visage, comme si tout le prenait au dépourvu, c'était peut-être la nature ambivalente d'un être qui paraissait à la fois fragile et inébranlable. Il avait le nez pointu, des lèvres très fines, et des yeux sombres, très beaux, et je reconnus bientôt dans ses pupilles la marque de l'alcoolisme que j'avais d'abord confondue avec la plus innocente des myopies. Il n'en resta pas moins, après cette découverte, un homme dont la beauté, à mes yeux, eût pu faire de lui le modèle favori du plus délicat des préraphaélites. Il ne ressemblait en rien à Fernando, et pourtant, il me plaisait. À ce moment-là, cette différence constituait encore pour moi une sorte de garantie.

Jamais, en revanche, je ne sus exactement ce qu'il voulait de moi, lorsqu'il me cherchait dans les couloirs pour faire le fou aussitôt qu'il me rencontrait, lorsqu'il insistait pour que nous allions au cinéma et se décommandait par téléphone deux heures avant le film ; je suivais sa valse-hésitation d'un œil sceptique et amusé. Quand nos horaires coïncidaient, le matin, nous allions déjeuner ensemble, ou nous allions prendre un verre après les cours. C'était un grand bavard, qui avait bien du mal à s'écarter de son thème favori, qui était lui et encore lui, ce qu'il pensait, ce qu'il faisait, ce qui lui arrivait ou ce dont il se souvenait. Il me parlait aussi abondamment de sa femme, répétait à tout bout de champ qu'il l'adorait, avec une insistance dont je ne saisissais pas l'intention, d'autant moins qu'il lui arrivait parfois, en se lançant dans son discours, de coller sa jambe à la mienne, ou de se pencher en avant comme s'il voulait, plus que me frôler, fondre sur moi sans crier gare. Souvent, quand nous nous quittions, je me demandais ce que je ferais le jour où la situation évoluerait dans la direction prévisible, et, à ma grande surprise, l'idée d'avoir une liaison avec lui m'inspirait une paresse monumentale, un sentiment qui se dissipait en quelques heures, parce que, après s'être laissé emporter par l'enthousiasme qui le poussait à faire l'un ou l'autre de ces petits gestes, il disparaissait pour le reste de la semaine. Son attitude me déconcertait mais elle ne me gênait pas, parce que je ne pouvais le prendre au sérieux. Je savais qu'il était sans danger pour moi, il ressemblait trop à Santiago pour être redoutable, en vérité, il m'amusait.

L'indignation que j'ai ressentie en revoyant ma sœur n'a pas duré plus d'un instant, celui qu'il m'a fallu pour aller du salon à la cuisine. La surprise a duré plus longtemps, parce j'avais fini par croire qu'elle ne reviendrait pas, et surtout parce qu'elle était venue me voir avant d'aller voir maman. En allumant une cigarette pendant que le café passait, je me suis demandé ce qu'il y avait d'aussi évidemment nouveau dans l'aspect de ma sœur, dont j'avais remarqué le changement au premier coup d'œil, et j'ai pensé à une opération de chirurgie esthétique. En revenant dans le salon, j'ai jeté un coup d'œil sur les zones stratégiques et constaté que sa poitrine était moins plate qu'avant. Je me suis souvenue de ses commentaires sur le mariage d'Agustín, et j'ai lancé : « Tu t'es fait opérer les seins.

– Non ! s'est-elle écriée en riant. Je suis enceinte.

– Tu parles !

– Mais oui, je suis enceinte, c'est vrai. »

Elle me regardait avec un grand sourire, si grand qu'il lui découvrait presque les gencives, et j'ai eu l'impression que son visage s'était transformé en un panneau d'affichage ; le mien, en revanche, était de marbre.

« Je ne te crois pas, ai-je dit, et c'était vrai.

– Malena ! jeta-t-elle, offensée par mon manque d'enthousiasme. Ne me dis pas que c'est si difficile.

– Non, mais... » Je m'assis sur un fauteuil, et elle s'installa dans un autre, en face de moi. « Et de qui est-il ?

– D'un type.

– Oui, je m'en doute. Je ne pense pas que tu aies un faible pour les chevaux. »

Elle n'a pas répondu, et j'ai servi le café dont j'avais brusquement très envie, histoire de gagner du temps, surprise par ma réaction et les mystérieux effets de cette bonne nouvelle qui, loin de me réjouir, m'angoissait vivement.

« Tu vas le garder ? »

Je n'avais mis aucune malice dans cette question, qui m'était venue d'instinct aux lèvres : des années auparavant, quand j'étais avec Agustín et que j'avais cru être enceinte, c'était la première chose que mes amies m'avaient demandée, et je ne m'étais pas sentie blessée, la question m'avait paru naturelle, mais Reina me regardait à présent avec un sourire condescendant, en remuant la tête tout doucement, comme si elle s'apitoyait sur ma stupidité.

« Bien sûr, que je vais le garder.

– Alors, c'est pour lui que tu es allée là-bas.

– Non ! Mais qu'est-ce que tu crois ? » Jusqu'à ce moment-là, je n'avais pas remarqué à quel point elle était nerveuse. « Je le connais depuis des années, c'est...

– Je ne parle pas du père, mais de l'enfant, ai-je précisé sans savoir s'il fallait ranger l'interprétation de ma sœur parmi les erreurs banales ou les trahisons de l'inconscient.

– Ah, tu veux dire que je voulais être certaine de l'avoir ? » J'ai acquiescé d'un mouvement de tête. « Eh bien, pas exactement, mais je n'ai rien fait non plus pour l'éviter. C'est difficile à expliquer. Moi aussi j'ai été surprise quand je l'ai appris, mais j'ai tout de suite compris que j'en avais besoin, tu comprends ? Qu'il fallait que j'aie un enfant. Comme si tout mon corps le réclamait, comme si je venais de me rendre compte que j'étais vide de l'intérieur, et c'est arrivé, tout simplement. »

Reina avait toujours beaucoup aimé les enfants, c'était certain. À Almansilla, il y avait toujours beaucoup de bébés, je l'avais vue souvent nourrir l'un ou l'autre, le coucher, le prendre dans ses bras, et quand elle était petite, elle préférait faire la maman à tout autre jeu. Alors, à la fin des années soixante, s'étaient imposées sur le marché les poupées qui faisaient des tas de choses, poupons qui pleuraient, poupards parlants, enfants monstrueux, presque grandeur nature, qui marchaient, petits ours qui racontaient des histoires, et gros gloutons à la bouche ouverte, en forme de O majuscule, pourvus d'un biberon magique dont le contenu blanchâtre disparaissait mystérieusement quand on penchait le récipient, en le logeant entre les lèvres de matière plastique. Ils étaient sans doute horribles, et les mécanismes qui les animaient me paraissaient, déjà à cette époque, grossiers, rudimentaires, à des années-lumière des dispositifs électroniques complexes où se loge l'âme des poupées actuelles, ces haut-parleurs dissimulés dans le ventre du poupon qui, au lieu d'un nombril, avait un cercle de petits trous, comme un message en Braille, au milieu du corps, et le minuscule tourne-disque logé dans le dos, sous un petit couvercle qui se cassait toujours, ou qui jouait au point qu'il devenait impossible de le fermer, et dont la forme, qui restait apparente sous les vêtements de mon enfant provisoire, donnait à celui-ci l'apparence d'un petit avorton estropié, mais qui m'enchantait. Ma mère ne manquait pas de se mettre en rage quand je choisissais immanquablement un de ceux-là, presque toujours celui qui avait l'air d'un mutant, en écrivant la lettre aux Rois Mages, qui apportent chez nous les cadeaux aux enfants, mais elle ne parvenait jamais à m'en dissuader, parce que seuls m'intéressaient les poupons avec lesquels je pouvais jouer, et non pas les bébés qui plaisaient tant à Reina.

Ma sœur n'aimait que les créatures de Sánchez Ruiz, un grand marchand de jouets de la Gran Vía, qui vendait uniquement ses créations, une gamme qui couvrait toutes les tailles, des miniatures de poche aux immenses ours blancs en peluche que seul un adulte pouvait soulever du sol, mais toujours avec ce style bien particulier, unique, caractérisant ce que les grandes personnes appellent la bonne qualité. Tout au long d'une devanture qui me semblait immense, au moins aussi haute qu'une maison de deux étages, s'alignaient les véritables poupées, à l'ancienne, avec le même visage, le même corps, les mêmes vêtements que ceux que ma mère avait pu voir, au même endroit, quand elle était petite. Le plastique avait remplacé le celluloïd et la porcelaine, le fil de nylon les anciennes tignasses de fibre, les vêtements n'étaient plus cousus main, mais chaque détail, aussi petit qu'il fût, proclamait discrètement leur perfection. Reina passait des heures entières en pleine rue, le nez collé à la vitrine, à les regarder, choisissant celle qu'elle demanderait quand l'occasion se présenterait, et elle ne s'en lassait jamais. Comme elles étaient très chères, elle en recevait parfois une comme cadeau commun de divers membres de la famille, ce qui ne m'a jamais causé aucune déception. Elle en avait beaucoup, une petite chinoise vêtue d'un kimono en soie véritable, brodé, avec un pompeux chignon traversé par trois baguettes, une blonde, un peu plus grande, qui était en tout semblable à une enfant normale, avec un chapeau de paille et une robe imprimée à fleurs, et de nombreux jupons soyeux au-dessous, un couple de petits noirs, le garçon et la fille, en costume de cérémonie, avec de précieux habits de velours bleu marine rehaussé de dentelles, et les mêmes chaussettes de coton blanc ajouré que nous mettait ma mère, le dimanche, pour aller à la messe, et une vraie petite dame, une poupée aux cheveux châtains et aux yeux de couleur caramel, un peu plus grande que les autres, qui voyageait avec une malle pleine de vêtements pour toutes les occasions. Mais l'étoile, c'était le bébé, un très grand poupon, de la taille d'un enfant de six mois, avec une tête énorme, sans cheveux, couvert d'une délicate capote de batiste qui se nouait sous le menton, avec, sur le visage, l'expression d'un nouveau-né, et un corps souple, moelleux, spongieux, sous une véritable robe, un bavoir brodé et une petite veste de laine bleu ciel, avec des boutons ronds et polis, en tous points semblables à des vrais. Sur la poitrine, une toute petite épingle de sûreté retenait un ruban de satin auquel était suspendue la tétine. Quand Reina se fut lassée de le serrer contre elle, de l'embrasser, de lui donner des baisers, je lui ai demandé de me le prêter, et j'ai essayé de lui mettre la tétine dans la bouche, mais je n'ai pas réussi car ce petit n'ouvrait pas les lèvres, comme mes poupons, aussi l'ai-je rendu à sa mère non sans éprouver une certaine jalousie, surtout à cause des petits chaussons de laine qu'il avait aux pieds. Mes poupons étaient beaucoup plus laids, mais ils faisaient des choses, et, de plus, cette année, les Rois m'avaient apporté le jouet qui allait devenir, entre tous, mon grand favori, une petite charrette de marchande des quatre saisons, en plastique rouge, avec de vraies roues, et une bâche rayée avec un carton annonçant ce qu'elle contenait. Sur le comptoir, il y avait une balance, et une caisse enregistreuse dorée, avec de la monnaie et des billets, qui tintait à l'ouverture. Au-dessous, un monticule de petites corbeilles blanches contenait ce que je considérais comme une grande variété de fruits et de légumes, pastèques, poivrons, tomates, bananes, fraises et pommes en matière plastique, et encore un grand filet rouge et jaune, plein d'oranges, qu'on pendait avec un petit crochet. C'était ravissant, mais quand j'en ai eu assez de jouer avec, Reina a continué de jouer avec son poupon, qu'elle avait changé en fille, en l'habillant de rose, tout simplement, et elle lui achetait des vêtements, lui tricotait de petits bérets et des jerseys, lui donnait le bain et couchait avec lui, la nuit. À présent, quinze ans plus tard, à en juger par l'expression radieuse avec laquelle elle me regardait, je me suis dit qu'elle pensait sans doute refaire de même.

« N'est-ce pas merveilleux ? »

Ce devait l'être, mais les actrices qui, dans les films, débitaient cette formule m'horripilaient toujours et me faisaient vaguement peur.

« Si tu le dis... »

Ma sœur est venue s'asseoir à côté de moi, m'a pris la main et m'a parlé avec douceur :

« Qu'est-ce qu'il y a, Malena ?

– Rien. Je ne comprends pas.

– Qu'est-ce que tu ne comprends pas ?

– Rien. Je ne comprends rien, Reina, et j'ai un peu élevé la voix, comme si j'étais fâchée. Je ne comprends pas comment tu peux te retrouver enceinte sans l'avoir voulu par les temps qui courent, je ne comprends pas comment tu peux prétendre qu'un enfant c'est tout ce que tu désires simplement parce que tu vas en avoir un, je ne comprends rien à tout ça. Moi, je n'ai pas d'appel de l'utérus, que veux-tu que je te dise, je connais l'appel de l'estomac, je mange bien, et l'idée de douze heures de jeûne... Et avoir un enfant, ça me paraît une affaire grave, trop grave pour ne pas y réfléchir longtemps.

– C'est une situation naturelle.

– Non, ce qui est naturel, c'est d'avoir ses règles. La grossesse est un état exceptionnel.

– Très bien. Comme tu veux. Mais moi, je n'ai pas besoin d'y réfléchir. J'ai passé toute ma vie à m'y préparer.

– C'est très bien, ai-je murmuré. Comme Lady Di. »

Le désarroi céda facilement devant l'évidence. Reina était enceinte et elle trouvait merveilleux d'avoir l'enfant qu'elle avait toujours désiré pour donner à sa vie tout son sens en même temps que la dimension la plus transcendantale à laquelle une femme puisse prétendre.

C'est ce qu'elle répéta, grosso modo, à plusieurs reprises, mais toutes les différences de formulation n'empêchèrent pas moins son discours de sonner à mon oreille comme une phrase toute faite; dis-moi ce tu revendiques et je te dirais ce qui te manque. Je n'ai pas cru un instant que Reina pût être sincère, parce que, à aucun moment, elle ne parla de crainte ni d'étrangeté, qu'elle ne manifesta ni accablement ni insécurité, mais seulement de l'impatience. J'ai plusieurs fois été sur le point de lui poser certaines questions, mais je n'ai pu m'y résoudre parce que j'aurais dû lui faire part de mes sentiments, et que je savais d'avance qu'elle ne les trouverait ni convenables ni sensés. Je comptais bien avoir des enfants, un jour ou l'autre, quand j'en aurais furieusement envie, mais chaque fois que je pensais à ma progéniture hypothétique, je succombais à des terreurs imaginaires en rafales qui, je le compris alors en écoutant Reina, ne devaient pas être autre chose qu'une de mes bizarreries. Car elle n'envisageait pas que quoi que ce fût pût tourner mal, pas même la possibilité de mettre au monde un enfant anormal, malade, impotent, agonisant; il ne fallait donc pas espérer qu'elle pût comprendre d'autres problèmes. Je savais bien qu'avoir un enfant est beaucoup plus important qu'avoir bonne allure, mais je ne voyais aucun charme à grossir comme une vache, ou à rester avachie, les seins tombants et la peau couverte de vergetures, et cela faisait partie de ces vérités que je n'osais pas révéler à ma sœur. Devenir mère, c'était pour moi faire un pas de géant en direction de la maturité, devenir plus vieille d'un coup, et cette métamorphose m'inquiétait, parce que dès lors et pour toujours il y aurait, dans la maison où je vivrais, quelqu'un de beaucoup plus jeune que moi, avec un avenir beaucoup plus vaste que le mien. Avoir un enfant signifiait renoncer à l'irresponsabilité que je cultivais encore de temps en temps comme un vice secret et délectable. Adieu l'alcool, adieu les drogues, les amants de passage, les longues nuits de discussions enflammées et creuses avec des gens aussi irresponsables que moi. Un camion remorque, voilà ce que je serais pendant des années, et un point de référence inévitable pour tout le reste de la vie de mon enfant, plus mère que femme et pour toujours, mon corps changé en un temple de la générosité et de l'amour infinis, en une enceinte sacrée que nul, plus jamais, ne pourrait profaner. Et ce changement ne me plaisait pas, mais tout cela n'était rien auprès de la possibilité d'accoucher d'un malheureux.

Chaque fois que je voyais une petite boulotte, ou un avorton ou un bigleux timide qui jouait seul dans un coin de parc, chaque fois que j'entendais les insultes dévastatrices que lui lançaient les autres enfants ou que je remarquais que le gosse en polo vert ou rouge ou bleu n'était admis dans aucune équipe, quand je voyais un enfant rougir et que je l'entendais bégayer en luttant furieusement contre les mots qui ne voulaient pas sortir entiers de sa bouche tandis que ceux qui l'entouraient éclataient de rire, alors l'idée d'avoir un enfant confinait à la panique, comme si celui qui devait naître de moi était condamné à appartenir pour toujours au groupe des maladroits, des solitaires et des malheureux. Reina semblait se sentir très loin de cette possibilité, comme elle avait toujours été très loin des tourmentes qui, tôt ou tard, se déchaînaient sur ma tête.

« Mais que vas-tu faire ? lui ai-je enfin demandé, pour arrêter ce flot de félicité sonore.

– Que vais-je faire de quoi ? » Son étonnement semblait vrai.

« Mais, de tout... Tu vas te marier ? Tu vas aller vivre avec le père de l'enfant ? Il me semble que l'accouchement, l'accouchement proprement dit, c'est encore le plus simple.

– Je vais l'élever seule. Son père est d'accord. »

En un instant, j'ai deviné quelle était la situation de ma sœur ; ces deux phrases enchaînées m'ont dévoilé un mystère que je n'avais pu percer deux ans auparavant, quand un soir Reina était arrivée chez moi au moment du dîner, sans autre intention apparente que de partager mon repas. Et alors, tandis que nous attendions Santiago, un Martini à la main, devant la télé, sans aucun préambule, elle m'avait posé une étrange question :

« Que dirais-tu d'un homme, d'un bel homme, avec beaucoup de classe, qui serait marié depuis des années avec une lesbienne et qui, malgré tout, sans faire l'amour avec elle, l'aimerait, la protégerait et ne la laisserait pas tomber ?

– Comme ça, c'est tout ?
– Je ne comprends pas.
– Je veux dire : tu veux que je te réponde sans me donner plus d'informations ?
– Oui, tu en as suffisamment comme ça. »
J'ai réfléchi deux secondes. Reina me regardait avec une expression amusée que ma première question transforma aussitôt en une grimace de mécontentement.
« Il est pédé ?
– Non.
– Elle est millionnaire ?
– Non plus.
– Alors je dirais que c'est un imbécile.
– Bon... Mais il se pourrait aussi qu'il soit amoureux, non ?
– Bien sûr. Alors, ce serait un imbécile amoureux. »
Elle avait eu un vague mouvement de tête et s'était tue. Le portrait de l'homme en question ressemblait tout à fait à Germán, mais l'allure de cette conversation, la sérénité avec laquelle Reina l'avait conduite m'avaient fait la reléguer aussitôt parmi les affaires sans importance. Santiago était arrivé, j'étais allée à la cuisine pour faire chauffer le repas, et nous n'étions pas revenues sur le sujet. Reina n'en avait plus reparlé depuis lors, et je m'étais dit que Germán devait être l'ami mystérieux qui l'avait invitée au mariage d'Agustín, mais, lorsqu'elle m'a confié qu'elle avait l'intention d'être une mère célibataire avec le consentement du père de l'enfant, j'ai compris que le caractère accidentel de son état écartait la possibilité d'un accord préalable, je me suis demandé quel genre d'homme qui ne comptait pas avoir d'enfant en accepterait un dans ces conditions, et, découragée, je me suis dit que ça ne pouvait être qu'un imbécile.
« L'enfant... ai-je risqué, presque avec crainte, n'est pas du mari de Jimena, n'est-ce pas ?
– Oui. » Ma sœur me regardait, stupéfaite. « Comment l'as-tu deviné ?
– Allez, Reina ! me suis-je exclamée, et sans prendre de gants : la ficelle est un peu grosse.
– Pourquoi dis-tu ça ? » Elle me regardait avec des yeux brillants, et ses lèvres tremblotaient comme si elle était sur le point de pleurer. « Il y a des années que je suis avec Germán, ce n'est pas une relation conven-

tionnelle, mais elle est... parfaite en bien des points. Il fait sa vie et moi la mienne, mais nous avons un terrain d'entente, et nous pouvons parler, nous dire ce que nous pensons, ce que nous éprouvons. Je suis amoureuse de lui, Malena, c'est la première fois que ça m'arrive depuis que je suis adulte. Nous nous entendons si bien que, quand nous faisons l'amour, les mots ne sont même pas nécessaires...

– Arrête de dire des énormités, Reina, je t'en prie.

– Mais ce ne sont pas des énormités ! » Elle criait plus fort que tout à l'heure et ne pleurait pas, parce que mon commentaire l'avait rendue furieuse. « C'est la vérité ! Tu ne peux pas comprendre parce que tu n'as jamais connu un type aussi...

– Sensible, fis-je, avec un sourire de circonstance, comme si j'étais sûre qu'elle ne voudrait jamais percevoir mon ironie.

– Oui ! s'écria-t-elle. Tu ne crois pas si bien dire : sensible !

– Non, admis-je, en croisant les doigts et en cherchant du regard un objet en bois sans pieds. Je n'ai jamais eu d'aventure avec un type aussi sensible et je ne compte pas en avoir... »

Il a fallu que je me lève pour atteindre, sur la petite table proche, la boîte en bois d'olivier où je rangeais mes boucles d'oreilles, et c'est seulement après l'avoir touchée que j'ai terminé mon explication :

« C'est bien assez d'en avoir épousé un. »

Santiago avait justement choisi ce mot, sensible, pour se définir lui-même à la fin du monologue le plus tortueux et le plus plaintif qu'il m'ait jamais adressé lorsque, une nuit, il refusa d'attendre la fin du dernier acte, éteignit la lumière et me tourna le dos.

« Malena, je... Je ne sais comment te l'expliquer, mais ça me blesse beaucoup... Non, ce n'est pas ce que je voulais dire, ça ne me blesse pas, mais ça m'inquiète, ça m'inquiète beaucoup cette habitude que tu as de... de ne pas terminer en même temps que moi. Ce n'est pas que je croie que tu le fasses exprès, mais je pense que tout irait mieux si tu y mettais... un peu plus du tien, je ne sais pas, je veux dire que ça, que te voir comme ça, c'est très décourageant pour moi, je ne me sens pas bien, et je sais que ce n'est pas de ma faute, ni de la tienne, mais... Au début, c'était différent, non ? Nous finissions ensemble, plusieurs fois, je... Je suis un homme, Malena, un individu sensible, mais aussi un homme, et tout ça est très douloureux pour moi. »

Quand il s'est tu, mon corps était aussi lourd que si mes veines étaient remplies de plomb fondu, un métal mat, sans éclat, qui aurait dissous mon sang, tout d'abord, alors qu'il n'était encore qu'un torrent de feu fangeux et grisâtre, pour se refroidir ensuite, très lentement, en moi. Il me semblait que je m'enfonçais dans le matelas, dans sa détestable mollesse, mais je me suis levée sans difficulté et je suis allée d'un pas faussement naturel dans la salle de bains, où je me suis assise sur la cuvette des toilettes, les coudes sur les genoux, étonnée de n'éprouver aucune honte, comme si l'espace réservé à la honte, en moi, avait été comblé. Alors, j'ai calculé que Fernando devait avoir atteint la trentaine, et j'ai essayé de me l'imaginer, d'imaginer sa vie, sa manière de s'habiller, son travail, la moto qu'il devait piloter, comment il devait baiser avec sa femme, à ce moment-là, à Berlin, car je savais qu'il vivait là-bas, qu'il était ingénieur aéronautique, qu'il était marié et qu'il avait une fille, je pensais souvent à lui, pour me convaincre que lui aussi pensait à moi, qu'il devait bien penser à moi de temps en temps, et cette fantaisie me satisfaisait, mais, cette nuit-là, enfermée dans la salle de bains, j'essayais de me convaincre qu'à l'heure actuelle il ne devait pas être très différent de Santiago ou d'Ernesto, de la plupart des types que je connaissais, ceux avec lesquels je me liais à l'école, mes élèves, les amis de mon mari, les maris de mes amies, « doux comme des agneaux », comme l'avait dit à ceux qui l'accompagnaient une femme âgée d'une quarantaine d'années, au beau visage, que j'avais croisée quelques mois auparavant à l'entrée d'un bar, « entrons si vous voulez, mais il n'y a rien à faire, regardez-les, ils sont tous doux comme des agneaux ».

Je me suis rendu compte que je pleurais parce que les yeux me piquaient. Malgré mes efforts pour me l'imaginer ainsi, je savais que Fernando ne serait jamais un agneau, et c'est pour cela que les larmes coulaient, dociles, caressant gentiment mon menton. À ce moment-là, j'ai senti que j'étais peut-être une privilégiée, que pleurer pour un homme tel que lui était un privilège, et j'ai été fière de ma douleur, j'ai contemplé avec orgueil mes blessures, tout le sang répandu pour avoir encore du sang dans mes veines, et j'ai cessé de plaindre ma mère et de me plaindre moi-même. Mais, tandis que Reina me parlait de la valeur des hommes sensibles, je compatissais profondément, en revanche, comme je ne l'avais plus fait depuis que nous étions grandes.

Je n'ai qu'un vague souvenir du reste de notre conversation, ma sœur faisait des projets à haute voix, et son histoire me paraissait de plus en plus échevelée, si bien qu'à un moment j'ai cessé de m'y intéresser et je l'ai trouvée plus lointaine que jamais. Puis je me suis avisée que si quelque autre femme avait tenu ce discours, je l'aurais considérée comme une névrosée, une triste et froide folle, même si son discours était fait de lieux communs, des plus vulgaires, des plus transparents, et que la plupart des gens n'auraient pas considéré autrement les furieux appels à la maternité de son triste utérus vide. Elle n'a rien de commun avec toi, hormis son sexe, ai-je conclu, sans percevoir la terrible vérité qu'impliquait ce raisonnement dans sa simplicité.

Quand elle est partie, les échos de son récit, en moi, ne se sont pas éteints aussitôt, et j'ai entrepris de le démonter comme on démonte un jouet, avec minutie. J'ai réduit ses mots en syllabes, m'efforçant même de retrouver ses intonations, recréant son sourire de mémoire, et j'ai essayé de pénétrer en elle comme si mon regard était une sonde munie d'une caméra vidéo, afin d'explorer les replis cachés, d'escalader les parois les plus abruptes, de reconnaître son relief. Il m'a fallu des heures, des journées, des semaines, pour retrouver les nuances de sa voix, comme si je ne l'avais encore jamais entendue, jusqu'à ce que je sois devenue un juré impartial choisi au hasard parmi les abonnés figurant sur l'annuaire.

Alors, j'ai pu l'entendre de nouveau, et j'ai enfin compris que le sexe n'est rien de plus que la patrie, la beauté ou la stature : un pur accident.

« Il n'y a qu'un seul monde, Malena... »

Magda aimait à me servir cette formule quand j'accordais trop d'importance à mon intuition de n'être rien qu'un garçon manqué, et je ne la comprenais pas.

Elle renonçait à aller plus loin, abandonnait cette voie avant d'avoir abordé ces étapes qui ne s'expriment qu'avec des mots simples : il n'y a qu'une pensée, il n'y a qu'un sentiment, qu'un concept du bien, du mal, qu'une idée du plaisir, de la douleur, de la peur, de l'amour, de la nostalgie, du destin, une seule idée de Dieu et de l'enfer.

Magda me l'avait soufflé à l'oreille alors que je n'étais pas assez grande pour pouvoir le comprendre. Reina, qui est tellement différente de moi, croyait encore que je la comprendrais mieux que quiconque parce que j'étais supposée être semblable à elle, et moi, j'ai découvert alors qu'être femme, c'est avoir une peau de femme, deux chromosomes X et la capacité de concevoir et d'alimenter les enfants engendrés par le mâle de l'espèce, c'est cela, et rien de plus. Tout le reste est culture.

Je me suis affranchie de l'insupportable carcan de la loi universelle qui prospérait à mes dépens d'aussi longtemps que je me souvienne, et je n'ai rien regretté de tout ce que j'avais sacrifié en vain à l'idole trompeuse de la féminité essentielle. Je jouissais d'une paix si profonde que j'ai mis des semaines à me rendre compte qu'en contradiction avec les lois de la gravité je n'avais plus mes règles.

Longtemps, j'ai refusé d'accepter la responsabilité du hasard dans ce qui est arrivé ensuite, comme si, au cœur du désastre ne palpitaient que mon indécision, mes doutes, l'apathie coupable qui m'investit dès le commencement, la lassitude avec laquelle je pris un chemin sans savoir si c'était le bon, désastre que j'avais prévu, même si tout le monde essaya de me faire admettre sa nature imprévisible, et il me semblait parfois que ce qui m'arrivait était juste, car tout conspirait à me faire oublier malgré moi qu'être femme c'est être à peine rien, et à me convaincre que mon corps m'avait châtiée parce j'étais si peu femme.

Au début, je n'ai simplement pas voulu y croire. Parce que c'était impossible. Parce que tout ce qui vit sur cette planète est régi par les lois d'un phénomène dont les humains n'ont pas encore démêlé le mécanisme, et qu'ils disparaissent sans même avoir éprouvé la nécessité de le connaître, et ce depuis que le premier singe évolué a donné un coup sur la tête de son voisin avec une défense qu'il a trouvée par hasard sous un arbre. Parce que seuls les oiseaux échappent à l'attraction terrestre. Parce qu'une pomme est tombée sur la tête de Newton. Parce que tout ce qui s'élève doit retomber.

Depuis que Santiago m'avait déchargée du pénible devoir de feindre l'orgasme et dépouillée des espérances qui m'avaient naturellement poussée à adopter les techniques du marketing pendant les premiers temps de notre liaison, nous faisions de moins en moins souvent l'amour, et nos rapports sexuels étaient pour ainsi dire réduits à néant quand il s'avisa que nous pourrions peut-être en parler. À ce moment-là, mon mari n'était déjà plus pour moi qu'un problème personnel, quelqu'un qui m'appartenait parce que je l'avais gagné à la loterie, sur qui je devais veiller, qu'il me fallait consoler et aussi aimer, car j'aimais Santiago, et beaucoup, comme j'aurais aimé mon frère, si j'en avais eu un. Il demeurait aimable, facile à vivre et optimiste. C'était un bon mari au sens traditionnel du terme, et si quelque chose avait changé entre nous, c'était ma faute et rien que ma faute. Rien ne m'interdisait pour autant de parler de tout avec lui, sauf de cela, justement. Je ne pouvais pas lui dire la vérité, que l'enthousiasme dont je m'étais revêtue à grand-peine, comme si j'avais mis le manteau de fourrure qu'une amie m'aurait prêté pour un mariage, que cet enthousiasme avait périclité et que je n'avais pas la moindre envie de me congratuler et de me dire que tout allait pour le mieux, qu'il n'y avait jamais rien eu de plus entre nous qu'une volonté de fer qui n'avait pas résisté au tir de l'inévitable normalité que l'âge dépose sur les rives de la vie comme sur celles d'un fleuve tranquille de plaine. Car Santiago était aussi innocent que le lièvre du Brésil dont l'organisme réagit contrairement à toute attente quand il entre en contact avec un nouveau vaccin, et il me restait suffisamment de lucidité pour ne pas m'octroyer le droit de l'estimer responsable de quoi que ce fût.

Santiago savait très peu de chose de mon passé, de Fernando, seulement ce que lui racontait Reina, qui, au moment du dessert, se lançait impétueusement dans ce qu'elle appelait une histoire typique de cousins pendant l'adolescence, en écartant en principe toute complication qui échappait au schéma classique : la fascination qu'exerçait sur la petite jeune fille le bâtard interdit, et la manœuvre de séduction calculée, vengeresse et cruelle, entreprise par ce dernier. Je n'avais pas envie d'ajouter quoi que ce soit, ni d'en parler avec Santiago, je préférais chevaucher mon beau mari de temps à autre en laissant échapper quelques soupirs profonds, c'était moins pénible que de parler, ça me coûtait beaucoup moins. Dès lors, la perspective d'une grossesse me parut plus folle que jamais, et je pris moins soin de l'éviter, considérant qu'il était inutile de me donner tant de peine, et, me fondant sur l'opinion unanime des manuels, des spécialistes et des mères de famille nombreuse, je crus que la loi de la gravité serait une protection suffisante, et pris l'habitude de me mettre au-dessus de lui. J'avais arrêté temporairement de prendre la pilule, et je n'avais aucune envie d'entendre Santiago me répéter une fois de plus qu'il préférait ne pas le faire plutôt que de mettre un préservatif, autre question de principe que j'interprétais non pas comme une preuve d'égoïsme ou un manque de solidarité, mais comme un de ses chichis parmi tant d'autres. J'hésitais un instant avant de commencer, mais mon corps, alors, n'était pas prêt à tolérer les tracasseries. Fort heureusement, j'avais oublié l'insolente jeune fille qui bousculait les tendres confidences matinales du bar de la faculté en soutenant avec passion, tout en donnant de grands coups de poing sur la table, que la pénétration était ce que Dieu avait inventé de plus grandiose après avoir doté l'homme d'une queue. La situation de la femme qui se met au-dessus pour ne pas avoir à en parler était presque à l'opposé, car j'en venais à être étonnée d'aimer le faire alors que je ne l'avais pas désiré. À ce moment-là, je parvenais plus ou moins à l'orgasme, et je ne m'en plaignais pas non plus.

Au mois d'avril 1986, nous avons fait l'amour deux fois, et les deux fois, je me suis mise sur lui. Au début du moins de juin, il ne me restait plus qu'à admettre que j'étais enceinte. Je ne croirais plus jamais à la physique.

Les lundis matin, j'étais décidée à avorter et à abandonner Santiago pour corriger d'un coup toutes les erreurs que j'avais accumulées ces derniers temps. Les lundis soir, je me demandais s'il était raisonnable de m'opposer à la volonté du sort. Les mardis matin, je me disais que, puisque j'avais toujours envisagé d'avoir des enfants un jour, pourquoi n'aurais-je pas celui-là, à présent. Les mardis soir, je me rendais compte que laisser tomber mon mari, ce serait comme abandonner un bébé de deux mois au beau milieu de la Castellena un vendredi à dix heures du soir. Les mercredis, en me levant, il me semblait me rendre compte que j'avais en moi un être vivant, un autre cerveau que le mien, un autre cœur, mon fils, et les mercredis, en me couchant, je décidai d'arrêter de fumer. Les jeudis matin, avant de me lever, je n'étais pas capable de sentir autre chose en moi qu'une grosseur menaçante et dangereuse, un kyste ou une tumeur qu'il fallait me faire enlever le plus tôt possible, et les jeudis, avant de me coucher, j'allumais une cigarette après l'autre et les fumais jusqu'au filtre. Les vendredis matin, je me demandais pourquoi j'avais une telle malchance, et les vendredis soir, je prenais la décision d'avorter et de quitter Santiago pour corriger d'un coup toutes les erreurs que j'avais accumulées ces derniers temps.

Quand mon fils est né, après bien des souffrances d'un côté et de l'autre, je me suis juré que jamais je ne lui révélerais la vérité, qu'il ne saurait jamais qu'il n'avait pas été désiré. Je crois à présent qu'un jour je lui dirai qu'il est né parce que je n'ai pas pu me décider à temps, parce que pour moi c'était le plus facile, parce que j'ai fini par me convaincre que l'avoir dix ans plus tard serait beaucoup moins commode, parce que j'avais un mari, deux salaires et une maison, parce qu'une autre occasion ne se présenterait peut-être pas, parce que c'était arrivé même si je n'avais pas voulu que ça arrivât. S'il le sait, il ne pourra douter de mon amour, même si j'oublie parfois son goûter sur la table de la cuisine et qu'il n'a rien à manger pendant la récréation, parce que, quand je l'ai vu pour la première fois trois jours après l'accouchement, si seul, si petit, si maigre, et si inerte dans cette cage de verre aux parois lisses, comme un cercueil de cristal apparu avant le temps, quand j'ai compris que je n'avais que l'amour pour l'alimenter, et qu'il n'avait pas besoin d'autre chose pour survivre, j'ai lu sur ses lèvres la petite marque des Alcántara, et je lui ai promis en moi-même, de l'autre côté du cadre blanc de la vitre qui est comme la frontière qui sépare du monde les parents malheureux, que tout irait bien, que je paierai n'importe quel prix, aussi élevé qu'il soit, pour qu'un jour nous rions ensemble de tout cela, et j'ai établi avec lui un lien que ma mère n'avait jamais établi avec moi, un lien dont les mères des bébés joufflus et heureux que j'ai tant enviées, pendant tant d'années, ne soupçonnent pas la vigueur.

Comme si l'Histoire œuvrait dans l'intention perverse de se répéter, ma grossesse fut aussi paisible, aussi sereine et aussi confortable que l'avait été, une fois, celle de ma mère, et pendant des mois, rien ne laissa présager un pareil dénouement, au point que, chaque fois que je voyais ma sœur, j'avais l'impression que, si elle devait avoir un fils, il ne pourrait être comparé au mien. Reina paraissait avoir quelques années de plus que moi, au lieu de deux petits mois d'avance, et cette différence, loin de s'amoindrir, semblait grandir au fil des heures. Jamais je ne lui avais vu une mine pareille. Elle vomissait presque tous les matins, perdait l'appétit, éprouvait nausées et dégoûts dans les situations les plus inattendues, mais, en même temps, elle devenait énorme, et grossit si vite qu'en l'espace de deux mois elle dut renoncer aux vêtements normaux et se travestir en montgolfière. J'ai essayé de retarder autant que je l'ai pu cet épanouissement, et j'ai mis jusqu'au cinquième mois certains pantalons que je portais avant d'être enceinte. Deux ou trois fois, en me levant, j'ai renoncé au petit déjeuner en sentant qu'il ne passerait pas, mais je n'ai jamais vomi et, pour le reste, je ne me rendais même pas compte que j'étais enceinte. J'avais le même teint que toujours, je mangeais avec appétit et je dormais comme un loir. Je grossissais rapidement, au moins un kilo par mois. Je m'étais imposé un régime très sain, complet, mais rigoureusement limité à mille cinq cents calories par jour. Je ne mangeais ni gâteaux ni fritures ni sauces, seulement viandes et poissons grillés, légumes, salades et fruits, et je ne sautais aucun repas, même quand je n'avais pas faim. Pendant les cinq premiers mois, je n'ai pas fumé du tout, ensuite, je m'en suis tenue à trois cigarettes par jour, après le petit déjeuner, après le déjeuner et après le dîner, et je les éteignais quand j'en avais fumé la moitié. Je faisais tous les matins un exercice très simple : étirer les pieds vers l'avant, puis vers l'arrière, puis en faisant des cercles, pour stimuler la circulation dans les jambes et éviter les varices que n'avait pas évitées ma mère, et quand je n'en étais qu'à mon troisième mois, je suis entrée dans une pharmacie, j'ai dit que j'allais avoir un enfant, et que j'en étais très heureuse, mais que je me demandais s'il n'y aurait pas un moyen de protéger ma peau en la circonstance. Au lieu de me foudroyer du regard et de brandir l'épée de feu qui écarte les coquettes dévergondées du paradis des douces mères, la pharmacienne a souri et a posé quelques boîtes sur le comptoir.

« Elles se valent toutes, m'a-t-elle dit, et elles sont bonnes, mais si mon avis t'intéresse, le mieux, c'est que tu achètes une bonne crème au collagène pour le visage et que tu t'en passes sur le corps, tous les jours sans faute, ça revient assez cher, bien sûr, mais sur moi, l'effet a été extraordinaire. »

J'ai suivi son conseil, et j'ai choisi la crème qu'elle avait employée. En me rendant la monnaie, elle a baissé la voix pour que les autres clients n'entendent pas et elle a souri :

« Dors avec un soutien-gorge. Ne l'enlève que quand tu prends ta douche. Pas d'eau très chaude. Dans un ou deux mois, commence à faire des abdominaux tout doucement. Tu t'allonges par terre et tu lèves une jambe et puis l'autre, jusqu'à ce qu'elle fasse un angle droit avec ton corps. Dix par jour seulement. Tous les jours. »

Le simple fait de pouvoir disposer de ces possibilités m'enthousiasma avant même qu'assez de temps se fût écoulé pour que je pusse en apprécier les résultats. Je ne ressentis pourtant aucune satisfaction physique liée à mon état et je dus donner raison à grand-mère, parce qu'à aucun moment je ne me suis trouvée plus belle, ni plus saine, ni plus forte qu'avant, et le contraire n'arriva pas non plus. J'étais comme toujours, avec un peu moins de taille chaque jour. Reina, dont le visage était parfois carrément vert, et qui avait toujours les yeux cernés, parce qu'elle ne dormait pas bien, affirmait en revanche qu'elle ne s'était jamais sentie aussi bien, et quand, dans un élan de solidarité, je la mis au courant de mes découvertes, elle me remercia d'un grand éclat de rire.

« Mais, Malena, tu as de ces idées ! Comment peux-tu te soucier de ces choses-là dans un moment pareil ?

– Eh bien, ça ne peut pas faire de mal, n'est-ce pas ? Tout ce que je veux, c'est rester belle ; un jour, je ne serai plus enceinte.

– Sans doute, mais alors, tout sera différent.

– Je ne vois pas pourquoi.

– Mais parce que tu auras un enfant ! Tu ne t'en rends pas compte ?

– Non, je ne m'en rends pas compte. Tu n'as peut-être plus l'intention de... » J'allais dire : baiser, mais l'expression éthérée de ma sœur me fit opter pour un euphémisme. « ... sortir de chez toi après ton accouchement ?

– Bien sûr que je sortirai, mais après une chose aussi importante, ma relation avec mon corps aura changé pour toujours.

– J'en suis heureuse pour toi, ai-je répliqué. Tu souffriras moins.

– Mais tu es une vraie peau de vache ! Je ne t'en dis pas plus.

– D'accord, ça vaut mieux.

– Tout de même, Malena, ce n'est pas possible que tu parles comme ça, avec la chance que tu as. »

Sur ce point, j'ai fini par être d'accord avec elle, parce que mon bien-être physique n'était que la moindre partie d'un tout qui me faisait m'estimer chanceuse. Santiago fut très impressionné quand il s'avisa qu'il allait être père et, pendant un certain temps, il devint même quelqu'un d'assez expressif, et il parvint à me communiquer son enthousiasme. Je pris alors conscience que la situation pouvait être analysée de divers points de vue aussi valables que le mien, mais beaucoup moins cruels. Le monde était plein de femmes seules, de femmes abandonnées ou maltraitées par des maris répugnants, de femmes stériles ou de mères d'enfants monstrueux, il existait des milliers de malheurs dans lesquels je n'étais pas tombée, des tragédies que je ne pouvais même pas imaginer. Je vivais tranquille avec un homme aimable pour lequel j'éprouvais une certaine tendresse, et j'allais avoir un enfant dans les meilleures conditions possibles, surtout si je les comparais au climat de roman gothique dans lequel mon cousin faisait ses apparitions.

Reina s'était installée dans la chambre d'amis de la maison de Germán, un petit pavillon avec jardin dans une petite cité en bordure de la M-30, et lui, de son côté, avait transformé le dernier étage en une sorte de garçonnière. Le plus drôle était que sa femme occupait encore la chambre matrimoniale et n'avait aucune intention d'en bouger dans un avenir proche ou lointain. Quand Reina m'a demandé pourquoi je faisais cette tête, j'ai voulu savoir si c'était cela qu'elle appelait être une mère célibataire, et elle m'a répondu oui, puisqu'elle en était une. J'ai appris alors que Germán avait une liaison avec une malheureuse qui n'avait pas la moindre idée de ce qui se cuisinait dans ce pittoresque bordel sentimental. La situation paraissait des plus normales à Reina, par les temps qui couraient, et je fus bien forcée de le reconnaître, mais je lui demandai pourtant comment elle se débrouillait pour être amoureuse d'un type qui couchait avec une autre au-dessus de sa tête sans avoir envie d'aller leur arracher les yeux, et elle me dit qu'elle et son amour étaient au-dessus des conflits vulgaires de la jalousie. Puis je lui ai demandé ce que Jimena pensait de tout ça, et il apparut qu'elle était enchantée, et très impressionnée d'avoir un bébé à la maison. Reina me regarda avec des yeux d'hallucinée quand je lui avouai que, pour moi, sa conduite me paraissait déloyale envers cette femme dont, il n'y avait pas si longtemps, elle se déclarait amoureuse, comme elle ne l'avait encore jamais été de sa vie, et après m'avoir juré qu'elle n'avait jamais dit une chose pareille et m'avoir fait promettre de garder ça pour moi, elle me confia qu'après tout c'était pour Jimena une défaite assez honorable, parce qu'elle n'avait jamais couché avec des lesbiennes et qu'elle aimait seulement les femmes. J'ai dû lui demander de m'expliquer ça, et elle m'a répété que Jimena ne fréquentait pas les milieux gays, qu'elle couchait seulement avec des femmes. Il m'a encore fallu lui demander à haute et intelligible voix si une lesbienne était moins femme que Mae West pour qu'elle se décide à me parler clairement et me dise que plutôt que de coucher avec une hommasse elle préférait le faire avec un homme et qu'en définitive, ce serait toujours plus satisfaisant.

Dans cette histoire, Germán était, à mes yeux, le personnage le plus pittoresque. Depuis que Reina avait rendu la situation publique, il se comportait comme si ma maison était le seul endroit au monde où il était heureux de passer un moment, il accompagnait ma sœur, la plupart du temps, de sorte que je le vis plus souvent que je ne l'aurais voulu, sans parvenir à savoir exactement ce qu'il éprouvait, ce qu'il pensait vraiment de cette sorte de famille postiche que le sort lui avait octroyée. En présence d'étrangers, ce que Santiago et moi étions encore, il se conduisait avec Reina comme un mari plein d'attentions, un peu lourdaud, toujours prêt à l'accompagner, plus proche d'elle que Santiago ne l'avait jamais été de moi, et la traitait comme si elle était malade plus qu'autre chose, contrôlant ce qu'elle mangeait, ce qu'elle buvait, la rapidité avec laquelle elle montait les escaliers, la durée de ses marches quotidiennes, et pourtant, quelque chose dans son attitude, peut-être le fait qu'il devenait désagréable lorsqu'il lui reprochait de ne pas avoir arrêté de fumer, me faisait croire que ce n'était pas la mère mais l'enfant qui le préoccupait. Reina m'avait raconté qu'en apprenant qu'elle était enceinte il s'était écrié qu'il ne voulait rien savoir de cet enfant, mais n'avait pas voulu entendre parler d'avortement parce que c'était la première fois que s'offrait à lui la possibilité d'avoir un fils, et que la moitié de ce petit pois chiche porteur de son matériel génétique inscrit dans sa semence emmagasinée dans ses couilles qui avait jailli de sa queue était ce qu'il avait de plus personnel dans son être. J'ai demandé à ma sœur si elle ne lui avait pas filé deux beignets, et elle eut l'air le plus étonné du monde pour me dire qu'elle ne voyait pas pourquoi elle aurait dû faire une chose pareille. Par la suite, je me suis rendu compte que le rôle d'incubatrice ambulante ne la gênait pas, et même si j'ai été sur le point de préciser que, pour moi, les baises transcendantes, c'était autre chose, je me suis abstenue de tout commentaire. Après tout, la féministe, c'était elle.

Germán était toujours quelqu'un d'aussi désagréable, il n'avait pas changé depuis la dernière fois que je l'avais vu. Lorsque j'ai essayé de lui trouver quelque qualité, tout ce que j'ai découvert, c'est qu'il vieillissait très lentement. « Il est bien conservé », avais-je dit à Reina, une fois. « Tu crois ? m'avait-elle répondu. Ma foi, il a quarante-six ans... » Cela voulait dire que, quand j'avais fait sa connaissance, il devait aborder la quarantaine, et je lui avais bien donné dix ans de plus, mais, à part la douteuse vertu d'avoir enfin l'âge qu'il paraissait alors avoir, je n'en trouvais en lui aucune autre, ce qui ne laissait pas d'être surprenant, parce que nous ne tombions, Reina et moi, jamais d'accord en ces matières. Santiago me fit entendre, d'emblée, qu'il partageait mon opinion, et défendit même sa position avec virulence. J'ai été d'autant plus heureuse que nous fussions pour une fois du même avis que le ton sur lequel Germán s'adressait à mon mari a rendu sa présence encore plus désagréable.

Vaniteux, narcissique, indolent, obscène, discourtois, mauvaise langue, mal élevé et pédant jusqu'au mauvais goût, il avait eu des centaines d'occasions de se rendre compte qu'il n'était pas le bienvenu, mais il n'en avait cure. Il entrait chez moi comme s'il était chez lui, se dirigeait droit sur le réfrigérateur pour y prendre une bière et l'endroit qu'il choisissait pour s'asseoir dépendait toujours de celui où je venais de m'installer. Ensuite, il ne faisait rien d'autre que me reluquer avec une expression de désir préfabriquée, les lèvres légèrement entrouvertes et étirées de côté, puis se mettait à critiquer une chose ou l'autre : la maison, l'ameublement, un livre ouvert sur une table, ma coiffure, mes chaussures, mon travail, mon étroitesse d'esprit de petite-bourgeoise, le soutien-gorge qui se devinait sous ma chemisette, les fleurs que je venais de disposer dans un vase ou le propos le plus banal que j'avais émis sans trop réfléchir. Reina, de son côté, l'approuvait sans cesse, hochant la tête comme si elle partageait tous ses points de vue, comme si elle considérait elle aussi que les iris sont des fleurs trop communes. Santiago était le grand absent de ces réunions, car c'était à peine si Germán s'adressait à lui pour lui demander quelque chose, comme si mon mari était son majordome, en lui faisant toujours nettement sentir qu'il ne le tenait pas en grande estime. Cela m'inquiétait, parce que j'avais l'impression qu'il savait tout, que lui et moi étions les seuls à contrôler la situation, et quand je m'efforçais de prendre le parti des bonnes victimes, en embrassant Santiago sur la bouche pour un rien, ou en lui caressant négligemment le dos pendant que nous bavardions, les lèvres de Germán prenaient un pli des plus sarcastiques qui me démontrait que mon initiative n'avait fait qu'empirer les choses. Mais il fit un faux pas et se retrouva par terre.

Il était plus qu'à moitié ivre quand il est venu un soir, à l'improviste, sonner à la porte, vers les neuf heures et demie. J'avais passé l'après-midi avec Reina, ce qui était inhabituel, nous ne sortions pas souvent ensemble, et lorsque j'avais envie de prendre un verre ou de m'amuser un peu, je restais avec mes amis de la fac, avec Mariana ou avec Ernesto. Nous étions donc allées au cinéma, et comme son mutisme, à la sortie, m'avait fait comprendre qu'elle n'était pas bien, je l'avais invitée à dîner. J'étais donc en train de donner un dernier tour au poulet qui était presque à point quand j'ai levé les yeux par hasard et l'ai aperçu dans l'encadrement de la porte.

Je l'ai salué, et il m'a répondu en agitant deux fois la main droite, du geste mou et affecté d'un président nord-américain célébrant sa réélection. Quand je suis passée à côté de lui, il a daigné me lancer un « Salut ! », et m'a saisie par les épaules pour m'embrasser, tout d'abord sur la joue gauche, et quand j'ai tourné la tête pour lui présenter la droite, il a tendu le cou d'un geste brusque pour m'embrasser entre la commissure des lèvres et le menton. J'ai cru qu'il ne pourrait faire pire pour me mettre hors de moi, mais avant la fin du repas, il avait déjà dépassé les bornes.

J'étais tellement excédée par ses appels du pied que, lorsque je me suis levée pour aller chercher le poulet, j'ai envisagé un instant de le dénoncer, mais je me suis dit que Reina et Santiago, absorbés dans une de ces conversations passionnantes dont ils étaient coutumiers, ces derniers temps, ne m'entendraient peut-être même pas. J'avais décidé qu'en revenant je demanderais à ma sœur de changer de place, quand je me suis rendu compte que Germán m'avait suivie, en portant les assiettes.

« Laisse-les sur le lave-vaisselle, s'il te plaît », lui ai-je dit sans me retourner en allumant l'un des feux pour réchauffer la sauce.

Alors, j'ai entendu la porte se fermer, je l'ai regardé, et je l'ai vu venir vers moi, tout doucement, avec un sourire plus large que d'habitude. Lorsqu'il est arrivé près de moi, il a approché sa tête de la mienne, j'ai senti le frôlement de sa joue et son odeur, aigre et douce, une odeur virile classique, qui, pourtant, ne m'a pas plu. Un instant plus tard, j'ai senti sa main pincer ma chair, entre ma cuisse et ma fesse, et je me suis écartée vivement de lui, mais le mur était à moins de dix centimètres.

« Germán, il me semble que tu vas trop loin, ai-je avancé, me disant, histoire de garder mon calme, que j'étais ridicule de me sentir ainsi acculée dans la cuisine de ma maison.

– Ah oui ? a-t-il répliqué avec un petit rire. Pourquoi ? Tu préfères plus haut ? »

Ses doigts montaient lentement, suivant la courbe de mes fesses, quand, d'une tape sèche, j'ai cherché à le décourager.

« Écoute, mec, je m'étais mise à parler très vite, en

tendant les bras pour éloigner son corps du mien, je ne veux pas faire de scandale, tu piges ? Pas maintenant, pas ici, pas avec Reina dans la pièce à côté, c'est clair ? Je ne veux rien avoir à faire avec toi, absolument rien, tu m'entends ? Alors sois gentil, fous-moi la paix. Prends la porte, retourne à table, et nous ferons comme si rien ne s'était passé, d'accord ?

– Malena... » Il riait sourdement, très soûl, de toute évidence. « Malena, mais pour qui me prends-tu ? Tu ne vas pas jouer la coincée avec moi, allez...

– Fous le camp, Germán. » Il ne me faisait pas peur, mais il s'était laissé aller en avant et je n'étais pas sûre de pouvoir supporter son poids bien longtemps. Ce qui m'inquiétait le plus, c'était de voir Reina apparaître d'un instant à l'autre, et j'avais plus peur pour elle, en pensant à sa déception inévitable, que pour moi, me sachant tout à fait capable de me défendre toute seule. « Sois gentil, va-t'en. »

Il a changé de position, pour me prendre la tête entre ses mains.

« Toi, tu es faite pour aller à la manœuvre, chérie ! » Il me regardait fixement dans le blanc des yeux, mais il ne me faisait toujours pas peur, il ne me dégoûtait même pas. C'était un pauvre con, tout simplement. « Et comment !... On voit ça tout de suite, tu sais.

– Bien sûr que je suis faite pour ça, ai-je dit, souriante, tout en tendant le bras en direction de la cuisinière, considérant que je l'avais suffisamment prévenu. Et tu ne sais pas à quel point...

– Tant mieux, ma poulette, approuva-t-il, et ses mains descendirent sur mes seins. J'ai toujours su que nous nous comprendrions. Et tu ne sais pas à quel point j'ai envie de toi. depuis la première fois que je t'ai vue... »

Il y avait un moment que je surveillais la sauce du coin de l'œil. Elle ne bouillait pas encore mais fumait déjà, et je me suis dit qu'un type aussi puissant apprécierait largement une preuve d'amour comme celle-là. J'ai saisi le manche de la casserole et j'ai versé lentement son contenu sur le bras gauche de mon cavalier.

Alors, à la suite de ce geste si bref, si simple, si net, la situation a changé du tout au tout. Il se tordait sur le sol, ses cris de douleur devaient s'entendre quatre étages au-dessous, de la rue, et moi, debout, je le regardais. Je l'ai enjambé en murmurant une phrase appropriée dont je ne me souviens plus exactement, quelque chose du genre « Va te faire foutre, connard », et je n'ai pas résisté à la tentation de couronner le tout d'un petit coup de pied bien sec dans ses moelleuses roupettes. J'allais ouvrir la porte quand je me suis trouvée face à ma sœur qui entrait dans la cuisine avec une terrible expression d'alarme, et en la voyant courir vers lui, j'ai lancé la première chose qui me venait à l'esprit :

« Un accident. Il a voulu m'aider, et il a fini par se verser la sauce sur le bras. Tu devrais lui dire de boire un peu moins. je crois que ça ne lui réussit pas. »

Personne n'a regretté la sauce perdue, mais le seul qui ait pris du poulet, c'est Santiago, parce qu'il le mange toujours sans accompagnement. Reina a relevé Germán, elle lui a enduit le bras de pâte dentifrice et ils sont sortis en courant. Quand la porte s'est refermée derrière eux, mon mari m'a regardée et s'est mis à rire. Il était ravi.

« Et tu ne connais pas la meilleure, ai-je dit, et il m'a interrogée du regard. Ce n'était pas un accident. C'est moi qui lui ai versé la sauce sur le bras.

– Ah bon ? » J'ai hoché la tête, ses éclats de rire se sont éteints, tandis que la stupeur se peignait sur son visage. « Mais pourquoi as-tu fait ça ?

– Parce qu'il me pelotait. »

Si je m'étais exprimée en grec ancien, il n'aurait pas été aussi surpris : il s'est frotté les yeux comme s'il sortait d'un mauvais rêve, et j'ai répété ma phrase très lentement, comme un hypnotiseur qui réveille tout doucement son patient.

« Pourquoi ne m'as-tu pas appelé ? » m'a-t-il demandé. J'ai menti :

« Ce n'était pas la peine. Je savais que je pouvais me débrouiller toute seule, et puis... Tu aurais dû te rendre compte qu'il avait fermé la porte. Nous sommes restés là-dedans plus de dix minutes, assez longtemps pour que...

– Je sais, je sais, m'interrompit-il, mais je n'aurais jamais pu m'imaginer une chose pareille. »

« Et qu'aurais-tu fait, toi, espèce de cruche ? », ai-je ajouté en moi-même tandis qu'il se remettait à manger. Puis, sans me regarder, il m'a approuvée :

« En fait, c'est mieux comme ça. Parce que je n'aurais

pas su quoi faire, sérieusement. Tu es fantastique, Malena, incroyable.

– Merci, lui ai-je dit en souriant.

– Tu imagines, si je m'étais battu avec lui ? » Il a eu un rire aigu, joyeux, un rire d'enfant. « S'il me frôle avec ses gros bras, il me casse quelque chose, ça ne fait un pli... »

J'ai ri avec lui, c'était à des moments comme celui-là que je l'aimais le plus, ces mêmes moments qui me faisaient le plus mal quand j'étais seule, et que je le voyais exactement tel qu'il était alors, un beau garçon sain, malin, incapable et sans défense, une sorte de grand enfant heureux, satisfait de sa vie, et fier de moi, qui n'oubliait jamais d'acheter des biscuits sans colorants suspects, qui protégeait son entourage des dangers, moi, la mère idéale, incestueuse, déterminée, caressante et attentionnée. Indispensable.

« De toute manière, ajouta-t-il un peu plus tard, en me prenant par les épaules alors que nous étions assis sur le canapé, ce type n'est pas possible.

– C'est un débile.

– Non, c'est un porc.

– Et un con.

– Et, en plus, un beau salaud ; ta pauvre sœur...

– Non, ai-je dit tout à coup sans peser mes mots, comme si ce jugement venait du plus profond de moi : Germán est un putain de mac. »

Quand je me suis rendu compte de ce que je venais de dire, j'ai regardé mon mari en face. Il hochait la tête, me donnait raison, et ne protestait pas contre mon langage.

« Oui, c'est ce qu'il est, a-t-il dit, enfin : un putain de mac. »

C'était si drôle dans sa bouche que j'ai éclaté de rire et que Santiago n'a rien compris. Quand il s'est penché vers moi, je lui ai donné un baiser qui n'était pas pour lui, et je l'ai embrassé, et je l'ai caressé comme je l'aurais fait avec n'importe lequel des hommes que la vie m'avait volés. Je me suis laissé entraîner jusqu'au lit et j'ai fait l'amour avec une véritable passion, un venin dont je me souvenais à peine, sans desserrer les paupières un seul instant. À la fin il a écarté une mèche de mon visage et m'a caressée, d'une main tendre et froide.

« Ça devrait toujours être comme ça, a-t-il dit en un

murmure. Aujourd'hui, j'ai senti que c'était autre chose. Je crois qu'aujourd'hui... nous avons vraiment fait l'amour. »

J'ai ouvert les yeux et j'ai découvert son visage, là, sur l'oreiller, à deux centimètres du mien. C'était lui, et pas un autre, il transpirait et il souriait, il avait l'air heureux. Ce n'était pas moi qui allais lui arracher le globe de couleur qu'il tenait dans ses mains.

« Bien sûr », ai-je approuvé, et je l'ai embrassé une fois encore sur la bouche. Je crois que c'est à ce moment-là que j'ai décidé que notre fils naîtrait.

J'avais plutôt envie de rester à la maison, car ça ne me disait pas grand-chose de sortir prendre un verre dans mon état d'abstinence forcée, mais Santiago m'avait appelée du bureau pour me dire qu'il ne pourrait pas venir dîner et Ernesto a tellement insisté, les films qu'on donnait à la télé étaient si mauvais, et la nuit si délicieuse, avec une brise fraîche, surprenante en ce milieu de mois de juillet, après des jours de canicule étouffants, que je me suis mise un ensemble de lin très léger que j'avais acheté en solde l'après-midi même, dont la veste croisée était assez ample pour dissimuler le léger relief de mon ventre, et je suis sortie comme on plonge dans une piscine d'eau fraîche. En franchissant la porte, j'ai eu l'impression que l'air était chargé d'électricité, mais j'avais toujours éprouvé quelque chose de semblable en me retrouvant immergée par surprise dans une nuit d'été. Je me rendis à pied jusqu'à l'endroit du rendez-vous, bien que la terrasse où m'attendait Ernesto fût assez loin de la maison, et quand je vis qu'il n'était pas seul, j'eus de nouveau le pressentiment que cette nuit il allait se passer quelque chose, et que, bonne ou mauvaise, ce serait une chose étrange, unique.

Quand il s'est levé pour me saluer, j'ai distingué la silhouette de la femme assise à côté de lui. Ce n'était pas la première fois que je la voyais. Dernièrement, Ernesto se montrait avec elle de temps en temps, et toujours quand nous étions nombreux, avec d'autres professeurs, ou un groupe de ses élèves ou des miens, et il jouait alors à un jeu qui me paraissait ridicule, en me faisant timidement la cour, rien de scandaleux, tandis qu'elle se crispait peu à peu, et quand elle n'en pouvait plus, elle lui tournait le dos pour essayer de séduire l'un ou l'autre des jeunes gens. Dix minutes plus tard, elle disait qu'il se faisait tard, et qu'elle devait se lever tôt le lendemain, il approuvait et s'éloignait avec elle, le scénario était toujours le même, ils étaient comme deux acteurs condamnés à interpréter à jamais le même rôle. Cependant, ce soir-là, il me sembla qu'elle le gênait, comme si, en me donnant rendez-vous, il n'avait pas compté sur sa présence, ce qu'il me laissa entendre lorsqu'il me présenta aux autres :

« Tu vois, Lucía a décidé de nous amener toute sa famille. »

Elle m'a saluée avec la gentillesse toute pharisienne qu'elle me réservait en ces circonstances. C'était une femme assez attirante, et qui aurait sans doute pu l'être davantage si elle ne s'était obstinée à s'habiller, à s'exprimer et à se maquiller comme si elle eût eu vingt ans de moins. Châtaine avec des mèches blondes, le visage expressif, et les yeux clairs, elle était très mince, mais nul n'aurait pu la dire maigre. Toujours plaisante, parfois ingénieuse, elle adorait être dans le vent et devait se faire une idée très élevée d'elle-même, mais elle m'avait toujours semblé anodine.

Il y avait cinq autres personnes autour de la table, deux couples et une femme seule, que Lucía me présenta comme sa meilleure amie d'enfance, venue passer quelques jours à Madrid avec elle, parce qu'elle venait de rompre et qu'elle ne s'en était pas encore remise, de quoi je déduisis qu'on l'avait laissée tomber. Je ne pus en savoir davantage parce que, de toute la soirée, elle n'ouvrit la bouche que pour demander un autre whisky et encore un autre... Je sus qu'une des deux femmes était sa sœur avant qu'on ne me l'eût présentée parce qu'elles se ressemblaient beaucoup ; l'homme qui se trouvait près d'elle était son mari. L'autre couple était formé du frère de ce dernier et de sa femme ; les deux frères, eux, ne se ressemblaient pas. Je prêtai à peine attention au beau-frère de Lucía, qui était l'aîné. Le cadet, qui devait avoir quelques années de plus que moi, me plaisait. Quand Ernesto me demanda ce que je voulais boire, je demandai un Coca-Cola. Javier, le plus jeune des frères, me lança un drôle de regard et, malgré mon intention de lui annoncer que j'étais enceinte, je me surpris en train de déclarer que j'avais commencé à prendre des antibiotiques le matin même et je terminai ma phrase sans même m'être rendu compte que je lui avais menti.

Mon verre était encore à moitié plein quand Javier se leva et, sans me lâcher des yeux, les mains dans les poches, déclara qu'il n'avait plus envie de rester dans ce bar.

« Nous t'avons attendue très longtemps, dit-il sur un ton ambigu, entre plaisanterie et reproche paternel. Tu es arrivée très tard. »

Il portait des mocassins en daim cousus main et des jeans d'un rouge presque grenat, qui laissaient voir ses chevilles mates aux os saillants et solides en même temps, une chemise blanche sans col avec un seul bouton ouvert au-dessous de la limite que les hommes élégants ne doivent pas dépasser, qui faisait ressortir un bronzage très intense, presque spectaculaire à une époque de l'année où les premiers vacanciers ne sont pas encore revenus. Il était assez grand, élancé, avec des cheveux poivre et sel, un nez énorme, des mains assorties et, sans doute, un cul magnifique, à en juger par la courbe de ses pantalons, de profil. « De plus », me dis-je pour me rassurer, quand je me rendis compte que j'étais couverte de sueur jusqu'au bout des ongles, « il est marié avec une guenon, qui l'accompagne, et tu es enceinte, d'un homme beaucoup plus beau que lui ». C'était vrai, il était moins beau que Santiago. Mais il me plaisait beaucoup plus.

Quand nous avons commencé à marcher sur le boulevard, il a traîné délibérément pour se trouver à ma hauteur, je marchais seule, sourire aux lèvres, mais comme il allait arriver près de moi, Ernesto l'a devancé, m'a prise par le bras, et a accéléré le pas, si bien que nous nous sommes retrouvés à la tête du groupe.

« Je regrette, Malena, je ne m'attendais pas à ça... » Je me demandais de quoi cet imbécile était en train de me parler. « Je croyais qu'aujourd'hui... Enfin, que nous serions seuls... »

J'ai compris qu'il avait choisi cette soirée pour me séduire, cette soirée entre toutes celles qui s'étaient succédé au long de cette année riche en valses-hésitations, ces interminables soirées stériles, ennuyeuses et insensées, entre toutes les soirées prévisibles et égales à elles-mêmes que nous avions passées ensemble, et je me suis dit qu'en définitive la vie était un endroit impossible.

« Qui est ce type ? lui ai-je demandé en guise de réponse, en lui montrant Javier.

– Ah ! Je ne sais pas grand-chose de lui, je connais mieux son frère... Ils sont de Madrid, mais lui vit à Dénia toute l'année, c'est un dessinateur. Il illustre des contes pour enfants, des articles, des affiches, des trucs comme ça...

– Il est marié depuis longtemps ?

– Il n'est pas marié. » Cette précision, de la part de l'homme le plus marié que j'eusse jamais connu, me parut si pathétique que je ne fis rien pour cacher mon impatience. « Ils vivent ensemble depuis plus de quinze ans ; lui revenait du service militaire, c'était encore un gamin... Elle aussi était très jeune...

– Mais elle est tout de même plus âgée que lui, non ?

– Oui, mais pas de beaucoup, deux ans, ou trois. Elle est peintre. Ils ont deux enfants. Il l'adore.

– Tiens. »

J'étais sur le point de lui demander ce qu'ils étaient venus faire à Madrid quand nous sommes arrivés devant la porte du bar que nous avions choisi. Nous avons trouvé une table libre et, pendant un moment, il ne s'est rien produit d'intéressant. Ernesto, assis en face de moi, me regardait avec une fixité obsédante. Javier, entouré de femmes, soutenait une conversation à laquelle je n'ai pas voulu me mêler. Je me suis levée pour aller aux toilettes dans le seul but d'attirer son attention, et avant de tourner le dos à la table, j'ai constaté du coin de l'œil qu'il me regardait sans cesser de parler avec les autres. Je me suis demandé s'il allait me suivre quand un type qui avait fait semblant de me reconnaître à l'entrée pour m'embrasser et amuser la compagnie a eu la même idée et m'a suivie. J'ai accéléré le pas et j'ai fermé la porte des toilettes derrière moi. Je me suis regardée dans le miroir, j'ai effacé l'ombre du crayon gras sous mes paupières inférieures, je me suis mis un peu de rouge, j'ai ouvert le robinet et commencé à compter. À vingt, j'ai fermé le robinet et je suis sortie.

L'imbécile m'attendait, appuyé contre le mur, fermant à demi le passage qui me séparait de la salle. Je me suis arrêtée devant lui, ne sachant que faire, quand j'ai senti un bras se refermer autour de ma taille, quelqu'un de grand derrière moi, et un souffle chaud à mon oreille, que ses lèvres effleuraient.

« Je le tue ? »

Je ne pouvais me voir dans aucun miroir, mais je savais que s'était imprimée sur mon visage une expression de plaisir pur, si pur que j'ai applaudi en moi-même à la stratégie qu'il avait choisie sans prévoir qu'elle l'empêcherait de voir mon visage. Il m'a tournée tout doucement vers lui, pendant que mon dragueur ivre s'éclipsait discrètement. Quand je lui ai fait face, Javier me l'a montré d'un geste du menton, et m'a dit, sur le ton amusé et chargé d'intentions qu'il avait déjà eu :

« Tu veux que je le tue ? »

À ce moment-là, Ernesto nous a appelés de l'autre bout du passage : « Nous allons changer de bar, il y a trop de monde ici. » Et nous n'avons pas arrêté de changer de bar, jusqu'à trois heures du matin ; le groupe était moins compact à chaque étape, les bâillements et les cernes s'accentuaient, excepté sur mon visage, tendu et coloré comme une pomme à peine cueillie, qui agissait comme un aimant sur les deux hommes qui luttaient bêtement pour me caresser un bras ou m'adresser un sourire. Dans le dernier bar, nous ne sommes pas tous entrés. Le frère de Javier et sa femme nous ont quittés devant la porte. Lucía y est allée de sa rengaine : il est très tard, rentrons, demain je dois me lever tôt, mais Ernesto, sans donner le moindre signe de vouloir la soutenir, a pris un ton neutre, indifférent et courtois pour lui suggérer de profiter de l'occasion et de partir avec sa sœur. Alors, elle lui a adressé un regard furibond et, avec fougue, a franchi la porte pour pénétrer dans le bar.

Paco, de derrière son comptoir, nous a accueillis chaleureusement. Il était toujours content de nous voir et, dans mon cas, la réciproque était vraie. Le local, une sorte de cave tellement décrépite qu'on se demandait comment il pouvait soutenir depuis vingt ans sa réputation, était presque vide, mais même si les buveurs alignés au comptoir s'en allaient, même s'il ne devait plus entrer un seul client du reste de la nuit, Paco ne fermerait pas avant que nous soyons partis, et peu importait si le soleil chauffait déjà les trottoirs. Cela seul aurait suffi à récompenser notre fidélité, mais, par certaines nuits tièdes et mélancoliques, Paco chantait de vieilles ballades qu'il avait apprises quand il était petit en écoutant son père, un chanteur flamenco, et dont il avait oublié la moitié des paroles.

Cette nuit n'était pas propice au chant, et il s'en rendit compte au premier coup d'œil. Tandis que les trois femmes qui nous accompagnaient prenaient place autour d'une table, Ernesto, Javier et moi étions debout devant le comptoir, mais nous ne nous tenions pas tranquilles, nous changions constamment de place, comme si nous étions en train de mettre au point un étrange ballet, ou une danse de cour ponctuée de quelques mots, de sourires et de gestes mille fois répétés, précis, calculés, les doigts écartant une mèche du front, les sourcils se fronçant pour allumer une cigarette, les mains entrant et sortant des poches, le coude s'appuyant un instant au bord du comptoir, les dents feignant de mordre la lèvre inférieure, et les glaçons s'entrechoquant dans le verre, tous les trois ensemble, et le reste est arrivé très vite.

J'ai fini par prendre un verre, tout simplement pour trouver un point d'appui concret, quand la femme de Javier s'est levée entre deux bâillements et a annoncé qu'elle venait de s'assoupir sur la table sans s'en rendre compte et qu'elle s'en allait parce qu'elle n'en pouvait plus. La femme abandonnée s'est levée et l'a suivie sans nous adresser la moindre parole. Lucía a pris Ernesto par le bras et l'a entraîné à l'extrémité du comptoir, où ils se sont mis à parler à voix basse, j'ai tourné la tête et j'ai vu Javier me regarder en arquant les sourcils. À ce moment-là, la porte s'est fermée. Ernesto est resté aux aguets, jusqu'au moment où le bruit des talons sur la chaussée s'est éteint. Alors, il a franchi la distance qui nous séparait en trois enjambées, il s'est penché sur moi et m'a embrassée, sa bouche titubante sur la mienne était le seul contact entre nous. La surprise, et la tendresse de ces lèvres presque chastes, comme isolées du reste du monde, m'ont permis de garder les yeux ouverts, et Javier est entré dans mon champ visuel, il a levé son verre en me regardant, souriant, comme s'il proposait un toast. Mes paupières se sont fermées toutes seules, mais je n'ai pas voulu m'abandonner à une situation aussi absurde, aussi me suis-je brusquement séparée d'Ernesto pour courir, ou plutôt m'enfuir dans les toilettes sans fournir d'explication.

Quand je me suis regardée dans le miroir, après m'être rafraîchi la nuque et le cou avec de l'eau froide, j'ai apostrophé la femme en face de moi sans obtenir d'elle la moindre réaction.

« Tu es enceinte ! lui ai-je enfin lancé à voix haute. Et tu as déjà fait assez de conneries. » Je me suis regardée avec attention, j'ai fait tout ce que j'ai pu pour me sentir enceinte, mais je n'ai rien remarqué de particulier, ni en moi, ni dans mon apparence. « Tu es pire que ta sœur ! » me suis-je dit alors, mais, une nouvelle fois, je n'ai obtenu aucune réaction.

Je suis restée deux minutes plantée devant le miroir, sans un mouvement, sans une pensée. Puis, en saisissant fermement la poignée de la porte, j'ai décidé que j'allais prendre mon sac, dire au revoir et rentrer enfin à la maison, seule, mais quand j'ai ouvert la porte, je n'ai pas pu sortir, parce que Javier m'attendait, derrière. Il m'a regardée bien en face, sans manifester la moindre nervosité, ni aucune autre émotion particulière, il m'a prise par la taille d'un geste lent, tranquille, puis m'a immobilisé la tête avant d'introduire dans ma bouche une langue furieuse et avaricieuse qui a balayé en un instant toute illusion de sérénité. C'est seulement alors qu'il a fait un pas en avant, en m'entraînant avec lui à l'intérieur de la pièce, et après avoir refermé la porte d'un coup de talon, il a continué d'avancer à l'aveuglette, par à-coups, les mains fermes sur mes cuisses, en pressant son ventre contre le mien pour me faire sentir le relief de sa bitte, comme un augure généreux, tandis qu'il m'emportait avec lui, me soulevait quasiment de terre, pour m'appuyer contre la paroi du fond et s'écrouler enfin, étourdi et confus comme un enfant, sur l'insupportable tension de ma chair, qui a reçu son poids comme un présent.

Puis, dans la meilleure position que nous ayons pu adopter, moi assise sur lui à califourchon et lui sur le couvercle des toilettes, j'ai retrouvé la mémoire, grâce à la brusque avidité avec laquelle ses doigts ont lâché mes cuisses pour saisir avec un geste ambigu, presque violent, les revers de ma veste. Les boutons neufs et à peine retenus par deux épaisseurs de fil ont tinté en rebondissant sur le linoléum. J'ai alors entendu un son plus grave, très différent, qui m'a forcée à prêter attention à la bataille qui se déroulait sur mon corps. Javier se battait avec mon soutien-gorge, et, ne trouvant pas d'agrafe dans le dos, il essayait de déchirer le tissu en tirant dessus des deux mains de toutes ses forces. J'ai défait les deux crochets dissimulés sur le devant, et mes seins, gros et pleins, tendus et bombés, ont caressé ses joues. J'ai vu comment il prenait du recul pour les regarder, comment il écartait ses cheveux de son visage d'un geste machinal, comment il s'abattait sur moi, la bouche ouverte, comment ses lèvres se refermaient sur mon mamelon gauche, j'ai senti le fil de ses dents, le contact spongieux de sa langue, sa salive, j'ai senti comment il tétait, et même cela n'a rien changé, et si je lui ai avoué la vérité, ça n'a pas été de peur qu'il la découvre avant que je la lui dise, ni pour essayer de me ressaisir en entendant ces mots, ni pour obéir à l'impulsion perverse de me savoir définitivement avilie, misérable et à jamais coupable. Si je lui ai avoué la vérité, ça n'a été que pour entendre la réponse qu'il m'a faite :

« Je suis enceinte, lui ai-je dit, et il n'a eu aucune sorte de réaction. De trois mois. »

Deux secondes plus tard, quand ses dents ont consenti à se déprendre enfin de mon mamelon, il a rejeté la tête en arrière, m'a regardée et m'a souri.

« Ça m'est égal », m'a-t-il dit, et il s'est jeté sur mon mamelon droit.

Quand nous sommes sortis de là, presque une heure plus tard, nous n'avons pas trouvé trace d'Ernesto. Paco s'était endormi sur une table, nous l'avons secoué par les épaules, et il s'est à peine réveillé pour nous ouvrir la porte. Javier a insisté pour prendre le même taxi que moi, même si la maison de ses parents se trouvait dans la direction opposée, et j'ai eu peur que le trajet ne soit pas très agréable, comme cela se produit le plus souvent dans de telles circonstances : conversation banale, silence épais, ou pire, mais j'ai à peine eu le temps de jeter un coup d'œil à l'extérieur. Le taxi n'avait pas encore démarré qu'il s'est penché vers moi pour m'embrasser, et il n'a pas arrêté de le faire, en déployant une tendresse que je n'aurais pas pu soupçonner quelques instants auparavant, jusqu'au moment où le taxi s'est arrêté devant ma porte. Alors, ni l'un ni l'autre n'avons rien dit. Il a attendu pendant que je fouillais dans mon sac pour en sortir le trousseau de clés, et il était encore là quand j'ai regardé la rue de l'autre côté de la porte vitrée. En montant les escaliers, ivre d'une euphorie ancienne, je me suis demandé si je le reverrais un jour, malgré le pressentiment bien ancré qu'il s'était installé en moi sans m'en demander la permission.

Des années plus tard, j'ai essayé de le retrouver. Je lui ai écrit deux fois, j'ai laissé des dizaines de messages sur son répondeur, mais il n'a jamais décroché, n'a jamais répondu à un appel, je n'ai plus entendu une seule fois le son de sa voix, mais quand je me suis mise au lit ce soir-là, je ne pouvais pas le savoir, et la seule chose qui me préoccupait, c'était le cauchemar du lendemain, l'insomnie qui ne me lâcherait pas les nuits suivantes, la tempête qui allait ravager ma conscience pendant des semaines entières, des mois peut-être, peut-être toute ma vie.

Le lendemain, je me suis levée aussitôt que j'ai ouvert l'œil, de bonne humeur, avec un terrible appétit. Contre toutes mes prévisions, voilà que j'étais une *puta madre*, une fille du tonnerre de Dieu.

Par la fenêtre, je ne pouvais apercevoir que le feuillage de deux peupliers gris, vieux, transis de froid, leurs branches maltraitées par le vent ployant en arrière comme un cri douloureux, sur la toile de fond repoussante d'un ciel impossible, marron – exactement la couleur qu'un ciel ne devrait jamais avoir. On dirait des arbres domestiques, me dis-je, s'il existait des arbres domestiques, ils devraient toujours être comme ces deux pauvres peupliers, nus, malheureux, faibles. Puis les premières gouttes se sont mises à tomber, de grosses gouttes, lourdes de hargne, qui se sont écrasées bruyamment sur la vitre; quelqu'un a ouvert la porte, et un léger courant d'air a fait osciller la guirlande de crêpe de soie argenté fixée au montant la fenêtre et les petites boules de verre de couleur qui y étaient suspendues à intervalles réguliers. La porte s'est refermée et le bruit est devenu insupportable. J'ai tourné la tête pour affronter une bonne fois le diagnostic de l'échographiste qui, sans cesser de remuer brusquement la commande qu'il manœuvrait de la main droite tout en tapant sur le clavier de la gauche, m'a adressé un regard de découragement.

« Je ne sais pas, a-t-il dit à voix basse, je vais tout recommencer, depuis le début. »

C'était la troisième fois qu'il disait ça, la troisième fois qu'il me nettoyait le ventre avec un mouchoir en papier, la troisième fois que son assistant se penchait au-dessus de moi pour m'enduire d'un gel transparent, glacé, la troisième fois que je sentais la pression de l'appareil sur mon ventre terrorisé, la troisième fois que rien ne semblait donner de résultat, et j'ai de nouveau tourné les yeux vers la fenêtre, avec l'espoir de retourner à la douleur des peupliers, mais les larmes me sont venues aux yeux.

« Je ne comprends pas, a-t-il fini par admettre. De toute évidence, il n'a pas grandi, mais il se peut que tu te sois trompée dans tes calculs, ou que tu aies pris pendant des années des pilules qui ont eu un effet indésirable sur ton ovulation. Ce ne serait pas la première fois. »

Mais il savait que ce n'était pas sûr, et moi aussi, parce que six semaines auparavant il m'avait fait lui-même une autre échographie, et une seule mesure avait suffi pour montrer que tout allait bien, que tout était parfait au sixième mois. « C'est un garçon », m'avait-il dit, et j'avais été doublement heureuse, parce que j'avais peur d'avoir des jumeaux et parce que j'étais contente que ce ne soit pas une fille... Et à présent, en me mettant le manteau qui pesait comme une chape de plomb, je le plaignais avant de le connaître, et lui demandais pardon de l'avoir hébergé en moi.

Ma mère attendait en haut, dans la chambre de Reina, mais je n'ai pas voulu monter, je n'ai pas voulu voir ma sœur, radieuse, dans une de ces chemises de nuit blanches avec une ceinture rose pâle que maman nous avait achetées et que je doutais de pouvoir mettre un jour, comme si je pouvais déjà me voir avec cette blouse verte de salle d'opération dans laquelle on me ferait monter, le moment venu, dans une chambre semblable à celle qu'elle occupait, mais où je serais seule. Je ne voulais pas voir Reina, je ne voulais pas me pencher au-dessus du berceau en plastique transparent qui se trouvait à côté d'elle et contempler le sommeil serein de cette petite fille parfaite qui s'appelait Reina, comme sa mère, je ne sentais plus mes pieds tandis que j'avançais, je ne sentais pas ma main quand je tirai la poignée de la porte de la clinique. Je sortis dans la rue et me mis à marcher sous la pluie, désemparée sous ce ciel marron, ces coups de tonnerre furieux, et la pluie n'était qu'un contretemps passager, lointain, confortable, qui se désintégrait au contact de la ruine intime et irrévocable de mon sang corrompu, ruine définitive, par arrêt du destin.

Je marchais doucement mais j'arrivai vite dans un quartier que je ne connaissais pas, aux chaussées de terre battue flanquées de maisons blanches, basses, défoncées par les pluies, un bourbier aux limites indéfinies, dont les torrents d'eau noire débouchaient sur une place profonde pareille à une mer fausse et sale. Je la contournai et continuai d'avancer, anesthésiée par l'angoisse, je ne sentais rien, et la sensation d'avoir déjà vécu cette matinée rendait tout plus difficile. Reina était entrée à la clinique deux jours auparavant, avec des contractions parfaitement normales et régulières, toutes les trois minutes, elle marchait péniblement, les jambes arquées sous le poids de son ventre rond comme une planète nouvelle, les épaules rejetées en arrière, les mains sur les reins, flanquée de Germán et de ma mère. Je les suivais, portant la valise, et je savais qu'avec moi il en irait autrement, je savais que cette scène ne se répéterait pas, que quelque chose allait mal, parce j'allais trop bien, que mon corps demeurait trop fidèle à sa forme ancienne pour pouvoir abriter un bébé de sept mois; mon ventre ne projetait en avant qu'une courbe timide, contrôlée, parodie mesquine du globe qui annonçait l'apparition de ma sœur depuis près de deux mois. Reina était montée en ascenseur dans sa chambre, s'était déshabillée dans la salle de bains, et s'était mis cette chemise de nuit de maman Barbie, pareille à celle que je n'étrennerais jamais, puis elle s'était couchée, et on avait apporté le nécessaire pour une perfusion, et elle criait, elle suait, elle se plaignait, et elle pleurait, elle pleurait abondamment, comme si on la torturait, comme si on la coupait en deux, et, livide et pâmée, folle de douleur, elle plantait ses ongles dans les bras de maman, dans les mains de Germán, qui lui caressaient le front, lui disaient des mots doux, partageaient sincèrement sa souffrance et ne se plaignaient de rien. Une infirmière la réprimanda deux fois, en lui disant de se tenir tranquille, et ma sœur l'insulta en lui lançant : « Vous ne savez pas ce que c'est », ce à quoi l'autre répondit avec un éclat de rire : « Oh, que non ! Moi, je n'en ai eu que trois ! »

L'accouchement de Reina avait été tardif, long et douloureux, comme doivent l'être ceux des débutantes. Le bébé de Reina était une petite fille fragile et rose, comme devraient l'être tous les bébés. La chambre de

Reina était pareille à une salle des fêtes, avec ses rameaux de fleurs, parmi les gens souriants, les larmes d'émotion, comme doivent l'être toutes les chambres dans lesquelles il y a un berceau, le visage de Reina après l'effort était lisse, rose et heureux, comme doivent l'être ceux des nouvelles mères. J'ai assisté à ce spectacle dans l'état d'âme qui doit être celui du condamné à mort qui devrait creuser sa propre tombe. Il y avait en effet des semaines que je vivais dans la peur. Le gynécologue n'était pas encore soucieux, parce que je continuais à grossir régulièrement, mais lui ne savait pas qu'il y avait maldonne. Au milieu du sixième mois, de mon propre chef, j'avais changé de régime, et j'étais passée à cinq mille calories par jour, au lieu de mille cinq cents. Je me gavais de chocolat, de beignets, de pain, de gâteaux, de pommes frites, et le diamètre de mes bras augmentait, et celui de mes cuisses également, mon visage était plus rond, et le volume de mes seins me menaçait d'un retour à l'état sauvage, mais mon enfant ne grandissait pas, mon ventre ne se répandait pas, mon profil ne se déformait pas, et j'aurais donné n'importe quoi pour être enfin dans l'état que j'abominais pendant mes premiers mois de grossesse, pour devenir l'une de ces grosses vaches maladroites et suralimentées que j'avais considérées avec tant de mépris dans la salle d'attente du gynécologue, et je me moquais bien de ce que seraient ensuite l'état de ma peau, de mon corps, et mon avenir, tout ce que je voulais, c'était une grossesse normale, j'aurais donné n'importe quoi pour être énorme, répugnante, une montgolfière dolente, une femme comme les autres, et je mangeais, je mangeais énormément, je me gavais de nourriture jusqu'à la nausée, et je le faisais pour deux, mais je me rendais compte que lui ne s'alimentait pas.

« Et toi ? De cinq mois ? Six ? m'avait dit une infirmière pendant que nous attendions dans la chambre que Reina sortît de la salle d'accouchement.

– Non, presque sept. »

Elle m'avait adressé un regard où se mêlaient l'étonnement et l'inquiétude, puis s'était reprise, pour m'adresser un sourire :

« C'est bien, non, et si mince...

– Oui », avais-je dit en regardant ma mère, incapable de soutenir mon regard plus de deux secondes ; mais un peu plus tard, tandis que nous marchions dans le couloir, pour alléger l'attente, elle a posé la main sur mon épaule et a eu le courage de me dire qu'elle aussi craignait le pire.

« Nous ne valons rien pour mettre les enfants au monde, nous, les Alcántara, Malena, et c'est héréditaire, de mère en fille, tu sais, ma grand-mère n'a eu que deux enfants, mon père et Magdalena, sur six grossesses, ma mère a perdu deux enfants, et puis Pacita est née, un cas très rare, tu le sais, qui ne se produit qu'une fois sur cent mille, normalement, le fœtus meurt avant l'accouchement, mais ma sœur a vécu, tu l'as connue. Moi qui n'ai été enceinte qu'une fois, j'ai eu Reina, alors...

– Mais pour Reina, ç'a été de ma faute, ai-je dit, et son visage a exprimé une très vive inquiétude et s'est figé.

– Non. Pourquoi veux-tu que ce soit de ta faute ? S'il y eu faute, ça ne peut être que la mienne, qui n'ai pas eu deux placentas suffisants pour vous alimenter toutes les deux.

– Mais tes placentas étaient très bien, maman, ce qu'il y a eu, c'est que moi, je prenais tout et je ne laissais rien pour elle, les médecins l'ont dit.

– Non, ma fille, non. Personne n'a jamais rien dit de semblable. »

Oui, ma mère, oui, aurais-je pu répliquer, c'est ce que vous disiez tous, mais je n'ai pas voulu le lui rappeler, parce que cette dette était sur le point d'être payée. À ce moment-là, le téléphone a sonné, elle a couru jusqu'à la chambre, c'était Germán, qui appelait du rez-de-chaussée. Ma nièce venait de naître, elle pesait trois kilos cent et mesurait quarante-huit centimètres, elle était grande et lourde, pour une fille, et en parfaite condition, Reina l'était moins, elle se sentait très faible. J'ai continué d'aller et de venir dans le couloir, moi, une Alcántara des pieds à la tête, boucles brunes, lèvres d'Indienne, parturiente incapable, l'échographie ne pouvait me réserver de surprise, et je pouvais déjà me voir en train d'avancer dans ce quartier inconnu aux maisons blanches et basses que la pluie rendait grises, en train de reprendre l'implacable succession logique des événements qui m'avaient conduite où je me trouvais, ce matin-là, mauvais sang, mauvais sort, mauvaise femme, mauvaise mère, parce que je n'avais pas désiré l'enfant qui allait naître, parce que j'avais trop souvent souhaité ne pas l'avoir, parce que j'avais caché son existence à son père pendant plus d'un mois, parce que j'avais refusé de porter l'un de ces horribles sacs au col de marin, parce que je m'étais contemplée, nue, dans le miroir, et que j'avais éprouvé du dégoût et de la peur, parce que je n'avais pas encore acheté le moindre bavoir, parce que je m'étais demandé très souvent ce que j'allais bien pouvoir foutre avec un enfant dans les bras toute la sainte journée, parce que je n'avais pas souri comme une imbécile chaque fois que j'avais croisé un bébé dans sa poussette, parce que j'avais essayé d'effacer de mon corps toute trace de son existence, parce que j'avais baisé comme une chienne errante avec un inconnu alors qu'il nageait tranquillement en moi, parce que je n'avais encore pas trouvé trace du fameux instinct, parce j'avais découvert qu'une femme ce n'est presque rien, pour tout cela, à présent, je devais payer. J'aurais aussi bien pu considérer que Reina avait fumé pendant sa grossesse et moi non, qu'elle avait continué de boire du vin et moi non, qu'elle s'était roulé un joint de temps en temps et moi non, qu'elle n'avait pas voulu marcher parce qu'elle se fatiguait trop vite et moi non, qu'elle s'était gavée de bonbons et moi non, qu'elle n'avait pas eu envie d'assister à un seul cours du programme d'accouchement sans douleur et que je n'en avais pas raté un, que je m'étais même farci les aspects théoriques qui sont plus assommants que le code de la route, et que j'avais fait tout ça seule, mais je n'ai rien considéré de tout ça, parce que ce n'était pas la peine.

Ce qui doit valoir la peine, me suis-je dit en essayant de sourire, c'est d'acheter un piston dès le premier jour de retard des règles, et je me suis mise à pleurer. J'ai regardé autour de moi, il n'y avait plus de maisons, mais un terrain déboisé à demi citadin, où allait peut-être s'élever d'un moment à l'autre un complexe industriel. J'ai fait demi-tour. Ce n'était pas juste. Mais c'était exactement ainsi.

Je me suis levée vers six heures du matin, à moitié abrutie par des heures d'un sommeil agité, fréquemment interrompu par une douleur aiguë, insuffisante, à mon avis, pour appartenir aux fameuses douleurs mythiques, et en entrant dans la baignoire, j'ai senti quelque chose de bizarre, de poisseux, entre mes cuisses. Avec une terrible appréhension, j'ai envoyé ma main explorer de ce côté-là, et, un instant plus tard, j'ai constaté que mes doigts étaient imprégnés d'une sorte de morve transparente, épaisse et douteuse. J'étais encore à trois semaines de la date prévue, mais je ne savais guère sur quels calculs me fier. Le gynécologue, un type optimiste, était tombé d'accord avec l'échographiste qu'il ne fallait pas s'inquiéter avant le temps. « Il n'est sûrement pas de sept mois mais de six, m'avait-il dit, on te refera une échographie dans quelques jours, et si le résultat n'est pas bon, nous provoquerons un accouchement avant terme, tout va bien, ne t'inquiète pas. » Santiago, ses sœurs, mes parents, tout le monde était tombé d'accord pour le croire sur parole. Pas moi. Je savais que l'enfant ne grandirait pas, mais je gardais mon angoisse pour moi seule, parce que je voulais croire le contraire, je devais croire le contraire, et dire la vérité aurait équivalu à défier le sort. J'ai senti que cette chose, quelle qu'elle fût, commençait à se séparer de mon corps, à s'écouler entre mes jambes. C'était comme une énorme morve, mais qui semblait rétrécie, chiche, sèche. Je me suis adossée au mur, en pensant que j'allais perdre les eaux. J'ai attendu, mais rien n'est sorti de mon corps, comme s'il n'y avait jamais rien eu, à l'intérieur. La douleur grandissait, mais je ne pouvais l'accuser de rien, parce que j'aurais dû être en train de perdre les eaux, et je ne perdais rien, il ne m'arrivait rien, tout mon corps paraissait être aussi pauvre et aussi noué que cette minable morve sèche.

J'ai réveillé Santiago, je lui ai dit que le travail avait commencé et qu'il fallait que nous allions immédiatement à la clinique; pour toute réponse, il m'a lancé un regard incrédule. « Ce n'est pas possible, a-t-il dit, c'est beaucoup trop tôt, tu dois avoir quelques contractions parce que l'enfant se met en position, c'est tout. » Quand j'ai vu qu'il me tournait le dos et s'apprêtait à se rendormir, je me suis mise à crier en lui donnant des coups de poing dans le dos, et j'ai continué à crier pendant qu'il se levait et s'habillait en me regardant avec un air terrorisé, je criais que l'enfant était déjà en position, que ce ne serait pas un accouchement normal, qu'il arrête de regarder sa montre parce que peu importait la fréquence des contractions, que quelque chose n'allait pas, que j'avais expulsé le tampon mais que je n'avais pas perdu les eaux, qu'il me laisse tranquille avec la respiration, qu'il fallait partir en vitesse, immédiatement, tout droit à la clinique, maintenant.

C'était dimanche, les rues étaient désertes. Je ne me souviens pas de ma douleur. Je ne saurais dire si j'ai beaucoup souffert ou si je n'ai pas souffert du tout, je ne serais pas capable de retrouver le rythme de ces coups de marteau qui me frappaient par moment les reins. « L'enfant vit, c'était tout ce que je me disais. Il doit être vivant, s'il était mort, il ne bougerait pas, il ne me ferait pas mal. » Nous sommes arrivés très rapidement à la clinique. La réceptionniste s'est inquiétée en nous voyant courir, elle m'a regardée, et je me suis expliquée comme je l'ai pu, je savais que j'accouchais et j'ai réussi à lui faire partager ma conviction. « Viens avec moi », m'a-t-elle dit, et elle m'a conduite dans une sorte de salle de consultation vide, où il n'y avait qu'un chariot couvert d'un drap vert. « Déshabille-toi et attends un moment, je reviens tout de suite », ai-je entendu, et alors, je me suis rendu compte que j'étais seule. Santiago n'était pas entré avec moi. Je me suis dévêtue, je me suis allongée sur le chariot, et je me suis sentie glacée, sale, et seule. La femme est revenue avec une grosse infirmière au visage ingrat, petite et forte, comme taillée à la va-vite dans un cube de pierre dure. Tandis que l'autre me couvrait avec le drap vert, elle a mis sa tête entre mes jambes, et le premier coup d'œil a semblé lui suffire. Elle s'est redressée, m'a regardée avec des yeux de méduse, et s'est tournée vers la réceptionniste.

« Elle est venue seule ?

– Non, son mari est là, dehors. »

Alors, la sage-femme a tourné les talons et s'est dirigée vers la porte, sans me regarder.

« Le docteur a été appelé ?

– Oui, son mari vient de le faire. Il a dit qu'il arrivait, mais ça va prendre un bout de temps. Il vit à Getafe. »

La porte s'est refermée et je me suis retrouvée seule. J'étais encore suffisamment consciente pour sentir que la douleur grandissait un peu partout en même temps, qu'elle devenait plus vive et plus fréquente, et j'essayais de garder les yeux ouverts. Je regardais un mur blanc. C'était tout.

« Venez. » J'ai entendu la voix de la sage-femme avant que la porte s'ouvre de nouveau. « Il faut que vous le voyiez. »

Santiago est entré derrière elle, crispé, pâle, malade, en avançant très lentement comme s'il ne pouvait plus porter le poids de ses jambes. Il m'a regardée avec des yeux remplis de larmes et je suppose qu'il a voulu me sourire, mais je n'ai pas pu identifier ce que pouvait être sa grimace, je me suis seulement rendu compte qu'il avait très peur et une immense vague de compassion m'a soulevée. La sage-femme a levé le drap et a dit, sur le ton expert d'un agent immobilier qui fait visiter un appartement :

« Ça, ce sont les testicules de l'enfant. Vous voyez ? Ça, ce sont ses cuisses. Il se présente très mal.

– Oui. » J'ai à peine pu l'entendre, mais elle a dû juger que c'était suffisant.

« Je voulais que vous le voyiez.

– Oui », a redit Santiago ; et alors, elle m'a découverte complètement, et m'a soutenue pour faire entrer mes bras dans les manches d'une chemise de nuit verte qui était froide et sentait la lessive, comme les blouses du pensionnat.

« Il est mort ? » ai-je demandé, mais elle ne m'a pas répondu.

Elle a contourné le chariot pour se placer derrière moi, et nous nous sommes mis en marche. Nous sommes sortis de la salle et nous avons traversé le vestibule de la clinique. Nous allions très vite. Santiago m'avait prise par la main et devait courir pour se maintenir à notre hauteur, je m'en rendais compte et la situation me semblait presque comique, ridicule, mais je ne me souviens de rien d'autre, parce que j'étais incapable de réfléchir, je ne sentais plus rien, même pas la douleur, je vivais cette scène comme de l'extérieur, comme si je n'avais rien à voir avec tout ça, comme si ce n'était pas à moi que cela arrivait, je remarquais les femmes en vert en train de courir, et la panique qui déformait le visage de mon mari, et le profil du monticule tremblotant entre mes jambes, comme si nous étions tous des figurants d'un mauvais film à petit budget, mièvre, et non les protagonistes d'un épisode de ma vie, je ne comprenais même plus que j'étais vivante, là, sur ce chariot, et je n'ai eu qu'une pensée : c'était comme si j'avais pris deux acides en même temps ; quand j'ai ouvert la bouche, je n'ai pas reconnu ma voix :

« Ils me conduisent dans la chambre, n'est-ce pas ?

– Non, m'a répondu la sage-femme. Nous allons tout droit à la salle d'accouchement.

– Ah ! », ai-je proféré, et Santiago, en larmes, m'a regardée, et je lui ai souri, je lui ai souri vraiment, je lui ai fait un grand sourire sincère, je ne savais pas pourquoi, mais je l'ai fait. « L'enfant est mort, n'est-ce pas ? »

Personne ne m'a répondu, et je me suis dit que le moment était venu de commencer à respirer comme on me l'avait appris, et je ne sais pas non plus pourquoi je l'ai fait, mais j'ai commencé depuis le début, et j'ai exécuté, étape par étape, l'ensemble du processus, en inspirant profondément, en haletant ensuite, je me demandais si cette technique était vraiment efficace et je ne pouvais pas répondre à ma question, parce que je ne sentais plus la douleur mais une pression insupportable dans l'estomac, et pas le moindre soulagement. L'avant du chariot a cogné contre une porte molle, faite de deux lourds pans de plastique flexible avec une petite ouverture ronde dans le haut, et la main de Santiago a lâché la mienne.

« Vous ne pouvez pas entrer. » C'était la voix de la sage-femme.

« Mais je veux entrer.

– Non, c'est impossible. Il faut attendre dehors. »

Il y avait un tas de lampes au-dessus de moi, un tas de projecteurs ronds accrochés à une sorte de plafond circulaire en matière plastique sombre, et un tas de gens qui s'agitaient autour, tandis que je respirais profondément, que j'expirais, que je haletais ensuite, il n'y avait que des femmes qui me faisaient je ne sais quoi, et je haletais, je respirais profondément, et je ne me rendais compte de rien, jusqu'au moment où la sage-femme, cachée entre mes jambes, comme un peu plus tôt, m'a dit, enfin :

« Je vais te pincer. C'est l'anesthésie.

– Très bien », ai-je répondu. J'ai senti le pincement. « L'enfant est mort, n'est-ce pas ?

– Maintenant, je vais te faire une coupure avec le bistouri ; ça ne va pas faire mal. »

Ça n'a pas fait mal. Alors est arrivée cette autre

femme, un jeune médecin que je ne connaissais pas, qui portait une blouse blanche et qui, elle aussi, semblait avoir peur. Et la fête a commencé.

« Comment tu t'appelles ? m'a demandé une infirmière placée à ma gauche.

– Malena.

– Très bien, Malena, maintenant, pousse ! »

J'ai poussé.

« Pousse ! disaient-elles ; et je poussais. Très bien, Malena. Tu le fais très bien. Allez, encore une fois... »

Elles me disaient de pousser, et je poussais. Nous avons continué comme ça longtemps, c'est tout ce dont je me souviens, leurs cris, et ma réponse. « Pousse, Malena, pousse », et je poussais, et elles me félicitaient parce que j'avais poussé, et que je le faisais très bien, et je leur demandais si l'enfant était mort et elles ne me répondaient pas, parce je n'avais pas à poser de question mais à pousser, et je poussais, et ensuite je me suis demandé à plusieurs reprises pourquoi je ne pleurais pas, pourquoi je ne me plaignais pas, alors que je ne connaîtrais sans doute jamais un moment aussi horrible. Même à présent, je ne peux le comprendre, car je ne sentais rien, je ne pouvais pas penser, ni voir, ni entendre, ni comprendre quoi que ce soit, tout ce que je voulais, c'était savoir si cet enfant était mort, je voulais que quelqu'un me réponde une bonne fois, et personne ne me disait rien, tout ce qu'ils disaient, c'était : « Pousse, Malena », et je poussais, et tous disaient : « Bien, très bien, tu le fais très bien », jusqu'au moment où la voix de cette femme a rompu le rythme :

« L'enfant est vivant, Malena ; il est vivant, mais il est très petit, il se présente très mal et il souffre. Alors, il faut faire le plus vite possible, pour son bien. Tu comprends ? »

Je ne comprenais pas, mais j'ai dit oui.

« Maintenant, je vais te faire une extraction. Je vais mettre le bras pour prendre l'enfant par la tête et le tirer vers l'extérieur. Tu comprends ? »

Je ne comprenais pas, mais j'ai dit oui, une fois encore, et elle s'est penchée au-dessus de moi, et, très loin, dans un corps qui n'était pas le mien, j'ai eu l'impression qu'on me déchirait de l'intérieur, une torture atroce, les infirmières s'étaient tues, je regardais les lampes et je ne disais rien, et je regrettais presque les voix de tout à l'heure, parce qu'à présent je ne pouvais même plus pousser, je ne pouvais plus rien faire, et je n'avais pas confiance en cette femme, alors, j'ai demandé pour la dernière fois si l'enfant était mort, et tout s'est arrêté.

Je n'ai pas vu mon fils. Ils ne m'ont pas laissée le voir, mais je l'ai entendu pleurer. Alors, moi aussi j'avais envie de pleurer, et je me préparais à l'embrasser, parce que, maintenant, on allait me l'apporter, le mettre dans mes bras, et je pourrais le toucher, c'était ça qui devait se passer, c'était ça qui se passait dans les films publicitaires, il était vivant, il fallait qu'on me l'apporte, mais j'entendais des voix lointaines, des chuchotements étouffés et les pleurs qui s'éloignaient.

« L'ambulance est prête ?

– Oui. On l'a pesé ?

– Oui. Un kilo sept cent quatre-vingts. »

Alors j'ai compris qu'on ne me l'apporterait pas, et je n'ai même plus eu envie de pleurer. La sage-femme avait fini de me mettre les points quand mon gynécologue est apparu, bien douché, bien habillé, impeccable. Je me suis demandé s'il avait déjeuné et je me suis répondu qu'il l'avait fait, qu'il n'avait aucune raison de ne pas le faire. Il m'a saluée, m'a dit de ne pas m'inquiéter, que l'enfant était aussi bien qu'il pouvait l'être et qu'on allait le mettre dans une couveuse, que Santiago l'accompagnait dans un hôpital où se trouvait le meilleur service de Madrid pour ce genre de chose, qu'il fallait garder un espoir, et qu'il irait lui-même là-bas voir si tout se passait bien, puis qu'il reviendrait me voir pour me tenir au courant. À cet instant-là, j'ai éprouvé quelque chose de nouveau, qui n'était pas douloureux, mais que je ne saurais décrire avec précision. Je venais d'expulser le placenta.

« Tu veux que je le garde pour le faire analyser ? » J'avais reconnu la voix de la sage-femme.

« Non. Ce n'est pas la peine, a-t-il répondu avant d'ajouter : tu as vu ? Il est complètement calcifié. »

On ne m'a pas donné plus d'explications. Ils m'ont poussée hors de la salle d'accouchement, puis dans un ascenseur, puis dans une chambre, ils m'ont couchée sur un lit, et m'ont laissée seule. Par la fenêtre, on ne voyait que le feuillage de deux peupliers gris, vieux, transis de froid, aussi malheureux que d'autres, que je connaissais déjà.

Je suis restée seule, allongée sur le lit, à regarder par la fenêtre, les jambes croisées, sans faire un mouvement, pendant plus d'une heure. Toutes les vingt minutes, une infirmière entrait, me décroisait les jambes, me massait brutalement le ventre, retirait une sorte d'énorme compresse imbibée de sang et la remplaçait par une autre, propre. Ces femmes ne disaient rien et moi non plus, elles n'avaient rien à faire de tout ça, et moi non plus, entre-temps, je pensais aux arbres.

Mon mari m'a appelée, il m'a demandé comment j'allais, je lui ai dit : bien, sur le ton que j'avais employé mille fois pour dire la même chose. Je me sentais tranquille, insensible, absente, et cependant, je n'ai pas osé lui demander des nouvelles de l'enfant, il y a eu un long silence, pesant, et je savais qu'il fallait que je demande comment il allait, mais je n'osais pas. Alors Santiago a repris la parole et il m'a tout raconté. À l'hôpital, ils l'avaient pesé une nouvelle fois, un kilo neuf cent vingt grammes, c'était le poids exact, et il semblait aller bien, on l'avait examiné minutieusement, on lui avait fait des radiographies et les analyses les plus urgentes, c'était un enfant normalement constitué, tous les organes étaient développés, et il respirait seul, les pédiatres avaient dit que c'était ça le plus important, qu'il n'eût pas besoin de respiration artificielle, mais il était très faible, évidemment, il était très petit et très chétif, et avait apparemment perdu du poids à l'intérieur de mon corps, il avait eu très faim avant de naître, parce que, à la fin, mon placenta s'était converti en un déchet inassimilable, et nul ne savait pourquoi une chose pareille m'était arrivée, on n'a pas encore découvert pourquoi les sels de calcium se fixent dans le placenta, le durcissent et le rendent inutile, mais tous étaient d'accord pour dire qu'il y avait des semaines que je ne l'alimentais plus, et que c'était pour cela que l'accouchement avait été prématuré, comme si l'enfant l'avait provoqué pour survivre, il avait beaucoup souffert et des complications pouvaient se présenter, la plus probable étant une lésion rénale, mais pour le moment on n'avait rien détecté et il était tout à fait possible qu'il s'en sortît sans problème, la seule chose qu'il avait à faire pour le moment, c'était manger et prendre du poids.

« Encore une chose, Malena, a dit Santiago, pour finir. Comment veux-tu qu'il s'appelle ? »

Nous étions à peu près d'accord que, si l'enfant était un garçon, nous l'appellerions Gerardo, mais à ce moment, j'ai su que mon enfant ne pourrait porter qu'un prénom, un seul, et je l'ai dit de la manière la plus déterminée.

« Jaime.

– Jaime ? s'est-il étonné. Mais j'avais cru...

– C'est le nom d'un héros, ai-je dit. Il en a besoin. Je ne sais pas comment t'expliquer ça, mais je sais qu'il doit s'appeler comme ça.

– Très bien, Jaime. » Il a accepté, et il ne saura jamais à quel point je l'en remercie. « Il faut que je reste un peu ici pour parler encore une fois avec le médecin. Après, je viens te voir. »

J'ai raccroché, et je me suis dit que je devrais être contente, très contente, mais je n'ai rien pu éprouver de tel. Alors, la porte s'est ouverte et mon père est entré. Il était seul. Il n'a rien dit. Il m'a regardée, il a approché une chaise de mon lit, et s'est assis à côté de moi. Je lui ai caressé la tête.

« L'enfant va bien », lui ai-je dit.

Il m'a regardée encore une fois, puis il s'est mis à pleurer, en laissant tomber sa tête sur ma poitrine. À ce moment-là, j'ai deviné où étaient tous les autres. Reina et maman étaient d'abord allées voir l'enfant. Mais lui non. Lui était venu me voir. Alors, j'ai eu la chair de poule. C'était l'émotion, et je me suis enfin mise à pleurer. Et j'ai pleuré longtemps, la tête appuyée sur celle de mon père.

Ma chambre n'a jamais ressemblé à une salle des fêtes.

Je ne voulais voir personne, comme pour préserver la pudeur intime de mon échec, mais tous ont fait leur apparition, le gynécologue en premier, suivi de Santiago, puis de ma mère, de mes belles-sœurs, de nounou, et de nombreux autres, des gens sympathiques et bien élevés qui s'adressaient la parole et s'embrassaient, mangeaient les douceurs qu'ils m'avaient apportées et auxquelles je ne voulus même pas goûter, avec un geste muet d'impuissance que nul, sans doute, n'a remarqué. Reina, après avoir vu mon fils, avait filé en vitesse chez ma mère pour nourrir sa fille ; elle n'est arrivée que vers cinq heures, avec Germán et son enfant dans les bras.

Quand je l'ai aperçue dans l'encadrement de la porte, la froide hallucination avec laquelle j'avais accueilli les événements de la journée m'a soudain quittée pour me permettre de sentir tout le sel de la réalité. J'avais mis au monde un bébé chétif et malade, qui souffrait encore, qui était encore menacé de mort, à l'intérieur d'une couveuse surveillée par des inconnus, dans un autre édifice, très loin de moi. Elle, elle était la mère de ce bébé blond et tendre, qui tachait son bavoir entre ses bras, de cette petite fille vêtue d'une barboteuse de velours blanc « Baby Dior », brodé sur le devant avec un fil brillant de couleur fuchsia. Et elle l'avait amenée avec elle, pour que je la voie. Parce que je la voyais.

J'ai regardé ma mère, et elle a tourné la tête du côté de la fenêtre. Nounou, dans un élan irrépressible, je suppose, a pris la fillette dans ses bras, lui a fait risette et les petites marionnettes, et en un instant, a rassemblé autour d'elle une petite cour d'aspirants qui désiraient tous prendre la petite Reina dans leurs bras. Santiago était à côté de moi, assis sur le bord du lit, c'est à peine s'il avait bougé deux fois depuis qu'il était revenu de l'hôpital. Tranquille et optimiste, responsable et posé, attentif au moindre de mes besoins, il semblait avoir puisé de la force de l'infortune, ou peut-être avait-il gardé intacte celle qu'il avait toujours eue, alors que la mienne se diluait et me laissait sans ressources. En arrivant, il avait demandé au médecin de nous laisser seuls un moment et de ne permettre à personne d'entrer, il s'était assis en face de moi, m'avait regardée dans les yeux, et m'avait dit que l'enfant ne mourrait pas parce qu'il était mon fils, et qu'il avait la force qu'il avait reçue de moi et de mon mauvais caractère. Ces paroles m'avaient fait sourire et pleurer en même temps, il avait souri et pleuré avec moi, et m'avait prise dans ses bras, acceptant que je me presse contre lui comme je n'avais encore jamais pu le faire. Jamais nous n'avions été aussi proches l'un de l'autre, c'est pour cela que je n'ai pas pu me taire, et que j'ai penché ma tête vers lui pour lui murmurer à l'oreille :

« Santiago, je t'en prie, dis à maman de faire sortir ma nièce d'ici, que quelqu'un l'emmène dans le couloir, par pitié, je ne veux pas la voir. »

Alors, il a rejeté son corps en arrière, avant de me regarder, et m'a répondu en un murmure :

« Mais Malena, comment peux-tu dire une chose pareille ? Je ne peux pas aller trouver ta sœur et lui dire...

– Je ne peux pas voir cette enfant, Santiago, ai-je insisté. Je ne peux pas la voir. Fais quelque chose, je t'en prie. Je t'en prie.

– Laisse tomber, Malena, allez ! C'est incroyable, à quel point tu t'es bien comportée jusqu'à présent, tu ne vas pas te mettre à faire des chichis, maintenant. »

Je me suis tue, les mots étaient parvenus à mon oreille, mais je n'avais pas pu les saisir, les déchiffrer, les comprendre. Alors Germán, qui avait compris, m'a regardée, il a pris sa fille dans ses bras, et il est sorti avec elle de la chambre. Cet après-midi-là, je ne les ai revus ni l'un ni l'autre.

Reina est restée encore une demi-heure, mais je n'ai pas échangé une seule phrase avec elle, jusqu'au moment où, avant de s'en aller, elle s'est tenue un instant au pied de mon lit.

« Alors, comment va-t-il s'appeler ?

– Jaime.

– Comme papa ? a-t-elle demandé, perplexe.

– Non, ai-je répondu d'une voix ferme. Comme grand-père.

– Ah... ! » Elle a ramassé ses affaires, mais avant de se diriger vers la porte, elle m'a regardée encore une fois, déconcertée. « Quel grand-père ? »

La bouée était en caoutchouc jaune, avec des motifs de couleur : une étoile de mer bleue, un arbre vert et marron, une balle rouge et un chien orange. J'aurais préféré qu'elle soit unie, ou de n'importe quelle autre couleur, mais Santiago, qui avait couru tous les magasins de jouets du quartier, m'a dit qu'il n'en avait trouvé que deux, exactement pareilles. Il n'est pas facile de trouver des bouées en janvier, pas plus qu'il n'est facile de trouver un taxi par une matinée pluvieuse. Je n'aurais pas dû sortir de chez moi avant le lendemain, mais je me sentais bien, ou peut-être trop mal pour tout attribuer à la fatigue de l'accouchement, aux restes de cette douleur équivoque dont je ne peux encore savoir à présent si je l'éprouvais réellement, car nul endroit ne pouvait être réellement douloureux, dans cette autre douleur atroce qu'était l'absence de mon enfant, mon fils inconnu, le vide de ma mémoire qui proclamait qu'elle resterait ainsi tant que je n'aurais pas pu le voir, le toucher, et le faire entrer en elle, de sorte que je n'ai rien dit quand mon mari est parti travailler, et une demi-heure après, j'étais dans la rue, avec mon allure de baigneuse hivernale et démente. Il tombait des cordes, et je suis restée plantée une demi-heure au coin de la rue, le parapluie dans une main, la bouée dans l'autre, avant de trouver un taxi libre.

Le conducteur m'a regardée avec curiosité, mais n'a rien dit. La réceptionniste de l'hôpital, en revanche, a à peine levé les yeux de la feuille sur laquelle elle inscrivait quelque chose et m'a indiqué le chemin du doigt. J'ai attendu un long moment devant la porte de l'ascenseur, et j'ai fini par me risquer dans les escaliers, tout doucement, en joignant les deux pieds à chaque marche. La cicatrice a résisté aux trois étages en protestant à peine. J'ai poussé une lourde porte, et je suis entrée dans un univers blanc.

Pendant le mois qui a suivi, j'ai refait cet itinéraire cinq fois par jour, sans la moindre variation, à dix heures du matin, à une heure de l'après-midi, à quatre heures, à sept heures, et à dix heures du soir, et je me suis vite habituée à déambuler dans les corridors immaculés qui sentaient la matière plastique, au contact rêche des blouses vertes mille fois lavées et désinfectées, aux visages des bébés tranquilles qui illustraient les calendriers pendus aux murs, et pourtant, je n'ai jamais connu un endroit aussi désolé. Dans une salle d'attente d'aspect austère, presque monacale, un groupe de femmes de tous âges et de toutes apparences parlaient avec entrain, produisant ce brouhaha que l'on entend en passant devant la porte de la cafétéria des grands magasins, leur frivolité sereine m'étonna, et je ne soupçonnai pas que, trois ou quatre jours plus tard, j'irais grossir leurs rangs. J'ai avancé tout doucement dans le couloir jusqu'à la baie vitrée qui séparait les couveuses de notre monde implacable et j'ai examiné les compartiments vitrés tandis qu'une angoisse imprécise me serrait la gorge. La plupart des bébés dormaient, couchés sur le ventre, et je n'avais aucun moyen de les distinguer. Un goût étrange a envahi ma bouche quand j'ai découvert une petite bouche familière dans la couveuse centrale de la deuxième rangée, c'était un bébé brun, tout petit, tout maigre, et tout à fait réveillé, ses grands yeux noirs ouverts dirigés vers le plafond, les bras tendus, les poignets assujettis par des bandes fixées aux extrémités de la couveuse, comme un criminel précoce crucifié.

Alors, une porte située sur ma droite s'est ouverte et une femme en vert, avec un masque pendu au cou, est apparue.

« Que faites-vous ici ?

– Je suis la mère de Jaime, ai-je répondu. Mais je n'ai pas encore pu le voir. »

Elle est venue vers moi, sourire aux lèvres, et s'est placée à mes côtés, face à la vitre.

« C'est celui-là... Vous voyez ? Celui de la deuxième rangée, au milieu. Il est toujours réveillé.

– Mais pourquoi est-il attaché ? ai-je demandé, et le son de ma voix, neutre et calme, m'a surprise, tandis que mes yeux se remplissaient de larmes.

– Par précaution, pour ne pas qu'il arrache le tube qu'il a dans la narine. »

J'ai voulu dire que j'aurais préféré ne pas le trouver dans cet état, mais elle m'a prise par le bras et m'a conduite vers la porte qu'elle venait de franchir.

« Venez avec moi, pour le prendre dans vos bras. C'est l'heure de la tétée, on vous aura donné les horaires, non ? »

Pendant que je me déshabillais, je n'aurais pu préciser la nature de ce que je ressentais : culpabilité, émotion, peur, et une étrange impression d'inadéquation, de malaise qui n'a cessé de me hanter chaque fois qu'en ce lieu j'ai pris mon fils dans mes bras, comme s'il n'était pas mien mais appartenait à l'hôpital, aux médecins et aux infirmières qui l'entouraient, et qui m'auraient accordé gracieusement le privilège de passer avec lui cinq heures par jour, juste le temps qu'il fallait pour le nourrir, lui donner quelques baisers, et lui dire quelques mots. Je me suis approchée de la couveuse et j'ai baissé la tête pour le regarder. L'infirmière a alors soulevé le couvercle, défait les liens, ôté le tube de son nez, et m'a regardée.

« Prenez-le.

– Je n'ose pas. »

Elle a souri, l'a soulevé et posé dans mes bras, mais je n'ai pas osé le regarder aussitôt.

Me déplaçant avec une prudence infinie, pour ne pas

écraser cette petite masse chaude, j'ai gagné tout doucement un coin de la pièce, et j'avais l'impression d'être la mère la moins dégourdie du monde. J'ai contourné une chaise abandonnée près de la fenêtre et je m'y suis assise, face au mur, tournant le dos à la salle, sans même penser à la bouée que j'avais apportée pour éviter de faire sauter les points. Je ne voulais pas que qui que ce fût, à ce moment-là, assistât à ma rencontre retardée avec cet enfant qu'on n'avait pas voulu m'apporter quatre jours auparavant, et qui n'était encore qu'un enfant de plus venu au monde. Après m'être assurée que nous étions seuls, tranquilles dans un coin, j'ai écarté le drap dans lequel il était enveloppé et je l'ai regardé dans les yeux. Avant que les larmes n'eussent envahi les miens, il m'a semblé que lui aussi me regardait, puis il s'est mis à pleurer si brusquement qu'il m'a fait peur. Je suppose qu'il avait faim, mais j'ai mis des millénaires à découvrir mon sein gauche, à guider sa tête, et tout tremblait à la fois, en moi, au même rythme, les mains, le cœur, les yeux. Il a pris mon mamelon entre ses lèvres, et il s'est mis à téter, si fort qu'il m'a fait mal. Alors, j'ai souri, et je lui ai promis qu'il ne mourrait pas.

Je suis arrivée à la maison vers minuit, et j'ai trouvé toutes les lumières éteintes. Je suis allée un instant dans la chambre de Jaime, qui dormait profondément, le visage tourné du côté du mur, comme d'habitude, puis je suis restée debout dans le couloir, à ne savoir que faire. « Ce n'est rien, me suis-je dit, il ne s'est rien passé », et je me suis efforcée de penser à autre chose. J'étais fatiguée, mais je n'avais pas sommeil, et la pile des copies non corrigées qui m'attendait depuis des jours sur un coin de mon bureau a atteint le plafond quand je me suis souvenue de son existence. J'ai fini par prendre la première pile qui m'est tombée sous la main, et je suis partie dans la cuisine. Tandis que, devant la porte ouverte du réfrigérateur je me demandais ce que je pourrais bien boire à une heure pareille, je me suis reproché pour la énième fois de n'avoir pu m'habituer à travailler la nuit.

Cet horaire délirant était l'unique conséquence de la frénésie qui a suivi pendant des années la naissance de Jaime, l'enfant qui n'était pas venu au monde un pain sous le bras. De cette première période, je n'ai guère gardé en mémoire que la peur, la légère terreur, sourde mais constante, que j'ai pu dompter, jour après jour, de la même manière que j'assimilais la nourriture. Puis, quand le congé de maternité a pris fin, j'ai commencé à travailler l'après-midi, mais sans connaître exactement ni le nombre ni le nom des élèves de ma classe, et je ne me souviens pas non plus des livres que j'ai pu lire, des films que j'ai pu voir à ce moment-là, et pas davantage des gens que j'ai pu connaître, de ce que j'ai dû faire pendant les rares heures que je ne consacrais pas à Jaime, seule avec ma peur et avec ma faute. Je me souviens en revanche avec la plus grande précision de l'odeur des couloirs de l'hôpital, de la forme des bancs, des petits noms des internes, du numéro, du visage et du prénom des enfants enfermés que je voyais si souvent, et du numéro, du visage et du prénom de leurs parents.

« Je suis la mère de Jaime.

– Ah ! Jaime... » Le responsable de garde feuilletait ses papiers, m'accordait un sourire courtois et vide. « Il va très bien, hier, il a pris quarante grammes.

– Rien d'autre ?

– Rien d'autre. »

Certains jours, je restais assise encore un instant, criant en moi-même : « Comment, rien d'autre, connard ? Comment, espèce de porc, pédale, fils de ta mère, comment, rien d'autre ? Qu'est-ce que ça veut dire, bordel ! » J'étais parfois tentée de crier vraiment : « C'est mon fils, tu m'entends ? J'ai eu beaucoup de peine à accepter son existence, je l'ai porté des mois et des mois, je lui ai préparé une chambre à la maison, je l'ai mis au monde, je l'ai pleuré, je l'ai aimé à contretemps, j'ai imaginé mille fois comment il serait, mais je n'ai jamais pu imaginer que je le verrais habillé de blanc dans un de vos berceaux stériles transparents, et je veux l'emmener avec moi, je veux lui montrer le monde, le regarder dormir et sentir son odeur, l'habituer à mes bras, le regarder, le sortir d'ici, lui mettre des pyjamas de couleur, lui faire prendre le soleil, lui acheter des boîtes à musique, en faire un bébé comme les autres, c'est tout ce que je veux, alors ne me dis pas qu'il n'y a rien de plus, dis-moi que je peux le prendre, que tu vas me le donner tout de suite, dis-moi ça tous les matins, même si c'est un mensonge... » Deux fois, j'ai été sur le point de pleurer, mais en fait je souriais moi aussi, je le remerciais comme une femme bien élevée, et je me levais, je m'en allais, je m'asseyais tranquillement dans la salle d'attente, parce que je savais qu'il n'y avait rien de plus, et que le lendemain il n'y aurait encore rien de nouveau, que mon fils était en observation, qu'ils attendaient qu'il prît du poids pour lui faire quelques examens, deux ou trois ou quatre jours seulement étaient passés depuis qu'on l'avait sorti de la couveuse, et pour eux il n'était qu'un numéro, et ne pouvait pas être autre chose.

J'avais parfois l'impression que tout le monde me regardait de travers, je percevais un reproche tacite dans leurs paroles, dans leurs sourires, je croyais entendre ce qu'ils se demandaient, ce qu'ils me demandaient sans me le dire : comment une femme comme moi, une fille bien, cultivée et qui avait vu du pays, lu, appris des langues, fait des études universitaires pouvait réagir comme je le faisais, comme la mère de Victoria, la petite du berceau n° 16, employée dans une boulangerie, ou comme le père de José Luis, un camionneur, mais je ne cherchais pas à dissimuler ma peur, ni ma rage, ni cette vague rancœur contre l'univers entier qui ne laissait aucune place à l'apitoiement sur soi, et je ne voulais pas de leur compréhension, je n'avais que faire de la compréhension de qui que ce soit, parce que personne ne pouvait déchiffrer la grisaille épaisse de ma désolation, sentir la main glacée qui me serrait la gorge ou éprouver la torture de la peur sans nuance qui me déchirait chaque fois que je trouvais le berceau vide, avant que l'infirmière se fût approchée pour me dire que Jaime était en train de subir un examen de routine, personne ne pouvait connaître cette atrocité sauf la mère de Victoria, le père de Juan Luis, qui avaient le cœur lourd, les épaules délestées d'une culture qui, pour l'essentiel, n'avait pas cours dans la déroute, et un enfant dans ce service, un enfant seul qui, parmi des étrangers, prenait du poids, quarante grammes par jour, et qu'ils ne pouvaient toucher qu'une demi-heure toutes les trois heures, à dix heures du matin, à une heure de l'après-midi, à quatre heures, à six heures du soir, et à dix heures, la nuit. Quand vint enfin le matin où l'on me dit que tous les résultats étaient bons, qu'il n'y avait aucune lésion, aucune infection, et que je pouvais emmener Jaime à la maison, je me suis avisée qu'il ne s'était pas écoulé plus de vingt jours depuis l'accouchement, et j'ai éprouvé une gratitude infinie à l'égard de tous les médecins, de toutes les infirmières qui me rendaient à présent, chétif et petit, mais sain, le bébé moribond, violacé et affamé qu'ils avaient accueilli trois semaines auparavant, et ce sentiment était beaucoup plus sincère, mais pas plus intense, que celui qui bouillait encore en moi une dizaine de minutes plus tôt, quand j'étais entrée dans l'hôpital en les haïssant comme je ne pourrai jamais plus haïr personne de ma vie.

Ces jours ont été des jours étranges, longs, troubles, comme les épisodes d'un vieux film d'épouvante passé au ralenti. Jamais je n'ai découvert autant de choses désagréables sur moi-même en si peu de temps, jamais je ne me suis sentie aussi égoïste, aussi mesquine, aussi faible, aussi coupable et aussi folle qu'alors, quand la mère d'un enfant jaune, un de ces enfants nés avec un ictère qui devaient quitter le nid en trois ou quatre jours, me renvoyait le regard de compassion auto-complaisante que j'adressais à la mère de Jesús, qui était né avec l'œsophage et la trachée soudés, et que celle-ci adressait à son tour à la mère de Victoria, dont les intestins étaient obstrués par une sorte de matière fibreuse qui se renouvelait après les opérations et dont les médecins ignoraient l'origine, qui regardait exactement de la même manière la mère de Vanessa, qui était née avec de multiples malformations à divers organes, et que celle-ci concentrait enfin sur le père de José Luis, l'enfant hydrocéphale que sa mère n'avait pas encore osé venir voir, et qui était la grande attraction de ce musée des horreurs improvisé, ce pauvre père à qui ce monstre spontané ne devait même pas accorder la faveur de mourir avant ses douze ou treize ans, et qui n'avait personne, en dehors de lui-même, à regarder avec compassion, mais qui respectait les formes, exactement comme tous les autres.

Nous étions tous dans le même bateau, longeant de si près les bornes du désespoir que la présumée solidarité qui nous unissait n'était rien de plus qu'un leurre cynique, et parfois, quand j'étais assise entre les autres parents, en attendant le bilan quotidien, je regardais autour de moi et je reconnaissais la tension des bêtes en cage, prêtes à bondir au premier signal pour dépecer le dompteur, dans les visages qui m'entouraient. Je savais qu'ils savaient que mon fils, avec deux autres bébés, faisait partie de l'équipe des capricieuses victimes de la calcification, les enfants entiers, normaux, qui n'avaient qu'à grossir un peu pour aller à la maison, et que, la nuit, à l'heure du biberon, l'infirmière en chef confiait volontiers aux internes récemment arrivées, celles que l'on pouvait encore émouvoir facilement, pour ne pas les effrayer, et je savais aussi qu'ils me détestaient pour cette raison, mais je ne pouvais pas le leur reprocher, parce que, moi aussi, je détestais les mères des enfants jaunes, et toutes les femmes qui promenaient des bébés joufflus et roses sur les trottoirs, et que, moi aussi, je me plaignais à haute voix de mon mauvais sort. Jamais je ne me suis sentie aussi misérable, jamais je n'ai connu autant de misérables qu'alors. J'aurais donné tout ce que je possédais pour ne jamais les revoir et je suis sûre que, de leur côté, ils auraient fait de même pour ne plus me revoir de toute leur vie, et, pourtant, j'ai continué de les voir, « Ça va ? », « Très bien », « Oh ! Comme il est grand, Jaime ! », « Et ta fille aussi, elle a bien meilleure mine », « Oui, grâce à Dieu », « Bon, je m'en vais, je suis un peu bousculée, aujourd'hui », « Eh oui, à la prochaine », « Au revoir », « Au revoir », dans les couloirs, pendant deux années qui ont été toute une éternité, toujours en compagnie de nos enfants, ces enfants qui demeuraient émaciés quand ils ne gardaient pas un aspect plus terrible encore.

À cette époque, rien ne paraissait vouloir bouger, s'équilibrer ou changer, comme si le temps s'amusait de façon perverse à se reproduire, fidèle à lui-même. Ce que j'avais considéré comme une victoire définitive, en franchissant le seuil de la maison avec Jaime dans mes bras, n'a été qu'une trêve éphémère, la première étape d'un long pèlerinage qui, de corridor en corridor, de consultation en consultation, de spécialiste en spécialiste, nous a conduits jusqu'aux derniers recoins de cet immense édifice que je croyais avoir quitté pour toujours. Mon fils grandissait très lentement et ne grossissait pas comme il l'aurait dû, mais il se portait très bien, et pourtant, comme cela s'était produit avec ma sœur, son état paraissait incompatible avec son histoire clinique, et c'est pour cela qu'ils ont décidé de l'examiner avec les loupes les plus puissantes de la technologie la plus compliquée que ma mère n'avait jamais eu à affronter, pour écarter jusqu'aux hypothèses les plus improbables et chercher, chercher encore, à l'aide de batteries de tests qui n'en finissaient plus, et ils le pesaient, et ils le mesuraient, et ils l'auscultaient, et ils l'examinaient une fois par semaine, au début, puis une fois tous les quinze jours et, pour finir, une fois par mois, et Jaime marchait déjà, il avait commencé à parler, mais ils le soumettaient encore à des examens, de plus en plus nombreux, et nous retournions à l'hôpital tandis que, peu à peu, j'apprenais à me transformer en sphinge.

Quand un des pédiatres parmi les plus jeunes et les plus optimistes de tous ceux qui s'étaient occupés de mon fils, celui qui me disait toujours, en s'en allant : « Ne t'angoisse pas, quand il sera grand, il mesurera peut-être un mètre quatre-vingt-dix », l'a libéré définitivement à deux ans et demi, les muscles de mon visage avaient acquis la capacité de se figer à volonté, pour cacher mes sentiments à ceux qui m'entouraient. J'ai très vite compris qu'il me fallait suivre ce chemin seule, parce que Santiago avait décidé de ne pas s'inquiéter, et se conduisait comme si tout allait pour le mieux, en me reprochant même assez souvent la docilité avec laquelle je me soumettais aux indications des médecins, attitude qui, à son avis, frôlait l'hypocondrie. « Tu es fourrée là-bas toute la sainte journée avec le petit, on dirait que tu aimes aller à l'hôpital ; écoute, de toute évidence, il se porte bien, il n'y a qu'à le regarder... » C'était vrai. Jaime se portait bien, il était éveillé, gentil, vif, sociable, et même beau, aussi beau que peut l'être un bébé aussi maigre, mais il grandissait très lentement et j'avais encore peur et je ne pouvais partager cette peur avec personne, si bien que j'ai fini par ne plus l'exprimer, par ne plus m'exprimer, et quand une femme regardait mon enfant, dans la rue, au marché ou au parc, je regardais, moi, de l'autre côté, et si l'on me demandait quel âge il avait, je répondais avec un sourire très étudié et un enthousiasme radieux qui coupait court à tout commentaire, et si l'on avait encore le front de me conseiller de le forcer un peu à manger, ou de s'étonner qu'une mère aussi grande que moi eût pu avoir un enfant aussi petit, sans cesser de sourire, je prenais vite congé et j'emmenais l'enfant jouer ailleurs, là où personne ne me poserait de questions, ne se demanderait quelle vie j'avais bien pu mener pendant que j'étais enceinte pour avoir eu un enfant aussi rachitique, de quelle maladie grave j'avais bien pu souffrir pendant ma grossesse ou quelle sorte de mauvais traitement ses parents infligeaient à ce pauvre petit ange. Nul ne sait pourquoi les sels de calcium s'infiltrent dans le placenta de certaines femmes, le rendent dur et inutile, mais il ne me restait pas d'autre remède que d'admettre que nul ne se soucie de le savoir, et que ce placenta rigide, inutile minéral, qui avait été le mien, avait fait de moi, pour toujours, une sorte de responsable suprême du hasard.

Néanmoins, de temps à autre, je regardais autour de moi, mon fils, ma maison, mon travail et mon mari, et je me demandais sincèrement d'où, quand, comment et pourquoi tout cela m'était tombé sur la tête.

Quelque temps plus tard, j'ai donc commencé à travailler l'après-midi, et je n'ai plus eu le loisir de regarder autour de moi et de m'étonner de ce que je découvrais. Jaime avait maintenant trois ans, il grandissait un peu plus rapidement et semblait définitivement à l'abri du nanisme et du rachitisme, il ne serait pas non plus microcéphale, inquiétudes qui m'avaient tourmentée, quand les choses commencèrent à aller moins bien pour Santiago.

Il est vrai que je ne suivais pas de très près sa trajectoire professionnelle, dans laquelle la naissance de notre fils semblait l'avoir engagé avec une frénésie accrue, qui me paraissait très raisonnable et que je lui enviais parfois, ne fût-ce que parce qu'elle diversifiait ses problèmes, et c'est pour cette raison que je l'encourageais sans y réfléchir à deux fois quand il me consultait sur ses projets d'avenir qui l'angoissaient tant. Lui qui n'avait jamais cessé de ne penser qu'à lui-même, qui ne s'était jamais senti possédé, annihilé par la peur, au point que je me demande s'il l'a jamais vraiment connue, a estimé, après avoir gravi quelques échelons dans l'entreprise pour laquelle il travaillait, qu'il avait atteint le sommet qu'elle pouvait offrir et que l'heure était venue de faire des études de marché pour son propre compte. Il m'a dit que le moment était propice et je l'ai cru, parce qu'il ne s'était encore jamais trompé et que jusqu'alors nous avions très bien vécu, au point que si je n'avais pas toujours considéré mon mariage comme une sorte d'accident dû au hasard, et qu'un appartement de location pût être autre chose qu'un foyer provisoire, je n'aurais eu aucun besoin de travailler. Après la naissance de Jaime, j'avais même envisagé la possibilité de quitter l'école, et si je ne l'avais pas fait, en choisissant un horaire qui me permettait d'aller le matin à l'hôpital, ç'avait été simplement parce que le travail m'obligeait à sortir de la maison, à côtoyer de nombreuses personnes, à parler de choses sans importance, à oublier, en somme, pendant quelques heures, les grammes et les centimètres, et qu'il m'obligeait à considérer des problèmes différents, syntaxe et conversation, particularités phonétiques, génitif saxon, verbes irréguliers.

Quand Santiago a monté sa petite entreprise, j'ai cru que si les choses devaient changer, ce serait en mieux, et pourtant, moins d'une année plus tard, tandis que je remettais au frais la bouteille de Coca-Cola Light pour prendre une boisson moyennement alcoolisée afin de soulager un peu la torture que m'infligeaient les corrections du matin, je me suis dit que les choses auraient difficilement pu tourner plus mal. Les difficultés de financement de toutes les sociétés que mon mari avaient créées allégrement pour diminuer les impôts s'étaient révélées beaucoup moins fictives que prévu. Ce n'était pas un problème de travail, insistait-il, mais un manque de liquidités transitoire. Les prêteurs faisaient pression, les collaborateurs devaient être payés, les clients ne payaient pas à temps, les pions de domino tombaient, s'entraînant les uns les autres dans leur chute, et, à la fin du mois, il ne lui restait jamais assez d'argent pour alimenter son propre compte. Alors que Jaime me laissait souffler, que je comptais reprendre ma vie en main, le monde est devenu un endroit des plus épineux. Tous les matins, j'allais déposer mon fils dans une crèche agréable (sans psychologue ni orthophoniste ni exercices spéciaux, mais avec plein d'enfants et deux heures à l'air libre dans le parc le plus proche, au soleil), l'une des meilleur marché, qui se trouvait, évidemment, très loin de la maison. Puis je donnais des cours particuliers jusqu'à l'heure du déjeuner, j'allais chercher Jaime, je le ramenais à la maison, je préparais le repas, et je passais mes après-midi et la plupart de mes fins de semaine à faire toutes les traductions que je pouvais trouver pendant que l'enfant bourdonnait autour de moi et, à sept heures et demie, j'allais à l'école, parce que les cours du soir étaient les mieux payés. À minuit, trop fatiguée pour m'attarder au café avec le groupe d'élèves et d'enseignants qui sortaient en même temps que moi, j'arrivais à la maison crevée, je prenais un bain, et je m'endormais aussitôt que j'avais la tête sur l'oreiller, lorsque Santiago consentait à cesser de pleurnicher sur mon épaule, en me décrivant comment tout avait foiré, à quel point il se sentait malheureux, fatigué, et injustement traité par le sort, comme s'il avait de tout cela le monopole mondial.

La santé de mon fils me préoccupait encore trop pour que je songeasse à me plaindre de ma nouvelle situation, comme un âne aveugle, sourd et muet qui n'a rien vu du monde que la noria à laquelle on l'a attaché à sa naissance, mais au fil des mois, la conscience que j'étais devenue la seule source de revenus dont nous pouvions disposer, l'insupportable pression d'une vie hypothéquée dans laquelle chaque heure est consacrée à l'avance à une tâche concrète qui ne pouvait être remise au lendemain, me firent des réveils de plus en plus difficiles, et si Reina ne s'était pas empressée de venir à mon aide, j'aurais dû déclarer forfait à un moment ou à un autre, me reconnaître incapable de mener tout cela de front, même inefficacement. Pourtant, quand elle m'a proposé de venir le soir, quand il le faudrait, garder Jaime entre mon départ et le retour de Santiago, qui rentrait parfois très tard, j'ai voulu refuser, sachant bien qu'elle avait suffisamment de problèmes de son côté pour se charger, de surcroît, de ceux des autres, mais elle m'a coupé la parole :

« Ne dis pas de bêtises, Malena. Pourquoi cela m'ennuierait-il de venir passer un moment ici, le soir ? En plus, Reina s'embête, à la maison, toute seule. Elle sera beaucoup mieux ici, à jouer avec son cousin... Et puis, aujourd'hui c'est toi, demain, c'est moi... tu m'as beaucoup aidée quand il y a eu cette histoire avec Germán. »

Ce n'était pas vrai, je ne lui avais pas rendu d'autre service, alors, que de l'écouter, de l'aider à déménager et de l'héberger une quinzaine, le temps qu'il lui avait fallu pour se décider à retourner chez maman, décision pour moi incompréhensible, mais qui avait rendu ma mère à la vie en lui permettant à nouveau de se plaindre d'être angoissée et épuisée, ce qui était tout ce qui lui plaisait.

« C'est fini », s'était exclamée ma sœur un beau jour, avant même d'être entrée, quand, en ouvrant la porte, j'avais eu la surprise de la voir, de l'autre côté, engoncée dans une robe très froissée, décoiffée, sans maquillage, le teint gris.

« Entre, avais-je répondu. Tu as failli me rater. J'allais emmener Jaime au parc. Tu es venue sans la petite ?

– Je l'ai laissée chez maman.

– C'est dommage. Nous aurions pu... » y aller ensemble, allais-je dire, mais quand je l'ai regardée une nouvelle fois, j'ai compris que son aspect était trop lamentable pour pouvoir être mis sur le compte d'une soudaine attaque de flemme. « Que se passe-t-il, Reina ?

– C'est fini.

– Qu'est-ce qui est fini ? »

Elle avait fait un geste vague de la main, et je suis allée vers elle. Elle s'est jetée dans mes bras, et alors j'ai oublié, comme j'oubliais toujours, dans de pareils moments, tout ce qui m'éloignait d'elle et me faisait même éprouver, à son égard, de la répulsion.

Reina avait acquis, en tant que mère, une valeur étonnamment supérieure à celle qu'elle avait jamais pu avoir en tant que fille, mais l'image délicieuse qu'elle incarnait n'aurait jamais réussi à me blesser si l'ampleur universelle de ses instincts n'avait inclu mon fils dans son champ d'action. Elle déclarait volontiers qu'elle ne vivait que pour sa fille, ce qui pourtant ne semblait pas lui suffire, parce qu'il fallait toujours qu'elle me demandât tout haut si je ne ressentais pas la même chose qu'elle, en me regardant avec une expression de miséricorde hautaine tout à fait répugnante lorsque j'osais répondre discrètement que je ne croyais pas, consciente que son opinion sur cette question (parce que je n'ai jamais pu considérer cette représentation musculeuse de la vertu comme un sentiment authentique) n'était rien d'autre qu'un avatar du pouvoir, de la raison et du bon sens impérieux. Chaque fois que Reina voyait mon fils, elle le prenait dans ses bras, le mettait dans son berceau, le bécotait, lui chantait des comptines ou le serrait contre elle, mais toujours avec une délicatesse particulière qu'elle n'avait pas avec sa fille, comme si Jaime était malade, comme s'il lui semblait faible et à plaindre, à jamais marqué par son séjour dans la couveuse. « Mais il est déjà très grand », disait-elle, et ce n'était pas vrai. « C'est que les filles poussent plus vite que les garçons », remarquait-elle en plaçant Reina près de Jaime pour que tout le monde vît bien que la tête blonde de la petite dépassait d'une main celle de mon fils. « Et quelle taille lui prends-tu ? » demandait-elle, et quand je répondais « Du douze », bien qu'il eût déjà un an et demi, ou « Du dix-huit », bien qu'il eût déjà deux ans, elle faisait la moue avant d'avouer que les vêtements qu'ils portaient lui semblaient beaucoup trop grands.

À cette époque-là, je préférais donc l'éviter, ou du moins ne pas me trouver seule avec elle, et ne la rencontrer que lors des inévitables réunions de famille en fin de semaine, parce que ma susceptibilité m'inquiétait, je craignais de me montrer injuste avec elle, de souffrir de jalousie maligne, délirante, dangereuse, d'autant plus que nous ne semblions manquer à personne, Jaime et moi. Jamais on ne me l'ôtait des bras, nul ne le réclamait pour le prendre en photo, aucun insupportable adolescent bêcheur ne s'offrait pour le bercer, tous lui souriaient, le regardaient et lui faisaient des mines, mais de loin, comme s'ils redoutaient qu'il ne tombât en morceaux dans leurs bras. Lui ne s'en rendait pas compte, mais je savais combien d'amour lui filait sous le nez, et je regrettais Soledad, qui l'aurait cajolé en faisant alterner baisers et serments, et Magda, qui l'aurait couché dans son berceau avec son fume-cigarette au bec, et j'essayais de le chérir aussi pour elles, ce vilain petit canard qui n'a pas eu d'autre grand-mère que sa vraie grand-mère, qui l'aimait bien, j'en suis sûre, mais qui a toujours préféré tenir sur ses genoux sa blonde petite-fille. Seule la mère de cette radieuse enfant faisait attention à lui, mais je ne pouvais me défaire de l'impression que Reina ne visait qu'à souligner de la sorte sa valeur, orner ainsi sa couronne d'un joyau de plus, le plus rare, le plus difficile à obtenir, celui du plus grand mérite. Il ne m'a cependant pas fallu longtemps pour comprendre que personne d'autre que moi ne voyait les choses de cette manière.

« Je ne sais pas, Malena, me disait Santiago dans la voiture lorsque je sortais de chez ma mère les naseaux fumants. Il me semble que tu exagères. Peux-tu me dire ce qu'il y a de si blessant dans ce que fait ta sœur ?

– Mais il n'y a rien de blessant. » Je mentais, en cherchant désespérément un autre sujet de conversation.

« Pourtant, tu te sens blessée, insistait-il sans me laisser le temps d'en trouver un. Chaque fois qu'elle met la main sur Jaime, tu bondis comme si on t'avait pincé les fesses. Et elle ne vous veut que du bien, à toi et au petit, j'en suis sûr. »

C'est peut-être pour ça que chaque fois qu'elle grattait le dos au petit, elle lui demandait à haute voix si je le lui faisais, moi aussi, c'est peut-être pour ça qu'elle lui faisait grâce du plat de résistance sans même me consulter du regard quand nous mangions tous ensemble, c'est peut-être pour ça qu'elle s'empressait de m'offrir les chemisettes et les pantalons qui allaient encore bien à sa fille en soutenant que la petite ne pouvait plus les mettre parce qu'ils étaient trop courts ou trop étroits pour elle, ou qu'elle se débrouillait pour cacher un morceau d'omelette aux pommes de terre à tous les repas de fête et pour le refaire apparaître, soudain, comme la bonne fée des contes, quand il n'y en avait plus et que les enfants pleuraient amèrement sa disparition, et qu'alors sa fille mangeait encore de l'omelette, mais pas mon fils, parce qu'il était l'enfant d'une vierge folle. Ou qu'elle courait vers Jaime, pour l'embrasser, qu'elle l'élevait en l'air dans ses bras, et le faisait retomber, et se jetait avec lui sur les coussins chaque fois que j'arrivais chez maman en disant que je ne pouvais plus le supporter, que je n'en pouvais plus, que j'en avais assez, peut-être faisait-elle tout cela parce qu'elle ne voulait que mon bien, et le bien de mon enfant, mais ce fut alors, alors justement que je décidai d'obéir à un instinct enfoui et dément, la voix de Rodrigo murmurant à mon oreille avec une insistance que j'avais oubliée, et je pris l'habitude de dire à Jaime, à toute heure du jour et de la nuit, sans le moindre prétexte, sans la moindre raison, à n'importe quel moment, que je l'aimais. « Je t'aime, Jaime, je t'aime, Jaime, je t'aime, je t'aime » ; et la répétition ôtait à ces mots de leur importance, mais je n'en avais cure, et mes baisers, des baisers fous, étaient si nombreux qu'ils perdaient peut-être leur valeur avant d'avoir atteint leur but, mais ça m'était égal, je continuais à dire : « Je t'aime, Jaime » non pas pour le lui apprendre, mais pour qu'il l'absorbât comme il respirait, pour qu'il sût, même quand j'étais trop fatiguée pour lui gratter le dos, pour lui faire de l'omelette de pommes de terre, pour me rouler avec lui sur les coussins, que je l'aimais, et que mon amour était tout ce que j'avais à lui offrir de plus précieux, ce qu'il pouvait attendre de meilleur d'une mère qui si souvent ne pouvait plus le supporter, qui n'en pouvait plus, qui en avait assez. C'est pour ça que lorsque Reina est arrivée chez moi par surprise, ce matin-là, les larmes aux yeux et les lèvres tremblantes, j'ai aussitôt tout oublié, comme j'avais toujours tout oublié dans de pareils moments, et elle m'a semblée si fragile, si triste, si désespérée, si pauvre et si seule que j'ai eu l'impression, un instant, qu'elle n'avait jamais cessé d'être l'enfant chétive et moi la grande sœur forte qui devait la protéger.

« Germán m'a dit qu'il était amoureux, a-t-elle murmuré.

– Ah, ai-je fait, et je me suis mordu la langue.

– D'une fille de vingt et un ans.

– Ça ne m'étonne pas, ai-je dit, et je me suis mordu la langue.

– Pourquoi dis-tu ça ?

– Non, pour rien.

– Ils vont se marier. Il m'a dit que je pouvais continuer à vivre chez lui, si je voulais. Ça, c'est le comble, non ? » J'ai acquiescé en silence, parce que la langue me faisait mal. « Je me doutais bien de quelque chose, ne t'imagine pas, parce qu'il y a des mois que nous ne baisons plus. Mais je croyais que c'était une mauvaise passe, tu sais, alors, hier soir, j'ai insisté et nous nous sommes engueulés. Je lui ai demandé de me baiser, pour tout te dire, et comme il n'a pas réagi, je lui ai dit qu'il fallait que nous parlions. » Je n'ai pas desserré les lèvres, trop inquiète que j'étais pour ma pauvre langue. « Alors, il m'a sorti que baiser ne l'intéressait pas, que ce qu'il voulait, c'était faire l'amour, tu comprends ? »

À ce moment-là, j'ai explosé :

« Qu'est-ce qu'il lui arrive ? À la place d'une bitte il a la preuve irréfutable de l'existence de Dieu entre les jambes, maintenant ? »

Elle n'a même pas souri.

« Ce doit être ça. » Et elle s'est mise à pleurer.

Alors, je l'ai prise dans mes bras, je l'ai embrassée, je l'ai encouragée, je l'ai consolée, et je lui ai dit qu'elle pouvait rester aussi longtemps qu'elle voudrait. Je n'ai jamais considéré cette offre comme une faveur, et je n'ai rien attendu en retour, et cependant, aucun coup bien étudié ne se serait révélé aussi rentable. Pendant plus d'une année, du printemps 1990 à l'été 1991, Reina s'est comportée comme une nounou idéale tandis que j'étais trop occupée à faire le père de famille pour seulement remarquer ses exhibitions perfectionnistes continuelles, et la certitude que notre situation économique aurait été encore plus précaire si nous avions dû – je veux dire : si j'avais dû – payer quelqu'un pour garder Jaime tous les après-midi m'a aidée à passer sur certains détails qui en d'autres circonstances n'auraient pas manqué de provoquer en moi une légère crise de nerfs. Chaque fois que je remarquais que quelqu'un qui ne pouvait être que Reina avait rangé à sa guise les placards de la cuisine, je me forçais à sourire, quand je trouvais dans les tiroirs de Jaime une chemisette ou un pull neufs, je me disais que ça ne pourrait pas durer toujours, chaque fois que j'arrivais à la maison crevée à une heure du matin et que je trouvais sur la table de la salle à manger une nappe blanche, deux bouteilles de vin vides, et Reina et Santiago en train de siffler la troisième sur la terrasse, je déclarais que j'avais faim, parce que je n'avais pas eu le temps de prendre quelque chose, et que tous deux me regardaient avec une expression d'innocence absolue, avant de m'annoncer en chœur que je n'avais qu'à me faire un œuf au plat, parce qu'ils ne pensaient pas que je rentrerais si tôt, et sans avoir dîné, je me réjouissais de l'excellente entente qui régnait entre mon mari et ma sœur, parce les choses auraient été encore plus difficiles dans le cas contraire.

Ce jeudi-là, ou plutôt ce commencement du vendredi, en sirotant un petit verre, assise à la table de la cuisine, j'ai choisi un feutre rouge, ôté soigneusement le capuchon, j'ai pris la première copie et je me suis forcée à penser à la chaleur, vraiment excessive pour une nuit de juin, nouveau calmant, parce que je n'avais pas besoin de parcourir la maison pour savoir que j'étais seule. C'est-à-dire que j'avais trouvé Jaime tout seul, à minuit, et aussi profond que pût être son sommeil, je n'en avais pas moins senti gronder en moi la rage, que j'avais réussi à contrôler en me répétant qu'il n'était rien arrivé. Je me suis donc mise au travail. Quand, d'un regard, j'ai constaté que la pile des copies, à ma gauche, était à peu près à la même hauteur que celle de droite, je me suis levée pour me servir un autre verre. J'ai alors entendu la porte d'entrée s'ouvrir. J'ai regardé ma montre. Il était deux heures et quart.

« Malena ?

– Je suis ici. » J'ai renoncé à m'asseoir.

Santiago est apparu dans la cuisine un instant plus tard, avec l'allure de quelqu'un qui s'apprête à livrer une bataille qu'il n'est pas vraiment sûr de gagner.

Il n'y avait rien de changé dans son visage, ni dans ses vêtements, rien d'étrange dans son aspect, mais j'ai senti qu'il allait se produire quelque chose de particulier, quelque chose de différent du vague baiser de tous les soirs, et j'ai renoncé aux reproches que je m'étais apprêtée à lui faire, lui a renoncé aux excuses, ne m'a pas dit qu'il était allé raccompagner Reina chez ma mère en voiture. Je ne lui ai pas demandé s'il trouvait raisonnable de laisser seul un enfant de quatre ans, il ne m'a pas répondu que Jaime dormait à poings fermés quand il était sorti, je ne lui ai pas dit qu'il était resté dehors bien longtemps, et je n'ai pas eu à me convaincre qu'il était inutile d'aller plus loin, il n'a pas eu à me demander pardon et à me jurer que ça ne se reproduirait plus. Je l'ai regardé, et je me suis rendu compte qu'il avait enfin cessé de ressembler à un petit garçon, il m'a regardée, et je me suis vue dans des yeux lointains et sombres, je me suis assise tout doucement, et il est venu s'asseoir en face de moi, m'a rappelé qu'il y avait deux mois qu'il pouvait se payer, qu'à ce train-là son entreprise serait bénéficiaire en décembre et qu'il serait content si quelque chose arrivait justement en ce moment.

« Que fais-tu ?

– Je corrige des copies.

– On peut parler ?

– Bien sûr. »

Une quinzaine de jours auparavant, Reina m'avait demandé de dîner avec elle en employant presque la même formule : il faut que nous parlions, j'avais essayé de me débiner en présentant une piètre excuse : manque d'argent, de temps et d'appétit, mais elle avait insisté en disant qu'elle serait ravie de m'inviter, qu'elle avait déjà prévenu maman que ce jour-là nous lui laisserions le petit, et qu'elle connaissait un restaurant japonais où tout était très bon, et même excellent, et de surcroît, bon marché. J'adore la cuisine japonaise et je lui devais trop de choses pour la faire languir indéfiniment. J'ai succombé au troisième assaut.

Ce qui me rendait ce repas si peu appétissant, c'était le caractère solennel de cette formule qui, dans sa bouche, laissait prévoir le pire, parce que si nos façons de nous conduire, quand nous étions des adolescentes, divergeaient déjà, en dépit de la théorie qui voudrait que le temps raccourcisse les distances, c'était le contraire qui s'était produit en fait, et il m'était à présent difficile de m'entendre avec elle sur tout sujet plus compliqué que la confiance que l'on peut accorder aux prévision météorologiques des divers journaux. La maternité, comme une poudre de perlimpinpin, avait changé ma sœur en une femme si éminemment conservatrice que son visage avait acquis un caractère d'une rare étrangeté, qui ne pourrait guère être comparée qu'au surprenant résultat de l'examen neurologique de la pauvre Pacita, parce que, ces derniers temps, elle avait réussi, en donnant le plus éclatant témoignage de l'improbable victoire de l'idéologie sur la génétique, à ressembler davantage à ma mère que moi, et je dois avouer, quoiqu'il m'en coûte, que chaque fois que je l'entendais se plaindre de « ces horribles trottoirs pleins de mendiants et de putes, de nègres qui vendent de la bimbeloterie et de junkies qui se piquent sur les bancs publics, des kiosques débordant de magazines pornographiques devant lesquels les enfants passent tous les matins pour aller à l'école et que font donc ce putain de gouvernement et cette putain de mairie et ces putains de citoyens décents qui paient les impôts pour que les tribunaux laissent sortir par une porte les criminels qui entrent par l'autre et la liberté ce n'est pas ça, moi je te le dis, et dans quelle sorte de porcherie nos enfants vont-ils grandir et bien sûr que je suis sociale démocrate et progressiste », j'en venais à regretter l'influence que Germán n'exerçait plus sur elle, parce que ce crétin, au bout du compte, était un crétin avenant, inoffensif, familier, un crétin selon mon cœur.

« Je me demande comment tu peux vivre comme ça, me disait-elle souvent. Je ne sais pas comment tu fais pour ne pas enrager dans la rue », et je lui répondais que Santiago s'enrageait suffisamment pour nous deux, et qu'il me faisait aussi volontiers part de ses autres soucis, tels que l'angoisse de l'avenir, le prix des terrains à bâtir, la critique constructive du système éducatif, la corruption inhérente au système des partis, l'influence des pouvoirs occultes sur les moyens de communication, le destin de la peseta dans le système monétaire européen, et quatorze ou quinze autres bêtises auxquelles elle accordait elle aussi une importance considérable pour notre vie quotidienne. Ce qui m'inquiétait vraiment : savoir si Jaime serait heureux ou au moins d'une taille normale dans vingt ans, la rapidité avec laquelle s'envolait mon reste de jeunesse, ou les possibilités de boucler nos fins de mois sans emprunt leur semblaient, à tous deux, sans grand intérêt. Reina n'avait encore jamais dû gagner sa vie, et la générosité ponctuelle de Germán rendait plus qu'improbable l'hypothèse qu'elle se décidât jamais à le faire. Mon mari, lui, travaillait tant que, même s'il ne gagnait pas un sou, il se considérait comme exempté de préoccupations de cette sorte. Jamais je n'aurais soupçonné qu'il pût en avoir d'autres, jusqu'au jour où Reina, le dos bien droit, le regard sévère, les doigts croisés sur la nappe, une solennité presque comique dans chacune de ses expressions, n'attendit pas le shushi pour me lancer du bout des lèvres cette prodigieuse sentence :

« Malena, je crois que le moment est venu pour toi de décider si tu peux encore faire quelque chose pour sauver ton mariage. »

J'ai avalé de travers ma gorgée de vin rouge et j'ai toussé bien fort pendant deux minutes avant de me mettre à rire.

« Quel mariage ?

– Je te parle sérieusement.

– Moi aussi. Si tu veux que je te dise la vérité, je me sens comme une veuve de guerre avec deux enfants, un de quarante ans, et un autre de quatre. De temps à autre, par pure inertie, je couche avec le premier.

– C'est tout ?

– C'est tout.

– C'est sûr ?

– C'est sûr. »

C'est elle, alors, qui a pris la parole, et qui a parlé très longuement de Santiago, de Jaime, de moi, de ma vie, et surtout de ce qu'elle en voyait, maintenant qu'elle était si souvent chez moi, de ce qui lui semblait bien, de ce qui était sans remède et de ce qui pouvait encore s'arranger, et elle m'a rendue si nerveuse qu'à partir d'un certain moment j'ai cessé de lui prêter attention, pour lui répondre exclusivement par des monosyllabes, ah, hum, oui, non, parce qu'elle ne semblait pas pouvoir admettre que ça me soit égal, et je n'avais plus aucune envie de me confier sincèrement.

« Et si ton mari avait une maîtresse ? m'a-t-elle enfin demandé.

– Ça m'étonnerait beaucoup.

– Mais tu n'en souffrirais pas ?

– Non.

– Ça ne te rendrait pas furieuse ?

– Non, je ne crois pas. Je lui rendrais la pareille si j'avais le temps. Je crois qu'en fait, en ce moment, rien ne me ferait plus de bien, mais je n'ai pas une minute pour draguer, j'ai besoin de toutes les heures dont je dispose pour faire entrer de l'argent à la maison, comme un bon petit homme qui a charge d'âmes, tu le sais bien.

– Ne sois pas cynique, Malena.

– Je ne suis pas cynique. » Je l'ai regardée, et j'ai eu l'impression que ce que je disais lui faisait peur. « Je parle sérieusement, Reina. Ce n'est pas seulement que la vie que je mène ne me plaît pas, que rien ne me plaît, c'est, qu'en plus, je crois sincèrement que je ne la mérite pas. Et je serais ravie de tomber amoureuse, follement, d'un mec, mais d'un mec âgé, d'un adulte, d'un homme, tu comprends ? et de passer deux mois à me laisser vivre, sans Santiago, et même de devenir pour un temps une poule de luxe que l'on cajolerait, que l'on exhiberait, à qui on donnerait de l'argent à claquer, et qu'on laverait dans la baignoire... T'a-t-on déjà lavée ? » Elle a nié d'un mouvement de tête, et je me suis tue, tranquille, avec un sourire béat que j'ai chassé énergiquement. « Moi, oui, et c'était merveilleux, ça te plairait, je t'assure, je donnerais n'importe quoi pour me laisser aller encore une fois, mais rien n'arrive, et je n'ai pas le temps d'aller chercher. La dernière fois que j'ai rencontré un type avec qui j'avais envie de baiser, j'étais enceinte, alors tu peux te faire une idée...

– Et pourquoi ne le quittes-tu pas ?

– Qui ? Santiago ? » Elle a hoché la tête. « Mais parce qu'il est totalement dépendant de moi. Le quitter, ce serait comme abandonner un bébé de deux mois sur la Castellena à dix heures du soir. Je n'ai pas le courage de faire ça sans une bonne raison, et comme je suis née en 1960 à Madrid, la capitale de la faute universelle et des valeurs éternelles, je ne suis pas capable de considérer ma lassitude comme une raison suffisante, que veux-tu que je te dise. Si j'étais née en Californie, tout serait peut-être différent.

– Moi, je ne vois pas ça comme ça.

– Quoi, ça ?

– Tout. Pour moi qui vois ça de l'extérieur, ton mari me paraît des plus attirants. Il y a pas mal de femmes qui se tueraient pour lui.

– Je ne vois vraiment pas ce qu'elles attendent.

– Ce qui se passe, a-t-elle alors murmuré, en dessinant de l'ongle sur la nappe, c'est que j'ai peur qu'il y en ait une qui ait cessé d'attendre. »

Quand nous nous sommes séparées, je me suis remise à rire, et j'ai ri toute seule pendant un bon moment en marchant, même s'il n'y avait rien de très drôle dans ma situation. Mais l'hypothèse de Reina me paraissait drôle. Le soir même, en me couchant, je me suis demandé s'il pouvait exister une femme saine d'esprit disposée à me subtiliser mon mari, et, de nouveau, j'ai souri toute seule. Puis, j'ai oublié cet épisode, jusqu'au moment où Santiago, dans la cuisine, s'est décidé à ouvrir le feu en terrain découvert.

« Je suis avec une autre femme, m'a-t-il dit en me regardant dans les yeux, avec un courage que je n'aurais jamais pu soupçonner en lui.

– Ah ! ai-je murmuré, et je n'ai rien trouvé d'autre à dire.

– Il y a quelque temps que nous sommes ensemble, et... sur ces mots, il a baissé la tête. Elle ne peut plus supporter cette situation.

– Ça me paraît tout à fait logique. » Je cherchais à découvrir comment je me sentais, et ce que j'ai découvert, c'est que mon cœur ne battait pas plus vite que d'habitude.

« Je... Je crois que tout ça... que nous pourrions en parler.

– Il n'y a rien à dire, Santiago, ai-je murmuré, en me sentant sa mère pour la dernière fois. Si tu me l'as dit, c'est parce qu'elle est plus importante que moi à tes yeux. S'il en allait autrement, tu ne m'en aurais jamais parlé. Tu le sais, et moi aussi.

– Bon, alors... C'est que je ne sais pas. Tu es si calme que je ne trouve rien à dire.

– Alors, ne dis rien. Va te coucher et laisse-moi seule. Il faut que je réfléchisse. Demain, nous parlerons. »

En arrivant sur le seuil, il s'est retourné pour me regarder.

« J'espère... J'espère que nous réglerons tout ça comme des personnes civilisées. »

En m'avisant qu'il était déçu, presque offensé par mon impassibilité, je n'ai pu m'empêcher de sourire.

« Tu as toujours été quelqu'un de très civilisé, ai-je dit, pour me rattraper. Et surtout, un homme sensible.

– Je regrette, Malena », a-t-il soufflé, et il est sorti de mon champ visuel.

J'ai rangé les copies, lavé le verre et vidé le cendrier, anesthésiée par la surprise et par mon incapacité de réagir pendant la scène que je venais de vivre. Je me suis de nouveau assise à la table de la cuisine, j'ai allumé une cigarette, et j'ai eu envie de rire en me souvenant des amers reproches que je m'étais adressés à moi-même bien des années auparavant, quand je n'osais même pas avouer à voix basse que j'aurais préféré la torture d'un mari comme mon grand-père Pedro aux politesses de la vie conjugale avec cette chiffe molle. En revivant cette grosse angoisse j'ai eu envie de rire, mais je n'ai pas pu, parce qu'en sus d'avoir renoncé d'avance à m'attacher à un homme comme grand-père, je venais d'être abandonnée par cette larve et, toute perplexe que j'étais, je pleurais.

De la route, on apercevait à peine une tache blanche, à l'abri d'une rangée de palmiers et d'eucalyptus qui semblait marquer la frontière entre le monde des maisons blanches aux rideaux de perles de plastique, des poules picorant des riens dans les cours, des massifs de lauriers roses bien entretenus, avec leurs fleurs vénéneuses d'un rouge intense, des quelques minuscules bicyclettes appuyées contre le panneau d'une porte entrouverte qui étaient éparpillés dans la plaine et la montagne pelée, à l'horizon, dure et grise, qui tombait à pic dans une mer tout aussi déserte.

D'en bas, j'ai estimé, à vue d'œil, que le chemin, une étroite piste de sable, n'était pas fait pour les voitures. J'ai garé la mienne devant la porte d'un bar où semblait s'être regroupés ce que les métairies voisines comptaient d'êtres humains, et je me suis mise en marche sans même demander mon chemin, comme si je le connaissais depuis toujours. Il était cinq heures et demie du soir, il faisait très chaud, je n'avais fait que la moitié du chemin quand le terrain s'est élevé, et j'ai bientôt été en nage. Un peu plus loin, deux rangées de vieux arbres me promettaient une étroite frange d'ombre. J'ai dépassé deux constructions rustiques au toit très bas, des remises ou des porcheries abandonnées, et j'ai franchi la ligne imaginaire qui séparait la campagne d'un terrain qui lui ressemblait en tout point, lui aussi parsemé d'agaves et de figuiers de Barbarie, mais qui était un jardin. Il n'y avait ni clôture, ni grille ni porte d'aucune sorte. Le sentier débouchait sur une petite plate-forme circulaire avec de grandes jarres d'argile aux panses chaulées où se répandaient des flots de géraniums grimpants, bordant le cercle de terre qui venait d'être arrosé.

Au centre, un homme d'une cinquantaine d'années, assis sur un tabouret de bois branlant, regardait un morceau de toile blanche, qu'il calait de sa main gauche sur ses genoux, et, entre les doigts de sa main droite, il tenait un fusain. Je le regardais en me demandant qui il pouvait bien être, et ce qu'il faisait là, exactement. Il avait cette allure académique de l'artiste bohème propre aux vieux hippies qui vendent des bracelets de cuir dans les rues des villages de la côte, des cheveux longs et négligés parcourus de mèches grises, comme morts, une petite barbe grise, une chemise marron aux manches roulées au-dessus du coude, et des jeans déteints, froissés, trop grands pour lui. C'était peut-être vraiment un peintre ou peut-être s'efforçait-il seulement de s'en donner l'allure.

Il y avait une dizaine de minutes que je l'observais sans rien dire quand il a levé la tête et a sursauté en m'apercevant. Quelque chose, dans son attitude, une certaine expression de crainte proche de l'alarme m'a fait supposer qu'il m'avait reconnue. Il s'est levé et a fait un geste de la main, en tendant vers moi sa paume. « Adendez izi un instant, ché vous prie. »

J'ai constaté sans surprise qu'il était étranger, Allemand, peut-être, à en juger par sa façon de rouler les *r*, et de fermer les *u*, dont je me souvenais encore si bien. Il s'est levé, il a à peine fait deux pas en direction de la porte, avant de s'arrêter, parce qu'elle était là, appuyée au jambage, et c'était moi, avec vingt ans de plus. Pendant que je la regardais, j'ai senti mon cœur battre plus vite, mes yeux me brûler, le duvet de mes bras se hérisser. Elle n'avait pas beaucoup changé, ses cheveux encore noirs étaient retenus sur le front par un bandeau, et ses formes étaient à peu près celles de jadis, sans l'ambiguïté de cette oscillation périlleuse entre la sveltesse et l'opulence, elles étaient toutes de douceur accueillante et ferme. Elle portait une chemisette blanche et un pantalon d'un tissu très léger, également blanc, avec une ceinture élastique. Elle a sorti la main de sa poche et la chair de son bras a ballotté un instant près du coude, douce et lasse. Son teint était très mat et, autour de ses yeux et de sa bouche, des rides nouvelles étaient comme des blessures superficielles à peine cicatrisées, et cependant, à plus de cinquante-cinq ans, c'était encore une très belle femme. Elle m'a tendu les bras, est venue lentement vers moi, et elle a souri. Alors, je me suis précipitée vers elle, les yeux fermés, et elle m'a reçue, les yeux ouverts.

« Tu as bien tardé à venir, Malena... »

Je ne sais combien de temps nous sommes restées enlacées à cet endroit, mais quand nous nous sommes séparées, le peintre avait disparu. Elle a posé son bras sur mon épaule, et nous nous sommes mises à marcher entre les agaves, jusqu'à un chemin que je n'avais pas encore remarqué, un sentier à flanc de colline qui aboutissait à une sorte de plate-forme naturelle où tenaient à peine une table et un banc en bois. De là, on ne voyait que la mer, immense tache d'eau verte, ou bleue ; j'avais toujours vécu trop loin d'elle pour connaître exactement sa couleur.

« C'est merveilleux, Magda, lui ai-je dit, enthousiasmée, j'ai essayé plusieurs fois de me l'imaginer, tu sais, mais je n'ai jamais pu faire aussi beau.

– Oui, c'est beau, a-t-elle admis en s'installant sur le banc. Comme une carte postale. N'est-ce pas ? Ou ces marines bon marché que les gens accrochent au-dessus du canapé du salon, pour leur tourner le dos et regarder la télé, devant eux... » Elle m'a regardée, et a souri, à mon air déconcerté. « Je ne sais pas, au début, ça m'enchantait, moi aussi, mais, à la longue, je me suis mise à regretter l'intérieur des terres, la campagne d'Almansilla, surtout, les cerisiers, les chênes verts, et même la neige, en hiver, et Madrid, même si j'y suis allée quelquefois, quand j'étais trop lassée de la mer.

– Tu es retournée à Madrid ? » Elle a acquiescé, d'un mouvement de tête très lent, et je suis restée sans voix, comme si je ne pouvais admettre ce qu'elle me disait. « Mais tu n'as jamais appelé...

– Non. Je ne prévenais personne, même pas Tomás, qui a toujours su où je vivais. Je logeais dans un hôtel de la Gran Vía, près de la Red de San Luis, et je marchais, je respirais la fumée, j'écoutais les gens parler, parce que je ne pouvais pas supporter l'idée de ne pas vous comprendre, vous, les gens de ton âge, je veux dire.

Quand j'étais jeune, moi aussi je parlais un drôle de jargon, et j'adorais ça, et en plus, ça faisait enrager ma mère, mais tout a changé si vite... Et ce n'est pas tout. En fait, j'ai fini par reconnaître que Vicente a raison, c'est un vieil ami à moi, un danseur de flamenco, une vraie peste, mais très drôle, pédé comme un phoque, et qui me disait toujours : " Écoute-moi, chérie, il n'y a rien qui vaille les Jules de nos déserts, ceux de Huesca, de Jaén, du León, de Palencia, d'Albacete, de Badajoz, pour ne rien dire de ceux d'Orense ; je parle sérieusement, et fais bien attention à ce que je te dis : il n'y a rien qui rend plus folle que la côte. "

– Il devait parler en connaissance de cause.

– Penses-tu ! » Elle a éclaté de rire. « Il était de Leganés, mais il disait à tout le monde qu'il était né à Chipiona, pour le pedigree, et ça, c'était la meilleure. Mais maintenant, je sais que, d'une certaine manière, il avait raison, et pas parce qu'il y a dans le coin plus d'homosexuels que partout ailleurs, mais parce que, ici, on sent les choses d'une manière différente, plus douce, plus onctueuse. J'en suis venue à avoir la nostalgie de la nostalgie que j'éprouvais quand je vivais à Madrid, et à être persuadée qu'ici, elle est plus brusque, peut-être plus cruelle, et c'est peut-être cette force qui fait qu'elle dure moins, encore que, dans une grande ville de la côte, ce doive être différent, parce que les rues qui n'en finissent pas me manquent aussi. Il y a vingt ans que je vis ici. C'est beaucoup de temps, et pourtant, je n'ai jamais pu m'y faire. »

Je l'ai regardée attentivement, étonnée de ne pas l'avoir vue vieillir, parce j'avais du mal à me défaire de l'illusion qu'elle aurait aimé vieillir avec moi.

« Moi, c'est toi qui m'as manqué », ai-je dit tout bas.

Elle n'a rien ajouté, parce que ce n'était pas la peine. Au bout de vingt ans, parler avec elle était aussi facile pour moi que ça l'avait été jadis pour elle, quand j'étais la seule personne à qui elle osait dire ce qu'elle pensait dans ce sinistre couvent au sol dallé qui empestait la lessive et cette saine gaieté qui émane de Dieu.

« Mais tu aurais dû m'appeler, Magda, ai-je insisté. Je peux être muette comme un tombeau, tu le sais, et nous aurions pu parler, je t'aurais raconté bien des choses. Je suis mariée, tu sais, enfin, plus maintenant, ou plutôt, je le suis encore, mais... c'est un peu long à expliquer, j'ai un fils, et... »

Je me suis interrompue, parce qu'elle n'arrêtait pas de hocher la tête, pour me faire entendre que je ne lui apprenais rien de nouveau.

« Je sais, a-t-elle dit, Jaime. Tu l'as amené avec toi ?

– Oui, je l'ai laissé à l'hôtel, il faisait la sieste, avec les deux Reina.

– Tu es venue avec ta sœur ? » Elle semblait extrêmement surprise.

« Oui. Je voulais venir seule, mais elle a insisté pour m'accompagner, parce que mon mari m'a quittée pour une autre il y a à peine une semaine et elle est persuadée que je suis effondrée, enfin, tu vois, elle se sent obligée de me tenir compagnie, de me tendre une épaule sur laquelle pleurer, et tout à l'avenant.

– Elle, je n'ai pas envie de la voir. Mais j'aimerais beaucoup connaître ton fils. Comment va-t-il ?

– Oh ! Il va bien. » J'ai décelé dans son expression un vague doute et j'ai souri. « C'est vrai, Magda... Il n'est pas très grand, c'est sûr. Reina, ma nièce, a l'air d'être sa mère et elle a le même âge que lui, mais il a grossi, son poids est normal et, pour les dents, il est très en retard. Le pédiatre dit que c'est un très bon signe, qui révèle que toute son ossature se développera plus tard, comme sa dentition, il grandira, c'est certain, même si sa croissance ne s'achèvera que quand il aura plus de vingt ans. Je ne m'inquiète plus pour ça.

– Rompre t'inquiète davantage ? Ton mari est très beau, je crois.

– Non. Il est très beau, sans doute, mais j'avais déjà envisagé de le quitter avant d'être enceinte, parce que je savais que ça n'allait pas, entre nous, même si j'ai tout fait pour me marier avec lui, je l'ai toujours su... J'aurais dû le quitter il y a bien longtemps, mais je n'ai pas osé, parce que, dès le début, il est devenu une sorte de grand enfant. Pendant des années, j'ai eu l'impression d'avoir deux fils, un grand et un petit, et les mères n'abandonnent pas leurs enfants, n'est-ce pas ? ça ne se fait pas, et maintenant, que ce soit lui qui m'abandonne, qui me quitte pour une autre, ça me fait tout drôle... Je ne sais pas, je me sens déroutée, perdue, je ne comprends pas ce qu'il m'arrive. C'est étrange. »

Magda a sorti un fume-cigarette en ivoire de la poche de son pantalon, y a fait entrer le filtre d'une des blondes qu'elle fumait depuis toujours et l'a allumée d'un geste lent, attentif, puis elle a aspiré la fumée, et j'ai eu l'impression de l'avoir quittée la veille.

« Malgré tout, je te trouve très en forme, Malena. Les cernes nous vont bien, elles nous font les yeux plus noirs. Les Alcántara heureux ont toujours été, en fin de compte, les plus laids de la famille. À propos... » Elle s'est tue un instant, a eu un vague sourire qui s'est évanoui instantanément. « Comment va ta mère ?

– Oh ! Elle a terriblement grossi, mais elle va très bien, du moins par rapport à ce qu'elle était il y a cinq ans.

– Quand ton père est parti.

– Oui. Je comprends qu'elle a reçu un sacré choc, mais, vraiment, elle a été insupportable. Elle ne me laissait pas vivre, sérieusement, toujours pendue à mes jupes, à pleurer sur mon épaule, jusqu'au jour où j'ai pu la faire entrer dans un club de bridge, et alors, tout a changé. À présent, entre ça et la fille de Reina, ma sœur vit de nouveau à la maison, elle a au moins de quoi s'occuper.

– Ta mère... a une liaison ?

– Plus ou moins. Un veuf d'une soixantaine d'années. » J'ai fait une pause, pour ménager mon effet : « Un colonel de l'armée de terre. Dans l'artillerie, il me semble.

– Eh bien ! s'est exclamée Magda en éclatant de rire, ça aurait pu être pire !

– Oui. » Et nous avons ri ensemble.

« Et ton père ? Il va bien, non ?

– Oui, très bien. Lui, alors, il est beau.

– Il l'a toujours été.

– Mais il a beaucoup changé, tu sais, sa femme est beaucoup plus jeune que lui et elle le mène par le bout du nez. Il boit moins, et ne sort plus seul le soir. Ils sont inséparables, et il la traite comme si elle était en porcelaine, c'est incroyable.

– Oui, c'est bien ce que je pensais.

– Ah bon ? De lui ? Pourquoi ?

– C'est toujours la même chose, Malena. Les hommes comme ton père finissent toujours ainsi. Tôt ou tard ils rencontrent une femme qui les fait marcher droit, et en plus... » Elle m'a regardée d'une façon différente, un peu espiègle, avant d'avouer : « En fait, je m'en doutais parce que ça fait, attends, laisse-moi calculer... Six ans, non huit, ça fait huit ans qu'il ne vient plus me voir. »

Magda a alors fait une pause stratégique. Elle a regardé la mer, a lissé un pli de son pantalon, a pris une autre cigarette, l'a allumée ; elle en avait fumé la moitié quand je lui ai donné un léger coup de coude, auquel elle n'a pas réagi.

« Je l'ai toujours su, ai-je dit, ou plutôt, je l'ai toujours cru, et j'y croyais très fort, tu vois ce que je veux dire... »

Je voulais la faire rire, lui délier la langue, mais elle a pris un air sérieux, et quand elle s'est décidée à parler, elle l'a fait sans me regarder.

« Je ne l'ai pas cherché, tu sais, mais je l'ai trouvé. Et le plus bêtement du monde. Tu étais déjà née, tu devais avoir quatre ou cinq ans, c'était une nuit insensée, une de celles au cours desquelles nous allions sans arrêt de bar en bar, je crois que je n'ai pas pu terminer un seul verre. On arrivait quelque part, on demandait un verre, on buvait une gorgée, on payait et on repartait...

– Qui étaient les autres ? » Elle m'a adressé un regard surpris. « Tu as employé le pluriel.

– Oh ! Je ne sais pas si je pourrais me souvenir des noms. Il y avait Vicente, bien sûr, avec l'ami qu'il avait alors, un garçon de Saragosse qui faisait son service militaire à Alcalá, dans les paras, le pauvre ; il ne pouvait pas quitter son uniforme une minute. Je me souviens de son nom, parce qu'il s'appelait Magín, en toute simplicité. Puis, il y avait un chanteur... Un chanteur ou un prestidigitateur ? je ne sais pas, quelque chose comme ça, un Français qui travaillait dans le même cabaret que Vicente. Et le garçon avec qui je sortais à ce moment-là, bien sûr, un pauvre idiot d'existentialiste qui me fascinait parce que je le trouvais très subtil et que nous avions fait le projet d'aller vivre en Islande, à cause des volcans, non mais, n'importe quoi ! L'Islande ! Comme s'il n'y avait rien de plus près, enfin... Il est à présent directeur général de je ne sais quoi, je ne me souviens pas, mais on le voit parfois à la télé, et il a l'air encore plus idiot qu'avant, bref, le chanteur, l'ami de Vicente dont je ne me rappelle pas le nom, était cocaïnomane, ou du moins, il s'était mis dans la tête de se procurer de la cocaïne à tout prix, ce qui n'était pas si facile, à cette époque-là, le pauvre Magín ne savait même pas ce que c'était, et nous avons eu toutes les peines du monde à lui faire prononcer le mot correctement, si bien... C'est qu'il était très borné, très bon, c'est vrai, mais très borné... » Perplexe, je l'ai interrompue :

« C'était en 1964.

– En 64 ou en 65, je ne sais pas exactement. Ça n'a pas d'importance, n'est-ce pas ? Tu ne t'imagines tout de même pas que la cocaïne, c'est vous qui l'avez inventée ?

– Non, je...

– Bon. Alors, il y avait des heures que nous allions de bar en bar, suivant une piste qui nous conduisait à une autre et cette autre à une autre encore, et nous nous éloignions de plus en plus du centre. J'étais à moitié soûle et tout à fait crevée quand quelqu'un nous a indiqué une adresse où l'on ne pouvait se rendre qu'en voiture. Nous avons pris celle de Vicente, une Dauphine bleu ciel, mais il n'a pas voulu conduire, il s'est assis sur le siège arrière, avec Magín et moi, c'était mon petit ami qui conduisait, avec le chanteur à côté de lui. Si Magín ne m'avait pas planté son coude dans l'estomac chaque fois que Vicente se jetait sur lui, je crois que je me serais endormie, parce le trajet n'en finissait plus. Je voyais, de l'autre côté de la vitre, des rues bizarres, mal éclairées, qui ne me disaient absolument rien, et si on m'avait annoncé qu'on arrivait à Stuttgart ou à Buenos Aires, ou au diable vauvert, je l'aurais cru. Nous sommes passés à côté d'une station de métro, mais je n'ai pas pu lire le nom, et un bon moment plus tard, nous sommes arrivés dans une rue très large, sans fin, qui ressemblait à celle d'un village, parce que, des deux côtés, il n'y avait que des maisons basses, chaulées et des boîtes d'huile d'olive en guise de pots de fleurs aux fenêtres. Quand nous nous sommes arrêtés, j'ai demandé où nous étions, et mon petit chéri m'a répondu : « Au bout de la rue Usera », ce qui ne m'a absolument rien dit. Tu sais où elle se trouve, toi ? »

J'ai eu l'impression qu'elle me demandait ça pour gagner du temps, comme si elle voulait réfléchir à ce qu'elle allait dire, à la direction à prendre. J'ai remué la tête d'un côté de l'autre, mais je me suis tout à coup souvenu d'une indication que grand-mère Soledad m'avait donnée un jour.

« De l'autre côté du fleuve, je suppose.

– Oui. Mais beaucoup, beaucoup plus loin.
– Et papa était là.
– Eh bien... » Elle a détourné son regard. « Plus ou moins.
– Où ? »
Elle n'a pas répondu. Au bout d'un moment, elle s'est adressée à moi comme elle le faisait quand j'étais petite :
« J'y pense... Tu n'as pas soif ? Tu ne veux pas que nous descendions prendre quelque chose ?
– Oh, Magda ! Je t'en prie ! me suis-je exclamée, scandalisée qu'elle pût l'être. J'ai trente et un ans. Je suis une femme émancipée, mariée, abandonnée, et pourtant infidèle. Raconte, allez !
– Je ne sais pas... je ne suis pas sûre qu'ensuite ça te paraîtra bien, plus tard, même si, maintenant...
– Mais enfin ! Tu n'as pas idée de ce que j'ai pu faire, moi, la bonne poire.
– Je ne pensais pas à moi, mais à Jaime, pour moi, ça n'a pas d'importance, mais c'est ton père.
– J'ai toujours adoré ton père à toi, Magda, tu le sais. Je ne crois pas que le mien ait pu faire pire.
– Non... » Elle s'est mise à rire, et s'est interrompue brusquement : « Ou plutôt, oui. Je ne sais que te dire. Mais il a fait mieux, sans doute.
– Alors, raconte.
– Très bien, je vais te le raconter, mais ne m'interromps pas, parce que ça me rend nerveuse, et puis, ne pose pas de questions. Tu ne me feras pas dire ce que je ne veux pas dire, je te préviens, et j'ai été sœur, ne l'oublie pas, j'ai plus d'expérience de ces choses que tu ne peux l'imaginer. Je suis une experte en secrets.
– C'est ta dernière offre ?
– Exactement.
– Marché conclu. »
Elle a encore allumé une cigarette, encore lissé le pli de son pantalon, et a repris la parole sans me regarder. Elle ne devait le faire que du coin de l'œil, au fil de son histoire, tandis que, fidèle à notre accord, je ne pipais mot.
« De l'extérieur, c'était une maison comme une autre, en rez-de-chaussée, minable, comme les autres. Il n'y avait pas la moindre enseigne sur la façade, pas même une réclame, et la porte était quelconque, couverte

d'aluminium, avec une petite vitre grillagée dans la partie supérieure, et, derrière, un rideau. Toutes les persiennes étaient fermées, et il n'y avait pas de sonnette. Vicente a frappé plusieurs fois, personne n'a répondu, il s'est mis à appeler, il ne s'est rien produit, et moi, je m'attendais à voir sortir un vieillard en pyjama armé d'un tromblon, quand la porte s'est entrouverte d'un coup, et un type avec une tête de pioche a pointé le bout de son nez. Je ne sais pas ce qu'ils se sont raconté, mais on nous a laissés entrer. L'intérieur ressemblait à un bar, mais vide, j'ai vu quatre ou cinq tables en Formica avec des chaises retournées par-dessus, et, au fond, un comptoir, mais il n'y avait pas un chat, et tout était obscur. Je ne suis dit qu'il n'y avait rien à tirer d'un endroit pareil, mais soudain les autres ont emboîté le pas au type qui nous avait ouvert, et je les ai suivis, dans un passage voûté, à côté du comptoir. Nous avons traversé un petit couloir, avec une sorte de porte sur la gauche, qui devait être celle des toilettes, à en juger par l'odeur, et nous sommes entrés dans une petite pièce qui ressemblait à un magasin, pleine de casiers remplis de bouteilles de bière vides, et de trucs dans ce genre-là, avec, au fond, une porte en bois peinte en marron. Le type a tiré des clés de sa poche, il a ouvert la porte, et nous a guidés dans un escalier qui menait au sous-sol, dans une sorte de débarras, lui aussi plein de caisses de vin et de bière, des vides et des pleines, avec un passage voûté fermé par un rideau à travers lequel on apercevait de la lumière, et on entendait de la musique, des cris, des rires. Il me semblait que je rêvais, parce qu'il était quatre heures du matin, ou quatre heures et demie, et que tout ça me paraissait invraisemblable. Quand je suis passée de l'autre côté du rideau, je me suis retrouvée dans l'un des endroits les plus étranges que j'aie pu voir de ma vie, une sorte de grotte avec des stalactites de plâtre au plafond, des petites tables rondes et des chaises peintes de couleur vive, autour d'une sorte d'estrade qui occupait le centre, le bar était dans le fond, un bar moderne, de bois sombre, avec un comptoir de laiton et une grosse lune de verre fumé derrière, et sur le sol, de chaque côté, il y avait deux grandes jarres d'argile badigeonnées de rouge avec des cercles blancs, et les gens qui étaient là étaient non moins curieux, il y avait un groupe de gitans dans leur tenue de scène, avec de larges ceintures noires et des chemises de satin nouées au-dessus du nombril, l'un d'eux avec des favoris énormes, en forme de hache, et les clients étaient un ramassis de délinquants de toutes sortes. Certains d'entre eux s'entretenaient avec de grosses femmes qui paraissaient plus vieilles que leur âge, et qui portaient des vêtements vulgaires mais chers, très maquillées ou pour mieux dire emplâtrées comme si le monde devait s'écrouler cette nuit et qu'elles craignaient de ne pas trouver à temps un embaumeur. Elles empestaient comme si elles s'étaient lavé la tête avec les parfums français les plus renommés au plus haut degré de concentration, l'une d'elles s'était collé les faux cils de travers et cillait sans discontinuer, elle a fini par en perdre un mais n'a pas eu le cœur de retirer l'autre, la pauvre... Il y avait d'autres filles, plus jeunes, qui se donnaient des airs émancipés. J'ai surtout remarqué deux d'entre elles, qui étaient au comptoir avec un type. L'une avait des cheveux comme une scarole roussie, à moitié teinte en blond platine, et l'autre, une chevelure brune très longue, qui lui touchait les fesses, teinte dans une couleur qu'on appelle acajou et qui n'a jamais existé nulle part au monde. Toutes deux avaient une peau affreuse, rugueuse et parsemée de boutons, qui perçaient sous le maquillage, et elles étaient attirantes par un seul détail : la blonde avait des jambes extraordinaires, un beau cul, haut et ferme, et les hanches assorties, bien balancées, mais elle avait un ventre proéminent comme un ballon de baudruche, sous une minijupe à pois, et la poitrine, en revanche, presque plate, elle avait un visage ingrat, mais celui de la brune, en revanche, était très beau, avec de grands yeux et de très belles lèvres, épaisses, comme les nôtres, et des seins superbes, ronds et fermes, mais au-dessous de la taille, elle était saucissonnée dans une jupe trop courte de velours grenat, et on aurait dit un char d'assaut, large et massive, avec des cuisses monstrueuses qui tremblaient comme du flan au moindre mouvement, des genoux cagneux et des talons interminables et grotesques, par rapport à sa taille. Je me suis dit qu'on aurait pu faire une femme superbe en utilisant un peu des deux, et que c'était peut-être pour ça qu'elles étaient avec le même homme, dont je n'avais pas encore pu voir le visage, parce qu'elles étaient tout le temps collées à lui, à le tripoter en chœur, je n'ai remarqué que ses chaussures, des mocassins anglais cousus main, qui devaient coûter une fortune, incompatibles avec le sol qu'ils foulaient, et aux poignets de sa chemise en soie naturelle, des boutons de manchette en or, en forme de bourgeon, très discrets, que je n'ai jamais pu oublier. Sur ses mains, que je pouvais voir brièvement, de temps en temps, et qui disparaissaient aussitôt derrière ces corps soudés l'un à l'autre, il n'y avait pourtant aucun bijou, ni chaînette, ni chevalière, ni pierre sertie, seulement une fine alliance à l'annulaire droit, les ongles, courts, n'étaient pas manucurés. « Il a tout d'un monsieur, me suis-je dit, et regarde où il met les pieds », puis j'ai cessé de le regarder, et au bout d'un moment, quand j'ai de nouveau tourné la tête dans sa direction, il était encore là, les coudes appuyés au comptoir, deux boutons de sa chemise défaits, le nœud de sa cravate relâché, le col imprégné de sueur et de salive, les cheveux en bataille, souriant et ivre. Ton père.

– Baignant dans le beurre », ai-je murmuré. Je pouvais m'imaginer cette scène comme si je l'avais vécue.

« Pardon ? » Magda m'a regardée, surprise. « Qu'est-ce que tu as dit ?

– Que papa était en train de baigner dans le beurre, ai-je répété, plus fort, mais elle n'a pas semblé comprendre. En train de mener la danse, si tu préfères.

– Exactement. Il était là, le vainqueur d'Usera, une oreille dans chaque main, saluant à la ronde... Il m'a vue aussitôt, et il m'a reconnue encore plus vite, je m'en suis rendu compte, mais il n'a pas voulu me saluer, me dire quoi que ce soit, il n'a même pas daigné se détacher du comptoir, comme si c'était à moi d'aller vers lui, comme si j'avais envahi son territoire sans sa permission. Je l'ai regardé, et je lui ai souri sans le vouloir, puis j'ai jeté un coup d'œil autour de moi, et alors, j'ai compris. Ce type était un homme complètement différent de celui que je connaissais, parce que jusqu'alors je ne l'avais vu que dans la maison de mes parents, avec ta mère et, avant, avec mon frère Tomás, contexte dans lequel il paraissait petit, perdu, certain de rien. Chaque geste qu'il faisait, chaque mot qu'il disait était précédé d'un regard circonspect mais sans ruse. Il se conduisait comme s'il se sentait obligé de demander pardon d'avance pour le mal qu'il allait faire, et il ne faisait jamais rien de mal, mais il ne parvenait pas davantage à se convaincre qu'il faisait ce qu'il fallait comme il faut, c'était ça qui était curieux : le succès ne lui donnait aucun aplomb. Je crois qu'il n'a commencé à en prendre que lorsque nous nous sommes aimés, parce que j'étais la seule qui sache tout, je connaissais les deux moitiés de lui-même.

– Cette nuit-là ?

– Cette nuit-là. Oui. Jusqu'alors, je n'avais pas fait très attention à lui, et, de plus, il m'agaçait, il m'agaçait même beaucoup, et, vraiment, je ne pourrais pas te dire pourquoi. Je n'avais aucune raison de le détester, mais je le détestais bel et bien, je le trouvais flagorneur et balourd, pour moi, c'était le gigolo classique des romans-photos, je ne sais pas si tu vois ce que je veux dire, et pourtant, il ne faisait pas grand-chose qui pût justifier ce reproche. Reina lui avait couru après autant qu'on peut courir après un homme et même un peu plus, il n'y avait pas un mois qu'ils se fréquentaient quand ils ont commencé à coucher ensemble, si bien que... Quand je l'ai su, je n'en suis pas revenue, imagine-toi, à cette époque-là, et connaissant ta mère ! Je ne pouvais pas le croire... Ni moi ni personne, ç'a été la surprise de ma vie, et avec ce que j'ai dû avaler, par-dessus le marché... Je l'aurais tuée. Je parle sérieusement. “ Si je la trouve sur mon chemin, je la tue, ou je la mets dans un tel état qu'elle ne reconnaîtra plus sa mère ” ; ç'a été ma première réaction. »

Je ne me suis pas arrêtée à la violence de ces paroles, qui vibraient comme une corde tendue, parce que le désarroi m'avait totalement investie, je n'arrivais pas, en effet, à penser à ma mère, à me la représenter, ces paroles m'imposaient l'image de ma sœur, je la voyais, je l'entendais dans chacun des détails que Magda me peignait.

« Et toi, comment t'en es-tu rendu compte ?

– Mais, comme tout le monde. Parce qu'elle a été enceinte.

– Ma mère ? !

– Euh, mais... » Pendant un instant, l'inquiétude de Magda a transformé ma perplexité en un pâle regret. « Ne me dis pas que tu ne le savais pas !

– Mais non, ai-je reconnu, abasourdie. Personne ne me l'a jamais dit.

– Ah non ? Ça ne m'étonne pas... » Elle s'est interrompue un instant pour réfléchir. « Sur les photos, ça ne se voit pas. Mais ta mère s'est mariée enceinte. Vous êtes nées six mois après le mariage. À ce moment-là, ceux qui ne se sont rendu compte de rien ont été nombreux, parce que la cérémonie a eu lieu à Guadalupe, et qu'il n'y a pour ainsi dire pas eu d'invités. Et puis, comme vous étiez jumelles, et qu'il est arrivé ce qui est arrivé à Reina, ta mère a dit à tout le monde...

– Tu veux dire, ai-je anticipé, que nous ne sommes pas nées avant terme.

– Non, a confirmé Magda, vous êtes nées à terme, plus ou moins, comme ton fils. »

Je suis restée silencieuse un bon moment, tandis que, près de moi, souriante, elle attendait tranquillement ma réaction.

« Évidemment, je n'en ai rien à cirer, ai-je reconnu, et alors, elle a éclaté de rire :

– Ah bon ?

– Et à cette époque, on ne pouvait rien prendre, bien sûr...

– Oh ! Mais elle, sans doute, a pris quelque chose ! » Je l'ai regardée, elle a poursuivi, en riant encore : « Des fertilisants, je suppose. Pour accélérer les choses. Elle était radieuse, bien sûr, et ton père aussi. Chacun avait tiré son épingle du jeu. Elle, elle l'avait pris au filet, car il s'agissait bien de ça, et lui avait son avenir assuré. Je me suis dit que qui s'assemble se ressemble, qu'ils étaient comme deux effigies de la même pièce de monnaie, dont je connaissais très bien la valeur. Et cependant, je me suis trompée, ils n'étaient pas comme ça, et pour moi, en tout cas, ils ne l'ont plus jamais été. »

J'ai été sur le point de lui demander si elle aussi était tombée amoureuse de mon père mais, au dernier moment, le courage m'a fait défaut, et la détermination avec laquelle elle a chassé le sourire de ses lèvres d'Indienne si pareilles aux miennes que je frissonnais parfois en les voyant s'animer m'a avertie qu'elle était prête à reprendre le fil de son récit, et elle l'a fait, lentement, en me regardant bien en face. Elle avait à peine commencé que j'ai compris qu'elle n'avait jamais été amoureuse de papa, et je me suis réjouie pour elle.

« Bref, si je ne l'avais pas rencontré par hasard cette nuit-là, dans ce bouge, je n'aurais jamais su ce qu'était ton père, parce que le roi de la création qui a décollé son coude du comptoir pour nous montrer du doigt et dessiner ensuite un cercle de la main, afin de faire savoir au garçon que nous étions ses invités était cette moitié de lui que je ne connaissais pas, et en regardant alors autour de moi, j'ai commencé à comprendre. Ces mauvaises copies de mafiosi de cinéma, avec leurs airs de mac, mais minables, fats, mal fringués, si peu naturels qu'ils auraient été comiques si quelques-uns d'entre eux, malgré tout, n'avaient fait peur, étaient ses amis, ils avaient grandi ensemble, tu comprends ? Il aurait très bien pu être un des leurs, un de ceux qui étaient sur le point de se lever pour aller pointer à l'usine à six heures avec leur petit déjeuner en travers de la gorge, les bons gars de la bande, qui, peut-être, avaient eu la chance, ou le malheur, de se marier avant d'aller faire leur service, avec une bonne fille qui les avait obligés à faire des économies pour payer la caution d'une cage à lapin à Arroyo Abroñigal ou dans un autre quartier avec un nom dans ce genre-là, avec d'un côté des collines ou des ravines où naguère il n'y avait encore que des moutons et des buissons, l'horizon quotidien de toute une vie, et de l'autre, une barrière de deux douzaines de tours de HLM qui étaient sorties de terre comme les petits lapins du chapeau d'un illusionniste... Lui, il était le fils d'une enseignante, sans doute, et il était avocat, il était allé à l'université, et il pouvait s'attendre à quelque chose de mieux qu'à une chaîne de montage, bien sûr, mais pas à grand-chose de plus, il me semble. Il aurait pu changer de quartier, passer quelques concours, s'acheter une voiture, et peut-être même un appartement, en s'endettant pour vingt-cinq ans, et il aurait toujours trouvé quelque concierge qui lui aurait donné du monsieur, parce qu'il avait obtenu les titres qu'il fallait pour ça, mais il n'aurait pas pu obtenir grand-chose de plus, c'est certain. Ici, on avait donné à la merde un petit coup de peinture fraîche et on avait dit aux gens : « Mais qu'est-ce qu'il y a ? Vous ne mangez pas tous les jours, peut-être ? Que voulez-vous de plus ? Vous avez tout ce qu'il vous faut », et les gens l'avaient cru, c'est inimaginable, mais ils le croyaient, et si quelqu'un leur racontait comment on vivait en Allemagne, ils répondaient que c'était bien possible, mais que là-bas, ils étaient loin d'en avoir autant que nous dans le pantalon, et qu'ils n'avaient pas ce soleil, cette gloire céleste, et que, puisqu'on parlait de ça, le Portugal était là, à côté, et que c'était pire que chez nous, bien pire... Et c'est ainsi que les gens marchaient, au soleil et au contenu de la braguette, et les organisations ouvrières emmenaient les enfants, le dimanche, à la piscine du parc syndical, et tous étaient riches, il n'y avait pas de pauvres, par ici. Tous marchaient, couraient, mais pas ton père. Lui, il a eu la chance de pouvoir cracher à la figure de l'Espagne du Plan de Développement, et il ne l'a pas laissée passer, et il a été riche, vraiment riche, avec une Mercedes d'importation, un appartement de deux cents mètres carrés rue Génova, et une propriété d'une centaine d'hectares dans la région de Cáceres, riche comme ceux qui... Comment disais-tu, tout à l'heure ?

– Ceux qui baignent dans le beurre.

– C'est ça. Et cette nuit-là, quand je l'ai vu dans ce bouge, avec ces gens, j'ai essayé de m'imaginer ce qu'il pouvait ressentir quand il revenait dans son quartier pour parler avec ses amis, boire avec eux, lever une de ces filles à la peau horrible qui semblaient tellement l'attirer, lui qui aurait pu choisir entre les anciennes élèves du Sacré-Cœur, ces femmes impeccables, huppées, bien habillées et bien coiffées, qui vouaient leur vie aux dieux du massage et foudroyaient du regard les marteaux piqueurs quand elles passaient sur leurs talons hauts près d'un immeuble en construction. Je le regardais et j'essayais de m'imaginer comment il pouvait se sentir, comment il avait pu être, à quatorze, à seize et à dix-huit ans, ce qu'il pouvait bien manger, comment il devait s'habiller, quelle idée il se faisait de son avenir, et je comparais tout cela avec ma propre enfance, l'abondance et le gaspillage, la lassitude de la satiété, l'ennui et les bonnes manières, et je me suis alors sentie très proche de ta mère, et je l'ai presque enviée, parce que c'était elle qui lui avait offert une compensation pour les jouets qu'il n'avait pas eus, pour les vêtements râpés, pour les soupes à l'ail, et la désespérance et l'envie, pour tant de frustrations accumulées. Elle était le condensé de toutes les filles bien qu'il n'avait même pas osé approcher pendant des années, et qu'il regardait avec convoitise dans le métro, ou dans les parcs ou dans la rue. Oui, je l'ai enviée d'avoir pu être plus qu'une fiancée, plus qu'une épouse : toute une compagnie, une conquête vitale, un trèfle à quatre feuilles, parce que, tu comprends, chaque fois qu'il l'embrassait, qu'il la touchait, qu'il la prenait, il faisait bien plus que ça, il tenait le monde entre ses jambes, et se payait les lois de la logique, et celles de la naissance et celles de la destinée, elle était à la fois son arme et son triomphe, et tout cela m'a paru émouvant, et terrible et beau, à ce moment-là, tu comprends ?

– Bien sûr, que je comprends, ai-je reconnu, en un murmure, parce que j'ai éprouvé quelque chose de semblable, une fois, et c'est pour ça que je suis sûre que maman ne pourrait pas le comprendre, qu'il ne lui viendrait jamais à l'idée d'interpréter les choses de cette manière, loin de là...

– Je sais. Mais je ne pensais plus à ta mère, je ne pensais plus qu'à moi, et à quel point j'aurais été ravie d'arriver dans ce bouge à son bras, et de sourire poliment pendant qu'il m'aurait présentée à ses amis, en m'exhibant comme l'épouse riche, possédée et consentante que lui et nul autre que lui avait su séduire, et ravie de défier ensuite ces pauvres putes de village, leur laisser voir que j'étais pire que n'importe laquelle d'entre elles, et qu'il me rendait plus heureuse qu'elles ne pouvaient se le figurer... » Magda m'a regardée, de très loin, et elle est descendue, par paliers, de son nuage orageux et écarlate, pour arriver à ma hauteur : « Je sais que ce n'est pas exactement ce qu'on appelle avoir de bons sentiments. »

J'ai éclaté de rire et l'expression de son visage m'a appris qu'elle se détendait.

« Ça, ce n'est pas grave, ai-je dit quand mon rire me l'a permis. Et en plus, dans des situations de ce genre, ceux qui en ont sont ceux qui n'en profitent pas.

– C'est possible, tu as sans doute raison. En tout cas, ton père était tourné de mon côté comme s'il était tenu par une bride invisible, mais je ne bougeais pas, j'étais tellement captivée par son image et plongée dans mes pensées que lorsque Vicente m'a dit quelque chose à l'oreille, j'ai eu une peur bleue, parce que je n'avais même pas reconnu sa voix. « Tu le connais ? », m'a-t-il demandé, et j'ai opiné du chef, mais sans rien dire, et il s'est tu. Mais au bout d'un moment, il m'a posé la question rituelle : « Tu crois qu'il en est ? » Je lui ai répondu que non, qu'il n'en était pas, et il a insisté : « Tu es sûre ? » et je lui ai encore répondu que je l'étais, que j'en étais tout à fait sûre. « Quel dommage ! s'est-il exclamé quelques instants plus tard. Avec cette bouche vicieuse qu'il a... » Ce commentaire m'a blessée, comme si personne d'autre que moi n'avait le droit de fantasmer à son sujet à ce moment-là, et je me suis levée pour m'approcher du comptoir. Ton père m'a souri, et quand je suis arrivée près de lui, il m'a seulement dit : « Salut, belle-sœur ! » et je lui ai répondu : « Salut », et alors le garçon a crié : « Police ! Les mains en l'air ! », j'ai regardé la porte, et j'ai vu entrer trois types vêtus de gris, le premier gros et suant, chauve, et les deux autres plus jeunes, moins chauves, et le costume un peu plus raide. Si ce ne sont pas des poulets, me suis-je dit, ils en ont tout l'air, et s'ils en ont l'air, c'est qu'ils le sont, et s'ils le sont, nous sommes dans de beaux draps, mais je me suis vite rendu compte que la seule qui était nerveuse, dans le bouge, c'était moi, j'ai regardé ton père, et j'ai vu qu'il souriait à ceux qui venaient d'entrer, alors qu'ils se dirigeaient droit sur nous. Le gros nous a tendu la main tout à fait poliment, et s'est légèrement écarté, et le plus jeune des trois a ouvert les bras, en laissant voir le pistolet dans l'étui de cuir à son aisselle, et s'est jeté dans les bras de ton père, qu'il a embrassé : « Putain, Bitte d'or, heureusement que tu te souviens encore de tes amis... »

– Bitte d'or ? ai-je demandé, amusée. Ils appelaient papa Bitte d'or ?

– Oui, ils l'avaient appelé comme ça avant qu'il se marie avec ta mère, parce que, à quatorze ou quinze ans, il avait tapé dans l'œil de la gérante de la pharmacie, qui ne voulait pas lui faire payer quoi que ce soit, et qui lui avait fait cadeau de deux boîtes de préservatifs et de je ne sais quoi encore après lui avoir dit de revenir quand il voudrait... ça, du moins, c'est la légende, quant à ce qui s'est vraiment passé...

– Alors, ils ne vous ont pas arrêtés.

– Loin de là. Ils nous ont même vendu quatre grammes de poudre, ce dont je n'avais rien à faire, parce que ton père m'avait présenté à son ami flic, et celui-ci, après m'avoir jeté un coup d'œil, et dit qu'il était ravi de me connaître, s'était adressé à ton père pour lui dire, avec le plus grand respect évidemment, qu'il ne méritait pas une femme pareille, comme si c'était un compliment. Alors, ton père m'a prise par la taille, il m'a serrée fort contre lui, et il a déclaré, à haute et intelligible voix, que je n'étais pas sa femme, mais la sœur jumelle de sa femme. Le flic n'a rien dit, mais il a souri et haussé un sourcil, en se déclarant ravi de toute façon. « Et même un peu plus, non ? » a répliqué Jaime sans me regarder, comme si je n'entendais pas, comme si je ne comprenais rien, comme si j'étais idiote de naissance. Alors, je me suis tournée et, sans crier gare, je me suis pendue à son cou et je l'ai embrassé, parce que je n'en pouvais plus, parce que j'ai senti que, si je ne le faisais pas j'allais mourir d'angoisse, et j'ai aimé ça, j'ai tellement aimé ça que je n'ai pas voulu détacher mes lèvres des siennes.. Quand je l'ai fait, il m'a regardée avec des yeux où brillait l'éclat de la crainte, mais il m'a souri, et m'a dit à l'oreille : “ Tu ne ressembles pas beaucoup à ta sœur, Magdalena ”, parce que, quand nous étions seuls, il m'appelait toujours comme ça, et je lui ai demandé de m'emmener quelque part, où il voudrait, que ça m'était égal, mais que je voulais m'en aller, et avec lui. Quand nous sommes sortis, mon existentialiste est venu me demander des explications, et je l'ai envoyé chier avant qu'il ait pu ouvrir la bouche. Je n'étais pas contente de rompre, mais je ne l'ai jamais regretté, jamais. En Islande, il devait faire un froid de canard. »

Elle ne m'en a pas dit davantage, et ce n'était pas la peine, parce qu'il y avait un bon moment que je ne pensais plus à Reina mais à moi, à ma vie, en enregistrant ce que Magda me disait et en percevant toute la signification, mais Magda ne pouvait le savoir, et c'est sans doute pour cela qu'elle n'a pu renoncer à sa petite conclusion :

« Je ne voudrais pas que ce que je t'ai dit modifie l'opinion que tu peux avoir de lui, Malena, s'il en était ainsi, je ne me le pardonnerais jamais. Peut-être aurais-je mieux fait de ne rien dire, parce que je ne sais pas comment tu peux le prendre, les choses ont tellement changé... Se marier pour de l'argent a toujours été quelque chose de moche, sans doute, mais il avait vingt ans, et il était pauvre. Et la pauvreté est essentiellement injuste, et dans son cas, c'était encore pire, parce qu'elle est tombée sur sa famille par-derrière, par trahison, chez lui, ils n'étaient pas habitués à cette vie de misère, et sa mère n'a pas pu lui apprendre à l'affronter, parce que personne ne le lui avait jamais appris, à elle. Et puis, nous n'avions pas le choix, tu sais, nous n'avions pas le choix. Mes parents, les siens, et vous, vous avez eu la possibilité de décider de ce que vous vouliez être, de ce que vous vouliez faire, mais nous... Quand j'étais jeune, le monde n'avait qu'une couleur, plutôt sombre, il n'y avait qu'une façon d'être, la seule qui fût bonne, il fallait l'accepter, et il n'y avait pas moyen de faire autrement, tu comprends ? Oui, tu pouvais toujours t'inscrire au Parti communiste, te faire pute, ou t'acheter un pistolet et te mettre une balle dans la tête, ce qui revenait au même. Les riches, comme nous, pouvaient s'exiler, et les pauvres aller travailler en Allemagne, ce qui ne revenait pas tout à fait au même... Si tu ne comprends pas ça, et tu n'as pas de raison de le faire, parce que tu ne l'as pas vécu, tu ne comprendras jamais ton père, parce que c'était un gigolo, et même un tricheur, si tu veux, mais, pour lui, c'était encore la guerre. De plus, nous étions habitués à tout faire en secret, en cachette, depuis que nous étions petits : « Ne dites pas aux autres que nous mangeons du jambon à la maison », nous soufflait Paulina quand elle nous conduisait au parc, juste après la guerre, et il en est allé de même par la suite, nous avions tous des amis cachés, nous mentions tous, à la maison, nous achetions tous quelque chose qui était interdit, tôt ou tard, au marché noir, dans des librairies, chez des disquaires ou des pharmaciens qui ne regardaient pas de trop près les ordonnances, nous jouions tous un peu à cache-cache avec la police, les amis du quartier ou de l'université, les connaissances. Tout se faisait toujours ainsi, ça nous paraissait naturel, avoir une liaison avec ton père ne me semblait ni très grave ni très risqué ni extraordinaire comme on pourrait le croire à première vue, et je suis certaine qu'il considérait les choses de la même façon. C'était tout simplement un secret de plus, parmi deux ou trois cents autres, et nous ne courrions même pas le risque de nous retrouver en prison. Et maintenant, maintenant que je me fais vieille, je ne te dis pas que notre vie a été pire que celle de la plupart des gens, il se peut même qu'elle ait été meilleure, mais on ne nous a jamais donné l'occasion de nous tromper, c'est cela, nous n'avons jamais eu droit à l'erreur. Ton père a toujours été bon pour moi, Malena, loyal, généreux, courageux et sincère, le meilleur ami que j'aie jamais eu.

– Mais tu n'es pas tombée amoureuse de lui.

– Non, pas plus qu'il n'est tombé amoureux de moi. » Elle s'est interrompue, a essayé de sourire, mais ses lèvres ont à peine pu ébaucher une moue amère. « En d'autres circonstances, avec un peu de chance, il en serait allé autrement, mais alors, nous ne pouvions pas tomber amoureux, il n'y avait pas de place pour ça. Nous haïssions trop, tous les deux. »

« Il faut apprendre aux enfants à aimer leurs parents, non ? C'est ce qu'on dit... »

Le son de sa voix m'a fait sursauter, comme l'aurait fait un bruit, étrange, inouï, parce que je ne m'attendais pas qu'elle reprît la parole, ce soir-là. Il y avait un quart d'heure que nous nous taisions, elle regardant ses mains, et moi la regardant, elle, muette, cherchant les mots justes pour lui dire que je l'aimais, et que, parce que je l'aimais, je pouvais tout comprendre, tout admettre, n'importe quel défaut, n'importe quel péché, n'importe quelle erreur qui pouvait avoir creusé la ride la plus profonde, la plus secrète, sur ce visage où j'avais toujours pu me refléter comme dans un miroir clair et net. Alors, tout en étudiant ses mains, elle s'est redressée, puis a allumé une cigarette et s'est tournée vers moi, pour continuer :

« Oui, il faut apprendre aux enfants à aimer leurs parents, mais ce n'est pas ce qu'on m'a appris. Je ne me souviens plus quand j'ai entendu pour la première fois ce qui allait devenir une litanie, mais je devais être toute petite, c'était peut-être au Domaine de l'Indien, avec Teófila. Paulina, nounou, les servantes, parlaient de lui d'une autre manière, dans la cuisine, dans le couloir, pendant qu'elles faisaient les lits, et que les oreilles redoutées de ceux qui ne devaient pas entendre ne traînaient pas alentour, elles baissaient la voix, mais je les entendais : “ Ce maquereau ”, “ Ce gigolo de monsieur ”, et je rougissais, j'avais honte de les entendre, puis venait la seconde perle du rosaire : “ Madame est une sainte ”, “ Elle, c'est une sainte ”... c'est difficile d'être la fille d'un maquereau et d'une sainte, tu en sais quelque chose, parce que, bien entendu, il faut prendre parti, on ne peut les aimer tous les deux de la même manière, et si tu es une fille, c'est encore pire, parce que, ensuite, il te faut apprendre le résumé : tous les hommes sont pareils, ce sont tous des porcs, et nous, nous sommes des idiotes, pour gober ce qu'ils nous font gober, et des saintes, des saintes, surtout, toutes des saintes, bref, toujours la même rengaine. Mes frères pouvaient encore admirer quelque chose, en lui, désirer réussir dans les affaires, faire partie de la même équipe de football, aller à la chasse avec lui, et même dire que les grands aimaient avoir un tas de femmes, tout n'en était pas moins pour le mieux, mais les filles, pas question : nous devions être comme notre mère, des saintes, parce que c'était notre lot, et que le maquereau présent n'était qu'une annonce du maquereau à venir, c'est-à-dire, l'ennemi. C'était comme si nous, les filles, nous n'avions pas de père, comme si mon père, comme tant d'autres, n'était le père que des garçons, c'est ainsi que j'ai été élevée, c'est cela que l'on m'a enseigné. »

Je l'ai alors interrompue, pour la forcer à boucler un cercle qui n'était pas encore fermé :

« Paulina m'a raconté qu'une fois, quand il est revenu à la maison, tu es allée, la nuit, dans la chambre de grand-mère, et qu'en le voyant tu as eu une peur bleue. Et que, le lendemain, tu n'as même pas voulu le voir.

– Non, je n'ai pas voulu, c'est vrai. Il m'est arrivé la même chose qu'avec ton père, il m'arrive toujours la même chose avec ceux qui finissent par être très importants pour moi, ça m'est arrivé avec toi aussi, tu sais.

– Tu ne pouvais pas me voir ?

– Eh bien oui, c'est un peu ça. Parce que tu me rappelais ce que j'étais quand j'étais petite, et que, pourtant, tu ne m'aimais pas.

– Non, je ne t'aimais pas, ai-je reconnu. Parce que tu ressemblais tellement à maman, et que tu étais tellement différente que j'avais l'impression d'être déloyale, si je t'aimais.

– Tu as dit le mot : déloyale, loyale, tout est là-dedans, mais je ne le savais pas encore quand j'ai connu mon père, parce que j'étais trop petite. La première fois que je l'ai vu réveillé, ç'a été au petit déjeuner, le lendemain matin, je n'avais que cinq ans, mais je m'en souviens encore, je ne l'oublierai jamais, si je ferme les yeux, je peux encore le voir, sans doute parce que je n'ai jamais été aussi impressionnée. Maman nous a prises par la main, Reina d'un côté, moi de l'autre, et elle est entrée avec nous dans la salle à manger. Assis au haut bout de la table, il y avait un homme très grand, très imposant, aux cheveux noirs, avec des sourcils terribles, larges et fournis, et, sur sa bouche, mes lèvres. Il ne nous a pas vues entrer, parce qu'il avait la tête baissée, les mains croisées sur les cuisses, mais quand elle lui a dit : " Voici tes filles, Reina et Magdalena ", il s'est redressé, a levé la tête et nous a regardées de très haut. Reina s'est avancée pour lui donner un baiser, et j'ai cru mourir de peur à l'idée qu'il allait me toucher, mais il m'a dit " Salut " et je l'ai moi aussi embrassé, et il me semble que je lui ai pris la main, mais je n'en suis pas sûre, papa racontait que je ne lui avais rien dit, mais que je lui avais pris la main tandis que je l'embrassais... Quoi qu'il en soit, je ne voulais pas le voir, parce que je ne le connaissais pas et que j'avais peur de le regarder et, plus encore, qu'il me regarde, je ne savais plus où me mettre. Un jour, trois ou quatre ans plus tard, il est sorti tout à coup de son bureau alors que je traversais le couloir, et nous nous sommes presque heurtés. Je ne sais pas pourquoi, j'ai senti qu'il allait me dire quelque chose, et je suis devenue si nerveuse que je me suis fait pipi dessus...

– Et qu'est-ce qu'il t'a dit ?

– Rien.

– Il ne disait jamais rien, n'est-ce pas ?

– Non, il ne parlait pas, sauf quand il ne pouvait pas faire autrement, demander du pain à table ou si quelqu'un avait vu son parapluie, des choses de ce genre, mais jamais il ne se mêlait aux conversations, et il faisait son possible pour nous faire sentir qu'il ne nous écoutait même pas. Quand il semblait être de bonne humeur, ma mère essayait de l'encourager, mais elle ne tirait de lui que quelques grognements et des monosyllabes. Quand elle est allée le chercher à Almansilla, après la guerre, il lui a juré que, si elle l'obligeait à revenir, il ne reviendrait pas entier et, bien entendu, il a tenu parole. Au début, nous le voyions à peine. Il était tout le jour enfermé dans son bureau et, quand il sortait, c'était toujours seul, il ne disait jamais où il allait, ni avec qui, ni quand il comptait revenir, mais s'il rentrait tard, s'il arrivait trop tard pour le dîner, la maison entière était sens dessus dessous, parce que tout le monde croyait qu'il était retourné au village avec Teófila, tous se conduisaient comme s'ils pensaient que c'était inévitable, que tôt ou tard il y retournerait, parce que c'était un maquereau, parce que ce mot expliquait tout, mais quand on entendait la clé tourner dans la serrure, le vestibule se vidait, les groupes se défaisaient, les servantes, mes frères, maman, tout le monde se mettait en mouvement et filait doux, parce que c'était lui qui faisait bouillir la marmite, et que la marmite, dans la maison, était de taille.

– Mais je croyais que ta mère était très riche, ai-je objecté, surprise.

– Elle l'était, presque autant que lui, mais elle ne s'occupait pas de l'argent et, de plus, la version officielle est très différente. Maman a toujours fait comme si elle dépendait économiquement de son mari, parce que pour réussir, comme sainte, il valait mieux être pauvre, tu comprends ? Moi, au début, je le croyais aussi, je pensais, comme les autres, que c'était une sainte, et c'en était peut-être une, après tout, parce qu'elle en avait bavé, qu'elle ne vivait que pour ses enfants, ça, c'est indéniable, et qu'elle l'a répété tant de fois que nul ne pouvait l'oublier... Je n'ai jamais connu personne d'aussi incapable de rire que ma mère. Quand Miguel commençait à marcher et qu'il tombait sur le cul, quand Carlos, qui était très amusant, racontait des blagues en revenant de l'école, bref, quand tout le monde se gondolait de rire, elle souriait à peine, étirait les lèvres comme si elles lui faisaient mal, parce que tout lui faisait mal, tout. Elle marchait très lentement en traînant les pieds, s'arrangeait les cheveux constamment, même quand elle venait de se coiffer, et de temps en temps elle parlait seule à voix basse : « Ah ! Qu'ai-je fait, Seigneur ? Quelle croix je porte, avec cet homme ! » Alors, Paulina et nounou, qui semblaient sentir son chagrin à des kilomètres, apparaissaient soudain et la prenaient par la main, et demeuraient ainsi, à hocher la tête à côté d'elle, avec la mine longue, elles aussi. « Il faut que vous aimiez beaucoup votre père, mes enfants », nous disait-elle à toute heure sur le même ton que si elle nous avait demandé d'obtenir des bonnes notes, ou exigeait de nous je ne sais quel terrible sacrifice, comme si elle savait fort bien que nous devrions faire un terrible effort pour y parvenir, mais elle n'ajoutait jamais qu'il fallait que nous l'aimions beaucoup elle aussi, parce que notre amour, dans ce cas, ne faisait aucun doute, et parfois, quand je le regardais, il me semblait que papa était beaucoup plus triste qu'elle, et beaucoup plus seul, et je me demandais quel crime il avait pu commettre pour être appelé salopard, maquereau ou ruffian par tout le monde, et pour que personne, personne ne l'aimât dans cette maison pleine de gens, où même les chiens adoraient ma mère. »

Le visage de Magda trembla un instant et ses lèvres se pincèrent. Ses yeux brillaient, elle baissa les paupières et demeura immobile, comme morte, et je me repentis de ne pas l'avoir interrompue.

« Jusqu'à ce que tu te mettes à l'aimer, non ? Toi, et Pacita, bien sûr. Et Tomás, aussi.

– C'est que je n'étais pas une sainte, Malena, je n'étais pas une sainte, je n'étais pas bonne pour ça. Je ne comprenais même pas ce que ça voulait dire, tu sais, l'esprit de sacrifice, et le bonheur d'être comme tous les autres, ce que racontaient les sœurs, au pensionnat, je ne comprenais pas ce que la vie de ma mère avait d'exemplaire, que veux-tu que je te dise, j'avais plutôt l'impression que c'était une belle vacherie, et bien sûr, une vie comme la sienne ne me tentait pas du tout, moi je préférais rire, et de loin... Au début, j'ai vécu ça très mal, je me sentais coupable, mais, peu à peu, j'ai appris ce qu'il en était vraiment, mais toujours indirectement, parce qu'elle n'a jamais admis une autre version que la sienne. Quand l'état de Paz est devenu évident, tout a très vite changé. Papa n'avait pas été très impressionné d'avoir une autre fille, même si nous étions tous toqués de la petite, parce que Reina et moi, qui étions les plus jeunes, avions déjà neuf ans. Mais une nuit, elle a été très malade, avec une forte fièvre, et ils l'ont conduite à l'hôpital. Ils y sont restés quelques jours, et, quand papa est revenu, c'était un autre homme. Maman s'est mise au lit, dans le noir, a annoncé qu'elle était anéantie, et qu'elle ne voulait voir personne. Alors, c'est lui qui a tout pris en main. Il parlait, riait, s'occupait de la maison, et veillait sur la petite. Mais tout cela n'a pas servi à grand-chose, parce que si mes frères lui obéissaient, parce qu'ils devaient s'adresser à lui pour avoir de l'argent, obtenir la permission de sortir, ou autre chose, aucun d'entre eux ne s'est rapproché de lui, et moi, j'en avais encore peur. Plus tard, quand nous sommes retournés à Almansilla et qu'il a retrouvé Teófila, tout est rentré dans l'ordre, à la différence près qu'il quittait la maison de temps à autre, sans jamais nous dire où il allait, ce qui ne semblait plus inquiéter personne, même pas ma mère, rends-toi compte, qui semblait beaucoup plus heureuse, plus tranquille quand il s'en allait, nous étions tous mieux sans lui, c'était ça le plus curieux et le plus terrible de tout.

– Ils avaient fait un pacte.

– Oui, bien sûr, ils avaient fini par en faire un, même si lui n'a pas obtenu ce qu'il voulait. Quand je me suis avisée de l'existence de Teófila, quand j'ai su que mon père avait une autre maison, une autre femme, d'autres enfants, j'ai demandé à ma mère pourquoi elle l'avait laissé revenir, parce que je croyais qu'il était revenu de son plein gré, bien entendu, et je ne comprenais pas comment elle avait pu avaler ça, pourquoi elle avait accepté une telle humiliation. « Je l'ai fait pour vous, uniquement pour vous », m'a-t-elle dit, et je lui ai souri, je l'ai embrassée, mais sans en croire un mot... Par la suite, alors que j'avais quatorze ans, je les ai entendus se disputer, à Almansilla, nous les entendions tous, c'est vrai, on devait les entendre du village, parce qu'ils hurlaient littéralement, lui voulait vivre en partie à Cáceres en partie à Madrid, laisser la maison d'Almansilla ouverte toute l'année, et se partager équitablement, en sauvegardant les apparences, mais elle a refusé : « Jamais, tu m'entends ? Jamais ! » lui a-t-elle dit. Un jour, nous étions de retour à Madrid, j'ai osé lui dire : « Maman, si tu souffres tellement quand il est à la maison, si tu le supportes si mal, si tu es si malheureuse... pourquoi ne le laisses-tu pas partir ? » J'allais ajouter que je croyais que ce serait mieux pour tout le monde, mais elle ne m'a pas laissée terminer, elle s'est mise à glapir comme une furie : « Tu as parlé avec lui, c'est ça ! Voilà ce qui arrive ! tu as parlé avec lui ! » J'ai nié, honteuse, comme si parler avec mon père était un péché, mais c'était vrai, il ne m'avait rien dit, j'y avais pensé toute seule, parce qu'elle passait sa vie à pleurer en exhibant ses croix, et en demandant à Dieu qu'il la rappelle enfin à lui, parce que cette vie était pour elle un calvaire ; de sorte que je lui ai demandé. « Mais alors, c'est que tu aimes souffrir, maman ? » Elle ne m'a même pas répondu. « C'est mon mari, tu m'entends ? Mon mari ! » Si elle m'avait avoué qu'elle l'aimait malgré tout, ou qu'elle avait besoin de lui, ou qu'elle le haïssait tant qu'elle voulait lui faire une vie d'enfer, j'aurais compris. Mais elle m'a seulement dit que mon père était son mari et qu'il devait vivre avec elle. “ Même contre sa volonté ? ”, ai-je demandé. “ Même contre sa volonté ”, m'a-t-elle répondu ; alors, j'ai eu envie de m'en aller, mais avant de quitter la pièce, je me suis retournée et je lui ai dit : “ Maman, que se passe-t-il ? Je ne peux pas parler avec papa ? ” Elle m'a regardée comme si elle était sur le point d'exploser de rage, puis elle m'a répondu : “ Non, tu ne peux pas, tout au moins, si tu veux continuer de parler avec moi. ” » Magda s'est tue un instant pour allumer une cigarette et, avant de reprendre la parole, elle a eu une rire léger : « Elle couchait avec lui, tu comprends, elle avait été enceinte de Pacita, elle allait bientôt l'être de Miguel, ça, elle pouvait le faire, elle pouvait le faire, mais elle ne pouvait pas parler avec lui, et moi, je devais me tordre de dégoût et de répugnance, rejeter sans ménagement ce monstre au nom de son cher mariage à elle et rien qu'à elle, c'était moi qui devais renoncer à avoir un père pour préserver le lien conjugal de ma mère, mais elle, la pauvre, non seulement elle ne renonçait pas à avoir un mari, mais encore, elle le défendait toutes griffes dehors et continuait à coucher toutes les nuits avec lui, et baisait avec lui sans se tordre de dégoût ni de répugnance, et elle voulait encore me faire croire que ce n'était là que son devoir. Pas mal, n'est-ce pas ? Et pourtant, je lui obéissais, j'ai suivi ses instructions au pied de la lettre pendant quelques années, parce que j'étais en pleine confusion, et qu'il me semblait encore qu'elle était la plus faible, la seule et indiscutable victime de cette situation.

– Parce que c'était une sainte, ai-je dit en souriant.

– Bien sûr, et parce qu'elle faisait de la peine, comme ta mère. Je ne sais pas comment elles se débrouillent, mais il y a des femmes qui font toujours de la peine à tout le monde.

– Oui, c'est sûr. Ma sœur, par exemple, et ma mère aussi, c'est vrai. Moi, ça m'irait parfaitement, je te le dis, mais je ne suis pas douée, je ne fais jamais de peine à personne. » Et j'ai éclaté de rire.

« Tu sais qu'elle est l'unique différence entre une femme faible et une femme forte, Malena ? C'est que les faibles peuvent toujours monter sur le dos des fortes les plus proches pour leur sucer le sang, mais que les fortes n'ont aucun dos sur lequel monter, parce que les hommes ne sont pas bons pour ça, et que, quand elles n'ont plus d'autre ressource, elles doivent boire leur propre sang, et c'est ce qui nous arrive.

– C'est toute l'histoire de ma vie », ai-je dit, sans savoir à quel point ce que je venais de dire était vrai.

Magda a accueilli mon commentaire en riant, et m'a donné une tape sur la cuisse avant de se lever.

« Allons à la maison, j'ai encore quelque chose à te raconter, et je prendrais volontiers un petit verre, avant. »

Mais, avant, elle me fit les honneurs de la métairie, dont elle me retraça l'histoire, de pièce en pièce, en m'indiquant quelles modifications elle avait apportées, car elle se rappelait quel tableau il y avait au mur, quel meuble dans tel coin quand elle avait franchi la porte pour la première fois. Puis, nous nous sommes rendues dans le jardin de derrière, un rectangle de carreaux d'argile rouge vernissée, entouré de branches d'un vert éclatant qui s'élevaient du sol comme des tentacules, parsemées de centaines de fleurs minuscules, roses, jaunes et violettes, et nous sommes allées dans le potager cueillir des fleurs de courgette pour le repas.

Le soleil était déjà fatigué quand nous sommes sorties dans le patio, où nous attendaient deux vieux hamacs en bois et en toile blanche. Magda nous a servi d'un geste cérémonieux un deuxième verre, et n'a repris son récit qu'après avoir vidé le sien.

« Le plus étrange de tout, c'était cet amour obsessionnel de mon père pour Pacita. Personne ne pouvait comprendre qu'un homme qui, apparemment, n'avait jamais aimé les enfants, parce qu'il ne s'était jamais intéressé à sa progéniture saine, eût autant de patience, pût passer toute la journée auprès de ce petit monstre dont il ne pouvait rien attendre, pas la moindre amélioration, aucune sorte de progrès. Et cependant, il lui donnait à manger, l'emmenait promener, la tenait dans ses bras des heures entières, la mettait au lit le soir, et il était le seul qui la comprît, qui pouvait la calmer et la consoler quand elle pleurait. Maman avait engagé une jeune fille pour s'occuper de la petite, et lorsque mon père était là, elle n'avait rien à faire, pour ainsi dire.

Mais, quand il s'en allait, elle devenait folle, parce que Paz était insupportable, criait et pleurait tout le temps, jour et nuit, refusait de manger et de dormir jusqu'à ce qu'il revienne. Elle le reconnaissait à son pas, elle se calmait aussitôt qu'elle l'entendait. Nous le savions, et nous essayions de la tromper, mais nous n'avons jamais réussi. Paz n'aimait que papa, c'était comme si, pour elle, tout le reste n'existait pas, n'avait jamais existé, et ils se promenaient toujours seuls, dans le jardin, ou dans le bureau, sans jamais voir personne. Maman en était malade, et disait qu'il ne faisait ça que pour la mortifier.

– Et c'était vrai ?

– Non. La vérité est beaucoup plus terrible. Je l'ai découverte un soir de printemps, et je ne sais si quelqu'un d'autre l'a découverte aussi, mais, en tout cas, il n'en a rien dit... Nous étions seuls à la maison, Pacita, lui et moi. C'était un jeudi, les servantes avaient pris leur après-midi, maman était allée au théâtre avec mes sœurs, et les garçons, peut-être, je ne sais pas où ils étaient. J'étais restée à la maison parce que j'étais punie, pour avoir répondu, je crois, je répondais toujours, j'étais toujours punie, mais ça m'était égal, le théâtre m'ennuyait terriblement, surtout les pièces que maman choisissait. Je ne me souviens pas où je voulais aller, mais j'étais dans le couloir quand j'ai entendu un murmure lointain, un son que je n'aurais pu entendre si la maison avait été pleine de monde comme d'habitude. J'ai suivi le couloir tout doucement, et il m'a semblé que le bruit venait d'en bas. J'ai eu peur, tout d'abord, mais la voix paraissait calme. Alors, je me suis déchaussée et j'ai descendu l'escalier sans faire de bruit, et, sur le palier du premier, il m'a semblé reconnaître la voix de mon père, c'était la première fois de ma vie que je l'entendais tenir un aussi long discours. Sur la pointe des pieds, je suis arrivée devant le bureau et j'ai collé l'oreille à la porte, pour essayer de deviner à qui il parlait, mais je n'ai entendu que sa voix, et les petits cris de Pacita, alors, j'ai pris mon courage à deux mains, je suis entrée, discrètement, et je les ai vus : ils étaient seuls, il avait un plateau sur les genoux, et une cuillère dans la main droite, elle était attachée dans le fauteuil roulant dans lequel on l'a tenue jusqu'à sa mort, un bébé de huit ans qui ne voulait pas de son goûter, et ça empestait la compote...

– Mais... Je ne comprends pas, Magda. Avec qui parlait grand-père ? » Je ne comprenais pas non plus les larmes qui roulaient lentement sur les joues de Magda. « Mais avec Paz, bien sûr ! Il parlait avec elle, avec qui d'autre aurait-il pu parler ? C'est pour ça qu'ils passaient tellement de temps ensemble, alors, j'ai compris pourquoi il aimait tant la garder, être avec elle, ne pas la laisser seule une minute, parce que, avec sa fille, il pouvait parler, et elle, l'écouter à sa manière, elle reconnaissait sa voix, se taisait pour l'entendre, et il lui racontait ce qu'il ne pouvait dire à personne, parce que Pacita n'avait jamais pu apprendre à parler, et qu'elle ne répéterait jamais rien... " Aujourd'hui, j'ai encore rêvé de ces pavés, tu sais, ma fille ", et Pacita ouvrait la bouche, il lui donnait un peu de compote, et poursuivait : " Ces derniers temps, je fais ce rêve presque toutes les nuits, et tu es la seule qui n'est pas là ; tu n'es jamais là ; il y a tous les autres, ceux d'ici et ceux de là-bas, ta mère et Teófila, entourées de leurs enfants, sur un balcon ; mais tu n'es pas là, Paz, Dieu merci... " »

Magda a essuyé ses lèvres du revers de la main, en essayant vainement de se calmer, mais sa voix se brisait un peu plus à chaque mot, elle avait l'air de s'effondrer en les prononçant, et j'ai compris tout à coup qu'elle était déjà brisée, brisée depuis ce soir-là, au cours duquel elle avait décidé de sortir, elle aussi, des rêves de grand-père.

« Sais-tu de quoi rêvait mon père, Malena ? Sais-tu de quoi il rêvait ? Il était sur la place d'Almansilla, agenouillé sur le sol, et il arrachait un pavé du revêtement pour se donner des coups sur la tête, et nous, nous étions sur le balcon, à le regarder, sans rien faire pour l'empêcher de se massacrer, tous ses enfants, et ses deux femmes, nous étions tous là, sauf Paz, et il se donnait des coups de pavé sur la tête, se fendait le crâne, et continuait de frapper, et il arrivait un moment où il ne sentait plus la douleur, elle était si vive qu'elle ne ressemblait plus à de la douleur, mais à une sensation agréable, apaisante, disait-il, de plaisir, quasiment, mais la tête lui tournait et il s'inquiétait, car il ne voulait pas mourir ainsi, il ne voulait pas perdre connaissance, parce que, au milieu de la place, il y avait une potence, et qu'il avait prévu de se pendre, mais quand il le déciderait, quand le moment de se tuer serait venu ; alors, il se lèverait, ferait quelques pas, monterait sur l'escabeau, se mettrait la corde au cou, renverserait l'escabeau et se tuerait ; mais pas avant l'heure ; avant l'heure, tout ce qu'il voulait faire, c'était se taper sur la tête avec le pavé, le plonger dans son cerveau une fois, et une autre, et encore une autre, jusqu'à perdre connaissance. Et moi, j'étais à l'entrée du bureau, et, en entendant ça, j'ai voulu mourir, Malena, j'aurais voulu de pas être née, pour ne pas entendre ça, j'avais la chair de poule, et l'angoisse m'étouffait ; même l'air que le respirais me faisait mal. Alors, j'ai couru vers lui, le plateau est tombé, j'étais morte de peur, Pacita nous regardait avec ces yeux d'idiote, et je voulais lui demander de parler avec moi, lui dire que moi aussi j'étais sa fille, et que je pouvais le comprendre et lui répondre, de parler avec moi parce que moi non plus je n'avais personne à qui parler dans cette maison où personne ne se sentait coupable de rien. Je voulais lui dire ça ; et j'aurais dû lui dire ça ; mais je n'ai pas pu, quand je me suis jetée sur lui, que je l'ai embrassé, je n'ai rien pu dire d'autre que : " Raconte-le-moi, papa, à moi, qui suis mauvaise, comme toi... " »

Elle a levé la tête, et, en apercevant les larmes dans mes yeux, elle a eu un étrange sourire.

« Je crois qu'il aurait aimé savoir que, ce soir-là, toi aussi, tu aurais pleuré.

– Il savait, il savait que j'étais des siens, ai-je dit en essuyant les larmes avec le bord de ma manche. Il me l'a dit, une fois.

– Oui, il savait qui étaient ses enfants... Il n'a pas été surpris quand je suis restée avec lui, ce soir-là, nous avons mangé ensemble dans le bureau. Quand je l'ai dit à Paulina, elle s'est signée. Et je me suis mise à rire. J'en suis sortie très tard, et je n'ai pas voulu aller voir ma mère, qui était déjà couchée, mais quand je suis entrée dans ma chambre, j'ai trouvé la tienne agenouillée sur le sol, les mains jointes sur la poitrine, une véritable image. " Que fais-tu là ? " lui ai-je demandé, et elle m'a regardée avec un air douloureux et m'a dit qu'elle priait pour moi, et je l'ai envoyée se faire foutre. Bien entendu, elle est allée le dire à maman, qui m'a interdit de sortir jusqu'à nouvel ordre, mais le lendemain, vers le milieu de l'après-midi, je suis sortie, et il ne s'est rien passé. Mon père veillait sur moi. Il l'a toujours fait, ensuite, même quand nous nous engueulions, quand nous nous fâchions, quand je prenais des décisions qui ne pouvaient pas lui plaire, il a toujours veillé sur moi, parce que j'étais sa fille, aux conditions suivantes : que je lui raconte tous les soirs comment s'était passée ma journée, que je regarde un film à la télé avec lui, et que je l'accompagne à la banque le samedi matin. Il m'a tout donné, en échange de ces riens, c'était notre pacte, et il était toujours inquiet que l'on dise que j'étais née maudite.

– Le sang de Rodrigo, ai-je murmuré, et elle a hoché la tête. Il est en moi aussi.

– Ne dis pas de bêtises, Malena ! s'est-elle écriée comme si je blaguais.

– Mais oui, Magda, je lui ai pris le bras, je l'ai serré, et j'ai ajouté, sérieusement : il est en moi, et il le savait.

– Pourquoi dis-tu ça ? » Elle me regardait, les yeux agrandis par la crainte, mais, plus furieuse que perplexe, elle a lancé : « Comment peux-tu encore croire à ces bêtises, pour l'amour de Dieu ?

– Parce qu'il n'y a pas d'autre explication à certaines choses.

– Allons Malena ! Tu ne veux tout de même pas finir comme ton grand-père, en faisant des rêves de ce genre... Il était tout simplement obsédé par ce conte de bonne femme depuis qu'il était petit, parce que, quand ton oncle Porfirio s'est suicidé, papa a tout vu, il était dans le jardin, et il l'a vu enjamber la rampe, et il a pu regarder son cadavre, et même le toucher, et plus tard, Teófila, qui savait tout parce qu'elle vivait à Almansilla, n'a eu de cesse de lui répéter que jamais il ne pourrait l'abandonner, que même s'il le voulait il ne pourrait l'oublier, qu'il finirait toujours par revenir, parce que c'était son destin, c'était inscrit dans son sang, si bien qu'il a fini par s'en convaincre, pour la même raison que tu allègues, parce que la malédiction lui donnait au moins une explication de ce qu'il était, justifiait le fait que Teófila eût fini par avoir raison, qu'il n'eût jamais pu se l'ôter de la tête... Jamais il ne s'est dit que ce qui lui arrivait arrivait aussi à des millions de personnes sur toute la planète. Si mon père était tombé amoureux de Teófila, ce n'était pas pour son intelligence, ni pour son esprit, ni pour sa délicatesse, ni pour les intérêts communs qui les unissaient, ni parce qu'elle lui convenait, mais uniquement parce qu'il voulait coucher avec elle, et c'est au lit qu'il en est tombé amoureux, comme ça, sans réfléchir, sans dire un mot, presque malgré lui, avant d'avoir pu se rendre compte de ce qui se passait. Je ne sais pas comment il aurait pu l'exprimer lui-même, mais je sais qu'il en a été ainsi, qu'il n'a pu en aller autrement, et dans ces conditions, ce n'est pas une demi-douzaine de malédictions ni le fait de n'avoir pris aucun triste engagement devant l'autel qui peuvent changer quoi que ce soit. Si ça arrive, ça arrive toujours au mauvais moment, de la mauvaise manière, au mauvais endroit et avec l'individu qu'il ne faut pas, comme ces garages où tu dois payer avant de prendre ta voiture.

– Ou comme une malédiction, ai-je soufflé, et, cette fois, elle a ri.

– Admettons ; je reconnais que, tout bien réfléchi, ça fait parfois plaisir de croire aux malédictions ; mais nous n'avons pas un sang corrompu, Malena, le sang de Rodrigo est comme celui de tout le monde, fluide et rouge.

– Et rien de plus ?

– Rien de plus. Ou plutôt, oui, parfois, il peut être rose. »

D'abord, je n'ai pas compris ce qu'elle voulait dire. Je suis restée immobile, à réfléchir, tandis qu'elle s'étendait dans le hamac et laissait entendre un rire.

« Rodrigo ? me suis-je exclamée, enfin, et ma perplexité a provoqué un nouvel éclat de rire. Il était homosexuel ? »

Elle a hoché doucement la tête, souriante.

« Tu ne le savais pas ? Mon père ne te l'a pas dit, bien sûr, je crois qu'il n'aimait pas en parler, mais Rodrigo était pédé, bien sûr, et je dirais même plus... une folle sur qui le soleil ne se couchait jamais. »

« Il a essayé de faire de son mieux, comme mon père, comme moi, mais il n'a pas eu de chance, bien sûr... Qu'est-ce qu'il t'arrive ? Tu as l'air éberluée. »

En l'entendant, je me suis avisée que j'avais la bouche ouverte, et je l'ai fermée brusquement, j'ai entendu mes dents claquer.

« C'est la dernière des choses à laquelle je m'attendais, ai-je dit. Je me doutais bien que la malédiction avait quelque chose à voir avec la sexualité, parce que c'était la seule chose qui collait, mais je m'imaginais que Rodrigo avait été adultère, comme Porfirio, ou bigame, comme grand-père, peut-être même incestueux, c'est la seule chose qui nous manque... »

Magda eut, de nouveau, un léger rire, avant de remarquer :

« C'est vrai, tu as raison, d'inceste, nous n'en avons pas eu. Mais bien sûr qu'il a été adultère, et même bigame, c'est selon comment on voit les choses.

– Parce qu'il était marié ?

– Bien sûr. Avec une métisse, fille légitime d'un hidalgo basque et d'une Indienne de famille noble, qui s'appelait Ramona. Officiellement, ils vivaient à Lima, mais lui passait le plus clair de son temps ailleurs, car il avait un tas de maisons, des terres cultivables à n'en plus finir, avec des flopées d'esclaves noirs de deux mètres qui étaient tout ce qui lui plaisait au monde, et nul ne savait d'où il les sortait... Quand il était en ville, il se conduisait en galant homme, ce qu'il était en fait, apparemment, à quelques détails près, entre autres, il prenait un bain et se parfumait tous les jours. Mais c'était un grand administrateur, et il a gagné beaucoup d'argent, ce qui lui a valu sa réputation d'honnête homme. Son mariage semblait heureux, et il devait accomplir ses devoirs conjugaux sans difficultés, puisque sa femme a donné le jour à deux enfants en quelques années, et même s'ils passaient peu de temps ensemble, il s'est toujours montré plein d'attentions envers elle, Ramona faisait la pluie et le beau temps, et il s'est toujours plié à ses caprices. Elle aurait pu avoir un faible pour les peaux noires, elle aussi, ce qui n'aurait entraîné aucun drame, mais c'était une honnête femme, des plus honnêtes, et très pieuse, proche des siens, et, inévitablement, au fil des ans, elle a fini par prendre la mouche et par le coincer, je ne sais comment, ni où, ça on ne me l'a pas dit, mais elle l'a bel et bien surpris avec un Noir, les deux mains dans le sac, et jusqu'au coude, et elle y est allée de son " Par le Christ, Dieu vivant... ", le maudissant, lui, ses enfants et les enfants de ses enfants, annonçant que le sang se corromprait dans leurs veines, et qu'il en irait de même pour tous les descendants de sa lignée, et que nul d'entre nous ne trouverait jamais la paix, aussi longtemps qu'il foutrait ou se ferait foutre...

je ne me souviens plus exactement des termes de mon père sur les exigences et les servitudes de la chair, mais c'était à peu près ça. C'est ce qu'il m'a raconté, mais va savoir ce qu'a vraiment pu dire cette sorcière, parce que, apparemment, elle parlait un créole plus qu'à moitié indien, invoquait les dieux de sa mère, et lançait des incantations incompréhensibles, pour mettre Rodrigo hors de lui, je suppose. Pour finir, elle a annoncé qu'elle rentrait à Lima, mais elle lui a interdit de la suivre, et lui était enchanté, bien entendu, de passer là toute sa vie, à vadrouiller avec ses Nègres habillé en gitane, parce que c'était là, imagine-toi, la grande illusion de sa vie. Il se promettait des jours heureux, mais le sort lui a été contraire, le sort nous a été contraire, parce que si Rodrigo avait attrapé une pneumonie, s'il avait vécu dix ans de plus, sans sortilège ni accident, il ne se serait rien passé, mais il est mort onze mois après la visite de Ramona, temps d'incubation d'une terrible infection.

– Vénérienne ?

– Oui, vénérienne. Mais ne fais pas cette tête-là ! Avec la vie qu'il menait, sous cette latitude, à cette époque, c'était le minimum qu'il pouvait attraper, et d'ailleurs, tardivement, parce que la moitié des Espagnols sont morts de la même chose, alors, tu vois...

– Qu'est-ce que c'était ? La syphilis ?

– Non. Pire. Sinon, il ne se serait rien passé non plus, parce que, avoir la syphilis, alors, c'était comme avoir la grippe aujourd'hui. Non. Papa a essayé d'obtenir des précisions, mais il n'a rien appris de plus, il semble que la plupart de ces maladies infectieuses aient disparu avant d'avoir été étudiées sérieusement, et on ne peut guère se fier aux observations de l'époque. Un épidémiologiste avec lequel il a entretenu une relation épistolaire pendant quelque temps pensait, lui, qu'il pouvait s'agir d'une larve qui se loge sous la peau, mais rien n'est moins sûr. En tout cas, il a beaucoup souffert, il se plaignait de douleurs très vives, jour et nuit, et avait de très fortes fièvres, le ventre gonflé et la queue pleine de boutons étranges, jaunes, qui ont fini par se transformer en une nuit en millions de petits filets blancs, mous et pestilentiels. Il est mort aussitôt après leur apparition, et les Indiens ont prétendu que c'étaient des vers, mais c'étaient sans doute des foyers infectieux, enfin, je n'en sais rien. Sa mort a dû être épouvantable, en tout cas, parce que c'est à partir de là que la rumeur s'est répandue sur les pouvoirs de Ramona, le sang corrompu et le reste. La femme de Rodrigo est devenue célèbre dans tout le Pérou, elle a acquis une réputation de sorcière, et les gens l'évitaient, se signaient s'ils la croisaient dans la rue. Sa fille, une pauvre enfant, a fini par être tellement épouvantée par les pouvoirs de sa mère qu'elle s'est retirée du monde à quinze ans pour entrer au couvent, et quand elle a prononcé ses vœux, elle a choisi le nom de Magdalena, pour montrer, par ce symbole, qu'elle voulait expier les fautes de son père. C'est de là que vient mon prénom, et le tien, mais rien de plus, bien sûr, parce que si j'ai connu la clôture, il ne me semble pas que je sois devenue abbesse ni que j'aie jamais, que je sache, ressenti les effets de la malédiction dans ma chair. De sorte que tout le reste vient du frère aîné de la pauvre Magdalena, qui a été un dévoyé comme on n'en fait plus, rien à voir avoir son père, non, et pas seulement parce que c'était un coureur de jupons, mais parce qu'il était aussi joueur, tricheur, buveur, un véritable salopard... Il a tué plusieurs hommes, le mari d'une de ses maîtresses, entre autres, et, en plus, il s'était fait usurier, et il n'a jamais connu la prison, il est mort dans son lit, sans l'ombre d'un remords, de sa belle mort, à quatre-vingts ans, couvert de scapulaires, sur un matelas d'indulgences plénières, en reléguant la réputation de sa mère où il avait relégué celle des mères de sa bonne douzaine d'enfants, de sorte que, tu vois, Ramona n'était pas une sorcière et il n'y a pas de malédiction qui vaille. Ce n'est qu'un conte à dormir debout. »

Magda n'avait pas terminé sa période qu'elle m'épiait déjà du coin de l'œil avec une anxiété proche de la terreur, et j'ai reconnu dans son regard la foi sceptique que j'y avais vue tant de fois, quand je n'étais encore qu'une enfant craintive et capable, en même temps, d'inspirer de la crainte, chaque fois qu'elle me réclamait une confiance qu'elle n'avait, pour moi, même pas à me demander, comme si le monde entier avait été suspendu par un fil à ses lèvres, et que moi, vieille femme sage, j'eusse déjà tout deviné. En hochant lentement la tête en signe d'assentiment, avec un sourire comme garantie, je me disais que c'était là encore un signe de son âge, le sceau d'une génération qui n'avait guère aimé que nier, jamais aimé croire, et qui, par conséquent, ne pouvait croire, mais j'ai compris en même temps que la malédiction lui était aussi nécessaire qu'elle avait pu l'être pour grand-père, et comme j'en avais moi-même cultivé l'idée, ne fût-ce que pour la tourner en dérision, pour la nier, et qu'elle pouvait ainsi s'expliquer sa propre vie.

« Où se trouve le portrait de Ramona, Magda ? ai-je demandé au bout d'un moment, sur le ton le plus ingénu que j'aie pu trouver. Je crois que je ne l'ai jamais vu.

– Tu as dû le voir, quand tu était petite ; il se trouvait rue Martínez Campos, dans l'escalier, je crois, un tableau carré, pas très grand, où elle était représentée, vêtue de noir, avec un voile transparent sur le front. Tu ne t'en souviens pas ? » J'ai fait « Non » de la tête. « Alors, tu ne la verras jamais. Mon père a détruit le tableau, un soir, il a passé le pied à travers le cadre et a déchiré la toile en morceaux, puis il a tout brûlé dans la cheminée du salon, la maison s'est remplie d'une odeur épouvantable, une odeur de cadavre, qui a persisté pendant plus d'une semaine.

– Et pourquoi a-t-il fait ça ? »

Son regard a fui le mien. Elle a baissé les paupières, puis la tête, et elle a parlé si bas que j'ai à peine pu l'entendre.

« Ce matin-là, je lui avais annoncé que je voulais me faire sœur.

– Et pourquoi as-tu fait ça, Magda ? »

Je n'avais pas attaché à cette question une importance particulière, il y avait des années que j'avais cessé de soupçonner qu'elle pût en avoir une, et ce soir-là, moins encore après tant de révélations. Elle l'a pourtant accueillie comme un coup imprévu, s'est redressée, sur la défensive, a croisé les jambes et tendu les bras, comme pour se protéger d'un ennemi invisible, avant de remuer doucement la tête d'un côté à l'autre.

« Ça, je n'ai pas envie de te le raconter. De toutes les conneries que j'ai faites, c'est la seule que j'ai vraiment regrettée, la seule, de toute ma vie.

– Mais je ne vois pas pourquoi, ai-je protesté, plus surprise que déçue par son refus. S'ils t'ont forcée à le faire, tu ne...

– Ils ? m'a-t-elle interrompue, avec une certaine violence dans son regard. Qui, ils ?

– Ta famille, non ? Ta mère, la mienne, je ne sais pas. J'ai toujours cru qu'ils t'avaient forcée à le faire.

– Moi ? » Le sarcasme a tordu ses lèvres, transformant son ébauche de sourire en une moue grotesque. « Réfléchis un peu, Malena. Dans cette maison, il n'y a jamais eu personne d'assez culotté pour m'obliger à faire quoi que ce soit, à partir de mes dix ans. » Son expression est devenue plus douloureuse et plus douce à la fois. « Je l'ai fait de mon propre chef, et c'est pourquoi je m'en repens tellement à présent.

– Mais pourquoi, Magda ? Je ne comprends pas.

– Je me sentais acculée, acculée, et il me fallait une porte de sortie, un chemin qui me conduirait jusqu'ici, jusqu'à l'oubli. J'aurais pu choisir une autre solution, mais la tentation était trop forte, et je n'ai pas pu résister. La vengeance est comme l'amour platonique, tu sais, tu en caresses le projet en rêve, nuit après nuit, pendant des années, tu y penses, tu la désires, tu te lèves avec des idées en tête, tous les matins, tu ris toute seule dans la rue en entrevoyant le grand jour, et après... Après, le moment favorable se présente, l'occasion rêvée, tu en profites, tu te venges, et le zénith de ta vie est passé, tu n'es plus rien, une ruine commune, comme les autres, et même, plus insignifiante. »

À ce moment-là, j'ai reconnu le bruit d'une moto qui roulait sans pot d'échappement et j'ai bientôt senti une odeur de poussière qui m'a fait tourner la tête en direction du sentier, où j'ai aperçu un grand nuage marron.

« Voilà qui est bien ! a fait Magda en se levant pour aller accueillir son visiteur. Curro arrive à point nommé pour me sauver, comme toujours. »

Curro était grand, brun, plaisant, et un peu plus jeune que moi. Il était élancé, sec, et sa peau mate était de celles qui ont l'air bronzées même par les soirs d'hiver pluvieux, il avait la souplesse de ceux qui font de l'exercice sans le vouloir, dans leur travail de tous les jours. J'ai pensé qu'il pouvait être pêcheur, et je ne me suis pas trompée de beaucoup. Il avait travaillé à la criée aux poissons pendant des années, et il tenait à présent un bar dans le port de plaisance du village, un petit local avec une grande terrasse comble tout l'été, qui arrivait à survivre à l'hiver. Magda me le présenta comme son associé, et je n'ai tout d'abord pas osé imaginer qu'il pût être pour elle autre chose et, encore une fois, je ne me suis pas trompée de beaucoup, ce dont je me suis rendu compte quand elle lui a caressé le dos du plat de la main. Alors le peintre est réapparu, sa toile blanche sous le bras, le fusain intact entre les doigts.

« Ce n'était pas le bon jour, on dirait ? lui a lancé Magda, et il a remué la tête, sourire aux lèvres. Nous allons préparer le repas, d'accord ? Je crois que nous devons tous avoir faim. Viens m'aider, Malena, laisse-les mettre la table. »

Tandis que j'effeuillais une laitue et que je la mettais à tremper, Magda a fait frire les fleurs de courgette et m'a parlé à voix basse des deux hommes. Le plus âgé s'appelait Egon, il était autrichien et avait été son amant pendant de nombreuses années, il avait voulu l'épouser, mais elle s'y était refusée, ils avaient rompu, et il était retourné à Graz : « Une charmante petite ville, disait-elle, mais ennuyeuse à mourir, j'y suis allée plusieurs fois, et je ne m'y suis jamais sentie bien. » Elle était restée longtemps sans nouvelles de lui, mais, depuis deux ans, il venait la voir de temps en temps, et il faisait de longs séjours à la métairie. Il n'était pas peintre de profession, mais directeur d'un petit laboratoire pharmaceutique, dont lui et sa sœur avaient hérité.

« Nous nous sommes toujours très bien entendus, maintenant, nous sommes de bons amis.

– Et Curro ? ai-je demandé sans prendre la peine de dissimuler mon sourire.

– Curro ? a-t-elle répété, et elle s'est interrompue, juste après avoir prononcé son nom. Eh bien, Curro... C'est autre chose. »

Nous sommes sorties dans le patio en riant, et nous n'avons pas cessé de rire pendant le repas. Magda accusait d'un coup les effets de tous les verres qu'elle avait bus au cours de la soirée, et elle se consacra à évoquer, à haute voix, ce qui avait fait mon charme d'enfant. Nous avons peu mangé, beaucoup bu, et tout s'est terminé par des chansons. Le temps a passé si vite que, quand j'ai regardé l'heure, après la mémorable version de *Volando voy* qu'Egon a interprétée sans pouvoir éviter une seule erreur dans les genres, j'ai constaté que j'avais un retard de deux heures sur mes prévisions.

« Il faut que je m'en aille, Magda. Reina est seule à l'hôtel, avec les deux enfants, et je ne veux pas arriver trop tard. Je reviendrai demain, avec Jaime. »

Elle m'a embrassée avec une fougue étonnante, comme si elle doutait de la sincérité de mes derniers mots, mais, un instant plus tard, elle a posé une bise légère sur ma joue.

« Il se peut que Curro reparte maintenant au village, a-t-elle dit en regardant le garçon. Il pourrait t'accompagner à l'hôtel.

– Bien sûr, a-t-il répondu en bondissant comme un ressort. Je te raccompagne volontiers, mais... » Sa voix a tout à coup perdu de l'assurance, et j'ai senti quelque chose de forcé dans son intonation : « Mais... En fait, je pensais rester ici.

– Ah, bon ! s'est exclamée Magda en essayant de masquer sa satisfaction sous une expression de surprise admirablement feinte. Tu peux rester, bien sûr.

– Je suis venue en voiture, ai-je déclaré. Elle est garée en bas, près du bar. Ce n'est pas la peine de m'accompagner, c'est tout près.

– Attends un moment, m'a demandé Magda, et elle s'est une nouvelle fois tournée vers Curro : Tu peux venir me chercher au bar en moto dans... disons, une demi-heure ? » Il a hoché la tête, et elle s'est pendue à mon bras. « Alors, je viens avec toi, Malena, ça me fera du bien de marcher un peu, ça fera descendre les côtelettes. »

Nous avons fait quelques mètres sans dire un mot, mais à peine avons-nous été hors de vue qu'elle m'a saisie par le bras et a éclaté de rire avec un plaisir qui m'a réjouie.

« Celui-là, alors, quel gigolo ! Tu ne peux pas savoir ! Il n'a pas le moindre égard pour moi, mais enfin, je ne peux pas lui en vouloir, il a vingt-neuf ans, et, de toute évidence, je ne peux pas être la femme de sa vie.

– Qu'importe. » Elle m'a interrogée du regard, et je me suis expliquée : « Qu'il vaille quelque chose ou non, qu'importe ; qu'il se conduise comme un fils de sa mère ou comme un galant homme, quelle importance ? Ce qui compte, c'est ce que tu éprouves, toi. Et il te plaît, non ? »

Elle s'est arrêtée, et m'a obligée à m'arrêter avec elle, m'a pris la tête entre ses mains, en riant comme si j'avais dit quelque chose de très drôle ; depuis que nous nous étions retrouvées, c'était la première fois qu'elle semblait vraiment heureuse.

« Tu sais ce qui me fascine le plus, Malena ? C'est que tu aies grandi comme ça, que tu puisses me parler comme tu viens de le faire, toi qui, ce matin, avais encore onze ans ; même si Tomás et ton père me donnaient souvent de tes nouvelles, pour moi, dans le fond, tu étais restée la même, telle que je t'ai vue, la dernière fois, dans ce taxi. J'ai toujours su que, si nous nous revoyions un jour, nous nous entendrions, nous nous étions trop aimées pour que je puisse envisager le contraire, mais maintenant, quand je t'entends parler, je ne peux y croire, Malena, je ne peux y croire. »

Nous nous sommes remises à marcher, tout doucement, sur la pente raide qui descendait comme un toboggan, c'était agréable de sentir dans son dos la brise estivale, l'odeur de la mer, sans presque rien en voir.

« Pourquoi ne t'es-tu jamais mariée, Magda ?

– Hou ! fit-elle, d'un éclat de rire à un autre. Avec qui ? Ceux qui ont voulu m'épouser étaient tous des imbéciles, et ceux qui baignaient dans le beurre ne cherchaient pas précisément une femme comme moi. Et puis, je me suis mariée avec Dieu ! Où aurais-je pu trouver un meilleur parti ? Je n'aime pas les enfants. J'aurais pu en avoir un, une fois, il y a quelques années ; il m'arrive de me dire que renoncer à lui a été une erreur, mais même à présent, quand plus rien n'est possible, je sais que je ne me suis pas trompée. Je n'aurais jamais fait une bonne mère.

– Tu aurais fait une excellente mère, Magda. Tu en as été une pour moi.

– Non, Malena, ce n'est pas la même chose. As-tu avorté, un jour ?

– Non. J'ai été sur le point de le faire. J'ai envisagé la chose, de nombreuses fois, j'en suis même arrivée à demander le numéro de téléphone de deux cliniques. Je ne suis pas une bonne mère moi non plus, Magda, je le savais dès le commencement.

– Ton fils n'est certainement pas de cet avis.

– Pourquoi dis-tu ça ?

– Parce que tu l'as mis au monde, Malena, parce que tu l'as choisi comme je t'ai choisie, toi, et quand il sera grand, il dira ce que tu me disais il y a un moment. Mais moi, je ne l'ai pas mis au monde, et c'est pour ça que je peux dire que je n'aurais pas été une bonne mère. Ça a l'air idiot, mais c'est vrai et tout est mieux ainsi.

– Bon, ai-je dit, tu peux toujours être la bonne grand-mère de mon fils. »

Elle a ri, et j'ai pourtant regretté mes paroles.

« Pardonne-moi, Magda, je ne voulais pas dire ça.

– Et pourquoi pas ? J'ai une amie, au village, une fille très jolie, elle te plairait, et qui est à peine pire que moi ; elle s'appelle Maribel et elle est de Valencia, elle vivait déjà ici quand je suis arrivée, c'est une des premières personnes que j'aie connues dans le patelin et nous nous sommes bien entendues. Il y a trois ans, sa fille est morte du sida, c'était une junkie, et elle a pris sa petite fille en charge, une enfant de six ans qui s'appelait Zoé avec un triple accent sur le *é*, jusqu'au jour où sa grand-mère l'a appelée María, et la petite est toute contente parce que les autres enfants ne se moquent plus d'elle à l'école. Nous sortons ensemble, nous allons à la plage, faire des pique-niques, à Almería, et nous emmenons souvent María avec nous, et si tu veux que je te dise la vérité, j'envie un peu Maribel, je préfère être grand-mère que mère, et j'ai l'âge qu'il faut pour ça. Gâter un enfant, mal l'élever, lui faire passer des nuits blanches, lui laisser voir les films interdits, lui faire manger du saumon fumé, lui remplir la tête d'idées folles, subversives, et le donner de temps à autre à ses parents pour qu'ils le renient me paraît beaucoup plus amusant que de l'élever, je parle sérieusement. Comment ça se passe, avec ta mère ?

– Bien. Elle le voit moins souvent que sa cousine, qui vit avec elle, et puis, honnêtement, ma mère se fait une idée de son rôle de grand-mère très différente de la tienne ; elle est beaucoup plus rigide que moi et passe sa vie à me reprocher de ne pas savoir imposer une discipline. Moi, ça m'est égal, si un jour il ne prend pas son bain, ou s'il ne dîne pas tous les jours à la même heure, et même si je le couche tôt pour qu'il me foute la paix, s'il se plaint qu'il n'a pas sommeil, je le laisse lire, et je ne lui dis rien quand il parle seul. Elle ne comprend pas ce genre de chose, et ma sœur pas davantage ; moi, je n'aime pas les bettes, et il a aussi le droit de ne pas les aimer, non ? je ne vais pas le forcer à en manger pour qu'il vomisse dix minutes après, enfin, tu vois...

– Moi, je les haïssais, Malena. »

Elle s'était arrêtée au milieu du chemin. Elle m'a regardée, je l'ai regardée, et, renonçant à mes yeux de chair pour ceux du souvenir, et du cœur, et des tripes, j'ai senti ma gorge se nouer, parce que je l'aimais, que j'avais besoin d'elle, et que j'aurais aimé l'avoir à mes côtés pendant toutes ces années, auprès d'elle, la désolation n'aurait sans doute été qu'un léger contretemps. Mais quelqu'un m'avait volé son image, quelqu'un avait brisé mon seul miroir, dont les débris m'avaient valu beaucoup plus que sept ans de malheur.

– Moi, je t'aime, Magda », ai-je dit. Elle s'est assise sur une pierre et a continué :

« Je les haïssais, et c'est pour ça que je me suis faite sœur, pour ça, et parce que j'étais acculée, bien sûr, il fallait que je m'éloigne, d'une manière ou d'une autre, parce qu'elles m'avaient mise en cage, je les haïssais plus que tout au monde. »

Je me suis assise près d'elle, et je l'ai écoutée sans rien dire, sans l'interrompre une seule fois, parce que livrer cette histoire semblait presque au-dessus de ses forces. Elle parlait par à-coups, bafouillait, mangeait ses mots, tandis que je lui serrais la main de temps en temps, pour lui faire comprendre que rien de tout ce qui avait pu se produire, avant ou après le couvent, ne pouvait rien changer à ce qu'elle avait semé en moi.

« Tout est venu de ta mère, et je le lui ai pourtant dit, je le lui ai demandé : " Je t'en prie, Reina, rien de tout ce que tu fais n'y changera rien, alors il vaut mieux que tu ne fasses rien " ; c'est ce que je lui ai dit, mais je n'ai pas eu besoin de la regarder davantage pour comprendre que je n'arriverais pas à la convaincre, quoi que je puisse dire, parce qu'elle était redevenue une belle image, comme cette nuit-là, une belle image semblable à celle de naguère, mais beaucoup plus redoutable, parce que, alors, je n'avais même pas à la regarder pour la reconnaître. " Et ma conscience ? ", m'a-t-elle dit en se tordant les mains, les yeux couverts d'un voile gris, pour l'autre fils de sa mère, c'était aussi une affaire de conscience. À lui aussi, je lui avais demandé de ne rien dire, et c'est là que j'ai fait une erreur, je n'aurais sans doute rien dû lui demander, parce que je ne le connaissais que trop bien, tous les sbires de ma mère étaient coulés dans le même moule, je n'aurais pas dû aller le voir, j'aurais pu choisir n'importe quel autre médecin, il y en a des millions. " Sais-tu à quoi sert ce qui est implanté dans ton utérus ? " m'a demandé ce pauvre con. " Bien sûr, que je le sais, lui ai-je dit. Vous me prenez pour une imbécile ? " " Ça ne t'a servi à rien, de le savoir, m'a-t-il dit comme si ça lui faisait le plus grand plaisir. Il est partagé en deux, mais ce n'est pas ça la cause de tes souffrances. " Et, pendant ce temps, il me regardait en souriant jusqu'aux oreilles, comme pour me dire : " Tu sais, ma belle, tout crime se paie toujours. " Je crache sur sa tombe, à ce fils de sa mère ; il s'appelait Pereira ; je ne l'oublierai jamais. Je le vois encore : " Je sais que votre situation est un peu délicate, puisque vous n'êtes pas mariée, que je sache ? " Alors, je lui ai demandé de ne rien dire, je lui ai rappelé le serment d'Hippocrate, j'ai parlé et parlé avec lui, comme une conne, et pour finir je me suis heurtée à la même formule : " Et ma conscience ? m'a-t-il demandé. Vous ne devez pas oublier que nous autres, médecins, nous avons aussi une conscience. " Le fils de sa mère ! Qu'est-ce que ça pouvait bien lui foutre, j'aimerais bien le savoir, et pourtant, ça n'a pas été lui, le pire, non, parce qu'il aurait pu appeler ma mère, mais il s'est borné à y faire allusion devant la tienne, qui m'attendait à la sortie ; et ç'a été ta mère, Malena, qui... ç'a été elle. " De qui est-il ? ", m'a-t-elle demandé ; c'était tout ce qui importait, à ses yeux. " De qui il est, ça n'a aucune espèce d'importance ", lui ai-je dit, mais elle a continué à me harceler, sans relâche : " Il faut que tu me dises de qui il est, de qui il est, de qui il est... ", et j'aurais pu lui raconter n'importe quoi, tu penses, et j'ai été à deux doigts de le faire, de sourire, de battre des cils une ou deux fois, et de lui dire avec une expression modeste, une voix douce : " Tu sais, ma chérie, il est de ton mari, c'est presque comme si c'était le tien ", mais je ne l'ai pas fait, bien entendu, parce que je croyais qu'elle ne méritait pas ça, et même à présent, si je devais tout recommencer, je ne le ferais pas, parce que ta mère me fait encore de la peine, d'avance, c'est comme ça, avec les belles images, qu'elle aille au diable ; et puis, l'enfant pouvait être de Jaime, mais ce n'était pas sûr, il aurait pu être de trois hommes, comment aurais-je pu savoir qui avait mis le polichinelle dans le tiroir, et je n'avais pas la moindre envie de me lancer dans les calculs... C'est ce que j'ai dit à papa, que je ne pouvais garder un enfant qui avait été conçu par pur hasard, sans que je puisse savoir qui était le père, mais il ne me l'a pas pardonné. “ Nous aurions pu l'élever à Almansilla, disait-il tout le temps. Tu aurais dû m'en parler avant ”, c'était cela qui le blessait, surtout, que je ne le lui aie pas dit, que ma mère l'ait su avant lui, que je sois allée à Londres sans rien lui dire, c'est cela qui lui a fait mal, parce que je leur avais donné une arme dont elles pouvaient se servir contre lui, et ma mère s'en est servi à satiété. “ Même la pute de ton père n'a jamais fait une chose pareille, tu m'entends ? Même pas elle ! ”, a-t-elle hurlé quand je suis revenue, et lui aussi l'a entendue, c'était vrai, Teófila avait mis tous ses enfants au monde, et les avait élevés dans des conditions bien pires que les miennes, mais c'est que Teófila était elle aussi une sainte, à sa manière, et pas moi... Mon père n'a jamais pu le comprendre, il est parti à Cáceres, où il est resté six mois d'affilée, et il a accepté que ma mère me coupe les ailes. “ Pas un sou, a-t-elle dit. Pas un sou, tu m'entends ? ” Pas un sou, et je suis restée sans un sou, comme ça, du jour au lendemain, elle m'a retiré mon compte courant, mon allocation, et m'a déshéritée, et mon père n'a rien fait pour l'en empêcher, et elle ne m'a pas renvoyée de la maison parce qu'elle préférait m'avoir sous sa griffe, enfermée dans ma chambre, sans savoir que faire de mes jours et de mes nuits, parce que j'avais déjà trente-quatre ans, et je ne pouvais rien faire sans l'argent qui m'était tombé du ciel depuis toujours, l'argent de mes voyages, de mes sorties, de mes vêtements, de mes distractions, en définitive, je n'avais qu'à tendre la main, et il tombait tout seul, jusqu'au moment où elle a fermé le robinet, et où je n'ai plus su que faire... Jusqu'à présent, l'histoire est claire, tu peux facilement te mettre à ma place, mais à partir de maintenant, elle va être plus difficile à comprendre, je te préviens, et tu vas devoir l'accepter telle qu'elle est, parce que j'aurais pu prendre une décision digne, me mettre au travail, quitter la maison, gagner ma vie comme tout le monde, c'est ce que j'aurais dû faire au lieu de rester là à tout encaisser, à voir ma mère se signer chaque fois qu'elle me croisait dans le couloir, assister à la victoire qu'elle remportait sur moi et sur mon père qui, entre tous ses enfants, n'avait réussi à séduire qu'une criminelle congénitale comme moi ; j'aurais dû partir, mais je ne l'ai pas fait parce que je n'avais aucune envie de le faire, aucune envie de travailler, ni de gagner ma vie, ni de devenir une femme normale, de sortir mon manteau de vison une fois tous les deux ans et d'emprunter pour pouvoir boucler les fins de mois ; ce n'est pas que je trouvais ça déshonorant, c'est que, tout simplement, cette vie n'était pas faite pour moi, et je n'aurais pas pu être pauvre, parce que je n'ai jamais été meilleure, mais pire que ton père... " Fais un mariage d'argent ", m'a-t-il conseillé ; c'est à peu près le seul ami que j'aie conservé en ces temps difficiles. " Moi, je l'ai fait, et ça m'a réussi " ; l'idée ne m'a pas paru mauvaise, mais je n'ai pas été capable de trouver un candidat. C'est alors que Tomás m'a annoncé la grande nouvelle : il avait appris par notre beau-frère, le mari de María, qui travaillait à la mairie d'Almansilla, que ma mère était en train de signer les papiers pour tout vendre : terres, fermes, maisons, tous ses biens, et nous léguer sa fortune de son vivant, pour être bien sûre que pas une miette de son patrimoine ne pourrait tomber aux mains de l'un ou de l'autre des enfants de Teófila, et elle se défiait du testament de mon père. C'est alors que j'ai commencé à apercevoir une lueur : ma mère, par un chemin détourné, allait résoudre mes problèmes, son argent allait m'aider, moi, à tirer les marrons du feu. J'ai eu une grande crise de conscience. Je suis restée une semaine enfermée dans ma chambre, allongée sur mon lit, à feindre de pleurer sans arrêt, je refusais de manger, je me répandais nuit et jour en soupirs, et quand je suis sortie, je lui ai demandé de l'argent pour aller chez le coiffeur, je me suis fait couper les cheveux, ou plutôt raser comme un conscrit, et, au retour, je me suis jetée à ses pieds, et je l'ai suppliée de me pardonner, je lui ai dit que mes remords m'empêchaient de vivre, que je mourrais de peine et de repentir, que ma vie s'était transformée en un cauchemar, que me lever le matin n'avait plus aucun sens pour moi, que je devais trouver une issue pour le reste de ma vie, et qu'il fallait qu'elle me vienne en aide, parce qu'elle était la seule qui pouvait le faire, qui pouvait m'aider à me délivrer de l'infâme fardeau de ma faute... Je n'ai pas eu trop de peine à la convaincre, heureusement, et je songeais déjà au couvent ; en fait, j'y songeais depuis le début, mais c'est elle qui en a parlé la première, elle, la virago ; et alors, mon père a refait son apparition, il a rappliqué en courant, parce qu'il n'y croyait pas, il n'y a jamais cru. " Que fais-tu, Magda ? Tu es devenue folle, ou quoi ? " ; et si, à ce moment-là, j'avais eu recours à lui, si je lui avais dit la vérité, il m'aurait aidée, je suis sûre qu'il se serait mis de mon côté, mais je ne l'ai pas fait parce que je n'avais aucune envie de tout arranger gentiment, au contraire ; je voulais me venger, en finir avec elles une bonne fois pour toutes, effacer de mon avenir jusqu'au souvenir de son nom, et de toute façon, je n'aurais pas réussi à arranger les choses gentiment, parce que, tôt ou tard, tout aurait recommencé ; je n'ai donc pas dit la vérité à mon père, et il ne m'a pas crue, il ne l'a jamais cru, pas un seul instant, je ne me le pardonnerai jamais, il ne méritait pas que je lui mente ainsi, et je lui ai menti ; il ne méritait pas que je le trahisse, et je l'ai trahi... Ton père, d'emblée, m'a dit, lui aussi, que c'était une folie : " Ce n'est qu'une année, Jaime, peut-être moins " ; il m'a répondu qu'un an, c'était beaucoup, que c'était trop, que je ne le supporterais pas, que ça ne valait pas la peine, et qu'ils auraient ma peau. Mais j'étais déterminée à le faire, et je l'ai fait ; je préfère glisser là-dessus, parce que au bout du quatrième jour, je grimpais déjà aux murs, je n'en pouvais plus de dégoût, de rage, d'ennui, et je mourais d'envie de prendre la porte et de partir, déshéritée, sans le sou, mais libre... Je croyais que la haine était un sentiment plus profond, aussi profond que l'amour ; c'est ce qu'on raconte, et cependant, ce n'est pas vrai, ou du moins, je ne l'ai pas perçue comme ça, peut-être ai-je trop aimé, peut-être n'ai-je pas assez haï, mais je ne pouvais tirer aucune sorte d'énergie de ma propre destruction, comme cela m'était arrivé une fois, la seule fois où j'avais été amoureuse, et je ne savais pas attendre, je ne pouvais me considérer comme l'outil précis et insensible de ma haine, je ne pouvais considérer ma vie comme un instrument destiné à une fin bien déterminée ; l'amour a pu faire bien autre chose que cela de moi, mais pas la haine ; enfin, quoi qu'il en soit, je me suis évadée de justesse... Pendant la semaine sainte, maman m'a annoncé que j'allais hériter de son vivant, et je me suis sentie obligée de faire un peu de zèle, de refuser son argent, en alléguant mon vœu de pauvreté, et quand elle a dit que ça lui semblait bien, j'ai cru que j'allais me trouver mal, tomber raide sur place ; mais mon père s'y est opposé formellement, alors qu'il ne savait rien, qu'il ne connaissait pas mon projet; ça ne l'a pas empêché de veiller sur moi, et il n'a rien voulu entendre : « Qu'elle soit sœur, c'est un chose; qu'elle soit morte, c'en est une autre », a-t-il dit, et j'ai hérité, et je suis là... Le jour où j'ai quitté le couvent, je me suis sentie à la fois exaltée et abrutie, comme si j'avais fumé de l'opium pendant une semaine, ton père s'en est rendu compte au premier regard, et s'est mis à rire. « Aujourd'hui, oui, tu ressembles à l'épouse du Christ », m'a-t-il dit. Je n'ai vu que lui, à Madrid, il m'avait toujours aidée, et il a couru bien des risques, pour moi : c'est lui qui a trouvé la métairie, qui est venu la voir, et qui a signé en son nom pour que je puisse l'acheter; quand je sentais que je n'en pouvais plus, je l'appelais, sous un prétexte ou sous un autre, et il me faisait rire, au téléphone, pendant des heures entières; c'est pour ça que je me suis dit qu'il méritait une récompense, et puis, j'en avais envie... Ce matin-là, je suis allée directement le trouver, encore habillée en nonne, et il a deviné mes intentions en un clin d'œil, de sorte que je n'ai même pas eu à lui faire de proposition; il savait que ce jour était le grand jour, que cette heure était l'heure entre toutes les heures, et il savait aussi que son autre... projet, disons, ne se réaliserait jamais, que jamais il ne pourrait le faire avec sa femme et avec moi en même temps, que tous ses efforts, toutes ses séductions, tous ses pièges seraient vains, que je n'accepterais jamais, et il savait aussi très bien pourquoi, et que, le cas échéant, écoute bien ce que je te dis, Malena, ta mère, mise au pied du mur, sous la menace, aurait accepté, mais pas moi; moi, il n'aurait jamais pu me convaincre, et que s'il avait essayé, une seule fois, même sous forme de plaisanterie, cette fois-là aurait été la dernière et dans les siècles, des siècles amen, il le savait, mais pour l'habit de religieuse, qui lui faisait tant d'effet, ça m'était égal, alors, je lui ai passé ce petit caprice, le dernier, et la dernière chose que j'ai faite à Madrid, ç'a été de coucher avec ton père dans mon habit religieux, alors que j'étais encore une moniale, et puis, j'ai disparu... Au début, je pétais le feu, j'étais satisfaite et contente, je croyais que tout avait bien tourné, je me suis fait des amis en vitesse, j'ai pris quelques amants, je m'amusais, j'avais de l'argent et je le dépensais, c'était ce que j'avais voulu et c'était ce que j'avais, et j'ai vite été rassasiée de vengeance, parce que je n'ai pas pu voir la tête de ma mère quand elle a lu la lettre que je lui ai envoyée, ni la tête de la tienne, et imaginer sa honte, l'irréparable dommage que mon dernier péché avait infligé à sa réputation, n'a jamais pu compenser tout ce que j'avais subi... Plus tard, j'ai écrit à mon père, bien sûr, une très longue lettre, dans laquelle je lui ai tout raconté, tout ce que je pouvais lui raconter sans gâter davantage les choses, et il a été horrifié : " Qu'avons-nous fait de toi, ma fille ? " m'a-t-il dit au téléphone, et la première fois que nous nous sommes revus, quand nous avons passé une semaine ensemble à Mojácar, il m'a dit qu'il ne voulait plus parler de ça, mais il s'est employé à me décrire l'une après l'autre toutes les fautes qu'il avait commises dans sa vie, et il ne m'a pas reproché autrement les miennes... Et ce qu'il a essayé de me faire entendre, je ne l'ai compris que plus tard : qu'en fait, je n'avais rien obtenu d'autre que de l'argent, ce n'était pas tant ce que j'avais laissé derrière moi qui comptait, c'est que je n'avais rien, de grand ou de petit, devant moi, seulement la mer, c'est du moins ce que j'ai cru, un temps, jusqu'au moment où le courage m'a manqué pour sauter le pas, j'ai raté le dernier rendez-vous, et moi aussi je me suis mise à faire des rêves bizarres, et, depuis ce temps-là, je vis en cette compagnie, je fais chaque nuit les rêves de mon père, et je le vois à Madrid, absolument seul, sans Pacita et sans moi, qui se fracasse la tête à coups de pavé en souriant, assis dans son bureau, entouré de cadavres, ceux de ses femmes mortes et ceux de ses enfants, et il ne manque que Pacita et moi, toujours, mais lui est vivant, il pleure, et il souffre sans cesser de sourire, et de temps en temps il m'appelle : " Magda, viens, Magda ", dit-il, et je n'apparais jamais, je le vois, je me dis qu'il faut que j'y aille, mais je ne peux pas bouger, je ne sais même pas où je suis, je sais seulement que je le vois et que je devrais aller vers lui, mais je n'y vais pas, et il continue à m'appeler, il m'appelle toutes les nuits, presque toutes.

– Non, Magda, ai-je crié, folle de rage, il ne t'appelle pas, il ne peut pas t'appeler. "

Elle s'est tournée brusquement vers moi, m'a saisie par les poignets en me serrant très fort, j'ai senti ses ongles entrer dans ma chair, et aussi son haleine avinée quand elle a crié, tout près de mon visage :

« Oui, il m'appelle, Malena ! Il m'appelle toutes les nuits et je n'y vais pas, je n'y vais pas...
– Tu y es allée, Magda, lui ai-je expliqué, en essayant de conserver mon calme. Une nuit, rue Martínez Campos, alors qu'il était mourant, tu as été près de lui. Tomás m'avait interdit d'aller le voir, mais je l'ai fait quand même, et il s'est réveillé, un instant. Il m'a demandé si j'étais toi, et je lui ai répondu oui. »

Quand j'ai ouvert la porte de la chambre, mon cœur battait très vite, et j'étais très fatiguée, mais je n'avais pas sommeil. Je me sentais à la fois triste et contente, comme si les larmes et les rires que mes oreilles, pendant des heures, avaient captés dans la voix de Magda s'étaient enfin dissous en moi, comme si, depuis toujours, ils m'avaient convoitée, comme un abri sûr, définitif, et ils prenaient place en moi, cependant, ma pensée vagabondait, et je ne pensais à rien de particulier en ouvrant la porte de communication entre la chambre de Reina et la mienne, ni lorsque j'ai pris Jaime dans mes bras et que je l'ai porté jusqu'à mon lit, je n'ai même pas pensé à me laver les dents, ni à me démaquiller, ni à me mettre de la crème, je ne pensais à rien de particulier, mais quand je me suis regardée dans le miroir de la salle de bains, et que j'ai vu mon visage, alors, sans y penser, j'ai su.

Ma sœur a mis très longtemps à se réveiller, alors que je la secouais sans ménagement en l'appelant, la lampe de la table de nuit que j'avais allumée lui éclairait directement le visage ; elle a fini par ouvrir les yeux pour m'adresser un regard atterré.

« Qui est-ce ? Que se passe-t-il ? » Elle parlait d'une voix entrecoupée, en haletant, et clignait des yeux pour se protéger de la lumière, jamais elle ne m'avait semblé à ce point sans défense. « Ah ! Malena ! Tu m'as fait une de ces peurs !
– C'est toi, n'est-ce pas, Reina ?
– Qui ? Je ne sais pas, mais que dis-tu ? Il doit être six heures du matin...
– Il n'est que deux heures et quart, et elle, c'est toi, la petite amie de Santiago, c'est toi, n'est-ce pas ? »

Elle ne m'a pas répondu. Elle a fermé les yeux comme s'ils lui faisaient très mal, elle a tourné l'abat-jour jusqu'à ce que la lumière fût dirigée vers le mur, elle a retapé les coussins et s'est assise dans son lit.

« Ce n'est pas ce que tu crois, m'a-t-elle dit, je suis amoureuse de lui, amoureuse, tu sais ? Et cette fois, c'est sérieux, je dirais même... Je crois que c'est la première fois que ça m'arrive depuis que je suis adulte. »

Le lendemain matin, Reina est retournée à Madrid avec sa fille. Je suis restée chez Magda, avec Jaime, jusqu'au début du mois de septembre.

Chaque matin, en me réveillant, j'avais un peu plus de mal à fixer la date du retour. Nous étions bien, là, et sans rien faire de particulier, nous faisions des choses différentes tous les jours. Jaime s'entendait très bien avec María, et devint vite ami avec les petits-enfants du patron du bar voisin, qui montaient souvent le soir à la métairie pour jouer avec lui. Contrairement à mes prévisions, et pour une fois en accord avec mes désirs, son premier contact avec Magda déchaîna un amour fulgurant, sans doute parce qu'elle n'était pas disposée à renoncer à l'affection de ce petit-fils tardif et imprévu, et qu'elle la cultiva avec toutes sortes de pièges dans lesquels mon fils donnait tête baissée. Je me tenais à l'écart de leurs secrets, de leurs petits pactes, et feignais parfois de prendre ombrage de ces cajoleries, pour voir comment Jaime riait de mes protestations. Je me sentais bien quand je les voyais ensemble, dessiner, commenter les dessins animés à la télé, ou lire un conte en prenant les voix de l'ogre et de la princesse. Un matin, alors que je prenais un bain de soleil sur la plage avec Maribel, Egon et quelques-uns de ses amis, j'ai vu Magda nue, assise sur le sable, et Jaime avec elle, qui se frottaient mutuellement les paumes, geste dont je ne pus découvrir le sens, de loin. Je me suis levée et je me suis approchée d'eux, j'ai vu qu'ils faisaient glisser le sable humide entre leurs mains pour le laisser tomber en pluie d'une certaine hauteur sur la plage, élevant ainsi, comme au hasard, les murs d'une forteresse de film d'épouvante. Ils ne m'avaient pas aperçue, je me suis assise non loin d'eux, discrètement, pour les regarder, longuement, sans rien dire, et les écouter, alors, j'ai ressenti une étrange paix, que je ne saurais décrire avec précision. J'ai regardé le corps de Magda, doux et avachi, les rides de son visage, une à une, j'ai retrouvé son sourire dans le sourire de mon fils et dans son regard, captivé par le pouvoir soudain de ses mains, et je n'ai plus eu peur de vieillir.

Cette nuit-là, au moment où nous allions nous coucher, j'ai dit à Magda que j'avais envisagé de passer le reste de l'année ici.

« Nous pourrions faire inscrire Jaime à l'école où va María, à El Cabo, Maribel m'a dit qu'il restait des places, et moi, je trouverai certainement...

– Non.

– ... du travail quelque part, ai-je poursuivi, comme si je ne l'avais pas entendue. Avec tous les étrangers qui vivent ici... »

Elle m'a interrompue une nouvelle fois, mais sans rien dire, en levant la main droite, comme on le fait pour demander la parole, et je la lui ai donnée.

« Arrête, Malena. Tu ne vas pas rester ici.

– Pourquoi ?

– Parce que je ne te laisserai pas faire. Je sais que tu me manqueras beaucoup quand tu partiras en emmenant le petit, mais même si je savais que je ne devais pas vous revoir de ma vie, je ne te laisserais pas faire. Tu dois retourner à Madrid tout de suite, le plus tôt sera le mieux. J'y pense depuis bien des jours, et si je ne t'en ai pas encore parlé, c'est parce que je n'ai aucune envie que tu t'en ailles, mais il n'empêche que tu dois le faire, et tu le sais. Tu n'as aucune raison de rester ici, tu ne t'en rends pas compte ? Ici ne vivent que ceux qui n'ont aucun endroit où retourner, et ce n'est pas ton cas, et si tu te fâches et que tu repars, je n'aurai aucun chagrin, parce que tu ferais bien de regarder autour de toi, Malena, et tu verrais que tu es dans une souricière. Agréable, ensoleillée, et avec vue sur la mer, sans doute, mais une véritable souricière, la meilleure, peut-être et, de ce fait, la pire. Et puis, si vous restiez, Jaime finirait par avoir ma peau, je ne tiendrais pas le coup longtemps, à jouer à cachette quatorze heures par jour.

– Ça, c'est vrai. On dirait deux amoureux.

– C'est pour ça qu'il vaut mieux que vous partiez. Il

m'a promis qu'il viendrait passer ses vacances avec moi, tous les ans, et ainsi notre idylle durera éternellement. Mais il y a autre chose, Malena... Je ne voudrais pas que tu le prennes mal, mais je sais que tu t'entends bien avec ta sœur, et avec ton mari aussi, non ? Et moi, eh bien, je vis à l'écart du monde, mais pas au point de ne pas voir certaines choses. Si j'ai bien compris, tu as abandonné le domicile conjugal, et le fait que ce soit à présent ta sœur jumelle qui s'y trouve ne me semble pas de très bon augure, que veux-tu que je te dise, je ne sais pas comment t'expliquer ça... »

Je n'ai rien osé dire, mais j'ai lu sur son front et dans l'étirement ironique de sa bouche ce que cachait sa phrase inachevée, et, pour la première fois, je me suis sentie offensée par sa défiance, parce qu'il n'y avait rien, entre Reina et elle, pour me porter au soupçon.

Le soir qui a précédé notre départ, nous avons donné une fête, avec une foule d'invités, à laquelle personne n'a manqué. Jaime a obtenu la permission de rester avec nous tant qu'il ne tomberait pas de sommeil, et même Curro a fait de son mieux : deux heures avant le début de la soirée, il est arrivé avec les boissons, nous a aidées à faire les omelettes, et s'est conduit comme l'amphitryon consort. Le lendemain matin, je croyais être la première levée, mais Magda et Jaime avaient déjà pris leur petit déjeuner et m'attendaient dans le patio, au soleil, assis l'un près de l'autre, main dans la main. Les adieux ont été brefs, sans grandes manifestations ni grandes phrases, d'une tristesse sobre et pudique. Quand nous sommes montés dans la voiture, Jaime s'est couché sur la banquette arrière, et il a fait celui qui dort pendant une vingtaine de kilomètres avant de se redresser brusquement et de se mettre à parler d'une voix pâteuse qui m'a dévoilé qu'il avait pleuré.

« Et si elle meurt, maman ? Imagine-toi que Magda meure. Elle est très vieille, et si elle meurt maintenant, nous ne la verrons plus.

– Elle ne va pas mourir, Jaime, parce qu'elle n'est pas vieille, elle est âgée, mais elle n'est pas vieille, et elle en pleine santé et forte, non ? Tu crois que grand-mère Reina a l'air de quelqu'un qui va mourir bientôt ? » Il a remué la tête d'un côté à l'autre, et je me suis dit que je ne trouverais pas une meilleure occasion d'affronter le grand risque du retour. « Eh bien, Magda a le même âge qu'elle, ce sont des sœurs jumelles, pourtant, comment t'expliquer ça ?... Magda et grand-mère ne s'entendent pas très bien, tu sais, il y a longtemps...

– Je ne dois dire à personne que je la connais, a-t-il dit, je ne l'ai jamais vue et je ne sais pas où elle habite, nous avons passé les vacances chez des amis à toi... C'est ce que tu voulais me dire, non ?

– Oui, mais ce que tu ne sais pas, c'est comment...

– Elle m'a tout raconté, et je lui ai promis que je ne dirais à personne où se trouve notre cachette. Ne t'inquiète pas, maman. » Il a posé sa main sur mon épaule et j'ai regardé ses yeux dans le rétroviseur. « Je sais garder les secrets. »

Ces paroles m'ont tellement bouleversée que j'ai été incapable de réfléchir à mon avenir immédiat. J'ai conduit avec plaisir pendant plus de six cents kilomètres sur une route quasiment déserte, en regardant mon fils de temps à autre, étonnée par l'éternelle vigueur de certaines alliances, et tandis que je me demandais pourquoi j'étais incapable de regretter que Jaime eût lui aussi dans ses veines le sang de Rodrigo, j'ai été surprise d'apercevoir le panneau BIENVENUE À MADRID, comme si j'avais cru ne jamais le trouver. Je rentrais, c'était indéniable, mais je ne savais pas très bien où, et je me suis avisée que jusqu'à cet instant je ne l'avais pas compris parce que je ne voulais pas le comprendre. J'avais parlé deux fois au téléphone avec Santiago, et nos conversations avaient été brèves et courtoises, fades et tendres : nous allons bien, moi aussi, nous allons rester ici jusqu'à la fin du mois, je vais quinze jours à Ibiza, génial, oui, ton fils t'envoie un bisou, tu lui en fais un de ma part au revoir, au revoir. Il n'avait pas parlé de Reina, moi non plus, mais je me suis dit que de toute façon je devais rentrer à la maison, la maison de laquelle j'étais sortie, ne fût-ce, en définitive, que parce que personne ne m'avait dit qu'elle n'était plus la mienne, et s'il était certain que je l'avais abandonnée, il ne l'était pas moins que mon mari l'avait abandonnée avant moi.

Tandis que je considérais l'hypothèse improbable que Santiago s'en fût allé, et celle, plus probable, que la présence de l'un et de l'autre dans le domicile conjugal, un simple appartement de location, après tout, allait faire l'objet d'une discussion, j'ai vu sa voiture garée à quelques pas de la porte d'entrée. Jaime a lancé un cri de joie : « C'est la voiture de papa, regarde, maman, c'est la voiture de papa ! », et le monde m'est tombé sur la tête. J'ai eu l'impression de recevoir les rues, les maisons et tout le reste sur le dos, je me suis mise à transpirer alors qu'il ne faisait pas chaud, mes mains ont glissé sur le volant, mon corsage a collé à ma peau, et j'ai senti mon cœur battre entre mes seins. La panique n'a duré qu'un instant, mais a été très vive. Quand j'ai ouvert la portière et que je suis descendue de la voiture, j'ai constaté avec surprise que mes mains tremblaient encore, alors que j'étais sûre d'avoir retrouvé mon calme.

Jaime a déployé toute sa panoplie de gestes de joie tandis que nous montions l'escalier et attendions l'ascenseur, et son enthousiasme m'a fait plus mal que je ne l'aurais cru, même si je savais que je n'avais pas le droit de le lui reprocher. Je me suis souvenue d'avoir lu quelque part que les enfants sont en général beaucoup plus attachés à l'ordre normal des choses que les parents en le voyant courir dans le couloir pour atteindre plus vite la porte, appuyer sur la sonnette et frapper à la porte avec impatience jusqu'à ce qu'elle s'ouvrît. De l'autre côté, il y avait Reina. Jaime s'est pendu à son cou et elle l'a pris dans ses bras, l'a couvert de baisers jusqu'à ce que j'arrive à sa hauteur, à pas lents. Alors, elle lui a dit d'entrer, d'aller jouer avec sa cousine, puis elle a essayé de faire pareil avec moi, mais je l'ai évitée en me glissant entre elle et le montant de la porte, pour entrer dans une maison qui, je m'en suis rendu compte au premier coup d'œil, n'était plus la mienne.

« Tu dois trouver que tout a bien changé, n'est-ce pas ? »

Quand elle a osé dire ça, j'étais déjà au milieu d'un salon inconnu et vaguement familier à la fois, comme Los Angeles, où je suis sûre de n'avoir jamais mis les pieds mais que je reconnais au premier coup d'œil dans les films. L'entreprise de Santiago devait avoir commencé à faire des bénéfices depuis le mois de juin, parce que devant mes yeux se déployait une imitation bon marché de la double page d'un numéro de *Nuevo Estilo* : peinture ocre unie sur les murs, plinthes et plafonds blancs, stores plissés aux fenêtres, et un kilim dans l'angle formé par deux canapés à l'aspect avant-gardiste et inconfortable, revêtus, l'un d'un tissu orange clair, et l'autre d'un tissu rose pâle, deux tons qui, réunis, ne pouvaient théoriquement que jurer, mais qui formaient un ensemble harmonieux. Tandis que je me disais que je n'aurais jamais pu choisir cette combinaison de couleurs, j'ai remarqué d'où venait la touche spécifiquement féminine qui m'agaçait tellement depuis que j'avais mis les pieds dans la pièce : de la collection de vases tubulaires en verre soufflé posés sur les surfaces planes contenant tous la même fleur languide et rachitique, chère et très élégante. Alors, je me suis rendu compte que Rodrigo me souriait, du mur du fond, au même endroit qu'il avait occupé de mon temps, au-dessus de la fausse cheminée française qui, en revanche, était nouvelle.

« C'est incroyable, ai-je dit en allant à sa rencontre. Quand je pense qu'on raconte qu'il est impossible de trouver un entrepreneur à Madrid au mois d'août !

– Oui, a dit Reina, qui ne décollait pas de mes talons, c'est vrai, nous avons eu de la chance, nous avons trouvé les peintres par hasard. Mais que fais-tu ? »

J'ai souillé sans hésitation le tissu flambant neuf de coton coquille d'œuf de l'une des chaises de la salle à manger en posant dessus non pas un, mais deux pieds, et j'ai répondu, en me lançant à la rescousse de Rodrigo :

« Je prends ce tableau. Il est à moi.

– Mais tu ne peux pas faire ça, je croyais... »

J'ai décroché le tableau et éclaté de rire. Sur le mur, il y avait une paire de crochets supplémentaires et la peinture était écaillée. Mon mari n'avait jamais été un bricoleur émérite.

« Ce tableau est à moi, Reina. Grand-père me l'a laissé. » Je l'ai regardée et elle a baissé la tête. « Tu as hérité du piano, souviens-toi, tu es la seule qui aies appris à en jouer, et, de plus, en l'emportant, je vous fais une grande faveur. Vous avez une place où accrocher un Antonio López. C'est tout ce qui vous manque, ici.

– Santiago m'a dit que tu n'aimais pas ce tableau, et j'ai pensé qu'après tout, puisqu'il était avant chez maman...

– Tu mens, Reina. » J'ai appuyé le tableau contre le mur, j'ai remis la chaise à sa place, et je suis allée vers elle les bras croisés, en me plantant les ongles dans les paumes pour calmer mon indignation grâce à cette petite douleur d'urgence. « Ce tableau n'était pas chez maman. Il était au-dessus de mon lit, dans ma chambre, chez maman, et Santiago n'a jamais pu te dire qu'il ne me plaisait pas, parce que ce n'est pas vrai. Ce que je me demande, c'est si l'un de vous a eu l'idée de dire à l'autre, pendant ces travaux, pour quelle sacrée putain de raison c'est moi qui dois foutre le camp d'ici et vous y rester.

– C'est toi qui es partie. » Elle me regardait avec frayeur, avec les pupilles dilatées de son innocence éculée. « Nous pensions que tu avais d'autres projets.

– J'ai d'autres projets, mentis-je. Où est le portrait de grand-mère ? »

Je l'ai suivie dans le couloir jusqu'à mon ex-chambre. Comme la République n'avait pas un nom ronflant, on l'avait tournée contre le mur, à côté de trois valises bourrées à craquer.

« Mes vêtements, je suppose. » Reina a hoché la tête. « Et mes affaires ? Tu les as mises dans des sacs en plastique ou tu les as vendues à un chiffonnier ?

– Non, elles sont toutes ici, dans le bureau... J'ai cru que tu me remercierais de les avoir rangées, que ce serait moins désagréable pour toi. »

Une demi-heure plus tard, je franchissais la porte dans l'autre sens, le portrait de Rodrigo sous le bras gauche, mon vieux coffret et la petite boîte en carton gris contenant les deux cacahuètes dans une main, le portrait de grand-mère sous le bras droit, et, dans l'autre, au majeur de laquelle brillait un écrou de métal jaune, celle de Jaime, fâché parce qu'il aurait préféré rester dormir avec sa cousine.

« Demain ou après-demain, ou un de ces jours, je viendrai chercher mes fringues, mes livres et ce que j'ai mis dans les deux caisses qui sont dans le couloir.

– Tu ne veux rien prendre d'autre ? m'a demandé Reina, qui avait tenu à m'accompagner jusqu'à la porte.

– Non, ai-je répondu. C'est tout ce que je veux. »

Je suis allée lentement jusqu'à l'ascenseur, j'ai appuyé sur le bouton et, pendant que j'attendais, j'ai tourné la tête pour la regarder. Alors, j'ai ajouté quelque chose, en sachant qu'elle ne comprendrait pas :

« Ça, et j'ai montré mes quelques possessions en remuant les bras, c'est tout ce que je suis. »

Le premier étage n'était pas très grand, mais la superficie des terrasses, situées aux deux coins du salon et séparées par une balustrade de pierre, devait largement dépasser la surface habitable, même sans elles, l'appartement aurait été merveilleux.

« Il te plaît ? »

J'ai hoché la tête, et j'ai continué d'aller et de venir, les mains croisées derrière le dos, en proie à la sorte de tristesse ambiguë qui s'empare de moi quand je sais que je fais de beaux rêves. J'ai encore fait le tour des pièces, une par une, en leur disant adieu en silence : les trois chambres, les deux salles de bains, la cuisine magnifique avec son lustre et son grand office attenant, l'entrée minuscule, le grand salon du rez-de-chaussée semi-circulaire, séparé en trois par deux anciennes colonnes de fer forgé qui devaient être là depuis que la maison existait, et Madrid à mes pieds.

« Je ne peux pas prendre cet appartement, Kitty. Je le voudrais, mais je ne peux pas. »

La femme de mon père, qui m'attendait dans le salon, m'a adressé un regard chargé d'un étonnement tel qu'il frisait la défiance.

« Mais pourquoi ?

– Il est trop cher, et je vis de mon salaire d'enseignante, c'est absurde que je vienne vivre dans un appartement pareil.

– Mais tu n'auras pas à débourser un centime !

– Je sais, mais, de toute façon, c'est ridicule, je... Je ne sais pas comment te l'expliquer, mais je ne peux pas m'installer ici.

– Mais ils ne vont pas comprendre. Ni l'un ni l'autre. Ça leur paraîtra insensé, et à moi aussi, parce que je ne te comprends pas. »

Quand j'étais arrivée sans prévenir chez elle, la veille au soir, mon père avait masqué maladroitement sa gêne, mais elle, en revanche, s'était conduite comme une hôtesse merveilleuse. Elle nous avait aidés à nous installer, m'avait répété inlassablement que nous pouvions rester aussi longtemps que nous le voudrions, et elle m'avait prise à part pour me confier qu'elle comprenait parfaitement qu'en dépit de la tradition je n'eusse pas voulu aller chez ma mère, parce que, après tout, Reina y avait vécu jusqu'à la quinzaine précédente. Toutefois, je ne me serais jamais attendu qu'elle me dise, le lendemain matin, après le petit déjeuner, qu'elle m'avait trouvé un appartement, et si elle n'avait pas fait entendre, sur sa lancée, que nous l'embarrassions elle aussi, j'aurais pu mal interpréter sa générosité.

« Je ne peux pas leur faire perdre autant d'argent, lui ai-je expliqué pour en finir, en la prenant par le bras pour l'obliger à sortir. Je ne me sentirais pas à l'aise. »

Pour toute réponse, elle a éclaté de rire.

« Mais Malena, je t'en prie, ils sont richissimes ! Ils gagnent tellement d'argent que c'en est écœurant. Tu ne t'imagines pas que c'est le seul appartement qu'ils possèdent, non ? Il y a vingt ans qu'ils s'en mettent plein les poches, ils gardent deux appartements pour eux dans chaque immeuble qu'ils construisent, ils sont propriétaires de la moitié de Madrid, je ne blague pas. Porfirio s'est offert un petit avion, tu ne le savais pas ? On leur a commandé un hôtel à Tunis, et il s'est offert un avion, le salaud, pour ses déplacements, et quand Miguelito lui a dit qu'il aimerait bien une de ces motos naines pour son anniversaire, il lui a sorti qu'il n'en était pas question, que ce serait jeter l'argent par les fenêtres, et qu'il n'avait pas la moindre intention de le gâter en lui passant tous ses petits caprices, non, mais, ce culot...

– Mais il l'adore, c'est certain.

– Bien sûr. Et sa sœur aussi, bien qu'en fait il ne les voie presque pas, mais comme Susana l'adore elle aussi, et qu'elle passe toute sa sainte journée avec les enfants...

– Et Miguel ?

– Oh ! Je suppose qu'il va encore mieux que son demi-frère, puisqu'il veut se marier.

– À son âge ?

– Oui. Mais garde ça pour toi, ce n'est pas encore officiel. Il a une petite amie de vingt-six ans, vingt ans de moins que lui, une fille splendide, bien sûr, et pas bête du tout, loin s'en faut, elle est très amusante, très fofolle, enfin... très jeune. Et surtout, il est fou de ses miches, mais à lier. Il l'a emmenée une semaine à New York, pour ferrer le poisson, et depuis son retour, il en bave ; ma foi, ça peut marcher, va savoir. »

Puis elle a essayé de se souvenir lequel des deux avait été son dernier amant, mais elle n'a pas réussi, elle a chassé la légère ombre de mélancolie qui avait envahi ses paupières, et m'a souri.

« Bon, alors, tu sais, la maison où nous vivons à présent était aussi à lui, et j'y ai vécu je ne sais combien d'années, jusqu'au jour où ton père s'est mis dans la tête de l'acheter. Pour eux, c'est tout naturel, et ils n'ont rien à faire du fric qu'ils ne tireront pas de cette piaule, tu peux en être certaine, ils ont même un conseiller fiscal, une femme, je te laisse imaginer le reste...

– Comment sais-tu tout ça ?

– Parce que je suis leur conseiller fiscal en titre. » Alors, elle a sorti les clés de son sac, a ouvert la porte, et l'a refermée derrière moi. « Viens, je t'offre un café. »

Elle n'a rien dit jusqu'au moment où nous avons été assises au soleil, à l'une des tables du bistrot, sur la place ; alors, sans toucher au Coca-Cola qu'elle avait demandé, elle a posé les coudes sur la table et m'a regardée. Elle m'a souri et j'ai deviné qu'elle allait me faire une confidence, et j'ai été surprise, comme toujours, d'avoir une belle-mère aussi jeune.

« Ne parle pas à ton père de ce que je t'ai dit. Il n'aime pas que je continue à travailler pour eux, il est obsédé par son âge, je crois qu'il est jaloux, et je le comprends, jusqu'à un certain point ; c'est vrai, j'ai été pendant tant d'années avec ces deux zigues, enfin, l'un après l'autre... d'une certaine manière, ce qu'il m'arrive, c'est que je ne peux plus vivre sans eux, et je ne veux pas dire par là que je ne suis pas amoureuse de ton père, ce n'est pas ça. Pas du tout. Je crois que je suis tombée amoureuse de lui la première fois que je l'ai vu, à l'époque, à Almansilla, avec ta mère et vous, et à cette époque, à Almansilla, avec vous et ta mère, je n'ai pas osé. Ça ne m'est même pas venu à l'esprit, que je pourrais... J'adore ton père, Malena, mais Miguel et Porfirio me manquent, et ils le savent, ce n'est pas facile à expliquer. »

Elle s'est levée sans rien dire et a disparu à l'intérieur du bistrot. J'ai supposé qu'elle était allée aux toilettes. Je me suis demandé si, aussi amoureuse de mon père qu'elle disait l'être, et je le croyais, elle n'avait pas encore envie de coucher de temps en temps avec les deux hommes de sa vie, et je l'ai jalousée d'être capable de le faire, je l'ai jalousée comme je jalousais Reina chaque fois qu'elle m'avouait qu'elle était tombée amoureuse, véritablement, pour la première fois depuis qu'elle était adulte.

« Tu sais ce que j'étais en train de me dire ? lui ai-je demandé quand elle est revenue, et j'ai continué de penser à haute voix, sans être pleinement consciente de ce que j'exprimais. Que chacun de nous naît avec une certaine quantité d'amour, une quantité déterminée, qui est toujours la même, et que, peut-être, les enfants gâtés, ceux qui ont été aimés par beaucoup de gens, comme Miguel et Porfirio, l'ont été moins intensément qu'ont pu l'être, à un moment donné, les gens comme moi, ceux qui, grosso modo, n'ont pas eu de chance.

– Ça te prend souvent ? » Elle riait. « Ou tu as toujours aimé les grandes phrases ?

– Je n'en sais rien. Très bien. Donne-moi les clés. » J'ai tendu la main au-dessus de la table.

« Tu prends l'appartement ? « J'ai hoché la tête. » Bravo, Malena ! Et bonne chance. À toi de jouer, maintenant. »

Pendant quelques mois, j'ai cru sincèrement que ces paroles recelaient un présage qui devait se réaliser infailliblement dans les plus brefs délais, et quand j'ai quitté Kitty pour retourner sur mes pas jusqu'à cet appartement qui était devenu le mien par accident, quand je l'ai parcouru tout doucement, en m'attardant sur chaque détail, en caressant les murs du bout des doigts, en foulant, pieds nus, un parquet impeccable, je me suis dit que ce que Reina avait obtenu avec tant de peine, c'était la transformation d'un vieil appartement qui ne m'inspirait plus aucun regret en une mauvaise copie de l'endroit où j'allais vivre, et j'y ai vu le premier signe d'un revirement du sort en ma faveur.

J'ai appelé mes oncles pour les remercier, et je n'ai pu parler qu'avec Miguel, parce que Porfirio était en voyage. Nous nous sommes dit que nous allions nous voir, et chaque fois que nous devions le faire, l'un ou l'autre a appelé pour se décommander au dernier moment. Enfin, un matin d'octobre, je suis allée les chercher à leur étude, l'édifice impressionnant de la rue Fortuny, avec un vestibule vaste comme une arène, deux étages réunis par un escalier monumental, et une armée de secrétaires visiblement débordées. J'avais prévu de les inviter à dîner, mais ils m'ont emmenée dans un restaurant japonais très cher, et, Dieu merci, ils m'ont interdit de demander l'addition de la manière la plus catégorique.

Malgré les cheveux blancs qui parsemaient la tête de Porfirio et avaient envahi celle de Miguel, j'ai eu l'impression qu'ils n'avaient pas beaucoup changé. Ils ressemblaient encore à deux adolescents privilégiés, irresponsables et capricieux, riches, drôles et heureux. Nous avons bu trois bouteilles de vin, et, comme à Almansilla quand j'étais petite, ils n'ont pas arrêté de me faire rire pendant que nous mangions. Porfirio s'est payé la tête de Miguel, à propos du mariage imminent de ce dernier, qui lui a rendu la pareille en imitant ses transes de pilote. Le dessert a été vite expédié, pourtant, parce qu'ils avaient un rendez-vous. À la fin du repas, Miguel a répété, pour la troisième ou la quatrième fois, qu'il allait aux toilettes, et il a fini par le faire. Porfirio m'a regardée avec un sourire de complicité légèrement pervers, que j'ai pu soutenir sans ciller pour la première fois depuis belle lurette.

« Et toi ? Tu n'as pas envie de monter dans mon avion ? » m'a-t-il demandé. J'ai ri, il a ri avec moi. « C'est une expérience unique, tu sais... Voler, le ciel africain, tout ça. »

Miguel est revenu, en inspirant ostensiblement par le nez, et nous sommes sortis du restaurant.

« Je t'appelle ? m'a soufflé Porfirio à l'oreille en me faisant la bise.

– Appelle-moi », ai-je répondu, en lui en faisant une de mon côté.

Il ne l'a pas fait et je ne l'ai pas regretté, parce que je n'ai pas pu souffler de tout l'automne. Je n'ai commencé à goûter les charmes de la vie solitaire, que je ne connaissais pas, qu'à partir de Noël. J'avais de nouveau obtenu, à mon grand soulagement, les cours du matin, je m'habituais sans trop de peine à mettre suffisamment d'argent de côté chaque mois pour rembourser le crédit qui m'avait permis de meubler l'appartement, et je finis par sentir que je pourrais fort bien passer le reste de mes jours dans ce luxueux appartement proche de la Capilla del Obispo, avec un enfant de cinq ans qui avait eu l'héroïsme de grandir de six centimètres depuis l'été. Je ne me sentais pas plus seule que quand je vivais avec mon mari, et la seule compagnie de mon fils se révélait plus satisfaisante que je n'aurais pu le prévoir, au point que certaines fins de semaines, j'étais fâchée de devoir m'en passer, quand bien même la perspective d'avoir deux jours entiers pour moi seule, en sachant que je n'en ferais rien de particulier, me réjouissait.

Tandis que Jaime me devenait de plus en plus nécessaire et que sa capacité de comprendre les choses et de s'en amuser grandissait si vite qu'il me surprenait presque chaque jour par des commentaires, des initiatives inattendus, Santiago s'effaçait de ma mémoire au point d'être réduit aux proportions de personnage secondaire, parce que mon rapport avec lui finit par se convertir en un reflet fortuit de mon rapport avec Reina. Tout d'abord, son éloignement m'a blessée, même si j'avais plus de raison de le remercier que de lui en vouloir de m'avoir laissée tomber, parce que je ne pouvais me défaire aisément de la tendresse coupable qui m'avait liée à lui si longtemps, mais, malgré mes tentatives, je n'ai jamais réussi à le voir seul, et la deuxième fois que Reina est apparue avec lui pour déjeuner, j'ai renoncé à cette idée. C'était elle qui montait chercher Jaime, elle qui le ramenait, elle qui appelait régulièrement pour demander de mes nouvelles, elle qui me proposait de se charger des petites obligations – les quittances, les assurances des voitures, la correspondance, les déclarations d'impôts en retard – que nous traînions derrière nous après tant d'années de vie en commun. Ce fut elle qui m'informa qu'ils avaient prévu de déménager, au printemps, dans un pavillon de style anglais, avec jardin, le rêve éternel de mon mari, dans un quartier neuf, tout au bout de la rue Casa de Campo. C'est elle qui m'a demandé le divorce en février, en m'annonçant qu'ils avaient prévu de se marier avant l'été, qu'ils avaient envie d'avoir un enfant, et qu'ils m'inviteraient à leur mariage. Ce fut elle qui me demanda, en mars, de leur laisser Jaime pour les vacances de la semaine sainte, et c'est la seule chose que je lui ai refusée, parce nous avions fait le projet, Jaime et moi, d'aller voir Magda à Almería. Jaime me supplia pourtant, les larmes aux yeux, de le laisser aller avec eux, et je n'ai plus opposé de résistance, sans pouvoir comprendre, toutefois, que l'exposition de Séville pût l'attirer davantage. C'est encore Reina qui, au retour de ce voyage, me rendit un fils qui ne me sembla plus le même.

En juin, Jaime m'annonça qu'à la rentrée prochaine il voulait allait vivre avec elle et son père.

Si mon fils ne les avait pas choisis, jamais je n'aurais assisté à cette noce où, sans le vouloir, j'ai attiré plus de regards, suscité plus de commentaires, et déclenché plus de coups de coude que de tout le reste de ma vie. Mais je ne voulais pas que Jaime puisse penser que j'étais rancunière, jalouse ou amère, et il avait tellement insisté, les prières de Reina avaient été telles que je m'étais décidée à paraître au banquet, en sentant cependant que j'allais gâcher la soirée de Santiago. Par ailleurs, malgré la terrible impression de ridicule que me donnait ma position, et l'entente apparente – « Ici, nous sommes tous des Européens civilisés et progressistes » – rigoureusement fausse, que ma présence pouvait signifier pour certains invités, je ne redoutais pas vraiment ce banquet où je ne fus pas, et de loin, la seule étoile capable de ternir l'éclat des protagonistes.

Ma sœur s'était offert un festin gigantesque, des plus classiques, avec apéritifs variés, grandes tablées, bal, orchestre et bar. Le premier acte s'était déroulé sans accroc. Au deuxième, un couple de personnages publics d'une certaine notoriété, clients de l'époux, avait fait son apparition, et une présentatrice de la télé, une ancienne camarade d'école, s'était mise au pupitre, avec la mariée. Je n'ai pas reconnu le type qui, à peine apparu, fit quitter la table à Reina au début du troisième acte, mais j'ai bien vu que l'attention de la plupart des convives convergeait vers cet homme brun, remarquablement grand et fort, avec un visage taillé à la serpe qui excluait toute courbe.

« Qui est-ce ? ai-je demandé à Reina quand elle a repris sa place à table.

– Rodrigo Orozco, m'a-t-elle dit, choquée par mon ignorance. Ne me dis pas que tu ne sais pas qui c'est.

– Mais non, je ne l'ai jamais vu.

– C'est le cousin de Raúl, m'a-t-elle expliqué en me montrant du doigt le meilleur ami de Santiago. Il vient de revenir des États-Unis, où il a vécu quelques années, avec une bourse d'une très grande fondation... dont le nom m'échappe, à présent. Mais oui, tu dois savoir qui c'est ; il y a quelques mois, il a publié un livre, on en a parlé dans tous les journaux.

– Aucune idée. Que fait-il ?

– Il est psychiatre.

– Ah ! Il ressemble plutôt à un portier de boîte de nuit... »

Ma sœur m'a lancé un regard dédaigneux sans autre commentaire, mais à peine un quart d'heure plus tard, elle est venue me prendre par le bras, et nous avons traversé le salon.

« Viens. Il veut faire ta connaissance. »

Je n'avais pas encore compris de qui elle me parlait quand je me suis retrouvée devant cette armoire à glace, dont la carrure démentait le prestige intellectuel, tout autant que sa tête de chef sioux. Ma sœur a dit son nom, et il m'a tendu la main à l'instant précis où je tendais le cou pour l'embrasser sur les joues, si bien que ni son geste ni le mien n'ont abouti. J'ai salué simplement le type qui l'accompagnait, un petit Nord-Américain svelte qui s'est présenté lui-même, et je suis restée plantée là, à ne savoir que dire. À ce moment-là, ma cousine Macu s'est précipitée sur moi, m'a prise par le bras pour me conduire auprès de son ami, qui racontait des blagues au sein d'un groupe auquel je me suis jointe, pour me fendre d'un ou deux éclats de rire un peu forcés. Alors, je ne sais pas très bien comment, j'ai senti que ces deux types, qui n'étaient plus des inconnus puisque Reina venait de me les présenter, étaient en train de parler de moi.

Je me suis retournée brusquement et je les ai pris sur le fait. Le cousin de Raúl me montrait du doigt ouvertement en se penchant pour glisser à l'oreille de son ami quelque commentaire sans doute malicieux, à en juger par le sourire ironique que l'Américain m'adressait, en soutenant mon regard comme le faisait l'armoire à glace, avec la même impertinence. Peut-être qu'à une autre époque de ma vie j'aurais interprété cette scène autrement, mais alors, je me suis dit qu'ils devaient, pour le moins, m'appeler la grosse, leurs rires et leurs regards se sont plantés dans ma nuque comme des pointes de couteau. Je me suis éloignée aussi vite que j'ai pu, en marmonnant des insultes, car l'indignation colorait mes joues, et c'est à ce moment-là, alors que j'avais l'impression d'être une attraction touristique, que Santiago m'a retenue au passage. Mon ex-mari était tellement soûl qu'il n'a pas pu énoncer une excuse intelligible pour m'inviter à quitter le salon avec lui et, pour finir, il m'a tout simplement entraînée dans le couloir, quelques mètres plus loin, en me regardant dans les yeux, il a murmuré mon nom et s'est jeté sur moi, pour m'embrasser, je n'ai eu aucune peine à me défaire de son étreinte, mais l'étrange éclat qui a brillé dans ses yeux a ajouté une note amère, grise, à cette fin de soirée qui, de conventionnelle, est devenue désastreuse.

Quand je me suis séparée de mon fils, j'ai éprouvé une douleur physique, atroce, dans l'estomac et dans le ventre, comme si j'étais dévorée de l'intérieur. Il m'a souri après m'avoir embrassée, et je lui ai rendu son sourire et son baiser, en essayant de dire quelque chose comme « Appelle-moi de temps en temps » ou « Amuse-toi bien », mais je n'ai pas pu.

Nous revenions d'Almería, où nous avions passé des vacances très semblables, en apparence, à celles de l'année précédente, mais très différentes, dans le fond. Je voulais croire que Jaime avait choisi de s'en aller pour de simples questions de confort matériel, qu'il avait passées en revue à plusieurs reprises sur un ton tranquille m'assurant de son innocence, et j'avais dû me mettre à sa place, en considérant qu'il n'avait que cinq ans et demi, pour ne pas lui faire de reproche, mais parfois, la tentation du chantage affectif était trop forte : « J'ai tout donné pour toi, et maintenant, tu me laisses tomber », et je crois que, si j'avais été seule à Madrid avec lui, j'aurais fini par commettre la même faute que ma mère avait commise tant de fois, vis-à-vis de moi.

« C'est que la nouvelle maison de papa a un jardin, maman, et qu'ils ont mis deux balançoires, une pour Reina et une autre pour moi, et si j'habite chez eux, je pourrai jouer avec elle, et avoir deux fois plus de jouets, tu sais ? et de livres, parce que je peux prendre les siens, et je ne m'embête pas, parce que dans ce quartier il y a beaucoup d'enfants, et qu'ils nous laissent aller d'un jardin à l'autre, et que tante Reina m'a promis que, pour les Rois, j'aurais une bicyclette, dans notre maison, je n'ai personne avec qui jouer, et je ne peux pas faire du vélo... »

Magda m'a convaincue qu'il ne fallait rien y voir de plus, excepté le désir évident de ma sœur et de Santiago, qui voulaient vivre avec le petit, mais j'ai considéré à plusieurs reprises mes capacités : ma façon de cuisiner quand ça me chantait, mon manque de patience, quand il s'agissait de l'aider à faire ses devoirs, je sortais très souvent le soir, en le laissant aux mains de la garde d'enfants, mon incapacité de respecter les horaires, bref, ma façon de vivre, qu'il comparait de plus en plus fréquemment à celle de ma sœur, avec laquelle il passait presque toutes les fins de semaines.

« Tu sais, maman, tante Reina vient tous les soirs dans notre chambre nous faire la bise, avant d'aller dormir, tous les soirs, elle n'oublie jamais. Et elle nous prépare le lit avant le dîner. »

Un beau jour, il m'a demandé de lui remplir la baignoire de mousse, parce que Reina le faisait. Le lendemain, il a voulu apporter à l'école un sandwich à l'omelette enveloppé dans du papier aluminium, parce que c'était comme ça que Reina préparait le goûter de sa fille. Le soir, il m'a demandé de lui faire une tirelire avec un carton de lait, comme le faisait Reina. Deux soirs plus tard, il m'a demandé pourquoi je sortais dîner avec des amis au lieu de rester à la maison, parce que Reina lui avait dit qu'elle n'était jamais sortie seule depuis la naissance de sa fille. Il venait me rejoindre dans mon lit à n'importe quel moment quand il sentait qu'il allait faire des cauchemars, parce que Reina le laissait dormir avec elle et avec son père. Si nous allions au parc, il voulait jouer avec moi au lieu de le faire avec les autres garçons, parce que Reina jouait avec lui pendant les fins de semaine. Si nous allions au cinéma, il fallait prendre des places au balcon parce que Reina disait que les enfants voient mieux de là que de l'orchestre. Si je lui offrais un hamburger pour goûter, il fallait en retirer toute garniture végétale, parce que Reina n'en mettait jamais. Il n'aimait pas que je sois nue dans la maison quand nous étions seuls, parce que Reina ne le faisait jamais, et il n'aimait pas non plus que je porte des talons hauts, des bas noirs, que je me mette du rouge à lèvres, que j'utilise du vernis à ongles rouge, parce que Reina ne faisait jamais rien de tout ça. Un jour, il m'a demandé pourquoi je le grondais si peu quand il faisait ce qu'il ne fallait pas, parce que Reina se fâchait quand elle le prenait à mal faire. Un autre jour, il m'a reproché de travailler, parce Reina lui avait dit qu'elle ne travaillait pas pour mieux s'occuper de sa fille. « Aux heures où je travaille, tu es à l'école, alors ça ne fait rien », lui ai-je dit, et il m'a répondu : « Je ne te crois pas, ce n'est pas vrai que ça ne fait rien. » Reina, de toute évidence, avait tout son temps.

« Tu l'as élevé, me disait Magda, et tu lui as appris qu'il pouvait choisir. Il a choisi, c'est tout. »

Elle m'a poussée à revenir en août, quand j'aurais laissé Jaime à son père. Je le lui ai promis, mais quand je suis arrivée chez moi, je me suis sentie très fatiguée, et il en est allé de même le lendemain, et le jour suivant. J'ai composé tous les numéros de téléphone dont je me souvenais et personne n'a répondu, le monde entier était en vacances et, dans le fond, ça m'était égal, j'éprouvais même un certain plaisir quand j'arrivais à la dixième sonnerie sans obtenir de réponse, parce qu'en fait je n'avais envie de voir personne.

Je ne m'étais encore jamais sentie aussi ravagée.

Tous les soirs, j'allais au cinéma parce que les salles étaient climatisées.

J'ai ouvert la porte et je n'ai même pas fait attention à lui. J'ai soulevé la bonbonne vide des deux mains, je l'ai posée sur le palier, et j'ai sorti un billet de mille pesetas de ma poche, en refaisant machinalement ce que j'avais déjà fait des milliers de fois, mais alors, il m'a dit combien je lui devais et à son accent j'ai compris que ce n'était pas le livreur habituel. Je l'ai regardé, et il m'a souri.

« Polonais ? », ai-je demandé pour dire quelque chose tandis qu'il cherchait la monnaie dans une petite sacoche pendue à sa ceinture.

La fermeture de sa salopette couleur bouteille de butane était descendue jusqu'au nombril et les manches étaient repliées jusqu'au-dessus du coude. Il me dépassait d'une tête, et ses bras auraient pu faire le tour de deux filles comme moi, c'était un brun aux yeux verts avec la peau très blanche et les mâchoires carrées. Il y avait bien longtemps que je n'avais vu pareil spectacle.

« Non ! m'a-t-il répondu avec un sourire forcé, comme si ma supposition l'offensait. Pas Polonais, rien Polonais. Moi Bulgare.

– Ah ! Désolée.

– Polonais, brrr..., a-t-il ajouté avec un geste de mépris. Catholiques. Lourds. Comme le pape. Bulgares, beaucoup mieux.

– Bien sûr. »

Il a pris la bonbonne vide et l'a mise sur ses épaules comme si elle ne pesait rien, il m'a souri et m'a dit au revoir. Ce soir-là, je ne suis pas allée au cinéma.

Deux jours plus tard, j'ai vu que le voisin avait laissé une bonbonne vide devant la porte, et j'ai mis celle qu'il m'avais laissée à la place, mais celui qui est monté la changer était le Polonais de toujours, blond, tout petit, avec des moustaches, et une chaîne, au cou, où pendaient un tas de médailles de la Vierge.

« Et le Bulgare ?, lui ai-je demandé, et il m'a adressé un regard rébarbatif, en haussant les épaules. Peu importe, tiens.

– Pas de pourboire ?, s'est-il contenté de dire.

– Pas de pourboire », ai-je répondu, et j'ai fermé la porte.

Je l'ai revu vers la mi-septembre, un samedi matin, par pur hasard. Je sortais pour aller faire les courses, en tenant Jaime par la main, quand je l'ai aperçu au coin de la rue, devant le camion. Je n'ai pas osé lui adresser la parole, mais il m'a reconnue et m'a souri de nouveau, c'est alors que j'ai remarqué que, lorsqu'il le faisait, des fossettes se creusaient sur ses joues.

« Salut !, a-t-il fait en agitant la main.

– Salut ! » Je me suis approchée de lui. « Comment ça va ?

– Bien, bien. »

Alors, on l'a appelé, mais je n'ai pas pu saisir son nom. Il a soulevé deux bonbonnes en m'adressant un regard d'excuse.

« Maintenant, au boulot.

– Eh oui, lui ai-je dit. Au revoir.

– Au revoir. »

Une dizaine de jours plus tard, je venais à peine de m'asseoir pour déjeuner quand on a sonné à la porte. Furieuse, j'ai décidé de ne pas aller ouvrir, mais je l'ai fait quand même, et je l'ai trouvé sur le palier, souriant comme toujours.

« Tu veux pas ? Il me montrait une bonbonne posée par terre.

– Euh... Mais bien sûr !, ai-je menti en cachant la serviette dans ma poche. Ça tombe bien ! J'ai justement une bonbonne vide. Je vais la chercher. Merci beaucoup. »

J'ai couru jusqu'à la cuisine, j'ai arraché le tuyau de la bouteille encore à moitié pleine, et je l'ai portée jusqu'au couloir en essayant de ne pas trop plier sous le poids, comme si elle n'était pas aussi lourde que ça.

« Tu veux que je mette dedans ?, a-t-il demandé en montrant la bonbonne pleine, et je me suis mise à rire.
– Oui, bien sûr que je veux, ai-je répondu, et il a souri, bien qu'il fût évident qu'il n'avait pas compris pourquoi je riais. Ça me rappelle une blague qu'on racontait à l'école, quand j'étais petite. Tu comprends ?
– École, a-t-il dit. Toi petite ? » J'ai acquiescé.
« C'est un livreur de bouteilles de butane qui entre dans une maison et la dame lui dit : “ Vous n'avez qu'à me la mettre juste ici, et quand mon mari rentrera, il me la mettra tout à fait au fond... ” C'est très mauvais, mais on trouvait ça irrésistible. »

Tandis que je riais à gorge déployée, il essayait de faire comme moi, comme s'il n'avait jamais rien entendu d'aussi drôle, et j'étais sûre qu'il n'avait absolument rien compris, mais je me trompais, parce qu'un instant plus tard, le regard rivé sur le portefeuille dans lequel je n'arrêtais plus de fouiller pour lui rendre la monnaie, il a émis ses conclusions en un murmure finaud :
« Mais ton mari non, pas vrai ? »

J'ai préféré ne pas répondre, mais mes lèvres se sont fendues d'un sourire que je n'ai pas voulu. Il a levé les yeux, et ajouté, en me regardant :
« Ton fils, oui je l'ai vu. Mais ton mari, non. Correct ? »

Je n'ai pu réprimer un nouvel éclat de rire, profond, bruyant, et, cette fois, il a ri avec moi, en sachant parfaitement de quoi nous riions.
« Tout à fait ; ça, c'est pareil partout, ici, en Bulgarie, et en Papouasie, bien sûr, mec, on n'y coupe pas...
– Je ne comprends pas.
– Aucune importance ; l'important, c'est que tout est correct. » J'ai été sur le point d'ajouter : tu dois te dire que je grimpe aux murs toute mouillée ; et je sais que c'est vrai.
« Divorce ?
– Oui.
– Alors, on peut se voir. » J'ai hoché la tête. « Ce soir ? » J'ai hoché la tête. « Huit heures et demie. »

J'ai encore hoché la tête, mais ça n'a pas dû lui paraître une garantie suffisante, parce qu'il avait déjà commencé à descendre l'escalier quand il s'est retourné pour me regarder.

« D'accord ?
– D'accord. »

Ce soir-là, à huit heures trente-trois, il appuyait sur le bouton de l'interphone. Quand je lui ai dit que je descendais dans un moment, il m'a répondu non, qu'il montait, et il l'a fait à toute vitesse. Il portait des jeans fracassants, serrés, qui lui moulaient le paquet, et une chemisette gris clair.

« Veux-tu que nous allions boire quelques verres ?, lui ai-je demandé dans l'entrée, en essayant de renflouer mon projet initial : quelques verres, un repas, encore quelques verres, pour donner à la situation le vernis conventionnel.

– Non, a-t-il répondu en me prenant par la taille. Pourquoi ?

– Ça aussi, c'est vrai », ai-je murmuré en laissant tomber mon sac, avant de l'embrasser.

Il s'appelait Hristo, et il a été la première chose intrinsèquement bonne qui m'était donnée depuis longtemps.

Il était né à Plovdiv, vingt-quatre ans plus tôt, mais il vivait à Sofia depuis longtemps quand le mur est tombé, et deux mois plus tard, il s'était retrouvé dans un petit village proche de la frontière yougoslave pour se sauver aux premiers signes de changement, car il avait peur qu'ils ne se repentent et ferment la frontière avant qu'il eût eu le temps de passer, de franchir la grille, comme il disait. Il avait traversé la moitié de l'Europe avant d'entrer en Espagne ; l'Allemagne ne lui avait rien dit à cause du climat, en Italie tout avait mal tourné, et il y avait déjà trop de réfugiés en France quand il y était arrivé. Il y avait dix-huit mois qu'il se trouvait à Madrid et il s'y plaisait, même si on lui avait refusé le statut de réfugié politique, une demi-douzaine de fois, en invoquant non sans raison le fait qu'il n'avait pas abandonné la Bulgarie pour des motifs politiques, thèse qu'il considérait comme une sale excuse, parce que, comme il l'avait répété abruptement à une centaine de fonctionnaires, dans son pays il n'y avait ni liberté ni rien à se mettre sous la dent, et qu'il n'avait pas besoin d'un autre motif pour s'en aller.

« Aussi, ajoutait-il, je disais que notre roi vit ici. Mais rien. Eux que non, que non, que non. »

Son projet initial était d'émigrer aux États-Unis le plus vite possible, mais quand il était arrivé à Madrid, ses compatriotes lui avaient dit que la Croix-Rouge espagnole accordait une aide mensuelle aux réfugiés de l'Est, alors que, dans le cas hautement improbable où on le laisserait entrer aux États-Unis, là-bas on le laisserait crever comme un chien ; alors, il avait changé ses plans, prestement et sans douleur. Il avait partagé avec quatre autres Bulgares une chambre sale et obscure dans un coupe-gorge dont la patronne était une redoutable sangsue, car elle savait qu'il leur fallait un domicile fixe pour obtenir leur permis de séjour mensuel, puis il avait travaillé comme manœuvre dans des conditions qui n'étaient guère meilleures, et quand on lui avait enfin accordé un permis d'un an, il était parti et s'était mis à son compte.

« Maintenant, j'ai des affaires. »

Il n'y avait qu'un mois qu'il livrait le butane, et il ne pensait pas le faire encore bien longtemps. Il remplaçait son frère, qui avait eu un accident de voiture, mais il en avait déjà assez. Je lui ai demandé ce qu'il faisait quand il était en Bulgarie, et il a rigolé.

« En Bulgarie, seulement les femmes travaillent. Les hommes font d'autres choses.

– Ah bon ?, ai-je fait, stupéfaite. Et quoi ? Ils les plument ?

– Ils gagnent de l'argent. »

Je lui ai demandé de m'expliquer ce mystère, et j'ai compris qu'il n'employait le verbe « travailler » que lorsqu'il s'agissait d'exécuter une tâche inscrite dans le cadre de la légalité, qui n'était pas son cadre favori. En Bulgarie, il avait fait un peu tout : importer illégalement des produits fabriqués en Allemagne de l'Est, passer de la fausse monnaie, ce à quoi il se consacrait quand il avait quitté le pays. Je n'ai pas réussi à savoir ce qu'il faisait à présent, mais je l'ai averti qu'ici les choses étaient légèrement différentes, et qu'avec dix mille pesetas on ne sortait pas de prison ; il m'a répondu qu'il n'était pas fou, et qu'il savait très bien ce qu'il faisait, et j'ai compris qu'il parlait sérieusement. Il ne voulait pas vivre comme son frère, travailler dix heures par jour, sans contrat ni sécurité sociale, à gagner une misère et à économiser pour faire venir sa femme et ses deux enfants, comme un Polonais, a-t-il ajouté. Lui n'était pas marié et n'avait aucune intention de se poloniser. Quand il s'était installé à Madrid, il avait envoyé à sa petite amie une carte postale, avec trois phrases : je vais bien, je ne pense pas revenir, n'essaie pas de me rejoindre, adieu.

« Elle pleurait des jours et des jours, m'a-t-il expliqué, mais des choses sont comme ça. »

Il regrettait beaucoup la douceur des femmes de son pays, parce qu'elles obéissent aux hommes et n'exigent rien en échange.

La première nuit que nous avons passée ensemble, il m'a raconté que peu de temps après son arrivée, il avait séduit une Andalouse qui vivait à Carabanchel, une fille seule, jeune et belle, qui baisait bien, mais pas aussi bien que moi (précision qu'il me donna comme s'il s'agissait de quelque chose d'extrêmement important, ce qui ne fut pas sans m'impressionner), et qui aurait bien voulu l'épouser, mais qui ne le laissait pas vivre.

« Elle disait toujours où vas-tu, maintenant, ne pars pas, baisons, toujours baisons, quand je partais.

– C'est clair, pour te laisser à sec ; ce que tu lui laissais à elle, tu ne pouvais pas le laisser ailleurs.

– Je compris, je compris, mais je n'aimais pas ça. Je lui disais quelque jour : non, pas baisons, j'y vais, et elle : je me tue, je me tue, je vais me tuer. Et toujours baisons avant que je parte. »

Malgré tout, il partageait le lit d'une autre femme, une réfugiée comme lui, une Roumaine, femme de ménage payée à l'heure, et il ne s'en cachait pas, parce qu'il n'en voyait pas la nécessité. Quand l'Andalouse l'apprit par un autre Bulgare qui avait l'intention de la demander en mariage, elle devint une véritable furie et lui fit un scandale terrible en pleine rue, puis elle jeta tous ses vêtements et toutes ses affaires par la fenêtre sous l'œil indifférent des passants, goutte d'eau qui, pour lui, fit déborder le vase.

« Et la nationalité, paf ! Adieu !

– C'est vrai que tu es un salaud, lui disais-je en riant. Comment as-tu pu faire ça à cette pauvre fille ?

– Faire quoi ? Ça ne change rien pour elle. Moi j'étais correct avec elle. Meilleur qu'avec l'autre. Dans mon pays, les femmes ne sont pas comme ça. Les Espagnoles sont très différentes. Ici, être homme est plus difficile. Les femmes donnent plus, avec plus de la passion, mais sont jalouses, propriétaires...

– Possessives.

– C'est ça, possessives. Elles veulent savoir où tu vas, toujours où tu vas, où tu vis. Elles donnent tout mais demandent tout. Elles disent qu'elles se tuent, toujours elles disent que tu la tues, qu'elle va se tuer. Je préfère les Bulgares, c'est plus facile de les rendre contentes. Tu gagnes de l'argent, tu lui donnes, tu la traites bien, et ça suffit. »

Je ne savais jamais à l'avance quand nous allions nous voir. Je n'avais aucun moyen de le joindre parce qu'il ne semblait pas avoir de domicile fixe, et il ne m'appelait quasiment jamais, mais se mettait dans une colère terrible quand il venait à la maison et ne m'y trouvait pas. Il était amusant, malin, énergique, et terriblement généreux à sa manière. Quand il avait de l'argent il m'emmenait dans des endroits hors de prix ou m'offrait des cadeaux fabuleux. Quand il n'en avait pas, il m'en demandait comme si c'était la chose la plus naturelle du monde, et comme c'était le cas, je lui en prêtais, et il me le rendait quelques jours plus tard, religieusement, avec un bouquet de fleurs ou une boîte de chocolats, petit geste délicat en guise d'intérêt. Chaque fois que nous nous voyions, nous nous retrouvions au lit, et parfois, nous commencions à la maison, puis nous allions ailleurs. Il ne présentait aucun symptôme de la maladie de l'homme occidental contemporain : il se montrait immanquablement sûr de lui, n'avait aucune peur de dire ce qu'il éprouvait et nul besoin de faire le dur à contretemps, il n'avait jamais l'air fatigué, ni dégoûté, et il me traitait avec une sorte de condescendance ironique – comme s'il me disait sans devoir ouvrir la bouche : et maintenant, je vais te baiser parce que j'en ai envie – qui m'amusait beaucoup, d'autant plus qu'en dépit des apparences, c'était plutôt l'inverse qui eût pu caractériser notre liaison : c'était lui qui me convoitait, lui qui me racontait sa vie, lui qui cherchait en moi encouragement et compréhension, lui qui, de nous deux, semblait toujours être celui qui tirait le plus grand profit de notre petite affaire.

Un vendredi, il se présenta en rogne, à une heure inhabituelle, il était près de deux heures du matin. Il était allé à une fête, m'expliqua-t-il, où l'avaient emmené d'autres Bulgares, mais on s'était gardé de lui dire où il mettait les pieds.

« C'était une fête d'hommes seuls. Ce qui s'est passé ne me plaît pas. Avec un Espagnol, a-t-il précisé.
– Ça ne m'étonne pas, Hristo, ai-je dit, devinant ce qui allait suivre ; avec la dégaine que tu te payes...
– Je ne comprends pas.
– Viens un peu te voir dans la glace. »
Je l'ai conduit par le coude dans l'entrée, j'ai allumé la lumière, et je l'ai placé devant le miroir. Ce soir-là, il était sorti avec presque tout ce qu'il possédait sur lui : une demi-douzaine de chaînes au cou, deux bracelets au poignet droit, une Rolex et un autre bracelet au poignet gauche, et diverses bagues à six doigts, une véritable cargaison d'or pur vingt-quatre carats.
« Et alors ?
– Pour l'amour de Dieu !, me suis-je exclamée, mais tu ne te rends pas compte ? Tu ressembles à la chérie de mon grand-père... » Je me suis rendu compte qu'il ne comprenait rien, alors, je me suis expliquée plus clairement : « Ici, les hommes ne portent pas de bijoux, aucun bijou. Ce n'est pas viril, tu comprends ? Les machos ne portent pas d'or. L'or, c'est pour les femmes.
– Oui, a-t-il dit. Je savais.
– Et alors ?
– Je ne peux pas garder l'argent. Si je garde l'argent et qu'ils me jettent, en Bulgarie, l'argent espagnol ne vaut rien. L'or est très cher, là-bas.
– Mais ils ne vont pas te jeter, Hristo ! Pas toi. Si tu étais palestinien, ou gambien, ce serait différent, mais vous, ils ne vont pas vous chasser.
– Je ne sais pas. »
Je l'ai regardé et il a fait la grimace. Jusqu'alors, il m'avait avoué de mauvais gré qu'il trafiquait, des devises aux voitures volées, tout, excepté la drogue, l'unique marchandise qui lui semblait trop dangereuse dans sa situation.

« Bon, écoute, nous allons faire quelque chose. Tu as confiance en moi ? » Il a hoché la tête. « Bon, alors, si ça peut te rassurer, continue à acheter de l'or, mais ne le porte pas sur toi, parce que tu commences à ressembler à un appel au crime. Achète un coffret qui ferme à clé, laisse le coffret ici et garde la clé sur toi. Je n'y toucherai pas, et si un jour ils te chassent, tu viens le chercher ici, ça va ?
– Et s'ils ne me laissent pas le temps ?

– Alors, je prends l'avion et je t'apporte l'or à Sofia. » Il m'a regardée bizarrement et j'ai pris mon air le plus sérieux. « Je te le jure, Hristo.

– Sur le fils ?

– Sur le fils. Je te le jure.

– Tu feras ça pour moi ?

– Bien sûr que oui, ne dis pas de bêtises.

– Je te payerai le billet.

– C'est la moindre des choses.

– Tu viendrais à Sofia ? C'est sérieux ?

– C'est sérieux. »

Il m'a regardée comme s'il n'avait jamais osé espérer une offre pareille de ma part, et il a enlevé ses chaînes très rapidement, pour les laisser tomber dans le creux de mes mains, comme si mon attitude l'avait vraiment ému.

« Celle-là, je peux la garder ? Elle me plaît beaucoup, m'a-t-il demandé en me montrant la plus grosse.

– Bien sûr que oui, et la montre, et un bracelet, aussi », ai-je ajouté en me disant qu'il n'était pas non plus question qu'il ressemblât à un monsieur.

J'ai porté le butin dans ma chambre, et je l'ai mis provisoirement dans le tiroir de la table de nuit. Il m'a suivie et m'a renversée sur le lit avant que j'aie eu le temps de m'en rendre compte.

« Tu m'aimes ?, m'a-t-il demandé ensuite alors que je pouvais encore sentir les traces fraîches de son sperme sur mes cuisses.

– Oui, ai-je répondu, et je l'ai embrassé sur la bouche ; bien sûr que je t'aime.

– Mais je ne te manque pas, pas vrai ? »

J'ai été tellement surprise d'entendre une phrase aussi impeccablement dite que je l'ai soupçonné de l'avoir préparée, mais je lui ai pourtant dit la vérité : « Non, Hristo, tu ne me manques pas. Mais j'aime être avec toi, c'est ce qui impor...

– Je savais, m'a-t-il interrompue brusquement. Tu dis jamais je me tue quand je m'en vais. »

J'ai eu l'impression qu'il était devenu triste, et l'idée que ce grand imbécile pouvait être tombé amoureux de moi m'a foutue en rogne. Pendant que je cherchais désespérément que dire, il s'est mis à parler dans une langue inconnue, en agitant la main droite et avec une telle richesse d'expression que je me suis demandé s'il n'était pas en train de réciter un poème. Quand il s'est tu, il est resté là, à me regarder, et il m'a semblé qu'il pleurait.

« Pouchkine », s'est-il contenté de dire.

Puis il s'est élancé sur moi et s'est mis à me baiser comme si quelqu'un lui avait soufflé à l'oreille que la fin du monde, c'était pour dans dix minutes.

Le lendemain matin, il avait l'air tout à fait dans son assiette. Il ne s'est pas levé avant que je sois sortie de la salle de bains, douchée et habillée, mais nous avons pris notre petit déjeuner ensemble, et il m'a alors dit qu'il parlait russe parce qu'il l'avait appris à l'école. J'ai cru qu'il ne reviendrait pas sur le sujet, mais dans la rue, au moment où nous nous quittions, il m'a demandé, avant de m'embrasser :

« Tout comme avant ?

– Bien sûr que oui, ai-je répondu en lui rendant son baiser. Tout comme avant, exactement. »

Il m'a souri et je suis partie travailler.

Le soir même, Reina m'a appelée pour me demander ce que j'avais l'intention de faire pour Noël, et avant de m'avoir laissé le temps de répondre, elle m'a expliqué qu'elle avait pensé que nous pourrions tous nous réunir chez elle pour le réveillon, eux, les enfants, papa et sa femme, maman et son homme, et moi, toute seule.

« Allons, comprenons-nous bien, a-t-elle dit, c'est ce que j'ai prévu, mais tu peux venir avec qui tu veux, naturellement. »

Nous étions à quinze jours de Noël, et je n'avais encore fait aucun projet, c'était vrai. J'étais certaine que Hristo viendrait avec moi si je le lui demandais, mais j'avais bien l'impression que l'emmener avec moi serait un coup vache. Pour finir, j'ai appelé Reina, pour lui dire que je viendrais, si elle laissait Jaime passer le Nouvel An avec moi. C'est alors qu'elle m'a demandé si je ne trouvais pas mon fils un peu bizarre ces derniers temps.

« Non, ai-je répondu, sans y réfléchir à deux fois. Je le trouve bien, comme d'habitude. Pourquoi dis-tu ça ?

– Oh, pour rien.

– Non, Reina, pour rien, ce n'est pas possible. Qu'est-ce qu'il y a ?

– Je ne sais pas..., a-t-elle murmuré. Il ne veut pas

parler, et il se chamaille beaucoup avec sa cousine. Peut-être est-ce parce que ma grossesse commence à se voir.

– Penses-tu ! L'autre jour, il m'a dit qu'il était très content d'avoir une sœur.

– Tu crois ?

– Mais oui, pourquoi m'aurait-il dit ça, sinon ? De plus (je ne laissais pas passer une occasion de le lui rappeler), tu n'es pas sa mère. Ne se serait-il pas passé quelque chose à l'école, plutôt ? Il a pourtant eu de très bonnes notes, ce trimestre.

– Ma foi, il doit être dans une mauvaise passe. »

Elle n'a rien dit de plus, et je n'avais pas besoin d'en entendre davantage, pour m'inquiéter ; j'ai commencé à surveiller Jaime du coin de l'œil en fin de semaine, et je l'ai trouvé de bonne humeur, content, et même particulièrement bavard. Au cours de la semaine suivante, je suis allée le chercher un après-midi à l'école pour l'emmener au cinéma et, à la sortie, il m'a demandé s'il pouvait rester dormir chez moi, et quand je lui ai répondu qu'il le pouvait, bien sûr, et qu'il pourrait le faire quand il en aurait envie, parce que ma maison était sa maison, il m'a confié que Reina lui disait parfois que je ne pourrais pas l'emmener à l'école avant d'aller travailler parce que j'habitais trop loin et que j'arriverais en retard pour donner mes cours.

« Dis-moi, ça ne te dérangerait pas d'arriver à l'école un quart d'heure avant la sonnerie ?

– Bien sûr que non.

– Alors, tu peux venir dormir à la maison quand tu voudras. Tu n'auras qu'à m'appeler et je viendrai te chercher. »

Ce soir-là, je l'ai accompagné jusqu'à son lit, et je suis restée un moment avec lui.

« Il y a quelque chose qui ne va pas, Jaime ?

– Nonnn !, m'a-t-il répondu en remuant la tête.

– C'est sûr ?

– Évidemment.

– Tant mieux ! », ai-je dit en souriant.

Puis je l'ai embrassé, j'ai éteint la lumière et je suis sortie de la chambre, mais comme j'allais fermer la porte, je l'ai entendu m'appeler :

« Maman !

– Quoi ?

– Quand je serai en vacances, nous pourrons aller à Almería, n'est-ce pas ?

– Je ne crois pas, mon trésor, ai-je dit en retournant près de lui, parce que ces vacances sont très courtes, et nous avons un repas de famille pour Noël, et après, c'est le Nouvel An, et puis les Rois, et tu n'auras pas de cadeaux si tu n'es pas là. Mais nous irons là-bas bientôt, au premier pont du début de l'année. Ça te va ?

– Oui. » Il a fermé les yeux et a enfoui sa tête dans l'oreiller. Il avait l'air fatigué.

« Bonne nuit, ai-je dit.

– Bonne nuit, m'a-t-il répondu ; mais il m'a rappelée une deuxième fois : Maman ?

– Oui ?

– Je ne l'ai dit à personne, tu sais, où se trouve notre cachette... »

Deux jours plus tard, Reina m'a appelée encore une fois pour me dire qu'elle trouvait Jaime bizarre et, cette fois, j'ai menti en lui répondant que je n'avais rien remarqué de particulier.

Le grand aux lunettes s'appelait Petre, mais Hristo m'a dit à l'oreille qu'il se faisait appeler Vassili parce que, en Espagne, personne ne s'attend qu'un Bulgare porte un prénom pareil. Puis il m'a dit ceux des autres en me les présentant : Giorgos, un autre Hristo, Nikolai, Vasco, Plumen, un Petre sans complexe, un vrai Vassili, et encore deux Hristo.

« Mon nom est très fameux en Bulgarie », a-t-il dit comme pour s'excuser.

Il faisait un froid terrible, mais on ne pouvait guère le sentir. La Puerta del Sol était pleine de gens pressés les uns contre les autres et souriants, les ampoules de couleur brillaient au-dessus de nos têtes, et les haut-parleurs des grands magasins diffusaient une suite monotone de chants de Noël dont les échos tournoyaient dans l'air, l'imprégnait d'une nostalgie mielleuse et fausse. Peu à peu arrivèrent d'autres invités de cette étrange fête de Noël, presque tous Bulgares, mais aussi Roumains, Russes et même Polonais, tous très jeunes, pour la plupart des hommes, quelques-uns d'entre eux accompagnés de filles espagnoles, d'autres avec leur femme et un jeune enfant, et ils formèrent bientôt une petite multitude autour de la fontaine sur la margelle de laquelle Hristo et moi avions trouvé par miracle une place. Bientôt commencèrent à circuler des bouteilles de Coca-Cola de deux litres à demi pleines de gin. Nous buvions tous au goulot, que nous essuyions avec la paume de la main avant de porter la bouteille à la bouche, et de la tendre à celui ou à celle qui se trouvait à notre gauche, en attendant la suivante, qui nous arrivait du côté droit. Quelqu'un s'était mis à chanter dans une langue étrange, d'autres se joignaient à lui un moment, puis s'arrêtaient et riaient, j'ai dit à Hristo qu'ils avaient l'air très contents, et il a pris un air étonné pour me répondre que, bien sûr, ils étaient contents, parce que, le lendemain, c'était Noël. Alors, je me suis mise à rire, et il m'a embrassée, et je me suis sentie mieux parce que j'étais là, avec ces millionnaires dépossédés, qui n'avaient rien mais qui attendaient tout de l'avenir, parce qu'ils étaient débordants de vie, et que demain c'était Noël, et qu'il ne fallait rien de plus pour être heureux. J'étais avec eux et je buvais avec eux, sans vouloir perdre le contrôle de moi-même mais sans rien faire pour l'éviter, regardant ma montre du coin de l'œil et pestant contre l'obligation qui m'attendait, parce que je ne pouvais rien concevoir de plus odieux que d'aller m'enfermer cette nuit chez ma sœur, pour manger, sourire et arrondir les angles, torture dont s'étaient libérés, et pour bien des années, les optimistes misérables qui m'entouraient. À cela, j'ai porté un toast sans rien dire, et j'ai continué à boire, et à rire, et à embrasser sur les deux joues ceux qui s'approchaient de moi, et à me laisser embrasser, joyeux Noël, joyeux Noël, joyeux Noël à tous, quelle pêche.

Ils m'ont vue avant que j'aie pu les apercevoir parmi les flots humains qui se croisaient et s'entrechoquaient comme des fourmis à l'entrée de la fourmilière, cherchant à s'entraîner mutuellement dans des directions opposées, à l'entrée de la rue Preciados. Ils ont fait quelques pas dans ma direction et ils se sont arrêtés, abasourdis, devant le chœur des réfugiés, qui s'est ouvert aussitôt pour leur céder le passage, ceux qui le composaient intimidés soudain par l'apparence impressionnante des personnes rangées. Chargés de paquets, prospères et bien habillés, ils avaient l'air de l'une de ces familles modèles qui apparaissent sur le petit écran pour montrer la magnifique bicyclette tout terrain offerte par leur banque parce qu'ils ont ouvert un compte épargne.

Reina était complètement enveloppée dans un manteau de vison flambant neuf qui lui tombait jusqu'aux pieds, et elle empestait la laque comme si elle venait de sortir de chez le coiffeur. Sa fille était la réplique exacte de ce que nous avions été à son âge. Santiago portait un manteau en poil de chameau et, au-dessous, un costume sombre et une cravate, comme il le fallait par un soir pareil, et Jaime aussi s'était fait beau ; sous son duffle-coat, j'aperçus un blazer bleu marine à boutons dorés que je ne lui avais encore jamais vu.

« Coucou, maman ! »

Mon fils a été le seul à me saluer avec sérénité, et s'il ne s'était pas montré aussi heureux de me rencontrer, je n'aurais peut-être pas pris conscience de ma situation, mais ces deux mots m'ont brusquement réveillée, et, comme si je n'étais plus moi-même, j'ai pu me voir, femme d'âge moyen enlacée à un homme qui avait huit ans de moins qu'elle, entourée de tous côtés par une escorte déguenillée d'étrangers sans papiers, illégaux, à l'aspect inquiétant, qui changeaient de trottoir chaque fois qu'ils apercevaient de loin un gendarme, et tout cela était normal, mais cette femme était moi, la mère du petit enfant à la bouche d'Indien qui agitait la main pour me saluer comme si lui aussi trouvait tout ça normal, et j'ai tout à coup senti que ce sourire était tout pour moi, et j'ai voulu prendre mon fils dans mes bras, mais Reina, qui le tenait par la main, a fait un pas en arrière.

« Tu viens dîner ?, m'a-t-elle demandé.

– Bien sûr, ai-je répondu d'une voix pâteuse.

– Alors, il vaudrait mieux que tu passes chez toi, avant, parce que tu es dans un état dégoûtant. »

J'ai incliné la tête et j'ai découvert plusieurs taches de Coca-Cola sur mon chemisier blanc. J'étais tellement fâchée que je n'ai pu trouver la moindre réplique. Quand j'ai relevé la tête, ils me tournaient le dos et s'éloignaient rapidement.

« Jaime !, ai-je crié d'une voix épaisse de femme soule. Tu ne viens pas me faire la bise ? »

Mon fils s'est retourné pour me regarder, a tendu le cou, m'a fait un geste de la main, pour me demander de l'attendre, et, malgré la distance, j'ai vu parfaitement qu'il essayait de détacher sa main de celle de Reina, et j'ai vu Reina le retenir fermement, en lui faisant faire un faux pas. Un instant plus tard, il s'est retourné, et m'a lancé un dernier regard, en soulevant les épaules pour me signifier son impuissance, tout en m'envoyant un baiser du bout des doigts.

Hristo, qui avait tout vu et rien compris, m'a tenue par les épaules quand je me suis mise à pleurer, puis il m'a embrassée, m'a caressé le visage, a séché mes larmes, et je l'ai remercié, tout au fond de moi, pour ces bontés ; j'aurais voulu lui dire que ni lui ni personne ne pourrait jamais, avec aucun geste, arrêter cette soudaine hémorragie de larmes, mais je ne pouvais pas dire un mot, je ne pouvais que sangloter, émettre de longs gémissements profonds, faire entendre la voix stridente de la désolation, jusqu'au moment où quelqu'un m'a tendu, de je ne sais où, une bouteille presque pleine, dont j'ai vidé d'un trait une bonne partie du contenu ; l'effet de l'alcool m'a permis d'ouvrir enfin les yeux, et de remuer les lèvres.

« Pouchkine », ai-je dit, et Hristo a hoché la tête.

Puis, il m'a serrée contre sa poitrine, en me tenant par les épaules, des deux mains, et j'ai continué à pleurer.

Je me suis réveillée tout habillée sur un canapé, dans le salon d'une maison que je ne connaissais pas. Si je gardais les yeux fermés, je n'entendais que le bruit de la scie qui me coupait le crâne en deux, mais aussitôt que je levais une paupière, un marteau m'enfonçait un gros clou dans le cerveau, en biais. Je me souvenais vaguement comment j'avais atterri ici la nuit dernière, mais je ne pouvais me rappeler où j'aurais dû aller au lieu de me retrouver dans cet appartement jonché de gens qui dormaient à même le sol. Quand les connections ont été à peu près rétablies dans ma tête, je me suis levée et, ouvrant les yeux le moins possible, j'ai réussi à éviter tous les corps qui se trouvaient entre moi et la porte, j'ai reconnu mon manteau pendu dans l'entrée, je l'ai mis, et je suis sortie.

Je ne comptais pas trouver un taxi aussi rapidement, un matin de Noël, dans ce qui me parut être le quartier de Batán, mais j'ai pu en arrêter un avant d'avoir atteint la station de métro. Quand je suis arrivée à la maison, j'ai pris deux sachets de Frenadol dans un demi-verre d'eau, et sans attendre qu'ils eussent fait leur effet, je me suis préparé un jus de tomate avec beaucoup de Tabasco et un long trait de vodka, puis je me suis assise près du téléphone avec une serviette de toilette imbibée d'eau froide sur les yeux, et j'ai fait le numéro de mémoire.

« Tu appelles pour t'excuser ?, a demandé Reina après avoir décroché.

– Non. Je veux seulement parler à mon fils.

– Très bien. Attends un moment. »

Jaime est arrivé tout de suite, et je lui ai demandé pardon de ne pas être venue dîner le soir précédent.

« Ne t'inquiète pas, maman, le repas a été assommant et la dinde était dure. Je suis sûr que tu as passé une meilleure soirée avec Jésus.

– Peut-être pourrions-nous déjeuner ensemble, aujourd'hui ? ai-je proposé, sans trop d'espoir.

– Non, nous ne pouvons pas ; aujourd'hui, nous allons manger chez tante Esperanza.

– Bien sûr, ai-je dit, en me souvenant que Santiago mangeait toujours chez ses sœurs le jour de Noël. Bon, alors, je viendrai te chercher demain. »

Il a dit oui, et il a raccroché, après m'avoir avertie que les dessins animés commençaient, à la télé.

Je me suis allongée, dans l'obscurité, et j'ai dormi quelques heures. Au réveil, je me sentais nettement mieux. J'ai pris une douche, je me suis habillée, et je suis sortie avec un sac en plastique dans la main gauche. Il faisait froid, mais le ciel était bleu, et le soleil éclatant. J'ai pris ça pour un bon présage et j'ai décidé d'y aller à pied, malgré la distance.

Au-dessus de la porte, un panneau annonçait : réparations rapides en vingt-quatre heures ; le local qu'on entrevoyait à travers les persiennes paraissait désert. J'ai appuyé sur le bouton de la sonnette sans grand espoir, mais un ouvrier est apparu à l'instant, très jeune, en salopette bleue, il avait bien meilleure allure que moi. Sur son visage, on pouvait lire sa grande contrariété de devoir travailler un jour où même les boulangers étaient fermés. Je l'ai suivi en silence jusqu'au comptoir, j'ai ouvert le sac pour lui montrer le contenu, et j'ai failli, avant de lui exposer mon problème, lui demander pardon de le déranger pour si peu. Mais il m'a adressé un grand sourire. Il a pris le coffret entre ses mains, n'a examiné la serrure qu'un instant, puis a disparu avec lui par la porte du fond, j'ai entendu un bruit sec, et il est reparu aussitôt.

« Très bien ! me suis-je exclamée tandis qu'il remettait le coffret ouvert dans le sac en plastique. Quelle rapidité ! Combien je vous dois ?

– Rien du tout, ma belle. Que veux-tu que je te demande pour une broutille comme ça ? »

J'ai insisté, mais il n'a rien voulu entendre.

« Ce n'est rien, vraiment.

– Merci beaucoup, et encore une fois, mille excuses. Je regrette de t'avoir dérangé pour si peu de chose.

– De rien. » Il a bâillé, en se préparant à retrouver le rêve que j'avais interrompu. « Et joyeux Noël !

– Joyeux Noël ! »

J'ai poursuivi mon chemin en me faisant la réflexion que les signes favorables s'amoncelaient en ce brin de matinée, et j'ai pu profiter de la promenade qui me conduisait vers une destination précise, mais en pressant le bouton de la sonnette, je me suis dit que j'aurais dû téléphoner pour m'annoncer, parce que ce n'était jamais moi qui venais ici, jusqu'alors, c'était toujours lui qui était venu chez moi. Cependant, il a ouvert la porte tout de suite et n'a pas semblé contrarié de me voir. J'ai supposé qu'il était seul et qu'il s'ennuyait, comme la plupart du temps.

« Malena ! Quelle bonne surprise ! » Il s'est approché pour m'embrasser, et m'a donné un baiser sonore, un vrai baiser, sur chaque joue. « Comment vas-tu ?

– Je suis crevée, ai-je reconnu. C'est pour ça que je suis venue. Tu sais que je ne viens te voir que quand je suis aux abois.

– Oui, il a ri, les femmes sont comme ça, ingrates. Qu'y pouvons-nous ? »

Nous nous sommes assis dans le grand salon, qui avait un air de famille indiscutable, lequel n'était pas seulement dû à la présence de quelques meubles que je connaissais de longue date.

« Cet appartement est à toi, n'est-ce pas ? » Il a hoché la tête. « Mais on dirait que la maison est de Porfirio...

– Elle est de lui, ma fille, celle-là comme toutes les autres ; de nouveau, il a ri, et moi avec lui. Voyons, que puis-je t'offrir ?

– Rien. Mais absolument rien. J'ai une gueule de bois d'enfer.

– Bon, comme tu voudras. » Il s'est servi deux doigts de whisky, s'est installé dans un fauteuil en chauffant l'alcool entre ses mains, et m'a regardée. « Alors, raconte-moi ce qu'il t'arrive. »

J'ai ouvert le sac en plastique, et j'ai posé le coffret sur la table sans dire un seul mot. Il s'est approché pour regarder ce qu'il y avait dedans, et quand il a vu ce qu'il contenait, il a poussé un sifflement d'admiration très proche de celui que j'avais eu, un jour. Il l'a sortie avec la plus grande délicatesse, il s'est redressé et s'est rapproché du balcon pour la regarder dans la lumière.

« Quelle splendeur ! m'a-t-il dit un instant plus tard, souriant. Je croyais que je ne la reverrais jamais.

– Achète-la-moi, Tomás, ai-je demandé. Je t'en prie. Ton père m'a dit qu'un jour elle me sauverait la vie, et je n'en peux plus. Je suis au bout du rouleau, sérieusement. »

Il s'est assis près de moi, l'a remise dans le coffret, et m'a pris la main.

« Je ne peux pas te l'acheter, Malena. Parce que je n'ai pas suffisamment d'argent pour te la payer. Il faudrait que je vende tout ce que j'ai et je n'ai plus l'âge de me lancer dans ce genre d'aventure, mais je connais quelqu'un qui sera sans doute intéressé, et lui peut rassembler assez de fonds en peu de temps. Si tu veux, je l'appellerai demain matin, mais je ne sais pas s'il pourra venir immédiatement, parce qu'il vit à Londres... Bien que, après tout, nous puissions très bien aller le voir. Tu as prévu quelque chose, pour le réveillon la Saint-Sylvestre ?

– Dîner avec mon fils.

– Très bien. Il n'a qu'à venir avec nous. Nous pourrions lui montrer la Tour, faire une promenade sur la Tamise, aller au British Museum voir les momies égyptiennes, il sera sans doute ravi. »

J'ai souri, devant tant d'enthousiasme, mais j'ai refusé, en même temps, d'un mouvement de tête.

« Je ne peux pas, Tomás. C'est impossible. Ça me ferait très plaisir, surtout pour Jaime, mais j'ai dépensé presque toutes mes économies, et je n'ai pas encore acheté la moitié des cadeaux pour les Rois ; je ne peux pas, maintenant, payer les billets d'avion, et l'hôtel, et... » Son éclat de rire m'a interrompue en peine phrase. « Qu'est-ce qui te fait rire comme ça ?

– Mais toi, ma fille, toi. Je paierai tout, et tu pourras me rembourser plus vite que tu ne penses, ne t'inquiète pas. » Il s'est interrompu, pour retrouver son calme, et c'est sur un ton des plus sérieux qu'il a ajouté : « Tu vas être une femme très riche, Malena, et il vaut mieux que tu te fasses à cette idée. »

IV

L'oncle Griffiths l'examina quelques instants en silence, puis il dit :

« Et où est ton mari ? »

D'une voix faible, Julia répondit :

« Eh bien... Je croyais que tu le savais... Je me suis séparée de lui. Ces derniers temps, il était devenu impossible.

– C'était un mauvais sujet. »

Julia dit, avec tristesse :

« Non, ce n'est pas vrai.

– [...] Que dis-tu ? Il t'épouse et il t'abandonne et tu dis que ce n'est pas un mauvais sujet ?

– [...] Quand il avait de l'argent, il était très généreux avec moi. » Elle ajouta à voix basse : « Il me faisait des cadeaux, de très jolis cadeaux, vraiment. »

Entêté, l'oncle dit :

« De ma vie je n'ai entendu semblables idioties. »

Tout à coup, à cause du ton sur lequel le vieil homme avait dit ces mots, Julia éprouva du mépris envers lui, et se dit : « Je te connais. Je parierais n'importe quoi que tu n'as jamais fait un beau cadeau à personne. Tu serais incapable d'apprécier une belle chose même si on te la collait sous le nez. »

JEAN RHYS
After leaving Mr. Mackenzie

Pendant que je lui mettais son pyjama sans la moindre aide de sa part, j'ai cru qu'il s'était endormi debout, soutenu par le bord du lit. Il était tellement fatigué qu'on aurait dit un ivrogne en miniature, et cependant, il a souri, et m'a posé une question, les yeux fermés :

« Dis-moi, maman, tu crois que je pourrai me rappeler de ça quand je serai grand ?

– Oh ! Je pense que oui, si tu le veux vraiment. »

Il ne m'a pas répondu, et j'ai cru qu'il dormait. Je l'ai appuyé contre moi pour avoir les mains libres, j'ai ouvert le lit, et je l'ai couché le plus doucement que j'ai pu. Il s'est tourné sur le côté gauche, comme toujours, et il a encore murmuré trois mots, à la frontière du pays des songes :

« Je le voudrais », m'a-t-il semblé entendre.

Quand j'ai fermé la porte et que je me suis retrouvée seule dans le salon, je n'ai plus éprouvé, pour la première fois depuis que nous étions arrivés, l'intolérable impression d'impropriété que m'inspirait la suite insensée que Tomás avait choisie, deux chambres doubles avec leur salle de bains, de part et d'autre d'un salon ovale auquel on accédait par une entrée, dans l'un des hôtels les plus anciens et les plus prestigieux de Londres. Il n'avait pas voulu me dire combien ce caprice nous coûterait, et j'avais essayé de me faire une idée en consultant la fiche, mais je n'avais pu découvrir nulle part le prix de la suite, détail d'un mauvais goût outrancier, ai-je supposé, pour les critères sur lesquels devait reposer la direction d'un tel établissement. J'étais convaincue que tout allait mal tourner, que ce petit Libanais avec son petit bouc n'accepterait jamais de lâcher l'impressionnante quantité de millions que mon oncle avait demandée en échange de l'émeraude, somme astronomique que Tomás avait lancée sans broncher le moins du monde, tandis que j'étais assise sur mes mains, pour qu'on ne remarquât pas que je tremblais comme une feuille. Pourtant, ce soir-là, je me suis laissée glisser dans les profondeurs des coussins du canapé remplis de plume d'oie, comme si je n'avais rien fait d'autre de ma vie, et j'ai allumé une Ducados avec un briquet Bic que l'on m'avait offert au café du coin, près de chez moi, Maison Roberto. Cuisine maison. Tapas variées, produits d'Estrémadure, et j'ai sali le cendrier, sur ma lancée, un impeccable cendrier d'argent, une coupelle plate soutenue par trois tritons, dont je n'avais pas encore osé me servir. J'étais donc convaincue que tout finirait mal, mais mon petit Jaime se souviendrait encore de ce voyage dans des années, ce qui signifiait qu'il n'avait pas été vain.

J'ai entendu du bruit derrière la porte et je n'ai pas bougé, pas même pour accueillir Tomás qui entrait en souriant dans le salon.

« La pièce était bonne ?, m'a-t-il demandé.

– Très bien ! Imagine-toi que ça s'est si bien passé qu'au deuxième acte il m'a demandé d'arrêter de traduire, parce que ça lui gâchait le plaisir. Il n'avait encore jamais mis les pieds dans un théâtre, et le spectacle était magnifique, et les acteurs, et la musique ; l'ennui, c'est que quand nous retournerons à Madrid, il faudra que je l'emmène voir une pièce par semaine, mais...

– Un moment, un moment ; il m'a interrompue en réclamant le calme d'un geste de la main. Faisons les choses dans l'ordre. As-tu dîné ? Non ? Bon, alors, nous allons commander quelque chose. Où est la carte ? »

Il s'est plongé dans l'étude d'une sarabande pantagruélique puis a décroché le combiné pour demander un copieux dîner froid.

« Ah !, a-t-il ajouté dans un anglais tout à fait acceptable, et une bouteille de champagne, s'il vous plaît... »

Quand je l'ai entendu demander du Dom Pérignon avec un accent français épouvantable, je me suis repentie de n'être pas intervenue plus tôt.

« C'est dommage, l'ai-je averti, je n'aime pas le champagne.

– Moi non plus, mais un rituel est un rituel, et tu as quelque chose à fêter.

– Ah oui ? ai-je demandé en me rendant compte que j'étais redevenue une vraie boule de nerfs depuis qu'il était entré dans la pièce.

– Et comment ! Notre ami a accepté. »

Je ne me suis même pas rendu compte que j'avais ouvert la bouche, mais de ma gorge a jailli un hurlement si profond que deux minutes plus tard, un monsieur très aimable et très bien élevé a appelé de la réception pour nous demander gentiment si tout allait bien.

« Ce n'est rien, lui a expliqué Tomás tandis que je faisais des bonds et adressais des prières de remerciement non canoniques à aucun dieu en particulier, les larmes aux yeux et les poings serrés, sans cesser de l'embrasser. Ma nièce a reçu une bonne nouvelle. Nous autres, les Latins, nous avons le sang chaud, c'est bien connu. »

Puis, quand il a raccroché, il s'est séparé de moi, est allé jusqu'au meuble qui abritait le bar, a versé une bonne rasade de gin dans un verre et me l'a tendu, d'autorité.

« Très bien, a-t-il dit, à la guerre comme à la guerre. Cul sec. C'est bien. Ça va mieux ?

– Oui, mais je ne peux pas encore y croire.

– Mais pourquoi ? Nous l'avons vendue plus ou moins au prix du marché. Le conseiller m'a dit qu'il fallait rajouter dix pour cent, parce que, après tout, c'est une pierre historique, et qu'apparemment, dans ce cas, on paie toujours un peu plus cher. Il m'a même dit que nous aurions pu obtenir davantage, mais qu'il aurait fallu avoir plus de temps pour pouvoir négocier, des années, peut-être... Ah ! Voilà le repas ! »

J'ai essayé d'avaler quelques bouchées en le regardant manger avec appétit, mais je me sentais comme quelqu'un à qui on aurait noué les tripes, histoire de rire. Le vin, en revanche, me réussissait, et, sous son empire, j'ai pu poser une question qui me tenaillait depuis Madrid.

« Ça n'a pas été trop dur, Tomás ?

– De vendre la pierre ? Pourquoi ?

– Parce qu'elle appartenait à ton père, et c'est toi ou tes frères qui auriez dû la vendre, et pas moi, tout d'abord, et ensuite, parce que c'était le dernier... comment dire ça ? le dernier pactole qui restait de la fortune du Pérou, non ? Je ne sais pas, je me sens même mal à l'aise en te demandant ça...

– J'ai toujours su que c'était toi qui l'avais, Malena. Mon père me l'a dit le soir même, qu'il avait découvert que tu étais des nôtres, comme lui, comme moi, et, surtout, comme Magda.

– La mauvaise branche, ai-je murmuré, et il a opiné du chef.

– Oui, et ça le mettait hors de lui, parce qu'il était déjà très âgé et que son esprit battait un peu la campagne, parfois. “ Ce n'est pas juste, disait-il, quand cela va-t-il s'arrêter ? Quel est le prix que nous allons encore devoir payer, pour l'amour de Dieu ? ”, enfin, des choses comme ça...

– C'est pour ça qu'il me l'a offerte ?, ai-je dit, déçue et troublée. Parce qu'il n'avait déjà plus toute sa tête ?

– Non !, s'est-il empressé de répondre. Quand il te l'a donnée, il était lucide et conscient de ce qu'il faisait. Non, ce n'est pas ce que j'ai voulu dire, je pensais au fait qu'à cette époque le seul nom de Rodrigo le mettait dans tous ses états, quand il l'entendait, c'était comme si on avait joué de tous ses nerfs à la fois. Il ne t'a pas offert l'émeraude pour qu'elle reste dans la famille, mais pour que tu la vendes, le jour, comme aujourd'hui, où tu sentirais que tu n'en peux plus. “ Vous, vous me tenez, m'a-t-il dit, mais l'argent, c'est toujours moi qui le tiens, je vais bientôt mourir, avant qu'elle soit grande, et alors, qui veillera sur elle ? ” C'est pour ça qu'il te l'a donnée, pour que ce trésor te protège, des autres, et surtout de toi-même, tu comprends ? Il savait bien des choses, et il passait bien du temps à t'observer sans rien dire, il te connaissait très bien, et il voulait te distinguer des autres, te rendre forte, pour que tu te sentes quelqu'un de puissant et d'important, pour que personne ne puisse te faire du mal. Il voulait que tu t'aimes davantage, et mieux que tu ne le faisais, parce qu'il t'avait entendu dire la même phrase que Magda répétait tout le temps quand elle était petite.

– Quelle phrase ? Je ne m'en souviens pas.

– Moi, je m'en souviens. Tu lui avais dit que ta sœur Reina était bien meilleure que toi. »

À ces mots, que je ne me souvenais plus d'avoir prononcés, j'ai pu retourner en arrière, au rez-de-chaussée de la maison de la rue Martínez Campos, lorsque les rayons du soleil tombaient, à travers les vitraux, sur l'index superbe qui m'indiquait mon origine sur une carte, aux frontières d'un monde qui n'existait pas, et l'amour que j'ai ressenti alors a, une nouvelle fois, été absorbé par tous les pores de ma peau tandis que je me demandais si lui, le mort aimé, connaissait alors, comme je la connaissais à présent, la vertu bénie de certaines malédictions anciennes.

« Je l'aimais, Tomás ; je l'aimais immensément. Je l'ai toujours aimé, autant que je m'en souvienne, et pourtant, je ne sais pas pourquoi.

– C'est étrange. Parce qu'il n'était pas du tout facile à aimer. » Il est resté un moment sans rien dire, à réfléchir en regardant le plafond. « Mais enfin, il faut de tout pour faire un monde. C'est ce que je lui ai dit, quand je lui ai avoué la vérité.

– Quelle vérité ?

– La seule qu'il y ait.

– Je ne comprends pas... Et vraiment, tu m'as toujours fait l'effet de quelqu'un de trop mystérieux, tu sais. Quand j'étais petite, tu me faisais même peur. Tu étais tout le temps silencieux, comme grand-père, et très sérieux. Pendant les fêtes en famille, tu ne chantais jamais, et je ne te voyais jamais rire.

– Je m'amusais rarement, que te dire... » J'ai souri avec lui.

« Je ne sais même pas ce que tu as de particulier...

– Pour faire partie de la bande des maudits, c'est ce que tu veux dire ? » J'ai opiné du chef et il a gardé un long moment le silence.

Puis, il a tendu la main vers sa veste, a sorti un paquet de cigarettes d'une poche, l'a ouvert soigneusement, et, après la première goulée, s'est penché en avant, les coudes sur ses genoux, pour me regarder de plus près.

« Tout, a-t-il dit doucement, moi, j'ai tout, Malena, j'ai plus de droits au mauvais sang que vous tous réunis. Je suis homosexuel. Je pensais que tu le savais.

– Nonnn, ai-je rétorqué, la bouche ouverte, et, quand j'ai pu la refermer, je me suis excusée : pardon, je... Je suppose que j'aurais dû m'en rendre compte, je ne sais...

– Mais pourquoi ? » Je l'ai regardé, et j'ai vu qu'il me

souriait. Il paraissait assez amusé et nullement offensé. « On ne le remarque pas ; on ne l'a jamais remarqué. Il m'arrive encore de rencontrer des camarades d'école qui ne le savent pas non plus, il y en a même un qui est convaincu depuis des années que je suis veuf et qui, chaque fois qu'il me voit, me demande si je la regrette encore. Magda a été la seule qui l'ait su, très tôt, parce qu'elle m'a surpris sur le fait, en train de peloter un neveu de Marciano qui me menait pas le bout du nez, une fière crapule, quelle horreur, quand j'y pense, à toutes les folies que j'ai pu faire pour ce type... Plus tard, Magda et moi, nous avons eu notre petite plaisanterie secrète : “ Quand quelqu'un a quatorze enfants, disions-nous, il est évident qu'on finit par trouver un peu de tout, un émigrant, une miss, un légume, un manchot, une nonne, un pédé, un procurateur général, un éjaculateur précoce... ”

– Qui ?, ai-je lancé, en éprouvant une joie absurde, enfantine.

– Ah ! » Pour toute réponse, il a dessiné du doigt, en l'air, un point d'interrogation, puis a posé la main sur sa poitrine d'un geste grandiloquent. « Pas moi, bien entendu.

– Pedro, ai-je suggéré, c'est sûrement lui, ça lui irait comme un gant.

– Je ne dirai ni oui ni non, m'a-t-il répondu en riant, et ça n'a aucune importance. Papa a dépensé une fortune en putes, et finalement, ils l'ont casé alors qu'il était encore tout jeune, mais il s'en est apparemment assez bien tiré...

– Et toi ? Ils n'ont pas réussi à te caser...

– Non. Parce que je ne me suis jamais porté candidat. À vingt-six ans, je savais où je mettais les pieds et je n'ai jamais été bête. Je te dirai même que lui était au courant bien longtemps avant que je lui en parle, même s'il n'a jamais rien dit, ni dans un sens ni dans l'autre ; il n'était tout simplement pas question de sexe, dans les conversations que nous pouvions avoir. Ç'aurait pu continuer comme ça indéfiniment si ma mère n'avait chaussé ses gros sabots.. Mais, le jour de mes vingt-cinq ans, il m'a dit : “ Mon fils, j'ai l'intention de t'asticoter tant que je ne te verrai pas le fil à la patte ”, et il a tenu parole, et comment... Elle, elle ne se doutait de rien, je crois qu'elle devait plutôt se dire que j'étais bourré de complexes, et que c'était pour ça que je n'étais pas encore sorti avec une fille, parce qu'à vingt-cinq ans j'étais une laideur, à quoi bon se dorer la pilule, et alors, elle a décidé de m'en chercher une, et tu ne peux pas savoir ce qu'ils m'ont fait déguster. Du matin au soir, la maison était remplie de filles, des amies de mes sœurs, de mes cousines, les petites amies de mes frères, les filles des amies de ma mère, des blondes et des brunes, des grosses et des maigres, des grandes et des petites, des effrontées et des farouches, un catalogue complet, pour tous les goûts, il y en avait de très belles et de très gentilles. Je me suis bien entendu avec deux d'entre elles, et nous sommes devenus de bons amis, nous sortions ensemble, nous allions au cinéma ou au restaurant, et avant qu'elles aient eu le temps de se faire des illusions, je leur avais tout dit. L'une s'est fâchée et a déclaré qu'elle ne voulait plus me voir, et je l'ai vite perdue de vue, mais l'autre, María Luisa, qui s'est mariée par la suite, deux fois, et qui a un tas d'enfants, et de petits-enfants, est toujours mon amie, et tiens-toi bien, ça ne manque pas de sel, et je m'imagine que ma mère se retournerait dans sa tombe si elle pouvait m'entendre, nous avons couché ensemble de temps en temps, tout au long de ces années... presque quarante ans, et je ne sais ni pourquoi ni comment, parce que ça ne m'est arrivé avec aucune autre femme, ça s'est produit comme ça, un beau jour, elle en avait envie et moi aussi, et puis, nous restions deux ou trois ans sans nous toucher, et un autre beau jour, ça recommençait, nous avons été de drôles d'amants...

– Vous auriez pu vous marier.

– Sans doute. Elle me voyait si malheureux, si angoissé, qu'elle m'a dit qu'elle était prête à le faire, que chacun ferait sa vie de son côté, et que nous vivrions officiellement sous le même toit. C'est pour ça que je suis allé trouver mon père, pour lui parler, parce que je ne pouvais pas faire une chose pareille à María Luisa. J'ai mis des semaines à considérer la question, j'ai préparé mon discours, et j'ai même pris des notes avant de sortir de ma chambre, mais ensuite, dans le bureau, je me suis approché de sa table, je me suis assis, et plus rien, j'avais la tête vide. Il me regardait sans rien dire, comme pour m'encourager à parler, et j'ai fini par tout déballer, n'importe comment : “ Je ne me suis jamais mêlé de ta vie, papa, je ne sais pas ce que t'apporte Teófila, et je ne veux pas le savoir, mais il faut que tu me comprennes, et je sais que je vais te dégoûter profondément, que pour un homme tel que toi ce doit être terrible d'avoir un fils aîné tel que moi, mais je n'y peux rien, papa, ce n'est pas de ma faute, je ne l'ai pas cherché, mais moi, j'aime les hommes. " Il a fermé les yeux, a jeté la tête en arrière et n'a pas desserré les dents. Cette réponse m'a tellement impressionné que je lui ai dit que je me marierais s'il me le demandait. " Non, m'a-t-il répondu, sans ouvrir les yeux. Pour toi, ce serait une torture, et pour ta femme, une indignité. " Je l'ai remercié et il s'est levé, il a fait deux ou trois fois le tour de la pièce, et puis il est venu tout doucement se mettre derrière moi, il a posé sa main sur mon épaule, et m'a demandé de le laisser seul. " Il faut que je réfléchisse, m'a-t-il dit, mais ne t'inquiète pas, et surtout, ne dis rien à ta mère, je lui en parlerai, moi. Ça vaut mieux. "

– Et elle, qu'a-t-elle dit ?

– Rien. Absolument rien. On aurait dit que, tout à coup, elle et mon père avaient interverti les rôles. Nous ne nous sommes jamais dit que des choses banales, et je t'avoue que je ne m'attendais pas à ça. J'avais toujours cru qu'elle l'accepterait plus facilement que lui, qu'elle en souffrirait moins. Après tout, elle avait plus de raisons qu'il ne lui en fallait pour se méfier des fiers-à-pine, elle avait passé toute sa vie à souffrir pour l'un d'entre eux, et pourtant, lui m'a fait une place dans sa vie même s'il n'a jamais pu me comprendre, mais elle, elle ne m'a jamais pardonné. Jamais.

– Parce que c'était une sainte.

– Oui, je suppose. Je me rappelle encore, et je crois que je ne l'oublierai jamais, le regard de triomphe qu'elle m'a lancé le jour de la demande en mariage de ta mère. Je me souviens encore à quel point ce regard m'a fait mal, comme ses commentaires acerbes, hautains, implacables. Elle mariait une fille enceinte, mais c'était ce qui comptait le moins.

– Ce qui comptait le plus, c'était mon père.

– Oui. Ou, pour l'appeler autrement, le grand échec de ma vie. » Il a eu un rire qui a sonné si faux que j'ai su qu'il n'y croyait pas lui-même. « C'est ce que je croyais alors, mais, à présent, je n'en suis plus aussi sûr. Ton père ne se laissait pas faire, il ne s'est jamais laissé faire, et ne fais pas cette tête-là parce que je parle sérieusement, s'il en avait été autrement je te le dirais aussi, parce que pour moi, tu le comprendras aisément, il n'y a là nulle offense, rien d'injurieux, bien au contraire, mais ton père ne me disait rien, ni qu'il aimait ni qu'il n'aimait pas, mais il se débrouillait toujours pour me glisser entre les mains sans que je m'en rende compte et, bien entendu, d'une certaine manière, il s'est servi de moi, ouvertement, pour se faufiler chez moi et pour séduire ta mère...

– Magda dit le contraire, que c'est maman qui l'a séduit, lui.

– Ah bon ? Moi, ce n'est pas mon impression, que veux-tu que je te dise, mais elle a peut-être raison, je ne sais pas, en fait, tout cela revient au même. En tout cas, ton père s'est joué de moi, mais, par la suite, j'ai toujours pu faire appel à lui, et il a toujours été de mon côté. Et il m'a tiré de pires guêpiers que la fête balkanique où on t'a surprise l'autre jour...

– On t'a déjà mis au courant ? Putain, les nouvelles vont vite !

– Ce genre de nouvelles-là, ça ne court pas, ça vole. Mais on peut toujours considérer les choses d'un point de vue différent... En définitive, dans certains milieux, cet épisode ne fera qu'accroître ton prestige, parce que tu es dans le vent, ça fait fureur, cette saison.

– Quoi ?

– Les amants bulgares. » Nous avons ri à l'unisson.

« Bulgares, non, brrr..., m'a dit Hristo, avec un geste de mépris. Pour le travail, des Polonais, mariés, catholiques... Ils aiment travailler. C'est mieux tous Polonais, je choisis.

– Très bien, comme tu voudras. »

J'avais tout d'abord eu l'idée d'ouvrir une école de langues, mais quand j'en ai parlé à Porfirio, il m'a demandé si j'avais envie de me ruiner, puis il m'a proposé une meilleure affaire.

« Messageries », m'a-t-il dit à l'oreille entre deux coups de dents, dédaignant de la manière la plus flagrante la coupole romantique du ciel africain, tandis que je me caressais doucement avec les moignons de ses doigts sur la terrasse de son appartement, dans le complexe hôtelier tunisien flambant neuf, son œuvre. « C'est une entreprise de messageries qu'il faut créer. Miguel et moi nous leur payons une fortune tous les mois, et je suis certain que ton père en fait autant. À partir de maintenant, c'est toi qui t'en occupes, et en route. Ne fais pas l'idiote. »

Il n'a même pas cherché à savoir d'où je sortais l'argent, même pas quand je l'ai appelé pour lui demander de me vendre l'appartement où je vivais, et je ne le lui ai pas dit, pas même au moment de signer, parce qu'on nous avait appris à tous deux que ces choses-là ne se racontent pas. Depuis que j'étais revenue de Londres, je respectais scrupuleusement les règles de conduite traditionnelles de ma famille, et après avoir passé des journées entières dans l'étude d'un notaire, en suivant point par point les indications de Tomás, qui s'amusait beaucoup à avoir soudain tant de choses à faire : créer des sociétés, faire des donations, choisir des prête-noms, et acquérir des propriétés sous toutes sortes de pseudonymes légaux, ma fortune était aussi opaque qu'elle avait été nulle avant mon départ pour Londres. Je me sentais une véritable Fernández de Alcántara, et quand j'ai réussi à faire accepter à Hristo la direction de ma future agence de messageries, j'ai arrêté de travailler. Ensuite, j'ai acheté la plus grande balançoire que j'aie pu trouver, j'ai fait couvrir de gazon artificiel l'une des terrasses de ma maison. Je me suis dit que le moment était venu de rendre coup pour coup, en employant les mêmes armes que celles dont l'ennemi avait disposé jusqu'alors, mais Jaime m'est pourtant revenu avec des blessures plus profondes.

Il était neuf heures et demie du soir, un terrible vendredi de mars, froid et obscur, quand Santiago s'est présenté sans m'avoir prévenue. J'ai d'abord cru qu'il était seul, mais Jaime a brusquement émergé de son ombre et s'est précipité dans l'appartement. Puis il s'est jeté sur moi, le corps mou et tremblant.

« Voyons un peu si tu comprends ce qui arrive à cet enfant !, m'a lancé mon mari d'une voix rude. Il me casse les couilles, il est insupportable, je ne peux pas comprendre ce qu'il veut, merde, à la fin ! Il a passé tout l'après-midi à pleurer comme un hystérique, en disant qu'il devait venir ici, qu'il devait te voir, et quand je lui ai dit qu'il n'en était pas question, il m'a répondu que, si je ne l'emmenais pas, il viendrait à pied, je...

– Ça va, Santiago, arrête ton char ! Il a six ans », ai-je crié moi aussi. Jaime tremblait et pleurait, la tête enfouie dans mon estomac, il avait l'air terrorisé. « Va-t'en, je le garde avec moi. Nous parlerons plus tard. »

Il a encore eu quelques gestes d'indignation orthodoxes, puis il a fait demi-tour sans un mot. Tandis qu'il s'éloignait, je me suis demandé où il avait bien pu dégotter autant de caractère, tout d'un coup. Puis, je suis allée fermer la porte, et j'ai conduit Jaime dans le salon, je me suis assise avec lui sur le canapé, et je l'ai laissé pleurer tout son soûl.

« Tu es fatigué ? » Il a fait non de la tête, mais j'ai insisté, parce que j'avais l'impression qu'il était épuisé. « Tu veux aller au lit ? Je pourrai t'apporter un bol de lait, et nous pourrons parler.

– Maman, dis-moi, n'est-ce pas qu'Iñito Montoya est un héros ?

– Iñito Montoya ? », ai-je répété, déconcertée.

Il s'est avisé de mon ignorance, et, ébauchant un geste d'impatience, il s'est levé, est allé jusqu'à la porte du salon, a tendu la main droite, le poing serré, comme s'il brandissait une épée, et il est venu vers moi en répétant une étrange incantation d'une voix basse à s'écorcher la gorge :

« Je m'appelle Iñito Montoya. Tu as tué mon père. Prépare-toi à mourir. »

Il a fait un pas en avant en haussant encore la voix et en outrant ses gestes. Si je n'avais pas vu les larmes qui noyaient ses yeux et roulaient sur ses joues, j'aurais ri volontiers de son petit numéro. Il a répété encore deux fois son incantation, et tout à coup je me suis écriée :

« *La Princesse promise !*

– Bien sûr !, s'est-il exclamé en soupirant comme si ma réaction l'avait soulagé d'un poids écrasant. Encore heureux que tu t'en sois souvenue ! »

Nous avions vu le film à la télé tous les deux, et nous avions pleuré en même temps quand le méchant cavalier aux six doigts avait blessé Iñito Montoya au bras avec son épée, l'humiliant vilement comme il l'avait déjà fait, une fois, bien des années auparavant, en le marquant au visage, faisant couler le sang sur les joues d'un petit orphelin solitaire qui ne se nourrissait que d'orgueil et de désespoir. Nous avions pleuré tous les deux ensemble, souffrant de l'impuissance du gentilhomme de Tolède en guenilles qui paraissait condamné à toujours perdre, et ensemble nous avions surmonté avec lui le plus terrible des affronts imaginaires, en admirant comment, hors d'haleine et blessé, seul, et joué par le destin, il était arrivé à changer sa rage en force, et à puiser dans sa douleur l'énergie nécessaire pour venger enfin la mort de son père. Tous deux, nous avions choisi d'être Iñito Montoya, et tous deux nous avions triomphé avec lui. Puis j'avais éteint la télé. C'était un très bon film, mais seulement un film, une histoire de plus, comme n'importe quelle autre, et cependant, Jaime s'agrippait maintenant à mes poignets et pleurait, implorant une consolation que je ne pouvais lui apporter, comme si ma réponse était pour lui une question de vie ou de mort.

« N'est-ce pas qu'Iñito Montoya est un héros, maman ? Dis-moi oui. N'est-ce pas que c'est un héros, pour toi ?

– Bien sûr, mon chéri. » Je l'ai regardé avec attention, et il m'a fait peur. Parce que je ne l'avais jamais vu avoir si peur. « Bien sûr, que c'est un héros. Comme le pirate, et comme le géant. Ce sont les trois héros du film.

– Reina dit que non.

– Quelle Reina ?

– Les deux ! Elles disent que ce n'est pas un héros parce qu'il perd quand il se bat en duel avec le pirate Roberts, et qu'il perd encore une fois, quand le méchant lui coupe les manches. Elles disent qu'à la fin il ne gagne que par hasard, et que le pirate n'est pas un héros non plus, parce que les méchants le tuent, et que ses amis l'emportent pour le faire ressusciter, et que comme personne ne ressuscite vraiment, personne n'est un héros... Elles disent que les seuls héros ce sont ceux qui gagnent les guerres.

– Ça, ce n'est pas vrai, Jaime.

– Je sais, maman, parce que, moi, je m'appelle comme un héros qui a perdu la guerre, non ? Tu m'as toujours dit ça, et je l'ai dit à Reina, mais elle ne le croit pas...

– Quelle Reina ? lui ai-je demandé tandis que ses larmes s'écrasaient sur mon visage, sur mes sourcils, coulaient le long de mon nez et atteignaient les commissures de mes lèvres.

– Les deux. Les deux disent qu'on ne peut pas être un héros si on perd. »

Je l'ai embrassé si fort que j'ai eu peur de lui avoir fait mal, mais il ne s'est pas plaint. Je le berçais doucement, tandis qu'assis sur mes genoux il s'agrippait à mon chemisier, je le berçais comme quand il était petit, nous sommes restés ainsi longtemps, il a recouvré son calme avant moi et a levé la tête pour me regarder dans les yeux, et m'a posé ensuite la question la plus épineuse qui m'ait jamais été soumise.

« Dis-moi une autre chose, maman, une chose qui est plus importante... N'est-ce pas que nous, les Alcántara, nous avons conquis l'Amérique ? »

Je savais bien qu'il voulait une confirmation immédiate, et j'ai senti mes lèvres se glacer, ma langue se dessécher, se convertir en une éponge effilochée et inutilisable, et l'air s'épaissir, devenir un fluide lourd qui en un instant m'a rempli la gorge. Alors, mon fils, déterminé à affronter la déception imprévue, s'est séparé de moi, s'est levé brusquement, pour aller se placer sous la protection de Rodrigo en montrant sa magnifique épée de théâtre d'un doigt crispé et tremblant.

« Dis-moi oui, maman, dis-moi oui. C'était lui, n'est-ce pas ? et ses frères, et son père, qui ont conquis l'Amérique. Reina dit que non, mais c'est vrai, n'est-ce pas, maman, que c'est vrai ? »

Magda avait toujours eu son père, mon grand-père avait toujours eu l'argent, moi, j'avais toujours eu l'émeraude, et alors, j'ai compris que mes mains n'étaient pas vides, parce que mon fils m'aurait toujours, moi. Je suis allée vers lui, je l'ai pris dans mes bars, et je lui ai souri.

« Bien sûr que oui, Jaime, à l'école, on va te dire que ç'a été Francisco Pizarro, mais il y avait beaucoup d'Alcántara avec lui. Nous avons conquis l'Amérique... » J'ai montré le tableau d'un mouvement du menton, et j'ai regardé Jaime. Il ne pleurait plus. « Rodrigo, ai-je ajouté, et tous ses enfants. »

Sur l'étagère, il y avait un bol en bois plein d'une sorte d'herbe, filaments transparents d'aspect dégoûtant. J'en ai pris un du bout des doigts, je l'ai regardé, je l'ai goûté, et alors Jaime, qui avait préféré rester à l'extérieur, a éclairci le mystère :

« C'est de la luzerne. Grand-père a dit qu'il n'avait

aucune intention de goûter ça, parce que la luzerne, c'est bon pour les chevaux, mais tante Reina dit que ça fait beaucoup de bien. Moi, je n'aime pas ça. »

Alors, elle est entrée dans la cuisine. Au sixième mois de grossesse, elle était aussi immense que la première fois, mais là s'arrêtait la ressemblance. Je l'ai regardée avec attention, en me disant qu'un œil innocent qui considérerait les choses en face en toute honnêteté estimerait que la femme lasse, aux cheveux châtain clair semés de mèches blondes, aux sourcils trop épilés, au visage luisant de crème hydratante, aux ongles courts couverts d'un vernis transparent, avec de fines chaînes d'or au cou, des bas en mousse d'un ton indéfinissable et des mocassins plats marron, que cette femme devait avoir au moins cinq ans de plus que moi, parce que, comme je l'avais toujours cru, tel est le prix que l'on paie pour un certain bonheur.

« Malena ! » Elle s'est approchée, m'a fait une bise que je n'ai pu lui rendre, et a essayé de prendre mon fils par la main, mais celui-ci l'en a empêchée en s'agrippant à la mienne. « Tu nous ramènes Jaime ?

– Non. Je suis venue vous dire deux mots, à toi et à ton mari.

– Ah bon ? » Elle paraissait perplexe. « C'est que nous avons invité maman à déjeuner, et quelques voisins, aussi, et nous n'avons pas encore eu le temps d'installer le barbecue.

– Le barbecue ?, me suis-je exclamée. Mais il fait un froid de canard !

– Oui, mais comme hier il a fait si beau et que nous avions prévu de... On ne pourrait pas remettre ça à un autre moment ?

– Non. »

J'ai envoyé mon fils jouer dans le jardin, et j'ai suivi Reina dans le salon. Elle est allée chercher Santiago et est revenue avec lui un instant plus tard.

« Ce que j'ai à vous dire n'est pas long, je ne vous prendrai pas beaucoup de temps, ai-je annoncé. J'emmène Jaime avec moi à la maison parce qu'il ne veut plus vivre ici. Comme je n'ai fait aucune difficulté quand il m'a dit qu'il voulait venir ici, j'espère que vous ne me rendrez pas les choses difficiles. » J'ai regardé mon ex-mari et je n'ai rien décelé de particulier sur son visage ; ma sœur, cependant, était stupéfaite, et je me suis donc adressée à elle : « Quand nous nous sommes séparés, Santiago et moi, nous étions d'accord, tous les trois, que le petit vivrait avec moi. Voilà, c'est tout.

– Je m'en doutais, a-t-il dit, en un murmure.

– Mais je ne comprends pas !, a protesté Reina. Qu'a-t-il bien pu te dire pour que tu...

– Rien, l'ai-je interrompue, consciente que je ne devais surtout pas m'énerver. Absolument rien. C'est lui qui a pris la décision et, soit dit en passant, moi, j'ai toujours préféré me dire que vous ne lui aviez rien dit de votre côté quand il a décidé de venir ici. »

C'est ce moment qu'a choisi ma sœur pour montrer patte blanche pour la première fois de sa vie :

« Si un juge apprenait qui tu fréquentes, il estimerait sans doute que tu n'es pas la personne la plus indiquée pour éduquer un...

– Ça suffit, Reina ! » Santiago, plus scandalisé que furieux, a encore crié, le visage écarlate : « Tu la fermes, s'il te plaît ! » J'ai souri, en moi-même, en découvrant d'où il avait tiré son autorité, bien qu'il n'y eût rien de drôle dans cette exhibition impudique.

« C'est une simple remarque, a-t-elle jeté en guise de défense.

– Bien entendu, a-t-il dit, mais une remarque répugnante.

– Pour une fois, nous sommes d'accord », ai-je ajouté.

Il y a eu une pause, courte mais très dense, tandis que nous nous surveillions tous les trois du regard. Ma sœur a rompu le silence, et à peine avait-elle dit un mot que j'avais compris, à son ton, qu'elle avait changé de stratégie.

« De toute façon, Malena, ce n'est pas si simple, tu sais ; elle me regardait maintenant avec l'expression de Mère l'Oie. Changer un enfant d'école au dernier trimestre, c'est lui poser un handicap.

– Personne n'a parlé de changer l'enfant d'école.

– Non, bien sûr. Tu pourrais l'accompagner le matin, et ensuite, le laisser ici jusqu'à...

– Ce n'est pas nécessaire, Reina, il y a une ligne d'autobus et un arrêt devant le portail de San Francisco el Grande.

– Bien sûr, bien sûr, c'est tout près, mais je me disais... Le psychologue pour enfants pense...

– Ça ne m'intéresse pas. » C'était la troisième fois que je lui coupais la parole, et j'estimais que c'était suffisant. « Si tu veux mon avis, je crois qu'il faudrait tous les pendre. »

À ce moment-là, Santiago s'est souvenu qu'il avait quelque chose à faire.

« Vous pouvez continuer sans moi, a-t-il dit, et nous avons toutes les deux opiné.

– Et comme Jaime va vivre avec moi, ai-je poursuivi, et que s'il y a une chose qui me sort des yeux, dans ce monde, ce sont bien les curés laïques, l'année prochaine, j'essaierai de trouver une école sans psychologue, une école toute simple, ni agnostique ni progressiste ni alternative, sans cours d'écologie, mais avec des cours de latin. C'est une simple question d'esthétique, rien de personnel.

– Tu peux bien continuer à dire toutes les bêtises que tu veux, a rétorqué Reina avec une expression douloureuse, mais le psychologue dit que le petit n'est pas très équilibré.

– Naturellement, ai-je approuvé, sincèrement. De quoi vivrait-il, sinon, ce brave homme ? »

Ma sœur m'a tapoté les genoux dans un geste d'impuissance avant de se lever, et elle s'est éloignée sans me regarder, mais en me disant :

« Viens avec moi. Je crois que tu aimes bien regarder les informations... »

Il était dans le premier classeur du bureau de Reina, et c'était bien mon vieux carnet, si vieux que je le reconnaissais à peine, le dos tordu, détaché du reste, la reliure abîmée, aux angles, qui montrait le carton, un journal d'enfant recouvert de feutre vert, comme un veston tyrolien.

« Attends, ça doit être par ici... » Reina parlait, à côté de moi, mais elle aurait tout aussi bien pu se trouver à l'autre bout du monde, je l'entendais à peine. « Et, bon, je veux te demander pardon, pour ce que j'ai dit tout à l'heure, à propos du juge, mais je crois, sincèrement, que le petit serait mieux ici, avec nous. »

J'ai tendu la main, et je l'ai palpé sans qu'elle s'en rendît compte. Je l'ai reconnu au toucher, et je l'ai sorti du classeur, je l'ai ouvert au hasard, pour chercher ensuite, d'instinct, les pages que j'avais écrites pendant mes heures de gloire. Je me suis mise à lire, et mes lèvres ont esquissé le sourire de jadis, un sourire rond et plein, mon cœur a battu plus vite, et ma peau s'est hérissée, sous l'impact de ce plaisir. J'ai fermé les yeux et j'ai presque pu sentir l'odeur de Fernando. Quand je les ai rouverts, j'ai trouvé la première annotation au feutre rouge, des mots dont je n'étais pas l'auteur.

« Et, en plus, tu dis toujours que tu n'aimes pas les enfants, alors que moi, je les adore... »

Il y avait partout des phrases en rouge, des remarques sarcastiques sur ce que j'avais écrit, des ratures qui introduisaient de vénéneux textes de remplacement, des signes dans les marges, des points d'interrogation, d'exclamation, des éclats de rire délétères, ah ah ah.

« Que lis-tu ?, m'a demandé ma sœur. Qu'est-ce que c'est ? »

Je lui ai tourné le dos et j'ai continué à lire, jusqu'au moment où la douleur la plus pure, comme une mort en raccourci, m'a percé la poitrine, et, pour pouvoir la supporter, j'ai dû me pencher en avant, et j'ai continué à lire, à mourir de ce mal qui me rongeait depuis si longtemps, et j'ai accueilli chaque attaque comme une caresse, chaque morsure comme un baiser, chaque blessure comme un triomphe, et j'ai continué à lire, et l'amertume et l'haleine putride ont envahi ma bouche, comme si je me décomposais, et j'aurais juré que je pleurais, et je continuais à lire.

« Mon pauvre chéri, me suis-je entendue murmurer d'une voix faible, mon âme à l'agonie, tu n'avais même pas vingt ans. Toi, qui te croyais si mûr, tu t'es laissé mener en bateau...

– Ne lis pas ça, Malena ; ma sœur se tenait devant moi, la main tendue. Donne-moi ça. Il est à moi. Je l'ai trouvé. »

Sans même avoir conscience de l'efficacité fabuleuse du geste, je lui ai envoyé mon poing dans la figure et elle est tombée à la renverse, les jambes écartées, le visage envahi par la terreur, et elle s'est aussitôt levée à toute vitesse, cherchant une issue, mais, pour une fois, je suis arrivée à la porte avant elle.

« Tu es une salope, ai-je dit, en bloquant le passage.

– Malena, je suis enceinte, je ne sais pas si tu t'en rends compte...

– Fille de pute ! ai-je encore lancé, et je n'ai pas pu continuer. Tu es... »

La colère m'avait cloué le bec, et elle s'en est rendu compte. Elle a reculé, très lentement, en me parlant tendrement, sur le ton hypnotique qui donnait naguère encore de si bons résultats, avec les mêmes mots, sur le même rythme, une délicate expression de fragilité sur son visage livide, enfin entamé par une véritable peur.

« Je l'ai fait pour ton bien, disait-elle doucement, les bras ingénument tendus comme si elle croyait pouvoir dresser une barrière efficace contre ma colère. Et je ne m'en repens pas, il n'était pas fait pour toi, ta vie aurait été un enfer, j'en suis certaine, il appartenait à un autre monde, tout ce que j'ai fait, je l'ai fait pour ton bien. »

Je me suis rapprochée d'elle, très lentement moi aussi, mais sans l'ombre d'une hésitation.

« Tu as couché avec lui ?

– Non. Mais que dis-tu ? Tu ne penses pas que...

– Tu as couché avec lui, Reina ?

– Non. » Elle a atteint le mur, s'y est appuyée et est restée immobile, les bras croisés sur le ventre. « Je te le jure, Malena, je te le jure. »

J'étais si près d'elle que je l'entendais respirer, et la panique que je percevais dans son souffle m'était une piètre consolation. J'ai plaqué mes mains au mur, de chaque côté de son visage, et elle s'est mise à sangloter.

« Tu as couché avec lui ?

– Non.

– Pourquoi ?

– Il n'a pas voulu.

– Pourquoi ?

– Je ne sais pas. »

J'ai frappé contre le mur, les poings serrés, à un millimètre de son visage, et ses traits se sont contractés un instant, pour se détendre ensuite.

« Pourquoi, Reina ?

– Il m'a dit que je ne lui plaisais pas.

– Pourquoi ?

– Je ne sais pas, parce que j'étais trop mince, je suppose.

– Ce n'est pas vrai.

– Il devait être très amoureux de toi.

– Pourquoi tu ne lui plaisais pas, Reina ?

– Je ne sais pas. »

Je me suis remise à donner des coups contre le mur, et cette fois, j'ai frappé si fort que je me suis fait mal.

« Pourquoi ?
– Je vais avorter, Malena. Si tu continues comme ça, je vais perdre la petite, tu es folle, je ne... »
Son regard s'est arrêté sur ma main droite, et j'ai vu moi aussi un mince filet de sang couler, j'ai de nouveau frappé contre le mur, et une petite tache rouge est apparue sur la peinture blanche impeccable.
« Je vais te laisser la maison comme une porcherie.
– Laisse-moi, Malena, je t'en prie, laisse... » Un nouveau coup l'a empêchée de terminer sa phrase.
« Pourquoi ne lui plaisais-tu pas, Reina ?
– Il a dit que je l'écœurais.
– Pourquoi ?
– Je n'ai pas très bien compris, je...
– Qu'est-ce que tu n'as pas très bien compris ?
– Il m'a dit que je le dégoûtais.
– Pourquoi ?
– À cause de ce que j'étais.
– Et qu'est-ce que tu es, Reina ?
– Une allumeuse.
– Quoi ?
– Une allumeuse.
– Ça sonne bien. Dis-le encore une fois.
– Une allumeuse. »
Je me suis détachée d'elle et, un instant, nous sommes restées toutes les deux l'une à côté de l'autre, adossées au mur. Je me suis laissée descendre doucement, jusqu'à me retrouver assise par terre, mon visage était comme une masse compacte, uniforme, sans relief, ma peau, morte, insensible. Jamais je ne m'étais sentie épuisée à ce point. J'ai replié les jambes, serré mes genoux entre mes bras, et j'y ai posé ma tête, ma sœur était devant la porte, et je ne l'avais même pas entendue se déplacer.
« Je suis tombée amoureuse de lui en même temps que toi, Malena », m'a-t-elle dit. J'ai levé la tête et je l'ai regardée, sans être consciente de mon expression, mais j'ai remarqué que mon regard faisait renaître sa peur.
« C'était la première fois que je... »
Elle n'a pas osé achever sa phrase. Je riais.

Une demi-heure plus tard, quand j'ai descendu l'escalier, j'avais récupéré. Lorsque je suis arrivée sur le porche, je me suis rendu compte que ma sœur n'avait rien dit de cette scène à personne, car tout allait pour le mieux, les voisins et ma mère, accompagnée de son militaire, étaient arrivés, et tous bavardaient tranquillement en faisant maladroitement ceux qui profitaient du soleil d'une journée chaude alors qu'ils étaient transis de froid. Ma mère s'est levée en m'apercevant, et elle m'a embrassée, j'ai dit bonjour à tous ceux qui se trouvaient là, et Reina, qui grillait des saucisses sur le barbecue, ne s'est pas retournée pour m'adresser un regard. J'ai pris Jaime par la main, et je me dirigeais vers le portail quand j'ai compris que je ne pouvais pas partir comme ça, parce que sur mon dos pesaient encore trop de douleur, trop de peur, trop de silences, et tant d'amour et tant de haine qu'aucune vengeance ne pourrait jamais me satisfaire. J'ai fermé les yeux et j'ai vu Rodrigo éclater en un million de vers blancs, Porfirio sourire tandis qu'il enjambait la rampe du balcon, j'ai vu grand-père réduit au silence, toujours aussi élégant, se fracasser le crâne avec un pavé, et Pacita sur sa chaise roulante, et Tomás ivre, et Magda seule, habillée de blanc, marchant doucement vers l'autel. J'ai serré la main de Jaime dans la mienne, et j'ai appelé Reina, du seuil.

Elle s'est retournée, très lentement, en s'essuyant les doigts dans son tablier, et elle a mis une éternité à lever la tête, jusqu'à ce que ses yeux rencontrent enfin les miens. Alors, calmement, et de la manière la plus claire et nette, la voix et la tête hautes, j'ai dit :

« Sois maudite, Reina, toi et tous tes enfants, et les enfants de tes enfants, et que dans vos veines coule toujours un liquide parfait, transparent, clair et limpide comme de l'eau, et que jamais, de toute votre vie, aucun de vous ne puisse savoir ce que c'est que d'avoir une seule goutte de sang corrompu. »

Alors, sans me soucier d'évaluer l'effet que mes paroles avaient pu produire sur celle à qui elles étaient destinées, j'ai tourné le dos à cette maison, j'ai fait deux pas, j'ai demandé à Jaime d'aller m'attendre devant la voiture, et j'ai dit, plus bas, en regardant le ciel :

« Ramona, fille de la grande pute, nous sommes quittes, à présent. »

Tandis que je conduisais en direction du centre, Jaime m'a demandé comment j'arrivais à faire ça. Je lui ai dit que je ne comprenais pas, et il m'a expliqué que c'était la première fois qu'il voyait quelqu'un pleurer et rire en même temps.

« Oui ?, ai-je répondu en décrochant le combiné.
– Malena, a affirmé une voix d'homme.
– Oui, c'est moi. »

Je me suis demandé qui pouvait s'adresser à moi de cette manière et avoir en même temps cette voix que décidément je ne connaissais pas, quand j'ai entendu quelque chose qui a fait sauter le combiné entre mes doigts comme s'il était doué d'une vie propre.

« C'est Rodrigo. Il y a bien longtemps que nous ne nous sommes vus, je ne sais si tu te souviendras de moi. »

J'ai essayé de répondre que ce n'était pas le cas, mais je n'ai pas pu. Je me suis regardée dans le miroir, en face de moi, et j'y ai vu un visage très pâle ; il a mis un moment avant de reprendre la parole :

« Tu es toujours là ?
– Oui.
– Bon. On nous a présentés, un soir, à une noce, mais...
– Comment tu t'appelles ?, ai-je lancé, incapable de respecter l'étiquette plus longtemps.
– Orozco.
– Ah ! D'accord. » Et il a dû entendre mon soupir de soulagement à l'autre bout de la ligne. « Le cousin de Raúl...
– C'est ça.
– Oui, bien sûr, maintenant, je m'en souviens, ai-je ajouté en me disant que cet imbécile était la dernière chose qui me manquait. Bon, alors, à quoi dois-je cet honneur ?

– Bon ; il a soufflé. C'est un peu long à raconter. Hier soir, j'étais chez Santiago. Ta sœur m'a invité à dîner pour me raconter ce qui s'est passé samedi dernier, elle avait l'air très inquiète...

– Oui, ai-je affirmé, sur le ton le plus sec que j'aie pu trouver ; ce n'est pas la peine d'aller plus loin, je peux parfaitement m'imaginer ce qu'elle a pu te dire. »

Je me suis sentie très satisfaite de ma petite phrase, mais il m'a renvoyé un étrange petit rire, signifiant que mon coup de semonce ne l'avait pas impressionné du tout.

« Si tu me promets de ne rien dire, je vais te confier un petit secret.

– Tu es psychiatre ?, ai-je fait, indignée. Je le sais déjà, et je sais aussi pourquoi tu m'appelles.

– Faux. Tu te trompes. Moi aussi je pense que les psychologues pour enfants méritent la corde.

– Ah, ai-je dit tout bas, sans pouvoir ajouter quoi que ce soit parce que son revers m'avait impressionnée.

– Écoute-moi, Malena ; et il a commencé, en puisant dans ses réserves de psychiatre en exercice, à s'expliquer autrement, d'une voix douce et agréable, mais tendue. Moi, je ne traite pas les junkies à l'aspirine, je ne m'occupe pas des maîtresses de maison névrotiques, ni des cadres supérieurs que le stress rend impuissants, je ne m'intéresse qu'aux psychopathes criminels, je suis strictement spécialisé dans ce domaine, et, comme tu le comprendras, je ne travaille pas pour la santé privée. En fait, je vis à cheval entre la prison de Carabanchel et l'Hôpital général pénitentiaire. Je sais que ça n'a pas l'air affriolant, mais dans cette affaire, il n'y a pas d'autre recours que d'aller directement aux sources de matière première, et, tu sais, là je vois plus d'assassins de toutes sortes en un mois qu'un critique de cinéma dans toute sa vie. » Je n'ai pu m'empêcher de rire, et mon rire lui a fait du bien, parce que, quand il a repris la parole, il m'a semblé plus détendu : « Je joue aux cartes avec l'un d'eux tous les jours, après le déjeuner. Il avait déjà éventré sept femmes quand il s'est fait arrêter. Le schéma classique. Il a commencé par la sienne et, peu à peu, il a pris goût à l'affaire. Je te raconte tout ça pour que tu saches à quel point ta sœur peut me mépriser. Si elle m'a appelé, c'est parce que je suis le seul psychiatre qu'elle connaisse et, bien entendu, elle ne m'a surtout pas demandé de te voir, mais de lui donner l'adresse d'un confrère, une sorte de thérapeute familial, elle ne me l'a pas dit comme ça, bien sûr, parce qu'elle ne doit même pas connaître le terme.

– Mais pourquoi ?

– Je ne sais pas. Elle veut peut-être te faire passer un test de personnalité.

– Mais pourquoi voudrait-elle faire ça ?

– Je n'en ai pas la moindre idée, c'est un test fréquent, dans certains types de procès, je crois que certains juges aiment bien ça, et je parierais que ce sont justement ceux qui pensent que les malédictions ne se font plus depuis des siècles.

– Je vois, ai-je dit quelques secondes plus tard, sans avoir trouvé de réplique adaptée à son élégance, mais pour te dire la vérité, je ne comprends pas pourquoi tu prends tant de peine pour moi.

– Écoute, Malena, hier j'ai trouvé ta sœur transformée en furie, déchaînée, je t'assure, j'ai été sur le point de lui injecter un cocktail de morphine, histoire de la calmer pour deux jours. Et je ne me fie pas à mes collègues du privé. Pas du tout. Si on te mettait entre les pattes de celui auquel je pense, et s'il se passait quelque chose disons... d'irrégulier, je me sentirais on ne peut plus mal, parce que ce ne serait pas la première fois que ça arriverait. Comme je ne m'occupe habituellement que d'assassins, de violeurs, de fanatiques religieux spécialistes de l'automutilation compulsive, je ne peux m'offrir le luxe d'une cliente comme toi. Et puis... il a fait une pause, et, plus bas, m'a confessé : tu m'as toujours plu.

– Moi ? » Il a persisté et signé d'un « Mmm », et je me suis demandé d'où j'avais bien pu tirer l'idée que ce type était un crétin. « Mais tu ne me connais même pas. »

Il n'a pas répondu à mon objection, et la ligne est restée muette quelques secondes.

« J'ai toujours eu l'impression, ai-je poursuivi, que le jour où nous nous sommes rencontrés, tu m'as trouvée trop grosse.

– Grosse ?, a-t-il demandé, et il a éclaté de rire. Non. Pourquoi ?

– Je ne sais pas, comme tu me regardais tout le temps en parlant avec ce petit type et que tu me montrais du doigt...

– Oui, mais on ne te trouvait pas grosse.

– Ah. » J'ai eu un petit rire inquiétant. « Eh bien, les apparences sont trompeuses.

– Plus que tu ne peux le croire. On peut se voir après-demain, dans l'après-midi ?

– D'accord. Où ?

– Ah, ça, c'est plus compliqué... je n'ai pas de cabinet, et je ne crois pas... nous pourrions nous voir chez moi. »

J'ai noté une adresse dans le quartier d'Argüelles, et j'ai promis d'être ponctuelle. Après avoir raccroché, je me suis avisée que je ne savais même pas pourquoi j'avais pris rendez-vous avec lui.

Il prétend toujours qu'il l'a senti au premier moment, et qu'il a su qu'il le sentait, mais je n'en suis pas encore certaine, et pourtant, il doit bien y avoir une explication à ce qui s'est passé quand il m'a ouvert la porte, et que j'ai reconnu sa carrure et son visage taillé à la serpe, sans une seule courbe, et son allure déconcertante de videur de boîte de nuit, qui, entre deux rounds, lirait des livres.

« Salut », ai-je dit, et j'ai voulu l'embrasser sur les joues au moment précis où il en faisait autant, si bien que nous y avons l'un et l'autre renoncé au même instant.

Il portait une chemise noire à manches courtes et des jeans d'une marque courante, également noirs. Bien entendu, me suis-je dit, par prudence et sans aucune raison particulière, il veut cacher que lui aussi il est un peu gros, mais ensuite, je l'ai regardé et je ne l'ai pas trouvé vraiment gros, s'il l'était, il porterait la chemise par-dessus le pantalon ; je m'y perdais, et je n'avais pas encore pu porter de jugement précis, quand il s'est mis à parler.

« La maison est dans état désastreux, mon assistante a eu un enfant la semaine dernière, je n'ai pas eu le temps d'en trouver une autre, et comme je ne viens ici que pour dormir, et pas toutes les nuits... Allons dans mon bureau, si tu veux, je n'y mets presque jamais les pieds, c'est la seule pièce qui soit à peu près en ordre. »

C'est alors que j'ai retrouvé une information que j'avais dû ranger dans le dernier tiroir de ma mémoire.

« Mais tu n'es pas marié ?

– Je l'étais, a-t-il opiné, et, en arrivant à la porte qui donnait sur le couloir, il s'est débrouillé pour me laisser passer la première, et un frisson m'a couru sur le dos, du sommet du crâne à la base de la colonne vertébrale. C'est la porte du fond. Ma femme m'a quitté il y a cinq ans. Elle est aujourd'hui mariée avec un autre psychiatre. Un malin. Millionnaire. Ils ont eu un fils et ils attendent un deuxième enfant. Tout deux veulent une fille. La paire. »

Deux des murs étaient tapissés de livres du sol au plafond, au troisième étaient accrochés deux tableaux très étranges, au-dessus d'un bureau, avec un fauteuil de chaque côté, dans le troisième s'ouvraient deux fenêtres, près desquelles il y avait un divan recouvert de cuir brun. Il l'a montré du doigt et s'est mis à rire.

« Le cadeau de mon père, quand j'ai obtenu mon diplôme.

– Lui aussi est psychiatre ?

– Non, représentant en produits de droguerie. » Il a tiré la chaise réservée aux visiteurs et m'a invitée à m'asseoir d'un geste de la main. « Assieds-toi, je t'en prie. Veux-tu boire quelque chose ? »

J'ai hoché la tête en jetant sur le divan un coup d'œil nostalgique, et j'ai tendu la main pour recevoir deux doigts de whisky.

« Je regrette, je n'ai pas de glace, ni autre chose... Je suis assez distrait, pour les affaires domestiques. » Il s'est assis en face de moi et m'a souri. J'ai aimé sa façon de le faire.

« C'est pour ça que ta femme t'a plaqué ?

– Non, même si ça lui portait sur les nerfs. Parce qu'elle était tout le contraire de moi, mais non, ce n'est pas pour ça... Une nuit, à trois heures du matin, un patient m'a appelé, d'une cabine de la Plaza de Castilla. " Je suis en rupture de ban, mec, m'a-t-il dit. Que faisons-nous ? " J'ai tout d'abord appelé son avocat, puis j'ai parlé avec le juge des prévenus et, pour finir, je suis allé le chercher, je l'ai amené ici, et je lui ai fait un lit sur le canapé du salon. Ma femme n'a rien entendu. Le lendemain matin, je l'ai conduit moi-même à la prison, mais, deux mois plus tard, il m'a de nouveau appelé, à la même heure, du même endroit, c'était quelqu'un de très méthodique. Il aurait dû retourner à la prison la veille, et il était de nouveau en rupture de ban. Alors, elle m'a dit que le moment de choisir était venu, et j'ai choisi.

– Le fou.

– Bien sûr, et c'était un bon gars, mais pas quelqu'un de particulièrement brillant. N'importe quel violeur homosexuel récidiviste et maniaco-dépressif m'aurait paru beaucoup plus intéressant qu'elle, à cette époque, alors, je n'ai pas eu beaucoup de regret, si tu veux que je te dise la vérité.

– Tu es toujours aussi excessif ?

– Non, m'a-t-il répondu, je peux l'être beaucoup plus, et la nature le sera toujours plus pour moi.

– Et tu préfères toujours les fous aux femmes ?

– Non, je les aime moins, mais ils sont plus généreux avec moi.

– Alors, c'est que tu n'en as pas une dans ton lit. »

Je n'avais mis dans ces paroles aucune intention particulière, mais il m'a lancé un regard en coin, amusé et sagace, et a regardé ses mains avant de répondre :

« Eh bien, j'ai une sorte de... disons... plus ou moins, à Tenerife. »

J'ai éclaté de rire, tandis qu'il me regardait, amusé.

« Et tu n'en as pas trouvé une autre qui vive moins loin ?

– Malheureusement non, mais je la vois tous les quinze jours. J'ai un surmâle en taule, là.

– Un quoi ?

– Un surmâle, un individu avec deux chromosomes Y, un véritable mac. Il y a des mois que j'essaie d'obtenir son transfert.

– Tu parles de lui comme s'il était à toi.

– Mais il l'est. Plus personne ne l'aime, c'est un individu dangereux, difficile à vivre, avec une altération génétique très rare, les chroniqueurs mondains l'ont baptisée " le gène de l'assassin " parce qu'elle rend extrêmement agressif à cause de l'hyperactivité sexuelle due à la production anormale d'hormones mâles. Ça ne peut se produire chez les femmes, bien entendu.

– Tiens !

– Oui, ajouta-t-il, interprétant correctement ma pensée, je me suis souvent dit, moi aussi, que ce doit être un drôle de coup. L'ennui, c'est que pendant qu'il jouit il les étrangle, et après il baise leur cadavre une ou deux fois. Mais, après tout, nul n'a jamais rencontré l'amour parfait. »

Nous avons ri en chœur pendant deux minutes, et, obéissant à une impulsion inconsciente, j'ai laissé les ongles de ma main droite gratter mon décolleté, même si je ne me souvenais pas avoir vu là le moindre bouton. J'ai repris mon verre, avec deux nouveaux doigts de whisky, et après la première gorgée, j'ai décidé d'y aller de mon petit discours sans plus tergiverser, comme si je sentais qu'il ne se présenterait jamais moment plus propice pour me débarrasser de ce fardeau.

« Reina tombe tous les deux ou trois ans amoureuse comme si c'était la première fois. Moi, je n'ai aimé qu'une fois, un de mes cousins, le petit-fils de mon grand-père et de sa maîtresse. Il s'appelait Fernando. Il avait dix-huit ans, et moi quinze. Ça ne m'est jamais plus arrivé, même pas en rêve. »

J'avais commencé à parler tête baissée, les yeux rivés sur le tissu de ma jupe, mais j'ai levé peu à peu le menton, insensiblement, surprise par l'aisance avec laquelle les mots me venaient aux lèvres, tandis que je le regardais et qu'il me regardait, adossé à son fauteuil, les mains croisées sur l'estomac, comme si depuis que le monde était monde nous n'avions pas fait autre chose que d'être là, à parler et à écouter.

« À ce moment-là, j'avais un journal, que m'avait offert une de mes tantes, à laquelle j'étais très attachée et j'y notais tous les jours quelque chose, mais, un été, je l'ai perdu. L'autre jour, je l'ai retrouvé par hasard dans un classeur, sur le bureau de ma sœur, elle me l'avait subtilisé, l'avait lu et annoté, et elle l'avait continué, comme si c'était le sien. C'est grâce à ça que j'ai enfin pu comprendre pourquoi Fernando m'avait laissée tomber. Dans la famille de ma mère, tout le monde ne pensait qu'à l'héritage de mon grand-père, parce qu'il était très riche, et moi, je ne voyais que ce qui se passait de mon côté, mais de l'autre, du côté des bâtards, c'était encore pire. Reina était elle aussi tombée amoureuse de mon cousin, mais je ne l'ai jamais su, jusqu'à ce qu'elle me l'annonce, l'autre jour. Elle a essayé de sortir avec lui, et, pour une fois, ça n'a pas marché. Alors, avec l'appui de quelques-uns de mes cousins légitimes, elle a réussi à le persuader que ma grand-mère, qui était morte depuis des années, avait fait ajouter une clause très particulière au testament de mon grand-père, qui, lui, venait à peine de mourir, afin qu'il n'y eût jamais aucune union entre les deux branches de ses descendants. C'était un mensonge, bien sûr, mais ils ont dû lui montrer je ne sais quel papier, assorti de je ne sais quelle menace, mais lui, qui était allemand, et qui devait encore croire aux pouvoirs occultes de l'Inquisition, a cru que ma sœur lui faisait une faveur, et que s'il continuait à me fréquenter, son père perdrait tous ses droits et ne verrait pas une seule peseta de l'héritage. Mon oncle avait émigré en Allemagne parce qu'il avait trop d'orgueil pour pouvoir souffrir la situation familiale, et Fernando, qui n'était guère différent de lui, a décidé de rompre avec moi sans autre forme de procès, mais sans me dire ce qui se passait, il ne m'a rien dit, et je crois qu'il n'a parlé de cette histoire à personne. Reina avait beaucoup insisté, en lui disant qu'apprendre la vérité me ferait trop de mal, parce que j'étais très amoureuse de lui et que je ne pourrais jamais le supporter, et elle lui a suggéré un autre moyen, beaucoup moins indolore, à son avis, parce qu'il me pousserait à le mépriser et à l'oublier aussitôt, c'est ainsi qu'il m'a dit qu'il y avait les femmes que l'on baise, et celles dont on tombe amoureux, et qu'il en avait assez de moi. À partir de ce moment-là, je me suis dépréciée, tous les jours de tous les mois de toutes les années de ma vie, jusqu'à ce que j'apprenne la vérité, samedi dernier, et alors, c'est certain, pendant quelques heures, je suis devenue folle. »

Je croyais qu'il allait aussitôt porter un jugement sur ce que je lui avais raconté, mais il a continué à me regarder sans rien dire, un long moment.

« Et tu ne l'as pas tuée, a-t-il dit enfin, tout simplement.

– Non, ai-je reconnu, mais j'avoue que j'y ai pensé. »

Il s'est levé et il m'a paru plus grand que jamais, immense et costaud, beaucoup plus que moi. Il a pris mon verre, qui était vide, et m'a tourné le dos pour le remplir.

« Moi, je l'aurais tuée. »

Alors, tandis que mon regard se heurtait à sa nuque, à ses épaules, à l'énorme tache noire de sa chemise, je me suis rendu compte que je me caressais les bras, les genoux, et que je devais sans doute le faire depuis un bon moment, en parlant, et un tremblement, annonce de la stupéfaction qui allait suivre, a secoué le sol, sous mes pieds, quand j'ai découvert pourquoi ma peau morte, fossile, se mettait à me démanger, tandis que je m'efforçais de retrouver le souvenir de cette expérience lointaine, et j'osais à peine interpréter ce dont mes yeux étaient témoins, car chaque pore de ma peau explosait déjà en milliers de petites ampoules de couleur, comme une enseigne lumineuse, un arbre de Noël illuminé, une arme irrésistible, polie et étincelante.

« C'est facile, m'a-t-il dit en se retournant doucement, obéissant à la volonté de ma peau, pile très fin un verre en cristal et mets-en une pincée tous les soirs dans son potage, et un beau jour, tac, ta victime meurt d'une gentille petite embolie. On ne décèle rien à l'autopsie, on déclare qu'elle est morte de mort naturelle, et... Qu'est-ce qu'il y a de si drôle ? »

J'avais devant moi un type qui avait choisi délibérément de passer ses matinées enfermé dans une prison, qui faisait une partie de cartes tous les après-midi avec un assassin condamné pour je ne sais combien de meurtres, et qui, la nuit, de temps à autre, emmenait un violeur dormir dans le salon. Nulle femme aussi riche que moi, propriétaire foncière, avec un amant jeune et un fils en pleine santé et adorable, n'aurait songé à un homme tel que lui.

« Rien, ai-je répondu. Je peux te demander quelque chose ?

– Bien entendu.

– Tu aimes les abats ? »

Il s'est mis à rire et a haussé les épaules avant de me répondre :

« Pourquoi tu me demandes ça ?

– C'est un secret. Tu les aimes ou pas ?

– Bien sûr, que je les aime, les gras-doubles, et les rognons, et la cervelle, mais surtout, le foie aux petits oignons, les rognons et le ris de veau.

– J'en étais sûre, ai-je murmuré.

– De quoi ?

– Non, rien.

– Rien, encore une fois ?

– Oui... Je peux te demander une faveur ? » Je me suis levée, j'ai posé le verre sur la table, et je l'ai regardé. Il a hoché la tête. Il avait une envie folle de rire, mais essayait de ne pas le montrer. « Laisse-moi m'allonger sur le divan.

– Mais pourquoi ? » Il n'a plus pu se contenir, et a eu un petit rire nerveux. « Ça ne se fait plus depuis longtemps.

– Oui, mais ça me fait quelque chose. »

Tout en riant, il a encore hoché la tête.

« Et qu'est-ce que tu vas me raconter, maintenant ? »

Sa voix a résonné, proche, quelque part derrière ma nuque, je me suis tournée paresseusement sur le côté, et je l'ai trouvé exactement où je m'attendais à le trouver, assis sur une chaise.

« Que fais-tu là ?
– Ah, ce sont les règles du jeu. Si tu t'allonges sur le divan, moi, je dois m'asseoir ici.
– Mais alors, tu me vois et je ne te vois pas.
– C'est justement ce qu'il faut. » Il a ajouté plus bas, sur un autre ton : « Et je te préviens qu'après, tu devras me payer.
– Ah oui ?, ai-je fait en tendant le cou pour voir son visage.
– Eh oui. C'est la tradition. L'école classique se montre rigoureusement inflexible sur ce point. » Il essayait de se donner un air sérieux, mais il a souri. « Tu peux me payer en abats.
– Très bien, j'accepte. »

Alors, je me suis de nouveau couchée sur le dos, et j'ai commencé à parler, et j'ai parlé longtemps, une heure, peut-être deux, parfois seule, parfois avec lui, et je lui ai raconté ce que je n'avais jamais dit à personne, tous les secrets qui m'avaient tourmentée pendant des années, des vérités atroces qui fondaient comme par enchantement sur le bout de ma langue, ou éclataient comme des bulles de savon, et je me sentais toujours plus agile, toujours plus légère, et tandis que je parlais, j'ai sorti mes talons de mes chaussures, que je me suis amusée à balancer sur mes doigts de pied, levant une jambe après l'autre pour les regarder, pliant les genoux, les dépliant, et l'une des chaussures est tombée, je ne l'ai pas ramassée, l'autre est restée en équilibre précaire sur mon cou-de-pied, et les mailles de mes bas m'ont gênée, mais c'était une sensation presque agréable, plaisante, mes jambes me plaisaient, je n'avais pas envie d'y voir des marques, aussi ai-je tiré tout doucement sur mes bas, pour les faire glisser de haut en bas et de bas en haut, une cuisse après l'autre, en me rendant bien compte que c'était là une attitude trop frivole pour un discours aussi sérieux que le mien, et j'ai décidé de me tenir tranquille un moment, mais je ne pouvais m'empêcher de me tourner pour le regarder, il y avait un sourire dans ses yeux, et mes jambes se levaient toutes seules, et je faisais passer la chaussure d'un pied à l'autre quand je me suis avisée que je n'avais plus rien de terrible à raconter.

« C'est pour ça que j'ai maudit ma sœur, ai-je conclu. Je sais que ça paraît ridicule, mais, sur le moment, j'ai senti que je devais le faire. »

J'attendais ce qu'il allait dire, mais, de nouveau, il se taisait. Alors je me suis redressée sur le divan, et je l'ai regardé, son regard était profond, aigu, ses yeux se plaisaient à me contempler.

« La malédiction, c'est le sexe, Malena, m'a-t-il dit, très lentement. Il n'y a, il n'y a jamais eu, il n'y aura jamais rien d'autre. »

Au moment de prendre congé, un quart d'heure plus tard, je me sentais beaucoup plus troublée que je l'étais en arrivant. La pertinence de ce bref discours, une douzaine de mots, à peine, m'avait profondément émue, et l'étrange pouvoir qui émanait de ses lèvres, tandis qu'il parlait, m'avait fait trembler et m'accablait encore. D'une façon tyrannique, mon corps me poussait vers lui, mais mon esprit était las, et le pressentiment que tout cela ne pourrait jamais conduire à une simple aventure m'emplissait de paresse. J'avais perdu pour toujours le courage de mes quinze ans – de l'inconscience pure, me disais-je sur un ton de reproche –, et obtenu en échange un tas de valves de sécurité qui se fermaient hermétiquement – la laborieuse machine du bon sens, me disais-je en me congratulant –, et j'essayais de me convaincre que j'avais beaucoup de plaisir à être seule, mais je n'arrivais pas pour autant à avoir envie de m'en aller.

« Je dirai bien des choses de ta part à mon patient de Tenerife, me disait-il en guise d'adieu en sortant avec moi sur le palier.

– Fais-le, et appelle-moi après, pour me raconter. »

J'ai tourné la tête pour l'embrasser sur la joue, qui a heurté la mienne, parce qu'il en avait fait autant au même instant, de sorte que nous avons laissé tomber, encore une fois. Quand j'ai ouvert la porte de l'ascenseur, je me suis demandé ce que je voulais faire, exactement, partir ou rester, et je me suis répondu que j'étais en train de faire ce qu'il fallait, mais alors, la porte encore entrouverte, mon corps s'est rebellé, en augmentant brusquement le voltage du courant qui alimentait toutes les petites ampoules de couleur clignotant sur mon corps, pour me permettre de constater, avec une grimace de fatigue toute intérieure et à demi sincère, que sur ma tête venait de s'allumer l'étoile du couronnement.

Il a fait deux pas en direction de sa porte, apparemment dans l'intention de me tranquilliser, et il avait déjà la main sur la poignée quand il s'est tourné vers moi comme s'il avait oublié quelque chose.

« Ah, Malena !... Et tu as des jambes du tonnerre. » Il s'est interrompu et m'a souri. « Bien mieux que celles de ta sœur. »

Cet adieu m'a rendue tellement nerveuse que j'ai porté les deux mains à mon visage et que la porte de l'ascenseur s'est refermée toute seule. Tandis que je descendais vers l'entrée, sans même m'aviser que je n'avais appuyé sur aucun bouton, je me suis demandé comment il était possible qu'il eût choisi ces deux mots, ceux-là et aucun autre, parce que s'il avait dit « magnifiques » au lieu de dire « du tonnerre » et « plus belles » au lieu de « bien mieux », tout aurait été différent, et rien ne serait arrivé, peut-être, peut-être ces heures se seraient-elles envolées en fumée, mais il avait choisi ces mots-là, et, dans sa voix, ils avaient recouvré d'un coup toute leur puissance, toute leur valeur, et moi, j'étais revenue à la vie. J'ai compris que le dernier lest que je jetais par-dessus bord allait être le premier des trésors ramenés à la lumière, et alors, le moteur s'est arrêté, et la porte s'est ouverte, mais je n'ai pas bougé, j'ai continué de rire toute seule au milieu de la cabine, les mains sur le visage, les joues brûlantes, et des fourmis me courant partout sur le corps, du cuir chevelu à la plante des pieds.

« Bonsoir », ai-je entendu, et j'ai ouvert les yeux.

En face de moi, une femme d'une trentaine d'années, avec des cheveux châtain clair coupés court parsemés de mèches blondes, une veste autrichienne de laine verte, une jupe plissée s'arrêtant au genou et des mocassins bruns aux talons plats, me souriait aimablement. Elle donnait la main à deux beaux enfants blonds, vêtus tous deux de manteaux en laine anglaise, qui n'étaient pas responsables du fait que leur mère ressemblait tellement à ma sœur. Je leur ai énergiquement fermé la porte au nez, et j'ai appuyé sur le bouton du cinquième.

Il m'attendait près de la porte ouverte, la main sur la poignée, adossé au mur. Quand je l'ai vu, j'ai laissé échapper ce vieux petit rire idiot qui jadis me donnait cet air indésirable de débile mentale qui applaudit parce qu'on lui cède le passage et, pour le déguiser, peut-être, ou pour le faire sourire, j'ai dit :

« Merde ! »

Achevé d'imprimer en février 2000
sur les presses de l'Imprimerie Bussière
à Saint-Amand (Cher)

POCKET - 12, avenue d'Italie - 75627 Paris Cedex 13
Tél. : 01-44-16-05-00

— N° d'imp. 305. —
Dépôt légal : mars 2000.

Imprimé en France

Achevé d'imprimer en février 2000
sur les presses de l'Imprimerie Bussière
à Saint-Amand (Cher)

POCKET - 12, avenue d'Italie - 75627 Paris Cedex 13
Tél. : 01-44-16-05-00

— N° d'imp. 305 —
Dépôt légal : mars 2000.

Imprimé en France